KB041993

선생과 황태자

소설 르네상스 편집위원

김진수
손정수

송영 소설집

선생과 황태자

책세상

●이 책은 《선생과 황태자》(창작과비평사, 1974)를 저본으로 삼았다.

작가의 말 | 새로 펴내며

이태 전 러시아에서 '야스나야 팔랴나 작가 미팅'에 참관해 만난 어느 작가는 첫 인사를 건네기가 바쁘게 내게 대뜸 물었다.

당신의 소설은 어떤 주제를 다루느냐고.

그런데 나는 모처럼 물어온 질문에 선 듯 대답하지 못했다. 너무 갑작스런 질문이라 당황하기도 했지만 사실 나는 거기에 대해 별로 할 말이 없기도 했던 것이다. 국내에서도 어쩌다 이런 질문을 받게 되면 나는 적당한 다른 말로 얼버무리거나 아예 묵비권에 의지해버린다. 그만큼 이런 성격의 질문에 답하기가 나는 초기에나 지금이나 여전히 힘들고 거북스럽다.

내게 소설 주제를 물어온 그 러시아 작가는 자기의 소설 주제는 '사후의 세계에 관한 것'이라고 아주 떳떳하게 말했다. 그 답변 자체가 내게 얼마간 생소하긴 했지만 조금도 망설이지 않고 자기 작품의 주제를 말하는 그 당당한 태도가 부럽기도 했다.

러시아 작가들은 소설의 스펙트럼이 참 넓고 다양하다는 것도 그때 알게 되었다. 같은 장소에서 만난 다른 작가는 '호랑이 사냥 이야기'를 주로 쓴다고 말했다. 이 작가는 수도에서 멀리 떨어진 시베리아의 이르쿠츠크에서 온 사람이었다. 작가들의 개성이 각자가 뚜렷하고 추구하는 세계가 모두 다르다는 점도, 물론 당연한 이야기이긴 하지만, 부러운 점이었다. 처음 만난 사람에게도 당당하게 그것을 말할 수 있다는 것도 그런 배경이 있기 때문일 것이다.

반도의 좁은 울타리 속에서 그동안 우리는 갇혀 살아왔다는 것을 최근 더욱 실감하게 되었다. 한 시절 표현의 자유라는 문제가 관심을 끌었지만 이것보다 그런 한계 상황이 더욱 근원적인 문제라고 할 수 있다. 의식의 심층에서는 그것을 감지하고 있었을 텐데 한 차례도 표면으로 드러나지는 않았다. 북으로는 철책선, 그밖에 삼 면은 바다로 되어 우리는 걸어서는 어디에도 나갈 수 없었다. 이 지리적 제약이 우리 시각이나 사고에 적지 않게 영향을 미쳤을 거라고 나는 믿고 있다.

90년대 들어와서야 시민들이 조금씩 반도 바깥으로 나갈 기회를 얻었고 보다 넓은 세계를 직접 눈으로 보게 되었다. 이 지리적 제약이 어쩔 수 없이 사고와 시각을 왜곡시킨 점은 없었을까? 주변 상황은 아주 빨리 변해버렸다. 두 세대를 산 게 아니라 두 시대를 동시에 경험하고 있는 셈이다. 글로벌 시대가 너무 빨리 와서 우리 의식이 미쳐 거기에 적절하게 대응하지 못하고 있는 것은 아닌가? 그런 생각을 해본다.

1974년 처음 책을 내고 시간이 참 많이 지나갔다. 내게 초기에는 상황이 너무 열악했었다.

여기 수록된 작품들을 보노라면 지금도 진땀이 흐른다. 이 작품들 중 상당수가 여관방이나 하숙방, 선의를 베풀어 잠시 자기 방을 비워준 친구네 방에서 쓰여진 것들이다. 작품에 따라서는 싸구려 여관방의 음습한 분위기가 알게 모르게 배어있을지도 모른다. 한 뼘의 방이 너무 귀하고 아쉬웠던 시절이었다.

풍요의 시대라고 말해지는 요즘 소설 위기론이 심심치 않게 떠돌고 있다. 한편의 소설은 우리에게 무엇이고 어떤 의미를 갖는 것인가? 첫 창작집의 복간이 이런 질문에 대한 자기성찰의 계기로 연결되기를 기대하고 싶다.

2007년 5월 경기 광주 고산리에서

송영 소설집 **선생과 황태자**

차례

선생과 황태자

나는 어느덧 나도 모르는 사이에 내가 어쩌면 환자가 아닐까 하는 자각 증상에 사로잡히고 만 것입니다. 혹시 어디 아픈 데라도 없을까, 그때까지 몸에 이상이 있거나 이렇다 할 만큼 치료를 받아본 일이 없는데도 공연한 남들의 인사말,

요즘 어디 아프냐?

혹은

자넨 밤낮 무슨 걱정거리가 그다지도 많은가?

이따위 인사말 때문에 자기는 정말 환자가 아닐까 하고 자꾸 자문해보다가 나중에는 자기 몸 어느 한 부분이, 아니면 거의 전체가 병들어 있을지도 모른다는 근거도 없는 의구심에 사로잡혀 버렸지요.

게다가 자기가 남달리 걱정거리가 많은 사내다, 아무것도 아닌 일로 공연히 시달림을 받고 있는 사나이다, 하고 느끼는 증상은 더욱 심했죠. 웬만하면 표면에까지 드러내지 않아도 될 텐데, 자기 고민을 표면에까지

드러내는 건 어느 모로 보나 유쾌하달 수 없는 일인데 오죽하면 그걸 상대방이 금방 깨닫게 될까, 내 표정에서 그것을 감추고 지낼 수는 없을까 하고 생각했죠.

이 증상은 가속되어 이윽고는

나는 병든 사나이다.

혹은

나는 남달리 걱정거리가 많고 그리고 그것을 감출 수 없으리만큼 거기에 몹시 시달리고 있는 사나이다.

라고 스스로 규정지어 놓고는 매사에 자신을 잃게 되었습니다.

여보 그게 연애 이야기요?

맞은편 벽에 기대앉은 하사 하나가 이때 퉁명스레 물었다. 순열 씨는 깜짝 놀란 듯 눈을 들어 맞은편을 바라보았다. 그의 이야기를 가로막은 하사는 변소 바로 곁에 앉아 있었다. 그는 나는 너에게 기대고 있다, 기댈 만큼 기댈 테니 양해하라는 듯이 변소 옆 벽에 잔뜩 기댄 채 얼굴 윤곽이 잘 보이지 않을 만큼 머리를 수그리고 있었다. 그래서 순열 씨에게는 하사의 이마밖엔 보이지 않았고 그의 이마는 온통 굵다랗고 깊이 팬 주름투성이여서 순열 씨의 시야에는 그 뚜렷한 주름살이 더욱 크게 부풀어 올랐다.

저 사나이는 지금 왜 변소 곁에 앉아 있을까, 순열 씨는 그게 이상하게 여겨졌다. 저곳은 그의 자리가 아니다. 순열 씨를 중심으로 모여 앉아 있는 사람들로부터 그는 유독 혼자 몇 자만큼 떨어져 앉아 있었고, 아주 편한 자세로 벽에 기댄 채로 머리를 잔뜩 수그리고 있는 걸 보면 하사가 지금 이야기를 듣고 있지 않는 것은 물론 방금 질문을 던져온 것 같지도 않았다. 그래도 질문의 목소리는 분명히 그의 것이었다.

그런데 왜 그는 저만큼 혼자 떨어져 앉아 있을까. 그는 혼자서 잠을 자고 있었거나 혹은 깊은 생각에 빠져 있었는지도 모르지. 하지만 왜 저기 변소 바로 옆에 앉아 있을까. 저곳은 그의 자리가 아니다.

순열 씨는 입을 닫은 잠깐 사이에 맞은편에 앉아서 얼굴을 보여 주지 않는 하사에게 이렇게 머리를 썼다. 그는 약간 불안하기까지 했고 눈을 들어 다시 그 부풀어 오르는 굵다란 주름살을 보았을 때 까닭 없는 불안은 더 심해졌다.

계속해요. 그냥.

이때 이 중사가 손으로 순열 씨의 잔등을 가볍게 치면서 재촉했다. 그가 구태여 잔등까지 치는 걸 보면 이 중사는 벌써 순열 씨의 마음에 스쳐 가는 한 가닥의 불안을 읽었음에 틀림없었다. 그는 고참자답게 눈치가 매우 빠른 사나이였다. 비록 늘 눈을 가늘게 치뜨고 입을 지랄병자처럼 약간 헤벌리고 있어서 이자가 잠자는 것이나 아닐까 하는 느낌을 상대방에게 주지만 그것은 중사의 얼굴에 밴 습관에 불과한 것이고 그는 잠을 자고 있거나 혹은 어떤 잡념에 빠져 있는 것은 아니었다. 오히려 그렇게 반수에 빠진 듯한 그의 눈과 그리고 여타 촉각은 실내의 구석구석까지, 또는 실내에 있는 사람들의 마음 구석까지 하나도 놓치지 않고 지켜보고 있는 것이었다. 그러므로 그의 눈치가 빠르다는 것은 적절한 표현이 되지 못했고 중사의 눈치는 이미 귀기(鬼氣)에 이르고 있다는 것이 적절한 표현이리라.

만약에 이때 중사가 손으로 자기의 잔등을 가볍게 두드리며 재촉하지 않았다면 순열 씨는 맞은편 하사의 이마에 너무나도 뚜렷하게 혹은 사나우리만큼 굵다란 선으로 그어져 있는 주름살로부터 그의 멍청스런 시선을 거두지 못했을 게다. 그는 확실히 한 가닥의 불안에 사로잡혀 있었고,

그 불안의 정체가 무엇인지 잘 잡히지 않아 한동안 멍청하니 앉아 있었다. 그런데 중사의 가벼운 손길에는

그따위에 개의치 마시오,

라는 뜻이 분명 담겨져 있어서 그는 겨우 하사로부터 시선을 거두었다.

중사는 순열 씨를 껴안기라도 할 듯이 한쪽 무릎은 그의 무릎 밑에 밀어넣고 한쪽 무릎은 세워서 그의 잔등을 받쳐주고 있었다. 무엇을 받아먹기라도 하려는 듯이 앞으로 내민 중사의 뾰족한 턱은 곧 그의 턱과 마주칠 것처럼 가까이 있었고 중사의 입에서 훅훅 내어 뿜는 뜨거운 숨결에서는 고약스런 냄새가 자꾸 스며나와 그의 후각을 괴롭혔다. 그리고 다른 사람들 여남은 명이나 되는 한 방의 동료들도 순열 씨와 중사를 둘러싸고 덩어리지어 앉아 있었다. 그들 모든 사람들의 입에서도 한결같이 뜨거운 숨결이 내뿜어졌고 그리고 그 숨결에는 모두 순열 씨의 후각을 괴롭히는 고약스런 냄새가 스며 나왔다. 그들의 냄새는 한결같이 같은 종류의 것이었다. 개고기를 구운 것 같은 약간 노린내에다 썩은 푸성귀에서 나는 퀴퀴한 냄새가 섞여 있는 냄새, 그러니까 그것은 거리의 싸구려 음식점 주변의 하수구에서 맡을 수 있는 것과는 조금 다른 냄새였다.

순열 씨는 그 특유한 고약스런 냄새들로 자기가 겹겹이 에워싸여 있다는 걸 새삼 깨달았고 그들의 눈이 자기의 입을 열심히 지켜보고 있으며 그들의 가쁜 숨결이 그들이 지금 매우 초조하게 무엇인가를 기다리고 있다는 것을 말하는 것이라고 믿어졌으므로 이야기를 계속해도 되겠다고 생각했다.

실은 이게 그 이야기의 전제로서 필요했기 때문에 한 것입니다. 그냥 이걸 생략해버리고 연애 이야기로 들어간다면 다음 이야기에서 내가 왜

그렇게 했을까, 왜 일을 그렇게 처리했을까에 대해서 당신들이 이해하지 못할까 봐 그러는 겁니다.

그는 방금

그게 연애 이야기요?

라고 사뭇 퉁명스럽게 질문을 던진 하사의 존재를 계산하고부터 이렇게 부연했다. 그렇지만 그가 지금 자기의 이야기를 과연 듣고 있었는지는 알 수 없었다. 그는 지금 변소 옆에 바싹 붙어 앉아 있고 그곳은 무리지어 앉아 있는 이쪽에서 몇 자 떨어진 곳이었다. 그곳은 그의 자리가 아니었다. 그렇지만 순열 씨는 그의 질문에 한마디도 부연하지 않고 그냥 넘어가지는 못했다.

이야기는 이제부터 시작입니다.

순열 씨는 곁에 있는 중사의 얼굴을 향해 다시금 말했다. 중사는 입을 비틀고 비쭉 웃어 보였다. 두터운 아랫입술을 삐뚜름히 내밀고 그가 소리 없이 웃을 때는 귀여운 느낌마저 주었다. 하여튼 그의 얼굴이 평온한 채로 있을 때는 얼굴에서 이따금 어린애의 얼굴을 발견할 때도 있다. 그렇지만 그가 감방장의 권위를 찾기 위해 표정을 일단 딱딱하게 만들거나 또는 누구에겐가 고함을 지르거나 발작적으로 주먹 혹은 발길을 휘두를 때는 그 귀여운 웃음이나 어린애의 얼굴은 찾을 길이 없다. 그 무서운 얼굴이 저토록 귀엽게 표변하는 데 대해 순열 씨는 내심 몹시 감탄하고 있었다. 빨리 하슈라는 듯이 중사는 지금 그 귀여운 웃음을 보내주고 있었다.

바로 이런 까닭 때문에 어느 날 나는 한강 백사장을 찾았지요. 아마도 여름 휴가였을 거요. 굉장히 뜨겁고 무더운 날이었으니까. 한강 백사장은 끝없을 만큼 넓어요. 한남동에서 철로가 있는 둑으로 올라가 보면 거기 사장이 얼마나 넓어 뵈나 단숨에 알지요. 옳지 되었다, 하고 우리집 마루에 앉았을 때 생각한 겁니다.

뭘 말요?

참지 못해 중사가 물었다.

들어보슈.

순열 씨는 귀여운 고참자를 힐끗 바라보며 말했다.

한 장소에 오래 서서 살을 태운다는 것은 일종의 형벌 아니겠소? 그러니까 좀처럼 그 짓을 감행한다는 건 어려웠단 말이죠. 그런데 이 넓은 백사장을 걸어간다면, 끝이 없는 것처럼 보이는 이 백사장을 끝없이 하염없이 걸어간다면, 너무 빨리 걷지 않고 조금 천천히 걸어간다면, 물론 하늘을 보고, 그러면 멋들어진 산보와 살 그을리는 일을 동시에 할 수가 있다는 생각이 우리집 마루에 앉았을 때 떠오른 겁니다. 나는 그 길로 한강 백사장으로 달려갔습니다.

백사장에서 산보했다는 얘기는 생략하죠. 내가 멋들어진 산보를 했건 말건, 혹은 거기서 진짜로 살을 태울 수 있었건 역시 태우지 못했건 그건 별로 관련이 없으니깐.

하여튼 두 시간쯤 사장에서 보내고 집으로 오는 길이었습니다. 그때 시간은 오후 두세 시 무렵, 해가 제일 뜨거운 때였죠. K동의 언덕배기를 걸어 올라와 한숨 돌리고 비교적 평평한 한길을 걷고 있는데 맞은편에서 누군가 걸어왔소. 주위는 주택가였는데 모두 새로 들어선 집들이어서 비교적 집들이 깨끗했지요. 그래서 난 그 마을을 신흥촌이라 불렀지요. 그러니까 그 신흥촌 입구를 막 들어선 참에 맞은편에서 누가 온 겁니다, 흰옷을 입어서 햇빛의 반사 때문에 처음엔 사람이 잘 보이지 않다가 점점 가까워지니까 윤곽이 드러납니다. 나는 햇빛 때문인지 또는 다른 무엇 때문인지 맞은편에서 오는 사람이 내 앞에 바싹 다가올 때까지 그게 그토록 예쁜 처녀라는 걸 느끼지 못했지요. 아니 그게 그토록 예쁜 여자였기에 내 눈이 어릿어릿했을지도 모르지요.

그녀가 바싹 내 앞에 다가왔을 때에야 나는 그 여자가 참말 예쁜 여자라는 것, 마치 숲에서 나온 요정처럼 예쁜 여자라는 것, 당신들 영화에서 요정을 보았겠지만 팔등신이 아니면 얼굴이 제아무리 예뻤댔자 요정으로 보이지는 않는 법이요. 그 여자는 어디 하나 흠잡을 데 없이 곱고 늘씬했소. 내가 그걸 깨닫고 너무 충격이 커서, 하필이면 백사장의 산보에서 돌아오는 길에 행인 하나 없는 한길에서 딱 둘이서 마주쳤다는 사실에 너무 충격이 커서 머리 한구석이 찌르르 울렸을 때는 때가 이미 늦어버렸소. 그녀는 잽싼 걸음으로 나를 지나쳐간 거요. 물론 때가 늦지 않았던들 별 뾰족한 수가 있는 건 아니었지만.

나는 곧 뒤로 돌아섰는데 그녀가 계속 걸어가면 미행할 참이었죠. 우선 할 수 있는 일은 미행해서 그녀가 어디 사는 누구라는 걸 알아두는 것뿐이었으니까. 일단 그걸 알고 난 뒤에 차츰 방법을 생각해야 되니까.

그런데 이 여자는 몇 걸음 더 걷지 않아서 바로 길가에 있는 어떤 집의 대문 앞에 서는 것이었소. 나도 그 자리에 우뚝 멈춰 섰소. 그렇지만 그녀는 나를 느끼지 못했는지 뒤쪽의 나는 거들떠보지도 않고 손을 들어 대문의 벨을 눌렀소. 참 하얗고 포동포동 살찐 손이었죠. 찌이찌이 벨 소리가 울리고 이어서 집 안에서 누군가 신발 끌고 나오는 소리가 들렸고.

인제 오니?

응.

하는 콧노래 같은 가벼운 문답이 들린 뒤에 문이 열렸소. 거기까지밖에는 기억이 안 나요. 문이 언제 열렸는지 그녀가 언제 집 안으로 들어가버렸는지 얼떨떨한 기분이라 도무지 느끼질 못했거든요. 하여튼 그 여자가 눈앞에서 사라져버린 거요. 그러니까 처음 눈앞에 나타나서 사라질 때까지 불과 몇 초 걸린 셈이죠.

그래서 어떻게 된 거요?

중사가 성급하게 재촉했다. 그는 거의 입이라도 맞출 듯이 순열 씨의 얼굴에 그의 얼굴을 맞대고 있었다.

그런 뒤에!

하고 순열 씨는 다시 입을 열었다.

이때 관망대에서 귀찮아 내뱉는 듯한 목소리가 아주 작게 들려왔다.

정좌.

관망대의 난간에 어깨를 기대고 졸고 있던 근무자는 몸을 일으키고 드높은 천장을 향해 한바탕 기지개를 켠 뒤에 방금 내린 자기의 지시가 제대로 이행되었나 보느라고 눈으로 한 바퀴 반원을 그렸다. 새하얀 파이버 밑에 가려진 그의 눈은 표범 눈처럼 반짝거렸다. 그리고 독기마저 내뿜고 있었다. 방금 조느라고 게슴츠레했던 눈이 어느 사이 그렇게 빛과 독기를 한꺼번에 뿜어내게 되었는지는 알 수 없었다.

순열 씨는 이야기를 더 계속하지 못했다. 근무자의 작은 목소리가 떨어지자마자, 순열 씨를 둘러싸고 앉아 있던 모든 사람들이 허둥허둥 제자리를 찾아 순식간에 흩어져 가버렸기 때문이었다. 순열 씨의 곁에 남은 사람은 겨우 이 중사 한 사람뿐이었다. 그곳은 그의 자리였던 것이다.

본의 아니게 이야기를 중단한 순열 씨는 그의 얘기에 귀 기울여주고 있던 2호 감방의 동료들에게 미안하게 생각했다. 그가 조금 이야기의 템포를 빨리 했더라면 근무자의 지시가 내리기 전에 이야기를 끝마칠 수 있었을지도 모른다고 생각되었던 것이다. 그렇지만 이야기가 늦어진 것은 그가 이야기를 충실하게 끌어가려고 노력했기 때문이었다.

편히쉬어 자세가 아니라면 이야기는 도무지 불가능했다. 그나마도 맨 앞에 앉아서 참새 잡는 당번이 끊임없이 근무자의 거동을 지켜보아야 했고 거기다가 어느 정도까지는 재소자의 수칙이나 근무자의 권위로부터 이탈해보겠다는 이 중사의 대담한 배짱이 밑받침하고 있었다.

순열 씨는 계면쩍은 표정이 되어 꼼짝도 하지 않는 동료들의 중머리 뒤통수들을 묵묵히 바라보았다. 그는 이 중사와 나란히 맨 뒤에 앉아 있었으므로 이 위치에서는 삼열 횡대로 정좌하고 앉아 있는 동료들의 중머리 뒤통수들이 모두 한눈에 바라다보였다. 그들의 중머리들은 꼼짝도 하지 않았으므로 뒤쪽에서 보면 마치 여러 개의 같은 석불상이나 목불상들을 나란히 앉혀 놓은 것 같았다. 그리고 불상들은 실은 생명이 전혀 없어 뵈는 것이다. 정좌할 때는 손가락 하나 까딱하지 못했기 때문에 그들의 뒷모양은 숨조차 제대로 쉬지 않는 듯이 보였고, 꼼짝도 하지 않는 삼열 횡대의 뒤통수들에서는 정말 생명의 자취라곤 조금도 찾아볼 수 없다는 느낌을 받을 때가 있었다. 이렇게 느껴질 때 순열 씨는 어쩐지 소름이 끼쳤다.

내 얘긴 그년을 어떻게 조졌느냐 이거요.

이때 이 중사가 2호실 안에서만 들릴 만큼 낮은 목소리로 말했다. 그는 순열 씨를 슬쩍 돌아보면서 말했으나 그 귀여운 웃음을 보여주지는 않았다. 그의 표정은 정좌할 때 그가 늘 그러듯이 딱딱하게 굳어 있었다. 이렇게 굳은 표정으로 중사가 말하는 것은 그가 참말을 하고 있다는 증거였다.

이 중사의 참말에 대해 실내에서는 아무도 웃는 사람이 없었다. 왜냐하면 지금은 웃을 만한 시간이 아닌데다가 그보다도 이 중사의 참말은 그들에게도 역시 참말이었던 것이다.

근무자는 관망대에서 내려와 동물원의 우리처럼 반원으로 늘어선 감방 앞을 천천히 걸어다녔다. 복도의 시멘트 바닥에 군화 부딪치는 발소리는 마치 초를 헤아리는 시계추 소리처럼 일정한 간격으로 또렷하게 들려왔다.

하여튼 박 씨의 구라는 삼삼해. 놀랐어.

마침 발소리가 7호, 8호 쪽으로 멀어져 간 사이에 중사가 말했다. 그러자 중사의 바로 앞에 앉아 있던 정 하사가 불쑥 뒤를 돌아다보았다.

그게 삼삼하다구요? 난 통 싱거워서 못 듣겠는데.

정 하사는 순열 씨의 구라 솜씨를 칭찬하는 이 중사의 말에 화가 나서 참지 못하겠다는 듯이 버럭 소리쳤다. 그는 뒤쪽의 두 사람을 부릅뜬 눈으로 한바탕 흘겨보고는 곧 다시 얼굴을 앞으로 돌렸다.

뭐라구? 이 새끼가 갑자기 미쳤어.

이 중사의 말이 떨어짐과 동시에 그의 큰 주먹이 하사의 뒤통수를 맹렬하게 갈겼다. 하사의 머리에서 퍽 하는 소리가 들렸지만 그는 방금 자기가 실수를 저질렀다는 걸 곧 깨달은 듯 꼼짝도 안 했다.

이 새끼.

중사는 노기로 숨가쁜 소리를 내면서 자기 말을 부정한 인간에게 같은 주먹질을 몇 번인가 되풀이했다.

이 새끼, 그 소리 다시 한 번 해봐.

근무자의 발소리가 멀어졌을 때 중사가 나지막한 소리로 다시 말했다.

그의 어조에는 어느덧 노기가 사라졌고 비양거리는 투의 장난기마저 섞여 있었다.

한 차례 주먹 세례를 받은 정 하사는 여전히 꼼짝 않고 등을 보인 채 앉아 있었다. 그렇게 참아내는 그는 누구보다 중사의 발작적인 노여움을 잘 알고 있었으므로 그는 중사의 주먹질이 몇 번으로 그친 것을 도리어 다행으로 여기고 있었다.

넌 선생에게 모욕을 주었어. 이 새끼야, 날 따라 말해. 선생의 구라는, 아니 선생님의 구라는 삼삼합니다.

그래요. 선생님의 구라는 삼삼합니다.

마지못해 모기 소리처럼 작은 소리로 정 하사가 복창했다.

이 새끼, 한 대 더 맞아야 알겠어? 기합이 빠져 있어 이 새끼야, 다시. 선생님의 구라는 삼삼합니다.

이번에는 감방 밖에까지 소리가 들릴 만큼 큰 소리로 복창했다.

뭐야? 뭐라고 했어?

이때 2호 앞으로 걸어오던 근무자가 철창 안을 들여다보면서 물었다.

아니오. 아무것도 아닙니다.

맨 뒤쪽에서 이 중사가 황급히 대답했다. 그는 엉겁결에 몸을 반쯤 일으켰고 그의 얼굴은 어느덧 그 귀여운 웃음을 흘리고 있었다. 그러는 중사와 눈이 마주치자 장 수병님은 하는 수 없이 웃고 말았다. 하지만 그는 곧 웃음을 거두고 싸늘한 표정으로 돌아갔다. 두꺼운 입술은 굳게 닫혀버렸고 눈을 가릴 듯이 깊이 내려쓴 새하얀 파이버 안쪽에서 표범의 눈 같은 장 수병님의 눈은 지극히 조용한 거동으로 철창 안을 한 바퀴 휘둘러보았다. 그러다가 그의 눈이 나이 먹어 뵈는 맨 뒤쪽의 신참자에서 잠시 정지했다.

그는 한마디도 건네지 않고 몇 초 동안 신참자를 지그시 내려다보았다.

흥 저놈은 턱수염이 쭈뻣쭈뻣 나고 움푹 팬 눈이 피로하게 뵈는 게 꽤 나이가 많은 게로군. 그런데 저놈의 눈과 마주치면 어쩐지 기분이 거슬린단 말야. 그는 내심 이렇게 생각했으나 정작 그가 이상스레 여기는 건 그 사나이의 그런 외양이 아니었다. 그는 며칠 전부터 2호 앞을 지날 때마다 이 신참자가 두 번째 상좌라고 할 수 있는 이 중사의 바로 옆자리에 앉아 있는 걸 보고 매우 이상하게 생각했다. 순서로 따진다면 그 녀석은 제가 아무리 나이가 많든 또는 사회에서 쓰여 먹는 무슨 대단한 재간을 지녔건 앞자리에 바로 창살과 마주 앉아서 참새 잡이나 전령 노릇을 해야 하는 것이다. 그런데 어떻게 해서 저놈은 자기보다 고참인 여남은 명의 동료들을 죄다 제쳐 놓고 두 번째 상좌에 앉게 되었을까. 물론 그렇게 결정한 것은 2호 감방장인 이 중사이겠지만 그렇지만 장 수병님은 이 중사로 하여금 감방 질서를 깨뜨리게 만든 이 사나이에게 약간의 호기심을 느끼지 않을 수 없었다.

하여튼 2호는 재미있어.

그는 무슨 뜻인지 2호 사람들이 잘 알 수 없는 말을 혼자 지껄이고는 1호 쪽으로 걸어갔다.

작살날 뻔했어. 이 새꺄.

2호 앞에서 장 수병님의 뒷모습이 사라지자마자 이 중사가 정 하사의 뒷덜미를 향해 말했다.

그래요. 중사님.

여전히 앞을 향한 채 정 하사가 대꾸했다. 그가 구태여 대꾸하는 것은 이 중사의 임기응변이 위기를 모면케 해주었다는 것을 덩달아 표시해주기 위해서였다.

아까 두 번째 복창은 좋았어.

이번에는 정 하사에게만 들릴 만큼 속삭이듯 이 중사가 말했다.

이따가 취침 전에 선생님께 강아지 한 마리 드려.

네. 드리겠습니다.

정 하사의 대답이 끝나자, 중사는 옆자리의 순열 씨를 힐끗 돌아다보았다. 순열 씨가 그를 마주 보았을 때 그는 그 귀여운 웃음을 보내주고 있었다.

그렇지만 순열 씨는 딱딱한 표정으로 그의 미소를 받았다. 그러고는 얼른 정면으로 머리를 돌리고 부동자세를 취했다. 적어도 아직 이 중사의 흉내를 낼 수는 없다고 그는 생각하는 것이다. 이 중사의 미소나 고개 움직임, 손짓 발짓, 혹은 기분 내킬 때 한두어 마디 내뱉는 따위의 여유를 그는 도저히 흉내 내서는 안 되는 것이다. 비록 두 번째 상좌에 앉아 있지만 그는 매우 조심했다. 왜냐하면 이 중사가 상좌를 차지한 것과 자기가 두 번째 상좌를 차지한 것은 그만큼 개념이 다르다는 것을 그가 잘 알고 있었기 때문이다.

정좌 시간에 부주의한 행동을 하면 그것은 곧 같은 호의 동료들에게 나쁜 영향을 미친다. 그러므로 개인적인 부주의는 모두가 용납하지 않았다. 단지 이 중사만이 호 자체의 그러한 규제 밖에 있었다.

순열 씨의 상체는 꼼짝도 하지 않았지만 무릎을 꿇고 있는 그의 다리 근육은 이따금 생각난 듯이 꿈틀거렸다. 그는 무릎을 꿇은 지 삼십 분도 채 못가서 발과 다리의 마디 사이에 힘줄이 끊어질 것 같은 통증을 느꼈다. 그리고 그 통증을 한참 견디어내자 이번에는 허벅지에 무겁게 짓눌리고 있는 다리 근육에서 쥐가 나기 시작했다. 그는 이 통증에 반항하듯 시멘트 바닥에 깔려 있는 다리를 향해 상체의 압력을 더욱 가중했다. 유월 초순, 아직 여름 무더위는 아니지만 사방이 차단된 실내는 몹시 무덥기만 했다.

이렇게 힘을 주어보면 발과 다리 사이 마디의 힘줄이 늘어나고 말겠지. 그리고 다리 근육도 한층 딴딴해질 게다.

그것은 꼭 그렇게 되는지 믿을 수 없는 일이었다. 하지만 고통을 참아내는 별다른 길도 없었다.

오태봉, 넌 감실에 갔다온 게 며칠째야?

예, 보름 조금 덜 됐습니다.

이 새꺄, 보름이면 보름이고 한 달이면 한 달이지 좀 덜 됐다는 게 뭐야?

이 중사의 미간이 찌푸려지자 철창 가까이 벽에 기대앉았던 오태봉은 얼른 상체를 바로 세우고 평좌로 고쳐 앉았다.

예, 만 십삼 일 열두 시간 되었습니다.

좋았어, 오태봉.

중사는 빙그레 웃는 얼굴로 좌중을 한번 둘러보았다. 그러자 오태봉은 아주 날렵한 동작으로 평좌를 흐뜨리고는 다시 벽에 기대앉아 싱글싱글 웃기 시작했다. 그는 특별한 긴장이 없을 때는 늘 싱글싱글 웃고 있었다.

넌 며칠이면 공판이 붙겠다. 씨팔놈, 좋아라 날뛰지 마, 삼 년은 썩어야 하니까.

그렇지 않아요. 난 이 년 잡구 있어요.

온통 주근깨로 덮여 있는 오 하사의 조그만 얼굴은 상대방의 약을 올리려는 듯이 여전히 싱글싱글 웃고 있었다. 그의 밝은 표정에는 이 년은 견딜 만하다. 이 년을 때린다면 즐겁게 살아주겠다라고 씌어 있는 것 같았다.

뭐라구 이 새꺄, 이 년이라구. 새씹 같은 소리 작작하라구 이 새꺄, 넌 기름칠 이 년 아냐? 기름칠 이 년이면 갈데없는 석삼 자라구, 그렇지 않나, 정철훈?

중사가 옆에 다리를 세우고 앉아 있는 정 하사에게 동의를 구하자 하사는 얼른 자세를 바로잡고 평좌로 고쳐 앉았다.

네, 그렇습죠.

그봐, 이 새꺄, 오태봉, 너 똑똑히 들었지?

중사님, 악담 좀 그만하세요. 그래 삼 년이라구 해두죠.

오태봉은 마지못해 감방자의 구형을 받아들였다. 그렇지만 이 중사는 오태봉이 방금 악담 운운했기 때문에 잠시 미간을 찌푸렸다. 그는 이 녀석에게 당장 게걸음을 시킬까 하고 생각했다. 그의 앞으로 게 걸음걸이로 오태봉이 다가오면 바른쪽 다리를 들어 발바닥으로 놈의 얼굴을 한번 씻겨주는 순서였다. 그러나 그의 찌푸린 얼굴에 개의치 않고 연방 싱글거리는 오태봉의 주근깨투성이 얼굴을 보자 그는 그 순서를 지워버렸다.

아아 씨팔 미치겠구나 선생, 난 이제 이십 일만 참아내면 나가는 거요.

그래요?

하고 순열 씨는 다소 놀란 듯 중사를 바라보았다.

여태 몰랐죠? 이십 일만 있으면 이심 공판이 있으니까 그때 붙으면 나가는 거요.

거기에 확실히 붙는다는 걸 알고 있소?

알구말구요, 흥 이번에는 진짜 ○八을 쓴 거요. ○八을 썼으니까 틀림 없다는 걸 알지요. 이 년 육 개월이나 ○八을 쓰지 않고 버티다가 이번에는 정말 쓴 거요. 옜다 먹어라 하고. 일심에서 난 삼 년이었는데, 씨팔 이 년 육 개월이나 살았지만 정말 이제 육 개월은 더 못 견디겠소. 꼭 미칠 것 같은 거요. 선생.

하고 중사는 점점 어조를 낮추어가며 말했다. 나중에는 순열 씨만 들릴 만큼 작은 소리로

선생 정말 이제 육 개월을 살라면 어디로든 도망가겠소. 죽고 말지 못 견딜 판요. 전에 삼 년 형기가 다 끝나 내일이면 출감할 놈이 그만 하루를 못 참아 탈옥한 일이 있다우. 저 변소 말요. 변소 천정으로 올라가 굴뚝으로 빠졌다우. 지독한 놈이지만 삼 일 뒤에 다시 체포되어 여기로 돌아왔죠. 그래서 특수도주 죄목으로 사 년을 또 받은 거요. 흐흐 우습죠. 그놈을 욕했지만 이제야 그놈의 심정을 알 것 같아요. ……그래서 이심에 항소해 놓고 내가 아버지에게 편지한 거요. 쓰라구. 내가 쓰라구 했으니까 꼭 썼을 겁니다. 전에는 아버지가 쓰겠다구 해두 내가 못 쓰게 했으니까.

어쨌든 다행이요. 이십 일은 눈 깜짝할 사이 아뇨?

당신은 이제 괴로울 것 하나도 없겠소.

그게 아니오, 선생. 바로 이 좆 같은 이십 일이 문제라니까. 하루가 꼭 일 년 같다니까.

중사는 금방 사나운 눈초리로 철창을 노려보았다.

노오랗게 변색된 얼굴이 일단 흥분되자 옆에 앉은 순열 씨에게는 그가 한 마리의 늑대같이 보였다. 중사는 굳게 잠겨 있는 철창의 문과 높다란 삼면의 벽을, 거의 세 해 동안이나 묵묵히 자기를 감금하고 압박해온 삼면

의 벽을, 사납게 노려보았다.

에이 더럽다 씨팔, 모든 게 개씹 같단 말야. 야 천 하사, 나 외출하겠어.

말이 떨어지자 오른편 삼 열에 앉아 있던 천 하사가 벌떡 일어섰다. 그는 2호에서 제일 당당한 체격을 가졌고 제일 말이 적은 사나이였다. 그는 잘 길들여진 소처럼 벌써부터 등을 약간 구부리고 후면 벽 쪽으로 어정어정 걸어갔다. 이 중사는 외출하기 위해 일어섰고 순열 씨도 천 하사가 설자리를 마련해주기 위해 일어섰다.

천명오는 고릴라의 손같이 큰 손으로 깍지를 끼고 후면의 통풍구에 각도를 맞추어 자리 잡고 섰다.

니기미, 오랜만의 외출인가 부다.

힘을 내기 위해 기합을 준 듯 중사는 말하고 천명오의 큰 손깍지에 오른발을 얹었다. 동시에 그는 손으로 천명오의 어깨를 짚고 훌쩍 올라섰고 다시 같은 동작을 거듭하자 어느덧 중사는 천명오의 어깨를 밟고 우뚝 서 있었다.

그의 솜씨가 체조선수같이 민활한 데 순열 씨는 놀랐다.

두 손으로 통풍구의 창틀을 꽉 붙잡고 선 중사는 밑에 서 있는 순열 씨를 내려다보고 한 번 씨익 웃었다. 아래서 보니까 웃을 때 드러나는 중사의 왼쪽 뻐드렁니가 순열 씨에게는 유난히 크게 보였고 그 노오란 이빨은 언젠가 그가 화면에서 본 일이 있는 어떤 야수의 그것과 흡사해 보여 순열 씨는 흠칫 놀랐다. 저 귀여운 웃음 속에 저토록 사나운 이빨이 숨어 있었구나.

중사는 자기가 선 기반이 튼튼한가를 시험하느라고 두세 번 발을 굴렀다. 중사의 발은 비록 혈색이 깡그리 바래져 얼핏 죽은 자의 발처럼 싯누렇게 떠보였으나 골격은 매우 넓적하고 굵어서 우람하기 짝이 없었다. 그 사나운 발이 자기의 어깨를 밟고 거침없이 두세 번을 굴렀건만 하사는 얼굴을 찌푸리거나 조금도 괴로워하지 않고 그냥 표정 없는 얼굴로 묵묵히 서 있었다.

선생, 해가 보인다니까.

중사는 어린애처럼 한쪽 팔을 휘두르면서 즐겁게 소리쳤다. 2호의 모든 사람들이 그의 소리에 갑자기 깨어난 듯 통풍구 쪽으로 시선을 돌렸으나 양쪽 벽을 따라 늘어앉아 있는 그들은 무언가를 체념한 듯 이내 시선을 거두고 말았다. 그들은 하나 같이 입을 굳게 닫고 묵묵히 앉아 있을 뿐이다.

지금 버스가 스톱했다. 이제 곧 떠날 게다. 암 으흥, 벌써 떠나는구나.

중사는 변사처럼 그의 시야에 들어오는 것을 혼자서 신이 나서 떠들어댔다. 그러다가 문득 천명오의 곁에 엉거주춤 서 있는 순열 씨를 내려다보면서 말했다.

선생, 거기서 저 나무가 보여요?

그가 통풍구 바깥을 손으로 가리켰으나 순열 씨의 위치에서는 아무것도 보이지 않았다.

안 보이는데요.

참, 혼자 보기 아깝구나. 저 잎사귀들 좀 봐. 푸릇푸릇한 잎사귀들, 한창이구나. 며칠 사이에 저렇게 됐어.

중사는 자못 감상적인 투로 혼자 지껄이고는 통풍구의 창틀에 턱을 괸 채 한참 동안 말없이 바깥만을 향하고 서 있었다. 이윽고 그가 외출을 끝내고 천명오의 어깨 위에서 시멘트 바닥으로 훌쩍 뛰어내렸을 때는 중사의 얼굴에선 장난기는 사라지고 없었다. 2호의 동료들은 그가 자기의 집을, 자기의 마누라를, 그리고 그의 재소 중에 태어났다는 자기의 딸을 생각하고 있다는 걸 얼른 알아차렸다.

여보, 박 형, 박 형도 외출 한번 하고 싶소?

땅에 내려선 중사가 말하자, 순열 씨는 얼핏 대답을 못하고 주춤거렸다. 그의 머릿속에서는 방금 그 푸릇푸릇한 잎사귀들이 맴을 돌고 있었다. 그는 중사가 떠들어대는 소리로 해서 비로소 자기는 금년의 유월을 보지 못했다는 것을 깨달았고 그것을 깨닫자 갑자기 그 유월이 보고 싶어진 것이다. 그렇지만 중사의 제의에 놀라는 동료들의 시선과 마주쳤을 때 그는 곧 자기의 충동이 사치라는 걸 깨달았다. 그가 대답을 못하고 머뭇거리자 중사는 자기 쪽에서 선뜻 결정을 내렸다.

이봐, 천 하사, 선생님을 위해서 한 번 더 수고를 해야겠어.

이미 제자리에 돌아가 평좌로 단정히 앉아 있던 천명오는 다시 벌떡 일어나 뒤쪽으로 뚜벅뚜벅 걸어왔다.

하긴 나도 일 년이 넘도록 외출은 꿈도 못 꿨지.

중사는 불만을 감추고 묵묵히 앉아 있는 동료들의 굳어버린 얼굴들을 어루만지듯 말하고는 이렇게 감방의 질서를 깨뜨려보는 것도 일견 재미있는 일이라는 듯이 한참 혼자서 껄껄대고 웃었다. 천명오는 기계와 같은 동작으로 금방 아까와 같은 자세를 취했다. 벽에 등을 딱 붙이고 두 손에 힘을 모아 깍지를 끼운 그의 표정은 뜻밖의 사나이를 모신다는 데 대한 불쾌감마저도 찾을 수 없었다. 그는 다만 중사를 위해서만 봉사해왔었다. 그렇지만 이제 중사의 지시라면 상대가 누구이건 즐겁게 손깍지를 끼울 수 있다는 듯이 다만 그 큰 눈을 껌벅거리면 순열 씨가 오르기만을 기다렸다.

올라가시우, 나중엔 뒈지게 하고 싶어도 못할 때가 있으니까.

순열 씨는 가까스로 자기의 오른쪽 발을 하사의 손깍지에 올렸다. 몸을 올리느라 그의 손을 힘껏 밟으면서 그는 이 사나이가 별안간 그의 몸뚱이를 저 시멘트 바닥으로 동댕이질치지 않을까 하고 겁을 냈다. 하사의 새까맣고 우락부락한 얼굴은 언제고 그럴 수 있는 폭력을 감추고 있는 듯이 보였던 것이다.

중사가 곁에서 엉덩이를 힘껏 밀어올리는 바람에 순열 씨는 단숨에 하사의 어깨 위에 올라섰다. 그가 허리를 길게 펴자 천정 밑에 있던 통풍구가 그의 얼굴 앞에 다가왔다. 그는 통풍구의 창틀을 두 손으로 힘껏 부여잡고 얼굴을 바깥으로 내밀었다.

뭐가 보입니까?

이때 밑에서 중사가 다시 호들갑을 떨기 시작했으나 순열 씨는 아무런 대답도 하지 못했다. 그는 비록 천 하사가 아주 튼튼하게 믿음직스럽게 밑에서 받들어주고 있다고는 해도 우선 다리가 덜덜 떨리기 시작했고 그런 연유로 그의 시야도 몹시 불안했다. 푸릇푸릇한 잎사귀를 찾아보자라고 그는 먼저 생각했다. 그의 코로 스며드는 유월의 공기는 확실히 상쾌했다. 그는 이윽고 푸릇푸릇한 포플러의 잎사귀들이 유월 저녁나절의 햇빛에 반사되어 그 무수한 배때기들을 번쩍거리고 있는 것을 보았다. 저게 바로 벽을 사이에 두고 지척에 있었구나. 그는 속으로 중얼거렸다. 그는 얼른 시야를 넓혀가기 시작했다. 포플러들이 서 있는 부근에는 사령부 영내를 구분하는 철조망 바리케이드가 커다란 구렁이의 허물처럼 길게 펼쳐져 있었다. 그 바리케이드 건너에는 미군부대의 거대한 조달창들이 눈앞을 가로막을 듯이 널따란 지역을 차지하고 늘어서 있었다. 그는 얼른 조달창의 뾰족한 지붕 건너편으로 시선을 들어 그가 마지막으로 보고자 했던 대상을 찾았다.

선생, 무어 재미있는 게 있소?

중사가 밑에서 다시 물었지만 역시 순열 씨는 대답하지 못했다. 막상 그가 멀리 빨갛고 검은 기와지붕들이 오밀조밀 모여 있는 마을을 보았을 때 그는 더럭 겁이 났던 것이다. 그것은 어렸을 때 남의 집 담장을 기어 올라가 몰래 뒤란을 훔쳐보고 있을 때 느끼던 불안과 흡사한 것이었다. 그는 이 불안 때문에 좀 더 오래 그 마을의 정경을 지켜보지 못했다. 여전히 다리가 덜덜 떨렸고 그 떨림은 지금 철창 밖의 복도에서 근무자 중의 누군가가 그의 하반신을 노려볼지도 모른다는 생각을 그리고 그런 가능성 때문에 2호의 동료들이 불안하게 그의 거동을 지켜보리라는 생각을 새삼 불러일으켰다. 그는 어떤 힘에 이끌리듯 곧 바닥으로 내려서고 말았다.

그보쇼. 외출하고 나면 항상 그 모양이라니까.

순열 씨가 말없이 뒷구석의 자기 자리로 돌아가 앉자 중사가 말했다. 그는 방금 바닥에 내려온 순열 씨의 얼굴에서 역시 어두운 그늘을 발견한 것이다.

우린 말요. 보지 않고 지내는 게 건강에 이롭단 말요. 내가 저 녀석들의 외출을 허락지 않는 것도 다 까닭이 있는 거요.

2호의 동료들은 그의 말을 수긍하는지 아니면 부정하는지 알 수 없는 표정으로 잠자코 앉아 있었다. 그들은 벽에 기대어 본다든가 허리를 펴고 평좌로 앉아 본다든가 그 어느 것에도 싫증이 난 듯 무릎을 세우고는 자라처럼 목을 움츠리고 있었다.

저 새끼들은 되게 참지 못하는군.

중사는 혼자서 지껄이고는 벌떡 일어나 철창 쪽으로 걸어갔다. 그는 철

창 문 바로 위에 꽂혀 있는 휴지통에서 《새 시대에 맞는 성경》 두 페이지를 꺼내들고

2호 일명 소변.

하고 가볍게 소리쳤다. 그가 돌아서서 변소 앞으로 다가설 때 정철훈 하사는 얼른 자기 다리를 두 손으로 만지면서

드릴까요?

하고 말했다.

있어?

네.

몇 마리나……?

두 마리뿐입니다.

겨우 고거야?

네.

애연가가 늘어나니까 조달이 큰 문제로군. 가만있어. 이따 1호로 연락해보자. 이번엔 난 참겠어.

그는 빈손으로 그냥 변소 문을 열고 들어갔다. 소변을 보러 가면서도 휴지를 들고 가는 짓은 하나의 습관이었다. 변소에는 흡연자의 부주의로 담뱃재나 필터의 가닥이 남아 있을 가능성이 있기 때문에 그것을 치우기 위해서였다. 만약 그것을 미처 치우지 못한 사이에 갑자기 변소 검열을 받게 되면 그야말로 2호는 볼장 다 보기 때문이다.

중사가 변소 문을 열고 나오자 이번에는 순열 씨가 철창 앞으로 나아갔다. 그는 휴지통에서 《새 시대에 맞는 성경》 두 페이지를 꺼내 들었다. 《새 시대에 맞는 성경》이란 성경을 아주 간명하게 요약한 조그만 책자로 매우

열성적인 신흥교파의 선교부로부터 배부받은 것이었다. 그것을 그들은 읽기도 했지만 그 기간은 배부를 받은 뒤의 이삼 일에 불과했다. 이삼 일이 지나면 감방장은 휴지를 마련하기 위해 그 작은 책자들을 모두 뜯어서 네 겹으로 접으라는 지시를 내리지 않을 수 없었다.

휴지를 꺼내던 순열 씨는 철창 앞에 잠시 부동으로 섰다. 이런 때에는 반드시 근무자의 눈을 찾지 않으면 안 된다는 것을 그는 언젠가 배운 일이 있었다. 근무자가 지켜보는 순간에 바로 신고하지 않는다면 그것은 신고로 인정되지 않는다는 것이다. 그는 열심히 근무자의 눈을 찾았으나 장 수병님과 교대한 이광일 수병님은 지금 7호 앞에서 7호의 누군가와 얘기하고 있었으므로 그의 주목을 도무지 받을 수가 없었다.

2호 일명 변소.

그는 얼떨결에 이렇게 소리치고 뒤로 돌아섰다. 그러자 그와 눈이 마주친 2호의 동료들이 모두 소리를 내지 않고 웃고 있었다. 단지 정철훈 하사만이 무언지 화가 난 얼굴로 그를 노려보았다.

여보, 변소가 뭐요?

잔뜩 부르튼 얼굴로 정 하사가 묻자, 순열 씨는 선 자리에서 그만 얼어붙고 말았다. 정 하사는 이제는 참을 수 없다는 듯이 마음껏 눈을 부라려 그의 앞에 서 있는 마르고 나이든 사나이를 노려보았다. 그리고 그의 커다란 눈이 일단 상대를 노려보자, 이렇게 흉악하고 위압적인 얼굴이 된다는 걸 순열 씨도 처음 알았다. 그의 주름진 이마, 까만 눈썹 밑에 상대를 그만 태워버릴 듯이 타고 있는 커다란 눈, 그리고 노기로 부르튼 위아래 입술, 이것들이 만들어내는 얼굴은 분명 호랑이의 상을 본뜬 것이었다.

왜요? 변소가 잘못 되었나요?

순열 씨는 자지러드는 목소리로 가까스로 반문했다.

이 새꺄, 가르쳐드려. 소변이라고. 여보 그렇죠, 소변이죠?

이때 중사가 가로막고 나서서 정 하사의 다음 폭언을 제지했다.

몇 번이나 가르쳐줬어요. 그런데도……

또 가르쳐드려, 이 새꺄.

2호 일명 소변, 아니면 대변 마음 꼴리는 대로 골라 하슈.

하사는 못 볼 것을 보았다는 듯이 혹은 못 참을 것을 참는다는 듯이 여전히 열기로 불을 뿜는 눈으로 사방을 한바탕 휘둘러보고는 이내 고개를 숙여버렸다.

그때야 순열 씨는 돌아서서 철창 앞으로 다시 걸어갔다. 그는 하사에 대한 까닭 모를 두려움에 소변과 변소의 어휘마저 구분하지 못한 자기의 식에 대한 수치심이 겹치어 관자놀이가 뜨겁게 달아올랐다.

2호 일명 소변.

그는 기어나오는 목소리로 다시금 신고하고 천천히 변소로 들어갔다. 그의 뒷전에서 웃음과 조소를 참았던 자들이 쪼다, 무엇이라고 수군거리는 소리를 그는 들었다.

만일 엉터리 신고가 들키면 우리 모두 작살납니다.

그가 변소에서 나오자 중사가 정색을 하고 말했다.

선생은 그 가장 쉬운 걸 잊어먹나요?

글쎄요. 나도 모르겠군요.

아무튼 저놈에겐 조금 주의해두쇼.

중사는 순열 씨의 곁으로 바싹 다가앉으면서 정철훈 하사를 손으로 가리켰다. 그들은 제일 상좌에 자리 잡고 있었으므로 늘 가까이 앉아 있었다. 그런데 열을 지어 정좌나 평좌를 하는 때를 제외하고는 정철훈 하사는 늘 세 번째 상좌를 사양했다. 그는 서열로 본다면 당연히 지금 순열 씨가 앉아 있는 중사의 옆자리에 앉아야 하는 것이다. 그런 그가 편히쉬어나, 열을 짓지 않는 평좌 시간에는 세 번째 상좌마저 사양하는 것은 아무래도 부자연스러워 보였다. 그는 거의 말석에 가까운 변소 문 바로 옆자리에 묵묵히 앉아 계속 머리를 떨어뜨리고 있었다.

저놈은 내 후계자가 될 게요. 그래서 지금부터 훈련을 조금씩 시키고 있죠.

그가 훈련을 시킨다는 것은 2호의 동료들이 정 하사에게 공포감을 느끼게 만드는 일련의 과정을 뜻하는 것이었다. 중사는 자주 자체 징벌의 하수를 정 하사에게 떠넘겼고, 때로는 정 하사 스스로 신참을 벌하는 일도 많았다.

내가 걱정하는 건 그거요. 이십 일 이후면 나는 나가는데 그때부터가 걱정이란 말요. 물론 내가 저놈에게 선생을 잘 보살피라고 이르고 나가겠지만.

이때만은 중사도 정 하사가 듣지 않도록 적당히 소리를 낮추어 말했다. 그가 그답지 않게 정 하사에게 신경을 쓰고 있다는 것, 그리고 그 까닭이 무엇인지를 알자 순열 씨는 저절로 웃음이 나왔다.

하여튼 나는 중사님께 감사하고 있어요. 하지만 내가 겁쟁일까 봐 너무 걱정하지 마십시오. 나는 또 견디어 갈 겁니다.

물론 그러셔야지. 그렇고말고.

그는 너스레를 떨고 나서 다시 하던 말을 이어갔다.

내가 저놈을 지금 매우 학대하는 것 같지만, 그건 일부러 그러는 거죠.

나는 사실 저놈을 매우 좋아하거든요. 저놈하곤 이 년 가까이 함께 지냈으니까 정이 들었죠. 생각해보슈, 우린 모포 한 장 없이 이 바닥에서 한겨울을 함께 지냈거든요. 지금은 호텔입니다. 작년 겨울만 해도 우린 서로 가랑이를 끼고 서로의 체온으로 밤을 지새웠거든요. 그래 난 저놈을 못내 사랑하죠. 저놈은 틀림없이 일류 감방장이 될 게요.

중사의 목소리는 자기도 모르는 새 점점 커져서 2호의 누구나 그의 말을 들을 수 있었다. 정철훈 하사는 중사가 자기 얘기를 하고 있다는 걸 깨닫자 세운 무릎 사이로 잔뜩 숙였던 머리를 치켜들고 중사의 얘기를 가만히 듣고 있었다. 듣고 있을 뿐만 아니라 그는 말하는 중사의 표정이며 손짓 발짓까지를 유심히 지켜보고 있는 것이다. 순열 씨는 그가 이따금 얘기를 듣고 있는 자기 쪽도 흘끔흘끔 바라보고 있다는 걸 알았다. 그의 눈길을 느낄 때마다 순열 씨는 왠지 자기 몸이 자꾸 움츠러드는 듯한 기분에 빠졌다. 저 사나이는 중사의 후계자이다. 이제 중사가 그걸 공언했고 그리고 지금 저 사나이를 보면 확실히 후계자다운 기상이 엿보이는 것이다. 그는 마치 미구에 먹이 사냥을 나서기 위해 덩굴 속에 숨어서 잔뜩 움츠리고 기다리고 있는 맹수처럼 변소 문 옆자리에서 꿈쩍도 하지 않고 노려보고만 있을 뿐이었다.

선생, 당신은 저놈의 죄명을 들은 일 있소?

없어요.

그럴 게요. 저놈은 자기 신상에 관해서 아무에게나 말하지 않는 놈이죠. 지금까지 저놈하고 속을 털어놓고 얘기한 건 나뿐일 게요. 난 저놈의 항고 이유서까지 써주었으니까. 그런데 저놈이 말요. 전도사에게 침을 뱉은 놈이요. 그 왜 있지 않소. 일요일이면 할렐루야! 하고 소리치면서 히틀

러처럼 손을 번쩍 쳐들고 들어오는 복음 교회의 앤경 낀 전도사 말요. 그 새끼가 저놈에게 다가와서

당신과 얘기하구 싶소. 하느님은 당신의 죄 따위는 죄라고 여기지도 않으니까 이 세상에는 당신 말고도 정말 큰 죄인이 얼마든지 있으니까 당신의 괴로움을 하느님께 얘기만 하면 당신은 죄에서 구원될 수 있다. 하느님은 여하한 범죄 자체보다도 속죄 않느냐, 그가 속죄하느냐 이걸 중히 여기신다.

하고 따리 붙이며 유혹해왔을 때 저놈이 그 앤경 낀 새끼에게

이 새꺄, 칵.

하고 침을 뱉고는

너두 결국은 도둑놈일 게고, 그러니까 도둑놈과는 말도 하기 싫다. 라고 쏘아붙이고 만 거죠. <u>흐흐흐</u>. 그러니까 저놈은 그 새끼가 이 세상에는 더 큰 죄인이, 진정한 죄인이 있다고 속임수를 쓰고 따리 붙이려고 할 적에 거게 넘어가지 않은 거죠. 아무튼 저놈은 묘한 놈이 돼 나서 아무에게도 자기 신상에 관한 얘기는 안 해요.

이때 오른편 3호 쪽에서 쿵쿵 이쪽 벽을 치는 소리가 들려와 중사는 얘기를 멈췄다. 맨 앞에서 전령을 보던 오태봉이 잽싸게 철창 앞으로 나아갔고, 그는 이내 3호에서 건너오는 메시지를 받아들고 이 중사 앞으로 다가왔다.

근무자가 보지 않았어?

예 광일이는 지금 6호에서 타작하고 있습니다.

오태봉은 두 손으로 방금 3호에서 전달되어 온 쪽지를 중사에게 내밀고는 부동자세로 서서 대답하고 있었다.

누가 맞나?

어제 온 신참입니다. 그 새끼 되게 작살나고 있습니다. 그 새끼가 이 수병에게 말대꾸를 한 거 같애요.

그 새끼가 뭐라구 했어!

이 새끼 기름칠이구만.

오태봉은 결코 6호에서 벌어진 광경을 보았을 까닭은 없는데 단지 자기의 상상을 적당히 각색해서 이광일 수병님과 그의 주먹에 작살났다는 신참의 흉내를 열심히 내고 있었다.

그래 기름칠이요. 그러니까 어떻다는 거요?

오태봉은 뻣뻣하게 서서 중사에게 대드는 시늉을 했다. 하, 이랬다는데요. 기름칠이라구 괄시 마라 이거지요.

그 새끼 배짱 한번 좋았어.

변소 문 옆에 앉아 있던 정철훈 하사가 여전히 머리를 숙인 채 말했다.

그 새끼 맞아야 되겠구만.

중사는 간단히 결론을 내렸고, 오태봉은 철창 쪽으로 돌아갔다. 이때 어이쿠! 어이쿠! 하는 비명과 철창문이 흔들리는 소리가 연거푸 들려왔고 이 새꺄, 뭐라구? 이 씨팔새끼 뭐라구? 하는 이광일 수병님의 노성도 들려왔다. 이 수병님은 말이 적은 대신 펀치가 비길 데 없이 세고, 그리고 일단 손을 대면 쉽게 끝나지 않는다는 것을 누구나 알고 있었으므로 6호 쪽에서 어이쿠! 어이쿠! 소리가 계속 들려와도 재소자들은 하나도 놀라지 않았다.

한쪽에서 방금 3호에서 전달되어 온 메시지를 읽고 난 이 중사는 주먹으로 턱을 괴고 아주 난감한 표정으로 정철훈 하사를 바라보았다.

어떻게 하지?

뭔데요?

정 하사가 묻자, 중사는 대답 대신 메시지를 하사에게 던졌다. 하사는
그것을 빠르게 읽고 역시 난감한 표정으로 중사를 건너다보았다.

결정하시죠.

두 마리뿐이라고 그랬지?

네 딱 두 마리.

대가리는 있나?

대가리도 세 개뿐입죠.

하사는 강아지와 대가리가 감추어져 있는 자기의 바른쪽 발목을 손으
로 탁 쳐보였다.

무어라고 썼어요?

순열 씨는 중사의 난처한 표정을 향해 말했다.

그거 좀 보여드려. 그리고 볼펜과 종이를 내놔.

이윽고 결정을 내린 듯 중사는 하사에게 지시하고는 정 하사가 던져 주
는 메시지를 받아 읽고 있는 순열 씨의 거동을 넌지시 지켜보았다.

2호에게

이 중사님

생략하옵고 국방부 고등군법 회의는 이십 일경 있을 예정이라고 함.
본 건 어제 감실에 다녀온 배 하사의 전달 사항임. 중사님의 행운을, 그리
고 지난번 문의 사항에 대해서 우선 2호의 선생님은 죄명이 무엇이며 사

회에서 하신 일은 무엇인지요? 죄명을 좀 더 구체적으로 적어 보낼 것. 그렇지 않으면 형량을 추측기 곤란함. 2호의 선생님께 본인의 존경과 또한 만수무강의 기원을 아울러 전함. 소생 미흡하와 선생님의 존함은 일찍이 뵙지 못했으나 아침에 세수하실 때 선생님의 존안을 여러 차례 뵈온 일이 있음. 그리고 이 중사에게 우리들의 변함없는 의리와 우정을 위해 축배를 듭시다. 물론 소금 국물을 포도주로 알고 말입니다. 2호에는 지금 강아지의 여분이 있는가요? 지난번 면회 때 ○八을 잡지 못한 죄의 대가로 오늘은 종일 굶었습니다. 여분이 있으시다면 우리들의 변함없는 우정을 위해 3호에게도 한 모금을 베풀어주시기를. 즉각 회신 바람.

신종술 배상

3호에서

순열 씨는 3호의 데빡이 자기를 알고 있다는 것. 그리고 자기에게 상당한 관심을 가지고 있다는 데 우선 놀랐다.

흐흐히 놀랐죠?

이때 고개를 든 순열 씨의 곁에서 중사의 얼굴이 바싹 다가왔다.

그 녀석은 나와 절친해요. 이 신 중사로 말할 것 같으면 사령부 교도소의 최고 고참이죠. 내가 이놈에게 지난번 메시지를 통해 선생의 형량이 어떻게 되겠나 물었죠. 이놈의 구형은 거의 하루도 틀리지 않으니까요. 그건 그렇구 의리니 만수무강이니 장황하게 늘어놓았지만 요점은 강아지 좀 달라 이거요. 흐흐 씨팔놈들. 여기서는 의리 찾다가 굶어 뒈지기 딱 알맞죠. 하여튼.

하고 중사는 정철훈 하사를 바라보았다.

강아지 한 마리와 대가리 한 개 꺼내 보내시겠어요?

할 수 없지. 우리도 아쉬울 때 얻어 피웠으니까.

그는 정 하사가 마련해준 종이와 볼펜을 가지고 엎드려서 3호에게 보낼 회신을 쓰기 시작했다. 정 하사는 철창 쪽에 등을 보이고 돌아앉아 바른쪽 발목의 목이 긴 군용 양말을 까내리고 있었다. 긴 양말을 신고 있는 그의 바른쪽 다리의 발목은 2호의 강아지와 대가리 조달창인 것이다. 이때 물론 철창 근처에서는 참새 잡이와 전령이 철창 바깥 복도를 열심히 지켜보고 있었다.

선생, 당신은 이탈죄에다 항명죄까지 겹친다구 했죠?

쓰다 말고 중사가 물었다. 순열 씨는 고개를 끄덕였으나 이때만은 중사의 호의가 별로 달갑지 않았다. 그는 중사가 자기가 받을 형량에 대해 열심히 물어주고 그리고 비록 벽 하나 사이로 지척에 있지만 아직 자기와는 일면식도 없는 3호의 데빠까지 거기에 관심을 표시해왔지만 막상 그 자신은 이상하게도 자기의 형량을 별로 알고 싶지 않았다. 그는 그 형량이 결코 짧지 않으리라는 정도는 예측이 되었지만 그것이 짧든 길든 지금으로서는 그냥 미궁에 덮어두고 싶었다. 그러므로 그는 중사나 3호의 데빠이 자기의 형량에 관해 서로 의견을 교환하고 자주 표면에 드러내는 일이 그다지 달갑지 않았다.

이탈 기간이 정확히 얼맙니까?

이때 중사가 다시 물어왔으므로 그는 내뱉듯이 대답했다.

만 칠 년이요.

중사는 순열 씨의 표정에는 아랑곳하지 않고 메시지를 열심히 써 내려갔다. 서신용의 용지가 귀하기 때문에 겨우 손바닥만 한 종이에 작은 글씨를 빽빽이 채우느라고 그는 펜을 쥔 손에 잔뜩 힘을 주고 있었다.

3호에게

신종술 중사님

보내주신 글월 잘 받았음. 국방부 고등군재 소식은 본인이 가장 고대하던 소식이었음. 기다리자니 미치겠습니다. 신 형, 정말 이십 일만 있으면 나가게 될 텐데 이렇게 미칠 것 같군요. 이십 일에 공판이 열린다는 것은 누구의 말인지, 감실에서 누구에게 들었는지 배 하사에게 다시 물어서 회신 바람. 신 형, 이해하쇼. 말하자면 기다리다 미친놈이 된 격입니다. 불안해서, 여러 가지 불안에 시달려 미칠 지경임. 우선 이십 일에 공판이 꼭 열릴 것인지 그리고 공판이 열린다 해도 그게 꼭 붙게 될 것인지. 그리고 붙는다고 해도 그 까마귀들이 나를 풀어줄 것인지. 그리고 풀어준대도 공판 당일에 풀어주는 것인지. 아니면 장관 결재가 날 때까지 석 달 여섯 달 무작정 썩힐 판인지. 이하 약함.

우리 선생님은 근무이탈 만 칠 년에 항명죄가 포함되어 있음. 항명 건에 관해서는 본인이 발설을 고수하므로 더 밝혀드릴 수 없음. 만약 신형이 2호에 함께 있다면 우리 선생님의 삼삼하신 구라를 함께 누릴 수 있을 텐데 그렇지 못하는 게 신 형을 위해 천추의 한이라고 생각됨.

우리들의 변함없는 의리와 사나이의 우정을 위해 건배하겠음. 불란서의 코냑은 방금 바닥이 났고 아쉬운 대로 캔 맥주라도 터뜨리겠소. A레이션에 있던 건포도로 안주를 삼고 말요. 참 그 지아이 새끼들 전쟁터에 술 안주까지 가지구 다니는 놈들 나 손들었소. 신 형. 다낭의 메디슨 클럽인가 맨손 클럽인가에서 실컷 마시던 밤이 생각남. 그게 마지막이었으니까. 그날로 난 찌그러진 거요. 2호에도 강아지가 바닥날 참이요. 두 마리 중에서 한 마리 보내 드림. 우리들의 변함없는 우정을 강아지 한 마리로 보내 드리는 괴로움, 이루 말할 수 없소.

　추신. 총장이 아까부터 7호와 5호에만 자꾸 따리 붙이는데, 총장이 강아지 한 섬을 수입 잡았다는 정보를 방금 입수했소. 우리도 나누어 피우자고 하슈. 2호는 몰라도 3호는 외면하지 못할 게요. 사령부 호텔 최고 고참을 외면했다면 총장 그 새끼도 내 손에 작살날게요. 모레는 우리도 ○八을 칠 거라구 하슈. 우리도 나누어 피자구.

이창달 배상
2호에서

메시지를 쓰느라고 한참이나 땀 흘리며 엎드려 끙끙거리던 중사는 가까스로 끝을 맺고는 허리를 폈다.

이거 전해라.

그는 종이를 정철훈 하사에게 건네주었고 하사는 그것을 받아서 그것으로 방금 자기의 양말 섶에서 꺼낸 한 대의 강아지와 한 개의 대가리를 조심스레 쌌다. 정 하사는 메시지를 손수 전할 참인지 일어서서 3호 쪽의 벽가로 비켜섰다.

주십쇼. 일루.

전령을 보고 있던 오태봉이 손을 내밀었으나 하사는 손을 저었다.

비켜.

정철훈 하사는 주먹으로 3호 쪽을 두어 번 두드렸다. 두꺼운 콘크리트

벽은 하사의 주먹이 아무리 세다고 해도 꿈쩍도 하지 않았으나 다만 쿵쿵하고 낮은 소리로 울렸다. 그것은 간다, 받아라 하는 신호였다.

오태봉이 비켜선 자리로 정 하사는 조심조심 다가섰다. 전령을 제쳐놓고 손수 벽을 따라 철장 쪽으로 조심조심 다가가는 하사의 이 태도는 나는 결코 실수하지 않는다. 위험한 일은 이제부터 내가 도맡겠다라고 그가 웅변이라도 하는 것처럼 매우 믿음직스럽게 보였다.

하사의 재빠른 솜씨로 메시지는 순식간에 전달되었다. 그는 일을 마치고 돌아서면서 그 두꺼운 입술에 싱그레 미소를 지어 보였다. 그것은 그가 근무자에게 발각되지 않고 메시지를 무사히 전달했다는 증거였다. 그는 쉽사리 해치웠다라고 뽐내는 듯 벌쭉벌쭉 웃으면서 느긋한 걸음으로 이쪽으로 다가왔다.

이 새꺄, 웃지 마.

이때 능글맞게 웃으며 다가오는 정 하사에게 중사는 화를 벌컥 냈다. 하사는 흠칫 놀라 그 자리에 멈춰 섰고 사나운 얼굴에서 재롱을 떠는 듯한 웃음은 싹 가시었다.

넌 이 새꺄 썩었어.

중사는 다시 영문 모를 욕지거리를 정철훈에게 내뱉었다. 정철훈은 금방 자기가 실수했다는 걸 깨달은 것 같았다. 그가 자기의 능글맞은 웃음을 중사에게 보였고, 또 중사가 보는 앞에서 여유작작하게 걸어왔던 것은 확실히 그의 실수였다. 2호에서 다른 놈은 그따위 웃음이나 걸음새를 흉내낼 수 없는 것이다. 그런데 요사이 와서 그는 가끔 착각을 일으킬 때가 있었다. 이를테면 적어도 2호에서는 자기 거동을 지켜보는 눈이 없으리라는 것이다. 하지만 중사의 일갈로 그는 정신이 번쩍 들었고 아직도 2호에는 그 눈이 있다는 걸 깨달았다. 그는 꿀 먹은 벙어리처럼 시무룩한 얼굴로 변소 쪽으로 어슬렁어슬렁 걸어가 변소문 옆에 쭈그리고 앉았다.

저 새끼도 이제 돌았다구.

이 중사는 아직도 화가 덜 풀린 듯 잔뜩 찌푸린 얼굴로 혼자서 지껄였다. 그는 예의 그 늑대의 옆눈길로 잠시 동안 정철훈을 노려보더니 이내 히히 흐흐 하고 웃기 시작했다.

하긴 미친 척하고 사는 기라, 하지만 저 새끼 웃는 거는 불쾌하단 말야. 뭐이 좋다구. 쓸개 빠진 새끼. 난 너 이 새끼 웃는 까닭을 알구 있다구. 내 나가면 왕이 된다 이거지?

중사의 늑대 눈이 그를 노려보았지만 정철훈은 세운 다리 사이에 머리를 깊이 처박은 채 잠자코 있었다.

선생.

중사는 시선을 갑자기 순열 씨에게 돌리고 가만히 말했다.

저놈의 형기를 아우? 모르죠? 저놈은 원래 무기징역이었죠.

무기징역이 뭐요?

하고 순열 씨는 자기도 모르게 반문했다. 그는 순간 하사의 형기가 무기라는 사실보다도 그 어휘가 주는 엄청난 파문에 놀라 어리둥절하고 말았다.

그러면 무기징역이란 말이요.

그렇죠. 무기였죠. 하지만 지금은 무기는 아니죠. 원래 무기였다, 이겁니다.

그럼 지금은 어떻게 됐죠?

월남 현지 재판에서 무기를 받았지만 여기 압송된 뒤에 이심에서 십사 년으로 감형된 거요. 지금 또 상고 중이지만 벌써 기각된 일이 있으니까 이번에도 결과는 뻔하죠. 씨팔 십사 년이면 말이 십사 년이지, 좆도 완전히 찌그러진 거요.

저 사람 죄명이 무언데요?

양민 학살입니다. 저 새끼 사람 많이 죽였다우. 3호의 배 하사 새끼도 사람을 죽이고 들어온 놈이지만 그건 그래도 다섯이고, 이놈은 수백 명을 무더기로 깐 거요. 저놈 눈을 보면 핏발이 서 있는 게 조금 다른 데가 있어요. 사람 죽인 놈 눈은 확실히 다릅니다. 이따가 선생도 저놈 눈을 자세히 보슈. 저놈이 쏘아보면 나도 섬뜩할 때가 있다니까. 씨팔놈.

정철훈은 중사가 자기 얘기를 하고 있다는 걸 알면서도 섣불리 말참견을 하지 않았다. 물론 한마디 무어라고 반론을 제기한다 해도 이 중사에게서는 본전도 찾지 못한다는 걸 그는 잘 알고 있었다. 그는 다만 기다린다, 무엇인가 눈에 뵈지 않고 쉽사리 손에 잡히지도 않는 그 무엇을 기다린다는 태도로 잠자코 앉아 있었다. 그는 세운 다리 사이에 얼굴을 깊이 처박고 쭈그리고 앉아 있으므로 이쪽에서는 그의 사나운 이마 굵다란 주름투성이 이마밖에 보이지 않았다. 그리고 일단 정철훈이 침묵으로 들어갔을 때 그 주름투성이 이마는 더욱 포악하고 완고하게 보이는 것이다.

이때 순열 씨는 약간 놀란 눈길로 하사의 완고한 이마를 바라보았다. 저 사나이가 무기수였다고? 저 튼튼하고 배짱 좋은 사나이가. 그는 그게 쉽사리 믿어지지 않아 속으로 반문했다. 그는 마치 이 중사에게, 아니 그보다는 정철훈에게 단단히 속아 넘어간 기분이었다. 그가 보기에는 적어도 정철훈은 튼튼하고 즐거운 사나이였다. 그는 하찮은 일로도 자주 혼자서 벌쭉벌쭉 웃기를 잘했고, 이따금 신바람이 나서 춤추는 듯한 걸음걸이로 걸어다녔다. 그 때문에 이 중사에게 자주 쿠사리를 당했었지만, 그런데 그 만만한 배짱이나 패기는 어디서 연유하는 것일까. 순열 씨는 그의 형기에 놀라고 있는 것이 아니었고 그가 일단 무기수였다는 것을 알고 난 지금 남을 조롱하고 싶은 충동이 없이는 그럴 수 없는 그의 느긋한 걸음걸이, 능글맞은 웃음 따위에 놀라고 있었다.

그런데 선생, 저놈 얘기가 웃기는 겁니다.

중사는 혼자서 헤헤거리며 웃다가 갑자기 순열 씨에게 다가들었다. 웃느라고 마음껏 크게 벌려진 중사의 입이 순열 씨의 코앞으로 다가들자 하마의 이빨처럼 길고 꼴사나운 중사의 뻐드렁니가 훤히 드러났고, 그의 입에서는 노리끼한 악취가 물씬 풍겨나왔다.

저놈은 말요, 글쎄 월남에서 재판받을 때 얘긴데, 저놈 말이 재판 받기 전에 굉장히 혼났다 이거요. 왜 그랬느냐 하면 자기는 갈 데 없이 사형인 줄 알았다, 이겁니다. 월남 민간인들이 떠들고 월남 정부에서도 옵서버가 나와서 압력을 가하는 판이니까 이건 사형이구나, 난 죽었다. 하하 난 틀림없이 죽었구나 하고 눈 딱 감아버렸다 이거요. 그러고는 막상 땅 하고 판결 떨어지는데 이건 웬 떡이냐? 무기더라 이거요. 그래서 정말 무기일까. 정말 살아난 것일까. 믿어지지 않아서 지 허벅다리 살을 꼬집어보고는 사실이기에 벌떡 일어나서 만세 했다 이겁니다. 하하, 좆새끼, 만세는 무에가 만세냐, 무슨 갈보년 거기 썩어 문드러진 만세냐, 내 말은 이겁니다. 그랬더니 저놈 말이 무기였으니까 만세 했다. 이겁니다. 흐흐흐 히히 선생. 이게 말이 되는가요? 무기니까 만세 했다. 무기니까 만세.

글쎄요. 그럴 수도 있겠죠.

순열 씨는 정철훈의 눈치를 보면서 조심스럽게 말했다.

그래요? 그러니까 똥치보다는 갈보다 낫다 이건가요? 저 새끼 배짱 한 번 좋았어.

멀어져갔던 발소리가 점점 가까워지자, 2호에서는 여기저기 힘쓰는 소리가 들렸다. 군화 발소리는 시계추 소리처럼 아주 규칙적으로 들렸기 때문에 그들은 조 수병님이 지금 몇 호 앞을 가고 있다. 자기 호에 얼마쯤 가까이 와 있다는 것을 눈으로 보듯 빤히 알 수 있었다. 그들은 또 조 수병님의 걸음걸이가 그 육중한 체중 때문에 매우 느리고 그의 입이 무거운 대신 그의 펀치가 매우 폭발적이라는 것도 잘 알고 있었다. 근무자들은 누구나 자기 특징을 가지고 있었고 특징이 없는 자는 특징이 없는 근무자로서 위신이나 권위가 전혀 서지 않기 때문에 다시 말하면 죄수 새끼들이 전혀 알아주지를 않기 때문에 자기 특징을 만들려고 안간힘을 쓰는 것인데 조 수병님의 특징은 바로 이 느린 걸음과 무거운 입, 그리고 무엇보다 그 폭발적인 펀치에 있었다. 그러니까 그의 완만한 평소의 동작이나 무거운 입은 다만 그 강력한 펀치라는 특징을 한층 두드러지게 해주는 부차적인 특징에 불과한 것이다.

그는 별다른 이상을 발견하지 않는 한 1호에서 7호까지의 반원형의 복도를 계속해서 걸어다녔다. 매우 느린 걸음걸이로. 이것이 그가 근무 시간에 하는 일의 전부였다. 그는 특별한 반역이 눈에 띄지 않는 한 한마디도 지껄이지 않는다.

조 수병님의 발걸음 소리가 가까워지자, 뻗어 뻗어.
라고 중사가 말했다. 그의 말소리는 여느 때와는 달리 숨이 차고 기운 없게 들렸다. 그도 그럴 것이 중사도 지금 벽에 의지해서 거꾸로 서 있었던 것이다. 그러나 중사의 지시가 떨어지기 전에 2호 동료들은 이미 가까워 오는 군화 소리를 들었고, 다리를 뻗기 위해 안간힘을 쓰고 있었다. 하지만 벽에 기댄 다리는 자꾸만 비틀거렸고 다리를 반듯이 세우기 위해 다리에 힘을 쓰면 쓸수록 다리는 점점 더 무거워만 갔다. 그렇지만 조 수병님이 2호 앞에 다가섰을 때는 그들은 용케도 흔들리지 않고 잘 버티어냈다. 이 순간만 버티자, 조 수병님이 2호를 지나 1호 쪽으로 건너갈 때까지만 잘 버티자. 그들은 모두 조 수병님의 그 강력한 펀치를 생각하면서 이렇게 스스로를 채찍질했다.

조 수병님이 2호 앞을 일단 지나가버리자 2호 사람들은 다리에 힘을 빼고 편한 자세로 바꾸었다. 그들은 다리를 적당히 구부리고 벽에 최대한으로 의지해서 자기들의 힘을 덜 소모하는 방법을 알고 있었다.

이때 순열 씨는 자기 체중을 지탱하고 있는 팔에 심한 경련을 일으키고 있었다. 뿐만 아니라 그의 눈앞에는 지금 단조로운 시멘트 바닥과 시멘트의 벽이 팔랑개비 모양으로 빙글빙글 돌아가고 있었다. 벼찌붙어, 벼찌붙어는 내게는 벅차구나. 그는 그걸 인정하지 않을 수 없었다. 그는 확실히 아직 거꾸로 서는 자세에는 숙달되지 못한 것이다. 그렇지만 그는 몹시도 경련하는 자기 팔이 매우 부끄러웠다. 이 팔은 지금 자기의 체중을 지탱하지 못하고 있다. 그게 그는 매우 부끄러웠다. 그는 이런 자세가 이렇게 벽을 향해 거꾸로 서서 버티는 자세가 어떤 시대에 어떤 경우에 반드시 필요한 자세인가를 생각할 겨를도 없이 다만 지금 자기 체중을 지탱하지 못하는 자기 팔이 매우 부끄러울 뿐이었다.

그는 자기 시야에서 빙글빙글 맴돌고 있는 바닥과 벽을 똑바로 붙잡으려고 충혈된 눈을 부릅떴다. 하지만 시야의 사물들은 그의 시선에 쉽게 붙잡히지 않고 여전히 빙글빙글 맴돌았다. 그는 마치 그 표정 없는 바닥과 벽에게 우롱당하는 기분이었다. 그것들은 지금 그의 거꾸로 선 자세를 비웃고 그의 충혈된 눈을 우롱하는지도 몰랐다. 그는 현기증이 일어났고 몸의 중심을 잡기가 더욱 힘들었다. 그는 눈을 감아버렸다.

씨팔 이십 일이다. 이십 일.

갑자기 중사가 침묵을 깨고 내뱉었다. 그가 이십 일이라고 말하는 것은 이십 일만 기다리면 자기는 출감하게 되고 따라서 이 벼찌붙어라는 고역도 면하게 된다는 이야기였다. 그는 매우 헐떡거리고 있었지만 그의 소리는 힘껏 부르짖는 절규였다. 그는 벌겋게 상기된 얼굴로 시멘트 바닥을 노려보며 절규했고, 그러고는 다시 숨을 헐떡거리기 시작했다. 이때만은 데빽도 누구를 탓하거나 원망할 수 없는 처지였다. 다만 그가 지금 원망하는 것은 시간인 것이다. 그가 원망할 수 있는 것은 결국 시간뿐이었다.

조 수병님은 너그럽게도 시간을 잘 지켰다. 그는 삼십 분이 경과하자 곧 자기 근무시간의 첫 번째 메뉴를 거둬들였다. 정좌, 평좌. 열중 쉬어 따위의 몇 단계를 거쳐 편히쉬어로 들어가자 2호 사람들은 모두 벽으로 기어들었다. 그들은 벽이 그립고 미더웠으며 그것이 방금 그들을 괴롭히는 형틀 노릇을 했다는 사실조차 잊어버린 듯 거기에 마음껏 등을 기대고 편한 자세를 취했다.

선생, 그래서 어떻게 된 거요?

뭐가 말요?

순열 씨는 돌연한 중사의 질문에 어리둥절해져 반문했다. 그는 아직 숙달되지 않은 고역을 치르고 나서 피로에 지쳐 있었다.

그 대문을 열고 들어간 여자 말요. 그년을 결국 조졌소?

50

아, 아니오, 조진 게 아닙니다.

그럼 뭐요? 재미없게 됐구만.

중사는 실망했는지 잠시 시무룩한 표정으로 양쪽 벽을 따라 늘어앉은 동료들을 휘둘러보았다. 잠시 후에 그는 뭔가 떠오른 듯 눈을 깜박거리면서 순열 씨를 보았다.

그거는 고상한 얘긴가 분데, 나는 압니다. 선생이 얘기하는 걸 물론 나는 알죠. 나는 이래봬도 고등학교 출신이고, 이래봬도 나는 음악이라든지 문학, 거 왜 괴테의 로미오와 줄리엣 있지요? 아니 그게 아니고 내가 지금 틀리고 있죠? 그건 누가 썼죠? 그래 맞다. 셰익스피어, 그 새끼 거물이야, 하여튼 학교 때는 그것도 읽었으니까, 난 선생의 얘길 알죠. 하지만 저 새끼들은 그렇게 얘기하면 김 팍 새는 거요. 그러니까 선생, 그년을 조졌다고 얘기하슈. 조지지 않았더라두 조졌다고 하란 말요.

중사는 신이 나서 지껄인 뒤 순열 씨의 반응이 어떤가 하고 짓궂은 눈초리로 순열 씨의 얼굴을 유심히 바라보았다. 중사의 그 짓궂은 눈초리를 보자, 순열 씨는 저절로 웃음이 나왔다. 그는 잠시 혼자서 생각한 뒤 중사를 향해 고개를 끄덕였다. 비록 중사가 낮은 어조로 말했지만 그의 제의는 지금 거의 강요에 가깝다는 것을 순열 씨는 이해했던 것이다.

그가 고개를 끄덕이자 이 중사는 만면에 미소를 가득 띠고 그의 넓적한 손바닥으로 순열 씨의 무르팍을 탁 쳤다.

당신은 센스가 있단 말야. 당신은 우리들을 이해하고 있어. 그래서 나도 당신이 좋다 이거야. 그가 말하지 않았지만 그가 순열 씨에 대해서 이렇게 생각하고 있다는 걸 순열 씨는 중사의 표정에서 읽을 수 있었다.

됐어 그럼 됐다구. 히히 흐흐.

그는 천하리만큼 멋대로 웃고는 손을 저어 동료들을 불렀다.

이 새끼들아, 그렇게 찌그러져 있지 말고 이쪽으로 오라구. 우리 선생님이 얘기를 하신다.

그의 말이 떨어지자 오태봉과 천명우 그리고 중대가리 신참들이 서로 눈치를 살펴가며 앉은뱅이 걸음으로 슬슬 뒤쪽으로 모여들었다. 다가오는 그들의 표정은 무슨 비밀의 절도에나 가담하는 것처럼 하나같이 의미심장했는데 그것은 변소문 옆에 앉아 있는 정철훈이 아직 꿈쩍도 하지 않고 있었기 때문이었다. 그들은 정철훈이 순열 씨의 이야기를 탐탁지않게 여긴다는 것을 알고 있었고, 그리고 지금 정철훈의 노여움을 사둔다는 게 자신을 위해 별로 이롭지 못한 짓이라는 것도 알고 있었다. 하지만 그들은 결국 정철훈을 제외한 전원이 순열 씨와 중사를 에워싸고 모여 앉았다.

그런 뒤에 그 문은 다시 열리지 않았지요. 나는 그러니까 닭 쫓던 개 모양으로 맥이 풀린 거죠.

씨팔 내 같았으면 담을 뛰어넘는 거라.

이때 오태봉이 몹시 답답한 듯 거들고 나섰다. 그는 눈치코치 보지 않고 기분에 들떠서 팔을 휘둘러댔다.

이 새꺄, 잠자코 듣지 못해? 괜히 무드 깨지 말라구.

중사의 일갈에 오태봉은 쑥 들어가버렸다.

그래서 난 한참을 거기서 서성거린 거요. 신흥촌이라 마침 그 집 맞은편에 축대를 쌓아올린 공지가 있었는데, 나는 이 공지의 축대 난간에 서서 행여 그 집 대문이 열리나 하고 기다렸죠. 그녀가 어쩌면 한 번쯤 다시 나올까 하고. 그때 그녀가 나와본들 내게 무슨 뾰족한 방법이 있었던 건 아니지만, 그때만 해도 아직 순진했으니까. 그런데 그날 해가 질 때까지 축대 난간에서 기다렸지만 그녀는 얼씬도 안 했죠. 그래서 그날은 허탕을 치고 그냥 돌아왔어요. 그 뒤로 내가 얼마 동안 그 공지의 축재 난간에서 배회한 줄 알아요? 반년을 매일 쫓아 다녔어요. 저녁나절이면 으레 출근하듯이 그 신흥촌 언덕배기로 올라가서 그 공지에서 서성거렸단 말요.

왜 거기 가서 서성거렸느냐, 왜 매일 그랬느냐 하면 그 공지의 축대 난간에서는 그 집의 안뜰이 건너다 뵈었거든요. 이층집인데 앞마당에 나무가 너무 많아서 저녁 무렵 그 집 사람들이 마당에서 오락가락하는 모습을 보려고 해도 나무 잎사귀에 가려서 잘 보이지 않았어요. 그래도 나는 그 나무 사이로 그녀가 행여 어느 때나 보일까, 그녀의 모습이 보일까 하고 열심히 기다리면서 눈을 두리번거렸죠. 그런데도 그녀는 내 시야에는 얼씬도 안 했소. 그러니까 혹 그 집 마당에 그녀가 나타났다구 해도 그놈의 빌어먹을 나무 잎사귀에 가리어 보이지 않았을는지 모르죠. 아마 그랬겠죠. 그러니까 그놈의 나무들이 나를 얼마나 초조하게 만들었는지 몰라요. 하여튼 나는 반년 동안 그 공지에서 서성거렸지만 그녀를 한 번도 볼 수 없었어요.

순열 씨는 잠깐 이야기를 멈추고 호흡을 가다듬었다. 그의 동료들은 귀가 좋지 않은 탓인지 혹은 순열 씨의 목소리가 작기 때문인지 어느덧 서로 무르팍이 겹치도록 가깝게 좁혀들었기 때문에 순열 씨는 약간 갑갑증을 느꼈다. 그들의 입에서는 역시 그 특유하게 노리끼한 악취가 새어나왔고 그들의 호흡이 가빠지자 그 악취는 더욱 순열 씨의 후각을 괴롭혔다. 그는 또 그의 주변에서 느껴지는 다소의 불안 때문에 이야기를 끌고 나가는 데 매우 불편을 느꼈다. 그는 빠른 눈길로 철창 바깥 복도의 동정을 살폈고, 건너편에 앉아 있는 정철훈의 동정을 살폈다. 그가 이야기하고 있다는 것.

그보다도 2호는 지금 난데없는 만담을 즐기고 있다는 것이 근무자에게 발견된다면 작살이 나지 않는다는 보장은 없었다. 게다가 지금 근무자는 입이 무거운 대신 폭발적인 펀치를 가진 조 수병이었다. 그는 반역이 발견되면 서슴지 않고 키를 따고 감방 안으로 들어온다.

정철훈은 벽 쪽으로 비스듬히 돌아앉아 벽에 머리를 기대고 있었다. 그는 눈을 감고 있었고 이따금 그쪽에서는 코 고는 소리까지 들렸다. 하지만 순열 씨는 그가 결코 자고 있지 않다는 것, 그의 태도는 자기 이야기를 거부하는 일종의 시위라는 것을 알았다.

그렇지만 이 중사는 눈치가 빠른 사나이였고 그는 아직 2호의 데빡이었다. 순열 씨는 그가 주먹으로 자기 허벅다리를 한바탕 문지르자, 방금 스쳐간 한 가닥 불안을 곧 잊어버렸다.

그런데 이 반년 동안에 그녀의 모습은 보지 못했지만 딱 한 번 그 여자의 소리, 말소리, 그게 그 여자의 말소리인지 확실하지는 않지만 아마 그 여자 소리였겠죠. 그 소릴 들은 일이 있어요. 어느 날 저녁, 그러니까 여름밤의 아홉 시 무렵인데 이미 주위가 어두워져 눈앞으로 십 미터도 잘 보이지 않을 때죠. 비가 부슬부슬 내리고 있었는데 그날 나는 유독 늦게까지 그 공지에 서 있었죠. 이제는 기다리는 데 만성이 되어서 이미 내 마음에서는 그 여자를, 여름 대낮에 잠깐 스쳐본, 그것도 반년 전에 딱 한 번 본 그 여자 얼굴을 잊어버리고 있었는지도 모르죠. 그러니까 난 그 여잘 기다리는 게 아니고 이제는 그 여자를 기다리는 내 마음을 기다리고 있었는지 모르죠. 그러니까 그 여자 자체는 까마득히 잊어버리고 있었다 이겁니다.

그러니 어두운 공지에 서서 그냥 우두커니 역시 어두운 건너편 집 정원을 지켜보는 참이었죠. 그건 누가 나타나기를 기다린 게 아니고 그냥 습관이었다 이겁니다.

그런데 갑자기 그 마당 쪽에서 말소리가 들려왔어요.

아주 부드러운 처녀 목소리로

아줌마, 비가 와요, 빨래를 걷어야죠.

그러고는 조금 걸걸한 여자 목소리로

어마, 나 좀 봐. 깜박 잊어버리고 있었네.

그러고는 두 사람의 신발 끄는 소리가 들려오고 이어서 그 처녀의 목소리가 다시

내 수건은 어디 있어요? 어디?

그러고는 바쁘게 신발 끄는 소리가 나더니 곧 조용해져버렸어요.

어두운데다 그 나무들 때문에 아무것도 보이지는 않았지만 나는 귀를 바짝 기울이고 그 소리를 들었고, 그러고는 있구나! 거기 있었구나 하고 속으로 부르짖었죠. 왜냐하면 내가 잊어버렸던 것이 하두 오래 나타나지 않으니까 거기 없는지도 모른다. 혹은 그 여자는 거기 살지 않는지도 모른다 하고 거의 잊어버린 사람의 목소리를 들었으니까 그렇게 부르짖은 거죠.

일단 그 여자가 그 집에 있다. 그동안에도 있었다. 내가 비록 볼 수는 없었지만 틀림없이 거기 있었다는 것을 알고 나자, 그 목소리가 그 여자 목소리라는 걸 어떻게 믿느냐고요? 나는 육감으로 알았죠. 우윳빛 소리, 소리에 빛깔이 있는 것은 아니지만 이를테면 희뿌연 우윳빛 소리인데다 보통 듣기 힘든 맑고 수줍어하는 것 같은 한마디 한마디가 가락에 맞추듯 조심조심 울려 나오는 걸로 보아, 그 여자의 살빛이 희뿌연 우윳빛이었으니까. 그리고 그 여자는 처녀였고, 그 집에서 그렇게 곱다란 말소릴 가진

처녀란 그녀밖에는 없을 것이므로 그 목소리는 틀림없이 그 여자의 것이라고 믿은 거죠. 나는 육감으로 알았어요.

하여튼 그 여자가 이때까지 그 집에 있었던 것이다라고 생각하게 되자 나는 공지에서 하릴없이 서성거리며 보내버린 반년의 시간이 허망스럽기 짝이 없었다는 것, 그리고 그렇게 보내지 않을 수 없었던 자기 자신의 태도를 비판하지 않을 수 없었죠. 그렇게 거기 서서 시간을 보내며 기다린다. 자기가 갖고 싶은 것은 바로 지척에 있으나 그것은 저절로 다가오거나 저절로 얻어지는 것은 아닌데 한 번도 거게 손을 뻗어보지 않고 그냥 기다린다. 그냥 망연히 기다린다는 것은 대관절 무슨 의미가 있는 것이냐. 나는 존재란 획득하는 과정이라는 걸 일찍부터 알고는 있었죠. 다시 말하면 살아간다는 것은 자기가 갖고 싶은 것을 탐내고 그 새로운 것을 얻기 위해 계획하고 노력하는 그런 과정이라는 것을 알고는 있었다 이거죠. 하지만 나는 탐을 낸 일은 있지만 아무것도 노력하지 않았던 겁니다. 말하자면 우두커니 서서 막연히 기다린 나머지 이윽고는 일찍이 탐냈던 것이 무엇이었던가 그게 한 번 본 일은 있지만 어떻게 생겼던가조차도 잊어버리고 있었던 참이죠.

그런데 문제는 이겁니다. 노력해야 얻을 수 있다. 이 정도는 알고 있던 내가 왜 노력하지 않았던가, 왜 서서 기다리고만 있었던가 이겁니다.

솔직히 말해서 나는 자신이 없었죠. 어떤 대상이 자기가 갖고 싶은 대상이 막상 나타나도 거기에 접근하기가 두렵고 겁만 앞선 겁니다. 왜냐하면 접근해서 좀 더 구체적으로 방법을 모색하고 노력해봐도 결국은 별수 없다. 결코 되지는 않을 거다. 왜 되지 않는가, 어째서 좌절되고 말 것인가. 그렇게 될 만한 무슨 필연적인 곡절이라도 내게는 있는가를 따져볼 겨를도 없이 그냥 지레 겁을 먹고 그 대상에서 멀찌감치 떨어져서 있기만 하는 겁니다.

이윽고 나는 자기에게는 결코 성취되지 않는, 또는 획득되지 않는 어떤 필연적인 곡절이 정말 있을까 하고 생각하기 시작했죠. 그런데 곰곰이 생각해보니까 확실히 곡절이, 필연적인 곡절이 있기는 있었는데 그것은 터무니없는 자각증상에 있었다 이겁니다.

아까도 말했지만 나는 병들어 있다. 그렇다고 몸에 별다른 이상이 있는 것도 아닌데 나는 틀림없이 어느 곳에 병이 들어 있다는 생각과 또 나는 누구보다 걱정이 많은 사나이다. 누구보다 불안하고 걱정이 많아 몹시도 거기에 시달리는 사나이다. 걱정이 많다는 것도 따져보면 자기가 그만큼 무능하고 자기 내부에 그만큼 불가항력적인 요소가 잠재해 있다는 것을 자각하고 있는 증거이기 때문에 결국 병들었다는 거나 같은 얘기죠. 이따위 생각들 때문에 자신을 잃고 있었다 이겁니다. 그런데 이따위 증상이라는 게 어디서 연유했죠? 순전히 다른 사람들의 겉치레 인사말에서 그것도 막연한 추측으로 우연히 내게 던진 몇 마디 말.

요즘 어디 아프냐?

혹은

자넨 밤낮 무슨 걱정거리가 그다지도 많은가?

이따위 몇 마디 말에서 연유했다 이겁니다. 그러니까 나는 다른 사람들의 단순한 몇 마디가 이윽고 나의 고정관념으로, 어쩔 수 없는 고정관념으로 되어버리는 무서운 과정을 깨달았죠. 그것은 뭐냐 하면 그들이 너무도 끊임없이 만나는 사람마다 하나같이 같은 말을 끊임없이 내 귀에 대고 지껄였기 때문이었죠. 나는 결국 그 고정관념을 깨뜨렸습니다.

제기랄 그러니까 그 고정관념은 조진다는 거요? 조지지 않겠다는 거요? 난 지금 똥창이 뻐근하다 이거요. 내가 그걸 꼭 막고 있으니 망정이지 살짝 열기만 하면 당신도 질식하고 말 거요.

중사의 말에 주위에서는 키들거리며 웃어댔다. 한바탕 웃어댄 그들은 퍼뜩 정신이 들어 철창 밖을 바라보았다. 조 수병님의 발소리가 7호 근처에서 들려왔지만 그들은 여태 그 발소리를 잊고 있었다. 그들은 오늘은 시간이 빨리 흘러갔다고 생각했고 무엇보다 그들이 시간을 느끼지 못하는 사이에 시간이 빨리 흘러갔다고 생각하자 아주 기분이 유쾌했다.

순열 씨는 잠깐 입을 닫고 무엇인가 생각하고 있었다. 이때 그를 둘러싼 모든 사람들은 그의 닫혀 있는 입을 열심히 지켜보고 있었다. 그는 그들이 지금 기다린다는 것, 그리고 무엇을 기다린다는 것도 알았다. 그들의 눈길은 또 빨리 끝을 내라, 얘기가 너무 길어지면 재미없다고 말하고 있었다. 순열 씨는 그 여자를 조지는 장소를 찾고 있었다. 그는 곧 그것을 찾아냈다.

나는 말하자면 용기를 얻은 거죠. 나는 병들지도 않았다. 또 나는 특별히 걱정이 많은 사나이도 아닌 것이다. 이렇게 생각했고, 그리고 그 생각을 믿은 거죠. 나는 그래서 남자가 여자를 탐하고 그걸 갖기 위해 노력한다는 지극히 당연한 생각을 그제야 지극히 당연하다고 인정하고 어느 날 그 오래 닫혀 있던 대문을 두드렸죠.

그는 잠깐 숨을 몰아쉬고 얘기를 계속했다.

알구 보니 그 여자는 바걸이었어요. 놀라운 일이죠. 그녀는 내가 자기에게 반해서 자기를 찾아온 것을 지극히 당연하게 여겼죠. 그녀는 참 순진한 양반도 다 보겠네. 아무튼 놀러 와요. 나 M동의 홍접(紅蝶)에 나가요.

여섯 시부터 2번을 찾으면 돼요.

이렇게 내게 말했어요. 그러니까 내가 공지에서 서성거리고 있을 때는 그녀는 바의 어두운 박스 속에서 술과 웃음과 간지러움을 파느라고 여념이 없었다. 이겁니다. 다소 김이 샜지만 나는 결국 여기저기서 돈을 꾸어서 목돈을 만들어가지고 '홍접'의 2번을 찾아갔죠. 나는 그날 밤 그녀를 돈으로 산 겁니다.

끝난 거요?

순열 씨는 뒤로 조금 물러앉으면서 중사에게 고개를 끄덕였다.

모여 앉았던 동료들은 라스트 신이 싱겁게 된 영화를 보고 나오는 관객들처럼 씁쓰레한 얼굴로 주춤주춤 제자리로 돌아갔다.

당신은 그년의 맛이 좋았다든지 나빴다든지에 대해서는 언급을 회피하는구먼. 너희들 상상에 맡긴다 이거지? 좋았어. 아무튼 선생, 수고했수다. 야 정철훈.

중사는 한바탕 지껄이고는 갑자기 성이 난 사람처럼 언성을 높여 정철훈을 불렀다. 그는 자기 말마따나 지금 똥창이 터질 것 같아 초조한데다 정철훈이 아직도 잠자는 시늉을 하고 있었으므로 더욱 다급했는지도 몰랐다.

중사의 부름에 정철훈은 퍼뜩 눈을 뜨고 중사를 향해 돌아앉았다. 그는 손등으로 연방 눈을 비벼댔으나 그의 커다란 눈은 방금 자고 있었던 것 같지는 않았다.

선생에게 강아지 한 마리 드리라구.

중사의 지시에 정철훈은 깜짝 놀라 중사와 순열 씨를 번갈아 쳐다보았다. 놀란 것은 정철훈만이 아니었다. 벽을 따라 앉아 있던 오태봉이나 천명오 그 밖의 신참들도 모두 놀란 얼굴로 중사를 바라보았다.

한 마리밖에 없습니다, 중사님.

정철훈은 매우 조심스럽게 그러나 분명한 어조로 중사에게 말했다.

알구 있다구. 이 새꺄, 드리라면 드리는 거야. 말이 많아.

정철훈은 하는 수 없이 철창 쪽에서 등을 대고 돌아앉아 그의 바른쪽 다리의 발목 근처를 더듬기 시작했다. 그는 하얗고 목이 긴 군용 양말을 홀렁 까내리고 뚤뚤 만 조그만 종이 꾸러미를 양말 속에서 꺼냈다.

순열 씨는 중사의 제의를 선뜻 받아들이기가 몹시 거북했다. 그는 물론 오래 참고 견디었으므로 생각은 간절했지만 한 마리의 강아지를 맨 먼저 태운다는 것은 서열로 보아 너무나 무리라는 것을 알았다. 그는 정철훈이 반발한 것은 당연하다고 생각했다.

중사님 먼저 들어가시죠.

그는 중사를 돌아보면 계면쩍은 표정으로 첫 번째 차례를 사양했다.

선생, 먼저 들어가쇼.

중사는 그의 사양을 한마디로 일축했다.

난 말요, 2호 일명 똥 싸러 갑니다 이거요. 알겠어요? 쭈그리고 앉아서 꽁초나 먹겠다 이겁니다.

이렇게 말한 그는 순열 씨에게 재빨리 눈짓을 보냈다. 그것은 어물거리지 말고 빨리 들어가라. 여기서는 사양은 미덕이 되지 않는다고 말하고 있었다.

순열 씨는 엉거주춤 일어나서 정철훈에게 다가가 강아지와 대가리를 받아들었다. 그는 그것을 얼른 손아귀에 감추고 철창 앞으로 나아가 신고를 마친 다음 변소문을 열고 변소로 들어갔다.

조그만 문은 그 외양과는 달리 매우 두껍고 무거웠다. 그 문이 일단 닫히자 바깥에서 일어나는 소리는 조금도 들리지 않았다. 물론 바깥이라야 여기서는 기껏 2호의 감방이나 철창 밖 복도 따위를 두고 하는 말이다.

변소 안에 들어간 순열 씨는 갑자기 마음이 평온해졌다. 그는 군화 소리, 욕지거리, 미친 듯이 킬킬대는 웃음소리, 취사 당번들의 그릇 씻는 소리, 구타당하는 신음 소리, 근무자의 위협하는 소리 따위의 소음으로부터 그의 청각을 보호해준 조그만 문에 고마움을 느꼈다.

그는 불과 반 평도 못 되는 좁은 면적에서 가까스로 자리를 잡고 서서 벽에 비스듬히 등을 기대었다. 그는 쪼그라진 아리랑 한 개비를 조심스럽게 입에 물고 단 하나의 성냥알을 그어서 궐련 끝에 불을 붙였다. 이것은 2호에 남은 마지막 강아지였다라고 느끼자, 그는 새삼 그 첫 번째 한 모금이 소중하게 여겨졌다. 더구나 이것은 노란 띠였고 노란 띠가 수입되는 것은 그다지 흔한 일은 아닌 것이다. 보통 총장이 수입해주는 것은 필터가 없는 저질의 담배뿐이어서 노란 띠나 흰 띠를 구경하기는 힘들었다. 총장은 이따금 특히 ○八을 많이 잡아준 호에 보너스 격으로 노란 띠나 흰 띠를 한두 마리 섞어서 수입해주는데 그것은 데빡이나 대단한 고참이 아니고서는 입에 댈 엄두도 내지 못했다.

순열 씨는 연기를 깊숙이 빨아들였다가 그것을 천정을 향해 천천히 내뿜었다. 연기는 넓고 알따랗게 벽 위로 펼쳐지면서 천천히 어두컴컴한 천장으로 빨려 올라갔다. 그는 궐련을 손가락 사이에 끼우고 그것을 빨아들이고 연기를 다시 뿜어내는 일련의 동작을 통해서 비록 잠시나마 자기가 감금에서 해방된 듯한 착각에 빠졌다. 이토록 겹겹이 사슬로 묶인 우리의 가장 깊은 곳에서 잠시나마 이런 느낌을 갖는 것은 아주 야릇한 일이었다.

당신은 시를 쓰느냐고 중사는 말했고, 난 시를 쓸 줄 몰라요, 하고 순열 씨는 대답했다. 난 당신이 시를 쓸 줄 알았다구. 어쩐지 그렇게 보였어 하고 중사는 덧붙였다.

하지만 써보슈. 당신은 쓰면 될 거야. 우린 생각은 많지만 대가리가 워낙 썩어나서 어림없다구. 종이하고 연필을 줄 테니까 한번 써보슈. 심심풀이로.

난 시를 써본 일이 없어요. 시는 여기도 많이 쓰여 있는데요.

순열 씨는 손으로 시멘트 바닥과 벽을 가리켰다. 거기에는 쇠붙이 조각으로 시멘트를 파서 새긴 크고 작은 글자들이 여기저기 널려 있었다.

삶

1965. 3. 2. 대구 이길남.

삶

1967. 8. 11. 포항 박우범.

눈물의 삼 년

1968. 5. 30. 광주시 학동 이성우

삶

제주시 김봉래.

배고파 미치겠다. 영자야.

1965. 9. 17. 삼천포 이건길.

이게 낙서지 시는 무슨 시요?

중사가 반문했다.

이거는 훌륭한 시죠. 이거 봐요, 삶, 이 한 자는 얼마나 많은 이야기를 압축한 것입니까? 이건 참 훌륭한 시입니다.

선생, 내 얘긴 이따위 시 얘기가 아니고 선생이 그 말한 거 있지 않소? 변소에서 생각났다는 거 말요. 그걸 쓰면 진짜 시가 되겠다 이거요. 한번 써보슈.

아, 알겠어요. 그러니까 내가 시를 쓸 수 있었다면 좋았겠다, 하고 말했었죠. 내가 변소에서 느낀 것은 여기가 낙원이구나 하는 거죠, 변소문은 말요, 우리에게 출입이 허용된 유일한 문이고, 그리고 그 속에 들어가 있으면 이상하게 마음이 편안해지죠.

그렇긴 해요. 나도 그렇게 생각했거든,

그러니까 내가 시를 쓸 줄 알았다면 〈여기는 낙원〉이란 제목으로 하나 쓰겠다 이겁니다.

그렇지만, 히히, 당신은 재밌는 사람이야, 이 속에서 시는 무슨 시야? 하지만 재미있다구, 그 제목도 참 재미있고. 제목까지 잡아놓았으면, 그러지 말고 써보슈. 야, 정철훈, 선생께 편지종이 한 장하고 연필을 갖다드려.

그는 순열 씨의 의견을 듣지도 않고 멋대로 지시를 내렸다.

정철훈은 갑자기 중사가 미쳤나 하고 휘둥그레진 눈으로 중사를 바라보았지만 그는 거역하지 못하고 침구 곁으로 엉금엉금 기어갔다. 편지지나 연필 따위는 평소에 침구 속에 감춰놓고 있었던 것이다. 잠시 동안 침구 속을 뒤지고 있던 정철훈은 그냥 빈손으로 다시 돌아섰다.

종이는 있지만 연필은 총장이 가져갔습니다.

그 새낀 왜 자꾸 남의 것을 가져가지? 그 새끼더러 연필 돌려달라구 해.

총장이 취침 전에 돌려주겠다고 했습니다.

정철훈은 몹시 딱하다는 듯이 머리를 긁적거리며 제자리에 주저앉았다. 총장이 그렇게 말했다면 총장이 돌려줄 때까지 기다릴 수밖에 없었다. 누구보다 이 중사가 그걸 잘 알고 있었다.

씨팔 모처럼 시 구경 좀 할까 했더니!

그는 순열 씨에게 이따 쓰시오. 이따. 여기가 낙원이라구? 히히 그 제목 재미있구먼 하고 말했다.

순열 씨는 절반쯤 타들어가는 궐련의 매듭을 물끄러미 바라보고 있었다. 그에게 허용된 자기만의 시간은 바로 그 매듭까지였다. 그는 머릿속에 떠돌았던 잡념을 뿌리치듯 지워버리고 한바탕 심호흡을 했다. 그는 다음 차례인 중사를 위해 불을 끄지 않은 채 남은 궐련조각을 높은 벽에 파인 홈에 꽂아 놓고 변소를 나왔다.

난 이 새끼들이 요즘 발랑 까졌다는 걸 알고 있어. 오태봉 이 새꺄. 이죽거리며 웃고 있던 중사는 갑자기 뭔가 생각난 듯 얼굴을 잔뜩 찌푸리고 말했다. 방금 변소에서 흡연을 하고 나온 오태봉은 영문을 몰라 중사 앞에서 머뭇거리고 서 있었다.

천 하사 들어가.

그는 변소에서 타고 있을 담배를 생각하고 얼른 지시를 내린 다음 다시 오태봉을 노려보았다.

넌 이 새꺄 변소에서 뭘 꾸물거리는 거야, 너 공주를 범했지?

아닙니다.

오태봉은 황급하게 부인했다.

이 새끼, 범했으면 범했다고 해. 너 변소에서 지금 공주를 범했지?

아닙니다. 거긴 보지두 않았어요.

뭐야 이 새끼, 그렇다면 박아.

오태봉은 하는 수 없이 머리를 바닥에 꽂고 엉덩이를 높이 쳐들었다. 그는 몇 번 꼬꾸라질 듯 비틀거렸지만 곧 두 팔을 허리에 두르고 똑바로 박아 자세를 취했다.

이 새끼들은 내가 인심을 써도 몰라준다구.

그는 아침에 총장이 백양 다섯 개비를 새로 구입해주었기 때문에 오래 차례를 거른 동료들에게 고참 순으로 인심을 쓰고 있었다. 그런데 오태봉은 변소에 너무 오래 머물러 있었다.

이 새끼 얼굴이 요즘 자꾸 노오래지는 게 수상쩍지? 그지?

하고 중사는 정철훈에게 동의를 구했다. 정철훈은 빙그레 마주 보고 웃고는 끙끙거리는 오태봉을 향해 욕설을 퍼부었다.

이 새꺄 어따 대고 용두질야, 아직 피도 안 마른 새끼가 감히 데빽님의 애첩을 범해?

중사는 정철훈의 아첨에 마음이 흡족한 듯 금방 키들거리며 웃고 있었다.

이 새꺄, 난 공주님을 범했습니다. 죽여주십쇼, 라고 해.

중사님, 정말 범하지 않았습니다.

끙끙거리면서도 오태봉은 완강히 부인했다.

뭐야, 이 새끼.

갑자기 화가 치민 이 중사는 그의 널따란 발바닥으로 오태봉의 머리통을 냅다 질렀다. 오태봉은 바닥으로 벌렁 넘어졌으나 그는 재빨리 몸을 일으키고 곧 똑바로 박아 자세를 취했다.

이 새꺄, 난 공주님을 범했습니다. 죽여주십쇼, 라고 해.

난 공주님을……범했습니다. 죽여……주십쇼.

끙끙거리면서 오태봉은 간신히 복창했다. 그의 주근깨투성이인 얼굴은 충혈로 빨갛게 상기되어 있었다.

좋았어. 이번만은 내 용서한다. 오태봉 네 자리로 돌아가.

오태봉은 이 정도로 끝이 난 게 다행이라는 듯이 얼른 몸을 일으키고 헤죽헤죽 웃으며 벽가로 비켜났다.

선생, 변소에 있는 내 마누라 보았수?

순열 씨에겐 얼핏 떠오르는 여자의 얼굴이 있었다. 그는 그녀가 비록 젊고 예쁘기는 하지만 창부처럼 천박하게 웃고 있다고 생각했다. 그렇게 생각하는 것은 그녀가 하필이면 변소문의 안쪽에서 괴로운 사나이들을 유혹하기 때문만은 아니었다. 그녀는 온몸을 발가벗고 꽃이 만개한 모밀밭을 헤치면서 이쪽으로 다가오고 있었다. 순열 씨는 잠자코 고개를 끄덕였다.

흥, 망측하게 생각 마슈, 그 왜 마누라와 오래 떨어져 있으면 현지 조달이라는 게 있지 않소? 말하자면 그런 거요.

중사님은 참 예쁜 '이것'을 가지고 있군요.

순열 씨는 바른손의 새끼손가락을 세워 보이면서 웃었다.

히히히, 예쁘긴 확실히 예쁘죠? 내 본 마누라는 거게 비하면 똥치감 밖에 안 돼요, 아차 실수, 난 몹쓸 놈이죠. 내 딸의 엄마에게 이게 무슨 말버릇이야.

이 중사는 자기 주먹을 들어 자기 입을 퍽 소리가 나도록 쳤다. 그는 어이쿠! 하고 비명을 지르면서 그 자리에 엎어져 한참 동안 죽은 듯이 있었다. 중사가 머리를 다시 들었을 때 그의 눈초리는 다시 사납게 돌변해 있었다.

넌 잡았어?

이때 마침 흡연을 마치고 나오는 신참에게 중사는 사나운 어조로 물었다. 유난히 머리통이 큰 이 신참은 불과 며칠 전에 투숙한 가장 신참이었다. 그는 맨 마지막 차례로 변소를 다녀오는 길이었다.

뭡니까? 중사님.

신참은 영문을 몰라 몹시 난처한 얼굴로 반문했다.

뭐야, 이 새끼 이만큼 다가와봐.

신참은 길들인 짐승처럼 순순히 중사 앞으로 다가섰다. 그러자 중사는 앉은 채 오른쪽 다리를 들어 이 건강한 짐승의 가슴을 힘껏 걷어찼다.

어이쿠 비명을 지르며 신참은 뒤로 벌렁 넘어졌고 중사는 무슨 대단히 화난 일이라도 있다는 듯 숨을 헐떡거리며 다시 일어서는 신참을 노려보았다.

뭡니까, 라구? 이 새끼 그 말버릇 한번 좋았어. 이 새꺄 잡는 것도 몰라. 너 잡는 것을 깨우칠 때까지 거기 정좌하구 있어. 천명오 너 가서 잡고와.

천명오는 벌떡 일어나서 휴지를 찾아들고 강아지를 잡기 위해 변소로 들어갔다.

정철훈 넌 이 새꺄, 어떻게 돼먹은 새끼가 감방 질서를 이 모양으로 해놓았어? 넌 신참 교육을 시킨 거야? 난 너를 믿고 네게 일임했는데.

데빡님, 죄송합니다.

정철훈은 얼른 대답하고 일행을 한바탕 노려보았다.

이 새끼들, 난 한 방이면 없어. 난 중사님처럼 인정은 두지 않는다구.

그는 굳게 쥔 주먹을 허공에서 한 번 휘둘러 보였다. 그의 주먹은 그의 머리통만큼이나 커 보였고 그의 동작은 번개처럼 빨랐다.

이 새꺄, 허풍 좀 작작 떨라구.

중사는 이렇게 말했지만 순열 씨는 정철훈이 결코 허풍을 떨고 있지 않다는 것을 알고 있었다. 그는 며칠 전 정철훈이 신참 교육을 시키느라고 신참을 다루는 광경을 보았다. 정철훈은 앉은 채로 주먹과 다리를 능숙하게 휘둘렀고 그 솜씨는 오히려 중사보다 한층 흉포하고 잔인했다.

정철훈, 요즘 같아서는 내가 나간 뒤에 네놈이 잘할까 걱정이야.

정색을 하고 중사가 말하자, 정철훈은 소리 내지 않고 능글맞게 웃었다.

중사님, 염려 마십쇼, 사실 난 이 새끼들 숨통을 꽉 눌러놓을 자신이 있죠. 삐딱하는 놈은 벌써 황천으로 나는 겁니다.

정철훈은 중사의 염려가 한낱 기우에 불과하다는 듯이 자신만만하게 말했다.

이때 순열 씨는 정철훈이 즉위를 눈앞에 둔 황태자 같이만 보였다.

그는 확실히 데빡의 출감을 어떤 면에서는 데빡 자신보다 더욱 고대하고 있었고 또 즉위에 대비해서 무엇인가 끊임없이 준비하고 벼르고 있었다.

당신은 이를테면 지금 황태자의 신분이군요.

순열 씨는 정철훈을 향해 그가 몹시도 부럽다는 어조로 말했다. 정철훈은 순열 씨를 힐끗 보았지만 별로 화가 난 것 같지는 않았다.

이 새꺄, 넌 출세했어. 네 따위 주제에 황태자가 다 뭐야? 넌 여기 와서 출세했다구. 히히 흐 선생, 이 새끼가 황태자라면, 그럼 난 뭐요?

중사는 재미있어 못 견디겠다는 듯이 주먹으로 순열 씨의 허벅다리를 발작하듯이 문질러댔다.

당신 이름은 따로 있어요. 당신은 네로야.

뭐라구? 네로? 흐흐 히.

당신 연기는 기가 막혀요. 중사님 쿠오바디스란 영화를 봤소?

보았죠. 그건 옛날 영화죠? 내가 중학교 때 본 것 같으니까.

그래요. 난 그 영화를 보면서 네로의 연기에 몹시 감탄했죠. 그런데 지금 당신 연기는 그놈을 능가해요.

순열 씨의 말에 중사는 또다시 발작하듯 웃기 시작했다. 그는 웃을 뿐만 아니라 주먹으로 순열 씨의 허벅다리를 문지르고 두 다리를 발광하듯 흔들어댔다. 그러다가 그는 갑자기 그 발광을 딱 멈추고 조그만 소리로 말했다.

선생, 사실 미친 척하구 사는 거요. 그렇지 않으면 벌써 진짜로 미쳤을 거요. ……사실 그 새끼가 권총만 빼지 않았대두 그 씨팔 새파란 소위 새끼가.

중사의 음성은 저절로 커지고 있었다.

누구 말인가요?

순열 씨는 그의 흥분되어 가는 얼굴을 향해 나지막이 물었다.

내가 그 새끼 땜에 씨팔 이 년 반을 지금 여기서 썩는 거요. 씨팔 새끼가 새파란 소위 새끼가 상관이라구 나 더러워서. 그러니까 크리스마스 날 저녁때였죠. 다낭의 클럽에서 지금 5호에 있는 박 중사허구 꽁까이 하나씩 옆에 끼고 거나하게 마시는 참인데 그 새끼가 들어왔죠. 그 새낀 벌써 어디서 진탕 처마시고 오는 참이었다구. 이 새끼가 들어오더니 술도 안 마시고 다짜고짜 까이를 내놓으라구 하지 않소? 주인이 여자는 지금 없다.

여자는 지금 모두 손님에게 가 있다 하니까, 이 새끼가 다짜고짜 우리에게 와서 박 중사의 까이 어깨를 잡아당기는 거요. 하 씨팔 새끼. 쫄병 새끼들이 함부로 누구 앞에서 기분 내느냐고 호통치면서 말요. 그래 박 중사가 한 대 친 거요. 그런데 그게 설맞았다 이거요. 박 중사 새낀 성질만 급했지 주먹은 약하거든. 이 새끼가 설맞아 노니까 길길이 날뛰지 뭐요. 씨팔 쫄병 뭐라고 연방 씨부렁거리면서. 술이 확 깨버렸죠. 내가 뭐 그때 경거망동한 줄 아슈? 난 그래도 참으면서 박 중사가 붙으려는 걸 말렸다 이거요. 그런데 싸움 말리는 참인데 어퍼컷이 훅 날아왔죠. 눈에서 불이 번쩍하는데 정신 있을 게 뭐요? 참아서 남 주나 하지만 그때 참는 새낀 쌍말로 개 뭣에서 나온 새끼지, 에이 씨팔 나도 모르겠다 하고 한 방 보냈죠. 그걸 맞고 안 쓰러지고 배겨요? 그 새끼가, 그 새끼가 픽 나가 쓰러지는데 이건 뭐요? 보니까 권총을 빼들었지 않아요? 이 새낀 누운 채 몇 번 버르적거리더니 팡팡 하고 공포 몇 방을 쏜 거요. 그러니까 그 소리 듣고 엠피가 와서 챈 거죠. 그 씨팔 권총만 쏘지 않았대도 끄떡없는 건데.

야 정철훈, 강아지 하나두 없냐?

그는 강아지가 없는 줄 알면서도 입버릇처럼 물었다.

어제 저녁 다 떨어졌지 않습니까?

벽에 기대앉았던 정철훈이 얼른 몸을 세우고 대답했다.

이 새꺄, 말 안 해도 알고 있다구. 이 새끼들 주지 않는군. 3호에서도 소식이 없고. ——아무튼 이제 찌그러졌으니까 할 말은 없다구.

정철훈은 몸을 반쯤 일으키고 안절부절이었다. 그는 강아지가 없는 게 자기 책임이나 되는 것처럼 몹시 괴로운 눈초리로 데빡을 바라보았다.

3호로 연락을 해볼까요?

관둬. 신종술은 있으면서 보내지 않을 놈은 아냐. 난 그놈 의리를 알아. 3호는 지금 2호에 없다는 걸 알지?

그렇죠.

그럼 기다려보는 거야. 3호 아니면 총장이라도 한두 마리쯤 갖다주겠지. 총장 그 새끼도 양심이 있지. ○⊓을 며칠 걸렀다구 설마 싹 씻겠나 이거야.

중사는 침구 곁으로 엉금엉금 기어가더니 벌렁 자빠져서 팔베개를 했다.

우리 선생, 목이 타도 좀 참으슈.

그는 그 귀여운 웃음을 보내면서 순열 씨에게 말했다.

당신 그런데 고생하려구 강아지 귀신이구먼 그래. 당신 도대체 사회에 있을 때 하루에 강아지 몇 섬씩이나 태웠수?

두 섬 정도 태웠죠.

허, 두 섬? 내 그럴 것 같았어요. 난 당신이 2호에 처음 들어올 때, 흥 강아지 귀신이 들어오는군 이랬다구. 난 누가 새로 투숙해오면 맨 첨 그것 먼저 보죠. 이 사람 강아지를 얼마나 태우나 하고 관상을 본다 이거요. 당신이 처음 들어올 땐 참 멋있었어. 머리 스타일이나 인상이 꼭 불란서 배우 같았다구. 지금은 찌그러졌지만.

야, 정철훈, 넌 이 새꺄 널 출세시켜준 선생님께 고맙다구 인사나 드려. 만약 선생님이 아니었더라면 넌 네 신분도 모르고 지냈을 거 아냐?

정철훈은 잠시 동안 정색을 하고 묵묵히 생각에 잠기는 것 같았다. 그는 방금 명령을 받은 것과 그리고 거기에 따른 절대 권력을 곧 자기 손아귀에 쥐게 된다는 데 자못 감동한 것 같았다. 그는 이내 싱글벙글 웃기 시작했고 그가 그렇게 얼굴에 가득 웃음을 띠는 것을 순열 씨는 처음 보았다.

중사님 말씀이 맞아요. 난 출세했죠. 난 월남에서 C레이션을 까먹고 지낼 때를 빼놓고는 지금이 제일 좋아요.

순열 씨는 깜짝 놀라 말하고 있는 정철훈의 얼굴을 빤히 쳐다보았다. 이 사나이는 지금 무어라고 말했는가. 그는 정철훈이 농담을 하지 않나 생각했지만 정철훈의 표정은 어느 때보다 진지했다.

군대 나가기 전엔 시장에서 구루마를 끌고 채소를 운반했죠. 그런데 하루 종일 좆빠지게 왕십리에서 동대문까지, 동대문에서 청량리까지 뛰어다녔지만 돈벌이는커녕 굶고 지낼 때가 많았다 이겁니다. 그래서 월남으로 지원했죠. 씨팔 월남서는 한때 좋았죠. 한바탕 뛰고 나면 먹을 것은 얼마든지 있었으니까.

하사님 그럼 당신은 먹기 위해서 월남에 갔다 이거요?

순열 씨는 부지중에 이렇게 물었다.

그래요. 배불리 좀 먹을까 하고 간 거요.

정철훈은 외치듯이 갑자기 사나워진 목소리로 대답했다.

그러니까 먹고살려고 죽음의 곁으로 간 겁니까?

뭐요? 뭐 잘못된 게 있소? 그런 거는 얼마든지 있다구. 화장장이도 있고 묘지기도 있고, 난 비겁한 새끼들처럼 죽는 것은 무서워 않는다구.

정철훈은 눈을 부릅뜨고 순열 씨를 노려보았다.

이거 봐요, 당신은 전쟁에 나가본 일 있소?

그가 퉁명스럽게 묻자, 순열 씨는 다소 당황했다. 그는 하사가 이렇게 묻는 의도를 알았다. 아니 하사는 벌써부터 순열 씨가 적을 죽여보지 않았다는 사실을 알고 있을 것이었고 그것은 하사가 순열 씨를 경원하는 이유 중의 가장 큰 것임을 순열 씨는 어렴풋이 느껴왔던 것이다.

난 싸워보지 않았소.

그렇다면 당신은 나에게 말할 자격도 없다구. 당신은 무어라고 떠들지만 내 귀엔 들어오지 않아, 난 까다로운 건 질색이야.

그는 자못 경멸조로 말하고 혼자서 느긋해진 표정으로 중사를 보았다.

중사님, 내 삼십 명 죽였단 얘기 할까요?

그는 신이 나서 중사의 대답도 듣지 않고 떠들어대기 시작했다.

난 총 들고 싸우러 나가면 재미가 나요. 질질 매고 꽁무니 빼는 새끼들은 이해가 안 간다 이거요. 그날 우리는 베트콩 포로를 무더기로 잡았죠. 소대장이 야 정철훈, 네가 처리해 이러잖아요. 소대장님 상부 지시를 받았습니까? 하니까 이 새꺄 급한데 상부고 나발이고가 어딨어 이러잖아요. 하긴 우린 곧 다음 작전 지역으로 이동하는 참이었고 포로 호송할 병력도 모자라는 판이었죠. 이 새끼들 삐딱하면 뺀다 이겁니다. 그래 내 분대를 데리고 그 새끼들을 구덩이 속에 넣어놓고 수류탄을 몇 개 넣어줬죠. 꽝 하더니 어깻죽지, 손가락, 대가리, 뭐가 뭔지 모르게 조그만 쪼가리들이 하늘로 막 날읍디다. 그런데 구덩이에 안 들어가겠다고 앙탈한 여자 하나가 있었죠. 난 그걸 따로 떼어놓았죠. 부하 어떤 놈에게 그건 네가 해치워 하니까 이 쪼다 새끼가 분대장님 전 못해요, 이러잖아요. 쪼다 같은 새끼, 하는 수 없이 내가 나섰죠. M16 참 무서워요, 그때 막 지급받은 참이었죠. 내가 이년을 겨누고 쏘는데 한발 쏘았더니, 대가리가 이마 위쪽만 칼로 둥글게 쪼갠 듯이 날아가 버렸죠. 나는 M16을 처음 쓰던 때라 놀랐죠. 저러는 수도 있나 하고, 그래 그만 돌아설까 했죠. 그런데 이 여자가 눈만 남아가지고 날 무섭게 노려보잖아요, 날 무섭게 증오하는 눈초리로. 난 자기를 미워할 생각은 없었는데, 그래서 그 눈을 겨누고 한 방 더 쏘았죠. 이번엔 모가지까지 휙 날아버렸죠.

이 새꺄 난 그 얘기 벌써 두 번째 듣는 거야.

아니 갑자기 그 여자 눈이 생각나서 그랬죠, 난 미운 생각은 없는데 그 여자는 날 지독하게 쏘아보더라니까요.

그래 이 새꺄 년 그 귀신들에게 맞아 죽을 거야 이제.

하하, 귀신이 주먹이 어딨어요? 귀신이 어딨어.

정철훈은 어처구니없는 듯 낄낄대고 웃었다.

난 이렇게 끄떡없이 살만 찌고 잘 지내는걸요.

이때 3호 쪽에서 쿵쿵 벽치는 소리가 들려왔다. 팔베개를 하고 누워 있던 중사는 용수철에 튕기듯 벌떡 일어나 앉았다.

왔다, 받아라.

그러나 중사의 지시가 떨어지기 전에 오태봉은 벌써 3호와 맞붙은 철 창가의 벽 모서리에 찰싹 붙어 있었다. 오태봉은 이내 종이로 싼 조그만 꾸러미를 손아귀에 감춰 들고 중사 앞으로 다가왔다.

있구나 있어.

중사는 갑자기 활기를 띤 목소리로 말했다. 그는 마치 수혈을 받은 환자처럼 표정이 밝아졌다. 하지만 그는 꾸러미를 자기가 받지 않고 정철훈에게 받으라고 손짓을 했다. 이때 그의 밝은 표정이 갑자기 경련하는 것을 순열 씨는 얼핏 보았다.

펴봐, 펴봐.

하고 중사는 조급한 소리로 정철훈에게 재촉했다.

꾸러미 속에서는 강아지 두 마리 대가리 두 개가 나왔다. 정철훈은 얼른 철창 쪽에 등을 대고 돌아앉아 그것을 자기 양말 속에 집어넣은 다음 메시지를 읽기 시작했다.

　　　2호에게

　　　이 중사님

　　　방금 배 하사가 감실에 다녀왔기에 소식 전함. 국방부 공판은 또 연기될 것 같소. 날짜는 확실히 모르나 다만 이십 일경 열리지 않는 건 확실함. 이상 감실 조 상사 얘기니 틀림없는 듯. 2호의 선생님은 아마 이 년 육 개월이 될 거요. 항명죄의 내용을 모르니까 거기에 얼마나 더 추가될지는 알 수 없음. 아마도 잘 될 거요. 잘 되기를 빈다고 선생님께 전해주시기 바람. 강아지 두 마리 보냅니다. 총장에게 한 섬 요구했는데 ○八만 마시고 배신했소. 다섯 마리 갖다준 거요. 총장 이 새끼 내 사회에 나가면 갈아마실 결심임. 당분간 두 마리로 참고 견디시오. 내일 3호는 한 섬 수입할 계획이 짜졌음. 그건 비밀임. 기대하시라. 지난번 강아지 한 마리 보내주신 이 중사의 의리와 우정 뼛골에 사무침. 건투 앙망.

　　　　　　　　　　　　　　　　　　　　　　신종술 배상
　　　　　　　　　　　　　　　　　　　　　　3호에서

　　메시지를 읽고 난 정철훈은 벽에 기댄 채 반쯤 누워 있는 중사를 보았다. 중사는 잔뜩 찌푸린 얼굴로 정철훈을 잡아먹을 듯이 노려보고 있었다.
　　뭐야 이 새꺄, 뭐라고 썼어?
　　중사님, 또 미끄러지셨는데요.
　　뭐? 또 연기됐다구?

중사는 벌떡 일어나 앉더니 정철훈의 손에서 거칠게 메시지를 낚아챘다. 그는 창백해진 얼굴로 믿을 수 없다는 듯이 메시지를 보고 또 보았다.

이 새끼들, 사람 미치게 노는군, 이 새끼들을 바둑 한 판 더 두려구 자꾸 공판을 연기한다구.

맥이 풀리는 듯 중사는 멍청한 눈으로 철창을 바라보았다. 2호의 동료들은 숨을 죽이고 중사의 거동을 지켜보고만 있었다. 그들은 지금 잠자코 중사가 비록 우두커니 앉아 있지만 그의 머리는 실망과 분노로 뜨겁게 달아올라 있다는 것을 알고 있었다. 그들은 그 분노의 화살이 이번에는 누구에게 날아올까 하고 마음을 졸였다.

하지만 중사의 화살은 이번에는 그들을 겨냥하지 않았다. 그는 갑자기 부르쥔 주먹을 높이 들어올리더니 퍽 소리가 나도록 시멘트 바닥을 힘껏 두드렸다.

좋다구, 내 또 먹어주겠어. 가만히 앉혀놓고 멕여주겠다는데야 할 말 있나, 야, 오태봉 너 이 새꺄, 이번 토요일엔 내 국에 꽁치 큰 거 넣어달라구 식사당번에게 말해.

그는 마치 공판이 연기된 사실을 그것도 언제 열릴지 알 수 없다는 사실을 잊어버린 사람처럼 즐겁게 키들거리며 떠들어댔다.

야 정철훈, 미안하지만 난 너를 좀 더 들볶고 나가야겠어.

좋습니다, 중사님.

정철훈은 공손한 태도로 말했다. 그는 이미 그것쯤은 각오하고 있다. 다시 말하면 공판이 연기되고 또 연기된다는 사실과 설사 공판이 쉽게 열린다 하더라도 막상 이 중사의 형 집행 정지가 결정되는지도 의문이므로 거기에 따라 자기의 즉위도 늦어진다는 것을 각오하고 있다는 듯이 느긋한 눈길로 중사를 보았다. 그도 그럴 것이 그에게는 아직 시간이 많았다. 그는 십사 년의 여유를 가진 것이다.

이봐요, 당신은 이 년 육 개월이야.

중사는 구겨서 쥐고 있던 메시지를 순열 씨에게 내밀었다. 순열 씨는 덤덤한 눈길로 중사를 바라볼 뿐 그가 내미는 메시지는 받지 않았다. 그는 3호로부터 강아지가 수입된 뒤부터 갑자기 목이 타오르기 시작했고 중사가 그의 욕구를 빨리 간파해주기만을 기다리고 있었다.

왜 태우고 싶소?

중사는 메시지를 건네다 말고 순열 씨의 멍청한 얼굴을 향해 말했다.

당신은 내 말을 믿지 않는군. 하지만 종술이의 구형은 어김없다구. 당신은 이 년 육 개월이야.

순열 씨는 역시 멍청하니 앉아 있었다. 그는 중사의 애기라든가 또는 3호 데빡의 구형을 의심하는 것은 아니었다. 하지만 그는 2라든가 6이라든가 혹은 그보다 훨씬 더 큰 숫자라 할지라도 그런 숫자에 별달리 흥미를 느끼지 못했다. 내가 두려워하는 것은 시간이 아니야. 그 점에서 보면 정철훈의 경우와 마찬가지였다. 그는 중사의 말마따나 얼마든지 먹어줄 수 있다. 길고 긴 세월을 먹어줄 수 있으리라고 생각했다. 그는 마음속으로 이렇게 생각했지만 쉽사리 그것을 말하지는 못했다.

태우려거든 태워요. 반쯤 태우고 거기 꽂아두쇼.

순열 씨로부터 별다른 반응이 없자, 그가 지금 강아지 생각 때문에 여념이 없다고 판단한 중사는 이윽고 끽연을 권했다. 순열 씨는 계면쩍은 표정으로 엉거주춤 일어서려다 그만 제물에 주저앉고 말았다. 강아지를 꺼내줄 정철훈이 이때 꼼짝도 않고 앉아 있을 뿐 아니라 그의 사나운 눈초리가 막 일어서려는 순열 씨를 뚫어지게 노려보았던 것이다.

중사님, 오늘은 강아지 수입이 더 없을 겁니다.

정철훈은 강경한 어조로 말했다.

이따 저녁 식사 때와 취침 전에는 어떻게 하죠?

중사는 정철훈의 주장을 수긍하는 듯 몹시 딱한 얼굴로 순열 씨를 돌아보았다.

저 새끼 말이 맞아요. 당신도 식사 때와 취침 전에는 더 못 참을 거요. 참읍시다.

그들은 잠시 동안 침묵을 지키고 앉아 있었다. 그들은 정말 참지 않으면 안 된다는 것을, 참지 않고는 별다른 도리가 없다는 것을 잘 알고 있었다. 순열 씨는 그만 무안해져 슬그머니 벽 곁으로 물러앉았다.

그런데 선생, 당신 구라 좀 들어봅시다.

이때 중사가 다시 침묵을 깨뜨렸다.

난 알고 싶은 게 있다구. 당신 항명죄 얘기 좀 해보슈. 내일은 3호에서 강아지 대여섯 마리 올 거요. 그러니까 내일은 안심 푹 놓고 태우슈.

그 얘긴 재미없어요.

순열 씨는 덤덤하게 대꾸했다. 그렇지만 그는 아픈 데를 찔린 듯이 속으로 움찔 놀랐다. 그는 그곳이 자기의 치부라고 생각해왔고 지금도 그 생각은 마찬가지였다.

뭘 그래, 당신 구라는 아무튼 재미있다구. 빼지 말아요.

중사는 쉽사리 단념하지 않았다.

순열 씨는 하는 수 없이 입을 열었다.

난 내가 갖고 싶은 것을 가지려고 한 것뿐이요. 이게 항명이라는 거요.

그 여자 말요?

말하자면 그렇죠.

순열 씨는 빙그레 웃고 있었다.

뭐가 그리 간단해요. 당신은 자꾸 빼는군.

아니에요. 이게 전부예요.

그는 중사의 찌푸린 얼굴을 향해 진지한 어조로 말했다.

그러니까 나는 다른 사람들이 그것은 가질 수가 없다. 그것은 여기에 없다고 믿고 있는 고정관념을 깨뜨리고 그것을 가지려고 욕심을 낸 거죠. 말하자면 나는 선택을 해보려다 실패했다. 아니 그게 아니라 선택의 결과가 이거였다 이겁니다.

순열 씨는 두 손을 모아 합장을 해보였다.

난 당신 수작을 알만 해.

이때 갑자기 정철훈이 거들고 나섰다. 나는 죄가 없다. 억울하다 이거지. 너희들은 다 죄가 있지만 나만은 죄가 없다 이거지. 하지만 그 따위 좆 같은 수작은 귀가 시리도록 들었다 이거야. 사령부 교도소에 억울하지 않은 놈 하나 있는 줄 알어?

개기름이 흐르는 정철훈의 커다란 얼굴은 능글맞은 웃음을 흘리고 있었다.

난 죄가 없다고 하지 않았어요. 난 죄가 있으니까 지금 여기 있는 거요.

그럼 그렇게 말하면 됐지 왜 선택이니 고정관념이니 어려운 얘기로 개수작 떠느냐 이거야. 난 하려고 했는데 안 되더라 이거지? 그거 쪼다들이 하는 얘기라구. 난 내 맘 꼴리는 대로 했는데 뭘, 당신이 말하는 그 선택을 했다 이거야.

그는 의기양양하게 말하고는 자못 위압적인 눈초리로 순열 씨를 노려보았다. 그의 눈과 마주치자 순열 씨는 약간 당황하지 않을 수 없었다. 그의 내부에서는 창자가 뒤틀리는 듯한 경련이 일어났고 그것은 지금 그의 치부를 가렸던 벽이 무너지고 있다는 느낌 때문이었다.

당신이 선택했다고?

순열 씨는 자기도 모르게 언성을 높이고 있었다.

그래, 십사 년도 당신이 선택한 거요? 그렇지는 않겠지. 한마디로 당신은 쫓겨다녔을 뿐이오. 당신은 마치 옛날 왕십리에서 동대문까지, 동대문에서 청량리까지 구루마를 끌고 쫓겨다녔듯이 그 이후로도 계속 쫓겨다녔단 말요. 당신은 흡사 궁지에 몰린 쥐새끼처럼 이리저리 쫓겨다니다가 이윽고는 함정에 빠졌다 이거요. 당신이 선택한 건 하나도 없다구. 당신은 이렇게 말했지? 나는 그 여자를 미워하지 않았는데 그 여자가 나를 증오하는 눈초리로 쏘아보길래 한 방 더 갈겼다구, 그것 봐요, 그건 충동에서 나온 행동이지 선택이 아니다 이거요. 당신은 실컷 쫓겨다니다가 함정에 빠진 거 아니오?

정철훈은 약간 질린 듯 한동안 말을 잃고 묵묵히 순열 씨를 노려보고 있었다. 하지만 그는 자기가 무서운 인간이라는 것, 자기는 적의 빗발치는 탄환 앞에서도 별로 겁내지 않았다는 사실을 잊지 않고 있었다. 순간 그는 자기 앞에 앉아 있는 인간을 다짜고짜 패고 싶은 충동을 느끼고 주먹을 부르쥐었다. 이때 그는 중사의 날카로운 늑대 눈이 그의 거동을 조용히 지켜보고 있는 것을 깨달았다. 그는 가까스로 이 충동을 억눌렀다.

지금 뭐라고 했지? 당신 선생이면 단 줄 알어? 좆 같은 소리로 사람 겁주려고 하는데, 난 지금은 당신이……멋대로 지껄이게 내버려두겠어.

그는 낮은 목소리로 침착하게 말했지만 그의 눈빛은 도끼를 든 백정의 그것처럼 살벌하고 험악했다.

난 함정에 빠진 쥐가 어떻게 군다는 걸 알고 있어요.

순열 씨는 정철훈의 시선을 피하지 않은 채 조용한 어조로 다시 말했다.

그러니까 당신은 구태여 날 위협하지 않아도 된다 이거요. 당신이 무섭다는 것은 알고 있으니까.

그는 말을 끝내자 이내 벽가로 물러나 벽을 향해 돌아앉았다. 그러고는 자기가 방금 지껄였던 행동을 곧 후회했다. 나는 빗나갔어. 나는 지금도 중사의 말마따나 술에 취해 있는지도 모르지. 그렇지만 나는 하사를 미워하지 않았는데 그는 나를 증오하는 눈초리로 보았기 때문이야. 그는 정철훈의 말을 흉내 내어보고는 속으로 공연한 너털웃음을 웃고 있었다.

영 시 삼십 분에 불침번 교대를 한 순열 씨는 벽에 기대고 서서 시간이 빨리 지나가기만을 기다렸다. 이따금 근무자의 발소리가 2호 앞을 지나가고 있었지만 그는 똑바로 서는 부동자세를 취하지 않았다. 불침번이 벽에 기대는 게 근무자에게 발각되면 작살이 난다는 경고를 데빡으로부터 받은 일이 있지만 순열 씨도 이제 감방 질서에 조금씩 도전해보는 데 재미를 느끼고 있었다. 그는 그것이 바로 감방에 적응해가는 과정이라는 걸 빨리 이해한 것이다.

밤 시간은 낮보다 한층 빠르게 지나간다고 그는 생각했다. 그는 또 이 벽은 자기가 기대기에 충분할 만큼 견고하다고도 생각했다. 그는 졸음에 시달리면서 동료들의 몹시도 코 고는 소리를 들었고 이따금 그들의 다리가 옆 사람의 가랑이 사이로 파고들어가는 것을 보았다. 그는 그들이 비좁은 잠자리에서 서로 껴안기도 하고 어떤 놈은 팔을 벌리고 다가오는 상대방의 가슴패기를 힘껏 밀어버리기도 하는 모양을 자녀가 많은 어느 가난한 부친처럼 한동안 물끄러미 내려다보고 있었다.

이때 정철훈이 안쪽 잠자리에서 부스스 털고 일어났다. 그는 눈을 가렸던 수건을 걷어치우고는 잠자는 동료들을 건너뛰어 변소 안으로 들어갔다. 잠시 후 변소에서 나온 정철훈이 이번에는 철창 옆에 서 있는 순열 씨에게 다가왔다.

선생, 태우고 싶지 않소?

곁에 바싹 다가온 정철훈의 소리를 듣자, 순열 씨는 졸음이 한꺼번에 달아난 듯 깜짝 놀란 눈으로 정철훈을 바라보았다.

지금 거기다가 강아지하고 대가리 꽂아놓고 나왔소. 내가 대신 여기 서 있을 테니까 근무자 눈치 채지 않게 들어가서 태우고 나와요.

반신반의하는 순열 씨의 태도에는 아랑곳하지 않고 정철훈은 덤덤하게 말했다.

강아지는 아까 취침 전에 바닥나지 않았소?

이건 내가 데빡 몰래 비상용으로 감춰둔 거요. 난 변소 천정에 개인 조달창이 따로 있어요. 가서 실컷 태우고 나오슈, 한 마리 다.

순열 씨는 변소로 들어가 노란띠의 필터가 탈 때까지 미친 듯이 연기를 빨아댔다. 그는 자기에게 베풀어진 호의를 가늠할 겨를도 없이 흡연의 즐거움에 취해버렸고 이윽고는 현기증이 일어나 변소의 벽에 머리를 기대고 오랫동안 취기가 가시기를 기다렸다. 잠시 후 그는 다시 불침번의 자리로 돌아왔다.

이젠 풀코스는 뛰기 힘들군요.

그가 말하자, 정철훈은 빙그레 웃었다.

그래도 선생은 아직 센 편이요. 데빡도 풀코스를 뛰고 나면 비틀거린다 구요.

정철훈은 자기가 깨어 있는 걸 근무자가 볼까 봐 순열 씨의 곁에 바짝 붙어섰다.

그런데 선생, 아까 일은 잊읍시다.

그는 근무자가 들을까 봐 속삭이듯 작은 소리로 말했다.

난 잊어버렸어요, 벌써.

그는 키가 작은 하사를 돌아다보며 역시 작은 소리로 대꾸했다.

그런데 선생, 내 상고 이유서를 못 보았죠?

그게 어딨어요?

저기 휴지통 안쪽에 끼워 놓았어요.

그건 누가 쓴 거요? 당신이 쓴 거요?

아니오, 데빡이 써준 거요. 난 국졸이라 말할 줄도 모른다구요. 쓰는 것 은 더구나 절벽이라구요……내가 지금 상고 중이라는 건 알지요? 난 이 걸 써놓았지만 이번에도 보나마나 기각될 거니까 포기 상태였죠. 하지만 생각할수록 뭔가 이상하게 된 것 같다 이거요. 난 정말 억울하단 생각이 들어요. 난 십사 년 아니라 십사 일도 억울하단 생각이죠. 난 훈장을 다섯 개나 탔어요. 그 속에는 월남정부 것도 있죠. 내가 훈장을 많이 탔대서가 아니라 이 새끼들이 훈장을 줄 때는 언제고 여기 처넣을 때는 언제냐 이거 요. 난 똑같은 적을 죽였을 뿐인데.

그렇지만 당신이 죽인 사람들이 적이라는 걸 증명할 수 있겠소?

하, 그게 바로 까마귀들이 하는 소리라구요. 씨팔 내가 뒈져서 썩어버린 놈을 이거다 저거다 어떻게 증명해요?

하지만 선생은 내 얘길 들어보면 알 거요.

그는 한숨을 푹 쉬고 나서 다시 말을 계속했다.

그날 나는 작전에 앞서 수색대를 이끌고 작전 지구로 나갔죠. 그런데 적이 점령하고 있으리라고 생각했던 마을이 텅 비어 있었어요. 적은 벌써 우리 작전을 예측하고 마을에서 개울 하나 건너 있는 고노이 성으로 철수해버린 거죠. 난 분대를 이끌고 무인지경인 마을로 들어가 집, 돼지우리 할 것 없이 막 뒤지고 다녔다 이겁니다. 그런데 내가 어떤 집 뒤뜰을 지나가는 데 이상한 예감이, 수군수군 말하는 소리 같은 게 들려서 난 벌써 거기 뒤뜰 절벽에 뭐가 있다 즉각 안 겁니다. 아니나다를까 거기 절벽에 가마니로 교묘하게 은폐된 굴이 있었다 이거요. 나와, 이 새끼들아 하고 내가 월남어로 소리치자 수군수군 하는 소리가 딱 그쳤죠. 나와, 이 새끼들아 하고 그래서 다시 소리쳤죠. 그래도 안 나와요. 그래서 수류탄의 안전핀을 까들고 가마니를 휙 젖히고 굴로 들어갔죠. 이 새끼들 안 나오면 수류탄을 집어넣겠어, 하고 굴 속에서 소리치니까 손을 들고 나오는데 보니까 쉰 넘어 뵈는 남자 하나 여자 하나 이렇게 둘이었죠. 또 하나는 돼지우리 속에서 잡았어요. 이 치가 몸에 돼지 똥을 잔뜩 바르고 돼지를 꼭 껴안고 있더라 이겁니다. 참 별놈 다 봤어요. 이 새낄 내가 뒷덜미를 잡아 끌어냈죠. 이 새끼가 끌어내려고 하니까 돼지를 꽉 껴안고 안 나오려고 하는 게 나는 돼지다 난 보다시피 돼지다. 돼지니까 그냥 돼지로 알고 지나가거라 이런 식이죠, 흐흐흐, 참 별놈 다 봤어요.

난 셋을 잡아다 길가에 앉혀놨어요. 이걸 죽일 생각은 물론 없었죠. 소대가 도착하면 곧 후송시킬 참이었다구요. 잠시 후에 곧 소대가 도착했어요. 그런데 엠병할, 소대가 도착하자마자, 여태 잠잠하던 고노이 성 쪽에서 일제 사격이 시작되는 거요. 고노이는 적의 아성인데다 워낙 숲이 많아서 새끼들이 어디서 쏘는지 도무지 뵈질 않아요. 그날은 또 유독 안개가 자욱했죠. 우리 소대는 그러니까 미처 포진이고 나발이고 할 겨를도 없이 마구 고노이 쪽에 대고 갈긴 겁니다. 정신없이 갈기는데 이 새끼들이 도망친다 이겁니다. 나이 먹은 치들이 어떻게 번개같이 도망치는지 난 놀랐죠. 돌아오지 않으면 쏜다, 하고 나는 몇 번이나 소리쳤어요. 이 새끼들은 한 번 빼면 그런데 절대로 돌아다보거나 돌아오지 않는다는 걸 알죠. 그래도 처음에 쏘지 않고 공포 몇 발 쏘고 돌아오라고 불렀죠. 이 새끼들이 돌아옵니까. 그런데 이 새끼들 도망치는 방향이 고노이 쪽이다 이거요. 작전 중인데 더 생각할 게 있어요? 그냥 쏘아버렸지요.

그러니까 당신은 그들이 틀림없이 베트콩이다 하고 확신한 거군요.

그렇죠. 그 새끼들 고노이 쪽으로 간 것만 봐도 틀림없어요. 또 우리 대대 방침은 작전 지구에서는 지뢰를 매설할 수 있는 놈은 모두 적으로 보아라, 그러니까 제 발로 걷는 놈은 모두 적으로 보아라 이겁니다.

정철훈은 말을 마치고 제 풀에 지친 듯 바닥에 주저앉아 버렸다.

선생, 어떻게 생각하시우? 난 십사 년이면 마흔 살이 돼요.

정철훈의 목소리는 갑자기 아주 맥이 풀린 것처럼 들렸다.

난 당신 이야기가 충분히 수긍이 가요. 당신 말마따나 십사 년은 고사하고 십사 일도 억울할는지 모르죠. 그렇지만 나는 까마귀가 아니니까 내가 어떻게 생각하든 그 따위는 지금 아무런 쓸모도 없죠.

그게 아닙니다.

정철훈은 순열 씨의 말에 생기를 얻은 듯 힘을 주어 말했다.

난 선생께 부탁 하나 있어요. 선생, 그걸 좀 써주시오. 내 상고 이유서 말요. 데빡이 써준 게 있지만 선생이 새로 하나 써주시오.

정철훈은 순열 씨를 올려다보면서 마치 어린애처럼 연거푸 간청했다.

그걸 쓰는 거야 그렇게 어려운 일은 아닙니다. 써 달라면 써드리죠. 하지만 종이 한 장에 무슨 기대를 걸 수는 없을 거요. 까마귀들은 특히 그런 종류의 호소나 애원에는 강하니까요.

하지만 해보는 데까지 해보기루 작정했어요, 해볼 때까지. 내일, 아니 벌써 오늘이군요. 날이 새면 종이하고 연필을 준비해드릴 테니까 초안을 잡아봐요.

정철훈은 벌떡 일어나 잠자는 동료들을 건너뛰어 다시 그의 잠자리로 돌아갔다.

순열 씨는 돌아가는 정철훈의 뒷모습을 물끄러미 바라보고 있었다. 그의 얼굴은 오늘 따라 마치 병약한 사내처럼 어두운 그늘로 덮여 있었고 그의 숨소리는 고통스런 신음 소리로 변해 있었다. 순열 씨는 이때 정철훈의 상고 이유서에 어쩐지 자기 자신의 이야기를 쓸 것 같은 기우에 사로잡혔다. 그것은 말하자면 정철훈의 가사를 빌려 자기의 곡조를 노래하는 격이었다. 그는 이 기우가 기우로 끝나기만을 바랐다. 왜냐하면 그것은 취한의 노래처럼 들릴 것이고 그 결과는 분명히 정철훈에게 역효과를 가져다줄 것이기 때문이었다.

두 시에 5번 교대를 하려고 눈을 뜬 천명오는 철창 앞 불침번 자리에 쭈그리고 앉아 있는 순열 씨가 울고 있는 것을 보았다. 그는 탈진한 사람처럼 얼이 빠진 얼굴 위에 눈물을 줄줄 흘리면서 훌쩍거리고 있었다. 천명오는 너무 놀라 발이 묶인 듯 그 자리에서 우두커니 순열 씨를 바라보고만 있었다. 천명오가 놀란 것은 단지 순열 씨의 울음 때문이 아니라 그가 아무것도 거리끼지 않고 천연스럽게 울고 있는 태도였다. 이때 순열 씨의 울음소리는 갑자기 폭발하듯 더욱 격렬해졌다. 그 바람에 2호 동료들이 하나 둘 깨어나기 시작했다. 이 중사, 정철훈, 오태봉 그리고 그 밖의 신참들은 자다가 놀라 깨어나 눈을 비비고 그들의 수면을 방해한 울음소리가 들리는 쪽을 바라보았다. 그들은 울음소리가 들리는 쪽을 바라보았다. 그들은 울음소리의 주인공이 순열 씨라는 것을 알자, 이번에는 더욱 놀랐다.

저 친구가 갑자기 미쳤나? 가서 울지 말라고 해.

중사가 이렇게 말했지만 아무도 순열 씨에게 다가가 그가 우는 것을 제지하려고 하지 않았다. 그들은 우선 이 조용하고 침착한 사나이가 저토록 어깨를 들먹이며 짐승처럼 끼득끼득 괴이한 소리로 마구 울고 있는 모양이 흥미롭기도 했지만 그들의 힘으로는 어쩐지 선생의 울음을 제지할 수 없으리라는 예감을 느끼고 있었다.

누구야. 우는 게?

이때 울음소리를 듣고 어느새 2호 앞에 다가선 근무자가 물어왔다. 그는 펀치의 위력을 특징으로 하는 이광일 수병님이었다.

2호의 동료들은 질겁을 하고 눈을 가리듯 깊이 내려쓴 근무자의 하얀 파이버를 바라보았다. 그들은 이제 드디어 선생이 근무자에게 작살이 나는 거라고 지레 짐작하고는 가슴을 졸이며 기다렸다.

이광일 수병님은 근무자가 다가와도 여전히 격렬한 울음을 멈추지 않는 순열 씨를 어처구니없다는 표정으로 한동안 물끄러미 내려다보고 있었다. 하지만 그의 표정과 거동에는 2호의 동료들이 예측했던 그런 변화는 오지 않았다. 도리어 그는 이 초라한 사나이가 어깨를 들먹이며 거리낌 없이 마구 울고 있는 매우 우습고도 삭막한 풍경을 2호 사람들과 더불어 오랫동안 구경하고 서 있었다.

중앙선 기차

객차의 승강대 위에 가까스로 발을 올려놓은 김환오는 입구부터 빽빽이 들어찬 사람들 때문에 통로가 꽉 막힌 것을 발견했다. 그는 방금 지하도를 황급히 빠져나온 뒤라서 몹시 숨을 헐떡였지만 그렇다고 승강대의 문턱에 그대로 서 있을 수는 없었다. 그는 여행용 손가방을 두 손으로 높이 받쳐들고 무작정 사람들 틈을 비집고 층계를 올라갔다. 이때 열차는 두 번째로 발차의 경적을 울렸고 환오가 난간에 발을 올려놓았을 때는 열차는 스르르 미끄러져가기 시작했다.

일단 열차가 움직이자 입석객들의 불편은 더욱 심해졌다. 더구나 열차가 역 구내의 교차선을 빠져나갈 때는 열차의 심한 동요 때문에 난간에 서 있던 사람들은 서로 이마를 부딪치거나 팔로 남의 가슴패기를 치곤 했다. 남에게 본의 아닌 피해를 준 사람은 그렇다고 변명할 계제도 못 되었다. 그들은 서로 너무 가까이 밀착되어 있기 때문에 실상 피해를 준 쪽이 누군지조차 분별하기 어려웠던 것이다. 그들은 다만 꿀 먹은 벙어리처럼 숨을 씩씩거리며 상대를 노려보고만 있었다.

그 사람들 틈바구니에서 환오는 숨이 막힐 것만 같았다. 그는 두 손을 교대해가며 어깨 위로 치켜든 채 한 무리의 휩쓸림에 그대로 몸을 내맡기고 있었다.

제기랄 기차가 정각에만 와주었대도 자릴 잡을 수 있었을 텐데, 이렇게 연착할 바에야 열차가 플랫폼에 들어오기 전에 개찰만 끝내 줬던들 공평하게 자리다툼을 했을 것 아닌가.

중앙선에서는 연착이 상식으로 돼 있다는 것을, 특히 요즘 겨울철에 들어와서는 수도(首都)의 연료를 공급하는 화물열차의 왕래가 한층 빈번해진 까닭에 일반 여객차가 한두 시간 늦는 것은 예사라는 사실을 환오는 미처 몰랐다. 그는 십구 시 삼십 분발 열차 시각에 알맞게 대어서 역대합실에 나왔다가 뒤늦게야 이 사실을 알았다. 안내양의 말인즉 기차가 언제 플랫폼에 들어올지 모른다는 것이었다. 그는 근처의 다방에서 삼십 분가량 기다린 뒤 다시 역으로 돌아왔다. 대합실은 여전히 한산했고 안내양의 대답은 역시 기차가 언제 플랫폼에 나타날는지는 아직 모른다는 것이었다. 그는 다시 그 다방으로 가서 삼십 분가량 더 기다린 뒤 역으로 돌아왔다. 그런데 그때는 이미 사람들이 매표구 앞에 장사진을 치고 있었다. 그러니까, 기차는 너무 빨리 오게 된 셈이고 환오는 그 임의의 시간을 불행히도 맞추지 못했던 것이다.

역원들은 또 무슨 이유에선지 열차가 홈에 들어올 때가 임박해서야 개찰을 시작했다. 장사진의 꼬리에 처져 있던 사람들이 개찰구를 빠져나왔을 때 기차는 벌써 플랫폼에 들어와서 첫 번째 발차의 경적을 울리고 있었다. 그들은 흡사 장애물 경주에 나선 사람들처럼 부리나케 지하도의 계단을 뛰어내려갔지만 자리를 잡기에는 때가 너무 늦어 있었다.

하지만 열차의 연착이나 역원의 불공평한 처사 때문에 자릴 잡지 못했다는 불평은 한낱 잠꼬대나 다름없었다. 대다수의 사람들이 이미 그들의 변덕스런 관례에 잘 적응하고 있었을뿐더러 어떤 경우에나 승객이 기차를 기다리는 법이지 기차가 승객을 기다려주는 법은 없었던 것이다.

난간은 서로 얼굴조차 볼 수 없을 만큼 어두웠다. 그들은 이따금 환등 시설과 스팀 시설이 되어 있을 객차 속을 흘끔흘끔 기웃거렸지만 객차 속으로 통하는 통로에도 사람들이 잔뜩 막아 서 있기 때문에 객차 속이 보일 턱이 없었다. 환오는 비록 작은 손가방이지만 그걸 높이 치켜든 채 좁은 틈바구니에서 오래 버티고 서 있기는 아무래도 힘들 것 같았다. 그는 혹시 객차 속으로 비집고 들어갈 틈이 있나 보려고 입구 쪽으로 상체를 기울이면서 발돋움을 했다.

뭐야? 이건, 남의 발을 밟지 말라구.

이때 귓전에서 버럭 고함 소리가 들리는 바람에 그는 미처 통로 쪽을 기웃거릴 틈도 없이 뒤로 주춤 물러서고 말았다.

당신 뭣 땜에 남의 발을 밟는 거요?

얼굴도 보이지 않는 곁의 사내는 역시 얼굴도 모르는 남에게 발을 밟힌 게 몹시 불쾌한 듯 연거푸 신경질적으로 윽박질러왔다. 환오는 무슨 물건 훔치다 들킨 사람처럼 그의 질문에 대답할 바를 모르고 한동안 머뭇거리다가 간신히, 저 속으로 들어갔으면 하구요.

하고 대답했다. 그러자 사내는 어처구니없다는 듯 금방 허허 하고 헛웃음을 웃었다. 그러고는 역시 신경질적인 어조로 쏘아붙였다.

당신 이 사람들이 눈에 안 보여서 그런 말 하는 거요? 발붙일 곳이나 겨우겨우 차지한 판에 차 속으로 들어가다니, 천하장사라도 이 사람 벽을 뚫고 거기까지 가겠나 생각 좀 해보슈.

그의 말이 너무 지당했으므로 환오는 더 할 말이 없었다. 난간은 잠시 쥐죽은 듯한 침묵에 빠졌는데 그 사내가 다시 그 침묵을 깨뜨렸다.

난 좀처럼 자릴 못 잡는 일은 없는데 오늘은 그만 실수했수다. 그놈의 딸네미집에서 저녁을 먹고 가라고 붙드는 바람에 그만……

그 사내는 누구에게 하는 말인지 모를 소리로 혼자서 떠들어댔다. 어쨌든 그의 말투로 미뤄봐서 그는 중앙선의 단골고객임에 틀림없었고 이 삼등열차와는 이미 친분이 두터워져서 자기 기분 내키는 대로 떠드는 것 같았다.

아무튼 오늘 우리들은 되게 잘못 걸렸시다. 저놈의 유리창들이 죄다 부서져서 이따가 차가 들로 나가면 바람이 굉장할 거요. 여기 뒷구석 사람들은 꼼짝없이 동태 팔자가 되겠는데. 더구나 날씨가 싸아헌 게 눈도 오실 것 같고.

사내가 말하는 승강대의 양쪽 도어는 처음부터 굳게 닫혀 있기는 했지만 윗부분의 유리가 깡그리 빠져 있어 이쪽 난간은 외풍으로부터 무방비 상태나 다름없었다. 아직 열차가 도시의 외곽을 벗어나지 않았으므로 외풍이 그다지 심하지는 않았지만 이 단골손님의 한마디는 난간의 어두운 구석에 묵묵히 서 있는 사람들에게 커다란 공포심을 안겨줬다. 그들은 정말 걸렸구나 하고 비로소 깨달았고 금방 그 들바람이 불어닥치기라도 한 것처럼 온몸을 부들부들 떨었다.

열차가 중랑천을 지난 뒤부터 아니나 다를까 양쪽 승강대 쪽에서는 뼈를 삭이는 듯한 외풍이 쉬익쉬익 불어닥치기 시작했다. 열차의 속도로 더욱 가속된 정월 찬바람은 흡사 칼날처럼 에누리없이 그들의 살갗을 맵게 때렸다. 졸지에 놀란 난간 사람들은 바람길에서 자기 몸을 피해보려고 이리저리 몸을 비틀어보고 움츠려도 보았지만 모두 허사였다.

이보라구.

자기 예언이 금방 맞아떨어진 걸 뽐내듯이 어둠 속에서 그 사내가 말했는데 바람 소리에 흩어져서 이젠 잘 들리지도 않았다. 사람들은 매운바람에 쫓기듯이 그리고 바람막이가 되지 않으려는 본능에 따라 자꾸 안쪽으로 밀려들기 시작했다. 그 바람에 난간에는 걷잡을 수 없는 혼란이 일어났다. 비록 난간에서나마 좀 더 안전한 자리를 차지하려는 쪽과 일단 차지한 자리를 뺏기지 않으려는 쪽 사이에 서로 밀고 밀리는 힘겨루기가 벌어진 것이다. 손가방을 치켜든 채 그 틈바구니에 끼어 있던 환오는 몸의 중심을 잡을 수가 없어서 휩쓸리는 대로 몸을 내맡긴 채 그나마 발붙일 곳을 잃지 않으려고 필사적으로 바동거렸다. 그는 이때 자기가 난간의 층계 입구로 밀려나 이윽고는 목적지에 닿기도 전에 이 기차 밖으로 굴러떨어지지나 않을까 하는 터무니없는 불안을 느끼기 시작했다. 이런 식으로 나가다가 다음 역에서 난간의 승객이 줄지 않고 더 늘기만 한다면 꼭 자기가 아니래도 누군가에게 그런 불상사가 일어나지 않는다는 보장은 없었다. 그렇게 되어도 역시 기차는 추락사의 원인 규명과 책임 소재를 밝히느라고 무한정 정차할 것이고 그는 언제 목적지에 닿게 될지 까마득해지는 것이다.

열차가 망우역에 도착했을 때 환오의 불길한 상상은 더 굳어져갔다. 입구가 막혀 있는 객차 속에서는 숫제 한 사람도 내리지 않았고 난간의 계단에 서 있던 승객 한 사람이 내린 대신 갑자기 플랫폼으로부터 세 사람이 밀어닥친 것이다.

빨리 문을 닫아버려! 빨리!

승강대의 도어가 열린 순간 머리에 허옇게 눈을 뒤집어쓴 세 사람이 한꺼번에 몰려들자 안에서 누가 소리쳤지만 그들은 벌써 열린 문을 억척스럽게 붙잡고 계단에 기어오르고 있었다.

같이 갑시다. 우린 밖에서 얼어 죽으라는 거요?

다 같이 타고 가자구. 나도 차표는 끊었으니까.

승강대에 발을 디밀려고 숨을 씩씩거리면서 그들은 제각기 한마디씩 지껄였다.

얼어 죽긴 여기도 마찬가지야. 밀어내요. 밀어내. 거 왜 좀 못 밀어내고 야단이야.

아까 혼자서 떠들던 단골손님의 거쉰 고함 소리가 안에서 들렸고 이어서 승강대 입구에서

이 새끼가, 이 손 좀 못 비켜? 이 새끼가 누굴 죽이려고 환장했나?

하는 고함 소리가 들렸다. 그들이 입구에서 옥신각신하는 사이에 기차는 발차의 기적을 울렸고 바퀴가 스르르 미끄러지기 시작하자 계단 입구에서도 도어의 손잡이에 매달려 질질 끌려오는 세 사람의 침입자들을 더 이상 배척하는 걸 단념했다.

기차 좀 타느라고 하마터면 죽을 뻔했네. 당신네들 인심이 이래 가지고야 세상 살겠수?

새로 탄 사람이 이제 한 고비 넘겼다는 듯이 큰 소리로 떠들었다. 그러자 단골손님이 참지 못하고 맞받았다.

이거 보소. 말을 하려거든 똑바루 하쇼. 그게 다 당신네들 위해서 하는 짓이요. 들어와 봤으니까 알겠지만 이제 여기서 누가 떨어져 죽건 말건 책

임질 놈은 없으니깐 그걸 명심하고 계슈.

외풍이 심해지고 사람 틈에서 부대끼기 시작하자 침입자들은 그만 벙어리가 되고 말았다.

벌써 눈이 사태나게 오시는군.

캄캄해진 바깥을 응시하고 있던 단골손님이 근심스럽게 중얼거렸다. 환오는 그와 마주 서 있는 그 사내에게 불현듯

어디쯤 가면 손님이 많이 내리죠?

하고 물었다. 이 고역에서 빠져나는 길은 아무래도 손님들이 많이 내리는 걸 기다리는 수밖에 없을 것 같아서였다.

댁은 어디까지 가는데 그러우? 좌우간 이 기차는 묘한 기차가 돼놔서 종점까지 내리는 놈이 거의 없어요. 양평서부터 조금 내리긴 하지만 여기서 양평까지 가는 동안에 그만큼 보충할 테니깐 내리나 마나라구. 그러니깐 원주까지 내내 이 모양으로 갈 거요.

이렇게 말한 사내는 마치 환한 곳에서처럼 환오를 잠깐 넌지시 지켜보더니 곧 상대방의 정체를 알았다는 듯이

보아하니 댁은 초행이군그래.

하고 말했다.

네네. 이쪽은 처음입니다.

그렇다면 정신 바짝 차리슈. 이따가 내릴 곳을 까먹지 않으려거든 잘 물어서 내리란 말요. 지금은 승무원이나 공안원들 내왕도 없으니까 아무에게나 물어서 내려요. 중앙선 정거장 건물들은 모두 비슷해서 혼동하기 십상이고, 지금 밖에 눈이 내리는 게 보이오? 이렇게 눈보라가 칠 때는 더더구나 눈에 뵈는 게 없거든.

사내는 아까 발을 밟히고 투덜거리던 때와는 달리 아주 부드럽게 말했다. 그의 너그러운 어조 속에는 중앙선에 관한 것이라면 뭐든지 알고 있다는 자랑이 은근히 숨겨져 있었다.

그런데 댁이 어디까지 간다고 했죠? 당신 아까 내가 물었을 때 그걸 대답하지 않았지?

저 말입니까? 저 만종까지 가는데요.

단골손님이 또 화를 낼까 봐 환오는 황급히 대답했다. 그리고 자기 대답을 듣고서야 그는 자기가 지금 만종으로 가고 있다는 걸 비로소 깨달은 것 같았다. 왜냐하면 청량리역 개찰구를 빠져나온 뒤로 당장 발붙일 곳을 뺏기지 않으려고 허덕이다보니 자기 행선지조차 까맣게 잊어버렸던 것이다.

만종이라고?

단골손님은 뭣에 놀란 듯 반문하고는 혼자서 혀를 끌끌 찼다.

그렇다면 게까지 이 구석에 서서 어떻게 갈 거요. 난 말요. 난 팔당서 내릴 거니깐 조금만 견뎌 배기면 되겠지만, 그렇게 멀리 갈 양반이 좀 일찍일찍 서둘러 자리를 잡을 게지, 쯧쯧쯧…….

그가 남의 일 같지 않다는 듯이 큰 소리로 너스레를 치는 바람에 환오는 자리를 못 잡은 게 무슨 범죄나 되는 것처럼 움츠러들었다.

하기야 너구리잡이들이 설쳐대니까 초행이라면 자리 잡기도 힘들 테지.

그런 게 아직도 있습니까?

하, 무슨 소리. 여기서는 역 직원들하고 짜고서 공공연히 해먹는다우. 좌우간 그러니까 웬만큼 빠르게 굴지 않고서는 자리 잡기가 힘들다니까.

사내는 중앙선에서 발호하는 너구리잡이들의 횡포에 대해서 난간 사람들이 모두 들을 만큼 큰 소리로 계속 떠들어댔다. 그들의 본거지는 어디고 그들이 수작을 걸어올 때의 가지가지 방법이 어떻다는 것을 구체적으로 예를 들어가며 얘기했다. 그리고 마지막으로 역원과 공모하는 매우 위험스럽고 비밀스런 과정까지 서슴없이 얘기했다. 그가 아는 사실들은 확실히 매우 자상하긴 했지만 그 사실들을 말할 때 사내는 조금도 흥분하거나 분개하는 기색이 없었다. 말하자면 그들의 횡포는 단골손님인 자기 힘으로도 이미 막을 수 없으니까 분개해봤자 소용없다는 투였다.

열차가 덕소역을 지났을 때 단골손님이 다시 환오에게 말했다.

난 다음 팔당에서 내려요. 그런데 당신은 그 꼴로 가다가는 만종에 닿기도 전에 동태가 된다 이 말씀야.

사내는 아무래도 상대방의 전도가 마음에 걸린다는 듯이

동태가 되지 않으려거든!

하고 전제해놓고 무슨 대단한 기밀이라도 알려주는 것처럼 갑자기 그의 입을 환오의 귀에 바싹 디밀고 작은 소리로 속삭였다.

……당신은 지금부터 어떻게든 이쪽 통로를 뚫고 들어가야 돼요. 갈수록 사람이 늘었지 줄지 않을 테니깐. 만종까지 이렇게 가다간 정말 동태가 된다구.

그의 친절에 환오는 도리어 당황해서 다만 네네 소리만 간신히 흘리고 있었다.

이따가 양평에 가면 사람이 좀 내려요. 자릴 잡으려면 그때밖에 없으니까 아무튼 양평에 닿기 전에 손님은 어떻게든 이쪽 입구를 뚫고 들어가야 한다구.

저 통로를 막고 있는 사람 벽을 보노라면 도무지 뚫고 들어갈 엄두가 나지 않았지만 환오는 단골손님에게 고개를 끄덕였다. 지금 같아서는 객차 속으로 들어가지 않고 이쪽 난간에서 오래오래 배겨낼 재간 또한 없을 것 같아 환오는 통로의 그 완강한 사람 벽을 물끄러미 바라보면서 이럴까 저럴까 한동안 망설였다. 그러다가 결국 그는 단골손님의 조언을 따르기로 작정했다.

어떻게든 자리를 잡자. 조금 때가 늦은 감이 없지 않지만 지금부터라도 열심히 굴면 자릴 잡지 못한다는 법도 없지 않은가.

환오는 속으로 이렇게 중얼거리면서 마치 전쟁터라도 나가는 무사처럼 마음을 단단히 다져먹고 통로의 사람 벽을 향해 조금씩 발돋움을 하기 시작했다.

스팀이 들어오는 객차 속은 난간을 휩쓸던 들바람 대신 후덥지근하고 탁한 공기로 가득 차 있었고 서로 밀착되어 있는 사람들의 살갗에서 풍기는 땀 냄새는 호흡을 더욱 곤란하게 했다. 더구나 객차의 창이란 창은 모두 완전 밀폐 상태이고 양쪽 통로마저 행여 침입자가 들어올세라 사람 벽으로 겹겹이 막혀 있기 때문에 환기가 될 데라곤 한군데도 없었다. 말하자면 객차 속은 외부의 기류마저 완전히 거부하고 있는 상태였다. 이토록 혼탁한 공기 속에서 수많은 입들이 귀청이 터지도록 요란하게 떠들어대고 있었다. 객차 속도 머물러 있기에 그다지 적합한 장소는 아니었다.

사람들 틈을 비집고 들어가는 환오의 몸도 어느덧 땀에 흠뻑 젖어버렸다. 그는 앞이 꽉 막혀버릴 때마다 더욱 맹렬한 투지를 불태우며 그 사람 벽을 향해 돌진했다. 앞으로 나가려고 그가 한 발을 들어올렸다가 마땅한 자리를 찾지 못해 되돌아오면 그 자리는 벌써 다른 사람의 발이 차지한 뒤였다. 그는 발 디딜 곳을 찾으려고 이쪽저쪽 디뎌보다가 자주 남의 발을 밟고는 질겁해서 물러났다. 모든 땅이란 땅은 마치 사람의 발로 죄다 메워 져버린 느낌이었다. 혹은 상체에 비해서 발만 유난히 비대해진 것이나 아닌가 하는 느낌도 들었다. 아무리 찾아봐도 발 디딜 만한 빈자리가 없을 리가 없을 때는 땅을 먹어버리는 도둑놈의 발처럼 갑자기 비대해져버린 발들이 바닥을 가득 메우고 있다는 생각이 드는 것이다. 이럴 때 환오에게 는 또 그 친구의 익살 섞인 주석이 떠올랐다. 어느 날 콩나물시루처럼 만원된 버스 속에서 환오는 곁의 친구에게 이렇게 말했다.

만원 버스를 탈 때마다 나는 이상한 의문에 사로잡힌단 말야. 상반신이 차지하는 평면에 견주면 발이 차지하는 지면은 퍽 여유가 있을 법한데 도리어 발붙일 자리가 더 비좁다는 건 이해할 수 없거든.

그러자 친구는 마치 그런 얘기를 기다리고나 있었다는 듯이 환오의 부질없는 푸념에 즉각 주석을 붙여왔다.

이보게. 발이 땅을 먹어치우는 도둑놈이란 걸 모르나. 그건 언제나 자기가 차지한 지면에 만족할 줄 모르는 짐승이야. 늘 본능적으로 다른 땅을 넘보거든. 좁은 델수록 더 욕심을 내지. 좌우간 찻간에서 두 발을 마주 붙이고 서 있는 경우란 쉽게 상상도 안 된단 말야.

환오는 그때 그의 지론이 다소 비약한 느낌이어서 쉽사리 수긍하지 못하고 피식 웃으며 넘겨버렸지만 이런 때는 그 지론이 한층 그럴싸하게 여겨졌다. 왜냐하면 자기는 엄연히 객차 속에 들어와 있건만 발붙일 곳이 없어서 비록 잠시라도 몸이 허공에 뜨는 현상은 그런 식의 풀이로밖에는 이해되지 않았기 때문이다.

양수역에 도착했을 때 환오는 어느덧 객차 속으로 깊숙이 들어와 있는 자신을 발견했다. 팔당에서 내렸을 단골손님의 말대로 양수역에서는 객차 속의 승객들에 아무런 변동도 없었다. 환오는 열차가 정차하고 있는 이 분 동안에도 두 사람을 밀쳐내고 객차의 중앙 쪽으로 더 이동했다. 이때 그의 진로 한가운데 육중한 장애물이 가로막고 나섰다. 마치 드럼통을 세워놓은 것처럼 비대한 여인의 등이 그의 코앞에 떡 버티고 있었던 것이다. 여인은 서 있기가 남들보다 갑절은 더 피로하다는 듯이 옆 의자의 등받이에 그 비대한 몸을 비스듬히 기대고 있었는데 그 꼴이 그녀의 체중을 더 육중하게 보이도록 했고 환오는 그를 정면에서 가로막고 서 있는 여인의 등이나 엉덩이를 도무지 밀쳐낼 엄두가 나지 않아 하는 수 없이 그 자리에서 멈춰버렸다. 그는 비로소 뒤를 돌아보고 입구 난간에서 그가 움직여온 거리가 고작 삼 미터 정도밖에 되지 않는다는 데 깜짝 놀랐다. 그의 몸은 흡사 몇 킬로미터나 기어온 사람처럼 잔뜩 지쳐버렸던 것이다.

지금 굴을 지나고 있죠?

자리에 앉아 있던 행상 차림의 여인이 옆자리의 청년에게 겁먹은 소리로 물었다. 청년이 고개를 끄덕거리자 여인은 다시

몇 번째 굴이죠? 이게 몇 번째죠?

하고 역시 겁먹은 소리로 물었다.

그걸 누가 세어보고 있는 줄 아우? 왜 그러는 거요?

청년이 퉁명스럽게 반문하자 여인은 몸을 반쯤 일으키며 황급히 말했다.

양수에서 두 번째 굴이라면 난 일어나야지. 난 양평에서 내려요.

그녀는 자리에서 벌떡 일어서더니 선반 위에서 빈 광주리를 끌어내렸다.

아줌마, 이젠 늦었다구요. 저거 보쇼. 기적 소리 안 들려요? 양평에 다 왔다는 소리라구요. 지금 어떻게 이 속을 빠져나가겠수?

청년이 딱하다는 듯이 말하자 광주리를 끌어안은 여인은 울상을 지으며 엉거주춤 서 있었다. 열차는 마치 여인을 골려주기나 하듯이 두 번째 기적을 길게 뽑아 올리면서 더욱 빨리 달리고 있었다. 그러자 여인은 어찌된 셈인지 도로 자리에 털썩 주저앉고 말았다.

환오는 바로 이때라고 생각했다. 양평에 가서 여인이 내리게 되건 말건 어쨌든 그녀는 일단 그 자리를 떠나리라고 생각되었기 때문이다. 그는 청년과 여인이 앉아 있는 의자 쪽으로 바싹 다가서서 여인이 앉아 있는 가운데 좌석을 호시탐탐 넘보면서 군침을 삼키고 있었다.

쇠바퀴의 무거운 신음 소리를 내면서 열차가 양평역에 닿자 과연 그 여인은 자리에서 벌떡 일어났다. 내가 먼저 내릴 테니 광주리를 넘겨줘요.

곁의 청년에게 이렇게 말한 그녀는 놀랍게도 굳게 닫혀 있는 객차의 창을 드르륵 열어젖히더니 서슴지 않고 한쪽 다리를 창턱에 걸쳤다. 그녀의 하반신은 곧 창밖으로 빠져나갔고 잠깐 창턱에 매달렸던 여인은 미끄러지듯 플랫폼으로 사뿐히 뛰어내렸다. 그녀의 동작이 어찌나 민활했던지 그녀가 어떤 과정을 통해 그 좁다란 창구를 빠져나갈 수 있었는지 잘 떠오르지 않았다.

여인이 자리를 뜨자마자 환오는 부리나케 가운데 좌석을 향해 돌진했다. 바로 이때 통나무처럼 굵은 팔뚝이 그의 가슴패기를 가로막고 나섰다.

이러지 말라구요. 이건 누구 자린데.

기름지고 우렁찬 소리로 말하면서 그의 앞에 나선 그 팔뚝의 주인공은 아까 그의 진로를 가로막고 서 있던 뚱보 여자였다. 그녀는 여태 이쪽 좌석에 등을 돌리고 모르는 척 서 있었으므로 환오는 사뭇 의아스러웠다. 그는 뚱보 여자의 두꺼운 눈두덩을 겁먹은 눈으로 보면서 간신히 누구 자리라뇨? 제가 먼저 여기 왔지 않습니까?

하고 말했다.

먼저 왔다고? 사람 꽤 웃기시는군. 내가 이걸 맡아 놓은 걸 모르오?

그녀는 대뜸 고함을 꽥 질렀다. 그녀의 말이 사실이든 아니든 여인의 단호한 태도와 기름지고 우렁찬 목소리는 어떻든 상대방을 제압하는 위력이 있었다. 환오는 뚱보 여자의 살기등등한 기세에 벌써 한풀 꺾인데다 그녀가 주장하는 예약자의 우선권을 부정할 만한 증거도 없으므로 일단 후퇴하지 않을 수 없었다. 하기야 행상녀가 떠나버린 지금 뚱보 여자도 자기의 우선권을 확인해볼 만한 증거는 없었다. 옆자리의 청년이 증인이 될 수도 있겠지만 그는 처음부터 입을 떼지 않고 두 사람의 승강이를 묵묵히 보고만 있었다. 여인은 더 지체할 것도 없다는 듯이 황금빛깔의 원피스 자락을 펄럭이며 좌석 사이로 비집고 들어가더니 자리에 털썩 주저앉았다.

아줌마, 말씨나 좀 점잖게 쓰시우.

그녀가 앉자마자 옆자리의 청년이 갑자기 한마디 거들고 나섰다. 그러자 뚱보 여인은 당황한 듯했으나 이내 노기를 가득 띤 얼굴로 청년을 노려보며 꽥 고함을 쳤다.

뭐요? 당신 뭔데 콩나물처럼 나서는 가야?

듣기에 좀 거북하다 이겁니다.

흥, 별꼴이군. 점잖은 것 꽤 좋아하시는 모양인데, 너무 좋아하시지 말라구. 지금이 어느 땐데.

지금이 어느 때건 아무튼 아줌마는 이분이 당연히 앉아야 할 자리에 지금 앉아 있는 거요. 그거나 알구 있어요. 이분이 아줌마보다 이 자릴 먼저 발견했다는 건 내가 보증하니까.

자기 옆에 엉거주춤 서 있는 환오를 가리키며 청년이 말하자, 뚱보 여인
은 얼굴이 금방 벌겋게 달아올랐다. 그녀는 숨이 막히는지 헉헉거리면서

하, 이 양반 보게. 이런 엉터리 같은, 내가 이 자릴 맡아 놨대두.

하고 간신히 말했다.

난 청량리역에서부터 내내 여기 앉았다구요. 아줌마가 저승에서나 예
약했다면 모를까, 아무튼 그런 소린 못 들었으니까.

여인이 잇달아 뭐라고 중얼거렸지만 청년은 할 말을 다했다는 듯이 그
만 입을 닫고는 한동안 환오를 물끄러미 바라보았다. 작업복을 단정히 입
은 그 청년의 시선을 느끼자 환오는 자기가 자릴 잡지 못하고 그의 곁에
엉거주춤 서 있다는 것이 몹시 부끄럽고 죄나 지은 것처럼 곤혹스러웠다.

조금 자릴 좁혀 앉읍시다.

이때 작업복 청년이 뚱보 여인에게 말하면서 여자 쪽으로 엉덩이를 밀
어갔다.

저분 좀 끼어 앉으시게.

글쎄, 두 사람 자리에 셋이 앉았으면 그만이지 어떻게 더 좁히라는 거
요?

여인이 바락 언성을 높여 대들었다.

이렇게 이렇게 좁히면 되지요. 일루 와 앉으세요. 그렇게 서 계실 게 아
니구.

작업복 청년이 환오에게 눈짓했으나 환오는 선뜻 앉겠다고 나서지 못
했다.

그가 청년의 호의에 도리어 당황하고 있을 때 뚱보 여인의 쇳소리 같은
비명이 얼어붙게 했다.

아이쿠, 내 허리 부러지겠네. 이거 생사람 잡지 말고 양보심 많은 당신이나 자릴 비켜주면 될 거 아뇨?

되도록 앉아 가자 이겁니다.

청년이 다시 말했지만 뚱보 여인은 밀려났던 자리를 쉽사리 다시 점령해버렸다.

손님은 어디까지 가십니까?

자릴 만드는 데 실패한 작업복 청년이 면구스런 표정으로 환오에게 물었다.

만종입니다.

아이쿠, 먼 데까지 가시는군요. 실은 저도 동화까지 가는데요. 저보다 한 정거장 더 가시는군.

청년은 무엇인가 더 말할 게 있지만 차마 나오지 않는다는 듯 한동안 머뭇거리더니,

어떻습니까? 이런 얘기는 좀 뭣하지마는, 찻간에서 초면이라도 서로 좀 더 친절하게 대해줬으면, 서로 폼을 잡을 것이 아니라 흉금을 털어놓고 말입니다. 그러면 여행이 훨씬 즐거울 것 같은데요.

하고 조심스럽게 말했다.

동감입니다. 저도 동감예요.

얼떨결에 환오는 이렇게 말했다. 그러자 작업복 청년은 이제 마음이 놓인다는 듯이 한층 친절한 표정으로 말하기 시작했다.

어떻게든 자릴 잡으셔야 할 텐데. 조금 기다리셔야겠군요. 저는 말입니다. 한 달에 한두어 번 과수원 일 때문에 동화역에서 청량리역까지 왕래하게 되는데 청량리서 동화까지 세 시간 반 동안 혼자 우두커니 앉아 있자니

꽤 지루해요. 그동안에 우연히 말벗을 구하면 한바탕 떠드는 사이에 동화역에 닿거든요. 저는 시골에서 지내니까 이렇게 나들이 할 때나 겨우 말벗을 구하는데 그것도 재수가 좋을 때라야지. 다섯 번 왕래에 한 번꼴도 힘들다니까요. 그런데 선생, 제가 그 도시에 가서 어떻게 하고 오는 줄 아세요? 저는 기껏해야 단지 몇 마디,

살충제 두 포만 주세요.

얼마죠?

부삽 국산품 나왔어요?

포르말린 언제 가져오죠?

이따위 몇 마디 지껄이고 돌아오는 겁니다. 아무도 그 이상 내게 말을 시키거나 걸어오지 않아요. 참 냉정한 도시라구요. 이러다간 실어증에 걸리기 십상이라니까요. 그러니까 돌아올 땐 솔직히 말해서 고독하기 짝이 없어요. 괜히 위축되고. 그래 아까부터 난 선생을 유심히 지켜봤죠. 말벗을 삼으려고. 그건 그렇고 만종은 왜 가십니까?

환오가 선뜻 대답하지 못하고 머뭇거리는 사이 마침 객차 속으로 열차 판매원이 비집고 들어와서 사람 틈을 빠져나가느라고 소동을 피우고 있었다.

자, 지나갑니다. 뜨끈뜨끈한 우유가 지나갑니다. 뜨끈뜨끈한······.

이때 처녀의 앙칼진 목소리가 판매원의 소리를 가로막았다.

뜨끈뜨끈하고 자시고 할 거 없이 좀 안 지나갔으면 좋겠어요.

가뜩이나 사람 틈에서 부대끼던 바지 차림의 처녀가 판매원을 가로막고 신경질을 부리고 있었다.

미안합니다. 죄송하구요. 그저 쪼끔쪼끔만, 그 아가씨 궁둥이를 살짝

십오 도 각도로만 비틀어주시면 지나가겠습니다.

못 지나가요. 도대체 이렇게 화물짝처럼 잔뜩 집어처넣고 그렇게 밟고 다니면 어떡허라는 거죠?

제가 뭐 철도청장이신 줄 아나베, 그러지 말고 아가씨 시집 잘 가려거든 십오 도만.

흥, 누가 시집간데나. 하여튼 못 가요.

그럼 제가 가지요.

못 간다니까!

자, 그러지 마시고 살짝 이렇게 이렇게 지나가야만 저도 먹구살지요.

판매원은 능청스럽게 장단을 치면서 뱀이 미끄러져 빠지듯이 악착같이 버티는 바지 처녀를 제치고 빠져나갔다. 주위 사람들은 처녀를 향해 낄낄거리며 웃어댔고 바지 처녀는 판매원의 뒤통수에 대고 악담을 퍼붓고 있었다.

이건 말이 여행이지. 어디……비행기루 갈 건데. 춘천서는 평창까지 찻길이 없어서 매양 이 고생이거든.

작업복 청년의 맞은편 좌석에 앉아 있는 사나이가 혼자서 중얼거렸다. 그러자 양쪽 좌석 주변 사람들의 시선이 잠시 그 사내 쪽으로 쏠렸다. 가죽으로 만든 포수재킷을 입고 머리에는 차양이 긴 붉은 캡을 쓴 사십 줄의 사나이가 이토록 너저분한 삼등객차의 풍경이 자기로서는 심히 지겹다는 표정을 짓고 있었다. 그는 서울서 원주로 직행하는 민간 항로가 아직 개설되지 않은 것은 도무지 이해가 가지 않는다고 다시 말했다. 그의 얼굴은 과연 비행기만 타고 다니는 사람답게 유들유들 기름기가 흘렀고 허여멀쑥했다.

평창으로 사냥가시는군요.

이때 사내의 맞은편에서 뚱보 여자가 불쑥 말을 걸어왔다. 그녀의 말씨는 자리를 다툴 때와는 딴판으로 부드럽고 몹시 여자다웠다. 말 상대가 없어서 다시 말하면 자기를 알아주는 상대가 없어서 곤혹을 느끼던 포수는 눈이 번쩍 뜨이는지 얼른 여자 쪽을 쳐다봤다.

예. 예. 그렇죠. 그걸 어떻게 아시고?

뚱보 여자는 머리 위의 선반을 온통 차지하고 있는 라이플 케이스와 베이지 빛깔의 슬리핑 백을 힐끗 쳐다본 뒤에 살짝 눈웃음을 쳐보이면서 말했다.

평창이 바루 제 고향이죠. 산돼지와 노루가 많으니까 사냥들을 많이 오거든요.

하, 그러십니까? 그런데 이쪽 양평, 여주 일대에도 꿩이 많다지요?

모르는 일인데요 그건. 토끼가 많다는 얘긴 더러 들었지만.

그러자 사내는 토끼라는 말에 금방 모욕을 느꼈는지 목줄기까지 붉어지면서 미간을 잔뜩 찌푸렸다.

까짓 토낄 잡아서 무엇 합니까? 그런 걸 잡아가지구 들고 다니는 사람들 보면 쳐다보기가 쑥스러울 정도예요.

그의 어조가 어찌나 단호했던가 사람들은 몹시 의아스런 눈초리로 포수를 주목했고 그 낌새를 알고 있는 사내는 잠시 뜸을 들인 뒤에

토끼 같은 것은 나는 잡았다가도 놓아줘요. 난 그따위 직업적인 포수들과는 근본적으로……

여기까지 말하다가 문득 자기 말이 너무 지나쳤다고 느꼈는지 얼른 말머릴 돌렸다.

원래 나는 사냥 같은 것 취미 없었다구요. 사업에 쫓기다 보니까 시간도 없었지만. 그런데 고혈압에 좋다는 의사의 권유로 시작한 게 그 재밀 붙이게 됐죠.

그러실 것 같았어. 내 아무리 봐도 마구 살상하고 다니는 직업적 포수로는 안 봤어요. 어쩐지…….

뚱보 여자의 비윗살 좋은 대꾸에 포수는 가려운 데가 긁어진 듯 아주 만족한 표정이 되었다. 그는 아까부터 혼자 맥주를 따라 마시던 종이컵을 여인에게 냉큼 내밀었다.

싫어요. 전 못해요.

여인은 살찐 두 손을 마구 내저으며 몇 차례 사양하다가 마지못해 컵을 받아들었고 포수는 컵이 넘치도록 맥주를 가득 따라 부었다. 뚱보 여인은 갈증 난 사람처럼 컵을 단숨에 비워버렸다. 그러고는 자기 행동이 스스로도 민망했던지 얼른 포수에게 빈 컵을 건네면서 한 손으론 입을 가리고 킬킬거리며 웃었다.

제가 따라드리죠.

허허허. 이거 황송하게 됐군요.

이렇게 말하면서도 포수는 허다한 주석에서 익힌 버릇으로 냉큼 잔을 여인의 가슴 앞에 내밀었다. 그런데 이때 병을 잡고 맥주를 따르는 뚱보 여자의 솜씨 또한 허다한 주석을 거쳐온 솜씨임에 틀림없어 보였다.

제가 대접을 해드려야 하는 건데. 되려 대접을 받았군요. 제가 꼭 한번 모셔야겠어요.

무슨 의미에선지 여인이 이렇게 말했고 포수는 그녀의 너무 지나친 비약에 적이 당황한 눈초리로 여인을 바라보았다. 그러자 여인이 한층 은근한 목소리로 말했다.

원주에 자주 들르시겠는데요. 평창을 내왕하시자면.

그렇구말구요. 오면 가면 원주서 반드시 일박씩은 하게 되죠. 때론 사나흘씩 머물 때도 있고.

그러시담 저의 집에도 한번 들러주시겠어요? 제가 손수 모시고 싶은 걸요.

그녀는 주위의 시선 따위는 별로 개의치 않는 눈치였다.

댁이 어딥니까? 어디라고 말씀해주시면 제가…….

사내는 약간 열적은 듯 얼굴을 붉히면서 더듬더듬 말했다. 하지만 그의 눈꼬리에는 야릇한 웃음이 번지고 있었다.

찾기 쉽다구요. 도청 뒷골목으로 빠져서 일심(一心)만 찾으시면 돼요.

자기가 초대받은 장소가 술집이라는 게 판명되자, 포수는 자못 실망한 듯 손바닥으로 자기 볼따귀를 몇 차례 문지르더니 가까스로 표정을 꾸미면서 말했다.

가죠. 가구말구요. 일심 내 꼭 기억해뒀다 가리다.

그거 보쇼. 내 그럴 것 같았어요.

이때 작업복 청년이 환오 쪽으로 얼굴을 돌리면서 속삭였다.

저 여잔 술집 마담이라구요. 그런데 선생은 왜 양평서 자릴 양보하셨죠? 저는 이해가 안 되던데.

제가 양보했다구요? 그건 오햅니다. 저건 그 여자가 맡아 놓았기 때문에…….

하 딱하신 분, 맡아놨다는 건 새빨간 거짓말이라구요. 그렇게 남의 말을 죄다 믿습니까? 지금 같은 시대에. 저거 보쇼. 뻔뻔하고 주접스런 게 내가 언제 거짓말했느냐 하는 얼굴이죠.

청년은 화가 나서 견딜 수 없다는 듯이 그쪽을 잔뜩 흘겨봤다.

이젠 자리 나기 좀처럼 힘들 거요. 양평 이후에는 힘들다구요. 아무튼 잘 지켜보쇼. 일어서는 사람 있으면 다짜고짜 가서 앉는 겁니다.

이때 열차의 기적 소리가 길게 두 번 울렸다. 환오는 그 소리에 깜짝 놀라 자다가 깨어난 사람처럼 주위를 두리번거렸다. 그의 주위는 빽빽이 들어찬 사람 벽으로 완전히 막혀 있기 때문에 사람 외의 어떤 다른 풍경이 눈에 보일 턱이 없었다.

만종은 아직 멀었나요?

그는 갑자기 생각난 듯 작업복 청년에게 물었다.

지금 겨우 지평에 들어가고 있어요. 지루하죠? 그럴 거예요. 이 기차는 영락없이 굼벵이처럼 기어가니깐. 다른 곳은 죄다 디젤로 바꾼 지 오랜데 이쪽 중앙선만 아직까지 유독 늙어빠진 증기 기관차를 굴리는 까닭을 모르겠어요. 저기 보쇼. 평지를 달리는데도 늙어빠진 개처럼 쉭쉭거리며 헐떡거리고 있죠. 좌우간 만종까지는 한참 걸립니다.

피로와 짜증이 겹친 환오는 그 소리에 몹시 실망했다. 그는 지금 좌석은 고사하고 객차 안의 탁한 공기라도 환기될 수 있다면 좋을 것 같았다. 그러나 이런 기대도 헛된 망상인 것이다. 그는 만약 만종서 차를 내린다면 맨 먼저 만종의 맑은 공기를 마음껏 들이마시는 꿈에 부풀어 있었던 것이다. 환오의 표정이 어두워진 것을 살핀 작업복 청년이 다시 물었다.

만종은 초행이신가요?

네. 처음이죠.

어쩐지 그러실 것 같았습니다. 만일 선생께서 초행이 아니시고 자주 이

기차를 이용하신 분이라면 틀림없이 이미 자릴 잡았을 겁니다. 초행이니깐 그다지 서투르죠.

이렇게 만원인데 그런 게 통합니까? 도무지 설 자리도 없는데 말이죠.

환오는 청년에게 항의조로 말했다.

자리가 왜 없습니까? 저 여자처럼 사기라도 친다면 자리는 얼마든지 있어요. 자릴 못 잡는 사람들은 대개 초행이거나 아주 아둔한 사람뿐이라구요. 선생께서 이 기차의 풍속에 서투르니까 자릴 얻기가 힘들다는 거죠. 여기 단골 승객들은 의외로 아주 약빨라요. 말하자면 최소한도의 요령은 갖춘 셈이죠. 선생께서 앉을까말까 하고 망설이고 있는 사이에 단골들이 재빨리 앞질러 가서 자리란 자리는 죄다 차지해버리거든요. 일단 점령이 끝난 뒤에 어슬렁어슬렁 다가서 봐야 때는 이미 늦은 거죠. 스피드의 시대 아닙니까?

느림보 기차에 약삭빠른 승객이라……이렇게 되면 스피드의 시대라는 것은 누굴 두고 하는 말인지 모르겠군요. 난 좌석은 고사하고 이 객차 속으로 들어오는데도 천신만고를 겪었죠. 승강대 난간에서 꼼짝없이 얼어 죽는 줄 알았어요. 도무지 빠져나갈 틈조차 없었으니까. 이제 겨우 동태 팔자를 면했지요.

정말 동태가 되실 뻔했군.

환오의 표현을 흉내 낸 작업복 청년은 한바탕 너털웃음을 웃었고 환오는 난간의 장면이 눈앞에 떠올라 겁먹은 눈초리로 그가 떠나온 난간 쪽을 다시 한 번 뒤돌아봤다.

열차가 지평역을 떠나면서부터 승객들은 조금씩 침묵에 빠지기 시작했다. 그들은 떠들기에도 싫증나고 지쳤는지 그만 입을 닫고 눈을 감은 채

등받이에 기대고 잠시 동안 잠자는 시늉들을 했다. 통로에 서 있는 사람들은 그들 나름으로 옆 의자 모서리나 다른 사람에게 염치없이 기대고 슬그머니 조는 척했다. 마치 약속이나 했던 것처럼 객차 속의 모든 입들이 한동안 침묵에 잠겼지만 그 시간은 그다지 길지 않았다. 불과 오 분도 채 못되어 그들은 하나씩 하나씩 다시 눈을 뜨기 시작했고 몸을 부스럭거리며 모기 떼들처럼 웅성거리기 시작했다. 그도 그럴 것이 그들이 눈을 감고 침묵을 지키는 사이에 갑자기 부풀어버린 차바퀴 소리와 차창을 두드리는 들바람 소리가 그들의 안면을 오 분도 허용하지 않았던 것이다. 게다가 그 침묵의 순간에 그들이 비상구조차 마련되지 않은, 따라서 탈출이 거의 불가능한 객차 속에 갇혔다는 불안이 그들을 엄습했을 것은 틀림없었다. 아까부터 객차 한쪽 구석에서 화투판을 벌여왔던 칠팔 명의 부녀들이 다시 화투짝을 꺼내들고 소란을 피우기 시작했다. 한쪽 좌석을 모조리 차지하고 있는 그녀들은 마치 자기네들 집 안방에서 모여 노는 양 멋대로 깔깔거렸고 기성을 올렸고 요란하게 손뼉을 치고 있었다.

참말 좋은 세상이라구요. 돈만 있으면.

화투판의 부녀들을 몹시 부러운 눈초리로 건너다보던 뚱보 여자가 자기도 지지 않을세라 포수를 향해 말했다.

그렇구말구요. 돈만 있다면 참으로 살기 편한 세상이지.

너무나도 지당한 말씀이라는 듯 포수가 금방 맞장구를 쳤다.

뚱보 여자는 그 참말 좋은 세상의 요모조모에 관해서 자기 나름으로 궁리해보는 듯 잠깐 눈을 끔벅거리고 있더니 다시 입을 열었다.

집 안에서 헌다 허는 배우다 가수다 뭐 못 볼 게 있나요. 음식도 마음만 내키면 사시사철 신선한 걸루 먹을 수 있으니깐. 참 불과 몇 년 전까지도 어디 상상이나 하던 일이냐구요. 글쎄.

아주머니. 그게 다 이십 세기 과학의 진보 덕택 아닙니까? 시방 과학은
이십 세기는 옛말이고 이십일 세기까지 나가고 있다구. 내일 또 무슨 일이
일어날지 모른다구요, 글쎄.

포수는 자기 체신을 세우겠다는 듯 한층 거드름을 빼면서 말했다.

봤어요. 나두 봤다구요. 아폴로가 달에 착륙하는 걸 봤다구요.

뚱보 여자가 매우 성급하게 말했다.

저희 텔레비에 똑똑하게 비치던데요. 원주에도 작년에 수신 안테나가
서셨다구요. 그런데 우리 집 텔레비는 실은 아들이 월남서 보내준 거라구요.
우리 집 아들놈은 애가 외톨로 어리광만 피우고 자라서 영 철이 없었는데
글쎄 개가 지금 군대로 월남 가서 매달 꼬박꼬박 한 푼도 쓰지 않고 제 월
급을 부쳐오지 뭡니까? 나 원 하두나 기특해서……

뚱보 여인은 살기 좋은 세상 얘기에서 갑자기 아들 자랑으로 돌변했는
데 그녀가 어찌나 크게 떠드는 바람에 주위 사람들은 이 주점의 마담이 지
극한 효자를 두었다는 사실을 모두 알게 되었다. 마담의 말이 끝나자마자
포수의 뒷자리에서 얼굴에 술기운이 벌겋게 오른 청년이 불쑥 고개를 내
밀었다. 그는 자기 단짝과 나란히 앉아서 양평서부터 소주잔을 권커니 받
거니 하고 있었다.

월남요? 아줌마, 월남에 댁의 아드님이 갔다고? 그렇담 내 좋은 수 알
려드릴까, 그녀석 전사하라고 빌어요, 빌어. 어서 죽어달라고 말요. 그럼
목돈이 나온다구요, 아줌마.

청년은 뚱보 여자에게 다짜고짜 이렇게 소리쳤다. 그러자 마담은 금방
얼굴빛이 노기로 시뻘게졌다.

저런 육시럴 양반 보게, 뭣이 어쩌고 어쩐다구?

하, 내 진정으로 허는 말인데 화내실 건 없다구. 내가 철모 쓰고 월남 갈 적에 우리 자당님께서 말씀하시기를

제발 돈 벌어서 너도 효도 좀 하래므나.

이러셨다구요. 그런데 아무래도 크게 효도하려면 죽어야겠다구 생각하고선 일부러 죽으려고 파열되는 송유관 곁으로 뛰어들었다구요. 빌어먹을 효자가 못 될 팔자니깐 죽지 않고 경상만 입었지 뭐요? 그런데 죽으면 말요. 일단 죽으면 전사금 백이십만 원, 소대 조위금, 중대 조위금, 하사관 단위 조위금 이렇게 목돈이 나온다구요. 하하하.

술이 취한 청년은 한바탕 떠들고 나서 도루 제자리에 주저앉고 말았다. 어이없게 봉변을 당한 뚱보 여인은 돌부처처럼 꽁꽁 얼어 있더니 돌연 단호한 어조로

그런 에미가 있을 턱이 없어. 아무리 세상이 미쳐 돌아가기로서니 제 자식을 돈과 바꿀 에미란 없다구.

하고 내뱉었다. 좌석 주변이 이렇게 소란한 동안에도 내내 감았던 눈을 뜨지 않고 꿈쩍도 하지 않는 여인이 있었다. 마흔을 갓 넘었을까 말까 한 그녀는 포수 바로 옆자리에 앉아 있었는데 언제부터인지는 몰라도 죽 눈을 내리감고 아주 초연한 자세로 침묵 속에 빠져 있었다. 여인은 짙은 보랏빛 통치마와 하얀 저고리를 단정히 입었고 가지런히 세운 무릎 위에는 자그맣고 검은 가죽 가방이 놓여 있었다. 시종일관 침묵을 지키는 그녀의 초연한 자세도 그러하지만 무언가 못마땅한 찌꺼기들이 있다는 듯이 약간 미간을 찌푸리고 있는 여인의 창백하다 못해 푸르둥둥한 살갗의 강파른 인상이 뭇사람들 가운데서 그녀를 더 돋보이게 했다. 사람들은 그녀를 이따

금 힐끗힐끗 곁눈질로 쳐다봤지만 그녀가 내리 돌부처 모양으로 있었기에 더 이상 주목하지는 않았다.

이때 건너편 좌석에서는 자리다툼이 한바탕 벌어지고 있었다. 빠이로 외투를 입은 몸집 좋은 장년의 사내가 방금 좌석으로 다가와서 자리에 앉아 있는 잠바 차림의 청년에게 아주 당당한 태도로 자리를 내어 달라고 요구했다. 그러자 잠바가 빨끈하고 대들었다.

아니, 이거 보쇼 이게 당신 개인 자립니까?

내가 변소에 소변보러 갔지 아주 내린 줄 아우? 비켜주쇼.

변소에 간 건 당신 일이구.

하여튼 비켜주쇼.

이보쇼 당신이 이 자릴 전세 냈수?

순 엉터리로 말하지 마슈. 그럼 자릴 지키려구 변소에도 가지 말란 말이군그래.

당신이 잠자코 일어섰지 언제 변소에 가겠다고 말했수? 난 다리 아파 못 일어나요.

글쎄, 그건 댁의 사정 아뇨? 비켜주쇼.

빠이로 외투는 아주 추근추근하게 얼러댔고 잠바 역시 호락호락 자리를 내어줄 것 같지는 않았다. 아무튼 그쪽 자리다툼은 장기전으로 접어들고 있었다.

그들이 다투는 장면을 물끄러미 지켜보던 작업복 청년이 눈살을 찌푸리며 말했다.

이 중앙선의 승객들 가운데 제대로 생겨먹은 놈은 한 놈도 없다구.

환오는 그의 어조가 너무 노골적이고 격한 데에 불안을 느끼면서 행여 누가 들을까 봐 주위를 두리번거렸다. 청년은 주위의 귀 따위는 아랑곳없다는 듯이 계속 격한 목소리로 내뱉었다.

이 중앙선 찻간은 유난히 떠들썩하거든요. 영락없는 돗대기 시장입니다. 보세요. 저 사람들 떠들어대는 소리 가운데 한마디라도 쓸 만한 게 있나. 큰 소리로 떠들어봐야 죄다 하나마나 한 소리들뿐이라구요. 게다가 저 얼굴하며 표정들 좀 보라구요. 남자, 여자, 늙은이, 처녀애들까지 모두 얼간이 표정이 아닌가요? 기껏 약다고 하는 게 저따위 표정이죠.

형씨는 왜 그렇게 생각하죠? 피곤해서들 그러는 게 아닙니까?

그게 아니라구요. 그쪽 지방에는 먹을 게 없다 이겁니다. 먹지 못하니까 광대 모양 비쩍 마르구 생각도 자연 얕아지지 뭡니까.

그건 생각 나름이겠죠. 난 이 사람들 아주 활기 있고 재미있게 보이는데요.

글쎄 그거라니까요. 바루 그거라구요. 처음 타셨으니까 그게 재미있을 수밖에 없지요.

작업복 청년은 그런 무리 속에 지금 자기가 끼어 앉아 있고 그리고 자신도 어쩔 수 없이 그 무리 중의 하나라는 사실이 몹시 불쾌하다는 듯 일그러진 표정으로 주위를 노려봤다. 그러고는 눈을 내리감고 한참 동안 깊이 생각에 잠겨 있다가 다시 눈을 떴다.

선생, 나도 이젠 싫증났어요. 이 느림보 기차에 타고서 무한정 기다린다는 게 말이죠. 정말 지쳤어요. 매양 이 꼴 이 모양이니깐 정말 미칠 것 같다구요. 어떤 때는 이놈의 기차에서 그만 뛰어내려 죽어버릴까 하고 생각할 때도 있죠. 제가 별안간 이렇게 말하면 무슨 얘긴지 잘 모르실 테죠. 저는 요즘 기로에 서 있는 셈이죠. 마음 둘 데가 없고 도무지 갈피를 못 잡겠어요. 시골에서 자극도 못 받고 젊은 나이에 무의미한 세월 보내는 데 싫증나서요. 그래 도시로 나갈까보다 했죠. 하지만 막상 도시로 나가보면 도시는 더 나를 실망시켜요. 허탕치고 그냥 돌아오죠. 돌아올 땐 하는 수 없이 배나무나 사과나무를 친구 삼고 살자 이렇게 맘먹죠. 하지만 얼마 지나면 못 견디겠어요. 그러니까 이 기차를 타고 있을 때 제일 견디기 힘들다구요. 이렇게 느리게 느리게 기어가는 기차를 타고 드디어 동화역에 내려봐야 뾰쪽한 수가 없다 이겁니다.

그러니까 당신이 방황하는 동안 당신의 마음은 이 기차에 매달려 있다는 얘긴가요. 그래서 벗어나고 싶어도 도무지 이 기차를 탈출할 수가 없다는……

그런 거죠. 바루 그겁니다. 지긋지긋해도 하는 수 없이 이렇게 앉아 기다리는 겁니다. 갈 데가 따루 없으니까. 지금 제 눈에 과일나무가 보여요. 캄캄한 데 우두커니 서 있는 과일나무가요. 그 옆에 가서 또 몇 달이고 서성거릴 겁니다. 그게 싫어서 도시로 가보면, 이건 거기서는 날마다 밤마다 축제가 벌어지는 것처럼 보이죠. 첨엔 그랬어요. 자세히 보노라면 참 우스운 일이 매일 벌어지고 있더군요. 요란하게 되풀이되는 드럼 소리. 그건 마치 모든 도시 사람들이 지옥으로 바쁘게 걸어가는 행진에 맞춰 두드리는 소리 같죠. 그리고 무대와 화면에는 매양 같은 얼굴들이 나타나서 매양 같은 복장으로 매양 같은 표정으로 같은 대사를 반복하고, 수돗물로 잘 씻은 어떤 새하얀 손가락은 전화의 같은 다이얼을 자꾸 되풀이 돌려대고, 어두운 살롱 구석에 처박힌 젊은 남녀는 드럼과 기타 소리에 맞추어 머리와 팔다리를 같은 모양으로 자꾸 흔들어 대고, 노상에서 만난 사람들의 인사말은 늘 그게 그거고, 술집에서는 날마다 대폿잔이 부딪히고, 뮤직 박스 속에서는 흡사 디스크가 바늘에 걸려 제자리걸음이나 하듯이 자꾸 비슷한 소절이 되풀이되고, 사랑하고 있어요, 사랑해요, 사랑한다고, 사랑하기 때문에 이렇게 말입니다. 말하자면 이게 현대의 리듬이란 것일까요? 통모를 일이라구요. 난 그래서 그만 실망하고 말았어요.

그렇지만 하나하나 행동에 의미를 붙인다는 것처럼 피곤한 고역도 없겠지요. 그들은 약아서 그걸 깨닫고 있어요.

그건 나도 알지요. 실상 그들이 어떻게 하건 말건 나하고 무슨 직접적인 관련이 있는 것도 아니고. 하지만 선생, 내 말은 그게 아니라구요 내 말은……

그러나 작업복 청년이 그의 말을 하려고 했을 때 저쪽 객차 모퉁이에서 화투판을 벌이고 있던 여인들 사이에서 요란한 아우성이 터지기 시작했다. 환오와 작업복 청년은 물론 모든 승객들의 시선이 한꺼번에 함성이 터진 쪽으로 쏠렸다. 하나같이 요란한 빛깔의 나들이옷으로 곱게 단장한 칠팔 명의 여인들이 화투짝을 팽개치고 드디어 좌석에서 몸을 일으켜 둥실둥실 춤을 추면서 아우성을 치기 시작한 것이다. 놀자, 놀자, 하고 선동하면서 손뼉을 치는 여인이 있는가 하면, 공연히 혼자 좋은지 손으로 입을 살짝 가리고 낄낄거리는 여인도 있었고, 자기 흥에 취해서 스르르 눈을 감고 흘러간 옛 노래를 읊조리는 여인도 있었다. 그러다가 그녀들의 손뼉치기는 서서히 박자를 맞추기 시작했고 누군가가 선창하기 시작하자 드디어 손뼉에 맞추어 합창이 시작되었다.

인생이란 무엇인지 청춘은 즐거워
피었다가 시들으면 다시 못 올 내 청춘

마시고 또 마시어 취하고 또 취해서

이 밤이 새기 전에 춤을 춥시다.

부기 부기 키타 부기 부기 부기 부기 키타 부우기

여인들은 마치 이 기차의 굼벵이처럼 느린 속도와 환기조차 될 수 없을 만큼 완전히 폐쇄된 억압적 분위기에 반항이라도 하듯이 보기 거북할 정도로 마구 팔다리를 휘둘러댔고 악을 바락바락 질러댔다. 째지는 듯한 여인들의 아우성과 손뼉 치는 소리는 금방 객차 안을 완전히 압도해버리고 말았다. 어떤 승객은 지루한 여행 중에 드디어 구경거리가 났다고 침을 삼키며 그 쪽에 주목했고, 어떤 승객은 귀청이 터지는 것 같아 눈살을 찌푸리며 역정을 냈다. 그러나 그따위 반응이 그녀들의 안중에 있을 턱이 없었다.

조용히 합시다. 떠들더라도 좀 조용히 떠들자구요.

이때 근처의 젊은 남자 한 사람이 승객들의 불만을 대변하는 양 자못 점잖게 목청을 돋워 말했다. 그러자 여인들 가운데서

뭐야, 떠드는 데도 조용히 떠들고 자시고가 있나.

하고 발칵 대드는 소리가 들렸고, 연달은 다른 여자가 상대방 사내를 조롱하는 말투로

이봐요, 난 척하려거든 말이나 똑바루 하라구요.

하고 빈정거렸고, 여인들은 그걸 기화로 또 한바탕 손뼉을 치면서 깔깔거렸다. 멋모르고 나섰다가 여자들에게 코를 물린 사내는 사나이의 체통으로 보아 도무지 그대로 물러설 수는 없었던지 다소 기가 죽은 목소리로 간신히

그럼 어떻게 떠들어도 좋다 이 말입니까?

하고 대들었지만 여인들은 이미 그를 상대하고 있지는 않았다. 그녀들은 눈에 뵈지 않는 그 무엇에 반발하듯 한층 자유스럽게 한창 기승을 부리며 자기네들이 마흔은 족히 넘은 여염집 아낙들이라는 사실마저 한층 뿌리쳐 버리겠다는 아주 대담한 자세로 그녀들의 가무를 다시 펼쳐가고 있었다.

노세 노세 젊어서 노세
늙어지면 못 노나니
화무는 십일홍이요
달도 차면 기우나니
얼씨구 절씨구 차차차
지화자 좋구나 차차차
만화방창 젊은 날에
아니 놀지를 못하리이라아 차차차

그녀들은 자기들이 청춘이건 말건 또는 이곳이 놀이터건 지옥이건 그 따위는 알 바 아니라는 듯이 오직 만사를 제쳐놓고 정말 아니 놀지 못하리만큼 순식간에 도취해버리고 있었다.

사태가 이쯤 되자, 승객들은 괜히 남의 장단에 발맞출 것 없다는 걸 깨달았는지 슬슬 그쪽에서 시선을 거두고 말았다.

지금 어디쯤 가고 있나요?

뭐라고요? 지금 뭐라고 하셨죠?

환오가 묻자, 작업복 청년은 소음 때문에 미처 듣지 못했는지 놀란 눈으로 반문했다.

지금 어디쯤 가는 거냐고 물었죠.

글쎄요. 나도 넋 없이 앉았다 보니까 잘 모르겠군요.

청년은 마치 꿈에서 깨어난 사람처럼 얼떨떨한 표정으로 대답했다. 환오는 더럭 겁이 났다. 단골승객인 청년도 어디쯤 가고 있는 것을 모르다니 워낙 난장판 속이라 깜박 그걸 까먹을 수도 있겠지만, 아무튼 두렵지 않을 수 없었다. 지금 승무원의 내왕도 거의 불가능한 상태여서 누구 하나 책임지고 그걸 대답해줄 사람도 없었다. 그는 어쩌면 이미 만종을 지났는지도 모른다고 생각했다. 지평을 지난 뒤로 그는 아직 한 번도 정거장 플랫폼의 불빛을 보지 못했는데 정말 만종을 그냥 지나쳐버렸다면 큰일이었다. 환오의 이런 조바심과는 달리 여타 승객들의 표정은 너무 태평스럽고 여유 작작했다. 그들은 여전히 노래 부르고 지껄이고 끼들거리며 웃고 있었다.

환오의 기억에 따르면 그 사이 열차가 몇 차례 정차했던 것 같고 기적소리를 몇 번 들었고 터널을 지나고 또 지난 것 같았다. 하지만 터널은 이 중앙선 역구간의 어디에나 빠뜨리지 않고 골고루 끼어 있기 때문에 그 기억으로는 지금의 위치를 알 수 없었다.

이미 만종이 지난 건 아닙니까?

그럴 리가 없어요. 하, 손님. 그렇게까지 걱정하실 건 없다구요. 내가 말하지 않았던가요. 이 기차는 굼벵이라구, 지가 기껏 달렸어야 구둔 아니면 양동일 거요.

이렇게 말한 작업복 청년은 차창 밖을 내다보려고 차창 쪽으로 허리를 구부렸다. 한참 동안 창밖을 들여다보던 청년은 고개를 가로 흔들면서 제자리로 돌아섰다.

안 뵈는데요. 깜깜해서 아무것도 안 보여요. 이따가 차가 서보면 곧 알 겠죠. 걱정할 건 없다구요.

객차 구석의 여인들이 아직도 그녀들의 흥겨운 가무를 계속하는 바람에 바로 옆에서 하는 말소리도 잘 들리지 않을 정도로 찻간은 소란했다. 그녀들의 노래라는 것은 고작해야 인생이란 무엇인지 청춘은 즐거워, 혹은 얼씨구 절씨구 차차차 지화자 좋구나 차차차 따위를 개미 쳇바퀴 돌듯이 되풀이하는 것이었지만 여인들은 조금도 싫증나는 기미조차 보이지 않았다.

난 차라리 이놈의 기차가 영 멈추지 않고 계속 달려줬으면 좋겠다구요. 가는 데까지 가보면 끝장이 나는 때가 있겠죠.

춤추는 여자들을 흘겨보던 작업복 청년이 몹시 부아가 치미는 듯 말했다.

형씨는 왜 차중에서 그런 불길한 소릴 하죠?

아뇨. 정말 난 가끔 그런 생각을 해요. 이 기차를 타고서 그런 생각 한 번쯤 안 해보는 게 도리어 이상하죠. 난 암담해서 그래요. 아까도 말했지만 동화에 가봐야 빤하다구요. 웬일인지 재작년부터 과수들이 하나둘씩 말라서 죽어가요. 시골 공기가 탁해서 그러는지 농약을 잘못 사용해서 그러는지 아무튼 아무리 애써도 농원이 점점 황폐해가구 있다 이겁니다. 그런 황무지에서 오래 견뎌봐야 남는 것은 썩은 대가리에 빈주먹뿐이다 이겁니다. 그런데 도시에 가보면 이건 더해요. 몽유병자들이 골목골목마다 득실거리는 통에 발붙일 곳도 물론 없지만 그보다도 숨이 막힌다 이거요. 내가 아까부터 선생을 주목했던 것은 어떻게 하면 좋으냐, 이 기로에서 어떻게 하면 좋으냐고 묻고 싶었던 거라구요.

작업복 청년이 이렇게 나오자, 환오는 사뭇 입장이 난처했다. 그는 우선 청년이 자기에게 무엇인가 무리하게 기대하고 있다는 데 당황했고 청년이 기대하는 것이, 무엇인지 얼핏 포착할 수 없어서 쩔쩔맸다. 잠시 후환오는 곧 그것을 깨달을 수 있었지만 이처럼 발붙일 곳이 없도록 초만원을 이룬 혼잡한 차중에서, 거주기 선택에 관한 일가견을 피력한다는 게 도무지 우스꽝스런 노릇이 아닐 수 없었다. 더구나 좌석 하나 차지하지 못한자기 주제로는 더욱 그런 느낌이 앞섰다. 하지만 환오의 이런 기분에는 아랑곳없이 작업복 청년은 환오의 입을 열심히 지켜보고 있었다.

엉뚱한 얘기겠지만 난 이 기차가 만종까지 무사히 가줬으면 해요.

환오는 얼떨결에 청년에게 이렇게 말했다.

나는 지금 일자리를 구하려고 형씨가 말하는 그토록 황폐한 지방으로가고 있죠. 하필 왜 그런 곳이냐고요? 지난 초봄부터 일 년 내내 구해봤지만 결국 그곳에 가보라는 소개장 하나밖에 구하지 못했거든요. 그러니까난 만종까지 무사히 가야겠다는 생각뿐입니다.

작업복 청년은 깜짝 놀란 듯 휘둥그레진 눈으로 환오를 뚫어지게 쳐다봤다.

난 단언해요. 틀림없이 환멸 끝에 돌아오고 말 거요. 그쪽에 뭔가 있으리라고 기대했다면 오산이죠. 아무것도 없으니까.

청년은 마치 자기 일이라도 되는 양 마구 흥분해서 부르짖었다.

난 보물 찾으러 가는 건 아니라구요.

그렇다면 뭡니까? 어떤 사명감 때문입니까?

그런 건 더욱 아니죠.

그렇다면 더욱 이해가 안 가는데요.

그럼 어떻게 합니까? 그렇다고 나더러 이 기차 속에서 살라는 겁니까?

그럴 수는 없죠. 더구나 이렇게 똣대기시장처럼 너저분한 삼등 열차에
선 말이죠.

이때 열차는 쇠바퀴의 무거운 신음 소리를 토하면서 벌써 정차하고 있
었다. 환오와 작업복 청년은 얘기를 하느라고 미처 열차가 정차를 위해 속
도를 줄여가고 있던 것을 몰랐던 것이다. 차창 옆에 앉은 승객들은 기차가
멈춘 곳이 어떤 곳인가 알려고 재빨리 차창 밖을 들여다봤다. 하나 시야에
는 아무것도 드러나는 것은 없었다. 플랫폼의 수은등도 플랫폼을 오가는
승무원이나 역직원의 모습도, 그리고 역사(驛舍)의 모습도 보이지 않았
다. 그들은 자기들 눈이 믿어지지 않아 다시 차창에 바싹 다가가 들여다보
았지만 시야는 칠흑 같은 어둠으로만 채워져 있었다.

사고다!

누군가 경솔하게 소리치는 바람에 승객들은 멋모르고 겁에 질려 웅성
거리기 시작했다. 곳곳에서 차창을 열어젖히는 소리가 들렸고 난데없이
살을 에는 듯한 매운 들바람이 한꺼번에 객차 속으로 밀어닥쳤다. 이제 열
차가 정차한 지점이 정거장의 구내가 아닌 것은 명백해졌다.

어떻게 된 거야? 장애물이 나타났나?

사람을 치었는지 알우?

누가 뛰어내렸나? 죽으려고.

알게 뭐야. 그런데 승무원은 왜 얼씬도 않지? 아까 석불역에서는 봤는
데. 이 새끼들, 이렇게 손님들을 방치해놓고 종적을 감추고 소식이 없다니.

이렇게 제각기 떠들었지만 막상 승무원이나 열차 공안원의 얼굴은 나
타나지 않았다. 그들이 나타난대도 지금 형편으로는 이 객차 속에 뚫고 들

어올 틈도 없었다.

승객들은 자기들이 완전히 방치되어 있음을 알아차렸다. 열차는 그들이 의식하지 못하는 사이에 칠흑 같은 어둠 속을 배회하고 있는 셈이었다. 마치 겨울 추위에 동태가 되고 오래 주려 허기진 나머지 제 길을 찾아갈 기력조차 없으리만큼 지친 망아지 새끼 모양으로 이리저리 비틀거리고 있었다. 승객을 화물짝처럼 가득 실은 채로, 대관절 손님들을 어디로 끌고 가려는 것일까. 달나라로 끌고가는 것일까. 아니 갑자기 엄청난 열차 충돌을 일으켜 천당에라도 데려다주려는 것일까. 혹은 그 이름조차 모르는 전혀 자유스럽고 개방되었고 풍족해서 굶주린 개떼들이나 늑대들이 으르렁거리지 않는, 말하자면 흉포스런 짐승이라곤 없는 전혀 새로운 오색의 별천지에라도 인도하려는 것일까. 그러나 지금 기차가 멈춘 곳은 그렇게 별난 장소는 아니었다.

승무원이 보이지 않자, 승객들은 갖가지 불안에 휩싸이기 시작했다. 투신자살이 발생할 수도 있고 뜻밖의 장애물이 열차의 진로를 막고 있는지도 몰랐다. 또 정비 불량으로 이쪽 객차만 도중 분리되었을 가능성도 있었고, 누가 장난 삼아 비상변의 로프를 잡아당겨버린지도 몰랐다. 무엇보다 승객들이 두려워하는 것은 열차 충돌이었다. 이렇게 무작정 오래 정차하고 있을 경우 서로 통신이 두절되어 열차 왕래의 통할에 차질이 생긴다면 갑자기 엄청난 충돌이 벌어지지 않는다는 보장이 없었다. 더구나 요즘은 석탄 화물차의 왕래가 매우 빈번하지 않은가.

생각이 여기에 미치자 좌석의 승객들조차 하나둘씩 통로로 밀려나와 무작정 통로의 사람 물결에 휩쓸려들었다. 그렇지 않아도 팔 하나조차 움직이기 힘들었던 통로의 혼잡은 형편이 아니었다. 비명이 여기저기서 들렸고 사람의 상반신은 밀고 밀리면서 물결처럼 자꾸 휩쓸렸다. 이 격심한 동요 속에서도 그들은 막상 비상구를 찾거나 승강대 쪽으로 나가보려는 사람은 하나도 없었다. 그들은 장님들처럼 어떤 쪽으로 움직여야 할 줄도 모르면서 단지 객차 속에서만 몸부림쳤다. 그럴 수밖에 없는 것이 비록 위험이 목전에 다가왔을지라도 일단 밖으로 나간 다음에 다시 승차하는 것은 거의 불가능한 일이었던 것이다.

설마 여기서 내려서 모두들 걸어가라는 건 아니겠지.

걸어가라면 걸어갑시다. 까짓거 원주까지 이틀이면 갈 테니깐.

제법 태평스런 태도로 이렇게 지껄이는 패들도 있었지만 이건 어디까지나 공포심을 은폐하는 허세에 불과했다.

야, 술이나 마셔. 까짓거 잊어버리구.

아까부터 소주를 대작하던 건너편 좌석의 사내들은 까짓 거 눈 하나 까딱 않겠다는 듯이 자리에서 꼼짝도 않고서 연거푸 잔을 비우고 있었다. 그들 두 사람은 이미 만취해서 실상 자기들이 지금 기차를 타고 있는 것도 잊고 있는지 몰랐다.

이렇게 모든 승객들이 비명을 올리고 낄낄거리며 우왕좌왕하고 있을 때 여태까지 포수 옆자리에서 꼼짝도 않고 내리 눈을 감은 채 앉아 있던 그 창백한 여인이 별안간 눈을 뜨고 벌떡 일어섰다. 살빛이 유독 창백한 그 여인은 흡사 신들린 사람처럼 눈을 흡뜨고 주위의 혼란을 한 바퀴 살펴본 뒤에 이제는 더 이상 참을 수 없다는 결연한 표정으로 갑자기 손뼉을 치면서 노래하기 시작했다.

내 갈 길 멀고 밤은 깊은데

빛 되신 주 저 본향 집을 향해

가는 길 비추소서.

내 가는 길 다 알지 못하나

한걸음씩 늘 인도하소서.

삼 절까지 계속된 여인의 노랫소리는 약간 목이 쉬긴 했지만 뜻밖에도 찌렁찌렁하게 울려서 객차 속을 가득 채웠다. 노래를 부르는 동안 그녀는 박자를 맞춰서 계속 손바닥이 부르틀 정도로 힘껏 손뼉을 쳐댔고 끝판에 가서는 전신을 흔들어대고 고개를 끄덕거리기도 했다.

시끄러워요. 이게 뭐 예배당이요?

옆자리의 포수가 미간을 잔뜩 찌푸리며 짜증을 부렸고 마담이 맞장구를 쳤다.

아유, 난 골치가 다 지끈거려요. 아유, 골치.

아줌마, 이 좀 봐요.

건너편에서 소주를 마시던 사내들이 좋은 일 났다고 이쪽을 넘겨다봤다. 거의 곤죽이 된 한 사내가 두 홉들이 소주병을 든 채 이쪽을 보면서 자꾸 여인을 불렀으나 여인은 미처 듣지 못했는지 계속 손뼉을 치면서 노래만 부르고 있었다.

아줌마, 이 좀 봐요.

노래를 끝낸 여인이 힐끗 뒤를 돌아봤다.

왜 그러우?

여인은 눈썹 하나 까딱 않고 미소마저 흘리며 취객을 바라보았다.

아줌마, 내게도 진실은 있다 이거요. 나도 마음만 먹으면 누구 못지않게 진실해진다 이거요. 난 하나님을 믿지는 않지만 하나님을 한 번도 잊어 버린 일은 없다구요. 그러니까 말인데 난 아줌마가 두 홉들이 소주 한 병만 사준다면 믿겠어. 맹세코 믿겠어.

그 바람에 이 시온성의 여인에게 짜증 부렸던 사람들은 까르르까르르 웃어젖혔다.

이 새꺄. 믿긴 뭘 믿는다고 그래. 술맛 떨어지게.

뒤에서 사내의 패거리가 핀잔을 주자 소주병을 든 사내는 스르르 주저 앉고 말았다.

그렇지만 여인을 야유하는 패거리만 있는 것은 아니었다. 머리를 짧게 깎은 한 건장한 사내가 꽤 먼 거리에서 사람을 헤치면서 열심히 이쪽으로 다가오고 있었다. 기를 쓰고 여인 앞으로 다가온 사내는 대뜸 노오란 오렌지 주스 병을 여인에게 내밀었다.

아니 이게 뭡니까?

마시세요. 제가 전도하는 셈이 되니까요.

사내는 잠깐 눈을 감았다 뜨더니 다시 말했다.

아주머니, 저는 오늘 많은 감격 받았어요. 목이 쉬셨군요. 좀 쉬어가며 하세요.

목이 쉬었지만 주님이 같이하시니까 괜찮죠. 예수님은 사십 일 금식기도까지 하셨는데 뭘. 직함이 뭡니까?

평신도예요.

은혜 받으러 오신 일 있어요?

전 농사로 바빠서 그런 기횔 못 가졌죠.

이번에 원주 전도관에서 대심령부흥회가 있어요. 저도 지금 거기 가는 길이죠. 오세요. 함께 은혜 받으시게. 자 찬송가 백구십일 장 함께 부릅시다. 내 사명만 다 하는 것입니다.

그렇죠. 참사명을 하시느라고.

두 사람은 금방 의기투합해서 이번에는 혼성이중창이 시작되었다.

예수여 예수여 나의 죄 위하여 보배피를 흘리니 죄인 받으소서.

사뭇 경청을 강요해오는 이토록 간절한 억양의 후렴이 손뼉 박자에 맞춰 네 번씩이나 되풀이되는 동안 승객들은 그만 넋이 달아나고 만사가 귀찮아서 될 대로 되라는 듯이 우두커니 서 있었다. 그들은 이제 이 찻간에서 누가 무슨 짓을 하건 그걸 제지할 권리도 없다는 것, 그걸 제지할 필요도 없다는 것을 느꼈다. 만사가 귀찮아졌던 것이다. 거기다 노래의 옥타브가 높아졌을 때 객차 속의 분위기는 꼭 피난민을 만재한 객차처럼 유독 살벌하고 각박하게 느껴졌고, 그 분위기에 억눌린 승객들의 기분은 그 노래의 가사처럼 자기들이 마치 죄를 짓고 어디엔가 유형지로 호송되어가는 죄수 같았던 것이다.

그러나 노래의 네 번째 소절이 채 끝나기도 전에 열차는 거짓말처럼 다시 미끄러져 가기 시작했기 때문에 승객들의 기분은 금방 돌변해버렸다. 그들은 혼수 상태에서 갓 깨어난 맹수들처럼 방금 지나간 불유쾌한 시절을 까맣게 잊어버렸고 무엇보다 잃어버렸던 좌석의 질서를 되찾기 위해 맹렬하게 다투고 욕지거리를 퍼부어대고 상대방을 사정없이 밀어붙이곤 했다. 주저하고 망설이던 환오조차 이제 그 다툼에 한몫 거들고 있었음은 물론이다.

미화 작업

비록 두 평도 못 되는 땅이지만 사면의 벽이 어른의 가슴 높이만큼 쌓아 올려지자, 그럭저럭 방의 형태가 되었다. 워낙 지면이 좁은 곳이라 너무 작은 방이 될까 봐 나는 지나치게 걱정하고 있었다. 그러나 경험이 많은 김 씨는 내 걱정이 기우에 불과한 것이라고 몇 번이나 강조했다.

아주 훌륭한 방이 됩니다. 이따가 벽을 다 세운 다음에 두고 보쇼.

김 씨의 이 장담은 별로 어긋나지 않을 것 같았다. 벽이 얼마만큼 올라서자 흡사 나의 눈이 한바탕 속아버린 것처럼 바닥이 더 넓어 보였다. 여기에다 구들장을 놓고 도배까지 끝내고 나면 방이 더욱 넓게 보일는지도 몰랐다.

나는 김 씨의 곁에서 잡역부 노릇을 했다. 고참 인부인 김 씨는 나를 '데모도'라고 불렀다. 하기야 김 씨 역시 특별한 기술자라고는 볼 수 없는 사람이었다. 비록 다년간 노동을 해온 고참 인부지만 김 씨는 주로 변두리의 싸구려 건축장에서 닥치는 대로 일을 해온 잡역부였다. 그러나 두 평미만의 방 하나를 세우는 데는 김 씨 같은 잡역부가 도리어 적합했다.

김 씨는 블록을 쌓아올렸고 나는 적당한 비율로 섞은 모래와 시멘트를 역시 적당한 분량의 물로 반죽해서 김 씨에게 가져다주었다. 마침 해가 중천에 떠 있는 여름 한낮이라서 김 씨와 나는 마치 땀으로 목욕한 사람들처럼 흠뻑 젖어 있었다. 그러나 김 씨는 신들린 사람처럼 쉬지 않고 블록을 쌓아올렸고 덩달아 나도 담배 한 대 피울 겨를도 없이 부리나케 반죽한 모래와 시멘트를 운반했다.

우리가 이렇게 서두는 데는 이유가 있었다. 김 씨와 나는 이 공사를 이틀 안에 끝내기로 약속했던 것이다. 아무리 작은 방 한 칸을 짓는 일이지만 이틀이면 무리가 아닐 수 없었다. 김 씨도 그렇게 주장했다. 그렇지만 공사를 하루라도 더 끌어간다는 것은 아주 불리하다는 것이 주변의 의견이었다. 그들은 요즈음 와서 감시자들의 활동이 부쩍 늘어났다고 말했다. 따라서 공사를 오래 끌고가면 그만큼 그들의 눈에 발견되는 기회가 많아진다는 것이다.

일단 건물을 세워놓은 다음 거주를 시작하면 기존 건물로 위장할 수 있는 여지가 있었다. 어떤 곳에서는 감시자들의 눈을 피해 밤에만 작업을 계속했다는 얘기도 있었다.

점심때가 기울자, 옆집의 수자 엄마가 막걸리와 안주가 곁들인 점심을 차려 가지고 왔다. 이 공지를 나에게 알선해준 것도 그녀였다. 그러나 막상 부탁하지도 않았던 점심까지 마련해오는 수자 엄마의 호의에 나는 감복하는 수밖에 없었다.

어마, 저 땀 좀 봐. 조금 쉬어가면서 하세요. 너무 무리하시단 병날라구요.

벽 바깥에서 수자 엄마의 목소리가 들렸다.

아니, 뭘 이렇게 가져오셨지요? 벌써부터 신세를 끼치다니 될 말입니까?

나는 바깥으로 뛰어나와 그녀에게서 얼른 막걸리 주전자를 받아들었다.

장차 이웃이 되겠으니 미리부터 사귀어둬야죠.

그녀는 이렇게 말하고 싱글벙글 밝게 웃어보였다. '장차의 이웃'이란 수자 엄마의 말에 나는 다시 콧날이 시큰하였다. 말하자면 이제부터는 나도 뜨내기 생활을 청산하고 남의 이웃으로 대우를 받게 되는 셈인데 이 사실이 나에게는 여간 대견한 게 아니었다. 비록 방 한 칸이지만 내게는 '나의 방'이자, '나의 집'이기도 하였다.

김 씨와 내가 점심을 먹는 동안 수자 엄마는 새로 짓는 방에 관해 연방 감탄을 아끼지 않았다.

생각보다 훨씬 훌륭한 방이 되겠네요. 정말 조끔도 손색없는 방이라구요.

그녀가 하는 말은 단순히 허드레 인사말 같지는 않았다. 밖으로 나와서 건물의 외양을 보니까 너무 규모가 작아서 주택이라기엔 쑥스러웠지만 그런대로 제법 말쑥하고 튼튼하게 세워진 건물이었다. 이 일대에서는 실상 그렇게 좋은 주택은 찾아볼 수 없었다. 워낙이 높은 곳이고 차도에서도 멀리 떨어진 곳이어서 주택지로는 별다른 쓸모가 없는 곳이기도 했다. 대부분의 집들이 싸구려 블록으로 급조한 것이고 그나마 담장을 두르고 대문을 달고 해서 주택의 구색을 갖춘 곳도 몇 군데 없었다. 따라서 이 지역의 주민들은 서로 구차한 생활의 이면을 속속들이 노출하고 있는 형편이었고 그만큼 이웃사촌을 실감하고 있는 편이라고도 볼 수 있었다. 수자네의 집도 물론 예외는 아니었다.

김 씨와 나는 점심을 끝내자마자 곧장 작업에 매달렸다. 블록 쌓는 일은 거의 끝나가고 있었다. 벽이 어른의 어깨 높이만큼 올라갔을 때 김 씨가 갑자기 일손을 멈추고 나를 쳐다봤다.

어떻게 하겠어요? 지금 결정해야겠는데.

오랜 노동으로 살갗이 까맣게 그슬린 고참 인부의 얼굴 표정에 일순 안타까운 기색이 스치고 지나갔다. 이제 창틀 놓을 자리를 만들 때가 되었으니까 창틀의 치수를 결정해야 한다는 것은 나도 알고 있었다. 그런데 창틀의 치수에 관해 김 씨와 나의 의견이 서로 크게 엇갈렸다. 우리는 조금 전에 거기에 관해 의견을 나눴는데 김 씨는 이 작은 건물에 사방 두 자짜리 창틀을 사용하자는 나의 주장이 전혀 무리라는 것이다. 그의 얘기로는 첫째 목재나 벽돌을 사용하지 않고 블록만으로 쌓아올린 벽으로는 사방 한 자짜리 이상의 창틀을 지탱해내기가 어렵다는 것이다. 둘째는 이 신축 건물이 남의 눈에 쉽게 발견된다는 것인데 가뜩이나 좁은 벽면에 유독 커다란 창틀이 버티고 있는 모양은 다소 기형적으로 보일 법도 하다. 김 씨는 사방 한 자짜리 창틀을 사용하자고 말했다. 그것도 이 건물에 견주면 지나치게 큰 것이지만 당신의 주장이 그러하니 무리를 각오한다는 것이다.

그러나 나는 김 씨의 의견을 받아들이기보다 차라리 그가 말하는 위험 부담을 받아들이는 쪽으로 생각이 기울었다.

아까 얘기했던 대로 하지요.

내 말이 떨어지자, 김 씨의 표정에 다시 몹시도 안타까운 기색이 스치고 지나갔다. 그는 납득되지 않는 나의 무모성에 고통마저 느끼는 모양이었다.

왜 그러는 것입니까? 쓸데없는 고집이라구요.

그는 얼굴을 찌푸리며 내게 짜증까지 부렸다. 그러나 나는 이 고참 인부와 이 문제를 놓고 왈가왈부하고 싶은 생각이 없었다. 왜 그러는 것이냐고 나는 김 씨에게 던져야 할 반문을 마음속으로만 뇌까려봤다. 하지만 고집이란 반드시 이렇다 하고 내어놓을 까닭이 있어서만 부리는 것은 아니지 않을까. 나는 김 씨의 질문에 대답할 수가 없었다.

아까 얘기했던 대로 하지요.

나는 표정을 바꾸지 않고 같은 말을 나직하게 되풀이해서 말했다. 김씨는 그만 어이가 없는지 한동안 나의 얼굴을 물끄러미 바라보았다. 이때이 나이 든 남자는 나의 고집을 꺾을 수 없다는 점을 깨달은 것 같았다.

허허, 젊은 사람의 생각은 이해가 곤란하단 말요. 아무리 현대식 건축이 유행이라지만.

김 씨는 마지막으로 이렇게 투덜대고는 창틀을 맞추기 위해 목수의 가게가 있는 아랫마을로 내려갔다.

그사이 나는 겨우 틈을 얻어 벽 바깥으로 나왔다. 나는 땅바닥에 아무렇게나 쭈그리고 앉아서 담배 한 대를 피워 물고 눈 아래에 펼쳐진 시가지를 내려다보았다. 벌써 해가 서편으로 기울어져가는 저녁나절이 되었건만 시가지의 소용돌이는 여전했다. 그쪽에서 일어나는 잡다한 소음이 내가 앉아 있는 높다란 언덕바지 위에까지 끊임없이 퍼져 올라왔다. 이곳은 워낙이 높은 지대여서 전망만은 아주 좋은 편이었다. 나는 집터를 잘 잡았다고 생각했다. 이만한 전망을 가진 집터라면 만족을 느껴도 좋을 성싶었다.

여기서 내려다보이는 시가지란 기껏해야 이 도시의 한 모퉁이인 금옥동의 좁다란 거리였지만 그런대로 꽤나 번잡하고 건물들도 다채로웠다. 나는 한동안 우두커니 앉아서 석양녘의 햇살이 내리비쳐주고 있는 시가지의 풍경을 바라보고 있었다. 이때 지난날 방을 빌리려고 변두리를 돌아다니다가 만났던 한 노동자의 기억이 갑자기 되살아났다.

떠도는 뜨내기 생활에서는 언제나 마땅한 거처를 구하는 일이 가장 중요했다. 그러나 이 마땅한 거처가 쉽사리 구해지는 것은 아니다. 가느다란 빗방울이 구질구질하게 내리고 있는 저녁나절 나는 복덕방 영감님을 따라 좁다란 골목길을 걸어갔다.

꼭 방을 얻으실 거요?

앞서 가던 노인이 뒤를 돌아보며 물었다.

그럼요. 이런 날씨에 제가 놀러다니는 것처럼 보입니까?

아니, 그건 아니고. 실없이 늙은이를 끌고 다니는 사람이 너무 많아 그러오.

이 노인은 방금 내가 복덕방을 찾았을 때 쉽게 움직여주려고 하지 않았다.

그는 화투짝을 만지작거리면서,

꼭 방을 얻으시려고 그러오?

하고 역시 같은 다짐을 주었던 것이다.

그렇지만 방이 마음에 들지 않는 경우라면 하는 수 없지 않습니까?

그거야 물론이고말고. 그러나 나는 이력이 생겨나서 손님이 어떤 방을 찾나 미리 알아서 대주지. 지금 찾아가는 방은 바루 댁이 임자야.

영감의 수다에는 다소 허풍이 섞여 있지만 그러나 나는 귀가 솔깃해졌다.

그 방이 어떤 방인데요?

그 방이 어떤 방이냐구? 허허, 글쎄 가서 눈으로 직접 보면 내 말뜻을 알 게 아닌가. 하여간 이 일대에서 그만 한 전망을 가진 방이 따로 없다니까. 빈방이라구 해서 아무에게나 대주는 법이 아니여.

골목길을 몇 고비 돌고 나서 비탈길로 올라가다가 영감은 비탈의 중턱에 자리 잡은 이층집의 대문 앞에 멈춰 섰다. 차도로부터는 꽤나 먼 거리였다. 집은 비록 이층집이라지만 블록의 벽면이 앙상하게 노출되어 있는 싸구려 건물이었다. 마당도 전혀 손질이 되어 있지 않아 흙바닥이 비에 젖어 질척거렸다.

아이구. 한 발짝 늦었시다.

부엌에서 나온 주인아줌마는 영감을 보자마자 이렇게 소리쳤다. 그녀의 말은 어제 그 방이 계약되었고 바로 조금 전에 임자가 그 방에 들어왔다는 것이다.

제기럴, 작년 겨울부터 비어 있던 방이 하필 어제 나갈 건 또 뭐람.

자못 낭패한 듯 영감은 손바닥으로 턱수염을 쓱쓱 문지르면서 이렇게 투덜거렸다.

아주머니. 그 방 좀 구경할 수 있을까요?

나도 역시 그냥 돌아서 가기에는 너무 허전했다.

그거야 어렵지 않지요. 올라가 보시우.

나는 신발을 벗고 성급하게 이층으로 올라갔다. 복덕방 영감님도 뒤따라 올라왔다. 그 방의 문은 안으로 잠겨 있었다. 영감님이 문을 요란하게 두드리자 한참만에 문이 열렸고 서른두세 살쯤 되어 보이는 남자가 기름과 쇠녹으로 절어든 작업복을 입고 방 가운데 서 있었다. 아직 짐을 미처 옮기지 않은 탓인지 방 안에는 가구라든가 의복 따위가 하나도 눈에 뜨이지 않았다. 사내는 약간 놀란 표정으로 불의의 침입자를 바라보았다.

그 방의 창은 사방 두 자가 될 만큼 커다란 것이었다. 나는 창옆으로 다가가서 창밖을 내다봤다. 우선 나는 이 창을 통해 펼쳐지는 시야가 무척 넓다는 데에 놀랐다. 여기서는 일대의 시가지뿐 아니라 도시를 에워싸고 있는 도시 바깥의 먼 촌락까지 한눈에 바라다보였다. 멀리 보이지 않는 창은 창이 아니라고 나는 생각한 일이 있었다. 사실 주택이 밀집해 있는 도심지에서는 창이란 단순한 환기 장치에 불과한 것이다.

댁이 방을 바꾸시지 그래. 대신 저 손님이 한잔 잘 사기로 하고 말야.

복덕방 영감님이 이때 방 임자에게 넌지시 수작을 붙였다.

방을 바꿔달라구요? 이분이 꼭 이 방을 원하는 거요?

사내는 영감님에게 퉁명스럽게 반문했다.

그래 내가 말했지 않소. 방을 바꿔주면 이 손님이 한잔 잘 사기로 하겠다고 말이지.

사내는 잠깐 침묵을 지키다가 약간 누그러진 어조로 다시 말했다.

참 딱한 일이 벌어졌군. 나는 지금 이런 생각을 하고 있어요. 만약에 이분이 이 방에 먼저 오셨더라도 나 역시 이분에게 같은 청을 했을 거라고 말요. 하여튼 참 딱한 일입니다.

그때 나는 그 노동자에게서 방을 가로챌 생각은 전혀 없었다. 방을 바꿔달라고 요청한 것은 공치지 않으려는 복덕방 영감님의 자의로 저지른 일이었다. 그 사내야말로 영감님의 말마따나 그 방의 진짜 임자일는지도 몰랐다.

둘째 날 오후가 되자, 작업은 예정대로 끝나갔다. 김 씨는 구들장을 놓았고 나는 구들장 밑에 깔아야 할 잡석을 주워다가 김 씨에게 건네주었다. 어제 저녁때 무거운 창틀을 어깨에 메고 가파른 비탈길을 올라온 뒤로 김 씨는 종내 말을 하지 않았다. 그가 운반해 온 창틀을 처음 보았을 때 나도 약간 놀랐었다. 사방 두 자짜리 창틀이 그렇게 거대한 줄은 미처 몰랐던 것이다. 비록 벙어리가 되어버린 김 씨지만 그는 여전히 일을 소홀하게 다루지는 않았다. 창틀을 놓을 때도 그는 창틀의 치수와 무게를 계산에 넣고 그 주변의 블록을 유난히 튼튼하게 쌓아 올렸다.

이날도 옆집의 수자 엄마가 막걸리와 수제비 두 그릇을 가지고 왔다. 구들장 놓기를 거의 끝내고 김 씨와 내가 밖에 나와 자리를 잡고 앉자, 그녀가 수제비를 덮어가지고 왔던 신문지를 나에게 내밀었다.

이게 오늘 석간인데요. 여기 좀 보셔요. 무어라고 쓰여 있나.

그녀는 방금 집에서 신문을 받아 대충 보았는데 건축에 관한 당국의 방침이 게재되어 있어서 가져왔다고 말했다. 나는 얼른 수자 엄마가 가리키는 사회면을 들여다봤다. 먼저 시장의 장황한 담화문이 첫눈에 띄었고 그 옆에는 무허가 건축에 대한 벌칙이 전보다 조금씩 강화된 형태로 조목조목 나열되어 있었다.

'아름다운 수도 서울을 건설합시다' 시장의 담화문은 이렇게 긴 제목으로 시작했다. 시장은 우리 서울도 이제는 세계적인 도시로 비약할 단계에 와 있다는 점을 강조했다. 따라서 결론으로는 이 도시의 치부인 변두리와 고지대의 무허가 건물을 단시일 내에 일소하기 위해서 총력을 기울이겠다는 것이다.

그럼 무허가 건물은 죄다 쓸어버리겠다는 거예요?

수자 엄마가 당황한 표정으로 물었다.

설마 그렇게 한꺼번에 쓸어버릴 수야 있나요. 이거야 시의 방침이 그렇다는 얘기겠죠. 이거 봐요. 구체적으로 어떻게 해서 그 방침을 실행에 옮기겠다는 얘기는 한 줄도 나와 있지 않군요. 이것만 봐도 역시 시간이 걸린다는 얘기지요.

나는 수자 엄마를 안심시키려고 약간의 과장까지 곁들여서 지껄였다. 그러나 그녀가 그릇들을 챙겨가지고 돌아가고 나자 이번에는 나 자신이 진짜로 암초에 부딪치고 있다는 느낌에 사로잡혔다. 수자네의 집은 무허가이긴 해도 누구나가 인정하는 기존 건물로 어느 정도는 기득권이 있는 셈이다. 하지만 나의 경우에는 보장받을 만한 근거가 하나도 없었다.

새 방에서 거주를 시작하고 나서 사흘 동안에는 별다른 일이 없었다. 나는 공사 도중에 발견되지 않았기 때문에 그럭저럭 무사하게 넘어가는 모양이라고 지레 짐작하고 있었다. 그러나 나흘째 되는 날 아침에 몸이 비쩍 마른 중년의 남자가 나를 찾아왔다. 그는 자기가 이 구역을 담당한 동사무소의 서기라고 자기 소개를 한 다음 수첩을 꺼내 들고 나의 성명과 건물을 세운 날짜를 물었다.

그것을 적어서 어디에 쓰시는 겁니까?

내가 이렇게 묻자, 서기는 손을 내저으며 뜻밖에도 부드러운 어조로 말했다.

오해하지는 마십쇼. 이건 어디까지나 형식이니깐. 그러나 일단 이런 일이 발생하면 실태 파악을 해가지고 상부에 보고하는 게 말단에 있는 우리의 책임이죠.

그럼 보고는 하시겠습니까?

상부에서 알게 되면 보고를 하지 않은 우리가 문책을 당합니다. 허지만 구청에 보고가 올라가봐야 댁에게 좋을 일이 한 가지두 없지요. 구청에서는 보고가 올라오면 즉시 경찰에 고발하니까요.

서기의 말을 듣고는 그가 어떻게 일을 처리하는지 도무지 추측할 길이 없었다. 나는 서기의 얼굴을 유심히 바라보았다. 그러나 이 중년 남자의 얼굴에는 표정이 잘 드러나지 않았다. 그는 그만큼 이와 같은 장면을 많이 겪어낸 사람 같았다.

하여튼 구청에 보고가 가지 않도록 해주시면 고맙겠군요.

나는 서기의 표정을 읽으려던 생각을 단념하고 우직하게 말했다. 그러자, 서기는 갑자기 표정이 굳어지면서 이제 보고를 하지 않기에는 이미 때가 늦었다고 말했다. 동사무소 안에는 구역 담당인 자기를 제외하고도 이 사실을 알고 있는 사람들이 있기 때문에 그가 보고를 천연하면 그들이 결코 묵인하지 않는다는 것이었다.

그러면 전혀 도리가 없겠습니까?

너무 초조한 나머지 나는 대어들 듯이 서기의 앞으로 바짝 다가섰다. 서기는 그제야 빙그레 웃어보였다.

그러니깐 일을 당해놓고 이럴 게 아니라, 이런 일을 하려면 미리 담당인 나에게만은 한마디쯤 상의를 했어야죠. 나는 우리 관할 구역에서 일어나는 일에 관해서는 되도록 원만하게 수습하려고 노력하고 있으니까요. 사실 담당이 구역의 주민을 봐주지 않으면 또 누가 봐줍니까?

그의 말이 떨어지자 나는 내 귀가 의심스러웠다. 서기는 전혀 다른 사람으로 돌변해 있었다.

그거야 너무도 당연한 말씀이죠. 이 구역 실정을 속속들이 아는 분은 역시 이 구역을 담당하신 분일 테니까요. 그럼 이 일은 선처해주시는 겁니까?

그러나 서기는 내 질문에 대답을 하지 않고 비실비실 웃기만 했다. 나는 이때 이 말단 직원이야말로 칼자루를 쥐고 있는 사람이라고 생각했다.

서기는 신축 건물 옆으로 걸어가더니 그 커다란 창 앞에 멈춰섰다. 창은 아랫마을을 내려다보는 위치에 있었다.

아니, 이건 마치 가게의 진열장 같은데, 댁에서는 하여튼 너무 하셨군요. 왜 그러십니까?

나는 영문을 몰라 얼떨떨했다.

이건 너무 커요. 이렇게 쬐그만 건물에 이렇게 큰 창을 달아놓다니.

그는 마치 보아서는 안 될 것을 본 사람처럼 별안간 불쾌한 표정으로 투덜거렸다. 나는 서기가 김 씨처럼 건물이 붕괴될까 봐 걱정하는 줄로만 알았다.

이렇게 지나치게 큰 걸 달아놓으니까 사람들 눈에 자주 뜨이고 그만큼 위험부담도 커진다 이거요. 내 말 알겠어요?

그러나 창의 치수를 정하는 것쯤이야 건축주의 자유가 아닙니까?

다소 화가 나서 나는 무심코 이렇게 지껄였다.

댁에서 지금 건축주의 자유를 따질 만한 입장에 있다고 생각하는 겁니까?

나는 그만 답변할 말이 없어서 서기의 얼굴만 물끄러미 쳐다봤다.

어떻게 하시겠습니까? 사실 자진 철거를 해주시면 내 입장에서는 제일 고맙겠지만 내 입으로 그걸 요구하기도 뭣하고. 그러니깐 이렇게 합시다.

어떻게 할까요?

아까부터 궁리했던 일인데 저 창을 당장 블록으로 깡그리 막아요. 잠깐이면 끝나는 일이죠.

창을 아주 뜯어내라는 말인가요?

그럼요. 블록으로 막으려면 시멘트까지 발라야 하니까.

이렇게 말하는 서기의 표정은 너무나 태연스러웠다. 그러나 나는 서기가 보고를 하지 않을 수 없다고 말했을 때보다도 더욱 기분이 어두웠다.

그렇게 하는 게 대체 무슨 소용이 됩니까?

허허, 나는 이 건물을 살리는 방도를 힘들여 말해본 것이요. 일단 블록으로 창만 틀어막아버린다면 누가 이게 사람이 사는 집이라고 믿지는 않을 것 아니요. 잘 봐줘야 연탄이나 김칫독을 넣어두는 창고쯤으로 볼 거라 이거요. 당국에서는 기존 건물을 약간 개축한다거나 쬐그만 창고 하나쯤 만드는 것까지 신경을 쓰지는 않아요. 문제는 사람이 사는 방이다. 이거요.

그러니까 창고에서 사람이 사는 것은 무방하다는 얘긴가요?

그거야 겉으로 창고라고만 인정된다면 미관상 크게 나쁠 거야 없지요. 당국에서 꼭 그렇게 하라고 시키는 일은 아니지만 말요.

서기의 제안은 당국의 방침을 역이용하는 묘안이라고 볼 수도 있었지만 나는 그 제안을 받아들일 생각이 전혀 없었다. 일단 창을 봉쇄하고 난 뒤에는 이 방은 나에게 아무런 쓸모도 없어진다. 나는 창을 막을 수 없다고 서기에게 말했다. 서기는 뜻밖이라는 듯 한동안 나를 물끄러미 바라보았다.

그 창이 있으면 마치 여기는 사람이 삽니다, 하고 선전하는 격이라고 내가 말하지 않았소? 나는 물자도 아깝고 하니 이 방을 살리자고 일껏 힘들여서 한 얘긴데.

다른 방법이 없겠습니까? 다른 거라면 제가 무어라도 해보지요.

다른 방법이라야 자진 철거를 하는 방법밖에 무어 있겠소? 난 말단 서

기니까 그보다 더한 능력은 없다구요.

서기는 화가 난 듯 퉁명스럽게 내뱉었다. 그는 마지막으로 보고를 이삼 일간 연기해주겠으니 잘 생각해보라고 당부하고는 비탈길을 내려갔다.

서기가 가고 나자, 옆집의 수자 엄마가 설거지를 하다 말고 부리나케 달려왔다.

그 사람하고 얘기가 어떻게 되었어요.

마치 자기네 일이라도 되는 것처럼 그녀는 초조한 표정으로 물었다.

별로 얘기가 된 게 없어요. 그 사람 얘기가 도무지 터무니없더군요.

아니에요. 그 사람이 봐주려면 봐줄 수 있는 사람인데요. 그 서기가 이 지역 담당이란 건 아시죠? 그 사람 전에도 이런 일을 많이 해결했다구요. 그래 그냥 돌려보내셨어요?

하는 수 있나요?

아이구머니나. 서기가 여기 왔다면 봐주려고 온 건데 적당히 몇 푼 쑤셔 넣어주고 잘 부탁하시지 않구, 이럴 줄 알았으면 내가 미리 가르쳐드릴 걸 깜빡 잊어먹었군.

그녀는 큰 실수라도 저지른 사람처럼 안절부절못했다.

아주머니. 서기하고 얘기하긴 했어요. 하지만 그 사람이 요구하는 일을 나는 거절했지요.

서기가 돈을 많이 요구합디까? 얼마나 달라고 그래요?

돈이 아니라 저 창을 블록으로 깡그리 막아야 된다고 하더군요.

수자 엄마는 창을 막아야 한다는 얘기에 뜻밖에도 몹시 분개했다.

저런 죽일 놈이 있나. 아니, 뭣 땜에 저 좋은 창을 막으라는 거지요? 그 놈이 집도 절도 없는 사람들에게서 자꾸 돈을 뜯어먹더니 기어이 미쳐버린 게로군. 미쳐버린 게여.

나는 땅바닥에 쭈그리고 앉아서 내 방의 커다란 창을 물끄러미 지켜보았다. 넓고 투명한 유리창에는 지금 오전의 햇살이 가득히 비치고 있었다. 이때 서기가 이삼 일간 말미를 주겠다고 하던 말이 떠올랐다. 서기가 지껄였던 얘기들이 모두 사실이라고 가정한다면 나는 이 말미 동안에 두 가지 방법 중에서 하나를 불가불 택해야만 한다. 그러나 택할 만한 것이 하나도 없었다. 따라서 서기가 말미를 주었지만 내게 남은 일은 그 말미가 지나갈 때까지 기다리는 일밖에는 없었다.

시기는 어김없이 삼 일이 지난 뒤에 다시 찾아왔다. 그는 그동안 구청으로 올려야 하는 보고를 천연하느라 몹시 입장이 난처했었다고 말했다. 옆에 있는 동료들은 자기가 혼자만 단단히 재미를 본 것처럼 오해하고 있다는 것이다.

이젠 하루도 미룰 수 없는 형편이요. 또 댁의 입장에서도 더 미뤄봐야 이로울 게 하나도 없지요. 자, 어떻게 하시기로 결심했습니까?

그의 질문에 나는 대답을 못하고 우두커니 서 있기만 했다. 그러자 서기는 나의 이런 태도가 그의 제안을 받아들이는 걸로 판단한 것 같았다.

그럼 그렇게 하시겠소? 그렇다면 지금부터라도 일을 시작해야지요.

나는 이번에는 대답을 해야겠다고 생각했다. 나는 아주 분명한 소리로 서기에게 말했다.

그렇게 하지는 않겠어요.

서기는 깜짝 놀란 눈초리로 나의 얼굴을 물끄러미 바라보았다. 그는 화도 났지만 한편 나의 무모한 태도가 우스꽝스럽게도 보이는 것 같았다.

참 별난 고집도 다 있군그래. 사람이 그렇게 융통성이 없어 가지고야 어디 방 한 칸 제대로 마련하겠소? 나는 사실 보고만 올려버리면 그뿐이다 이거요.

이렇게 쏘아붙인 그는 더 상대하기도 귀찮은 듯 돌아서서 비탈길을 내려가버렸다.

서기가 다녀간 다음 날 나는 오랜만에 시내에 나갔다가 밤 늦게서야 돌아왔다. 그런데 내가 외출했던 동안에 나의 방이 깡그리 파괴되어 있었다. 사방 벽이 모두 무너져버렸고 지붕도 물론 흔적조차 없었다. 방이 있던 자리에는 부서진 블록과 슬레이트 조각들이 무덤처럼 높다랗게 쌓여 있었다. 한참 동안 넋 없이 그 쓰레기 더미 위에 앉아 있는데 수자 엄마가 가쁜 숨을 몰아쉬며 내게로 달려왔다.

부랑배들이 대여섯 명이나 몰려와서 망치와 몽둥이로 순식간에 이렇게 짓부셔놓았지 뭡니까? 그놈들은 구청에서 일당을 받게 되었다고 좋아라 콧노래까지 불러가며 마구 두들겨 부수는 거예요.

그녀는 아직도 분노가 가시지 않은 듯 이름도 모르는 그 파괴자들에게 마구 욕설을 퍼부어댔다.

하지만 아주머니. 또 집을 지으면 되지 않겠습니까? 이번에는 창을 달지 않고 창고 같은 방을 만드는 거지요.

나는 짐짓 이렇게 말하고는 자리를 털고 일어섰다.

창백한 겨울 이야기

아무래도 부엌으로 들어오는 도어의 투명한 유리를 얇은 유리로 갈아 끼워야겠다고 나는 어머니께 말했다. 언젠가 부엌문 유리가 깨졌을 때 유리 수선공에게 수리를 부탁했는데 나이 어린 수선공이 이쪽 주문도 채 듣지 않고 그만 투명유리를 끼워버려서 그 이후 한 달 가까이 그대로 지내오고 말았다.

우리가 세들어 있는 가옥의 한 귀퉁이는 부러 독립출입구를 낸답시고 골목길에 맞대 있는 부엌문을 출입구로 쓰기 때문에 투명유리가 끼워 있는 부엌문은 우리 가족에겐 꽤나 중요한 문이었던 것이다.

골목길에서 보면 우리 부엌의 구차한 세간살이가 환히 들여다보였고 그 좁다란 부엌 속에서 식모도 없이 칠순에 가까운 어머니가 저녁 식사를 마련하시느라고 느리게 움직이는 모습도 환히 들여다보인다.

나는 이다지도 뚜렷한 노출이 싫어서 아침에 출근하기 전에 잊어먹지 않고 몇 번이나 얇은 유리로 갈아 끼워야 한다고 어머니께 당부했고 이토록 간곡한 당부가 효력을 내어 어느 날 퇴근했을 때는 골목길의 시선에서 완전히 우리 부엌을 방비하고 있는 부엌문과 마주 설 수 있었다.

바로 그날, 내가 얼마간의 충족감을 느끼며 부엌문이자 출입문이기도 한 육중한 도어를 열었을 때, 나는 뜻밖의 손님과 마주쳤다. 하얗고 조그만 복슬강아지 한 마리가 방금 어머니로부터 배당받은 사발 속의 누룽지 버무린 것에 입을 대려고 하다가 갑자기 들어서는 나를 보자, 몹시 놀란 듯 고개를 번쩍 쳐들고 두 눈동자를 연거푸 굴리고 있었다. 이 개가 처음 보는 나에게 짖어대지 않은 것은 이상한 일이었다. 그 녀석은 잠깐 나를 지켜봤을 뿐 이내 사발 속의 먹이에 정신을 팔고 말았다.

나는 이놈의 작은 몸집, 방금 본능적인 경계심에 따라 나를 잠시 쏘아 보던 두 눈의 빛, 그리고 유달리 탐스럽게 이놈의 몸을 감싸고 있는 복슬 털과 개가 주둥이를 흔들 때마다 터덜거리는 그 털의 율동을 한동안 지켜 보고 있었다. 부엌문 입구에 들어서서 한 발자국도 내딛을 생각은 않고 그렇게 서 있는 나를 보신 어머니가

오늘 유리를 갈아끼웠다. 삼백 원 달래는 걸 이백오십 원으로 깎았어.

라고 말씀하시고는 개의 사발 속에 다시 누룽지 덩어리를 떨어뜨려 주셨다.

나는 지금 새 손님 때문에 유리 갈아 끼운 일 따위는 관심이 없었으나 어머니는 마치 그 손님에 관한 일은 당신만의 소관 사항이라는 듯 처음부터 개에 관해서는 한마디도 내게 말씀이 없었다. 개는 몹시 주린 듯이 게 걸스럽게 사발을 핥고 있었다.

대체 이 개는 어디서부터 나타난 것일까. 내가 알기로는 개의 종류는 애완용인 스피츠였는데 이런 개는 값도 꽤 비싼 편이어서 우리 형편에 어머니가 갑자기 개를 사들였으리라고는 믿어지지 않았다. 그렇담 어디서

며칠 동안 맡겨둔 것일까, 나는 스피츠의 때가 묻은 복슬털과 게걸스럽게 사발을 핥고 있는 모양을 보면서 이런저런 생각을 하고 있었다. 그리고 이때 이 개의 때문은 몰골과 게걸스런 거동이 스피츠치고는 퍽 천해보일 정도라는 걸 깨달았기 때문에 나는 개가 들어온 경로를 구태여 묻지 않아도 되겠다고 생각하고 그만 방으로 들어와버렸다.

어찌됐건 다음 날 어머니는 개를 비눗물로 말끔히 목욕시켰고 어디서 가죽으로 만든 목걸이까지 구해 스피츠의 목에 매어주고는 부엌 바로 입구에 개를 매어두었다. 목욕을 하고 나자 스피츠의 외양은 완연히 달라져 버렸다. 어제의 때 묻고 게걸댔던 개의 형상은 찾아볼 수 없었고 이제는 흔히 부잣집의 응접실이나 때로는 안방에서 재롱을 떨기도 하는 저 고귀한 견공의 품위와 우아함을 뽐내 보일 만큼 외양이 달라진 것이다. 그리고 어머니는 부지런히 스피츠의 먹이를 마련하셨다.

이런 종류의 애완용 개는 먹이가 꽤 까다로워서 과자 부스러기나 카스텔라, 소고기 저민 것이 아니면 입에 대지도 않는다는 얘기를 나는 몇 차례 들은 일이 있다. 하지만 우리 집 부엌에서 개를 위해 그런 음식물이 잘 준비될 까닭은 없었다. 어머니가 기껏 마련하시는 것은 먹다 남긴 밥덩어리, 싸구려 생선 찌꺼기나 김치 깍두기 잘해야 식빵 부스러기 따위뿐이었다. 그런데도 처음에는 이 초라한 먹이들을 개는 닥치는 대로 먹어치웠다. 거기에 신이 났는지 어머니는 식사만 끝나면 온통 개의 사발에 매달려서 그렇게도 보잘것없는 먹이들을 공급하시느라 여념이 없었다. 아마도 어머니는 당신이 마련하신 먹이를 잘 먹어주는 스피츠의 겸손(?)에 적이 감복하시어 더욱 신이 나신 모양인데 그렇다고 하더라도 하루 이틀도 아니고 일주일 내내 한결같이 누룽지 덩어리나 깍두기 조각만 사발에 넣어주시는 모습은 곁에서 보는 나에게는 몹시도 답답하고 측은하기조차 한 일이었다. 측은한 느낌은 그뿐이 아니었다. 우아한 복슬털을 터덜거리며 그토록 고귀하고 귀염성스런 외양을 뽐낼 수 있는 스피츠가 누룽지 버무린 것이나 생선 찌꺼기를 핥느라고 여념 없는 모양을 보노라면 신통하고 감복스럽다는 생각에 앞서 도무지 괴이쩍고 추하게까지 보여서 무슨 보아서는 안 될 끔찍한 장면을 보는 것처럼 내게는 딱하기만 하였다. 대관절 어떻게 해서 저 개는 이런 음식물에 쉽사리 길들여졌단 말인가, 그리고 그런 변모 따위는 아랑곳하지 않고 어머니는 또 그 단조로운 개의 식단을 우직스러우리만큼 끊임없이 즐거움마저 느끼면서 마련하시는 것이다.

스피츠는 언제나 부엌문 바로 곁에 튼튼한 노끈으로 매어 있었다. 부엌이 몹시 좁아서 어머니는 개의 활동 구역을 극도로 제한했고 그 때문에 스피츠는 서 있거나 앉아 있는 것이 허용될 뿐, 그 이상의 거동은 거의 불가능한 상태였다.

일어서! 럭키.

어머니가 소리치면 스피츠는 용하게도 알아듣고 부시시 일어선다. 언제부턴가 내가 모르는 사이에 개의 이름도 명명되어 있었다. 개가 부시시 일어서면 어머니는 부엌문 고리에 묶여 있는 노끈을 풀어가지고 럭키를 바깥으로 끌고 나가신다. 부엌문 바깥은, 아까도 말했지만 널따란 한길에서 막 꺾어들어오는 막다른 골목길이었다. 이 좁고 막다른 골목길에서 어머니는 스피츠의 용변을 보게 하고 잠깐 보행까지 시켜주는데 하루 종일 부엌 구석에 매어있다가 비로소 바깥세상 구경을 하는 럭키가 이때 골목길에서 껑충껑충 뛰는 모양이라니, 럭키는 비로소 자유를 쟁취한 저 아프리카의 토인처럼 노끈을 쥐고 있는 어머니가 이리 비틀 저리 비틀거리며 끌려다니도

록 마음껏 껑충거리고 달리고 즐거워 어쩔 줄 모르는 것이다. 하지만 그 시
간은 잠깐이었다. 어머니는 이내 개를 부엌으로 끌고 들어와 역시 입구의
제자리에 꼼짝 못하게 매어두신다. 럭키는 이런 강요에 잘 따랐다. 하지만
개가 이토록 지독한 속박에조차 잘 길들여졌다는 것은 도무지 이상할 정도
였다. 녀석은 어머니가 기동력이 없어서 생각이 있어도 자기를 멀리 멀
리 끌고 다닐 수 없다는 걸 이해하고 있는 것일까, 아니면 당신 곁에 꼭 붙
잡아 매어두는 일이 어머니의 지극한 애정의 한 표현임을 깨달은 것일까,
어쨌든 럭키는 부엌에 끌려와 다시 매어져도 그 선량한 두 눈을 몇 번 껌벅
일 뿐 짖어대거나 끙끙대며 반항하는 것을 본 적이 없었다.

해가 바뀌고 정월이 되자, 기온은 더욱 내려가서 부엌문의 얇은 유리에
도 조석으로 늘 성에가 덮였다. 막다른 골목길은 늘 그늘이 덮였고, 바람
이 쉬지 않고 불었으며 행인조차 뜸했다. 방한 시설이 신통치 않은 우리
부엌에서 일하시는 어머니의 고생이 더해졌다는 것은 물론이었다.
내가 럭키에 대해 친밀감을 느끼기 시작한 것은 겨우 이 무렵이었다.
비로소 부엌문을 드나들 때마다 마주치는 럭키가 우리 식구의 하나라는
실감을 나는 갖게 된 것이고 나의 이런 변화에는 어머니도 몹시 반가워 하
셨다. 하지만 이 무렵 그토록 강파른 추위 속에서 내가 럭키를 보고 실감
한 것은 단순한 친밀감만은 아니었다. 나는 지금까지의 개의 생활, 어떤
동기에서건 지독했던 구속과 형편없이 강요된 단조로운 급식 상태에 관
해 내 나름으로 어떤 불안을 느끼게 되었다. 이 불안은 오래 누적되었던
것이며 그러기에 그 무렵에는 한층 뚜렷하게 내 심정을 자극하였을 것이
다. 아무튼 이 얘기는 뒤로 미뤄두자. 내가 어떤 생각을 갖게 되었건 말건

이 무렵 나를 대하는 럭키의 태도도 사뭇 달라졌다. 놈은 나를 이제 주인으로 섬기게 된 것이며 내가 부엌문을 빠져나갈 때는 마치 함께 데리고 나가달라는 듯이 마구 꼬리를 치며 바라봤고 밖에서 들어올 때 역시 반갑다는 듯 마구 꼬리를 흔들며 달려들었다.

이놈이 주인을 반기는 거동에는 유다른 데가 있었다. 내가 부엌문을 열고 들어서면 럭키는 대뜸 주인을 알아보고 이쪽으로 달려온다. 그러고는 앞발을 잔뜩 치켜들고 마치 자기를 안아달라는 듯이 내 가슴패기로 접근해오는데 이런 때면 두 다리를 손으로 잡고 흔들어주기라도 하면 될 것을 그냥 못 본 척해버리면 놈은 다시 이번에는 주인의 바짓가랑이건 코트 자락이건 아무거나 걸리는 대로 물고 늘어져 끙끙 소리를 내며 애정을 표시하느라고 애를 쓴다. 내가 이 몇 초에 불과한 과정을 귀찮다고 생각해버린 것은 단순히 개의 행위가 너무 지나치다든가 또는 바깥에서 잔뜩 얼어 있던 몸을 빨리 방으로 들여놓아야 하는데 이런 과정이 거추장스럽다던가 하는 따위는 결코 아니었다. 나는 럭키가 내 앞으로 바짝 다가왔을 때 차마 이놈의 두 눈을 마주 볼 수 없었던 것이다. 어머니의 지극한 보살핌에도 불구하고 이놈은 지금 감금된 거나 다름없고 그것도 중대한 사상범처럼 기거동작을 극히 제한받고 있는 참이다. 물론 이런 처우는 누구의 잘못도 아니었다. 구태여 원인을 캐자면 우리가 전세로 오로지 방 두 칸과 부엌 한 칸만을 빌려 살기 때문에 널따란 정원이나 하다못해 마루조차 없다는데 이유가 있을 것이다. 거기다 이놈의 급식 상태는 어떤가 하면 지금도 여전히 누룽지 버무린 것이나 식빵 부스러기, 싸구려 생선 찌꺼기와 깍두기 조각뿐인데 이건 주인인 우리 가족의 급식이나 매한가지니까 별달리 측은할 것도 없을 법하지만 나는 이런 유의 애완용 개가 무얼 먹고 자란다는 것을 흔히 들어서 잘 알고 있었다. 더구나 이 무렵에는 럭키도 하루같이 변할 줄 모르는 어머니의 식단에는 짜증을 부리기 시작하던 참이었다. 전과는 달리 럭키가 누룽지나 깍두기 조각이 담긴 사발을 멀뚱히 바라만 보고 있는 장면을 나는 곧잘 보게 된 것이다. 어머니는 럭키의 이 거역을 개의치 않으셨다. 물론 개의하셨던들 어머니에게 뾰족한 방법이 있을 턱이 없겠지만 아무튼 어머니는 럭키가 허기에 지쳐 마지못해 먹을 수밖에 없는 때를 기다리셨던 것이다.

그러니까 밖에서 들어오는 나에게 반갑다고 럭키가 달려들 적에 이 모든 럭키에 대한 부당한 대우와, 또 이 대우를 당장 개선할 수도 없다는 딱한 처지 같은 것이 이놈의 순진한 두 눈을 보는 순간 한꺼번에 떠올랐던 것이며 이 상념은 나로 하여금 내가 과연 한 마리 귀엽고도 우아한 애완용 개의 주인으로서 떳떳이 이놈에게 환영받을 수 있는가 하는데 몹시도 망설이게 했다. 우리 집이 아니었던들, 럭키는 좀 더 자유롭게 좀 더 자기 혈통에 맞는 대우를 받을 수 있을 것이었다. 나는 결국 부엌문을 들어설 때 럭키가 앞발을 들고 달려들고 내 바짓가랑이나 코트 자락을 물고 지극히도 다정하고 신뢰하는 주인이란 표시를 할 때가 몹시도 귀찮고 역겨운 일이라고 여겨버린 것이다.

그해 정월에 나는 이태나 봉직하던 학교를 다음 달로 그만둘 작정을 하고 있었다. 갑자기 무슨 딴 생각이 떠올랐던 때문은 아니고 단지 내가 타인을 가르친다는 일에 다소의 회의를 느꼈고 그리고 무엇보다 학교의 관리자들이 학교가 가는 방향을 전혀 즉흥적인 방식에 따라, 다시 말하면 저세속적인 압력과 자극이 주는 지시에 따라 잡아가고 있었기 때문에 더 이상 백묵을 쥐고 있다는 게 무의미하다고 여겨진 것이다. 내가 방금 남을 가르친다는 일에 회의를 느꼈다고 표현했는데 그것 또한 내가 그 기관의 일개 말단 직원에 불과했기 때문에 내가 움직인다는 행동 반경이라는 것도 너무나 빤한 제도여서 관리자들의 일개 하수인으로 전락한 자기를 발견했을 때 나는 이미 교사는 아니라는 것을 느꼈다. 나는 결국 그날의 빵과 그날의 안식을 배당받으러 부지런히 교문을 드나드는 기계였던 것이다. 내가 반발해보았자 그것은 무리였고 헛된 일이었다. 하수인을 면하자면 이 기관을 떠나자고 나는 작정하게 되었다.

나는 순진하게도 직장을 그만두려는 입장에서 빵과 안식을 잃게 되는 자의 공포와 불안을 느끼는 대신 내가 이 기관을 떠났을 적에 내게 허용될 자유와 내가 오래 그려왔으나 아직 한 번도 누리지 못했던 나의 은밀한 시간, 내 자신만의 것으로 채우고 채색되고 꾸며질 시간에 대한 부푼 동경에 젖어 있었다. 그것을 생각하면 온몸이 전율했고 동시에 내가 이태나 이 썩은 교육기관에서 허송했던 금싸라기 같은 시간에 대한 아쉬움과 저 낡아빠지고 굳어버려 이제 수술조차 불가능한 체제와 조직의 횡포, 마비된 신경올의 획일주의 따위에 대한 저주로 몸이 불탔다.

그 무렵 학교를 나오면 나는 저녁나절 한파가 휩쓰는 거리를 오랫동안 정처 없이 헤매었다. 할 일 없이 거리를 헤매면서 나는 서른을 넘은 내가 살아가는 일에 매우 서툰 나머지 이윽고는 생활의 고삐에서 풀려나고 말았다는 사실을 절실히 느꼈다. 왜냐하면 내가 떠나려고 마음먹은 저 기관의 그다지도 혐오스럽던 악덕이 실상은 미덕으로 통한다는 것을 나는 차츰 느끼게 되었으며 이것을 인정하고 배우지 않는 한, 그리고 전혀 받아들이려고 하지 않는 한 그 자체만으로도 살아가는 일에는 서툴다는 판정이 내려지기에 충분했던 것이다. 나는 종당에 얼마간의 불안도 맛보았다. 거리의 한파가 이 불안을 재촉했을는지도 몰랐다. 하지만 이 불안이 짜릿한 쾌감으로 변하기도 하는 과정을 나는 맛보았다. 나는 가난한 자에게 복이 없더라도 좋다는 배짱이었다.

이렇게 쏘다니다 밤늦게 부엌문을 열어젖힐 양이면 예외 없이 럭키가 앞발을 들고 마치 포옹해달라는 듯이 내게 달려든다. 삼십 촉 전등 불빛이 희미하게 스피츠의 거동을 비춰주고 있었다. 조는 것처럼 한산한 우리집 부엌 속에서 오로지 럭키와 나만이 일정한 간격을 두고 취하는 동작은 야릇하기조차 했다. 어머니는 이미 설거지를 마치고 방으로 들어가신 뒤였던 것이다. 스피츠는 아무것도 모른다는 듯이 단지 애정 어린 표정으로 바짝 들어올린 앞발을 허우적거리며 포옹해달라고 내게 덤비고 나는 코트 호주머니에 두 손을 넣은 채 럭키의 동작을 부러 못 본 채 외면하고 길을 막고 있는 개를 피해 방으로 들어가려고 이리저리 틈을 노리는 것이다. 거리의 추위에 얼 대로 언 몸이기도 했지만 나는 골치가 뻐근해서 조급하지 않을 수 없었다.

비켜! 비키지 못해!

나는 신경질적으로 외마디 소리를 쳤는데 럭키는 못 들은 척 여전히 길을 막고 끙끙거렸다. 이때 럭키에 관해 단지 좁다란 부엌의 지름길을 막고 있는 장애물이란 생각이 떠오르긴 했으나 내가 럭키를 방면해줘야겠다고 생각한 것은 결코 그런 때문은 아니었다. 나는 무엇보다 부당하다고 느꼈던 것이다. 이 개를 좁은 부엌 구석에 얽매여 두는 일은 부당할뿐더러 그렇게 해서 어머니는 늙마의 고적을 달래고 또 우리에게는 전혀 허용되지 않았던 생활하는 느낌, 일종의 여유 같은 걸 맛보실지 모르나 그런 게 사실이라 하더라도 우리에겐 어울리지 않는 일로 여겨졌다. 럭키를 풀어주자. 그래서 멋대로 분수에 맞는 주인을 찾아가게 버려두자. 나는 이렇게 작정하고 단숨에 이 생각을 어머니께 제의했다.

예상했던 대로 어머니는 펄쩍 뛰셨다.

무엇이라고? 너 갑자기 미쳤니?

어머니는 단지 그 제의만으로도 새파랗게 질려버리셨는데 나의 제의가 단순한 충동이 아닌 것을 아시자, 몹시도 괴롭고 당황한 표정이 되시더니 이윽고 럭키가 우리 집에 들어온 경위를 그때야 말씀하셨다.

어느 날 시장을 보고 돌아오시는 어머니의 뒤를 한 마리의 개가 줄줄 따라오더라는 것이다. 이 개는 주인을 잃고 며칠 동안 길바닥을 헤맸는지 하얗던 털이 새까맣게 그을렸고 유난히 초라해보였는데 그렇게 어머니를 따라 우리 집까지 와버렸던 것이다. 어머니는 이때 유독 개가 당신을 따랐던 데에 어떤 인연을 만드신 모양이다. 비록 짐승이라고 하지만 필경 자기를 거둬줄 임자를 제대로 알아봤으리라는 추측이 어머니의 가난한 마음을 충족시켰을 것이고 그래서 따르는 짐승을 버릴 수는 없다고 굳게 작정하셨을 것이다.

이렇게 어머니가 새삼 말씀하신 것은 물론 럭키를 내보낼 수 없다는 당신의 결심을 내게 피력하신 것인데 그렇다고 해도 나는 이미 그런 내력쯤은 미리 짐작하던 참이어서 별로 의사를 굽힐 생각은 없었다. 나는 연거푸 럭키를 내보내자고 주장했고 럭키를 사육한다는 것이 얼마나 무리한 처사인가를 역설했다. 다시 말하면 어머니의 우직스런 애정이 도리어 럭키에겐 참혹한 속박의 고통으로 받아들여지는 것이라고 설명했던 것이다. 하지만 어머니는 막무가내였다.

어머니가 럭키를 내보낼 수 없다는 심경을 나는 이해하고도 남았다. 때는 극도로 한파가 몰아치는 계절이었고 막상 럭키를 내어논다 해도 마땅한 주인이 당장 나설 가망은 없으니까였다. 그러니까 럭키를 우리 집에서 내보내는 것은 문자 그대로 추방이요, 유기가 되는 셈이었다. 좁디좁은 부엌 구석에서 살림에 쪼들리면서도 럭키의 먹이를 끊임없이 마련하고 한 조그만 생명이 재롱을 떨고 선량하고 맑은 두 눈을 굴리는 것을 지켜보며 한 가닥 여유를 누려오시던 어머니가 그 짐승의 유기에 찬성할 까닭은 물론 없었다.

그렇지만 나는 확실히 작정하고 있었다. 나는 어머니의 럭키에 대한 애정이 강하면 강할수록 그것은 불합리한 상태에서의 구속을 한층 강화하고 은폐해서 결국은 말 못하는 한 짐승에게 끊임없이 고통을 주고 이놈의 수명을 단축하는 결과밖에는 남을 게 없다는 결론이었다. 럭키의 두 눈에서 나는 그걸 읽은 듯도 했다. 그러나 단지 문제가 그것뿐이랴, 그것뿐이었다면 나는 어머니의 유일한 즐거움을 감히 파괴하려 들지 않았을 것이다.

그 무렵 럭키는 어머니의 일반적인 식단에 더욱 뚜렷하게 싫증을 나타내기 시작했고 이놈이 마땅한 대우를 받던 시절의 우아하고 사치스런 거동이 하나둘씩 드러나기 시작했다. 놈은 내가 조반으로 계란 프라이를 먹고 있을 적에 방 안으로 뛰어들어 접시에 입을 디밀어 보기도 했고 어쩌다 방 안에 들어오게 되면 숫제 나가지 않고 이불 속으로 파고들어와 그냥 웅크리고 버티는 것이다. 이런 거동이 특히 거슬렸다거나 밉살스러웠다는 얘기는 아니다. 럭키의 이 거동이 내게 많은 것을 연상시켜주는데 그 풍요한 풍경이 우리의 가난한 치부를 들춰내 보여주고 어머니의 일방적인 애정과 헌신조차 한갓 늙은이의 맹목적인 열중으로 만드는 것이다. 개를 사육하는 어머니의 모습에서 유감되게도 나는 여유나 합당한 즐거움을 찾지 못했다. 왜냐하면 우리는 널따란 정원이나 마루도 없고 소고기나 카스텔라를 사줄 여유 또한 없었기 때문이다.

어느 날 저녁 마침 어머니가 시장 보러 나가신 사이에 나는 기어이 결행하고 말았다. 나는 사후에 어머니가 매우 슬퍼하시더라도 결국 어머니에게 더 큰 슬픔을 덜어드리는 길은 그 길뿐이라고 단정하고는 서슴지 않고 결행했다. 날씨는 매우 강파랐다. 골목길에 어둠이 덮이자 행인도 뜸해졌고 주위는 적적하기 짝이 없었다. 나는 부엌문에서 럭키의 줄을 풀어 고삐를 쥐고 골목으로 나왔다. 럭키는 순순히 따라나와 역시 자유를 찾은 토인처럼 껑충껑충 마구 뛰었으며 단순한 골목길 산책이 아닌 것을 알자 더욱 즐겁게 나를 따라왔다. 나는 집으로부터 그다지 먼 곳도 아닌 대로의 갈림길에서 그만 럭키의 고삐를 놓고 말았다. 잘 가거라, 잘 가. 어두운 한길 저 편으로 비실비실 걸어가는 럭키를 향해 나는 겨우 속으로만 이렇게 중얼거리고 있었다. 나는 럭키를 바라보지 않으려고 얼른 돌아섰으며 그날 그때 이후 럭키를 본 적은 없다.

이렇게 작정대로 럭키를 내보냈으나 시장에서 이내 돌아오신 어머니의 경악과 실망은 나를 더욱 궁지로 몰아넣고 말았다. 개가 없어진 것을 알자, 어머니는 무어라고 말씀하시지도 못하고 다만 어안이 벙벙해서 입을 딱 벌리고 서 계시다 사장바구니를 내려놓고 저녁 식사 준비도 잊은 채 그냥 문 밖으로 뛰쳐나가셨다. 럭키를 찾으러 나가셨음은 물론이었다.

하지만 럭키를 어디 가서 찾을 수 있을까, 지금쯤 럭키는 일 킬로도 더 멀리 갔으리라. 더구나 오래 좁은 부엌 구석에 갇혀 있다가 비로소 풀려난

처지니까 이놈의 발걸음은 한층 신바람이 났을 터이고 방향도 모르시는 어머니의 느린 걸음이 럭키를 따라잡는다는 것은 우연의 도움이 아니고는 도무지 불가능한 일이었다.

예상대로 어머니는 늦게까지 돌아오지 않으셨다. 이제 럭키가 없어진 부엌 구석에 나는 우두커니 서서 하나의 장면을 상상하느라고 여념이 없었다. 그것은 칠순이 가까운 어머니가 한파가 휩쓰는 밤거리를 무작정 럭키를 찾아 헤매는 모습이었다. 어머니는 끊임없이 어두운 주위를 두리번거리며 끊임없이 아스팔트길을 걸어가신다. 물론 일정한 방향이 있을 턱이 없고 발걸음 내키는 대로이며 이때 밤눈이 어두우신 당신의 눈에 무엇이 제대로 보일 턱이 있을까?

나는 부엌 구석에 서서 부들부들 떨면서 진작부터 어머니가 이렇게 나오시리라는 것을 자신이 예상하지 않았던가고 자문해보았다. 하나 그걸 예상할 수 있었던들 어찌하랴, 나는 럭키를 방면해주는 편이 럭키에게도 그리고 어머니 자신에게도 고통과 슬픔을 더는 길이라고 제멋대로 믿어버렸기 때문에 결과는 마찬가지였을 게다.

그날 자정이 가까워서야 어머니는 거의 사색이 되어가지고 돌아오셨다. 물론 럭키를 동반하지는 못한 채로. 말없이 어머니가 부엌에서 몸을 녹이시고 저녁 식사를 거른 채 방으로 들어가셔서 잠드시는 때까지의 지루한 과정을 나는 내 방에서 소리 없이 지켜듣고 있었다. 나는 형언할 수 없는 혼돈과 불안에 사로잡혀 이제 어떻게 대처해야 하는가를 수없이 자문했으나 뾰족한 수가 나지 않았다. 말하자면 이 부질없는 자문은 럭키가 없어진 뒤의 집 안의 공백을 어떻게 메워야 하는가, 럭키가 공존했던 질서로부터 갑자기 일각이 무너지고 균형이 깨진 집 안의 질서를 어떻게 회복해야 하는가 따위의 문제였다. 그것은 특히 어머니가 저토록 허탈에 빠지셨기에 더욱 필요한 자문이기도 했다. 하지만 이제 사태가 달라져버렸다는 것은 부인할 수 없었다.

꼭 어떤 충격 때문은 아니지만 어쨌든 나는 다음 날 내가 봉직해오던 학교를 그만두었다. 오랫동안 별러오던 일이라 사표를 내고 교문을 나설 때 나는 이제야 하수인에서 벗어났다는 후련한 기분을 맛보았고 그 자유와 해방감은 며칠 동안 내 전신을 무르녹여 주었다. 하지만 며칠이 지난 뒤부터는 실직 당한 사람들이 흔히 그러듯이 나는 정처 없이 거리를 방황하기 시작한 것이다. 종일토록 먼지와 소음으로 뒤덮인 보도를 걷는 동안 나는 끊임없이 잡념에 시달리기 시작했고 그토록 집요한 잡념은 내가 확신했던 어떤 생각들마저 서서히 침식하고 변모시키려고 안간힘을 썼다. 나는 허기증에 시달렸고 잡념에 끊임없이 도전받으며 내가 던져버렸던 것들, 뿌리치고 거부해버렸던 것들에 대하여 불가불 하나하나 되새겨보지 않을 수 없었다.

더구나 길을 걸으면서 나는 노인들의 손에 끌려가는 많은 스피츠들을 보았다. 육교의 계단에서 혹은 사람이 붐비는 보도에서, 교외의 산책길에서 깨끗하게 차린 노인들이 새하얀 스피츠를 끌고 몹시 안정된 표정으로 늙마의 여가를 즐기며 걷는 모습은 흔히 볼 수 있었다. 이때마다 내어버린 럭키는 예외 없이 내 망막에 떠올랐고 동시에 내가 럭키를 버리던 날 밤에 럭키를 찾아 무작정 자정까지 거리를 헤매었던 어머니의 희미한 거동도 떠올랐다.

나는 어리석고 약간 돌았던 것일까, 나는 어머니의 우직스런 애정과 노력을, 삭막한 생활을 다소나마 따스하게 마련해보려는 한 노인의 피땀 어린 노력을 경박하게 짓부숴버린 것일까, 이러한 자책이 나를 엄습했으나 이제 와서 어쩔 도리는 없었다. 나는 시간이 지남에 따라서 그 강파른 겨울 동안에 내가 많은 것을 잃어버렸고 그것은 막을 수도 없었으며 회복하기는 어려운 상실이었다는 것을 깨닫게 되었다.

이제 어머니에게 럭키와 비슷한 개 한 마리를 사드리는 것으로 그날의 아픔이 보상될까, 구태여 개를 사드리기로 한다면 그보다 더 값비싸고 귀염성스런 개조차 사드리지 못한다는 법은 없으리라. 하지만 이것은 한갓 부질없는 충동이리라. 이제는 무엇을 주고도 그날의 럭키는 구할 수 없는 것이다. 누룽지 버무린 것과 김치 깍두기를 먹었고 좁은 부엌 구석에서 인내를 배우며 가난한 주인을 끔찍이도 섬기던 럭키를 구하지는 못하는 것이다. 그리고 그것을 구할 수 없는 것과 마찬가지로 내가 오염되었던 그 불치의 질환, 가난한 자의 대열에도 끼지 못하는 질환의 상처 역시 쉽사리 지워지지는 않을 것이다.

생사 확인

이미 고인이 된 지 오래인 사람을 자주 발견하게 된다는 것은 참말 해괴한 일이 아닐 수 없다. 하지만 나는 저녁나절 귀성객들이 붐비는 노상에서, 혹은 여객들이 떼 지어 모여드는 정거장 대합실에서 흔히 그를 발견한다. 이제 마흔 살이 되어버린 그 중년 사나이는 무거운 궤짝을 어깨에 메고 가는 피곤한 행상으로 나타날 때도 있고, 옷맵시도 아주 매끄럽고 혈색도 발그레한 부유층의 사내로 나타나기도 한다.

그의 신분이 무엇이든 그런 것은 아랑곳없다. 사내의 길고 허약한 목과 우뚝한 콧날, 구부정한 등덜미나 사슴처럼 뚜벅뚜벅 걷는 걸음새 따위는 영락없이 고인을 빼어놓은 것이다. 그를 발견한 순간 나는 행여나 그를 놓칠까 봐 벌써 그가 걷고 있는 쪽으로 부리나케 뛰어가고 있었다. 이때 내가 이십삼 년 전에 사망했던 셋째 형과의 진짜 해후를 기대하고 있었다면 그것은 더욱더 해괴망측스런 일이 아닐 수 없는 것이다. 그렇지만 나는 이때 전혀 고인의 잔상(殘像)에만 의존하고 있지는 않았다. 그러기에는 이

십삼 년은 너무 긴 시간인 것이다.

난처한 문제가 발생한 것은 이미 매장을 끝내버린 뒤의 일이었다. 약간 술에 취해 있기는 하지만 아직 정신이 멀쩡했던 아버지가 안방에서 마루로 나오더니 별안간 털썩 주저앉으면서 땅이 꺼질 듯이 탄식을 했다.

나쁜 놈들, 이놈들이 필경 나를 속였구나.

그가 말하는 사람들은 삼촌을 필두로 해서 경찰서 소속의 무장한 기동대 여남은 명이었다. 그들이 트럭 한 대를 끌고 불갑산에 가서 시체를 운반해온 사람들이었다. 그들이 운반해온 시체는 물론 셋째 형 외에도 열 명 가까이 되었는데 민간인인 삼촌이 무장 기동대 속에 섞여 시체 운반에 동행한 것은 순전히 형을 찾아오기 위해서였다.

앞마루에 주저앉은 아버지는 다짜고짜 시체가 바뀌었다고 말했다. 우리가 어제 매장했던 시체가 형이 아니라는 것이다.

그럼 당신이 입관하기 전에 그 아이를 똑바로 보아두지 않았단 말요?

놀란 어머니가 추궁하자, 아버지는 아무런 대꾸도 못하고 마당 저 쪽에 서 있는 감나무만 멍하니 바라다보았다. 그는 정말 시체를 확인해보기는 커녕 한번 넌지시 건너다보지도 않았던 것이다. 시체가 건넌방에 안치되어 있었던 사흘 동안 아버지는 줄곧 취기에 젖은 채 만사를 제쳐놓고 누워만 있었기에 건넌방 근처에는 가보지도 않은 것이다. 비록 취한 것은 아니지만 건넌방 쪽에 발길을 떼지 않은 점은 어머니도 마찬가지였다.

당신도 그 애를 못 봤지?

계면쩍었던 아버지가 퍼뜩 생각난 듯 물어오자, 이번에는 어머니가 묵묵부답이었다. 그들은 일을 죄다 치른 뒤에야 부모 가운데 한 사람도 죽은 아들을 대면해주지 않았다는 사실을 알고는 피차 놀라고 당황하지 않을 수 없었다.

수의를 만들어 입히고 입관을 시키는 절차들은 처음부터 친지들이 도 맡아서 해냈다. 그런 과정에서 친지들이 나의 양친에게 고인과의 마지막 고별을 권유하기도 했지만 그들은 몇 차례고 그 권유를 그냥 흘려넘기고 말았다. 특히 어머니는 안방의 아랫목 벽에 꼿꼿이 등을 기대고 앉아서 사 흘 동안 종내 움직이려고 하지 않았다. 이렇게 완강히 버티는 그녀의 가슴 복판에는 필경 한 가닥 실오라기 같은 기대가 살아남아 있음이 분명했다. 그것은 매우 허무맹랑한 것이기는 하지만 자기 육안으로 시체를 확인하 지 않는 동안에는 살아남을 수 있는 기대였다. 어머니는 그 실오라기가 뚝 끊어져 버릴까 봐 시체 가까이 접근하기를 겁냈던 것이다.

형의 죽음에는 그만큼 석연치 않은 점도 많았다. 그는 수험준비 관계로 필요한 서적을 구입하려고 K시를 향해 아침에 일찍 집을 나섰다. 우리가 살고 있던 Y읍에서 K시까지는 백여 킬로나 되는 거리였으므로 버스를 이 용한대도 당일 돌아오자면 새벽부터 서둘러야 했다. 그가 탄 버스는 여덟 시 정각에 Y읍의 정류소를 떠났다. 두 시간 남짓 포장도 되지 않았고 커 브와 경사가 많기로도 유명한 이 도로를 달린 뒤에 버스는 밀재에 이르렀 다. 밀재는 Y읍과 K시를 연결하는 도로 구간의 중심에 버티고 있는 고개 이고 또 이 구간에서는 가장 가파르고 난처한 코스이기도 하다.

이때 일단의 무장공비들이 버스의 진로를 가로막고 나선 것이다. 그들 은 몇 발의 공포를 쏘아대고는 버스를 고개의 오르막길에서 정지시켰다. 승객들은 후덥지근하게 달아오른 버스 칸의 무더위로 땀에 절은데다 커

튼도 드리우지 않은 차창을 통해 비껴드는 직사광선에 눈앞이 어지러워 버스의 진로를 가로막고 나선 괴한들의 신분조차 전혀 식별하지 못했다. 그들은 다만 무섭고 지루하기만 했다.

이윽고 몇 명의 공비들이 구식 장총을 앞세우고 버스 속으로 들이닥쳤다. 먼지와 때로 절은 그들의 복장과 핏발이 서 있는 그들의 눈매를 보고서야 승객들은 비로소 사태를 깨달았다. 그 무렵 산악 지대에 본거지를 둔 공비들이 이틀이 멀다 하고 변두리 부락에 출몰했고 때로는 야음을 타고 지서를 습격해온 일도 있었지만, 막상 승객을 태우고 달리는 차량을 습격한 예는 별로 없었다. 아마도 우리 고장에서 버스가 습격당한 것은 이것이 처음이었고 마지막이었다. 따라서 승객들의 놀라움도 그만큼 클 수밖에 없었다.

괴한들은 승객들 중에서 젊은 남자만을 추려내 다짜고짜 밖으로 끌어냈다. 밖으로 끌려나온 남자들은 십여 명이 되었고, 그 가운데 갓 열일곱 살 난 셋째 형이 포함되었음은 물론이다. 그는 나이에 견주어 유난히 키가 크고 어른 티가 나보였다. 이때 현장에서 공비들이 승객의 신분을 하나하나 심문했는지는 퍽 의문이다. 그들은 미처 그럴 만한 겨를도 없었을 터이고 만약 그랬다면 유독 젊은 남자만을 끌어내지 않았을 테니까.

괴한들은 불갑산의 가파른 능선을 타고 젊은 승객들을 멀리멀리 끌고 갔다. 그리고 능선의 한 지점에서 승객들의 옷을 벗기고는 그들을 흉기로 타살해버렸다.

이것이 경찰에서 확인된 사건의 전말이다. 우리에게 알려진 것은 이것 뿐이었다. 하기야 사건의 성질상 이보다 더 자세한 것을 알아내는 것은 불가능한 일이기도 하다. 그렇지만 이 정도의 이야기로 셋째 형이 타살된 것을 곧 납득하기는 어려웠다. 가령 그들이 평소에 살기등등해 있고 누군가에 대한 원한으로 이지러진 무리라고는 해도 무고한 젊은이들을 십여 명이나 죽일 수 있었을까? 그렇게는 믿어지지 않았다. 적어도 그때에는 피해자의 가족이 아니라도 누구나 그렇게 생각하고 있었다. 반대로 그들이 젊은 승객들을 일종의 가해자로 규정했으리란 가정은 더욱 신빙성이 없는 얘기다. 특히 셋째 형의 경우 그들에 대한 가해자의 이력을 가지기에는 그의 나이가 너무 어렸다.

이래저래 우리는 가족 중에서 일어난 이 최초의 죽음을 내심으로는 선뜻 받아들일 생각이 없었다. 우리가 시체 가까이 접근하기를 꺼렸던 것은 도리어 당연한 일인지도 모른다.

하지만 가족 중에 예외자가 있었다는 게 뒤늦게야 알려졌다. 방금 아버지에게 시체가 바뀌었다는 사실을 제보해준 큰누나가 바로 예외자였다.

그녀 역시 처음에는 시체가 안치되어 있는 건넌방 쪽으로 접근하는 것은 엄두도 내지 못했다. 그때 스물한 살, 이제 갓 혼기로 접어든 누이는 사태가 일어나자 누구보다도 당황했다. 그녀는 다짜고짜 그럴 이유가 없다고 생각했다. 그녀에겐 이 참변이 흡사 어른들의 악랄한 조작극으로만 생각되었다. 이틀 동안 누이는 사람의 눈길을 피해 응달진 뒤안이나 나무청 구석에 쭈그리고 앉아서 공상이나 다름없는 그녀의 집념을 다지고 다졌다. 건넌방의 시체 따위는 처음부터 그녀의 안중에도 없었다.

그런데 출상 날이 막상 내일로 다가서자 누이의 생각은 달라졌다. 만약에 매장이 끝나버린다면 이 사건이 조작극이란 것을 확인해볼 길이 영영 막혀버린다. 동생이 살아서 돌아온다지만 그 날이 언제가 될지 알 수 없지 않은가. 이런 생각이 퍼뜩 떠오르자 누이는 어두컴컴한 나무청의 구석에서 벌떡 일어섰다.

누이는 당돌하게도 혼자서 시체를 확인해볼 참이었다. 그녀의 완강한 집념이 누이의 용기를 북돋아주었다. 이미 입관이 끝난 뒤였지만 아직 뚜껑에 못질은 하지 않은 때였다.

건넌방은 채광이 잘 되지 않아 집 안에서도 가장 어두운 곳이었다. 누이가 미닫이를 열고 처음 들어섰을 때 그녀의 눈에는 거의 아무것도 보이지 않았다. 그녀는 잠시 동안 방 안의 어스름에 눈이 익기를 기다렸다가 맞은편에 길게 누워 있는 관 쪽으로 다가섰다. 염을 끝내고 수의를 입혔건만 관 밑바닥과 언저리에는 시체에서 흘러내린 체액이 흥건히 고여 있었다. 찌는 듯이 무더운 계절이라 시체가 그만큼 빨리 부패했던 것이다. 누이는 그다지 두렵거나 발가락을 적셔오는 부패한 체액의 냄새를 역겨워할 겨를도 없었다. 그러나 막상 관의 뚜껑을 열어젖히고 그 안의 얼굴을 보았을 때 그녀는 질겁을 하고 말았다.

전혀 엉뚱한 남자였어요. 그러려니 생각은 했지만 막상 모르는 남자를 보고는 정말 혼이 달아날 뻔했어요.

누이는 양친을 앞에 두고 정색으로 이렇게 말했다.

뭐라구? 그게 사실이냐? 네가 필경 잘못 보고 하는 말이겠지.

기대와 의아심이 엇갈린 표정으로 어머니가 다그쳐 물었다. 어머니는 대들 듯이 누이에게 다가앉으며 가쁜 숨을 몰아쉬었다.

부패해서 제 얼굴이 아니었겠지.

옆에서 아버지가 태연한 척 애를 쓰면서 거들었다.

아니에요. 난 우리가 누구네 집 장사를 대신 치러줬다고 단언해요. 그것도 남 좋은 일 해준 셈이지만.

누이는 사내의 나이가 열일곱은커녕 서른이나 마흔은 되어보였고 그의 윗이빨 오른편에 분명히 금니가 있었고 그의 머리털이 한 뼘이나 될 이만큼 길었다고 말했다. 셋째 형은 이빨에 고장이 생긴 일이 없었고 형의 머리털은 불과 일주 전에 기계로 박박 깎아버렸던 것이다.

그 애가 금니가 있었던가?

다소 얼이 빠진 어머니가 혼잣말처럼 중얼거렸다. 그러자 상기된 누이가 쏘아붙였다.

망령드신 소리 그만둬요. 그 애가 이빨이 멀쩡했다는 건 내가 잘 알아요.

시체가 잘못 뒤바뀌었을지도 모르겠다. 워낙 깜깜한 때 운반해왔으니까.

아버지가 한바탕 무거운 신음 소리를 토한 뒤에 가까스로 말했다. 그렇지만 누이가 곧 그런 가능성을 배제하고 나섰다. 그녀는 만약 시체가 다른 사람과 바뀌었다면 다른 집에서도 역시 같은 일이 벌어졌을 터인데 장례를 치르는 사흘 동안에 그들이 사실을 발견하지 않았을 까닭이 없다고 말했다. 우리 집의 경우처럼 거의 모든 가족들이 시체와의 대면을 기피했던 상태는 상상하기도 어렵기 때문이다. 시체의 교환을 요구해온 사람도 물론 없었다. 따라서 적어도 같은 경로를 밟고 희생된 사람끼리는 착오가 생기지 않았다는 얘기가 된다.

그러면 우리가 매장했던 사람은 누구였을까? 누이의 추리에 의하면 그는 보다 오래전에 학살된 일반 양민이거나 어쩌면 이탈을 시도했던 그들의 동료일지도 모른다는 것이다. 무더운 여름 날씨를 감안해도 시체가 지나치게 부패했던 점이 그녀의 추리를 뒷받침해줬다. 누이는 여기서 생각을 더욱 발전시켰다.

최후의 순간에 그들은 이 어리고 쓸모 있게 뵈는 놈을 살리기로 작정한다. 이놈은 누구에게도 가해자가 될 수 없는 놈이고 막연한 원한의 제물로 삼기에도 너무 어리다. 어리다고 하지만 형은 조숙해서 체격이나 생각은 이미 어른이나 다름없었기에 경우에 따라서는 그들의 새로운 동료로 만들 수도 있었다. 그러나 이놈을 끌고 다니자면 이놈의 생존을 철저히 감춰두는 게 여러 가지로 유리하다. 그들은 곧 바꿔치기를 단행하고는 형을 끌고 그 자리를 떠났다.

그 사람 머리털이 정말 그렇게 길더냐?

묵묵부답으로 멍청하니 앉아만 있던 아버지가 누이를 힐끗 쳐다보고 화라도 난 듯 성급하게 물었다.

그러믄요. 한 뼘이 넘을 만큼 길었다니까요.

그녀는 바른손의 엄지와 검지 사이를 힘껏 펴보였다.

똑똑히 봤어? 네 눈으로?

정말예요. 똑똑히 보구 말구요.

이런 빌어먹을 노릇이 있나.

갑자기 얼굴이 빨갛게 충혈된 아버지는 버럭 고함을 치면서 손바닥으로 마룻장을 힘껏 쳤다.

멀쩡하게 살아 있는 놈을 가지고 생매장을 했구나.

장례를 치르는 동안 종내 참아왔던 아버지의 불평이 이제야 터뜨려졌다. 누이의 이야기는 실은 그 자신이 몰래 감춰온 기대이기도 했던 것이다. 졸지간에 닥쳐온 형의 죽음이 도무지 황당하다고 느낀 것은 그도 역시 마찬가지였다. 그는 나이에 따른 체면도 있고 가장이 되어 가지고 앞질러서 말썽을 피우기도 어려워서 그동안 체념해버린 척했을 뿐이다. 장례가 끝나버린 이제 그는 아무것도 주저하거나 감추려고 하지 않았다.

그렇다면 왜 매장 전에 그 얘기를 못했단 말이냐?

아버지가 누이에게 다시 물었다.

나는 일부러 말하지 않았지요.

누이는 역시 태연한 표정으로 대답했다.

그때 말했다면 우식이가 살아오는 데 무슨 도움이 됩니까? 그 애를 당장 어디서 찾아올 수 있었을까요? 공연히 남들 좋은 얘깃거리만 만들어주었죠.

누군지도 모르는 사람을 우리가 매장했다는 말이다.

그건 좋은 일을 한 거지요. 그게 누구네 집 자식이든 어차피 매장은 해줘야 하지 않습니까?

누이의 당돌한 발언에 아버지는 더 이상 대꾸하지 못했다. 그렇지만 우리가 매장했던 게 정말 생면부지의 남자일까? 누이의 주장을 액면대로 받아들이기에는 석연치 않은 점이 너무도 많다. 거기에도 어떤 물적 증거보다는 그녀 나름대로 소망을 메우기 위해 열심히 공상을 좇아간 흔적이 역연했다. 그렇다고 그녀의 주장을 당장 반증할 만한 증거도 역시 없었다. 이때 가족들은 너나없이 누이의 의견에 쉽사리 동조했다. 그렇게 하지 않고는 배겨낼 길도 없었던 것이다.

이렇게 되자, 며칠 전에 우리가 치렀던 장례식은 어김없는 악몽이 되어버렸다. 대체 모르는 남자의 장례치고는 우리가 겪은 비통과 육체적 고역이 너무 컸었다. 우리는 난생 처음 그렇게 지독한 고역을 당했다. 사흘 밤낮을 친지들과 별다른 연고가 없는 사람들까지 몰려와 법석을 피우는 바람에 가족들은 한잠도 잘 수 없었다. 출상하던 날의 고역은 한층 심했다. 상여가 읍내 거리를 완전히 벗어날 때까지 골목골목에서 사람들이 떼 지어 몰려나와 일행의 주변을 둘러쌌고 심지어는 상여의 진로가 막힐 때도 있었다. 그들은 읍내에 무슨 축제나 벌어진 것처럼 짓궂게 떠들어댔다. 아무개가 죽었다네. 아무개의 아들이 죽었단 말여. 사람들 속에서 이렇게 수군대는 소리가 들려올 때마다 우리는 몇 번이고 형이 타살되었다는 사실을 되새기지 않을 수 없었고, 그리고 엉뚱하게도 남은 가족들이 형을 죽였거나 그렇지 않으면 형이 그토록 무참히 죽임을 당할 만큼 가족 중의 한 사람이 나쁜 짓을 한 것만 같은 자괴감이 생겨 얼굴이 화끈거렸다.

읍내 거리를 벗어난 다음에도 상여는 화상을 입은 벌레처럼 몇 차례나 제자리걸음을 하다가 마지못해 기어가듯 느리게 기어갔다. 읍내에서 선영의 묘소까지는 오 킬로가 넘는 거리였다. 잠이 부족했던 가족들은 살을 그을릴 듯이 뜨거운 뙤약볕 아래서 상여가 멈출 때마다 숨을 헐떡거렸다. 얼굴은 끊임없이 흐르는 땀과 눈물로 범벅이 되어 똑바로 눈뜨기도 어려웠다. 가까스로 눈을 뜨고 상여의 앞을 바라보면 갖가지 모양과 색깔의 수많은 만장들이 한길의 좌우에 길게 늘어서서 펄럭거렸다. 미성년의 장례 행렬치고는 유난히 많은 만장들이 동원되고 있었다. 형의 죽음은 황당한 곡절과 가해자들의 잔혹한 수법 때문에 읍내에 파다하게 소문이 났었고, 그만큼 많은 읍내 사람들의 동정도 사게 된 것이다. 그렇지만 그 많은 원색의 만장들이 우리에겐 형의 죽음을 기정사실로 만들고 그 사실을 어거지로 우리에게 떠맡길 목적으로 마련된 거짓 장식품처럼 거추장스럽게만 보였다.

하관을 할 때는 여자들은 현장에 참석시키지 않았다. 관을 땅속 깊이 내려놓자, 아버지와 형제들만 묘소 주위로 모여들게 했다. 우리는 집사자의 지시에 따라 아버지부터 차례로 삽자루를 받아들고 흙을 한 삽씩 떠서 관 위로 던졌다. 이런 의식을 해보기도 물론 처음이었고, 이 장면이 진짜 작별이라는 것도 나는 처음 깨달았다. 삽질은 계속되었고 흙더미가 관 위로 떨어지는 건조한 소리가 차츰 둔해지자 관의 형체는 이제 보이지 않았다.

우리는 장례식의 예행연습을 했던 것일까. 언젠가는 양친이나 형제의 죽음이 진짜로 다가올 테니 말이다. 하지만 우리는 삼 일 동안에 겪었던 고역이 조금도 억울하지는 않았다. 그것이 연습으로 끝이 난다면 형과 다시 해후할 가능성은 그만큼 커지기 때문이다.

아버지는 주로 삼촌에게 화를 내고 있었다. 십여 구의 시체 가운데서 형의 시체를 식별해서 찾아오는 것은 순전히 삼촌의 책임이었던 것이다. 본래 불갑산은 위험 지역으로 알려져 있어 야간에 민간인의 출입은 금지된 상태였다. 따라서 민간인인 삼촌이 시체를 찾으러 가는 무장 경찰 기동대와 동행하기 위해서는 어렵게 양해를 얻어야만 했다. 그런데 그토록 어렵게 동행했던 삼촌이 막상 조카의 시체를 찾아오는 데 전혀 성의가 없었다는 것이다. 아버지는 얼굴이 시뻘겋게 충혈되어가지고 눈앞에 없는 삼촌에게 죽일 놈 살릴 놈 하고 욕을 퍼부어댔다.

그놈이 제 자식이 그렇게 되었다면 어떻게 했을까. 이런 죽일 놈이 있나.

삼촌의 성의를 의심할 만한 물증은 물론 하나도 없었다. 그렇지만 가족들은 덩달아 모두 아버지의 생각이 옳다고 믿었고 그저 막연하게 삼촌을 원망했다. 당장에 그놈을 불러와. 이러고 있기만 할 때가 아니여.

아버지는 드디어 참지 못하고 장본인을 불러오도록 시켰다.

호출을 받고 집에 온 삼촌은 아버지에게서 한바탕 심한 욕설과 꾸중을 얻어 듣고는 화가 머리끝까지 차올랐다.

대체 누가 그따위로 엉터리 얘기를 퍼뜨렸어? 시체가 바뀐 걸 본 사람이 누구란 말야?

삼촌은 도무지 부당해서 못 견디겠다는 듯이 귀밑까지 빨개 가지고 가족들에게 윽박질렀다. 그가 아버지의 욕설을 억울해하는 이유도 물론 있었다. 야간에 불갑산의 오지로 들어가는 것은 사지로 가는 것과 견줄 만했다. 비록 무장 경찰 기동대와 동행이라지만 위험이 따르기는 마찬가지다. 그는 불행한 조카로 인해 그런 위험을 자청했던 것이다.

삼촌이 윽박지르자, 누이는 그 기세에 눌렸는지 얼른 나서지 못했다. 아버지가 누이 대신 삼촌에게 대꾸했다.

내가 봤다. 내 눈으로 똑똑히 보았단 말이다.

그건 형님이 잘못 보신 거요. 벌써 산에서 내려올 때 알아보기 어렵게 얼굴이 변해 있었소.

그러자, 아버지의 눈빛이 번쩍 빛났다.

그렇담 넌 뭘로 보구 그 앤 줄 알았지? 얼굴이 이미 그 지경이었다면 뭘로 그 앨 확인했느냐 말이다.

삼촌은 여기서 그만 말문이 막혀버렸다. 잠시 동안 그는 머리를 떨어뜨리고 무엇인가를 골똘히 생각하고만 있었다.

그렇지? 너도 건성으로 보았구나. 똑똑히 확인도 않고 그냥 끌고 왔어.

다짐을 받아낼 듯이 아버지가 흥분한 목소리로 되풀이해서 말했다. 한참만에 삼촌은 고지식하게도 사태가 어렵게 되어 있었다고 털어놓았다.

우리가 거기 도착했을 때는 벌써 깜깜해졌소. 누가 누군지를 알 도리가 없었죠. 손전등을 가져갔지만 벌써 얼굴이 변해버려서……. 그리고 뭣보다 급히 서둘러야 했으니까. 꾸물대고 자세히 확인해볼 겨를도 없었죠.

그놈들이 유독 얼굴을 알아볼 수 없게 만든 까닭이 있을 거다.

조금 가라앉은 목소리로 아버지가 말했다.

나는 좌우간 산에서만 끌고 내려오면 다시 살필 기회가 있을 걸로 알았죠. 더구나 그 애 의복이 그 시체 바로 곁에 놓여 있었소. 그 의복은 틀림없이 그 애 옷이지요? 내가 가져온 바지와 셔츠는 틀림없지요?

바지 가지고는 믿을 수 없어, 그것도 분명히 속임수란 말여.

아버지는 삼촌이 얼핏 알아듣지 못할 소리를 했다. 시체와 함께 삼촌이 가져온 바지와 셔츠는 그 날 아침 형이 집을 나설 때 입었던 의복임이 틀림없었다. 삼촌은 그 의복이 우리가 매장했던 시체 바로 옆에 놓여 있었다는 것이다. 삼촌이 그 시체가 형이었다고 내세우는 근거는 이것뿐이었다. 하지만 형의 사망이 위장된 것이라고 믿고 있는 우리에게는 그의 주장이 도리어 거꾸로 풀이되었다. 그들은 세밀하게도 산 사람의 의복을 죽은 사람의 것과 바꿔치기 했을 뿐이다. 그게 형의 사망을 위장하는 좋은 방법이라는 것은 삼촌의 반응에서도 드러난 셈이다.

막상 삼촌마저 이 정도로 물러서자 우리는 이제 우리가 품고 있는 기대를 별로 의심하지 않았다. 초상을 치른 지 사흘도 되지 않건만 가족들은 장례식의 악몽을 말끔히 잊어버렸다. 그러고는 형이 돌아오기를 기다리는 것이다. 그때 기분 같아서는 형은 며칠 사이에 적어도 일주일 안으로는 돌아올 것 같았다. 명민한 형이 그들로부터 이탈해서 도주해오든가 그들이 자진해서 형을 돌려보내리라는 생각이었다.

아버지는 밤에도 대문을 잠그지 못하게 하고 마당 앞 처마 끝에는 백열등을 가설해놓고 어두워지면 곧 불을 켜놓도록 시켰다. 밤에도 집 안은 대낮처럼 밝았다. 형은 어느 때라도 스스럼없이 집 안에 들어설 수 있는 것이다. 가족들은 모두 선잠을 자면서 바스락 잎사귀 구르는 소리에도 놀라 깨어났다.

누가 들어왔어? 금방 옆에서 말하는 소리를 들었는데?

한밤중에 퍼뜩 잠을 깬 아버지는 이런 소리를 자주했다. 이런 식으로 그는 대문 두드리는 소리도 듣고 마당을 걸어가는 발걸음 소리도 흔히 들었다. 아버지는 촛불을 켜들고 집 안 구석구석을 뒤지고 다녔다. 대문을 열고 바깥 한길 쪽을 한동안 살펴볼 때도 있었다.

이 녀석이 서먹하니까 어디 숨은 모양이구나. 왔으면 곧장 방으로 들어올 일이지.

뒤란의 나무청까지 뒤지고 다니면서 아버지는 예사로 이렇게 중얼거렸다.

몇 달 동안 밤에도 불을 켜놓고 형을 기다리는 들뜬 분위기는 계속되었다. 그것이 오래 계속되자, 나중에는 이런 분위기가 집안의 유별난 풍습처럼 굳어져 아마도 이듬해 여름 전쟁이 터질 때까지 우리 집 대문은 주야로 열려 있었다.

지금도 나는 거리의 군중들 속에서 고인을 빼어놓은 것 같은 사람들을 자주 만난다. 그때마다 나는 그 사나이의 옆으로 바짝 다가서서 고인과 닮은 용모나 체구를 이모저모 유심히 뜯어보는 버릇을 가지고 있다. 이제 마흔 살이 되어버린 그 중년 남자는 집요한 내 시선을 느끼고 처음에는 으레 당황해서 눈길을 피하다가 결국은 나를 수상쩍은 표정으로 똑바로 노려본다. 우리의 시선이 딱 마주칠 때 나는 온몸이 짜릿하게 전율하는 기분을 맛본다. 그러나 이때 나는 행여라도 형과의 해후를 기대하지는 않는다. 그는 이미 그때에 틀림없이 죽었던 것이다. 비록 우리가 그의 죽음을 받아들이기를 그다지도 맹렬하게 거부했지마는.

님께서 오시는 날

나오쇼. 나오쇼.

변소 맞은편 벽 옆에 앉아 있는 박만길이 자꾸 손짓했으나 중위님은 변소에서 나오지 않았다. 그는 대담하게도 담배꽁초를 뻐끔뻐끔 빨아대면서 변소문의 좁은 유리창을 통해 감방 안을 유심히 들여다보고 있다.

지금 감방 안에는 동료들이 4열 횡대로 나란히 정좌하고 앉아서 죽은 듯한 침묵을 지키고 있었다. 아침 점호를 치르기 직전인 것이다. 김 중위는 이 대오에서 잠깐 이탈해서 번개처럼 빠른 동작으로 변소 속에 들어와 간밤에 남겨둔 꽁초를 꺼내 물었다. 몇 모금 빨고 난 그는 이제 밖으로 나가 대오 속에 끼어들 틈을 노리고 있었다. 그렇지만 그는 박만길이 매우 경솔한 놈이라는 것을 알고 있다. 그 새끼는 또 자기를 일부러 골탕 먹이려고 거짓 신호를 보내줄 가능성도 있다. 지금 근무자가 7호 앞에 바짝 다가와 있는지도 모르는 것이다. 중위는 박 하사의 신호에 개의치 않고 그냥 변소 안에 머물러 있었다.

아니나 다를까 대오의 앞자리에 앉아 있는 김인걸이 왼쪽 팔을 돌려 벙어리 문자의 신호를 보내왔다.

나오지 마쇼. 나오지 마쇼.

중위는 자기 판단이 맞아 떨어진 게 즐거워서 씨익 웃었다. 새까만 살빛의 중위가 흰 이를 드러내고 웃는 모양이 유리창을 통해 밖에서도 바라다 보였다. 키는 약간 작은 편이지만 살빛이 토인처럼 새까맣고 체구가 다부지게 보이는 이 사내는 어디에 갖다놓아도 잘 견뎌낼 체질 같았다. 그는 자기의 죄명 때문에 7호실에서 늘 한풀 기가 꺾여 지내고 있지만 실속을 차리는 데는 단연 앞장을 섰다. 그는 역시 박만길, 이 새끼는 경솔할뿐더러 자기로서는 경계해야 할 놈이라고 생각했다.

박만길 하사는 점호를 받을 때 으레 자기 특유의 발성을 사용했다. 본래 그는 사병 감방인 1호에 있다가 최근에야 7호로 차출되었다. 그렇지만 장교감방인 7호에 와서도 그는 그 특유한 발성을 버리지 않았다.

이여든 아──호홉.

비액 마아흐은 하아나아.

단순한 일련번호를 매우 히스테리컬한 억양으로, 남보다 몇 곱절의 시간을 끌며 그가 그렇게 소리칠 때면 신참들은 근무자의 비위를 거스르게 될까 봐 가슴이 조마조마하다. 이렇게 기교를 부리다가 다급하게 전달되는 일련번호에 차질이 생기면 몇 번이고 점호가 되풀이되기 때문이다. 더구나 아침부터 이렇게 차질이 일어나면 그날 분위기는 종일 저기압이 되기 마련이다.

그러나 이 특유한 발성은 고참들의 특권이기도 하다. 그들은 이렇게 마음 놓고 고함 칠 수 있는 기회가 적어도 그날 하루 동안에는 다시 오지 않으리라는 것을 알고 있다. 이 득의의 순간에 고참들은 오랫동안 그들의 목구멍을 막고 있던 갖가지 오물과 찌꺼기들을 한꺼번에 토해버리기라도 할 듯이 각자 자기 나름의 멜로디를 만들어보는 것이다.

비액 마아흐은 이일고옵.

박만길이 오늘도 역시 시치미를 떼고 이렇게 괴상한 소리를 지르자, 하사의 바로 뒤에 앉았던 조 소위가 주먹으로 하사의 잔등을 재빠르게 툭 쳤다.

이 새끼. 뭐야?

7호의 감방장인 조 소위는 근무자가 듣지 못할 만큼 작은 소리로, 그러나 약간 협박하듯이 다부진 어조로 속삭였다. 그는 일개 하사관 녀석의 건방진 수작을 도저히 묵과하고 넘어갈 수는 없었다. 물론 다른 방에서도 괴상한 발성이 들리지 않는 것은 아니지만 7호에는 그런 기교를 부리는 놈이 박만길뿐이다. 대개 7호의 수용자들은 장교이거나 혹은 중상사 급이라도 연로한 층이 많아 한 옥타브를 멋대로 뛰어넘는 괴상한 아우성 소리는 별로 점잖지 않게 생각하는 것이다.

박 하사는 감방안의 경고를 못 들은 척하고 돌아다보지도 않았다. 소위가 감방장이지만 그는 소위를 내심 우습게 알았다. 그가 감방장이 된 것은 7호의 장교 중에서는 가장 고참이기 때문이지만 자기에 견주면 조 소위도 새까만 신참인 것이다.

아침 점호가 끝나자, 박 하사와 김인걸 하사는 재빨리 일어서서 철창 앞으로 나갔다. 두 사람은 철창 앞에 부동자세로 서서 당번 죄수가 칫솔을 가져다주기를 기다렸다. 세면대 곁에서 당번 죄수 하나가 왼손에 수십 개의 칫솔을 들고 열심히 치약을 바르고 있다. 다른 한 사람은 치약이 발라진 칫솔을 1호부터 차례로 배당하고 다녔다.

　두 당번 죄수의 솜씨가 퍽 빠르기는 하지만 7호까지 칫솔이 배당되려면 오 분은 착실히 기다려야 한다. 이 오 분 동안 철창 앞에 부동자세로 서 있는 때가 박만길에게는 가장 괴롭고 속이 되틀리는 시간이었다. 7호의 철창 앞에 서면 그가 오랫동안 정들며 살아왔던 1호가 빤히 바라다보이고 1호에서 이를 닦고 있는 옛 동료들도 빤히 마주 보이기 때문이다. 이때 1호의 동료들은 너나없이 철창 앞으로 몰려나와 7호의 박 하사를 몹시 부러운 눈초리로 쳐다보며 저희들끼리 무어라고 수근대기도 하고 그중에는 박 하사에게 일부러 매우 석연치 않은 표정을 꾸며 보이는 놈도 있었다. 이때 박만길은 특실이라고 알려진 7호로 자기가 차출되어 온 일이 마치 1호의 동료들을 배신해버린 일처럼 느껴지는 것이다.

　7호가 특실인 것은 틀림없는 사실이다.

　1호에는 시방 스무 명도 넘을 거요. 취침 시간이 되면 사람 위에 사람 있고 사람 밑에 사람 있는 형편이라구요.

　이것은 박 하사가 7호에 와서 맨 처음 들려준 말이다. 그는 생각만 해도 겁난다는 듯 족제비처럼 길고 비좁은 얼굴을 사시나무 떨듯이 흔들었다. 거기에 견준다면 7호는 과연 장교감방답게 별천지라 할 수 있다. 무엇보다 수용 인원이 일곱 명뿐이라서 잠자리가 남아돌아가는 처지였다. 취침 시간이 되면 그들은 아무데나 멋대로 쓰러져서 마치 이 여분의 바닥을 보다 즐기려는 듯이 팔다리를 활짝 펴고 자는 것이다. 이쯤 되고 보니 1호에서 박만길을 부러워하는 것도 당연한 일이다.

　그런데 1호에서는 박 하사가 ○八을 쳐서 7호에 갔다고 오해하고 있는 것이다. 박 하사는 그게 억울하고 괴로웠지만 변명할 방법이 없으므로 더욱 답답했다.

치약을 바른다고 하지만 십 분 남짓한 시간에 이백여 개 칫솔을 상대하기 때문에 치약이 제대로 발라질 턱이 없다. 치약조차 수용된 인원수에 맞게 공급되는지도 의문이었다. 칫솔 담당 죄수는 무수한 치약 튜브를 거꾸로 세워들고 무수한 칫솔 위에 아주 능숙한 솜씨로 단지 하얀 얼룩만을 찍어나간다. 칫솔을 받아들었을 때 어떤 것은 얼룩의 흔적도 보이지 않을 때가 있었다. 그것을 받아든 사람은 그냥 맨 칫솔을 입 안에 처넣고 열심히 이빨을 문질러야 한다.

그런데 오늘은 칫솔 배당이 매우 느렸다. 칫솔을 받아들었을 때 박 하사는 칫솔 당번이 유독 꾸물거린 이유를 알았다. 칫솔마다 치약이 규정량을 넘을 만큼 잔뜩 발라져 있었기 때문이다.

이빨을 깨끗이 닦아라.

세면대 쪽에서 근무자 한사람이 이쪽으로 오면서 감방마다 같은 지시를 내렸다.

뭐라고 했어? 누가 뭐라고 하는 거야?

김 중위가 미처 못 들었는지 얼떨떨한 표정으로 김인걸 상사에게 물었다.

이빨을 깨끗이 닦으라고 했소.

키가 큰 김인걸이 대답했다. 김 상사는 우람한 체격에 비해 매우 꼼꼼하고 자상한 성품이며 실수나 실언도 그만큼 저지르지 않았다. 김 중위는 이 김인걸을 특히 신임했다.

오늘이 구강 위생 강조 주간입니까?

김 중위가 정색으로 평소에 지식을 뽐내는 조 소위에게 물었다.

그런 게 있던가요? 이빨의 날은 있지만, 아마도 이빨의 날일 거요.

소위가 천연스럽게 대답했다. 중위는 고개를 끄덕거리다가 자기가 닦던 칫솔을 보고 갑자기 소리쳤다.

이건 내 꺼가 아닌데. 칫솔이 바뀌었어. 내 꺼는 노오란 거였다구.

그는 칫솔을 나눠준 박만길을 화난 눈초리로 쏘아봤다, 비록 토인처럼 살빛이 그을었고 늘 표정을 감추고 지내는 탓인지 다소 비굴한 인상마저 주는 중위지만 위생 관념은 매우 철저해서 남의 수건은 절대로 쓰지 않고 남이 피우다 만 꽁초에는 절대로 입을 대지 않는다는 것을 누구나 알고 있었다. 그렇지만 일단 반납되었다가 다시 나눠준 칫솔 중에서 그의 칫솔이 쉽게 찾아질 까닭은 없었다. 그래도 그는 또 하나의 칫솔 당번인 김인걸 상사를 통해서 매일 아침 자기 칫솔을 찾느라고 법석을 피웠다.

여보쇼. 당신은 여기가 진짜 호텔인 줄 아슈? 더러워서 닦기 싫으면 이리 주쇼.

중위의 살찐 얼굴을 노려보며 박 하사가 이렇게 쏘아붙였다. 박 하사로 말하면 본시부터 신경질적이나 경솔한 짓을 잘 저지르는 축은 절대로 아니었다. 그가 1호에 있을 때는 가장 방 안 분위기를 잘 맞추었고 가장 참을성이 많았던 모범수였던 것이다. 그가 관례를 뒤엎고 7호로 차출된 명분 가운데에는 그가 무기수라는 점과 가장 고참이라는 점이 물론 참작되었겠지만 모범수라는 점도 그 명분 속에 포함되어 있었다.

그런데 7호에 와서 사정은 달라졌다. 여기서는 법 앞에 만인이 평등하지 못하듯이 철창 앞에 모든 죄수들이 평등하지 못하다는 현상이 일어나고 있었다. 장교들은 사병을 지배하려고 했고 그들이 감방에서도 특권을 가진 존재라는 것을 감추려고 하지 않았다. 박만길은 그 분위기를 받아들일 수 없었다. 그는 우선 7호의 누구보다 고참이기 때문이다.

중위는 할 수 없다는 듯 피식 웃어버리고 칫솔을 입에 물었다. 아직 혐의 사실에 대해 심문을 받고 있는 미결수이니까 엄연히 말하면 그는 아직 중위였다. 하지만 그의 복장은 역시 죄수의 복장이고 죄수의 복장에 계급장이 붙어 있을 까닭이 없었다. 게다가 쇳조각이라도 집어삼킬 듯한 탐욕적인 눈빛을 지녔고 따라서 상대에게 매우 불쾌한 인상을 주는 이 사내가 혐의 사실이 풀려 다시 제복을 입으리라고 믿는 놈은 하나도 없었다. 일단 찍힌 놈이 다시 몸을 일으키는 예는 여기서는 찾아보기 힘들기 때문이다.

한마디 대꾸도 못하고 중위가 맥없이 물러나는 꼬락서니가 조 소위에게는 몹시 불만이었다. 그는 김 중위를 평소에 경멸하고 있지마는 이런 때에는 입장이 달랐다. 같은 장교 출신으로 중위의 일이 결코 남의 일 같지 않다는 절박한 기분을 느꼈다. 조 소위는 몹시 분개한 어조로 박만길에게 말했다.

이 새끼. 중위님은 너보다 십 년 선배야. 말버릇 좀 고쳐.

새파란 나이에 어울리지 않게 조 소위는 자못 위엄 있는 표정을 지어보였다. 하지만 말하는 그의 목줄기에 새파란 혈관이 돋아나는 것을 감추지 못했다.

수작 떨지 마쇼.

박 하사는 역시 간단하게 받아 넘겼다.

씨팔 내가 중노릇 할려구 7호에 온 줄 아나?

그는 비록 계급은 낮지만 고참으로서 내키는 대로 지껄여댔다.

뭐야? 저 새긴 눈에 뵈는 게 없나?

조 소위의 목소리는 더욱 붉어졌고 미식축구와 당수로 단련된 그의 튼튼한 팔뚝에는 힘이 불끈 솟구쳤으나 당장 어떻게 할 도리는 없었다. 그는 자기가 비록 찍힌 몸이지만 사관학교 출신인 것과 군인 정신에 투철한 장교 중의 장교였다는 자부심에 커다란 상처를 받았다. 그리고 결코 용납할 수 없는 사태를 용납하지 않을 수 없는 자기 처지에 뼈아픈 고통을 느꼈다.

하하. 흥분하지 마시라구요. 장교님.

박만길이 다시 무어라고 능청을 떨려고 했을 때 철창 앞에 서 있던 김인걸이 허겁지겁 말했다.

쉬잇! 온다.

누구야? 근무자야?

중위가 기어드는 목소리로 재빠르게 물었다. 언쟁하는 장면이 근무자에게 발견되면 7호에 이로울 까닭이 없다. 그런데 이때 일반 근무자보다 훨씬 무서운 존재가 복도의 입구에 막 나타났던 것이다.

불독이야.

김인걸이 역시 기어드는 목소리로 말했다. 그러자 조 소위도 박 하사도 금방 표정이 평온해져버렸다. 그들은 금방 다투고 서로 비아냥거린 사실을 정말 잊어먹은 것처럼 지극히 온화한 표정으로 재빨리 벽 가로 붙어서서 열심히 이빨을 닦았다.

불독은 그 큰 눈을 껌벅거리며 뒷짐을 지고 복도의 입구에서 천천히 걸어왔다. 다소 말소리가 들려오던 여러 감방들은 금방 숨소리도 들리지 않을 만큼 깊은 침묵으로 들어갔다.

죄수들은 모두 불독의 출현을 의아롭게 생각했다. 이토록 이른 아침에 그가 나타났던 예는 별로 없었기 때문이다. 그들은 이 사실이 어떤 불길한 징조가 될 것만 같아 모두 가슴을 두근거렸다.

불독은 복도의 중앙에 버티고 서서 잠깐 동안 각 호를 조용한 눈초리로 휘둘러봤다. 그는 오늘따라 말쑥하게 정장을 차려 입고 있었다. 잘 다려진 카키빛 제복이 그의 약간 뚱뚱한 몸에 어울려 맞았고 양팔에 붙은 굵다란 상사의 견장이 위엄을 더욱 돋보이게 했다. 그러나 죄수들은 이 교도소장을 단순한 상사라고 생각하지 않았다. 이렇게 정장을 갖추고 그가 복도에 나타날 때면 어느 장군도 이 불독의 위엄을 따르지는 못하리라 생각되는 것이다.

복도의 중앙에 버티고 선 상사는 찌렁찌렁 울리는 목소리로 말하기 시작했다.

제군은 듣는다. 이빨을 닦되 지금 이후로는 절대로 구강에서 냄새가 나지 않게 할 것. 내가 일일이 돌아다니면서 검열을 해서 구강에서 여전히 악취가 나는 놈이 발견되면 용서 않는다.

불독은 잠깐 침묵을 지키다가 다시 말했다.

오늘 나는 너희들의 위생적 생활을 철저히 재검토하겠다. 새로 물품이 지급되면 모름지기 그것을 깨끗이 간수하고 반납할 때는 새것과 똑같아야 한다. 깨끗이 사용하라는 말 알겠느냐?

불독이 약간 신경질적인 어조로 묻자, 죄수들은 온몸의 힘을 쥐어짜 일제히 네에엣! 하고 대답했다. 여기서 불독은 별안간 화난 사람처럼 얼굴을 실룩거리며 언성을 높였다.

나는 평소에도 너희들의 위생적 생활을 개선하려고 부단히 노력해왔다 이거야. 그렇지만 너희들은 나의 기대를 무참하게 짓밟고 배신했다. 너희들의 교양을 높이기 위해 책을 나눠주면 너희들은 한 페이지도 읽지 않고 몽땅 휴지로 찢어서 없애버렸다. 너희들 스스로가 사람답게 살려고 노력하지 않는다면 나는 얼마든지 좋다 이거야. 개돼지 취급을 해줄 테니까.

내 말 알아듣겠나?

네에엣!

그렇담 좋다. 나는 너희들에게 속는 셈치고 다시 한 번 사람 대우를 해보겠다. 오늘은 특히 근무자들의 지시를 잘 따를 것. 알아들었나?

네에엣!

죄수들의 대답이 번번이 매우 힘차고 절도가 있었으므로 불독은 기분이 풀렸는지 더 이상 으르렁대지 않았다. 그는 뚜벅뚜벅 걸어서 복도 밖으로 나가버렸다.

여덟 시에 조반이 끝나자 불독의 약속은 이행되기 시작했다. 여느 때같으면 조반 뒤에 오 분 휴식, 육십 분 정좌와 반성의 차례로 들어가는데 오늘은 그 메뉴가 취소되고 곧장 전원 목욕을 하게 된 것이다.

목욕할 때 제일 망설이는 것은 김 중위였다. 그는 이상하게도 많은 사람 앞에서 벌거벗기를 끔찍이도 싫어했다. 그렇지만 오늘은 불독의 지시도 있었는지라 다른 때처럼 변소 속에 들어가서 목욕이 끝날 때까지 숨어 있거나 혹은 감방 구석에서 등을 돌리고 엉거주춤 서 있을 수도 없는 노릇이다. 김 중위까지 포함해서 벌거벗은 7호의 패거리들이 막 근무자가 열어놓은 철창문을 지나 여름 시냇가의 아이들처럼 세면대 쪽으로 뛰어갔다. 세면대에는 수도꼭지가 다섯 개뿐인데 이미 다른 호의 패거리들도 거기에 몰려와 있었다. 그들은 구강을 청결히 해야 하는 것은 물론이지만 몸에 땟자국이 조금이라도 남아 있어도 안 되겠다고 각자 생각했다. 이따가 검열이 있을 때 다시 내의까지 벗기고 세밀하게 들여다볼지도 모르기 때문이다. 그러나 목욕 시간으로 주어진 시간이 한 호에 삼 분밖에 되지 않았다. 그들은 마치 수많은 나체들이 뒤얽혀 싸우듯이 서로 몸을 부딪치며 수도꼭지에 매달렸다.

목욕을 마친 그들에게 새 내의와 죄수용 작업복이 지급되었다. 그들은 어디서 한꺼번에 이렇게 많은 물품을 가져오는지 내심 놀랐으나 새 러닝셔츠와 아직 손때도 묻지 않은 듯이 새하얀 팬츠로 갈아입는 게 그다지 불쾌하지는 않았다. 그들이 입고 있던 낡은 작업복과 찌든 체액으로 누우렇게 변색된 내의들은 김인걸 상사와 박 하사가 모두 거두어 근무자에게 반납했다.

무슨 일이 있습니까?

모처럼 깨끗한 내의로 갈아입고 기분이 좋아진 김인걸이 철창 건너편 근무자에게 넌지시 물었다.

시키는 일만 하라구, 이 새끼. 말이 많아.

갑자기 거드는 일이 많아진 근무자는 도무지 불쾌하다는 듯 툭 쏘아붙였다. 무안을 당한 김인걸은 돌아서서 혀를 쑥 빼어 무는 시늉을 해보이고는 영문을 모르겠다는 듯이 고개를 가로저었다.

내의와 함께 새로 호마다 모포 두 장과 침구의 커버가 지급되었다. 각 방에 모포가 두 장씩 있었지만 이불 하나와 모포 두 장으로는 인원수가 제일 적은 7호에도 침구가 부족했던 것이다. 침구의 커버는 지금까지는 사용하지 않고 있었는데 지급된 것은 역시 하얀 색깔의 품질 좋은 새것이었다. 그것으로 침구를 보기 좋게 씌우라고 근무자가 지시했다.

침구를 두부 모서리처럼 만들어라. 각이 지게 만들어.

호마다 돌아다니며 근무자가 일일이 지시했다.

두부 모서리와 꼭 같아야 한다구. 일차 검열할 테니까.

박만길은 침구 커버를 재빨리 받아들고 뒤편 구석에 있는 침구 쪽으로 갔다. 이때 박 하사는 7호에서 누구에게도 이 일을 맡길 수 없다고 생각했다. 조 소위나 김 중위는 물론 김인걸 상사까지도 그는 새까만 신참이라고 여기는 것이다. 그는 모포와 이불을 김인걸의 도움으로 일정하게 몇 겹씩 포개어 나갔다. 모포를 접어가는 박 하사의 솜씨는 매우 빨랐다. 불과 일 분도 걸리지 않은 사이에 박 하사는 침구를 정돈하고 커버 씌우는 일을 끝내버렸다. 그의 솜씨는 과연 최고 고참의 솜씨다웠다. 새하얀 커버를 씌운 침구의 모양이 틀림없이 두부모와 같았다.

7호는 되었어.

일차 검열차 철창 앞을 지나가던 근무자가 들여다보더니 빙그레 웃으며 말했다. 이렇게 되니까 7호가 칭찬받은 일이 조 소위나 김 중위에게도 유쾌한 일이 아닐 수 없었다. 그들은 박만길에게 무어라고 따리를 붙일까 하다가 이 고약한 새끼가 다시 기어오를까 봐 꾹 참았다.

받아. 받아.

이때 새로 나온 근무자 하나가 철창 밖에서 독서물을 한아름 안고 말했다. 박만길과 김인걸은 재빨리 철창 앞으로 뛰어갔다.

여기 인원이 몇이야?

일곱입니다.

박 하사가 대답하자, 근무자는 각자 두세 권씩 차례가 가도록 책을 헤아려서 하사에게 건네줬다.

이건 찢어서 뚱씻개로 쓰라는 게 아냐.

강파르게 여윈 근무자가 타이르듯이 말했다.

네에잇! 알았습니다.

박만길이 부러 능청을 떨며 대답했다.

각자 보는 척이라두 하고 있어. 소장이 곧 올 테니깐.

근무자는 나직하게 그러나 엄중한 어조로 지시하고 곧 8호로 건너갔다.

새로 지급된 독서물이라야 그들에게 새로울 것은 없었다. 《나의 신앙고백서》, 《깨어라!》, 《마음의 거울》 대충 이런 책들인데 이런 것은 그들이 흔히 보아오던 제목들이다. 이밖에 주간지 몇 권이 섞여 있었지만 그것도 발행일자가 일 년이나 지나버린 낡은 것들이다. 그러나 비록 자주 접하던 책들이지만 그들이 전혀 읽어본 사실이 없으므로 새롭다면 새롭다고도 할 수 있었다.

각자 읽는 척이라두 하라구.

동료들이 지급된 독서물을 거들떠보지도 않자, 감방장인 조 소위가 걱정이 되어 말했다. 김 중위와 김인걸 상사가 책을 하나씩 주워들자, 다른 사람도 그 뒤를 따랐다. 그들은 양쪽 벽에 등을 기대고 나란히 줄지어 앉아서 각자 책을 펴들었다.

복도에서는 갑자기 인원이 곱절로 증원된 근무자들이 바쁘게 뛰어다니는 소리가 요란했다. 그들 중에는 크레졸이 담긴 깡통을 들고 복도의 시멘트 바닥 위에 크레졸을 뿌리고 다니는 놈도 있고, 붓을 들고 각 호를 돌아다니며 수감자 명단이 적힌 푯말에서 변경된 사항을 정정하는 놈도 있었다. 삽시간에 크레졸이 복도의 시멘트 바닥을 적시고 나자, 매캐한 냄새가 감방 안에 가득 넘쳤다. 죄수들은 코를 틀어막고 씹새끼들, 하고 근무자가 듣지 않을 만큼 작은 소리로 제각기 욕을 했다.

조 소위님. 하느님에 대해서 어떻게 생각하십니까?

책을 보다 말고 김인걸이 갑자기 물어왔다. 조 소위는 김인걸의 심각한 얼굴을 흘긋 쳐다보고 먼저 피식 웃었다.

어떻게 생각하다니, 내가 뭘 생각한다 말요?

하느님이 있다고 보느냐, 없다고 보느냐 이것 말입니다.

그런 건 내게 묻지 말고 당신이 먼저 말해보쇼.

나는 무신론자는 아닙니다.

김인걸은 정색하고 말했다.

그럼 교회에 다니시는구만.

김중위가 옆에서 말했다.

교회에 나간 일은 없어요. 그렇지만——.

김 상사는 자기는 신자가 아니지만 최근에 와서 변소에서 혼자 몇 차례 기도를 해본 사실이 있다고 주장했다. 그는 그 기도의 효능에 관해 소위로부터 해답을 구하고 싶었던 것이다. 상사는 행정직에 복무하고 있었다. 그의 혐의 사실은 허위보고 작성인데 그는 자기가 상급자의 교묘한 모략에 걸려들었다고 수십 번 되풀이해서 말했다. 하지만 감방 안에서 자기의 무고함을 아무리 주장한들 뾰족한 수가 생길 까닭이 없다. 더구나 그의 혐의 사실이 조작된 것임을 입증해줄 물적 증거도 없었다. 정말 자기 이외에 그 사실을 아는 놈은 없었다. 만약에 신이 있다면 그는 사실을 알 것이다. 신자도 아닌 상사가 변소에서 기도를 올렸다는 것은 충분히 납득이 가는 얘기였다.

그렇지만 7호의 동료들은 상사의 하느님에 관해 별로 흥미가 없었다. 그들은 이 시간이 다른 때 같으면 기압을 받거나 따로 불려나가 처벌을 받는 시간이라는 것을 잘 기억하고 있었다. 그들은 예외 없이 시멘트 바닥에 대가리를 처박고 거꾸로 곤두서서 숨을 헐떡거리고 있거나 기껏 좋은 메뉴라야 무릎을 꿇고 묵상을 강요당하거나 근무자들의 지루한 훈계를 경청해야 하는 것이다. 독서를 한답시고 벽 가에 줄지어 앉아 있지만 그들은 좀이 쑤시고 이런 풍경이 도무지 어색하기만 하였다. 그들은 불독이 베푸는 처사를 납득하지 못해 몹시 당황하고 있었다. 건성으로 들고 있던 책 속의 문자가 눈에 잡힐 까닭이 없었다.

박만길의 경우는 약간 달랐다. 그는 자유시간이 허용되면 그 짧은 시간을 결코 허비하는 법이 없다. 더구나 그는 이곳에서 사 년을 넘긴 최고 고참이므로 상황이 갑자기 돌변해도 거기에 그만큼 익숙했다. 그의 경험에 비추어 불독의 의미는 벌써 간파하고 있었지만 그걸 옆 사람에게 말하지는 않았다.

박 하사는 새로 지급된 책을 받아들지 않고 침구 쪽으로 엉금엉금 기어가 침구 속에 감춰둔 그의 애독서적을 꺼냈다. 연필과 공책도 거기에 함께 있었다. 이미 겉표지가 떨어져 나갈 만큼 해진 영어참고서를 그는 조심스럽게 받쳐들고 다소 밝은 철창 앞으로 나가서 자습하기 시작했다.

소위님 이 동사의 원형이 뭐이죠? 이걸 왜 과거로 해석해야 되죠?

한참 동안 엎드려서 책을 보던 박만길이 감방장에게 물었다. 그는 평소에 소위를 우습게 알고 있지만 국졸이니 자기 처지에 이런 때는 조 소위의 도움을 청하지 않을 수 없었다.

골치 아프다구. 동사구 좆이구.

물어오는 박 하사의 뾰족한 얼굴을 보자, 소위는 아침에 다투었던 일이 불현듯 떠올라 불쾌한 어조로 쏘아붙였다. 박 하사는 그러나 단념하지 않고 책을 들고 소위 쪽으로 무릎걸음으로 다가갔다.

소위님. 내 요번 일요일에 곰보빵 한쪽을 떼어줄거니깐 딱 이것만 알으켜주쇼.

이 새끼. 공연히 수작하지 마.

정말에요. 소위님. 내 이렇게 공중 앞에서 약속하면 될 거 아뇨.

박만길은 소위의 턱 밑에 새끼손가락을 내밀었다. 조 소위는 하는 수 없다는 듯 하사와 새끼손가락을 걸었다. 그는 이 무기수가 이렇게 접근해 올 때는 도저히 배겨낼 재간이 없다고 생각했다. 근무자가 예고했듯이 불독은 곧 다시 나타났다.

온다.

복도 입구에서 이런 소리가 들리자, 책을 보다 말고 잡담을 하고 있던 죄수들은 금방 대오를 정리하고 다시 시선을 책 속으로 던졌다. 불독이 복도에 들어섰을 때는 이미 한 사람도 예외 없이 모두 독서에 열중하고 있었다. 불독은 천천히 복도를 걸어오면서 그들이 독서하는 상태를 날카로운 눈초리로 관찰했다.

돼앴어.

복도의 중앙에 멈춰 선 불독이 말했다.

너희들 스스로가 사람답게 살려고 이렇게 노력한다면 나는 얼마든지 협조해줄 용의가 있다 이거야.

그는 아침에 했던 소리를 다시 되풀이했다. 그렇지만 이번에는 불독의 어조가 한결 부드러웠다. 그가 이렇게 부드러운 말씨를 사용해본 일은 없을 것 같았다. 죄수들은 다소 긴장이 누그러져 살며시 고개를 들어 불독의 얼굴을 재빨리 훔쳐봤다. 이때 불독은 입가에 엷은 미소마저 흘리고 있었다. 그의 눈빛은 불독의 눈빛이라고 믿어지지 않을 만큼 상대방을 따뜻하게 보고 있었다. 그들은 불독의 얼굴에서 이토록 온화한 표정을 처음 읽었다. 불독은 근무자들에게 몇 가지 청소 사항을 지시하고는 곧 밖으로 나갔다.

점심때 취사 당번으로부터 밥그릇과 국그릇을 받아든 죄수들은 불독의 발언이 단순히 허풍이 아니라는 것을 더욱 절실히 깨달았다. 알루미늄 식기에 담겨 있는 것은 새까만 보리밥 대신 새하얀 쌀밥이었고 분량도 평소의 갑절은 되어 보였다. 국그릇의 변화는 더욱 뚜렷했다. 박만길은 국그릇에 꽁치 두 마리와 평소에 별로 구경도 못 했던 돼지고기 덩어리까지 섞여 있는 것을 보고 깜짝 놀랐다. 이렇게 국사발이 무겁고 다채로웠던 예는 일찍이 한 번도 없었던 것이다.

이거 보쇼. 내 국사발에 군함이 두 척이나 떠 있는데.

그는 놀랍고 반가워서 사발을 중위의 코밑에 들이밀고 떠들었다.

여기도 마찬가진데.

김 중위가 자기 국그릇을 가리키며 흡족한 어조로 말했다. 중위는 벌써 몇 숟갈 뜨고 있었다. 그걸 보고 소위가 제지했다.

가만 보쇼. 먹기 전에 한번 확인해봅시다. 확인도 안 해보고 퍼먹으면 내 위장이 놀라 터져버릴 거요.

무얼 확인하겠다는 거요? 식기 전에 어서 먹읍시다.

김인걸이 다급하게 말했다.

이게 원칙적으로 우리에게 지급되어야 할 규정량인가 아닌가 보겠다는 거요.

원칙이 어디 있소? 여보.

상사가 다시 다급하게 말했다.

소위님 말이 맞아요. 난 알고 있죠.

박만길이 사이에 끼어들었다.

이게 원칙적으로 정량입니다. 그러니까 평소에 불독 이 새끼가 얼마만큼 도둑질해 먹는다는 걸 알 수 있죠. 그 새끼 배 나온 걸 좀 보쇼. 상사 봉급 가지고 그렇게 배가 나올 수 있소? 좆도 어림없다구. 이 새끼는 그러니까 죄수 수가 불어날수록 수지맞는다 이거야. 전쟁 통에 살찌는 놈은 따로 있다구.

박만길은 내친 김에 국이 식는 것도 잊고 계속 지껄여댔다.

이 새끼가 교도소에 유독 공포 분위기를 조성해놓는 이유도 나는 알고 있다구. 죄수들이 주눅 들리게 해놓고 자기가 도둑질해 먹는 걸 은폐하겠다 이거야. 그렇지만 오늘은 형편이 달라졌다구. 누가 온다니깐.

누가 오나? 박 하사.

조 소위가 궁금해서 물었다.

낸들 점쟁이요? 높은 사람이 온다고 믿으면 틀림없겠죠.

말을 마친 하사는 다급히 밥을 떠먹기 시작했다. 다른 동료들은 벌써 절반쯤 식사를 해나가고 있었다.

여기에 김치 필요하오?

취사 당번 한 사람이 김치가 가득 담긴 양동이를 들고 와서 말했다.

필요하다마다.

김인걸이 대꾸하며 벌써 비운 국사발을 불쑥 내밀었다. 취사 당번은 빈 그릇에 김치를 꾹꾹 눌러 가득 채워주었다.

개새끼들. 다른 때는 김치 사촌도 안 주드니만.

취사 당번이 가고 나자, 김치를 한 움큼 입에 떠넣으며 소위가 투덜거렸다.

여기에 국물이 더 필요한 사람 있오?

또 다른 취사 당번이 국이 가득 담긴 바케쓰를 들고 와서 말했다.

오늘은 웬일요? 사람 괜히 돌겠시다.

김인걸이 다시 사발을 내밀며 말했다.

취사 당번은 대꾸하기 귀찮다는 듯 자꾸 재촉했다. 사발을 내미는 사람
은 예외가 없었다.

그들은 먹을 만큼 먹고 마실 만큼 마셨다. 나중에 식사가 끝났을 때 그
들은 전에 없이 몸이 피곤하고 나른해서 이상하게 생각했다. 오늘은 오전
중에 기합도 전혀 없었고 정좌하고 반성하는 소정의 메뉴조차 취소되었
던 것이다. 잠시 후에 그들은 이 피곤이 과식 때문에 오는 식곤증이라는
걸 알았다. 그들은 졸음이 와서 도저히 꼿꼿이 앉아 있기가 힘들었다. 비
록 대낮이지만 지금은 간섭해오는 놈이 없으므로 그들은 하나씩 둘씩 벽
에 등을 기대고 졸기 시작했다.

이 새끼들, 팔자 늘어졌구나.

근무자 하나가 7호 앞을 지나가며 이렇게 빈정거렸으나 아무도 거기에
개의치 않았다.

그러나 그들의 낮잠은 오 분도 허용되지 않았다. 그들이 마치 한 가닥
꿈을 꾸어보기도 전에 갑자기 귀청을 찢는 듯한 소리가 그들의 졸음을 깨
뜨려버렸다. 그들이 조는 동안에 근무자들이 관망대 위에 라디오를 가져
다 놓고 볼륨을 크게 높여놓았던 것이다.

뭐야? 라디오야?

비록 단꿈을 놓쳤지만 귀가 번쩍 뜨인 조 소위가 관망대 쪽을 황급히

바라보았다.

　라디오를 갖다놨어.

　김인걸이 역시 탄성을 올렸다. 관망대 쪽에서는 흐느적거리는 듯한 사나이의 노랫소리가 전파를 타고 흘러나오고 있다. 그들은 잠깐 동안 숨을 죽이고 그 소리에 귀를 기울였다. 그들은 이때 이 문명의 이기를 오랫동안 잊어먹고 있었다는 걸 비로소 깨달았다. 특히 박만길의 느낌은 더욱 그랬다. 만약에 그가 지내온 사 년 동안에 라디오가 옆에 있었다면, 하사는 맹랑하게 가정해본다. 그랬다면 형벌의 절반은 감해졌을 것 같았다.

　볼륨을 더 크게 해줄까? 이봐! 7호 쪽에도 잘 들리나?

　관망대 위에서 근무자가 소리쳤다.

　네에, 잘 들립니다.

　김인걸이 얼른 일어서서 대답했다.

　미움이 변하여 사랑도 되겠지.

　마음을 달래며 알뜰히 살리라.

　정처 없이 흘러온 길, 상처만 쓰린데.

　구름 머무는 정든 땅에서 오손도손 살리라.

　김 상사. 저 노래 제목이 뭐요?

　노래의 이 절이 다 끝나자 하사가 물어왔다.

　제목은 확실히 모르겠는데. 하여튼 저건 내가 여기 오기 전부터 한참 유행이었다구.

　누가 부른 거야? 그 새끼 노래 잘하는데.

소위가 역시 7호에서 가장 신참인 김인걸에게 물었다.

나훈아지, 아마. 그것 말고 〈비 내리는 명동〉도 한참 유행이었다구. 그게 더 멋있는 노래지.

씨팔, 노래 한번 불르랬으면 좋겠는데. 라디오에서 기타의 반주 소리가 들려오자, 조 소위가 좀이 쑤시는 듯 말했다.

소위님. 이따가 근무자 기분 좋을 때 말이지, 따리 붙여서 오락시간 한번 갖자구요.

김인걸이 다소 들뜬 목소리로 말했다. 그러자, 박만길이 상사에게 툭 쏘아붙였다.

김 상사, 오락시간 좋아하네. 이 새끼들이 우릴 아주 풀어준 걸로 아쇼? 지금 속은 빤히 두고 있다구, 까불다가 나중에 좆빼지 말고 좋을 때 참으슈.

그들은 하사의 말이 옳다고 생각하고 금방 입을 닫아버렸다. 근무자 가운데는 풀어줬을 때 유독 떠들어대는 호를 체크해 두었다가 나중에 특별 보너스를 제공하려고 벼르는 놈이 필경 있을 것이기 때문이다.

모두 벽 가로 물러나 앉아서 책을 보라구, 똑바루 앉아서 말야.

조 소위가 뒤늦게야 주위를 환기시켰다. 두 시쯤 되어 정장을 갖춘 불독이 다시 복도에 나타났다. 그의 복장은 오늘따라 더욱 맵시 있어 보였고 구두도 반짝반짝 윤이 나게 닦여 있었다. 더욱 유심히 불독을 살펴보면 그가 평소보다 더욱 절도 있게 걷고 있다는 것을 알 수 있고 그의 두리번거리는 눈빛에서 그가 평소의 불독답지 않게 약간 당황하고 있다는 것도 읽을 수 있었다.

라디오를 꺼라!

관망대에 서 있는 근무자에게 불독이 지시했다. 그는 잠깐 동안 세면대와 복도, 그리고 각 감방의 청소 상태를 대충 살핀 다음 다시 입을 열었다.

오늘 이곳에 귀빈이 오시게 된다. 그분이 일단 여기 들어오시면 너희들은 즐거운 얼굴로 그분을 맞이해야 한다. 절대로 얼굴을 찌푸리거나 기합이 빠진 행동을 보여서는 안 된다 이거야. 내 말 알아듣겠나?

네에엣!

그럼 내가 그 귀빈이라고 생각하고 일차 연습을 해보겠다.

불독은 빠르고 절도 있는 걸음으로 복도 입구에서 제일 가까운 7호 앞으로 다가왔다. 7호는 그가 다가오기 전에 벌써 4열 횡대로 정좌하고 앉아 있었다.

넌 어떻게 들어왔지?

불독은 철창 안의 김인걸을 손가락으로 가리키며 짐짓 초면의 손님과 같은 어조로 물었다. 김인걸은 발딱 일어서서 부동자세로 복명복창했다.

상사 김인걸. 죄명은 허위보고 작성.

뭐라구? 그게 대답이야?

불독은 다시 교도소장으로 돌아와 김인걸을 삼킬 듯이 노려봤다.

너는 금방 뒈질 놈처럼 기합이 빠졌구나. 이렇다면 내가 종일토록 너희들을 굶겨놓은 걸로 알 것 아닌가?

불독은 관자놀이가 빨개지도록 화를 냈다.

내가 오늘 너를 줄창 굶겨놓았던가?

아닙니다.

겁에 질린 김인걸이 큰 소리로 부인했다.

그렇다면 왜 더 큰 소리로 절도 있게 대답 못하나? 다시.

김인걸은 곧 엉덩방아를 찧고 주저앉았다가 다시 벌떡 일어서서 이번에는 목청이 터지도록 큰 소리로 복창했다.

상사 김인걸. 죄명은 허위보고 작성.

돼앴어. 그렇게 하라구.

불독은 금방 어조가 누그러졌다. 그는 이번에는 김인걸의 바로 뒤에 앉아 있는 김 중위를 손가락으로 가리켰다. 키가 작지만 몸이 다부진 김 중위는 용수철이 튀어오르듯 발딱 일어섰다.

중위 김오길. 죄명은 추행.

중위의 목소리는 뜻밖에도 쇳소리처럼 야무지고 우렁차게 들렸다.

돼앴어. 고렇게 기합을 넣어줘야지. 그게 바로 모범이라는 거야.

불독은 자기 죄명 때문에 벌써 귀밑이 빨개진 중위를 한바탕 추어올렸다.

그런데 그 죄명 좀 바꿀 수 없나? 듣기 거북할 것 같은데.

뭘로 바꿀까요?

이번에는 잔뜩 기어드는 목소리로 중위가 물었다.

글쎄. 자네가 소송병과였으니까 군수 물자 횡령이 어떨까? 아니. 그것도 듣기 좋지 않군. 그냥 폭행이라고 해두지. 그게 좋겠어.

알았습니다.

불독에게서 무슨 구제라도 받은 표정으로 중위가 대답했다. 불독은 6호와 5호에서 몇 번 더 귀빈 행세를 해본 뒤에 바쁜 듯이 복도 바깥으로 나가버렸다.

귀빈은 세 시 정각에 도착했다. 세 시 정각에 사령부 광장 쪽에서 대포 소리가 들려왔던 것이다. 대포 소리가 들리자 죄수들은 백오 밀리 포탄의 작열음을 하나씩 헤아려가기 시작했다. 그러다가 포성이 스물한 번째에서 뚝 멈춰지자 그들은 깜짝 놀라 서로 상대방의 얼굴을 쳐다봤다.

스물한 개야.

김인걸이 나직하게 말했다.

스물한 개가 맞아? 틀림없지?

중위가 소위의 등을 가볍게 쳤다.

틀림없어. 각하야.

소위가 대답했다.

조용히 하라구. 이 새끼들아.

흥분된 말소리가 밖으로 새어나간 듯 근무자 하나가 도둑걸음으로 다가와 주의를 시켰다. 일단 사령부에 도착한 이상 어느 때 귀빈이 여기에 나타날지 예측할 수 없는 일이다. 근무자들은 입구와 복도의 곳곳에 배치되어 어느 때라도 귀빈을 안내해드릴 만반의 태세를 갖추고 있었다.

교도소 안은 어느 때보다도 정적이 많이 흘렀다. 죄수들은 바깥에서 발소리만 들려도 이윽고 귀빈이 오는 줄 알고 몸을 더욱 꼿꼿이 세웠다. 정좌하고 기다리는 동안 그들은 근거도 없이 가슴이 설레었다. 단지 각하와 가까운 거리에서 대면하게 된다는 사실만으로 마치 그들의 형기가 절반쯤 감형되는 것처럼 느끼는 것이다.

특히 박만길은 몹시 흥분하고 있었다. 그는 아까부터 누를 길 없는 어떤 충동에 사로잡혀 있었다. 만약에 각하의 손가락이 자기를 가리키게 된다면, 만의 하나라도 그런 행운이 온다면 그는 이 절호의 기회를 놓치지 않고 대법원이 이미 형 확정판결을 내려버린 자기의 무기형이 부당하다는 점을 호소하려고 했다. 그 판결을 파기하고 새로 재판을 받게 해줄 능력자는 각하밖에 없다, 이렇게 생각하자, 그는 가슴이 마구 방망이질쳤다. 그는 복도 입구 쪽에 열심히 귀를 기울였다.

그러나 네 시가 넘었을 때 각하가 이미 사령부를 떠났다는 연락이 왔다. 초도순시차 사령부를 방문했던 각하는 환기가 잘 되지 않는 이 우중충한 건물을 미처 방문할 겨를이 없었던 것이다.

일단 각하가 떠난 것이 명백해지자, 지금까지 귀빈을 맞을 준비에 얽매여 있던 근무자들이 다시 활기를 띠기 시작했다. 그들은 맨 먼저 아침에 지급되었던 물품의 반납을 요구했다. 재소자들은 침구의 커버를 다시 벗기고 각자 러닝셔츠와 팬츠를 접어서 가지런히 놓았다. 그들은 이 물품들을 반납하기 전에 그것이 불독의 지시대로 아직 새것과 똑같은가를 재삼 확인했다.

마테오네 집

열두어 살쯤 되어 뵈는 계집아이가 땅바닥에 쭈그리고 앉아서 채소를 다듬고 있다가, 우리들의 발소리를 듣고는 놀란 눈초리로 민섭 씨와 나를 바라보았다. 그녀는 우리가 그녀의 곁으로 다가설 때까지 일손을 놓고 우리를 물끄러미 쳐다보고만 있었다.

여기가 내 집이오.

민섭 씨가 가리키는 집은 마치 토인의 움막처럼 낮게 내려앉아 있는 흙벽집이었다. 민섭 씨는 그게 자기 집이라는 사실을 밝힌 것이 조금 부끄러운지 슬쩍 고개를 돌리고 바다 쪽을 바라보았다. 잡목이 무성한 야산을 등지고 언덕의 비탈에 자리 잡고 있는 이 가옥은 양일(陽日) 부락에 와서 내가 보았던 어떤 가옥보다 더 초라했고 더 적적해 보이는 집이었다. 지붕을 덮은 볏짚은 이미 몇 해째나 되었는지 삭을 대로 삭아서 풀썩 주저앉아 버렸고, 투박한 흙벽 주변에는 산에서 굴러내린 잡석 조각들이 멋대로 뒹굴었다. 거기에다 저녁나절의 산 그림자가 언덕바지 일대에 드리워져 이 외딴 가옥의 풍경을 더욱 을씨년스럽게 만들고 있었다.

이렇게 찾아 주시리라고는 꿈에도 몰랐거든요.

민섭 씨는 방금 언덕바지 아래서 처음 만났을 때 했던 말을 다시 되풀이했다. 그제야 나는 민섭 씨의 눈언저리에 술기운이 번져 있는 것을 발견했다. 약간 뚱뚱한 그의 몸에서도 술냄새가 확 끼쳐왔다. 그는 마당 가운데 엉거주춤 서서 초점이 흐린 눈으로 한동안 내 얼굴을 물끄러미 바라보더니 갑자기 어린아이처럼 들뜬 목소리로 말했다.

아, 이제 또 생각나는데요. 그 당시 큰 부채를 만들어가지고 부친께서 점심 자실 때 부쳐드리던 아드님이죠. 이제 누군지 확실히 알겠군. 그 사실은 작고하신 댁의 부친께서 늘 자랑하셨으니까 알지, 그렇지 않으면 도무지 몰라요, 서로 이웃 간이었지만 댁은 얼굴 보기가 힘들었으니까.

그런데 어떻게 이곳으로 옮기셨지요?

나는 아까부터 내심 몹시 궁금했던 사실을 불현듯 물었다. 그의 집을 찾느라고 나는 한참 동안 부락을 헤매고 다녔는데, 부락 사람들 중에서 민섭 씨가 옮겨간 곳을 알고 있는 사람을 좀처럼 만날 수가 없었다.

이 마을 공소(公所)가 어디로 옮겼습니까?

부락 사람을 만날 때마다 나는 다짜고짜 이렇게 묻곤 했다.

공소라니, 그런 건 처음 듣는 소리요.

어떤 사람은 도리어 묻고 있는 내 얼굴을 이상한 눈초리로 쳐다보기도 했다. 염전에서 돌아오는 민섭 씨와 부락의 입구에서 우연히 마주치지 않았더라면 나는 그 길로 양일 부락을 떠났을는지도 몰랐다. 민섭 씨는 내가 묻는 말에 얼핏 대답하지 않았다. 그는 갑자기 표정이 굳어진 채 잠시 고개를 떨구고 있더니 전혀 엉뚱한 대답을 했다.

그러니까 여기서 벌써 팔 년째 넘기고 있지요.

우리가 서 있는 언덕바지에서는 염산 해안의 전모가 한눈에 들어왔다. 왼편으로는 야산의 발목 근처에 타원형의 봉남리 저수지가 길게 누워 있고 저수지의 제방을 경계로 바른쪽에는 널따란 개간지가 펼치어 있다. 개간지를 지나면 염전이 있고 염전 건너편에 해안 지대의 뾰쪽산들이 멀리 바라다보였다. 해안이라고 말했지만 여기서는 칠산 바다의 넓은 수면이 해안에 밀립한 그 뾰쪽산들로 가리워 보이지 않았다. 따라서 범선 한 척 구경하기도 어려웠다. 그렇지만 겨울 해풍은 이 언덕바지 쪽으로 쉬지 않고 불어오고 있었다.

그만 들어갑시다. 이 바람은 몸에 해로워요.

민섭 씨는 취기가 점점 더 오르는지 뚱뚱한 몸집에 어울리지 않게 오들오들 떨고 있었다. 우리들은 돌아서서 다시 흙벽집 앞으로 갔다.

아빠, 미란이가 배탈났어요. 배가 아파서 죽으려고 그래.

우리가 장지문 앞으로 다가서자, 여태까지 땅바닥에 앉아 있던 계집애가 갑자기 쇳소리로 말했다.

그년 죽으려나보다 끌끌. 너 애가 땅바닥에서 무얼 집어먹는 걸 못 봤어?

민섭 씨가 몹시 화난 어조로 묻자, 계집애는 고개만 몇 번 가로저었다. 민섭 씨는 허리를 굽히고 낮게 내려앉은 장지문의 손잡이를 잡고서 다시 투덜거렸다.

그래, 영자 너는 아이가 땅바닥을 멋대로 기어다니게 버려뒀다는 말이지? 에끼, 망할 것, 끌끌.

나는 민섭 씨를 뒤따라 곧 방으로 들어갔다. 방 안은 몹시도 깜깜해서 민섭 씨도 미란이라는 아이의 모습도 보이지 않았고 다만 방 한편 구석에서 아이의 칭얼대는 소리만 들려왔다.

왜 불을 켜지 않고 자빠져 있는 거냐?

민섭 씨가 별안간 누구에겐지 꽥 고함을 쳤다. 그러자 잠깐 동안 부시럭대는 소리가 들리더니 곧 심지를 돋운 램프가 방 안을 밝혀 놓았다. 민섭 씨는 어느덧 방 아랫목에 앉아서 무릎 위에 아이를 앉혀놓고 손바닥으로 아이의 뱃가죽을 연달아 문지르고 있었고 그의 맞은편에는 서로 한두 어 살 터울로 보이는 두 명의 사내아이와 두 명의 계집아이가 벽을 등지고 나란히 앉아 있었다. 방금 마당에서 채소를 다듬던 아이도 어느 틈에 방으로 들어와 거기 끼어 앉아 있었다. 아이들은 하나같이 벙어리처럼 입을 꾸욱 다물고 갑자기 그들 앞에 나타난 낯선 사람을 놀란 눈초리로 바라보았다. 나를 향한 채 움직일 줄 모르는 그들의 눈길에는 무엇보다 상대방을 경계하는 기색이 역연했다. 한동안 나는 아이들의 강한 시선에 사로잡혀 어쩔 바를 몰랐다. 그들은 마치 오래전부터 그 자리에 놓여져 있는 미라들처럼 그렇게 꼼짝하지 않고 나를 지켜보고 있었다. 아이들은 모두 낡은 옷을 입고 있었고 얼굴은 광대뼈가 드러나 보일 만큼 말라붙어 그만한 나이 때의 활기라곤 찾아볼 수 없었다.

이 아이들은 모르실 거요. 모두 그 이후로 태어난 애들이죠.

미란이의 뱃가죽을 문지르면서 민섭 씨가 나에게 말했다.

이애들아 손님에게 인사드려. 이분은 고마운 아저씨라구. 이분이 우리를 일부러 찾아주셨어.

나를 지켜보던 아이들의 얼굴에 잠깐 영문 모를 감동의 기색이 스쳐갔다. 그들의 시선도 약간 부드러워졌고 입가에는 엷은 미소마저 떠올랐다. 두 명의 사내아이와 두 명의 계집아이는 미리 연습이라도 해두었던 것처럼 일제히 무릎을 꿇고 방바닥에 성급하게 이마를 부딪쳤다.

그건 그렇고, 손님이 시장하실 텐데. 이애, 영자야. 빨리 저녁 준비를 해야지.

민섭 씨는 이때 아주 난처한 표정으로 영자를 바라보았다.

언니가 와야 돼요.

영자는 간단하게 대꾸할 뿐, 앉은 자리에서 꼼짝도 하지 않았다.

나무가 없냐?

민섭 씨가 기어드는 소리로 또 물었으나 영자는 이번에는 대꾸조차 하지 않았다. 그렇지만 그것으로 그녀의 대답은 충분한 것 같았다.

그렇다면 약주라도 한 되 받아 와, 손님을 이렇게 앉혀둘 수야 있냐.

아닙니다. 술 같은 건 전혀 생각이 없습니다.

나는 손을 내저으며 자꾸만 사양했으나 막무가내였다. 그는 비틀거리며 일어서더니 벽장 속에서 커다란 약주병을 꺼내 들고 영자를 재촉했다.

빨리 약주 한 되 받아 와. 꾸물대지 말고 빨리.

아저씨는 벌써 술을 하셨군요. 저는 정말 술 생각이 없습니다.

그렇지 않아요. 귀한 손님인데. 나는 물론 전작이 있지요, 저녁나절에는 약주 한 잔 마시지 않고는 염판에서 돌아오기 힘들지요. 그놈의 바람이 귀를 따갈 것 같은걸.

영자는 술병을 받아들고 밖으로 나갔다.

영자가 나간 사이에 청년 하나가 장지문을 열고 방 안으로 성큼 들어섰다. 그는 방 안에 앉아 있는 낯선 얼굴을 발견하고는 적이 놀란 듯 눈을 두리번거렸다. 겨우 스무 살을 넘겼을 듯한 청년인데 오랫동안 병을 앓은 사람처럼 얼굴빛이 창백했다.

너 어디 있다가 오는 거냐?

청년을 보자, 민섭 씨가 버럭 역정을 냈다.

뒷방에서 자고 있었어요.

자고 있었다고? 이 녀석아. 잠으로 끝장을 볼 참이냐?

민섭 씨는 다시 나를 향해 이 아이가 누군지 알겠느냐고 물었다. 나는 무심코 고개를 가로저었다.

마테오를 모르시던가요?

민섭 씨는 사뭇 이상하다는 표정으로 이렇게 되물었다.

아아, 마테오.

나는 불현듯 소리치면서 벌떡 일어서서 청년의 굵다란 팔목을 힘껏 붙잡았다. 엉겁결에 내게 팔뚝을 붙잡힌 녀석은 더욱 어리둥절해진 눈초리로 나를 멀뚱멀뚱 쳐다보고만 있었다.

영애는 어디 있어요? 영애가 여기 있나요?

그제야 나는 마테오의 누이인 영애가 보이지 않고 있다는 것을 깨달았다.

있어요. 산에 나무하러 갔어요.

이번에는 마테오가 대답했다.

벌써 바깥이 캄캄해졌을 텐데, 이렇게 늦게까지 산에 있다고?

이미 밤이 되었고 더구나 지금은 겨울인데 산에서 땔감을 구한다는 일이 나는 얼핏 믿어지지 않았다.

낮에는 산림 감시원 때문에 산에 갈 수 없지요.

마테오가 나의 궁금증을 풀어주었다.

네가 마테오냐?

여전히 녀석의 팔목을 붙잡은 채 내가 물었다. 녀석은 무뚝뚝한 표정으로 머리만 몇 번 끄덕거렸다. 마테오의 표정이 너무 굳어 있는 것을 보고 이때 민섭 씨가 옆에서 거들었다.

너는 이분을 몰라보겠냐?

마테오는 전혀 생각나지 않는다고 말했다. 민섭 씨는 다시 이분이 누구라는 것을 간단히 설명하고는 끝으로 이분이 일부러 우리를 찾아주셨다고 말했다. 그러나 마테오의 표정에도 역시 손님을 그다지 탐탁하게 여기지 않는 기색이 역연했다. 이미 어른이 되어버린 녀석의 얼굴은 전혀 입을 열려고 하지 않고 손님인 나를 싸늘한 눈초리로 쳐다보고만 있었다. 나는 몹시도 답답했다. 하지만 전혀 생각나지 않는다는 마테오의 말은 도리어 당연했다. 나는 마테오의 팔목을 놓고 방바닥에 주저앉았다.

이 아이가 그때 몇 살이나 되었을까요?

민섭 씨가 나에게 물었다. 나는 한참 동안 생각한 다음에 대답했다.

아직 학교를 들어가기 전이었지요.

그렇다면 여섯 살이나 일곱 살이었겠군. 이 애는 워낙 여기서만 주욱 갇혀 살고 있으니까 사교성이 도무지 없어요. 그러나 영애는 기억하고 있을 거요. 그 애는 마테오보다 다섯 살이나 위니까.

약주를 마시면서 민섭 씨는 취기가 오름에 따라 말이 더욱 많아졌다. 그는 여태 감춰오던 아주 구차스런 얘기까지 서슴지 않고 꺼내놓았다. 민섭 씨는 지금 자기 마누라가 부재중이라서 오늘 저녁 식사 대접이 여의치 못할 것 같다고 말했다. 아이들의 어머니는 육 년 동안 척추결핵을 앓아오다가 방금 치료를 받으려고 광주의 병원으로 갔다는 것이다.

육 년이나 되었는데 이제야 치료를 받으러 갑니까?

내가 이렇게 묻자, 민섭 씨의 표정이 병자처럼 일그러졌다.

보다시피 무어 가진 게 있어야 말이지요.

그는 두 손바닥을 활짝 펴 보였다. 그는 자기가 사실은 염전의 전주가 아니고 이제는 염판의 일개 품팔이꾼이 되었노라고 털어놓았다. 염판에서는 일당 삼백 원씩 받는데 그것도 날씨가 궂은 날은 일거리가 없다는 것이다. 그렇지만 나는 아직도 민섭 씨가 염전의 전주라고만 생각되었다. 그의 풍채나 말씨는 아직도 전주다웠다. 그렇게 생각되는 민섭 씨가 품삯이 너무나도 박하다고 투덜거릴 때 나는 적이 당황했다. 어떻게 하여서 염판의 품팔이꾼이 되었느냐는 따위의 말은 나는 묻지 않았다. 민섭 씨가 틈을 주지 않고 계속해서 떠들었다.

이 아이들은 소학교도 미처 마쳐주지 못하게 되었다오. 작년에 자진 퇴학을 시켰거든요. 저놈만은 간신히 중학을 마쳤는데, 그러나 지금 중학 졸업장이 무엇에 소용됩니까?

그는 턱으로 마테오를 가리키며 말했다. 나는 부지중에 어성을 높여 그렇다면 아직 어린아이들을 언제까지 방 안에 가둬둘 참이냐고 따지듯이 물었다. 민섭 씨는 대답 대신으로 한 번 길게 한숨을 쉬고 나서, 아주 비장한 표정을 지어보이며 비록 막일을 하기에는 너무 늙은 나이가 돼버렸지만 새로 일할 만한 곳을 찾아 어디든지 가볼 작정이라고 말했다. 아직 나이 젊었을 때 일찍 이곳을 떠났어야 하는 건데. 그는 이렇게 탄식하였다. 그러나 한편 이 염산을 떠나기가 몹시 겁이 난다고도 말했다. 굶어 죽기는 어느 곳에서나 마찬가지일 텐데 웬일인지 염산을 떠나기가 두렵다는 것이다.

지금 나의 생각으론 인천이나 군산 쪽으로 가볼까 해요. 그쪽 염전에 찾아가보면 설마 나 한 사람 일할 자리야 없을라구요.

그는 떠날 것을 확실히 작정하고 있었다는 듯이 말했다. 약주병 바닥이 거의 드러났을 때 부엌 쪽에서 인기척이 났다. 영자가 먼저 발딱 일어서더니 부엌 쪽에 달린 조그만 장지문을 열어젖혔다. 언니야? 캄캄한 부엌을 향해 그녀가 소리쳤다. 응. 부엌에서 여자의 대답 소리가 들렸다. 손님이 왔어, 언니. 영자가 다짜고짜 이렇게 말했다. 누군데? 부엌에서 여자가 소리를 낮추어 물었다. 영자가 잠깐 동안 뭐라고 대답할 바를 모르고 머뭇거리다가 그냥 어떤 남자라고만 말했다. 미란이 자냐? 여자는 이렇게 묻고 미란이를 자기에게 데리고 오라고 영자에게 말했다. 영자가 벌써 방바닥에서 잠자고 있는 미란이를 안아 일으키려고 하자 민섭 씨가 부엌을 향해 소리쳤다.

영애야, 너도 알 만한 손님인데 들어와도 괜찮다.

그러나 영애는 들어오지도 않고, 아무런 대답도 하지 않았다. 마테오가 다시 자기 누이더러 추운데 그만 들어오라고 말했으나 역시 부엌 쪽에서는 아무런 대답이 없었다. 그러자 마테오가 일어서더니 부엌으로 갔다. 그런 뒤에 한참 동안 부엌에서 마테오가 누이에게 수군거리는 소리가 들렸다. 필경 손님인 나에 관해서 얘기하고 있는 것 같았다. 영애는 나를 기억하고 있었다. 마테오가 나에 관해서 설명해준 뒤에도 그녀가 방 안으로 들어오지 않는 것을 보고 나는 그것을 깨달았다. 마테오가 혼자서 방으로 들어오는 것을 보고, 나는 벌떡 일어서서 부엌으로 통하는 조그만 장지문 앞으로 갔다. 이미 약간의 취기가 전신에 오른 탓도 있었지만 무엇보다도 영애가 나를 기억하고 있다는 사실이 내 마음을 들뜨게 만들었다. 내가 장지문을 열어젖히자, 부엌 바닥에서 미란이를 안고서 쭈그리고 앉아 있던 그녀는 화들짝 놀라 벌떡 몸을 일으켰다. 캄캄해서 영애의 얼굴은 물론 알아볼 수 없었다. 영애야! 내가 소리를 낮추어 부르자, 영애는 엉겁결에 부엌문을 박차고 바깥으로 빠져나갔다. 나는 맨발로 부엌 바닥에 뛰어내려 그녀가 방금 열고 나간 부엌문을 통해 바깥으로 나왔다. 짓궂게도 뒤쫓아오는 나의 발소리를 듣고 영애는 집 뒤란으로 마구 달아났다. 이미 밤이 되어버린 야산의 언덕바지 위로 매운 바닷바람이 쉬익쉬익 소리 내며 불어왔다. 영애는 몸을 감추려고 뒤란의 헛간으로 들어가고 있었다. 나는 한달음에 헛간까지 뛰어가서 헛간 입구에 멈춰 섰다. 깜깜한 헛간 속을 기웃거리면서 나는 마치 매일 만나는 사람을 부르듯이 소리를 낮추어 다시 그녀의 이름을 불렀다. 이때 잠을 깬 미란이가 헛간 구석에서 갑자기 울기 시작했다. 그제야 나는 취기에서 퍼뜩 깨어나 헛간 입구에 선 채 어쩔 줄 모르고 쩔쩔맸다.

그만 들어가시지요.

그날 밤 영애는 끝내 내 앞에는 나타나주지 않았다. 나는 가슴이 갑갑해서 방 안에 갇혀만 있을 수는 없었다. 밤바람이 몸에 해롭다고 민섭 씨가 말렸음에도 불구하고 나는 마테오를 데리고 바깥으로 나왔다. 우리들은 가파른 언덕 비탈을 조심조심 내려와 부락 입구에서 시작되는 저수지의 제방 위로 올라섰다. 이 제방길은 일 킬로가량이나 일직선으로 뻗어 있는데, 그 끝에는 저수지의 수문이 있고 수문에서 다시 왼편으로 꺾어져 일 킬로쯤 더 나아가면 자동차가 다니는 도로가 있었다. 양일 부락 사람들은 이 제방길을 읍내로 나가는 통로로 이용하고 있었다. 길을 걷기에는 주위가 너무 어두웠고 해안 쪽에서 불어오는 바람의 냉기가 뼛속까지 스며들었다.

어디까지 가실 건가요?

외투도 입지 않고 있는 마테오가 벌써부터 몸을 와들와들 떨면서 물어왔다.

염전까지 나가보자. 한 시간이면 돌아올 수 있겠지.

나는 되도록이면 멀리까지 나가보고 싶었다. 나의 말에 마테오는 깜짝 놀랐다. 녀석은 추위도 추위지만 해안을 경비하는 초소들 때문에 밤에는 해안 가까이 접근하는 것이 몹시 위험한 노릇이라고 말했다. 마테오는 다시 오늘 밤 공소에서 모임이 있기 때문에 빨리 돌아가야 한다고 말했다. 하는 수 없이 우리들은 제방길을 몇 번이나 오락가락했다. 제방길에는 인적이 전혀 없었고, 다만 왼쪽 저수지의 수면 위에서 여태껏 이곳을 떠나가지 않은 철 늦은 물오리 몇 마리가 날개로 수면을 찰싹찰싹 때리는 소리가 들렸다. 마테오는 목을 잔뜩 움츠리고 끌려오듯이 어슬렁어슬렁 내 뒤를 따라왔다.

아직도 신자들이 오냐?

나는 마테오를 돌아보며 물었다. 나는 이 부락의 공소가 마테오네 가족들에 의해서 여태까지 명맥을 유지하고 있다는 사실이 아주 신기하게 느껴졌다. 마테오는 그동안에 하나둘씩 떨어져 나가고, 지금은 몇 사람 남지 않았다고 대답했다.

어떤 때는 우리 집 식구들만 모여서 기도할 때도 있어요. 그렇지만 우리가 여기를 떠날 때까지는 공소를 포기할 수 없지요.

마테오는 아주 결연한 어조로 말했다.

네가 공소의 지도자냐?

어머니가 하던 일을 제가 떠맡았어요.

어머니는 언제쯤 오시지?

나는 무심코 이렇게 물었다. 마테오는 이 물음에 한동안 대답하지 않고 묵묵히 저수지의 수면만 바라보았다. 그러다가 갑자기 녀석은 어머니가 치료를 받으려고 광주로 나갔다는 민섭 씨의 얘기는 거짓말이라고 말했다. 마테오는 손님께서는 우리 어머니에 관해서도 잘 기억하고 있느냐고 물었다. 나는 물론 너무도 생생하게 기억하고 있다고 대답했다. 마테오가 묻지도 않았건만 나는 걸음을 멈추고 그의 어머니에 관한 기억을 몇 가지 얘기해주었다.

너의 어머니는 어디 계시냐? 어디 계시냐구?

어머니는 돌아가셨어요.

마테오는 나직한 소리로 대답했다.

결핵이 온몸에 번지어 결국 돌아가셨죠. 그게 재작년 이맘때군요. 만약에 돌아가시기 반년 전에만 수술을 받았더라면 당신 생명은 구할 수 있었다고 나중에 의사가 말했지요.

그럼 생전에 한 번도 치료를 받지 않았다는 말이냐?

읍내 보건소에서 한 번 진찰을 받은 일이 있지요.

나는 저수지의 수문이 있는 곳을 향해 제방길을 부리나케 걸어갔다. 뒤따라오는 마테오가 그만 돌아가자고 재촉했으나 나는 돌아서지 않았다. 수문 근처는 바람이 더욱 차갑고 거세어서 바람과 마주 설 때는 숨이 헉헉 먹힐 것 같았다. 거기서 더 나갈 수는 없었다. 나는 돌아서서 마침 가까이 오는 마테오의 두 팔을 꽉 붙잡았다. 녀석은 추워서 견딜 수가 없었는지 몸을 부들부들 떨었다. 나는 갑자기 마테오에게 미란이가 틀림없이 영애의 딸이냐고 물었다. 어째서 하필 수문까지 마테오를 끌고 와서 그 얘기를 꺼냈는지 나 자신도 알 수 없었다. 마테오는 너무 엉뚱한 질문이어서인지, 혹은 바람결에 미처 듣지 못한 탓인지 얼른 대답하지 않았다. 나는 이번에는 말을 바꾸어 영애의 남편이 지금 어디 있느냐고 물었다. 그제야 마테오는 기어 들어가는 목소리로 누나가 아주 불행하게 되었다고 말했다.

남편이 죽었냐?

아니오. 그런 게 아니고, 그 남자는 알고 봤더니 본처가 있는 남자였죠. 그자에게 누나가 속았어요.

그다지 쉽게 속을 수가 있어?

마치 나는 피해자나 되는 것처럼 버럭 역정을 냈다. 마테오는 말하기도 부끄럽지만 그자가 한동안 식량과 땔감까지 구해주었다고 말했다. 그런데 어업조합에 근무하고 있던 남자는 서둘러서 전출해간 뒤로, 소식을 끊었다는 것이었다.

공소에는 몇 사람의 교우들이 미리 와서 마테오를 기다리고 있었다. 그들은 하얀 옷을 입은 부녀들이었는데 모두 십 리나 십오 리쯤 되는 밤길을 걸어왔다는 것이었다. 마테오는 조그만 마루방을 공소의 강당으로 사용하고 있었다. 이 마루방은 그들의 흙벽집에서는 제일 큰 방이었다. 강당의 제단에는 세 개의 촛불이 이미 켜져 있었고 제단 앞에는 마테오의 동생들이 줄을 지어 앉아 있었다. 영애도 거기 있었다. 그녀는 부녀들 사이에 끼어 앉아 있다가 강당의 입구에 서 있는 나를 보고는 뒤로 흠칫 물러나 앉았다. 불빛이 흐릿해서 이번에도 그녀의 얼굴이 확실히 보이지는 않았지만 나는 영애를 쉽게 알아볼 수 있었다. 이사벨라야. 왜 그래? 그녀가 놀라는 걸 보고 옆에 앉아 있던 부인이 이렇게 묻는 소리도 들렸다. 나는 강당에는 들어가지 않았다.

오늘 밤에 사순절 첫번 주일 기도가 있어요. 손님께선 피곤하실 텐데 일찍 주무세요.

강당에서 다시 밖으로 나온 마테오가 이렇게 말하고 나를 뒤란으로 데리고 갔다. 내가 인도된 방은 강당 뒤편에 붙어 있는 골방인데 겨우 두 사람이 잘 수 있을 만큼 좁다란 방이었다. 이부자리는 이미 방바닥에 펼쳐져 있었다. 내가 옷을 벗고 자리에 눕는 것을 보고 나서야 마테오는 강당으로 돌아갔다.

방바닥이 얼음장처럼 차가왔으나 나는 피곤해서 곧 잠을 청하려고 하였다. 이때 문득 옆에 붙어 있는 강당 쪽에서 기도하는 소리가 들려와, 나는 감았던 눈을 다시 떴다. 기도 소리는 아주 똑똑하게 들려왔다.

사랑하는 예수여, 우리를 위하여 온갖 수난을 감수 인내하신 주의 사랑을 보답하며——

마테오가 먼저 기도문의 한 구절을 읽고 나면 부녀들과 녀석의 동생들이 그것을 따라 암송했다.

——성모 마리아의 공은을 힘입어 십자가의 길을 묵상하려 하오니, 죄를 뉘우치는 마음과 그의 수난을 함께 나눌 마음을 우리에게 박아주시어, 우리로 하여금 언제나 주를 사랑하게 하시며 성직자들의 성화와 모든 죄인들의 개과천선을 은혜로이 허락하소서.

기도문을 인도해가는 마테오의 목소리는 나직하고 의젓했다. 그를 따라서 암송하는 부녀들이나 마테오의 동생들도 결코 목청을 높이지는 않았다. 그들은 오랫동안 찬 마룻바닥 위에 앉아서 예수의 수난을 묵상하고 있었다. 그들이 십사처(十四處)에 이를 때까지 나는 종내 잠을 이룰 수가 없었다. 물론 나는 예수의 수난을 생각하고 있었던 것은 아니었다. 나는 단지 그와 같은 기도 소리를 예전에도 잠자코 듣고 있었던 기억을 되새기고 있었다. 그때에는 마테오의 어머니가 교우들을 인도하고 있었다. 마테오 어머니의 목소리는 유난히 날카로워서 그녀가 기도문을 암송할 때면 이웃집까지도 그녀의 소리가 똑똑하게 들려왔다. 그런데 그때 마테오 어머니가 자주 암송하던 기도문을 지금 나는 다시 듣고 있었다.

은총이 가득하신 마리아여, 기뻐하소서! 주께서 함께 계시니 여인 중에 복되시며, 태중에 아들 예수 또한 복되시도다! 천주의 성모 마리아여, 이제와 우리 죽을 때에 우리 죄인을 위하여 빌으소서. 아멘.

새벽녘에 나는 누가 큰 소리로 떠드는 바람에 잠을 깼다. 마테오야. 손님을 깨워라. 빨리 가서 손님을 깨우란 말여. 건넌방에서 민섭 씨가 이렇게 소리치고 있었다. 이내 마테오가 내가 있는 골방으로 들어오더니 관할지서에서 경관이 나를 찾아왔다고 말했다. 나는 옷을 주워 입고 경관이 기다리고 있다는 앞마당으로 나왔다. 경관은 자전거를 마당 한쪽에 세워놓고 민섭 씨를 상대로 무엇인가 연달아 묻고 있었다. 민섭 씨는 흡사 죄를 지은 사람처럼 몹시 불안한 표정으로 나와 경관을 번갈아 쳐다보았다. 경관은 나의 신상에 관해서 몇 가지 형식적인 질문을 해왔다. 그런 뒤에 그는 매우 실례가 되는 질문일는지 모르겠으나 손님은 이곳에 무슨 용무로 왔느냐고 물었다. 이곳은 교통 사정도 퍽 좋지 않고 숙박 시설도 전혀 없는 거나 마찬가지인 곳이라고 경관은 덧붙여 말했다. 막상 경관이 이렇게 물어오자, 나는 얼른 마땅한 대답이 나와지지 않았다. 그의 질문은 확실히 나를 난처하게 만들었다. 경관은 미처 답변을 못하고 머뭇거리는 나의 얼굴을 더욱 미심쩍다는 눈초리로 빤히 쳐다봤다. 나는 내가 거기에 대해서 반드시 답변해야 할 의무가 있는 것이냐고 경관에게 되물었다. 그러자 경관이 말했다.

손님께선 우리들의 임무수행에 가급적 협조해주십쇼. 그리고 여기는 특히 해안 지구가 돼놔서 좀 까다롭습니다.

나는 경관에게 그의 입장을 충분히 이해할 수 있겠다고 말했다. 그러나 역시 여기에 온 용건이 무엇이냐는 경관의 질문에는 얼핏 답변이 나와지지 않았다. 경관은 그렇다면 손님께서 지서까지만 동행해주셨으면 고맙겠다고 말했다.

직무상 일단 자세한 기록을 남겨둬야 하니까요. 별달리 오해는 마십시오.

그는 정말 나를 끌고 갈 작정인지 시계를 들여다보면서 나에게 동행을 재촉했다. 이때 잔뜩 겁을 먹은 얼굴로 두 사람을 지켜보고 서 있던 민섭 씨가 경관 앞으로 불쑥 다가섰다.

이분은 일부러 우리를 찾아주신 분이오. 먼 길을 일부러 예까지 찾아주셨다는 말이오.

민섭 씨는 떨리는 목소리로 이렇게 부르짖었다.

그러니까 방금 내가 어떤 용건으로 왔느냐고 묻지 않았소?

경관이 이번에는 민섭 씨를 향해 말했다. 그러나 민섭 씨의 증언이 효험을 얻었는지 경관의 표정이나 어조는 처음처럼 그다지 딱딱하지는 않았다. 그 기미를 놓치지 않고 민섭 씨는 다시 말했다.

이분은 우리를 만나보고는 곧 떠나실 거요. 용건이 무어 따로 있겠소? 이분은 정말 오늘 떠날 거니까.

민섭 씨의 우직스런 주장에 경관은 하는 수 없다는 듯 한 발자국 물러났다.

그러면 박 주사가 이 손님의 신분에 대해서 이후라도 책임을 지겠소?

민섭 씨가 그렇게 하겠다고 대답했다. 경관은 마지막으로 나에게 당신이 어제부터 이 부락에서 취한 행동은 혐의를 받기에 꼭 알맞은 것이었다. 따라서 앞으로는 그 점을 잘 알고 행동하라고 주의를 시키고는 돌아갔다.

경관이 돌아가고 불과 몇 분이 지났을 때 마테오의 사내 동생이 언덕바지 위에로 허겁지겁 뛰어 올라왔다. 집 앞에 이르자, 녀석은 몹시 숨이 가빠하며 두 눈을 자꾸만 두리번거렸다. 마침 민섭 씨와 마테오와 나는 아직까지 마당에 그대로 서 있던 참이었다.

병규야! 너 새벽부터 어딜 갔다오냐?

그 녀석을 보고 마테오가 불쑥 물었다. 그러자 병규는 당황하여 얼굴빛이 빨개졌다. 녀석은 얼른 대답하지 못했다.

이놈아! 새벽부터 어딜 갔었느냐고 네 형이 묻지 않아?

방금 경관에게 경을 치른 탓인지 민섭 씨의 표정은 한층 험악했다. 병규는 흥분하고 있는 제 아버지의 앞을 떠나려고 뒤로 몇 걸음 물러섰다. 마테오가 녀석이 달아나지 못하도록 병규의 팔목을 얼른 붙잡았다.

네가 지서에 갔었지? 바른 대로 말해봐.

마테오가 아우의 얼굴을 빤히 들여다보며 타이르듯이 말했다. 병규는 나를 힐끗 쳐다봤을 뿐 여전히 입을 열지 않았다. 옆에서 그 모양을 지켜보던 민섭 씨의 얼굴빛이 창백해졌다.

이놈이 한 짓입니다. 이걸 어떻게 한다? 손님에게 미안해서 이걸 어떻게 하냐고?

민섭 씨가 나를 똑바로 쳐다보지도 못하고 혼자서 쩔쩔매고 있었다. 위장이 약한 아이처럼 비쩍 마른 마테오의 동생은 허기져 보이는 눈으로 나의 반응을 열심히 지켜보았다. 그 아이의 눈빛은 방 안에서 처음 만났을 때처럼 여전히 손님을 경계하고 있는 눈빛이었다.

네가 그러지 않았지? 그럼 그렇다고 형에게 말해.

나는 병규의 한쪽 손을 잡으면서 말했다. 나는 다시 민섭 씨를 향해 가령 이 아이가 제보했다고 하더라도 그게 나쁜 일은 아니라고 말했다. 그러나 민섭 씨의 노여움은 풀리지 않았다.

이놈아! 누가 널더러 그런 짓을⋯⋯.

그는 더 참지 못하고 거의 울먹일 듯한 목소리로 버럭 소리치며 마당가에 뒹구는 막대기를 주워 들고 병규에게로 다가섰다. 나는 얼른 민섭 씨의 소매를 붙잡았다. 바로 이때 뒤란 쪽에서 영애가 앞마당으로 나왔다. 이미 동이 훤히 터 있었으므로 그녀의 얼굴을 나는 똑똑히 볼 수 있었다. 영애는 미란이를 안고서 약간 멈칫멈칫 하면서 내 앞으로 다가왔다. 그러고는 모기 소리만 한 목소리로 다짜고짜 용서해달라고 나에게 말했다. 물론 병규에 관한 얘기겠지만 나는 그녀의 말을 곧이곧대로 받아들일 수 없었다.

무엇이라고? 무엇이라고 했어?

뜻밖에도 나는 퉁명스럽게 그녀에게 반문했다. 나는 뒤늦게 화가 난 사람처럼 그녀를 한동안 노려보다가 영애로부터 미란이를 거칠게 빼앗아서 두 팔로 꼭 껴안았다.

그날 아침 나는 양일 부락을 떠났다.

계절

수업이 끝나자, 학생들이 복도로 우루루 몰려나갔다. 중학교 일학년 아이들은 휴식 시간만 되면 마치 고삐에서 풀려난 놈들처럼 유달리 소란을 피워댔다. 녀석들이 거의 자리를 떠난 다음에야 기요는 책과 백묵통을 들고 천천히 교단에서 내려왔다. 그는 방금 수업 시간 중에 많이 떠들었고 유독 많은 판서를 했기 때문에 목이 칼칼하게 매말랐고 바른쪽 팔이 찌뿌듯이 저려왔다. 그렇지만 교무실로 들어가서 사환아이에게서 한 잔의 보리차를 얻어마시고 담배 한 대를 피우고 나면 이까짓 증세는 곧 사라질 것이다. 그는 다음 시간에도 수업이 있었는데 역시 유독 많이 떠들 수밖에 없는 일학년 학급의 수업이었다.

다음 시간에 수업이 있는 사람에게는 오 분의 휴식 시간이 아주 짧게 느껴졌다. 기요는 부리나케 교무실로 돌아와 먼저 사환아이에게서 보리차를 얻어마신 다음에 곧 자기 자리에 가서 앉았다. 그는 다음 수업의 교재 준비를 제쳐놓고 우선 책상의 서랍 속에서 담배와 성냥을 꺼냈다. 교재를 간추리는 일은 천천히 담배를 피워가면서 하여도 늦지 않은 것이다. 기요는 늘 그렇게 해왔다. 그가 담배를 입에 물고 막 성냥을 켜려고 했을 때 두 명의 남자가 교무실로 성큼성큼 들어왔다. 앞에 선 사람은 서른댓 살쯤 되어 보였고 뒤에 따라오는 사람은 스물댓 살쯤 되어보였다. 성냥을 켜려다 말고 기요는 낯이 선 그 두 사람을 넌지시 지켜보았다. 이때 앞에 선 사람의 눈길과 기요의 눈길이 잠깐 서로 마주쳤다. 그 사람은 손님치고는 다소 무례할 만큼 딱딱하게 굳은 표정으로 기요의 얼굴을 바라보았으나 기요는 별로 개의치 않고 한동안 그 사람을 마주 쳐다보았다. 교무실에는 각종의 직업에 종사하는 부형들의 낯선 얼굴들이 하루에도 몇 차례나 나타난다. 따라서 교사들은 이런 풍경에는 비교적 익숙했다.

어느 분이 김기요 선생입니까?

앞에 선 사람이 여전히 기요의 얼굴에서 눈길을 거두지 않은 채 마치 자기 아이의 담임선생을 찾는 듯한 어조로 물었다.

제가 김입니다.

기요는 입에 물고 있던 담배를 얼른 책상 위에 내려놓고 자리에서 벌떡 일어섰다. 그는 흔히 그렇게 해왔듯이 선 자리에서 허리를 약간 굽히면서 매우 부드러운 어조로 그 사람에게 물었다.

실례지만 누구의 부형 되십니까?

앞에 선 사람은 기요의 물음에는 대답하지 않은 채 다시 기요에게 물어왔다.

당신이 김기요입니까?

그렇습니다. 제가……

그렇다면 이쪽으로 좀 나와주십시오.

기요의 대답이 채 끝나기도 전에 그가 교무실 바깥을 손으로 가리키며 재빨리 말했다. 기요는 무심코 그 사람의 말에 따랐다. 교무실로 처음 찾아온 부형들 중에는 성격이 몹시 괴팍스런 사람이 있었다. 어떤 사람은 자기 부하를 다루듯이 자기 아이의 선생을 다루었고 어떤 사람은 질이 나쁜 세리를 바라보듯이 아주 불쾌한 표정으로 선생을 보았다. 그들이 복도로 나왔을 때 복도에는 왁자지껄 떠들어대는 아이들이 한창 붐비고 있었다. 세 사람은 한동안 거기에 멈춰 서서 머뭇거렸다.

여기서 제일 조용한 방이 어딥니까?

역시 나이가 많은 남자가 기요를 돌아다보며 물었다.

교장실이지요.

기요는 무심코 대답했다.

마침 잘 되었군. 우리는 그분도 만나뵈어야 하니까.

그 남자는 교장실로 자기들을 안내하라는 듯이 기요를 쳐다보았다. 기요는 잠깐 망설였으나 이내 그들을 교장실로 데리고 갔다. 기요는 그 남자가 하필이면 '가장 조용한 방'을 찾는 것이 얼핏 의아스러웠지만 왜 그런 곳을 찾느냐고 묻지는 않았다. 교장실에는 마침 방의 임자가 잠깐 자리를 비우고 있었다.

기요는 우선 그들에게 소파의 자리를 권했다.

괜찮아요. 우리는…….

나이가 많은 남자는 손을 휘저으며 사양했고 한편으로는 안 호주머니에 손을 넣어 조그만 수첩을 꺼냈다. 그는 수첩을 펼치며 기요의 코밑으로 바짝 내밀면서 말했다.

우리는 여기서 왔습니다.

기요는 그 남자가 내미는 수첩을 얼핏 보았으나 졸지에 눈이 어찔어찔해서 그것이 무엇인지 확실히 알아내지 못했다. 젊은 남자는 자기 선임자의 뒤편에 우두커니 서서 기요의 일거일동을 자세히 지켜보고 있었다.

이제 알겠소?

나이가 많은 남자가 수첩을 거둬들이면서 넌지시 물었다. 기요는 그의 수첩을 분명하게 확인하지는 않았으나 가만히 고개를 끄덕였다. 그는 잠시 동안 꼿꼿하게 서서 창 바깥을 바라보았다. 교장실 창 바깥에는 조그만 화단이 있었고 그 화단에는 지금 초여름 오후의 뜨거운 햇살이 한창 내리쬐고 있었다. 작은 완상목들과 꽃나무들은 요즈음 자라는 속도가 더욱 빨라지고 있었다. 이맘때에는 누구든지 자기의 일을 새롭게 시작하려는 의욕을 느끼는 것이라고 기요는 문득 생각했다. 벌써 수업이 시작되었는지 교사(校舍)의 주위가 조용했다. 그는 얼떨결에 수업 시간을 알리는 종소리도 듣지 못하고 있었다. 이미 수업이 시작되었다면 서둘러서 담당한 교실로 돌아가야지. 버릇처럼 이런 조바심이 고개를 쳐들었지만 기요는 서 있는 자리에서 한 발자국도 움직이지 않았다.

김 선생님, 어디 계십니까?

사환아이가 서무실로 들어와서 그를 부르는 소리가 들려왔다.

수업이 시작되었는데 어디로 가셨지?

대답 소리가 없자 답답한 듯 이렇게 혼자서 중얼거렸다.

제가 나가서 말해주고 오겠어요.

선임자를 향해 이렇게 말하면서 기요가 막 걸음을 옮기려고 하자, 뒤에 서 있던 젊은 남자가 갑자기 기요의 앞을 가로막았다. 그는 그의 선임자보다 한층 긴장된 표정으로 기요를 쏘아보며 몹시 거칠게 말했다.

지금부터 당신은 우리 허락 없이 꼼짝도 하면 안 된다구.

그렇지만 다른 사람이라도 수업에 들여보내야 할 게 아닙니까?

기요는 억지로 웃어보이며 나이가 많은 남자에게 말했다. 그 남자는 기요의 말에는 아무런 대꾸도 하지 않고 자기 동료를 돌아다보며 말했다.

역시 이 기관의 책임자에게 얘기는 하고 가야겠지?

교장이 지금 없는데 어떻게 기다리죠? 상사님, 까짓거 그냥 갑시다요. 아냐. 얘기는 해두는 게 뒤에 탈이 없다구. 교장 선생은 어디 가셨수? 상사라고 불린 남자가 기요를 쳐다보았다.

확실히 모르겠는데요. 그러나 바쁘시다면 서무과에 얘길 해도 괜찮겠지요.

그럼 내가 서무과에 갔다오겠으니 넌 여기서 기다리고 있어.

상사는 젊은이에게 당부하고 교장실과 이웃하여 있는 서무실로 갔다. 그가 자리를 비운 사이에 두 사람은 한마디도 나누지 않고 묵묵히 서 있었다. 이 분쯤 지난 뒤에야 상사가 서무계 서기와 함께 다시 나타났다. 서무계 서기는 매우 마땅치 않은 듯한 표정으로 기요에게 대뜸 물었다.

아니, 이분들이 왜 김 선생님을 데리고 가는 겁니까?

이분이 방금 말씀하지 않았는가요?

상사를 눈으로 가리키며 기요가 말했다.

이분 이야기는 데리고 가야겠다, 단지 그 말뿐인데요.

그럼 선생이 간단히 말해주시오.

상사가 기요에게 퉁명스럽게 말했다.

기요는 그러나 아무런 얘기도 할 수가 없다. 그는 갑자기 벙어리가 되어버린 사람처럼 멍청한 표정으로 늙은 서무계 서기를 바라보고 있었다.

잠깐 사이에 기요의 이마에는 식은땀이 배어났다. 그는 서무계 서기를 속일 생각은 털끝만큼도 없었으나 장소가 장소이고 그리고 이 늙은 서기가 이 상태에 관해서 아무것도 모르고 있었기 때문에 돌연하게 그 얘기를 꺼내기가 어려웠다.

하여튼 제가 갔다와서 말씀드리죠.

기요가 간신히 이렇게 말하자, 눈치가 빠른 서기는 금방 기요의 심중을 알아차렸다.

그럼 잘 다녀오십시오. 제가 교장 선생께도 말씀드리지요.

서기는 일에 쫓기고 있다는 듯 곧 서무실로 돌아가버렸다.

상사님, 이제 갑시다.

젊은 남자가 뒤 호주머니에서 수갑을 꺼내면서 서둘러댔다. 그가 들고 있는 수갑은 유리창을 통해 비껴드는 햇살에 비치어 허옇게 번쩍거렸다. 그 강철의 수갑을 쳐다보면서 기요가 떠듬떠듬 말했다.

절대로 도주하지 않을 테니까 그냥 이대로 가십시다.

상사가 화가 난 얼굴로 기요를 쏘아보았다.

누구 맘대로 그렇게 하겠다는 거야? 오 년이나 도주하고 다닌 사람 말에 우리가 속을 줄 알고?

그는 큰 웃음을 치면서 빨리 수갑을 채우라고 눈짓했다.

우리가 이정도로 대우하는 것을 고맙게 아쇼, 응. 우리는 선생에게 신사적으로 하고 있는 거요.

젊은이가 기요의 앞으로 다가와서 수갑을 내밀며 말했다. 기요는 순식간에 머리가 뜨겁게 달아올랐다.

아이들 앞에서 내 꼴이 뭐가 됩니까? 학교를 벗어난 다음에 채워주시오.

기요는 두 남자를 바라보며 부르짖듯이 말했다.

홍, 체면은 알고 있는 친구로구먼. 그러니까 제자들 앞에서는 곤란하다 이 말씀인가.

상사가 몹시 당황하고 있는 기요를 쳐다보며 빈정거렸다.

우리가 특별히 당신에게 가혹하게 구는 것이 아니고 이제는 누구라도 마찬가지요. 절대 당신 편할 대로 해줄 수 없어요.

젊은이가 수갑을 쳐들어 보이며 완고하게 말했다.

절대 도주하지 않을 거요. 나는 전부터 이미 각오하고 있었다구요. 오년 동안 도주하고 다녔다고 말하지만, 나는 한 번도 스스로 피해본 일은 없어요. 당신들이 나를 찾아내지 못했을 뿐이지.

기요는 흥분을 가라앉히면서 나직하게 말했다.

그러면 우리가 당신 사정을 특별히 봐주겠소. 일단 학교를 벗어날 때 까지는 수갑을 채우지 않겠소. 그러나 혹 엉뚱한 생각일랑 아예 하지 마쇼.

상사가 이렇게 말하고 먼저 교장실 밖으로 걸어나갔다. 세 사람이 복도로 나왔을 때 복도에는 사람이 하나도 보이지 않았다. 그들은 긴 복도를 지나서 현관으로 나왔다. 그들이 현관 바깥으로 막 나오려고 했을 때 뒤에서 수업계 담당 교사가 헐떡이며 쫓아나왔다.

김 선생, 오후에 두 시간이 더 있는데 어떻게 하시겠소? 금방 돌아오신다면 그대로 두겠지만, 그렇지 않으면 대책을 세워야 하니까요.

오늘은 수업하기 어렵겠는데요.

기요는 웃어보이며 수업계 담당 교사에게 말했다.

졸지간에 손님이 오셨기 때문에 딱하게 되었군요.

그러나 한 시간 정도면 돌아오실 수 있지 않겠어요? 무슨 그렇게 긴 애기가 있습니까?

도수 높은 안경을 쓰고 있는 수업계 담당 교사가 옆에 서 있는 두 사람을 힐끗 쳐다보았다.

하여튼 제가 가급적 빨리 돌아오도록 노력하지요. 그럼 수고 좀 하십시오.

기요는 서둘러서 말끝을 맺었다.

교문을 빠져나오자, 기요는 한층 흥분이 가라앉았다. 길을 걸을 때는 상사와 젊은이가 기요의 양편에 나란히 서서 걸었다. 그들은 한 발자국도 앞서거나 뒤로 처지지 않고 매우 신중하게 기요의 옆에 붙어서 걸어갔다.

버스로 갈까요? 상사님.

젊은이가 상사에게 물었다.

가만 있어. 우선 어디서 수갑을 채우고 가야지.

상사는 주위를 두리번거리며 말했다. 그들은 이미 번잡한 거리로 나와 있었기 때문에 수갑을 채우는 데 마땅한 장소가 얼핏 눈에 뜨이지 않았다.

이 근처에 파출소가 있으면 좋겠는데.

이 근처에 파출소가 없습니까?

여기서 이백 미터쯤 걸어가면 있지요.

기요가 행길 저쪽을 턱으로 가리키며 대답했다.

갑시다, 거기로.

상사가 말하고 다시 걷기 시작했다. 두 사람은 여전히 기요의 양쪽에 꼭 붙어서 걸었다. 그들은 이렇게 신중한 동작이 이미 몸에 배어 있는 것처럼 보였다.

그런데 그동안 쭈욱 어디에 숨어 있었소?

상사가 약간 부드러운 말투로 기요에게 물었다.

나는 특별히 내가 숨어 있었다고 생각하지는 않습니다. 다만 당신들이 나를 찾아내지 못했을 뿐이지요.

하하, 이 친구 뱃심이 보기와는 다르구먼. 그러니까 내가 떳떳하게 돌아다녀도 너희들이 감히 나를 찾아내겠냐 이 말이군. 이거 보쇼, 우리가 오 년 동안 당신을 줄곧 찾고 있었다는 사실을 알고 있소?

기요는 묵묵히 걷고만 있다가 한참만에 힘없이 말했다.

그 기간은 내게도 아주 지루했지요. 언제쯤 이런 때가 올 줄은 알고 있었지요. 이제 그때가 왔으니까 차라리 마음이 편하군요.

당신은 왜 군대를 걷어차고 나가버렸소? 더구나 장교 신분을 가졌던 사람이. 군인이 싫어졌소? 싫어졌다면 정당하게 나가는 길도 있었지 않소.

그때 상황으로는 어쩔 수가 없었죠. 군인이 싫다거나 좋다는 그런 이유 때문이었다면 정당하게 빠져나올 기회도 있었겠지요. 그러나 그때 내가 튀어나오게 된 것은, 아니, 이야기가 길어지니까 관두겠소.

그럼 그 이야기는 두었다가 검찰관 앞에 가서 하쇼. 우리는 당신을 데리고 가는 것이 임무이니까.

파출소 앞에까지 와서 그들은 멈춰 섰다. 상사가 먼저 파출소 안으로 뚜벅뚜벅 걸어들어갔다. 경관 한 사람이 사무실 입구에 앉아서 무엇인가 끼적이고 있다가 머리를 들고 상사를 쳐다보았다. 상사는 안 호주머니에서 조금 전에 기요에게 보여줬던 수첩을 꺼내서 경관에게 살짝 보여주며 뭐라고 간략하게 말했다. 경관은 잘 알겠다는 듯이 곧 머리를 끄덕였다. 상사가 뒤를 돌아다보며 파출소 안으로 들어오라고 손짓했다. 이때 젊은 남자가 갑자기 기요의 한쪽 팔을 붙잡고 파출소 안으로 떠밀고 갔다. 혼자서 파출소를 지키고 있던 경관은 별다른 흥미도 없다는 듯이 매우 덤덤한 눈길로 그들의 거동을 지켜보았다. 기요는 얼떨결에 두 손을 모아서 앞으로 내밀었는데 젊은 남자가 기요에게 바른쪽 팔은 필요하지 않다고 말했다. 젊은 남자는 뒤 호주머니에서 수갑을 꺼내더니 한쪽은 기요의 왼쪽 팔에 채우고 한쪽은 자기의 오른쪽 팔에 채웠다. 그때 기요는 왼쪽 손가락에 아직까지 백묵가루가 허옇게 묻어 있는 것을 보았다. 그는 미처 손을 씻고 나올 겨를도 없었던 것이다.

훈장은 역시 별수가 없군.

백묵가루가 묻어 있는 그 손을 보고 상사가 말했다. 젊은 남자도 기요의 왼쪽 손을 한 번 힐끗 쳐다보고 다시 기요의 얼굴을 쳐다보았다. 그는 기요에게 무슨 말을 할 듯하다가 곧 입을 닫아버렸다. 그들은 파출소에서 나와서 다시 행길을 천천히 걸었다. 이제 상사는 기요의 옆에 바짝 붙어서 걸을 필요가 없었다. 상사는 두어 발자국 앞서 걸어갔고 젊은 남자만이 어쩌는 도리 없이 기요와 나란히 걸어갔다. 그 남자는 행인들의 시선으로부터 두 사람의 팔목에 채워진 수갑을 감추느라고 기요에게 더욱 가깝게 붙어서 걸었다. 특별히 주의를 기울여 보지 않는다면 그들 두 사람이 사슬로 서로 연결되어 있다는 것을 쉽게 알아차릴 수는 없었다.

남자라면 이런 경험도 한 번쯤 있어야지요.

바짝 옆에 붙어서 걷고 있는 젊은이가 어색하게 웃어보이며 말했다. 그는 이제 상대방이 도주할 염려가 없어졌기 때문에 마음이 놓이는 모양이었다. 기요는 그가 위로 삼아 하는 말에 아무런 대꾸도 하지 않았다.

교원 생활을 오래 했소?

젊은이가 나지막한 소리로 다시 기요에게 물었다.

몇 년 되지요.

기요는 덤덤하게 대답했다. 표정이 몹시 딱딱하던 그 젊은 남자는 한결 부드러운 눈초리로 기요를 돌아다보았다.

아까는 사실 나도 혼났수다. 이 생활이 벌써 몇 년째지만 그런 경우는 처음이었다구요.

어떤 경우 말인가요?

나도 고등학교 나온 지 몇 년 안 되거든요. 아까 복도에서 수업 끝나기를 기다릴 때는 참 난처했지요. 그것 참 못할 짓이던데요.

앞서 가던 상사가 뒤돌아보며 젊은 남자에게 물었다.

야, 김 병장. 너 여기서 파견대까지 몇 킬로쯤 되는지 알어?

글쎄요. 직코스로 가면 십 킬로쯤 되겠지요.

그럼 택시로 가자.

상사는 마침 그들의 옆에 와서 손님을 내려놓고, 곧 떠나려고 하던 택시를 잡아 세웠다. 김 병장과 기요가 먼저 뒷좌석으로 올랐다. 기요는 가운데에 앉았고 상사와 병장이 기요의 양쪽에 각각 앉았다.

운전사 양반. 대방동까지 직코스로 가는데 말이지, 한번 최고 속도로 뽑아보쇼.

상사가 마치 부하에게 지시하는 사람처럼 운전사에게 말했다.

속도 위반에 걸리면 댁에서 책임지실 거요?

운전사가 돌아다보지도 않고 볼멘소리로 투덜거렸다.

그러면 우리가 시방 드라이브나 하는 사람들같이 보이우?

상사가 짓궂게 다시 말했으나 운전사는 더 대꾸하지 않고 차를 몰았다. 택시는 수색 정거장 광장을 지나서 새로 포장된 널따란 도로로 들어섰다.

이 도로는 신촌 방향으로 뻗어 있었다. 시가지를 벗어나면서부터 차의 속도가 빨라지자 반쯤 열어둔 차창을 통해 시원한 바람이 비껴 들어왔다. 그들은 잠깐 동안 도로 주변에 새로 조성되는 주택 지구를 바라보느라고 말이 없었으나 병장이 곧 그 침묵을 깨뜨렸다.

학교로 다시 돌아갈 수는 없을 텐데 어떻게 할 참이요?

그는 정말 딱하다는 표정으로 기요를 돌아다봤다.

나도 알고 있어요. 그러나 불가능하다는 것은 알고 있지만 만약 돌아갈 수가 있다면 꼭 돌아가고 싶은데요.

기요는 똑바로 앞을 보면서 헛소리처럼 중얼거렸다.

당신 얘길 듣고 보니까 우리들이 영락없이 악당들이 되었는데.

상사가 한숨을 쉬고 나서 말을 계속했다.

하기야 우리들이 찾아내지 못했다면 당신은 당분간 무사하게 교육자 노릇을 할 수가 있었겠지. 그러나 우리는 이것이 직업이고 잘못은 우리보다 당신에게 더 많은 거요. 당신은 좌우간 군대의 법을 어겼으니까.

꼭 불가능하다고만 말할 수는 없죠.

병장이 다시 기요에게 말했다.

나중에 재판받을 때 검찰관이나 심판관에게 잘 말해보쇼. 혹시 아우?

정상 참작이란 것도 있으니까.

야, 임마 금년부터는 군기가 더 엄해져서 그런 것 없다구.

상사가 병장의 억측을 한마디로 부정했다.

오랫동안 무사했지만 결론적으로 당신은 운수가 좋지 않은 사람이라구. 하필이면 금년에 와서 붙잡힐 건 또 뭐야. 정말 금년부터 군기가 훨씬 엄해졌다 이 말이오. 작년에만 붙잡혔더라도 혹 모를 텐데. 거기 가보면 내 말이 사실인지 아닌지 곧 알 거요.

상사는 몇 번이나 혀를 차면서 안타까운 표정을 지어보였다.

사실은 나도 입대했던 첫 해에 도망친 일이 있었죠. 두 번씩이나 부대에서 이탈했다가 붙잡혀가지고 되게 혼이 났죠.

병장이 무슨 자랑처럼 그의 경험담을 털어놓았다.

정말 그때는 선임자들 등쌀에 하루도 배겨내지 못할 것만 같았다구요. 에라 될 대로 되어라. 어디 가서 술이나 잔뜩 마셔버릴까 부다. 하루에도 수십 번 이런 생각이 솟구쳤지 뭐요.

야, 임마. 말도 말아. 네 따위는 인제 겨우 시작이야. 나는 이 생활이 십 년째야. 입에서 썩은 냄새가 풀풀 나오는 지경이라구.

상사가 가소롭다는 표정으로 병장을 건너다보았다.

누구나 좋아서 하는 놈은 없다 이거야. 너나 나나 그리고 이 양반까지도. 이 양반은 싫다고 걷어차고 나가버렸지만 그러나 이 양반도 비록 본의는 아니겠지만 다시 돌아오고 있으니까 마찬가지 입장이지.

어때, 교원 생활은 재미가 좋았소?

상사는 담배를 꺼내 입에 물고 나서 기요에게도 담배를 권했다. 기요가 한 대의 권련을 받아 입에 물자, 그가 라이터를 꺼내어 불을 붙여주었다. 기요는 담배를 한 모금 태우고 난 뒤에 말했다.

사실은 가르치는 일도 매일 되풀이하다 보면 지독한 고역이죠. 그러나 지금 생각은 그렇지만은 않은데요.

알 만하겠소.

상사가 기요의 얼굴을 힐끗 돌아다봤다.

나도 중학교 다니는 놈이 하나 있다우. 선생은 담당 과목이 뭣이었소?

영어요.

영어? 우리 집 그놈은 그런데 영어를 지독하게 못한단 말야. 이놈이 수학은 어지간히 하는데 말이지. 영어 공부는 어떻게 시키면 되우?

특별한 방법이 없지요. 집에서 보게끔 좋은 참고서나 한 권 사주시오.

아이구, 말 마쇼. 내가 사준 책이 열 권도 더 될 거라구. 하여튼 난 사달라는 대로 죄다 사줬으니까.

그렇게 많이 사주면 더 공부를 안 하게 되죠. 참고서는 딱 한 권이면 충분합니다.

그런가요? 무얼 알아야 면장을 해먹지.

택시가 합정동 로터리에서 강변도로로 접어들자, 차창을 통해 마포 강변이 펼쳐졌고 강변 저쪽 건너편으로 영등포 공장지대의 우뚝우뚝 솟아오른 굴뚝들이 멀리 바라다보였다. 그들은 목적지가 가까워졌다는 것을 깨닫고 갑자기 부질없는 사담을 뚝 그쳤다. 특히 기요의 양쪽에 앉아 있는 상사와 병장은 가운데 앉아 있는 사람과 그들 자신과의 관계를 새삼스럽게 깨닫고 금방 표정이 굳어져버렸다. 이때 기요는 팔목에 시계를 보았다. 벌써 오후의 두 번째 수업이 끝났을 시간이었다. 누가 나의 대리로 수업에 들어갔을까? 내가 돌연 수업에 나오지 않은 것을 알게 된 아이들의 반응이 어땠을까? 그는 비로소 그 학교의 교실과 아이들을 떠올려보았다. 그러나 그 아이들은 아직 아무것도 모르고 있을 것이다. 시간이 더 지난 뒤에도 그 아이들은 모르고 있을 것이다. 그 아이들에게 알려질 필요는 없다. 기요는 이렇게 생각했다.

대방동 어디라고 하셨죠?

제이한강교를 지나면서 운전사가 물어왔다.

○○파견대가 있는 곳을 아오?

병장이 운전사에게 다시 물었다.

네. 압니다.

그럼 됐소. 목적지는 거기요.

병장이 퉁명스럽게 말했다.

상사의 지시에 따라 택시는 파견대의 정문이 멀리 바라다보이는 지점에서 정차했다. 차에서 내린 그들은 그 길로 곧장 파견대로 향하지 않고 근처의 식당으로 들어갔다. 우리는 여태 점심도 거른 채 돌아다녔지 뭐요. 이 직업이 원래 그런 직업이라구. 맨 먼저 식당 안으로 들어서던 상사가 기요를 돌아다보며 이렇게 투덜거렸다. 그들은 이 식당에서 제일 조용한 방이라고 생각되는 맨 구석방으로 들어가 자리를 잡고 앉았다.

우리 두 사람은 간단하게 우동으로 하겠는데 댁은 뭘 드실라우?

상사가 여전히 딱딱하게 굳은 표정으로 기요를 보면서 물었다. 기요가 머리를 옆으로 흔들자, 상사가 다시 말했다.

먹기 싫어도 무어든 시키쇼. 이거는 사회에서 마지막 식사가 될 테니까 무어든 기름기 있는 걸로 시키쇼. 사실 우리는 구내식당에 가면 더 싸게 먹을 수 있지만 일부러 여기 온 거요. 내 말뜻 알겠소? 그러나 요금은 각자 부담이니까 그런 줄 아쇼.

기요는 상사의 권유를 따르기로 했다. 그가 상사에게 말했다.

그러면 나는 곰탕으로 시키겠소. 두 분도 기왕이면 기름기 있는 걸로 시키십시오. 요금은 내가 지불하죠.

이번에는 상사가 기요의 제의를 완강하게 거절했다.

그럴 필요 없어요. 우리 꺼는 우리가 지불할 거니까.

별다른 뜻은 없으니 오해하지 마십시오. 다만 내 호주머니에 지금 몇 푼 있는데, 이것은 앞으로 별로 필요하지도 않을 것 같고, 그리고 동기야 무엇이든 두 분이 오늘 나 때문에 수고하셨으니까.

기요의 옆에 앉아 있던 병장이 기요의 말을 가로막았다.

그 점에 대해서는 걱정하지 마쇼. 우리는 오늘 실적으로 우동값 정도는 보상을 받으니까요.

그러나 우리는 오늘 처음 만났고 또 헤어질 텐데 야박하게도 음식값을 지불하는 문제로 왈가왈부할 필요가 있습니까?

그거는 이 양반 얘기가 옳다. 그럼 우리도 곰탕을 시키자구.

상사가 수월하게 결론을 내렸다. 그들은 식사를 끝낸 뒤에 각각 담배를 꺼내서 입에 물었다. 이번에도 상사가 기요가 물고 있는 궐련에 불을 붙여 주었다.

부인은 있소?

병장이 갑자기 생각난 듯 기요에게 물었다.

만약에 나에게 부인이 있다면 내일쯤에는 아주 비극적인 장면이 벌어 지겠지만 유감스럽게도 나는 미혼입니다.

그거 다행이로군.

상사가 혼잣말로 중얼거렸다.

그러면 애인은 있을 거 아니오? 애인도 없소?

젊은 병장이 호기심이 가득 찬 눈초리를 기요를 쳐다보았다.

애인이 있다면 더욱 비극적이게요?

기요가 빙긋이 웃어보이며 병장에게 반란했다.

애인이 없다는 사람은 나는 또 처음 보는데?

병장은 기요의 말이 쉽사리 믿어지지 않는 모양이었다. 이때 상사가 헛기침을 두어 번 하고 나더니 자못 엄숙한 표정으로 기요를 똑바로 쳐다보았다.

이것은 어디까지나 가정이지만, 만약에 우리가 임의대로 하려고 한다면 여기서 당신을 돌려보낼 수도 있소. 아직 신고를 하지 않았으니까. 그렇게 하려면 지금이 마지막 기회지요. 하필 지금 와서 내가 왜 그 이야기를 꺼내는지, 그 이유를 나 자신도 모르겠으나 나는 처음부터 주욱 그런 충동을 느껴왔던 게 사실이오. 택시 안에서도 나는 줄창 그 생각만 하고 있었소. 당신을 우리 임의대로 돌려보낸다면 물론 우리는 군법을 어기는 것이지만 그거야 저놈하고 나하고 두 사람의 입만 꾸욱 다물고 있으면 무사하게 넘어갈 수도 있지요. 택시 안에서 내가 생각한 것은 이거요. 당신은 교사로서 국가에 훌륭하게 봉사하고 있다 이 말이요. 그런데 그런 사람을 붙잡아다 놓으면 군기는 약간 세워지겠지만 결과적으로 국가에 이득이 있는 일이냐? 이 점을 생각했던 것이오. 그러나 나의 결론은 내가 그런 것을 생각하고 결정할 입장이 아니라는 것이오. 나는 어디까지나 호송인이니까.

상사님, 너무 늦었지 않습니까?

병장이 팔목의 시계를 들여다보며 상사에게 말했다.

음, 알았어. 덕분에 잘 먹었수다. 이 다음에 언제 좋은 때가 오면 그때는 내가 한턱내겠수다.

자리를 털고 일어서며 상사가 기요에게 말했다.

파견대의 정문을 지키고 있던 위병은 세 사람이 정문을 통과할 때 그들을 거들떠보지도 않았다. 물론 두 사람에 관해서는 낯이 익었겠지만 위병은 새 손님에게조차 전혀 흥미가 없는 듯한 표정이었다. 일행이 들어간 방은 녹색 단층 건물의 어둑어둑한 방이었다. 대위 한 사람이 방 가운데에 놓여 있는 책상 앞에 앉아서 옆자리의 사병과 큰 소리로 잡담을 나누고 있다가 문을 열고 들어서는 세 사람을 쳐다보았다. 상사가 그 대위 앞으로 뚜벅뚜벅 걸어가더니 거수경례를 붙이고 절도 있는 어조로 말했다.

한 놈 붙잡아 왔습니다.

누구 말이야? 이리 데리고 와봐.

대위가 매우 번거롭다는 듯이 미간을 잔뜩 찌푸리며 말했다. 상사가 다시 뒤로 돌아와서 병장더러 잠깐 기요의 팔목에서 수갑을 풀라고 말했다. 수갑에서 풀려난 기요는 대위 앞으로 끌려갔다.

이름이 뭐지?

기요의 얼굴을 힐끗 쳐다보고 나서 대위가 물었다.

김기요입니다.

이자가 우리 기록으로 넘어온 게 언제부터지?

대위가 이번에는 상사에게 물었다.

오 년쯤 되었습니다.

오 년이라구? 그럼 징역을 오 년은 살아야겠군. 데리고 가라.

대위는 더 묻기가 귀찮은지 다시 옆자리의 잡담 상대자 쪽으로 돌아앉아 버렸다. 신고는 이렇게 간단하게 끝났다. 왼편 팔목에 다시 수갑이 채워진 기요는 그 어둑어둑한 파견 대장실에서 곧 바깥으로 끌려나왔다. 현관 앞에서 한 대의 군용 스리쿼터가 시동을 걸어놓고 그들을 기다리고 있었다. 이 차야말로 기요를 마지막 지점으로 데려다줄 호송차였다.

자, 나는 여기서 작별이오. 그쪽에 가면 우선 답변을 잘해야 됩니다.

현관에 우두커니 서 있는 기요의 잔등을 상사가 손바닥으로 두어 번 두드려주며 말했다. 기요는 상사에게 웃어보이면서 고개를 끄덕였다. 상사는 차가 출발하기도 전에 돌아서서 금방 건물 안으로 사라져버렸다.

병장과 기요, 단지 두 사람만을 적재함 위에 태운 스리쿼터는 파견대의 정문을 빠져나와 도로를 달리기 시작했다. 기요는 팔목의 시계를 다시 보았다. 이미 그 학교의 아이들은 오후의 수업마저를 끝내고 집으로 돌아갈 시간이었다.

미결감에 있는 동안이 제일 어렵다오. 건강에 제일 힘써야 할 거요.

기요와 나란히 앉아 있던 병장이 말했다. 그는 기요와 서로 수갑을 나누어 차고 있었으므로 얼핏 보면 병장 자신도 흡사 호송되어가는 죄수처럼 보였다.

여기서 그곳까지 얼마나 걸립니까?

기요가 병장에게 물었다.

십오 분 뒤면 거기 도착할 거요.

그러면 부탁이 있는데 들어주시겠소?

무어요? 무어든 말해보슈.

당신이 보았다시피 나는 아무에게도 알리지 못하고 와버렸소. 나의 어머니하고 친구 몇 사람에게 연락 좀 해주겠소?

그것은 사실 금지사항인데 그러나 내가 연락해드리겠소. 시간이 없으니까 빨리 주소를 적어주쇼.

기요는 조그만 종잇조각에다 주소와 전화번호를 적어서 병장에게 건네주었다.

이것뿐이오? 애인이 있으면 말하쇼. 나중에는 기회가 없다구요. 지금 말해주면 죄다 전해주리다.

쪽지를 받아들고 병장이 빙긋이 웃어보이면서 말했다.

내가 애인이 없다고 아까 말하지 않았소? 만약에 애인이 있다고 해도 나는 지금 그 여자에게 연락하지 않을 거요.

하하, 이 양반은 그 여자가 변심할까 봐 겁이 나는 모양이군. 그렇지만 사실이 그렇다면 그건 잘못 생각하는 거라구요. 내가 작년 여름에 잡아온 놈 이야기를 할까요. 그 녀석이 지독하게 좋아하는 여자가 있었는데 이 여자가 평소에는 그 녀석을 지독하게 싫어하다가 막상 그 녀석이 덜컥 수감되니까 교도소 문턱이 닳아지게 면회를 왔다구요.

그러니까 애인이 있다면 서슴지 말고 얘기하쇼. 나는 어디까지나 형씨에게 좋은 일 하고 싶어서 그러는 거요. 나도 이제 석 달만 있으면 제대할 텐데 그때는 이 생활도 끝이지요. 우리 상사님은 이 생활에 취미가 붙어버린 모양이지만 난 그렇지가 못해요.

그렇다면 내가 한 가지 더 부탁하겠는데 들어주겠소?

무어요? 뭐 별로 어렵지 않은 부탁이라면 힘써보지요.

기요는 잠시 동안 침묵을 지키고 있다가 가까스로 입을 열었다.

식당에서 그 상사가 왜 나에게 그런 얘기를 하였는지 당신은 그 이유를 내게 말해줄 수 있소?

그게 지금 말한 부탁이라는 거요?

병장이 난처한 표정으로 기요에게 물었다.

그렇습니다.

그것 참 어려운 부탁이군. 그러나 내가 일단 약속을 했으니까 대답을 하지요. 상사님은 언제나 신고하기 직전에 그 비슷한 얘기를 상대방에게 한다구요. 어떤 때는 정말 곧 돌려보낼 듯이 말하는 바람에 옆에 앉아 있는 나까지도 깜짝 놀랄 때가 있죠. 하지만 나도 이젠 상사님 얘기에는 면역이 되었다구요. 어때, 이만하면 대답이 되겠소?

기요는 고개를 끄덕였다. 그들이 얘기를 나누는 동안에 사람을 태운 호송차는 계속해서 차도 위를 달려갔다. 이미 저녁나절이 되어 자리에는 귀성객들의 행렬이 잔뜩 붐비고 있었다. 인도로 걸어가는 행인들이나 혹은 지나가는 버스 안의 승객들이 이 낡은 군용차의 적재함 위에 나란히 앉아 있는 두 사람을 자주 쳐다보았다. 그들은 두 사람이 무엇인가 얘기를 주고받는 모습에 더욱 흥미를 느꼈으며 특히 두 사람이 수갑을 서로 나누어 차고 있는 것을 발견한 사람은 마치 흉악범의 얼굴이 어떻게 생겼는지 알고 싶은 사람처럼 두 사람의 얼굴을 몇 차례나 거듭거듭 쳐다보았다.

청혼

그 여자는 미인이었고 특히 속눈썹이 새까맣게 바깥으로 삐져나온 그녀의 눈매는 인형의 눈매처럼 서글서글하고 또릿또릿하였다. 나비가 복덕방 영감님을 앞세우고 처음 금호동의 언덕바지로 올라왔을 때 완주집에 세든 아낙네들은 그녀의 이 빼어난 미모 때문에 그녀가 처녀인지 혹은 남의 색시인지를 첫눈에 판별해내지 못했다. 그녀의 몸매는 아주 날씬했으며 뽀얗게 상기된 그녀의 뺨은 아직도 앳된 소녀티가 엿보일 만큼 피둥피둥 하였으므로 누구나 그녀를 이미 임자가 있는 색시로 보기는 어려웠다. 이때 나비는 자주색 우단의 짧은 스커트와 하얀 바탕에 무수한 나비들이 춤추고 있는 블라우스를 입고 있었는데 이 나비의 무늬 때문에 그녀에게 이순임이란 본명이 엄연히 있음에도 불구하고 이후로 아낙네들은 그녀를 나비라고 부르게 되었다.

완주집의 마당으로 들어선 나비는 그만한 나이로는 지나칠 정도로 행동거지가 의젓하였다. 비좁은 마당에는 칠팔 세대의 조무래기들이 가득이나 모여들어 법석을 피우고 있었고 마당 여기저기에 미처 치우지 못한 연탄재와 쓰레기더미들이 가득가득 쌓여 있었으나 그녀는 조금도 얼굴을 찌푸리거나 복덕방 영감님에게 투정을 부리지 않았다. 복덕방 영감님이 방을 내놓기로 작정했던 땅콩장수네 방을 손으로 가리키자, 나비는 두 말도 하지 않고 땅콩장수네 방 앞으로 사뿐사뿐 걸어가더니 조심스럽게 방 안을 들여다보았다.

여름살이가 아주 편리한 집이요. 그리고 특히 이 집에서는 주인의 간섭이 없다구요. 누구든지 제멋대로 살 수 있다 이 말입니다.

복덕방 영감님이 이렇게 너스레를 떨었지만 나비는 별다른 대꾸도 하지 않고 소리 없이 빙그레 웃어보이기만 하였다. 종내 한마디도 하지 않은 나비가 땅바닥을 묵묵히 내려다보며 다시 마당 바깥으로 걸어나가자 완주집의 아낙네들은 저마다 그러면 그렇지, 저 아리따운 아가씨가 천장이 사뭇 낮고 곰팡내가 물씬 풍겨나오는 땅콩장수네 방으로 들어올 까닭이 없다고 머리를 끄덕거렸다. 그러나 완주집의 마당을 채 벗어나기 전에 잠깐 걸음을 멈춘 나비는 뜻밖에도 복덕방 영감님에게 자기가 그 방으로 이사해오겠다고 말했다.

며칠 뒤에 나비는 조촐한 화장대 하나, 장롱 하나, 트렁크 두 개, 이렇게 간단한 살림도구를 거느리고 땅콩장수네 방으로 들어왔는데 이때만 해도 나비에게 딸려온 가족이 한 사람도 없었기 때문에 사람들은 그녀를 처녀라고 믿을 수밖에 없었다. 일단 짐을 옮겨온 뒤로 며칠 동안 그녀는 이상스럽게도 바깥출입을 전혀 하지 않고 있는 눈치였다. 그녀는 방문을 안으로부터 꼭 걸어놓고 종일토록 방 안에만 갇혀 있었으며 나비의 방 안에서는 전혀 인기척조차 들려오지 않을 지경이었다. 그녀가 그렇게 방 안에만 갇혀 있는 며칠 동안에 과연 끼니를 제대로 때웠는지도 의문이었다.

도무지 영문을 모르는 완주집의 몇몇 아낙네들은 나비의 방 문 앞에서 서성거리면서 고개를 갸우뚱거렸으나 나비의 방문은 좀처럼 열리지 않았으며 그녀의 방 안으로부터는 여전히 부시럭대는 소리조차 들려오지 않았다.

그런데 나비에 관한 모든 궁금증이 쉽사리 풀려지는 기회가 곧 와버렸다. 나비에게는 임자가 있으며 더구나 그 임자와의 사이에 낳은 옥동자까지 있다는 사실이 며칠 뒤에 밝혀졌던 것이다. 나비의 임자인 문 씨는 나비가 금호동으로 옮겨온 뒤로 거의 일주일이나 지났을 때에야 이 언덕바지에 나타났다. 그는 밤이 이슥해졌을 때 거나하게 취해가지고 마치 개선장군이나 되는 것처럼 시끄럽게 콧노래를 부르며 완주집의 마당으로 들어왔는데 그가 그렇게 떠들면서 들어왔기 때문에 사람들은 나비에게 웬 사나이가 찾아왔다는 사실을 금방 알아버렸던 것이다. 문 씨의 콧노래 소리가 마당에서 들리자마자, 여태까지 꼭 잠가진 채 도무지 열릴 줄 모르던 나비의 방문이 벌컥 열렸고 나비가 나는 듯이 마당으로 뛰쳐나왔다.

아이구머니나.

문 밖으로 뛰쳐나오며 나비가 기쁨에 겨워 얼떨결에 이렇게 부르짖는 소리를 사람들은 분명히 들었다.

좀 조용해요, 글쎄. 창피하니깐.

문 씨의 어깨를 부축하고 방 안으로 들어가며 나비가 가까스로 이렇게 말했다. 그러나 이때에도 나비의 목소리는 사뭇 떨려나왔다. 그녀는 일주일 만에 찾아온 임자 앞에서 정말 쩔쩔매고 있었다.

나비의 방 안에서는 오랜만에 사람의 말소리가 들려 나왔다.

홍이가 어디 있어?

방 안에 들어간 문 씨가 대뜸 이렇게 물었다.

친구 집에 잠깐 맡겨뒀어요.

뭐라구? 내 아이를 남의 집에 맡겼다구?

나비의 대답에 문 씨는 버럭 화를 냈다. 그의 어조로 견줘보면 그는 나비의 대답 때문에 취기에서 퍼뜩 깨어난 것 같았다.

이것아! 뭣 땜에 홍이를 남한테 맡겼다는 말이지? 빨리 대답해봐. 이것아.

문 씨는 불안해서 견디지 못하겠다는 듯이 방문 밖에서 누가 듣건 말건 버럭버럭 고함을 쳤다.

이사할 때 손이 모자랐단 말예요. 자기는 무얼 하구서 들여다보지도 않구서는.

나비가 기어드는 목소리로 간신히 말대꾸를 하였으나 문 씨는 듣는 척도 하지 않고 다시 큰 소리로 떠들었다.

당장 지금 가서 데리고 와, 홍이를 데리구 오라구. 그러지 못하겠으면 내가 가서 데리구 오겠어. 그 집이 어디야? 집만 가르쳐주면 내가 가서 데리구 오겠단 말여.

지금이 몇 신데 그래요? 내일 새벽에 가서 데리구 오겠어요. 염려 말아요. 틀림없이 새벽에 데리구 오겠다고 약속해요. 어이구, 그래도 자기 새끼는 누가 빼앗아 갈까 봐 되게 겁은 나시는가보군.

내가 어쨌나? 내가 홍이의 애비로서 어쨌단 말여?

나비가 홍이를 내일 새벽에 데리고 오겠다고 약속하는 바람에 마음이 누그러진 듯한 문 씨가 금방 부드러워진 말투로 이렇게 지껄였다. 그러자 나비가 갑자기 훌쩍거리기 시작했다. 갑자기 폭발한 그녀의 울음소리는 나비가 남이 듣지 못하게끔 소리를 죽이느라고 몹시 애쓰는 기색이 역연하였으나 어쩔 수 없이 마당으로 흘러나왔다. 얼떨떨한 문 씨는 나비의 등을 토닥거리며 몇 번 울지 말라고 말하는 것 같았으나 나비는 더욱 격하게 훌쩍거리면서 이따금 문 씨에게 비슷한 내용의 말을 되풀이해서 말했다.

이렇게 손님처럼 찾아올려거든 아주 발길을 딱 끊어줘요. 나는 홍이하고 살겠어. 기다리는 데 지쳐버렸단 말이야. 아주 발길을 끊어준다면 홍이하고 난 살 수 있단 말야.

그러게 내가 약속하지 않았냐 말야. 이거 봐, 벌써 그 약속 잊어먹었어? 홍이가 두 살만 되면 내가 작정을 하겠다던 약속을.

나비의 투정 끝에 문 씨가 제법 구수한 목소리로 이렇게 말하였으나 나비가 다시 문 씨에게 앙칼지게 쏘아붙였다.

거짓말 말아요. 난 임자의 엉큼한 속셈을 벌써 다 알구 있다구. 그래서 홍이를 일부러 빼돌렸단 말야.

뭐라구? 홍이를 일부러 빼돌렸다구?

나비의 말에 문 씨는 기겁하게 놀라며 다시 소리를 버럭 질렀다. 한동안 나비의 방에서는 두 사람의 격한 입씨름이 그치지 않았는데 이 야릇한 한밤의 소란 때문에 나비와 문 씨 사이가 어떤 관계라는 사실이 완주집에 세든 아낙네들에게 백일하에 밝혀졌던 것이다.

밤사이에 문 씨가 나비를 어떻게 구슬러놓았는지는 알 수 없지만 하여튼 다음 날 아침에 나비의 방으로부터는 여릿한 아이의 울음소리가 들려나왔다. 나비가 간밤에 문 씨에게 약속한 대로 새벽녘에 홍이를 데려온 게 틀림없었다. 난데없이 들려온 아이의 울음소리도 그렇지만 무엇보다 사람들의 눈을 휘둥그렇게 만든 것은 이날 아침에 나비가 완전히 다른 사람으로 돌변해버렸다는 사실이었다. 나비는 전처럼 아침이 되어도 방 안에만 틀어박혀 있거나 숨소리조차 애써 죽이고만 있지는 않았다. 그녀는 지아비를 거느린 젊은 여자가 그러듯이 이른 아침부터 행주치마를 두르고 부엌으로 나와서 그릇들을 부시기 시작했으며 쌀을 씻어서 밥을 앉혀놓고 그리고 잽싼 걸음으로 시장을 보아왔다. 완주집의 아낙네들은 일손을 놓고 나비가 처음으로 수돗가와 자기 부엌 사이를 분주하게 오락가락하는 모양을 물끄러미 바라보고 있었다. 행주치마를 두르고 조반을 마련하느라고 바쁘게 뛰어다니는 나비의 모습은 어느 때보다도 어여쁘고 앳되게 보였으므로 아낙네들은 이 나비가 중년을 바라보는 문 씨의 새끼손가락이라는 사실이 도무지 믿어지지 않았을뿐더러 그게 어쩐지 부당하고 불쾌하게까지 느껴지는 것이었다.

문 씨가 조반을 마치고 출근을 하려고 마당으로 나왔을 때 나비는 홍이를 안고 바깥으로 나와서 문 씨를 배웅하였다. 이때 완주집의 아낙네들은 문 씨를 비로소 처음 볼 수 있었는데 이 남자의 외양이 중년치고도 아주 찌그러진 못난이라는 데에 아낙네들은 다시 한 번 놀랐다. 살갗이 거무죽죽하고 이마와 볼따구니에 가느다란 주름살이 많고 키가 자기의 여자보다 작으며 거기다 허리까지 구부정한 이 남자의 외양은 나비하고는 아주 좋은 대조가 되었다. 그렇다고 이 남자에게 그런 결점들을 때우고도 남을 만큼 재물이 있어 보이지도 않았다. 나중에 문 씨라는 사내가 어느 변두리 시장에서 중고품 의류상을 벌이고 있다는 사실이 밝혀졌지만 그의 후줄근한 옷차림으로 보아 첫눈에도 문 씨가 중고품 장사치 이상으로는 보이지 않았다. 말하자면 이 남자의 어디를 보아도 그가 마누라를 둘씩이나 거느릴 만한 여유라곤 찾아볼 수 없었다.

아빠, 빠이빠이.

방문 앞에서 홍이를 안고 서 있던 나비는 애기의 얼굴을 자꾸 그 녀석의 아버지가 서 있는 쪽으로 돌려주면서 녀석의 팔목을 잡고 흔들어보였다. 문 씨의 아들이라고는 도무지 믿어지지 않을 정도로 제 어미만을 일방적으로 닮아버린 홍이는 엄마가 그럴 적마다 헤실헤실 웃으면서 짧은 다리를 자꾸만 흔들었다. 흐흐흥, 문 씨는 늙은 짐승의 울음소리 같은 웃음소리를 터뜨리면서 자기 새끼를 돌아다봤다.

아빠, 빠이빠이.

나비가 다시 홍이의 팔목을 잡아 흔들었고 애기가 헤실헤실 웃으며 짧은 다리를 흔들어대자, 문 씨는 더 참지 못하겠는지 이쪽으로 부리나케 달려와서 언저리에 까칠까칠한 수염이 돋아난 자기 입을 홍이의 볼에 대고 마구 부벼대는 것이었다.

그렇지만 나비가 흥에 겨웠던 시간은 이것으로 끝나버린 것이다. 문 씨는 그날 저녁때 이곳으로 들어오지 않았으며 다음 날 저녁때에도 이 언덕바지에 나타나지 않았다. 문 씨의 모습이 나타나지 않는 며칠 동안 나비는 다시 전처럼 방문을 안에서 꼭 걸어놓고 종일토록 방 안에서 갇혀 지냈다. 아침이 되어도 그녀는 부엌에 나오지도 않았으며 시장을 보아오지도 않았다. 다만 전날과 달라진 점이라면 이따금 나비의 방으로부터 애기의 칭얼대는 소리가 들려나온다는 것뿐이었다.

완주집 마당에 낯선 중년의 여자가 나타난 것은 문 씨가 이 집을 다녀간 뒤로 일주일쯤 지났을 때였다. 살빛이 누우렇게 떠 있고 가느다란 뱀눈

246

을 뜨고 있는 그 여자는 나이보다 사뭇 늙어보였고 퍽 약빠른 인상을 주었는데 그녀는 뒷전에 체격이 당당한 청년 한 명을 대동하고 있었다. 그 여자는 이때 마침 수돗가에 나와 있던 주리 엄마에게 다가오더니 애써 미소를 지어보이며 아주 공손한 어조로 물었다.

홍이네가 어딥니까?

자칭 사진작가의 아내인 주리 엄마는 얼떨결에 나비의 방문을 손으로 가리켰다. 주리 엄마는 문 씨보다 더 늙어 보이는 이 여자가 설마 문 씨의 본처이리라고는 까맣게 몰랐던 것이다. 나비의 방을 가르쳐주고 난 다음에야 주리 엄마는 곧 낌새를 알아차리고 자기의 경솔한 짓을 후회하였으나 이미 때는 늦어버렸다. 문 씨의 본처는 아무렇지도 않다는 듯이 아주 태연한 표정을 짓고서 천천히 나비의 방 앞으로 다가가더니 꼭 닫혀 있는 방문을 다짜고짜 주먹으로 몇 번 두드렸다. 그녀가 퍽 세게 두드렸건만 나비의 방문은 까딱도 하지 않았다.

이 문이 왜 이래?

본처는 미간을 사납게 찌푸리며 이렇게 투덜거렸는데 이때부터 그 여자의 행동거지는 별안간 거칠어지기 시작했다.

안에 아무도 없나? 문 좀 열어보라구. 거기 누구 있거든.

본처는 쇳소리 같은 소리로 버럭 고함을 치더니 이번에는 쾅쾅 소리가 나도록 주먹으로 세차게 방문을 두드렸다. 그제야 문이 한 뼘쯤 열리더니 푸석푸석 부어오른 듯한 나비의 얼굴이 나타났다. 나비의 머리 매무새는 헝클어져 있었고 그녀의 얼굴 표정은 벌써부터 겁에 잔뜩 질려 있었다. 그렇지만 이런 때일수록 미인의 얼굴은 더욱 예뻐 보이는지라 본처는 순간 자기 시앗의 아리따움에 깜짝 놀랐는지 얼핏 말문을 열지 못하고 잠시 동안 머뭇거리기만 하였다.

네가 홍이 어멈이냐?

본처가 마치 심문하는 말투로 나비에게 물었고 나비가 머리를 끄덕거렸다. 그러자, 본처는 손수 방문을 와락 열어젖히고 방 안으로 성큼 뛰어들었다.

너 이년 오늘 잘 만났다. 내가 너를 찾으려고 석 달 동안 사방천지루 헤매고 다닌 줄은 차마 모르겠지.

본처는 마당이 떠나가라고 그악스럽게 소리치며 나비에게 달려들어 대뜸 나비의 머리채를 두 손으로 그러쥐었다.

이년아, 그래 사방에 흔한 게 서방인데 꼭 남의 서방만 꿰어차야 맛이더냐?

나비는 피하려고도 하지 않았고 말대꾸도 하지 않았으며 그야말로 갈데없는 죄인처럼 본처의 손아귀에 머리채를 붙잡힌 채 방 안을 이리저리 끌려다녔다. 거의 비명이나 다름없는 본처의 악다구니와 잠에서 금방 깨어난 애기의 울음소리로 방 안은 순식간에 뒤집힐 듯이 떠들썩해졌다. 갑작스런 소란에 놀란 주리 엄마와 몇몇 아낙네들이 싸움을 말리려고 나비의 방으로 달려갔으나 본처가 대동하고 왔던 건장한 청년이 방 문지방에 떠억 버티고 서서 누구도 방 안으로 들어가지 못하도록 가로막았다.

이 여우 같은 년을 발기발기 찢어 놓아야지만 속이 씨원하겠는데 힘이 부쳐서 못하겠다.

한참만에 본처는 나비를 방 한쪽 구석에 동댕이질 쳐놓고 숨을 씨근거리며 이렇게 투덜거렸다. 한바탕 곤욕을 치러내고도 나비는 방구석에 쭈그리고 돌아앉아서 죽은 듯이 잠자코만 있었다. 문지방에 버티고 서 있던

248

건장한 청년이 방 안으로 들어가 애기를 안고 나온 것은 이때였다. 그 청년의 동작은 아주 민첩했으므로 방구석에 돌아앉아 있는 나비는 물론 문 바깥에 서 있던 아낙네들까지 그가 어느 틈에 그렇게 하였는지 몰랐을 지경이었다. 애기를 안고 방에서 나온 청년은 뒤도 돌아다보지 않고 재빠른 걸음걸이로 황급하게 마당 바깥으로 걸어나가버렸다. 일단 청년이 떠나고 나자, 본처 역시 나비 따위는 더 거들떠보려고도 하지 않고 이제 별다른 볼 일도 없다는 듯한 표정으로 허겁지겁 신발을 신더니 청년을 뒤따라 바깥으로 나가버렸다.

소동은 이 정도로 가라앉은 셈이었으나 뒤늦게야 대낮에 나비가 애기를 강탈당했다는 사실을 깨닫게 된 아낙네들 사이에는 한동안 여론이 분분하였다. 막상 피해의 장본인인 나비는 그 사실을 알고도 체념해버리는 듯이 그저 쓸쓸하게 웃었을 뿐이었지만 아낙네들은 당장 애기를 빼앗아라도 올 듯이 본처의 당치않은 처사를 욕하였고 문 씨의 박절한 태도에 분개하였다. 특히 주리 엄마의 추리에 의하면 나비는 본처에게만 당한 것이 아니라 문 씨에게 더욱 철저하게 당했다는 것이었다. 주리 엄마는 이 중년의 내외가 처음부터 아들을 얻어낼 욕심으로 문 씨가 시앗을 두기로 서로 합의를 보았을 것이며 따라서 문 씨는 본처의 묵인 아래 나비에게 출입하였을 것이라고 단정하였다. 이제 그들이 목적을 이루었으므로 그 중고품 의류업자는 여기에 다시는 나타나지 않을 것이라고 주리 엄마는 말했는데 그녀의 이 말은 그대로 적중하였다.

문 씨는 그 이후로 결코 나비를 다시 찾아오지 않았는데, 그가 발길을 뚝 끊고 나자, 나비는 무엇보다 당장 생활이 궁색해지기 시작했다. 그녀는 형편이 이렇게 되어버릴 줄은 꿈에도 생각하지 못했던 것이었고 설령 나비가 이런 형국을 미리 예감했을지라도 그녀에게는 뾰죽한 생활수단이 없었다. 며칠 동안 끼니도 제대로 꾸리지 못하고 뜬 눈으로 밤을 지샌 나비는 겨우 궁리해냈다는 게 문 씨가 남긴 헌옷가지 몇 벌을 파는 것이었다. 하지만 헌옷을 팔자 해도 나비에게는 이웃 간에 허물없이 통하는 아낙네가 없으므로 난처하였다. 나비가 주리 엄마와 새삼스럽게 자별한 사이가 될 수 있었던 것은 이 헌옷의 매매를 주리 엄마가 주선해준 데에서 비롯되었다. 주리 엄마로 말하면 이 완주집 안팎에서는 가장 문자가 많고 가장 도량이 넓은 여자였으며 남의 없는 살림에 대해서도 가장 이해성이 깊은 사람이었다. 이 여자가 남의 없는 사정에 이해가 깊은 데에는 그만한 이유가 있었다. 사실은 주리 엄마 자신이 줄타기와 같은 위태위태한 생활을 하는 처지였으며 주리네도 굶기를 먹듯이 하는 때가 더러 있었던 것이다. 한마디로 주리네의 생활은 기복이 많은 편이었다. 주리 아버지 박우길 씨는 자칭 사진작가인데 그는 일정한 수입이 없는 사내였다. 그러나 박우길 씨는 무술영화의 주연 배우처럼 허우대가 멀쩡했으며 특히 그 멀쩡한 허우대를 십분 단장할 줄 알고 있는 남자였다. 그는 쉰이 내일모레인 지금도 매일 아침 마누라의 화장대 앞에 반나절씩이나 떠억 벌리고 앉아서 자기 머리맵시를 가꾸는데 그가 일 회에 사용하는 포마드는 반 곽이나 되었다. 이렇게 어렵게 아침 화장을 마친 박우길 씨는 처남이 사줬다는 독일제 고급 카메라를 어깨에 걸치고 마당으로 나서는데 이때의 박우길 씨는 한다 하는 배우를 뺨칠 만큼 멋져보였다. 그렇지만 박우길 씨가 어떤 종류의 사진을 찍고 다니는지, 혹은 그가 찍은 사진으로 몇 번이나마 실제로 수입을 올려보았는지는 도무지 알 길이 없었다. 주리네 가족에게 밥을 먹여주는 자산은 정작 박우길 씨가 메고 다니는 카메라가 아니라 주리네의 방에 신주처럼 모셔놓고 있는 전화기였다. 남의 집 셋방을 사는 처지에 전화기는 일견 걸맞지 않는 사치품이랄 수도 있으나 주리네의 경우는 그렇지가 않았다. 박 씨는 식량이 떨어지거나 연탄이 바닥이 나면 호주머니가 비어 있더라도 서슴지 않고 가게로 찾아간다. 가게에서 그는 자기 집에 전화를 걸어 마누라를 가게로 부른다. 이때만은 주리 엄마도 그녀의 남편과 손발이 척척 맞았다. 금방 가게에 나타난 주리 엄마는 쌀이건 연탄이건 무작정 필요한 분량을 집으로 운반해오는데 상인은 자기 집에 전화를 놓고 있는 이 허우대가 멋진 남자가 설마 외상을 청해오리라고는 상상조차 못하고 물건을 내어주는 것이다. 막상 물건이 운반된 다음에 박우길 씨는 한껏 목청을 가다듬고 가게 주인에게 말한다.

당장 현금이 없어서 그러는데 저녁때나 내일 이 전화로 연락해주시오. 내가 깜박 잊어먹을지도 모르니까 꼭 연락하시오.

박우길 씨는 이런 방식으로 번번이 위기를 모면하였으며 고기가 먹고 싶으면 푸줏간에도 들렀고 아이들의 신발이 필요할 때는 신가게에도 들렀다. 그렇지만 거기에 후유증이 전혀 없다고는 할 수 없었다. 매일처럼 주리네의 방 문 앞에는 외상값을 받으러 오는 사람들이 줄을 서는 형편이었고 걸려오는 전화란 대부분이 외상값을 독촉해오는 것뿐이었다.

문 씨의 헌옷가지 매매를 주선해주는 동안에 주리 엄마는 나비가 생각했던 것보다는 훨씬 세상 물정에 어두운 숙맥이란 것을 알았고 따라서 동생뻘밖에 되지 않는 이 여자가 더욱 딱하고 애처롭게 느껴졌다. 주리 엄마가 나비에게 매우 곰살맞게 굴었기 때문에 나비는 심심하면 뻔질나게 주리네 방으로 건너갔고 주리 엄마도 허전한 나비의 방을 밤낮없이 출입하였다. 나비에게 끼니 마련이 없을 때면 그녀는 으레껏 주리네의 식탁에 한 자리 끼어 들게쯤도 되었는데, 비록 외상투성이로 차려진 불안한 식탁이긴 하지만 박우길 씨도 나비가 끼어드는 것을 별로 개의치 않는 눈치였다.

이따금 나비는 허물없는 주리 엄마 앞에서 발작적으로 훌쩍거리는 때도 있었다.

재빨리 그녀의 기분을 간파한 주리 엄마가 그따위 늙은 작자의 어디가 못 잊혀져서 그러느냐고 핀잔을 주면 나비는 눈물이 그렁그렁한 눈으로 주리 엄마를 쳐다보며 이렇게 말하였다.

그래도 그 사람이 첫 남자였는걸요.

나비는 주리 엄마에게 문 씨와 상봉하게 된 전말도 털어놓았는데 고향에서 상경했던 첫해에 그녀는 시장 모퉁이의 다방에서 문 씨를 만났다고 말했다. 나비는 그 다방의 레지였고 문 씨는 그곳의 단골손님이었다. 그런데 문 씨는 나비를 친오빠처럼 혹은 아버지처럼 보살펴주었고 나비는 거기에 그만 감복해서 결국 그 남자가 하자는 대로 하였다는 것이다.

그때에는 문 씨가 홀아비 행세를 하였다고도 나비는 말했다.

이 숙맥아, 까탄없이 호의를 베푸는 남자일수록 경계해야 한다구.

주리 엄마는 어처구니가 없다는 표정으로 나비에게 말했다.

정력강장제를 외판하고 다니는 이봉주 씨가 주리 엄마를 찾아온 것은 이 무렵이었다. 이 씨는 주리네 방에서 불과 몇 걸음 떨어진 맨 끝 방에 살고 있었으나 평소에 이 남자가 워낙 이웃들과 담을 쌓고 지내는 성미인데다 또 그가 집에 머물러 있는 기간보다 지방으로 행상을 다니는 기간이 훨씬 길었으므로 주리 엄마에게는 이 남자가 초면이나 다름없었다. 어쩌다가 마당에서 아낙네들과 얼굴을 마주칠 때에도 이 씨는 마치 금방 무엇을 훔치다가 들킨 사람처럼 고개를 옆으로 돌리고 사뭇 쩔쩔 매며 비슬비슬

비켜 지나가버리곤 하였다. 이렇게 수줍은 듯이도 보이고 한편으로는 오래 홀아비 생활을 겪어온 남자답게 음침 맞은 구석도 엿보이는 이 씨가 무슨 선물 꾸러미까지 들고 자기를 찾아왔을 때 주리 엄마는 잠시 어리둥절하였다.

주인 양반더러 잡수라고 이걸 드리세요.

이 씨는 필경 정력강장제가 들어 있을 커다란 약병을 주리네 방에 내려놓고 계면쩍게 웃었다. 순간 주리 엄마는 이자가 결국 이웃에게까지 외판 행위를 시작한 게라고 지레 겁을 집어먹고는 손을 내저으며 황급하게 그 물건을 거절했다. 이 씨가 두 번이나 이것은 거저 드리는 것이라고 말한 다음에야 주리 엄마는 그 선물을 받아들였다.

주리네 방에서 주리 엄마와 마주 앉은 이봉주 씨는 한동안 말문을 열지 못하고 몹시도 머뭇거리더니 한참만에 갑자기 청하지도 않은 자기의 외판행각 이야기를 시작하였다. 그는 이태 전만 해도 약병을 짊어지고 집을 나서면 대관절 어디로 가야 할지 막막하였다는 얘기에서부터 지금은 자기가 그 방면의 고참이 되었다는 얘기까지 몇 해 동안 그가 거쳐온 이력을 길게 늘어놓았는데 마지막에 이 씨가 특히 강조한 것은 현재의 자기 수입은 그럭저럭 생활을 꾸려갈 만한 정도에 이르렀다는 것이었다.

그렇다면 빨랑 재혼을 하셔야죠.

주리 엄마가 냉큼 이렇게 말하자, 이 씨의 얼굴 표정이 금방 환해졌다.

실은 저도 그 말씀을 여쭈려고 왔습죠. 그 여자분 말인데요.

그 여자라니, 누구 말예요?

주리 엄마가 눈을 휘둥그렇게 뜨고 이 씨를 쳐다보며 물었다. 이봉주 씨는 마흔 살이 다 된 중년 남자답지 않게 얼굴이 빨개졌으나 이제는 더 머뭇거리지는 않았다.

그 여자분 말입니다. 얼굴이 하얗고 댁에도 자주 드나드는 그 여자분. 이 씨는 사뭇 답답하다는 듯 눈을 자주 껌벅이며 열심히 말했다.

오오라, 나비.

주리 엄마는 그제야 손뼉을 탁 치며 헤실헤실 웃었다. 이 씨는 다짜고짜 주리 엄마더러 나비에게 청을 넣어달라고 부탁하였다. 주리 엄마가 그 여자가 어떤 신분이었는지 알고 있느냐고 묻자, 이봉주 씨는 그런 것은 자기에게는 아무렇지도 않은 문제라고 대답했다. 그는 나비가 자기에게 와주기로 허락만 해준다면 새로 장가를 들듯이 혼숫감도 마련할 터이고 방도 하나쯤 더 빌릴 작정이며 거기에 필요한 자금은 이미 자기의 예금통장에 적립되어 있노라고도 말하였다. 이렇게 말하는 이 씨의 눈빛에는 이미 나비라는 여자가 이 남자의 심중을 꽉 붙잡고 있다는 흔적이 역연하게 드러나고 있었다. 이 씨의 얘기를 듣고 난 주리 엄마는 자기가 이 남자의 부탁을 거절할 이유가 하나도 없다고 생각하였다. 이 씨가 부탁한 일은 말하자면 나비 자신에게도 결코 해로운 일은 아닐 것 같다. 비록 재취이기는 하지만 이번의 경우는 시앗의 자리가 아닌 당당한 본처의 자리이고, 그리고 이 씨 당자로 말하더라도 그는 생활을 꾸려갈 만큼의 능력은 갖춘 남자가 아닌가. 이 남자는 머리에 기름이나 잔뜩 바르고 늘 무슨 그럴듯한 일이라도 하는 척 뽐내고 다니는 알건달 박우길 씨하고는 근본부터 다른 남자이다. 이렇게 살려고 바둥대는 남자에게는 지어미가 반드시 있어야만 하는 법이다. 자기 남편에 대해 오랫동안 견디어왔던 지겨움 때문에 주리 엄마에게는 이 씨가 더욱 돋보일 수밖에 없었으며 따라서 그녀는 이 씨의 부탁에도 더욱 적극적으로 응하게 되었다.

주리 엄마로부터 처음 결혼 권유를 받았을 때 나비의 반응은 뜻밖에도 아주 희망적이었다. 그녀는 상대방이 몇 해 전에 상처했던 홀아비라는 것, 직업은 정력강장제의 외판 상인이라는 것을 듣고 난 다음에도 단지 그 자리가 본처의 자리이고 그리고 상대방이 새 장가를 들듯이 식을 올리겠다고 말해왔다는 이유만으로 몹시 기대를 품는 듯한 눈치였다.

언니, 정말 한 번 면사포를 쓰고 식을 올려봤음 한이 없겠어.

나비는 이렇게 솔직한 심정을 털어놓기까지 하였다. 이 틈을 놓치지 않고 주리 엄마가 말했다.

어거지루 고생 사서 하지 말구 눈 딱 감고 하는 거야. 그렇게 바지런한 남자라면 내 같으면 열 번이라도 결혼하겠다구.

주리 엄마는 여기서도 자기 남편 박우길 씨의 무능에 관해서 실컷 욕을 퍼부었고 그런 남자와 한평생을 같이 보내는 여자의 고달픔에 대하여 역설하였으며 반대로 이봉주 씨를 입에 침이 마르도록 추어올렸다.

이렇게 열을 올리는 주리 엄마는 마치 이 씨로부터 무슨 대단한 뇌물이라도 받아먹은 사람처럼 스스로도 착각될 지경이었다. 나비가 당장 뚜렷한 의사표시를 해온 것은 아니지만, 그러나 주리 엄마는 이 일은 조금 시간여유를 가지고 나비를 잘 구슬리기만 한다면 성사가 되겠다고 판단하였다. 나비의 입장에서 보더라도 그녀는 이 혼담에 응하지 않고 무작정 버티고만 있을 수는 없다. 그녀가 비록 미인이긴 하지만 나비는 지금 끼니도 제대로 꾸려나가지 못하는 처지기 아닌가. 그러니까 이 씨가 나비를 진정 원한다면 이 씨에게는 이때가 가장 좋은 기회라고도 볼 수 있었다.

그날 저녁때 이봉주 씨가 하회를 듣고자 주리네 방으로 다시 찾아왔을 때 주리 엄마는 대뜸 이 씨에게 너무 성급하게 굴지 말라고 핀잔을 주었다. 그러자, 이 씨는 자기는 다음 날 새벽에 지방으로 외판 행각을 떠나기 때문에 떠나기 전에 한번 들러본 것뿐이라고 변명하였다. 사실 이 씨는 일단 서울을 떠나면 짧게 잡아도 한 달 안으로는 서울에 다시 돌아올 수 없는 입장이었다. 그는 전라도와 경상도로, 때로는 제주도까지 이렇게 남한 땅이 좁다 하고 싸돌아다니는데 물건을 깔고 수금을 하다 보면 한 달쯤은 눈 깜짝할 사이에 지나가버린다. 이 씨는 특히 이번 행각에서 한 밑천 뽑아오려고 벼르고 있었으며 그는 그렇게 할 자신도 있었다. 그런데 떠나가 전에 나비의 어떤 언질이나마 받아둔다면 이번 행각에는 한결 운수가 트일 것이라고 그는 지레 침을 삼키기도 하였다.

미인을 얻으려거든 끈기 있게 기다려야 한다구요. 너무 조급하게 굴다 간 참새도 날아간다구.

주리 엄마의 말에 이 씨는 무조건 머리를 끄덕였다. 주리 엄마가 이번에는 귓속말로 이 씨에게 말했다.

잘하면 될 것도 같애요. 그 일은 내게 맡겨두구 임자는 그저 자금이나 두둑하게 마련해두라구요. 차질이 없게끔.

그거야 여부가 없습지요. 여부가 있을 턱이 있겠습니까.

이 씨는 너무 흡족한 나머지 엉겁결에 큰 소리로 떠들었다. 이봉주 씨는 주리 엄마의 수완을 끔찍하게 믿었고 주리 엄마의 이 언질이 거의 성사를 약속하는 거나 다름없다고 단정했다. 그래서 다음 날 이른 아침 지방으로 떠나는 이 외판원의 얼굴 표정은 마치 봄소풍이라도 떠나는 사람처럼 한결 밝아 보였다.

자칭 사진작가인 박우길 씨는 평소에 자기 나름대로 나비의 처지를 동정하고 있었다. 그는 나비가 버젓한 미인이고, 아직도 새파랗게 젊은 나이라는 것 때문에 특히 그녀를 동정하였는데 자기에게는 나비를 도울 만한 뾰죽한 방도가 없어서 그 점을 퍽 불만스럽게 생각하고 있었다. 그렇다고 박우길 씨가 나비에게 어떤 욕심을 품었다는 얘기는 아니다. 그는 비록 포마드를 다량 소비하며 금방이라도 바람을 피울 듯이 겉모양을 가꾸고는 다니지만 부부지간의 의리만은 절대로 지켜오는 남자였다. 그런데 어느 날 이 박우길 씨의 머리에 아주 기막힌 생각이 떠올랐다. 그는 나비를 자기가 몇 차례 출입해본 적이 있는 묵정동의 요정 마담에게 소개해줄 궁리를 했던 것이다. 그것은 아주 손쉬울 것 같았으며 또 자기가 나비를 도울 만한 유일한 방도일 것 같았다. 박우길 씨는 이 일을 되도록 주리 엄마 몰래 추진하였다. 그는 나비에게도 자기 아내에게만은 이 사실을 말하지 말아달라고 누누이 다짐을 받아두었기 때문에 주리 엄마는 나비가 요정으로 출근을 시작한 지 사흘이 지날 때까지도 이 사실을 까마득히 모르고 있었다. 나비가 박 씨의 권유에 선뜻 응했던 것은 오랫동안 현금을 만져보지 못한 그 여자로서는 도리어 당연한 일이었다. 그 요정의 마담은 나비를 처음 보자, 두말도 하지 않고 일금 오만 원을 대뜸 선불해주었다. 이때로 말하자면 나비의 미모가 비로소 진가를 발휘하기 시작하는 순간이었다. 마담으로부터 받은 돈으로 한복을 새로 맞춰 입고 나비는 이내 요정 출근을 시작했는데 처음 며칠 동안은 집으로 돌아와서 술을 토해내기도 하고 두통 때문에 밤잠도 제대로 자지 못하였으나 열흘쯤 지나자, 그따위 부작용도 더는 나타나지 않았다. 워낙이 요정이란 곳은 돈이 흔해 빠진 곳이기도 하지만 나비야말로 그 흔해 빠진 돈의 임자라고 볼 수도 있으므로 나비의 살림 형편이 금방 풀린 것은 물론이었다. 나비가 그 정도를 넘어서 돈을 놓아둘 만한 마땅한 장소가 없어 쩔쩔매게 되기까지에는 그다지 오랜 시간이 걸리지 않았다. 차츰 나비는 몇 군데 계에 가입할 궁리도 하였고 돈이란 과연 좋은 물건이어서 그녀는 충청도 시골에서 살고 있는 자기 어머니를 서울로 모셔올 계획까지 세웠다.

주리 엄마는 처음에 자기 남편의 행위를 맹렬히 비난하였으나 사태가 이쯤 되자 누구보다 뻔질나게 나비로부터 돈을 꾸어 쓰는 짓은 주리 엄마 자신이었다. 여러모로 시간이 모자라는 나비는 주리네에게 쌀과 연탄 값을 대주고 거기서 숫제 식사를 하다시피 하였고 주리 엄마더러 자기 방 부엌의 연탄불도 돌봐주도록 부탁하였는데 주리네가 이렇게 나비의 시중드는 일을 마다할 이유는 하나도 없었다. 순식간에 주리네와 나비의 입장은 서로 뒤바뀌어버린 꼴이었다.

현금에 약할 수밖에 없는 주리 엄마는 이제 나비의 비위를 거스르게 될까 봐 동생뻘밖에 되지 않는 이 여자의 눈치를 슬금슬금 살피게끔 되었다.

이런 판국에 그 외판원의 혼담을 나비 앞에서 꺼내기란 주리 엄마로서는 정말 어려운 일이었다.

그러나 그녀는 단 한 번 눈을 딱 감고 그 얘기를 꺼낸 일이 있었다. 나비가 술에 잔뜩 취해가지고 돌아와서 밤새껏 횡설수설 떠들다가 나중에는 울기까지 하고 다음 날 늦게까지 자리에 누워 있을 때 주리 엄마는 약을 사왔다는 걸 핑계 삼아 나비의 방으로 들어갔다.

언니 피곤해서 죽겠다구.

멀뚱멀뚱 천장을 쳐다보고 누워 있던 나비가 한바탕 기지개를 켜고 나서 말했다.

약병을 건네주고 주리 엄마는 외판원 얘기를 꺼낼 틈을 노리느라고 상전이 되어버린 나비의 거동을 한동안 조심스럽게 응시하였다.

나비가 누운 채로 알약을 먹고 박카스를 들이킨 다음 저쪽으로 돌아눕자, 주리 엄마가 잔등에 대고 가까스로 말했다.

뭐니뭐니해도 여자는 지아비가 있어야 한다구.

그러자 나비는 돌아누운 채 흐흥 하고 코웃음을 쳤다.

그 강장제 외판원이 아직두 날 좋아하고 있수? 그 남자 돈 참 많이 벌었겠다. 언니, 그 남자 돈이 얼마나 될까?

나비는 거의 빈정대는 투로 이렇게 말하고는 한참 있다가 다시 그까짓 결혼은 해서 뭣하느냐, 자기는 돈 많은 늙은이의 첩이라면 혹 모르겠으나 그까짓 시답지 않은 본처 자리는 별로 생각이 없노라고도 말하였다. 주리 엄마는 비록 이봉주 씨가 자기 통장에 상당한 자금을 적립해두었다고 큰소리를 쳤지만 지금 나비 앞에서 그 외판원이 돈이 많은 사람이라고 내세울 엄두도 차마 나지 않았다.

그래서 그녀는 이 씨 얘기는 꺼내보지도 못하고 나비의 방에서 물러 나왔다.

이봉주 씨가 금호동 언덕바지에 다시 나타난 것은 그가 서울을 떠난 지 꼭 달포 만이었다. 그는 이번에는 아주 혼인식까지 치르고 이왕 방도 한 칸 더 늘려서 새 살림 구색을 갖출 때까지는 서울에서 묵을 심산이었고 주리 엄마에게 장담했듯이 그만한 채비도 단단히 하여 오는 참이었다. 이 씨는 주리네 아이들에게 주려고 열차 간에서 파는 과자상자도 사왔고 주리 엄마를 위해서는 특별히 전라도산 광목 한 필을 선물로 마련해오기도 하였다. 그러나 집에 돌아온 지 불과 한 시간도 채 지나지 않아서 이봉주 씨는 자기가 달포 동안 골몰해왔던 속셈이 전혀 자기 혼자만의 공상이었다는 사실을 곧 깨닫게 되었다. 이 씨가 주리네를 찾아왔을 때 주리 엄마는 이 씨의 얼굴은 거들떠보지도 않고 까닭 없이 화가 치민 표정으로 사뭇 차갑게 말했던 것이다.

요즈음은 나비나 나나 서로 살기에 바빠서 잘 만나지 않는다우. 정말 임자가 떠난 뒤로는 나비의 코빼기도 구경하지 못했지 뭐유.

공교롭게도 이날 나비는 외박을 했는데 이것이 나비의 첫 번째 외박이기도 하였다.

원주민

　김 아무개라는 그 젊은이가 우리 집 대문 앞에 나타난 것은 해가 성산
모퉁이로 막 넘어갈 무렵이었다. 그는 아직 스물다섯 살도 채 되지 않은
청년이었지만, 당시에 우리 읍내에서는 세도가 당당했던 군의 당위원이
었다. 그 남자는 대문 앞에 서 있는 감나무의 가지를 한 손으로 움켜쥐고
아주 한가로운 사람처럼 우두커니 서서 아버지가 나오기를 기다렸다. 그
러나 이때 이 남자가 그다지 한가로운 처지가 아니었다는 사실을 뒤늦게
야 알게 된 우리 가족들은 그가 대문 앞에서 그렇게 아버지를 기다려준 데
대해서 일단은 고맙게 생각하지 않을 수 없었다. 우리 읍내에 인민군이 들
어오기 직전까지 군청에서 말단 직원으로 봉직했던 아버지는 당원은 물
론이고 동네마다 조직되어 있는 자위대의 대원이나 여맹원들까지 끔찍이
도 두려워하고 있었으며 여름 내내 바깥 출입을 뚝 끊고 지내는 형편이었
으나 이 김 아무개만은 아버지가 겁을 내는 상대가 아니었다. 그 까닭은
세도가 사뭇 당당한 이 남자의 부친이 아버지와는 죽마고우였던 것이다.

그의 부친은 이미 전쟁이 터지기도 전에 작고했는데 숨을 거둘 때까지 침침한 지하당원 생활을 면하지 못했던 사람이었다. 그러니까 이 젊은이는 작고한 부친의 유업을 물려받은 셈이었고 동시에 그 부친의 후광마저 등에 받고 있다고 할 수 있었다.

구부정하게 허리를 구부리고 토방으로 나온 아버지는 문간에 서 있는 그 남자의 얼굴이 김 아무개의 얼굴임에 틀림없다는 것을 확인한 다음에야 마음이 놓인다는 표정으로 토방 아래로 내려서 고무신을 신었다. 젊은이는 천천히 문간으로 걸어가는 아버지를 지극히 조용한 눈초리로 바라보고만 있었을 뿐 별다른 인사치레도 차리지 않았다. 사실 사사로운 인사치레 따위는 걷어치워버리기로 작정했던 세월이기도 하였고 나중에 알게 된 일이지만 그 남자는 이때 인사조차 차릴 겨를이 없는 몸이었다.

선생 댁의 안부가 걱정되야서 왔당게요. 빨리 식구들을 델꼬 이리 나오씨요. 기다리고 있을랑게.

문간으로 아버지가 다가서자, 김 씨가 다짜고짜 아버지에게 이렇게 말했다.

아니, 문 말이여? 느닷없이 식구들을 델꼬 나오라니.

퍼렇게 놀란 아버지가 김 씨의 얼굴 표정을 재빨리 훔쳐보며 물었다.

일이 조끔 급하게 되어서, 아마도 통 모르고 계신 모양인디, 벌써 모두 읍내에서 나갔당게요. 우리 위원회랑 내무서랑 벌써 철수했어라우. 나는 선생께 말하고 갈라구 일부러 뒤에 처졌당게요.

어째서 모두 나간당가? 읍내를 지키고 있지 않고. 뭣들이 이리 오는가?

일시적 후퇴요. 며칠 뒤에, 아니 내일이라도 곧 돌아올팅게로 좌우간 빨리 식구들 델꼬 나오씨요. 시간이 없응게.

젊은이는 아버지의 물음에는 아랑곳하지 않고 성급하게 재촉했다. 그러나 아버지는 그 남자에게 얼핏 답변하지 못하고 옆에 서 있는 감나무의 널따란 잎사귀만 멍청하게 바라보고 있었다. 아버지의 애매한 거동을 본 그 남자는 몹시 안타깝다는 표정으로 다시 말했다.

읍내에 남아 있으면 오해받기가 쉽다고요. 나중에 선생에게 불리헐틴디 어쩔라고 그려요.

그러면 자네는 순전히 나 때문에 뒤에 처졌는가?

그렇당게요.

아버지는 다시 감나무 잎사귀를 한동안 멍청하게 바라보고 있더니 이내 작정이 선 듯 한층 활기 있는 소리로 그 남자에게 말했다.

어디로 가는가만 알려주고 자네는 먼저 가세. 그러면 내가 식구들을 델꼬 곧 뒤따라 갈랑게로.

틀림없이 그럴라요?

그런당게. 곧 뒤따라 갈랑게 방향만 말해주고 바쁜 사람은 먼저 가라고.

그러면 백수면 쪽으로 모두 갔응게 그쪽으로 오씨요. 시간이 없응게 서둘러야 헌다고요. 빨리 오씨요. 백수 쪽으로.

그런당게. 시방 곧 따라간당게로.

그 젊은 당위원은 뒤도 돌아보지 않고 거의 뛰는 듯한 걸음으로 한길 저편으로 사라져버렸다. 그가 떠난 다음 아버지는 문간에서 잠시도 지체하지 않고 곧 돌아서서 우리 집의 어둑어둑한 방 안으로 들어와버렸다. 우리 집 대문 앞 한길은 읍내의 중앙 지대로 곧장 뻗어 있는 넓은 도로이며 동시에 읍의 북단에 자리 잡고 있는 우리 동네 무양리의 척추뼈대를 이루는 길이기도 하였다. 이때 행길에는 사람 기척이 전혀 없었으나 아버지는 자기 몸이 남의 눈에 행여 띌까 봐 겁을 집어먹었던 모양이었다.

어둑신한 방 안에서 김 아무개가 찾아온 용건에 대한 궁금증으로 전전 긍긍하고 있던 식구들이 단숨에 아버지를 에워쌌다.

모두 읍내에서 빠져나갔다고 허는디 어쩌면 쓰겠냐?

아버지가 약간 숨을 헐떡거리며 먼저 형에게 물었다. 식구들이 모두 아버지 옆으로 몰려와 있었으나 김 아무개와 동갑내기였던 이 형만은 방 안쪽의 벽에 붙어앉아 꼼짝도 하지 않고 있었다.

그래서 김 가가 같이 가자고 합디까?

나의 형이 고개를 퍼뜩 쳐들고 아주 어두운 표정으로 아버지에게 반문했다.

시방 식구들이랑 같이 가자고 허는디 내가 곧 따라간다고 했당게.

그자들을 따라가지 않는 것이 좋습니다.

쉽사리 판단을 못하고 안절부절못하고 있는 아버지에게 나의 형이 또렷한 어조로 말했다. 그러자, 아버지가 다시 놀란 눈초리로 어둑어둑한 방 안쪽에 앉아 있는 형을 쳐다보았다.

나중에 우리만 오해받으면 어쩔라고 허냐? 틀림없이 돌아온다고 허든디.

어쨌든 우리는 저자들을 따라가지 않는 것이 좋아요.

나의 형은 다시 같은 말만 되풀이했을 뿐 여전히 방 안쪽에 버티고 앉아서 꼼짝도 하지 않았고 그 이상 다른 말도 하지 않았다. 그해 여름에 몇 해 만에 집으로 돌아왔던 나의 형은 아주 말수가 적어졌고, 늘 표정이 어둡고 무거웠다. 그는 서울서 거의 자력으로 야간대학을 다니고 있었는데 완전한 건축기사가 될 때까지는 절대로 식구들 앞에 나타나지 않겠다고 굳게 결심하고 있었다. 그런데 전쟁이 어거지로 형을 식구들 옆으로 밀어붙인 셈이었다. 서울이 처음으로 인민군의 수중에 떨어지고 한 달이 채 되지 않았을 때 나의 형은 의용군에 소집되었고 곧 낙동강 근처의 격전지로 투입되었다. 그 격전지에서 몇 차례 전투를 치른 끝에 나의 형은 발목에 가벼운 부상을 입었고, 그것을 기회로 형은 잠깐 뒤에 처져 있다가 이윽고는 그 싸움터에서 도망쳐나왔다. 천 리가 넘는 길을 그가 걸어서 집에 도착했을 때는 우리 식구들이 모두 깊은 잠에 떨어져 있었던 한밤중이었다. 아버지가 형에게서 결론을 구하고 그리고 형이 내린 그 결론에 일단은 따르지 않을 수 없었던 것은 비록 한동안이나마 나의 형이 이 전쟁을 몸으로 겪어냈다는 것이 하나의 이유이기도 하였다.

우리 식구들은 전혀 몸을 움직이지 않았다. 그날 저녁나절에 우리들은 바깥 출입을 전혀 하지 않았으며 심지어는 마당으로 나가는 일조차 나의 형이 무섭게 막는 것이었다. 영문을 모르는 식구들은 어둑어둑한 방 한쪽 구석에 틀어박힌 채 마치 방공호 속에서 한 차례의 폭탄 세례를 주고 있는 폭격기가 빨리 떠나가주기만을 기다리고 있을 때처럼, 그렇게 절박하고 초조한 심정으로 막연하게 어떤 사태를 기다리고 있었다.

대문 바깥 행길 쪽에서 무슨 소리가 들린 것은 밤 이경(二更)이 거의 가까워졌을 때였다. 그 소리는 차바퀴가 굴러가는 소리였는데 처음 우리 식구들은 그것이 차 소리라는 것을 미처 깨닫지 못했다. 몇 달 동안이나 읍내에서는 차를 구경하지 못했기 때문에 행길 쪽에서 느닷없이 들려온 차 소리는 우리들의 귀에는 너무 설었던 것이다. 식구들은 한동안 행길 쪽에 주의 깊게 귀를 기울인 다음에야 그 소리가 틀림없이 자동차가 굴러가는 소리임을 깨달을 수 있었다. 읍의 북쪽에서 읍내로 들어오는 자동차는 한두 대라고는 생각할 수 없었다. 자동차 소리는 어림잡아 한 시간이 지나도록 그치지 않았는데, 필경 우리 읍내에서는 일찍이 한 번도 구경한 일이 없을 만큼 기다란 차량의 행렬이 지금 북문 고개를 통과하고 있음에 틀림없었다. 나의 형이 이때 뒤란 쪽의 장지문을 살며시 열고 깜깜한 뒤란으로 빠져나갔다. 십여 분이 지난 다음에야 그가 다시 방으로 돌아왔는데 흥분한 탓인지 몹시 숨을 가쁘게 몰아쉬고 있었다. 방 안에는 불이 켜 있지 않았으므로 이때 식구들은 형의 얼굴 표정을 읽을 수는 없었다.

뭇덜이디야? 눈에 뭇이 비디야?

조바심을 참지 못한 아버지가 소리를 낮춰 성급하게 형에게 물었다. 형은 행길 쪽이 깜깜해서 차에 타고 있는 사람들의 얼굴은 알아볼 수 없었으나 그자들이 지껄이는 소리를 들었는데 지금 읍내로 들어오는 사람들은 틀림없이 미군들이라고 말했다. 형의 말이 떨어지자, 방 안의 식구들은 다시 한 번 깜짝 놀라고 말았다. 마치 망치로 갑자기 뒤통수를 한 대 얻어맞은 것처럼 식구들은 정신이 멍멍하였다. 우리들은 형의 말이 얼핏 믿어지지 않았으며 심지어는 나의 형이 지나치게 긴장한 나머지 혹시 밤도깨비들에게 홀렸는지도 모른다고 생각될 정도였다. 읍내의 바깥세상에서 벌어지고 있는 싸움의 양상에 대해서 깜깜소식이었던 우리 식구들이 이 갑작스런 미군의 출현에 놀란 것은 도리어 당연하였다.

다음 날은 이른 아침부터 읍내 분위기가 슬슬 달뜨기 시작했다. 며칠 동안 흡사 주인이 떠나버린 빈 집의 마당처럼 적막하기 이를 데 없었던 읍내 거리에는 행인들이 다시 붐비기 시작했다. 그렇지만 아직 어른들은 바깥출입을 꺼리는 참이었으므로 거리에 나온 사람들은 대부분이 아이들이었다. 간밤에 읍내로 들어왔던 진주군의 차량들은 읍내 국민학교 운동장에 주차하고 있었는데 약빠른 아이들은 어른들의 제지에도 아랑곳하지 않고 낯선 병정들을 구경하려고 일찍부터 국민학교 운동장으로 모여들고 있었다.

국민학교 운동장의 풍경은 과연 장관이었다. 우리 읍내에서는 우리들은 여태까지 한꺼번에 그렇게 많은 차량과 미국 병정들을 구경해본 일이 없었다. 나란히 줄지어 주차하고 있는 각종 군용차량들은 백여 대도 넘었으며 군인들의 수효는 이루 헤아릴 수도 없을 만큼 많았다. 병정들은 제각기 뿔뿔이 흩어져서, 도무지 적지에 처음 들어온 병사들답지 않게 아주 태평스런 표정으로 멋대로들 행동했다. 국방색 작업모로 얼굴을 덮고 트럭 위에 길게 누워서 낮잠을 자고 있는 사람, 스리쿼터의 적재함 전면에 설치된 기관총의 총열을 걸레로 천천히 문지르는 사람, 운전석에 비스듬히 걸터앉아서 휘파람을 불고 있는 사람, 혼자서 통조림을 까놓고 그 속의 무엇인가를 열심히 먹고 있는 사람, 차량들 사이를 천천히 걸어다니는 사람, 그들의 모양은 이렇게 갖가지였으며 마치 우리 읍내로 소풍이나 나온 사람들처럼 한가롭고 유쾌하게만 보였다.

국민학교 정문으로 내가 나갔을 때 동내에서 나와는 단짝이었던 석수장이 아들 익호는 벌써 거기에 와 있었다. 익호는 성산 중턱의 외딴 집에서 살고 있는데 놈이 산에서 살기 때문에 나는 익호를 평소에 너구리라고 부르곤 했다. 정말 그놈은 너구리처럼 겁이 없었고 특히 동작이 아주 빠른 놈이었다.

임마, 뭣허고 인자 오냐?

얼굴빛이 구리색으로 그을은 너구리가 내게 빙긋이 웃어보이며 내가 늦었다고 핀잔을 주었다. 너구리는 정문 언저리에 떼 지어 서 있는 아이들의 맨 앞쪽에 있었다. 나는 아이들을 헤치고 너구리 옆으로 다가갔다.

삼성이 새끼가 나왔당게.

너구리가 갑자기 내가 잊어먹을 뻔했던 이름을 꺼냈을 때 나는 깜짝 놀랐다. 너구리는 한쪽 손으로는 나의 옆구리를 꾹꾹 찌르고 한쪽 손으로는 정문의 오른쪽에 서 있는 당산나무를 가리켰다. 과연 당산나무 밑에 떼 지어 서 있는 또 다른 패거리들 속에 모가지가 유난히도 긴 삼성이도 끼어 있었다. 삼성이는 이 여름이 다 지나갈 동안에 한 번도 거리에 나타난 일이 없었으므로 나는 이 녀석의 얼굴을 몇 달 만에 처음 보는 셈이었다. 그동안 삼성이가 바깥출입을 하지 않았던 이유는 뻔한 것이었다. 그놈은 자기 매형에게 찍힌 낙인 때문에 덩달아 겁을 집어먹고 그동안 줄곧 두더지 생활을 해왔을 것이다. 삼성이의 매형은 경관이었다. 그런데 우리 읍내로 인민군이 들어왔을 때 그는 벌써 종적을 감춰버렸고 그 뒤로 다시는 나타나지 않았다. 삼성이 매형이 읍내 바깥으로 도주해버렸는지, 혹은 삼성이네 집 어느 구석에 숨어 있는지는 알 수가 없었다. 하여튼 무양리의 자위대원들이 그를 끌어내어 죽이려고 여러 차례 삼성이네 집 토방 밑과 구들장 밑을 뒤졌고 심지어는 천장까지 더듬었으나 끝내 그를 잡아내지 못했다.

삼성이 새끼야!

나는 엉겁결에 몇 달 동안 얼굴조차 못 보았던 단짝의 이름을 큰 소리로 불렀다. 이쪽을 돌아다본 삼성이는 곧 너구리와 나의 얼굴을 알아보고는 부리나케 우리 쪽으로 달려왔다.

나는 느그덜이 여그 있는 중은 몰랐시야.

우리 옆으로 온 삼성이의 얼굴은 몹시 헬쑥해 보였으며 목소리는 떨려 나왔다.

인자 우리는 살게 되얐당게로.

삼성이는 별안간 번뜩이는 눈으로 우리를 쳐다보며 부르짖듯이 이렇게 말했다. 그렇지만 우리는 그놈이 방금 무슨 뜻으로 그렇게 말했는지 알아 듣지 못했다.

뭇이 어쨌다고야?

너구리가 애매한 표정으로 삼성이를 쳐다보며 물었다.

인자 우리 매형이 나왔응게로. 느그덜은 모르제? 우리 매형이 시방 경찰서를 지키고 있는 중온 모르제?

삼성이 말에 너구리와 나는 깜짝 놀랐다. 아주 먼 곳으로 도주해버린 줄만 알았던 삼성이 매형이 다시 나타났다는 사실도 놀라왔고, 그동안 내 무서로 사용되었던 경찰서 건물이 그렇게도 빨리 다시 경찰서로 바뀐 것도 놀라왔다.

느그 매형은 어디 있다가 왔디야?

잔뜩 들떠 있는 삼성이에게 나는 물었다.

매형은 우리 농 속에 숨어 있었당게. 그 새끼들은 그것도 모르고 허탕만 치고 댕겼제.

삼성이는 서슴지 않고 자기 매형이 은신했던 장소를 가르쳐주었다.

얼굴빛이 시뻘건 병정 하나가 이때 조그만 깡통을 손에 들고 아이들 쪽으로 천천히 다가왔다. 우리들은 비록 병정들을 구경하고는 있었지만 그들의 몸집이 어찌나 크고 얼굴 생김새도 마치 그림책에서 보았던 고릴라나 야생의 원숭이처럼 어찌나 사나워 보이던지 감히 병정들 가까이는 접근하지 못하고 있었는데 막상 그 깡통을 든 병정이 우리에게 뚜벅뚜벅 다가오자, 아이들은 잔뜩 긴장되어 그 병정을 지켜보았다. 그 미군은 우리로부터 다섯 걸음쯤 떨어진 곳에 멈춰 서더니 깡통 속에서 무엇인가를 한 움큼 집어내어 그것을 갑자기 우리들의 머리 위로 던져주었다. 아이들의 머리 위로 떨어지는 것은 여러 가지 색깔의 눈깔사탕이었다. 삽시간에 아이들은 환성을 지르며 떨어진 눈깔사탕을 서로 먼저 주우려고 개미 떼처럼 땅바닥으로 엉켜들었다. 아이들이 서로 밀어젖히고 넘어지며 법석을 피우는 동안 그 병정은 깡통 속의 사탕이 바닥이 날 때까지 같은 짓을 몇 차례 되풀이하였다. 우리들이 한바탕 실랑이를 끝내고 일어서자, 그 미군은 광대의 입처럼 커다란 입을 쩍 벌리고 큰 소리로 껄껄대며 웃고 있었다. 눈깔사탕을 많이 줍지 못한 아이들은 잔뜩 부화통이 부풀어서 숨을 씩씩 불며 옆의 아이와 미군의 얼굴을 번갈아 흘겨보곤 하였다. 특히 너구리는 운수가 나빴던지 하나도 줍지 못했는데 이놈은 결코 그냥 잠자코 있을 놈이 아니었다.

너 몇 개 줏었냐?

너구리가 내게 묻자, 나는 비어 있는 두 손바닥을 활짝 펴보였다. 너구리는 더욱 부화가 치미는지 눈꼬리를 실룩거리며 잠깐 미군을 노려보다가 이내 그 병정 쪽으로 몇 걸음 걸어갔다. 이 겁도 모르는 뻔뻔스런 놈은 병정의 코앞에서 갑자기 큰 소리로 말했다.

눈깔사탕 쪼까 더 주랑게.

그러나 얼굴빛이 시뻘건 그 병정은 여전히 광대처럼 벌죽벌죽 웃으면서 난장이처럼 키가 작은 너구리를 쳐다보고만 있었다.

이 양코백이 새끼야! 사탕 쪼까 더 안 줄티여?

너구리가 이번에는 대담하게도 그의 작은 주먹을 휘두르며 더욱 큰 소리로 그 병정에게 말했다. 뒤편의 우리들은 너구리의 용기에 놀랐으며 동시에 그 병정이 너구리를 금방 때려죽이지나 않을까 하고 겁먹은 눈초리로 그 병정을 지켜보았다. 미군은 얼굴의 웃음을 거두고 너구리에게 작은 소리로 뭐라고 지껄였다. 그러자, 너구리는 그 병정이 지껄인 말을 알아듣기라도 했다는 듯이 능청스럽게도 머리를 두어번 끄덕거리고는 한층 부드러운 어조로 그 병정에게 대꾸했다.

나는 한 개도 못 줏었당게로. 그짓말이면 내가 니기 새끼라고.

병정이 스리쿼터로 돌아가더니 도시락보다 약간 큰 상자를 들고 다시 우리들에게 다가왔다. 그는 그 상자 속에서 이번에는 성냥갑만큼 작은 종이 봉지를 여러 개 꺼내어 역시 아이들에게 연거푸 던져주었다. 아이들은 노오란 종이 봉지를 차지하려고 다시 개미 떼처럼 땅바닥으로 엉켜들었고 그것을 하나라도 차지한 놈은 즉석에서 그 종이 봉지를 뜯고서 그 속에 들어있는 시꺼먼 가루를 황급하게 입 속에 털어넣었다. 그것은 커피 가루였다. 그렇지만 난생 처음 보는 이 기호식품의 용법을 우리들이 알고 있을 까닭이 없었다. 튀튀튀. 아이들은 침과 뒤엉킨 이 쓰디쓴 가루를 금방 땅바닥 위에 내뱉어버렸다. 어떤 놈은 방금 그다지도 심한 아귀다툼 끝에 차지했던 그 노오란 봉지를 아깝지 않다는 듯이 땅바닥에 내팽개쳤고 어떤 놈은 그래도 버리기는 아깝다는 듯이 슬그머니 그것을 호주머니 속에 집어넣기도 하였다. 아이들의 입술 언저리에는 한결같이 어느덧 시꺼먼 얼룩이 번져 흡사 흑인의 입술을 떼어다 붙인 것처럼 우스꽝스럽게 보였는데, 우리들의 얼굴을 보고 있던 그 병정이 다시 광대처럼 커다란 입을 쩍 벌리고 큰 소리로 벌죽벌죽 웃어젖혔다.

저 니미 헐 새끼가 우리덜 놀래먹을라고 했당게로. 야, 이 양코백이 새
끼야! 니기 엄니 똥구먹이나 빨아라.

잔뜩 심술이 난 너구리가 그의 작은 주먹을 휘두르며 그 병정에게 이렇
게 외치자, 우리들도 이제는 담이 커져서 너구리처럼 그 병정에게 주먹질
을 했으며 허리가 끊어지도록 깔깔대고 마주 웃어주었다. 그 병정은 사나
운 승냥이처럼 얼굴 표정을 꾸미고 우리들에게 덤벼드는 시늉을 해보이
더니 곧 차량들이 서 있는 곳으로 돌아가버렸다.

벌써 정오가 되어 우리 읍내의 허공에는 초가을의 투명한 햇살이 가득
넘쳐흘렀다. 트럭의 적재함 위에 누워서 잠을 자거나 운전석에 앉아서 한
가롭게 콧노래를 흥얼거리던 병정들은 어느덧 일어나서 차량에 붙어 있
는 흙이나 먼지를 걸레로 훔치거나 각자의 소총을 손보느라고 분주했다.
이제 그 병정들 속에서 한가롭게 걷고 있는 사람은 하나도 없었다. 어떤
흑인 병정은 양동이를 들고 학교의 우물에서 쉴 새 없이 물을 길어다가 차
창을 닦거나 엔진에 물을 부어넣는 동료들에게 공급했으며 어떤 백인 병
정은 땅 위에 집채만큼 높이 쌓여 있는 탄약 상자를 트럭 위로 옮겨 싣느
라고 땀을 뻘뻘 흘리고 있었다. 어쨌든 우리들의 흥미를 제일 끄는 것은
그 병정들이 거느리고 있는 각종의 무기들이었다. 전쟁 중에 우리들은 정
말 여러 가지 무기들을 보아 왔었다. 카빈과 엠 원은 우리들이 잘 알고 있
었고, 인민군이 우리 읍내에 들어왔을 때는 따발총과 박격포와 고사포를,
그리고 경무원들이 들고 다니는 신호총을 보았다. 불과 며칠 전까지 우리
읍내 거리를 누비고 다니던 유격대원들은 주로 일본군의 유품인 구구식

장총을 들고 다녔다. 그러나 여태 우리들이 보아왔던 이따위 무기들은 지금 미군들이 거느린 무기들과는 그 겉모양부터 비할 것이 못 되었다. 무엇보다 미군의 무기들 중에는 우리들이 아직 구경한 일도 없고, 그 이름도 전혀 알 수 없는 무기들이 많았다. 그들의 무기들 중에서 기껏 우리들이 알 수 있는 것은 총신이 짧은 자동소총, 스리쿼터의 적재함 위에 설치된 경기관총, 장갑차의 전면에 우뚝 솟아나온 백오 밀리 대포, 대충 이따위뿐이었는데, 이런 무기들도 아직 한 번도 사용하지 않은 새것처럼 유난히 빛깔이 선명했으며 그만큼 성능도 좋아보였다. 호기심을 누를 수 없었던 우리들은 틈만 있으면 미군들의 옆으로 다가가서 그들의 신기스런 무기들을 자세히 구경하고 가능하다면 직접 만져보기도 하려고 잔뜩 벼르고들 있었다. 그러나 정오가 지나면서부터 이 병정들이 각자 자기들의 작업에 몰두해버리는 서슬에 우리들은 끝내 그 기회를 잡지 못했다.

장대처럼 키가 커다란 두 명의 흑인 병정들이 제각기 곡괭이 하나씩을 어깨에 들쳐메고 운동장 한쪽 구석에 서 있는 당산나무 쪽으로 어슬렁어슬렁 걸어왔다. 당산나무 언저리는 잡목들과 가시덤불이 무성하게 숲을 이루고 있었고 운동장의 한쪽 경계인 이 숲의 아래쪽에는 운동장에 고인 빗물이 흘러내려가는 조그만 골짜기가 뻗어 있었다. 숲까지 다가온 두 명의 흑인 병정들은 다짜고짜 곡괭이를 휘둘러 가시덤불과 잡목의 가지들을 걷어내기 시작했다. 불과 어젯밤에 읍내에 들어왔던 그들이 이 숲속에 교묘하게 감추어진 드럼통들을 찾아냈다는 것은 참말 용한 일이었다. 이 숲속에는 전쟁 초기에 인민군들이 감추어두었던 여남은 개의 드럼통들이 여태까지 남아 있었던 것이다. 우리들은 그것들이 거기에 감추어져 있다는 것을 까맣게 잊은 지 오래였으며 그 드럼통 속에 무엇이 들어 있는지 알지도 못했다. 그렇지만 콧구멍이 유독 커다란 이 흑인 병정들은 그것을 알고 있는 것 같았다. 가시덤불과 잡목의 가지들이 헤쳐지고 시꺼먼 괴물 같은 드럼통이 드러나자, 두 명의 병정들은 곡괭이로 대뜸 그것들의 허리를 내려찍기 시작했다. 드럼통에는 금방 구멍이 뚫렸으며 오줌빛깔의 투명한 액체가 그 구멍으로부터 솟아올랐다. 아이들은 숲 언저리로 몰려가서 러닝셔츠만 입은 채 곡괭이를 내려찍고 있는 흑인 병정의 굵은 팔뚝과 시꺼먼 곱슬머리를 흥미 있게 바라보고 있었다. 이때 동작이 빠른 너구리가 가시덤불을 뛰어넘어 굴러가듯 골짜기로 내려갔다. 그놈은 다른 놈들보다 역시 머리가 빨리 돌아갔던 것이다. 너구리는 골짜기에 주저앉아 벌써 야금야금 흙을 적시며 골짜기로 흘러내리기 시작한 액체를 손끝으로 찍어 냄새를 맡았다.

석유다! 석유랑게로.

골짜기에서 몸을 솟구치며 너구리가 크게 소리쳤다. 무쇠처럼 단단해 보이는 흑인 병정들의 굵은 팔뚝에 넋을 빼앗겼던 우리들은 그제야 퍼뜩 깨어났다. 사실 그 무렵 우리 읍내에서 석유처럼 구하기 힘든 물건은 없었다. 여름 이후부터 우리 읍내에는 송전이 되지 않았기 때문에 밤만 되면 암흑천지였다. 그렇다고 어느 집인들 몇 달씩이나 램프를 켤 만큼 그렇게 많은 석유를 미리 마련해두었을 까닭은 없었다. 인민군이 읍내에 들어오고 읍내의 유통 질서가 처음 마비되었을 때 한 되 정도의 석유를 지니고 있던 집들은 곧 그것을 이웃집과 조금씩 나누어 썼다. 그들은 금방 읍내의 유통 질서가 회복될 걸로 믿었던 것이다. 우리 집도 마찬가지였다. 그러나 며칠 뒤에는 집집마다 석유는 바닥이 났고 그 다음부터 읍내 사람들에게는 깜깜한 밤을 맞이하는 것이 습관이 되어버렸다. 우리들은 우리가 갑자기 석유를 가지고 집으로 갔을 때 어른들이 깜짝 놀라리라는 것을 잘 알고 있었다. 아이들은 석유를 담아 갈 병을 가져오려고 순식간에 각자 집으로 뿔뿔이 흩어졌다. 당산나무 언저리에서 머뭇거리는 놈은 하나도 없었다. 석유병은 드럼통 속의 석유가 골짜기 아래로 죄다 흘러가버리기 전에 가져오지 않으면 안 되었다. 다행히도 우리 집은 국민학교에서 그다지 멀지 않은 곳에 있었다. 나는 부리나케 학교 정문을 빠져나와 집을 향해 힘껏 거리를 달려갔다.

한 되짜리 술병 두 개와 빈 모기약병 한 개, 그리고 땅에서 석유를 퍼올릴 양은 대접 하나를 들고 내가 허둥지둥 학교로 돌아왔을 때 나보다 먼저 온 몇 놈은 벌써 골짜기에서 석유 채집을 벌이고 있었다. 여남은 개의 드럼통에 벌집을 만들 듯 죄다 구멍을 뚫어 놓은 두 명의 흑인병정들은 드럼통 속에서 석유가 콸콸 쏟아져나와 골짜기로 흘러내려가는 모양을 아주 통쾌한 표정으로 쳐다보고 있었다. 아무리 적군의 물자라고는 하지만 나는 흑인 병정들의 이 표정을 이해할 수가 없었다. 나는 땅속으로 혹은 잡초 속 덤불 사이로 스며들어가 버리는 석유가 몹시 아까웠다. 골짜기 뒤로 내려간 나는 얕은 곳을 찾아 흘러내려오는 투명한 액체를 양은 대접으로 떠서 쉴 새 없이 술병 속에 부어넣었다. 삽시간에 좁다란 골짜기에는 바가지나 양은그릇을 손에 든 아이들이 까맣게 몰려들어 법석을 피워댔다. 자리를 다투느라고 소리소리 지르는 놈, 미끄러운 진흙을 밟고 넘어져 석유로 바지를 몽땅 적셔버린 놈, 어떤 놈은 일부러 석유로 얼굴에 떡을 감고 번쩍거리는 얼굴을 옆에 있는 놈에게 뽐내 보이기도 하였다.

석유로 가득 채워진 세 개의 병을 나는 보물처럼 가슴에 부둥켜안고 집으로 돌아왔다. 우리 집에서는 아버지와 나의 형이 난데없는 국기를 가운데 놓고 실랑이를 벌리고 있었다. 아버지는 국기를 마루에 있는 항아리 속을 뒤져서 찾아냈다는 것인데 어쨌든 아직까지 우리 집에 그런 물건이 남아 있었다는 것은 놀라운 일이었다. 그것은 시한장치가 풀려버린 폭탄처럼 위험한 물건이었다. 그렇게 위험한 물건을 아버지나, 혹은 식구들 중에 누군가가 몰래 보관해왔다고는 도무지 믿어지지 않았다. 아마도 국기가 여태 집 안에 남아 있었던 것은 식구들이 항아리 속에 그것이 있다는 사실을 까맣게 잊어먹은 덕분임에 틀림없었다.

어째서 너는 내가 허는 일을 판판이 막냐?

아버지는 매우 골이 난 얼굴로 형을 쏘아보며 마치 투정을 부리는 아이처럼 이렇게 말했다. 그는 뜻밖에도 국기를 대문 바깥에 내어다 걸겠다고 우기는 참이었다. 형의 의견이라면 무조건 따르기만 하던 아버지는 이제 형에게도 그렇게 고분고분하지는 않았다. 아버지는 시방 우리 읍내는 확실히 본래의 상태로 다시 돌아왔는데 그것을 마음놓고 기뻐하지 못할 이유가 무어냐고 형에게 역정을 내었다. 아버지는 기어코 국기를 바깥에 내어다 걸고야 말 것 같은 기세였다. 식구들은 아버지의 생각이 옳은지 어떤지 얼핏 판단이 되지 않는 애매한 표정으로 물끄러미 아버지를 지켜볼 뿐 별로 말이 없었다. 다만 나의 형이 아버지를 완강하게 가로막고 있었다.

참으세요, 아버지. 길에서 남들이 보면 이롭지 못하니까요.

형은 두 손으로 국기를 꽉 붙잡고 좀처럼 놓아주려고 하지 않았다. 형의 말에 아버지가 코웃음을 쳤다.

나는 놈덜이 보라고 역불로 그러는디. 볼라면 보라고 허제.

그렇지만 도둑도 너무 빠르지 않습니까? 하필 우리가 제일 먼저 나설 이유는 없다구요.

이것은 도둑질은 아니랑게. 내가 미국사람들한테 아부헐라고 그러는 중 아냐? 나는 태도를 분명히 해둘라고 그러는 것이여. 너는 물정을 모르고 그러는디, 이런 때일수록 태도를 분명히 해둬야제, 글안허면 이쪽에서도 저쪽에서도 의심만 받는당게. 인자는 어짜피 이 세상이 되얐응게로.

그러면 하루만 더 기다려봅시다. 동네에서 아직 국기를 내어다 건 집은 하나도 없으니까, 내일도 늦지는 않아요.

아버지는 마지못해 국기에서 슬그머니 손을 놓았다. 그러나 재미있는 놀이를 금지당한 아이처럼 아버지는 시무룩한 표정으로 형에게서 돌아앉아 버렸다. 그날 동네에서 국기를 바깥에 걸어놓은 집이 하나도 없었던 것은 아니었다. 오후로 접어들면서 무양리의 행길 가에 있는 몇몇 집들은 축제일에 늘 그렇게 해왔듯이 대문 바깥에 국기를 게양하고 있었다. 그러나 아무리 보아도 거리에서 축제일 같은 분위기는 찾아볼 수 없었기 때문에 기둥에 매달린 그 국기들은 흡사 무당의 깃발처럼 을씨년스럽고 초라하게만 보였다. 사람들의 눈앞에 국기가 모습을 나타냈던 시간은 아주 짧았다. 너무 오랫동안 얼굴을 내밀고 있기가 스스로 쑥스러웠던지, 혹은 무슨 불길한 조짐이라도 있었기 때문인지, 하여튼 그 국기들은 한나절도 채 지나지 않아서 곧 자취를 감춰버렸다.

미군이 그날로 우리 읍내에서 철수할 기미를 보인 것은 그들이 출발을 불과 몇 분 앞두었을 때였다. 미군들의 일정은 처음부터 그렇게 짜여져 있었음이 틀림없지만, 뒤늦게야 이 사실을 알게 된 우리 읍민들에게는 그것은 너무나도 갑작스러운 일이었고 너무나 뜻밖의 일이기도 하였다. 그들이 불과 하루 만에, 더구나 일단 점령했던 지역을 고스란히 비워놓고 읍내에서 철수하리라고는 읍내의 그 누구도 생각조차 못했던 것이다. 오후 세 시경에 국민학교 운동장으로부터는 요란한 경적 소리가 연거푸 들려왔다. 이 경적 소리는 수십 대의 차량들이 한꺼번에 터뜨리고 있는 소리여서 그 굉장한 음량은 삽시간에 들판처럼 적적했던 읍내의 행길과 골목골목마다 퍼지고 흘러서 읍내에 남아 있던 모든 사람들에게 이 낯선 손님들이 곧 이곳을 떠나리라는 사실을 어김없이 알려주었다. 경적 소리를 듣고 누구보다 놀란 것은 아이들이었다. 우리들은 마치 우리들을 속여버린 놈을 붙잡기라도 할 듯한 기세로 허둥지둥 학교 운동장으로 달려갔으며 아침나절처럼 정문 언저리와 당산나무 옆에 모여서 불만이 가득 찬 표정으로 미군들을 지켜보았다. 병정들은 이미 전원이 승차를 마치고 출발 지시만을 대기하고 있는 상태였다. 우리들은 읍내에 들어왔던 곡마단이 갑자기 공연을 취소하고 우리 읍내에서 떠날 때처럼 몹시도 허전하고 침울한 기분이었다. 이때 세 명의 남자들이 학교 정문 쪽으로 서둘러 걸어오고 있었다. 그 며칠 동안에 어른들은 좀처럼 거리에 나타나지 않았기 때문에 그들은 금방 우리들의 눈에 뜨였다. 세 사람은 모두 하얀 바탕에 먹물로 '치안 유지대'라고 쓴 완장을 왼쪽 팔에 둘렀으며 각자 무기 한 가지씩을 어깨에 메고 있었다. 그들이 학교 정문을 지나 운동장으로 들어섰을 때에서야 우리들은 그들 세 사람 중에서 맨 앞에 선 사람이 누구라는 것을 알아봤다. 그는 여태까지 삼성이네 농 속에 숨어 있다가 오늘 새벽에야 바깥으로 나왔다는 삼성이 매형이었다. 삼성이 매형의 얼굴은 으레 그렇겠지만 마치 중병을 앓고 난 사람처럼 비쩍 말랐으며 살빛은 창백하다 못해 파르스름하게 보일 정도였다. 그러나 광대뼈 사이로 움푹 들어간 그 사람의 시꺼먼 눈알은 틀림없이 누군가를 해치우고야 말 것처럼 무섭게 불타고 있었다. 삼성이 매형은 어떻게 구입했는지는 알 수 없지만 대검이 부착된 카빈소총을 휴대하고 있었고, 나머지 두 사람의 무기라는 것은 어이없게도 매끄럽게 잘 깎여진 몽둥이 하나와 죽창 하나뿐이었다. 그들은 이 몽둥이와 죽창에 제각기 끈을 달아가지고 소총을 메듯이 그것을 어깨에 메고 있었다. 이들이 그날 아침에 우리 읍내에서 급작스럽게 조직된 치안유지대의 전모라는 것은 나중에야 밝혀졌다. 일행의 대표격인 삼성이 매형은 정문에서 가장 가까운 자리에 서 있는 트럭 앞으로 다짜고짜 걸어가더니 운전석에 앉아 있는 백인 병정에게 무어라고 큰 소리로 말했다. 그 병정은 알아듣지 못하겠다는 듯이 손을 휘저으면서 문을 열고 바깥으로 나왔다. 삼성이 매형이 땅 위로 내려선 그 병정에게 다시 무어라고 말했으나 그 병정은 여전히 손을 가로 휘저었고 이번에는 머리까지 심하게 가로 내저었다. 미군이 그렇게 벙어리 흉내를 내고 있는 동안에 차량들이 잇달아 늘어서 있는 안쪽에서 키가 유난히 작고 몸집이 탄탄해 보이는 병정 하나가 이쪽으로 급하게 달려나왔다. 그 병정은 분명히 황색인이었으나 복장은 미군들과 조금도 다르지 않았다.

무슨 일입니까?

키가 작은 그 병정이 눈을 휘둥그렇게 뜨고 삼성이 매형에게 물었다. 그 병정은 미군 부대에 배속된 한국인 통역이었다. 삼성이 매형이 이때 취했던 동작은 아주 기묘하였다. 그는 금방 꺼꾸러질 듯이 위태위태한 걸음으로 통역에게 두어 발짝 다가서더니 안 호주머니에서 곱다랗게 접어 두었던 헝겊을 꺼내가지고 그것을 통역과 미군 앞에 활짝 펴보였다. 그것은 기폭이 꽤나 커 보이는 국기였다. 삼성이 매형은 국기의 위쪽 두 끝을 두 손으로 치켜들고 흡사 마술사가 자기의 결백을 주장하듯이 표정이 없는 얼굴로 한동안 그렇게 서 있었다. 국기를 치켜들고 있는 삼성이 매형의 두 팔은 부들부들 떨고 있었으며 입술을 굳게 다물고 있는 그의 얼굴빛은 더욱 그렇게 질려갔다. 그러나 미군과 통역의 얼굴에는 별다른 감동의 기색도 보이지 않았다. 그들은 정신병동의 환자와 갑자기 마주친 사람들처럼 어리둥절한 표정으로 국기와 삼성이 매형의 얼굴을 번갈아 쳐다볼 뿐이었다.

도대체 당신들 신분이 뭐요?

통역이 삼성이 매형에게 퉁명스럽게 물었다.

저는 한국 경찰관이고 이 두 사람은 저의 동지들입니다. 우리들은 우리 읍내의 치안을 확보할라고 나섰는디, 우리들한테 무기를 주씨요. 기관총 한 개 허고 소총 두 자루만 꼭 주씨요.

삼성이 매형은 뜻밖에도 아주 차분하게 나지막한 소리로 말했다.

기관총을 달라고?

통역은 어이가 없다는 듯 코웃음을 치며 이렇게 반문했다.

참말로 기관총 한 개 허고 소총 두 자루 허고 탄알 쪼금 허고 꼭 주씨요. 그러면 우리덜이 목숨을 걸어놓고 결사적으로 치안을 확보헐랑게로.

삼성이 매형의 뒤에서 죽창을 메고 있던 남자가 간곡한 어조로 덧붙여 말했다.

이 근처에 빨갱이들이 많이 있습니까?

통역이 삼성이 매형에게 물었다.

그 새끼덜이 시방 틀림없이 읍내 가까운 디서 잠복하고 있당게요. 여러 분덜이 철수하고 나면 다시 읍내로 들어올라고 틈만 노리고 있당게요.

삼성이 매형이 숨도 제대로 쉬지 못하고 빠른 말투로 대답했다.

어느 쪽이요? 그놈들이 잠복해 있는 데가.

저쪽 백수면허고 이쪽 대마면이요.

삼성이 매형은 대마면이 있는 읍의 북쪽과 백수면이 있는 읍의 서남쪽을 각각 손으로 가리켜보였다. 통역은 건성으로 그가 가리키는 쪽의 허공을 두어 번 휘둘러보는 척하다가 이내 눈길을 거두어버렸다.

그러나 무기는 안 돼요.

갑자기 표정이 굳어진 통역이 딱 잘라서 말했다.

군대 무기를 아무에게나 함부로 주는 것이 아니란 말요. 그건 여기 있는 장교님도 임의대로 못해요.

이때 옆에 서 있던 장교라는 백인이 통역을 쳐다보며 무어라고 물었다. 통역이 그 장교에게 손짓을 해가며 미국말로 이 사람들이 찾아온 용건에 관해서 설명해주는 것 같았다. 통역의 말을 듣고 난 미군은 커다란 손바닥을 휘저으며 통역을 향해 무어라고 큰 소리로 다시 떠들었다. 통역이 백인에게 머리를 끄덕여 보이고는 이쪽 지방민들을 향해 말했다.

우리는 바쁘니까 지금 출발해야 하오. 자, 그럼 잘들 해보시요.

그러자, 아직까지 한 가닥 기대를 품고 미군의 얼굴 표정만을 뚫어지게 지켜보고 있던 삼성이 매형이 별안간 통역에게 물었다.

이 장교님께서 시방 무엇이라고 말씀허셨지라우?

미합중국 대통령의 허가 없이는 실탄 한 개도 줄 수 없다는 거요.

통역이 퉁명스럽게 대답했다. 삼성이 매형과 그의 동지들의 얼굴 표정은 금방 납덩어리처럼 굳어져버렸다.

좋다고. 정 안주겠다면 헐 수 없제 뭘. 우리덜은 희생할 각오가 되어 있응게로. 목숨을 걸고 우리땅을 지키고 말팅게로.

몽둥이를 어깨에 메고 있던 남자가 내뱉듯이 말했다. 세 사람은 통역과 미군에게 작별인사조차 하지 않고 곧 돌아서서 학교 정문 쪽으로 서둘러 걸어나갔다. 그들이 정문 바깥으로 채 벗어나기도 전에 선두에 있던 미군의 차량들은 요란한 엔진 소리를 울리면서 정문을 향해 굴러가기 시작했다. 백여 대도 넘는 기다란 차량의 행렬이었지만 미군들이 학교 운동장에서 완전히 빠져나가는 데는 그다지 오랜 시간이 걸리지 않았다. 눈 깜짝할 사이에 운동장은 다시 텅 비어버렸으며 귀청이 터질 정도로 시끄럽던 차량들의 경적과 엔진 소리도 우리들의 청력이 미치지 못하는, 먼 곳으로 금방 사라져버렸다.

우리 읍내 거리가 다시 떠들썩하게 된 것은 미군들이 떠난 뒤로부터 불과 두어 시간도 지나지 않았을 때였다. 아직 해가 성산의 정수리를 넘어가지 않았을 때여서 읍내 거리에는 늦가을의 투명한 햇살이 여전히 담뿍 내리쪼이고 있었다. 이때 그제까지 읍내의 주인을 자처하던 무리들이 어김없이 만 하루 만에 다시 읍내로 돌아왔던 것이다. 그러나 그들은 미군들처럼 그렇게 조용하게 읍내로 돌아오지는 않았다. 총검으로 무장한 당원들과 유격대원들, 죽창과 몽둥이를 꼬나쥔 자위대원과 여성동맹원들, 이렇게 각양각색의 사람들이 읍의 북쪽과 서남쪽에서 한꺼번에 읍내로 들이닥쳤는데 일단 읍내로 들어온 그들은 거의 광기에 사로잡힌 듯하였다. 그들은 맹렬한 기세로 읍내의 골목골목을 뛰어다니며 마구 공포를 쏘아대고 마구 고함을 질러댔다. 죽여라! 잡아라! 여기저기서 이따위 고함 소리가 잇달아서 터져나왔다. 하지만 막상 그들이 죽이거나 잡을 만한 사람이 거리에 몇이나 있었는지는 사뭇 의심스러웠다. 다만 몇 사람만을 제외한다면 읍내에서 그들에게 대적하거나 저항할 만한 사람은 거의 한 사람도 없었고 그들은 이미 읍내를 완전히 장악하고 있었던 것이다. 그나마 그 몇 사람마저도 그들이 읍내로 들이닥치자마자, 금방 박살이 나버렸다. 삼성이 매형과 그의 동지들의 이 같은 결말은 그들의 시체가 다음 날 아침에 거리에 전시됨으로써 사람들에게 알려졌다.

김 아무개라는 그 젊은이가 우리 집 대문 앞에 다시 나타난 것은 광기마저 뒤섞였던 소동이 어느 만큼 가라앉고 저녁 어스름이 읍내를 감싸오기 시작할 때였다. 어제처럼 그는 대문 바깥에서 말없이 아버지가 나오기를 기다렸다. 그 젊은 당원이 아버지가 그들을 뒤따라오지 않았다는 것을 추궁하려고 다시 나타났다고 생각한 우리 집 식구들은 몹시 긴장하였으며 아버지 자신은 더욱 겁을 집어먹은 것 같았다. 아버지는 흡사 죄인처럼 무거운 걸음으로 그 젊은이에게 다가갔다.

금방 뒤따라온다고 말해놓고 어째서 안 나왔소?

김 아무개가 대뜸 아버지에게 물었다.

새끼덜이 많응게로, 빨리 간다는 것이 늦어버렸당게.

아버지는 젊은 당원을 똑바로 쳐다보지도 못하고 어물어물 대답하였다. 그 남자는 뜻밖에도 그 문제를 더 따지려고는 하지 않았다.

선생 댁에 별일은 없는 게라우?

문 일이? 나는 누구덜이 왔는 중도 모르고 있었당게. 뭇덜이 읍내를 지내갔당가? 집 안에 꽉 틀에백혀 있어 농게 알 수 있어야제.

이번에는 아버지도 다소 여유를 되찾고 능청을 떨었다.

코 큰 놈덜이 잠깐 지내갔지라우. 그러나 인자부터는 어떤놈들이라도 읍내에 발을 못 붙이게 해놀팅게로.

김 아무개는 자못 결연한 어조로 이렇게 말했다.

좌우간 몸조심허씨요. 앞으로 쪼끔 시끄러워질팅게로.

그 남자는 마지막으로 아버지에게 주의를 주고 곧 우리 집 대문 앞에서 떠나갔다. 그 당원이 예고했듯이 그 뒤로부터 한동안 과연 우리 읍내에서는 반동분자의 색출과 처형이 끊임없이 되풀이되었는데 그때마다 우리 식구들은 용케도 살아남을 수 있었다.

무관(武官)의 빛

　이따금 생각난 듯 소총 소리가 읍의 변두리 쪽에서 들려왔다. 가까이서 듣는 소총 소리는 고막을 찢을 듯 날카롭게 들리지만, 이처럼 멀리 떨어진 곳에서 들을 때 그 소리는 아주 가냘프게 들렸다. 어느덧 우리들도 그 소리에 익숙해진 탓일는지.

　저건 어디서 쏘는 줄 아니?

　개굴창에서 막대기로 파낸 지렁이를 한쪽 발로 밟아 죽이면서 수사계장 아들이 말했다. 녀석은 총소리가 들려오는 방향을 자기만이 알고 있다는 걸 뽐내는 얼굴로 나를 힐끗 바라보았다.

　지렁이를 밟을 때 수사계장 아들은 나뭇가지를 잡고 있거나 내 어깨에 몸을 기대지 않으면 안 되었다. 무엇인가 붙잡거나 어떤 곳에 기대지 않고서는 그놈은 아무것도 공격할 수 없었다. 가령 상대가 아주 미미한 벌레 한 마리일지라도 그것은 마찬가지였다. 하지만 녀석이 상대를 공격할 때는 녀석의 횡포스럽고도 격렬한 동작 때문에 그가 무엇에 의지하고 있다는 이 약점은 감추어져 별로 드러나지 않는다. 그는 무슨 비밀이라도 털어놓는 듯이 과장된 몸짓으로 허리를 이쪽으로 돌리고 속삭이듯 자그맣게 말했다.

부문 고개에서 기동경찰이 훈련하고 있다.

듣고 보니 그건 비밀일 수도 있었다. 경찰이 그들의 방어 능력을 강화하는 훈련을 하고 있다면 적에게 그 규모나 화력을 노출시켜서는 안 되기 때문이었다.

커다란 일본 소나무를 한 팔로 껴안고 녀석은 땅바닥에서 꿈틀거리는 지렁이를 다시 짓밟기 시작했다. 지렁이는 몇 조각으로 갈라지고 나중에는 흙과 뭉개어져 한 마리 환형류의 형체가 금방 사라져버렸다.

이제 그만 돌아가자.

나는 수사계장 아들 옆으로 다가서며 초조하게 재촉했다. 햇빛이 쨍쨍 내리비치는 오전 교사(校舍)에서는 아직 여느 때처럼 수업이 진행되고 있으므로 빨리 교실로 돌아가지 않으면 안 된다. 우리는 제삼교시의 사회생활 시간을 까먹고 있었는데 녀석이나 나는 모두 우등생이었기 때문에 이런 경우는 좀처럼 없던 일이었다. 학교 뒤뜰에 빽빽이 늘어선 일본 소나무의 바늘 같은 잎사귀들 사이로 비쳐드는 쨍쨍한 햇빛을 얼굴에 느낄 때마다 나는 부끄러워 그늘로 몸을 숨기곤 했다.

좀 더 큰 놈을 꺼내 오라구. 단숨에 망가지는 놈은 재미없구나.

녀석은 아직도 내 손에 들려 있는 막대기를 가리켰다.

뭘 말야?

나는 짐짓 그놈의 말을 못 들은 척하고 가지고 있던 막대기를 방금 내가 어기적거리던 좁다란 개굴창에 던져버렸다. 나는 그놈의 요구에 따라

지렁이를 파내느라고 그 개굴창에서 한참 동안 어기적거렸는데 퀴퀴한 악취가 넘쳐흐르는 그곳에 다시 들어가고 싶은 생각은 아예 없었다.

빨리 돌아가자. 두 시간씩 까먹을 수는 없어.

뒤뜰의 나무들 사이에서 빠져나오려고 나는 앞질러 몇 걸음 걸어나왔다.

제삼교시 끝 종이 울렸어?

뒤에서 녀석이 큰 소리로 물었다.

그럼 벌써 울렸다.

나는 아직 종소리를 들은 기억이 없었으나 이렇게 대답해버렸다.

난 듣지 못했는데.

녀석은 뒤에서 한 발자국도 움직이지 않은 채 볼멘소리로 말했다. 나는 두 번째씩이나 거짓말을 할 수가 없어서 걸음을 멈추고 머뭇거렸다. 하지만 제삼교시가 끝나는 종소리는 아마 울렸을 것이라고 나는 생각했다. 모범생의 숙달된 시간 감각이 그렇게 느꼈으며 종소리는 뒤뜰의 울창한 수록에 막혀 여기까지 들리지 않았을는지도 몰랐다.

갈 테야?

뒤에서 다시금 수사계장 아들이 소리쳤다. 내가 아무런 대꾸도 하지 않자, 그놈도 마지못해 절뚝거리며 이쪽으로 천천히 걸어나왔다. 나는 녀석이 넘어질까 봐 녀석에게 달려가 그의 팔을 꼭 붙잡았다. 우리들은 학교 뒤뜰에서 빠져 나왔다. 서쪽 모퉁이에 있는 우물로 가려고 우리들이 학교 건물의 그늘 밑을 걷고 있을 때 녀석이 갑자기 내 팔을 붙잡은 자기 손에 힘을 주며 멈춰 섰다.

나는 교실에는 들어가지 않을 테야.

그놈은 내가 자기를 교실로 끌고 들어갈까 봐 미리 방어선을 치고 있었다. 녀석이 수업에 빠지기 시작한 것은 사실 오늘이 처음은 아니다. 녀석의 시간 까먹기는 이미 며칠 전부터 시작되고 있었다. 그는 학교에 꼬박꼬박 나오고는 있었지만 책가방은 가져오지 않았고 일단 수업이 시작되면 교실을 빠져나가 교사 주변을 어슬렁거리고 돌아다녔다. 그날 아침 나는 수사계장 아들의 꼬임에 빠져 오전 한 시간을 까먹고 말았다.

그놈은 또다시 나를 끌고 어디론가 돌아다닐 참이었다. 그렇지만 이번에는 내 쪽에서 녀석을 교실로 끌고 갈 궁리를 했다. 부축해주는 것을 구실로 나는 갑자기 탈선해버린 이 우등생의 팔을 꽉 붙잡고 서쪽 모퉁이의 우물 쪽으로 묵묵히 걸어갔다.

그 뒤로 나이팅게일은 크리미아 전쟁터로 달려갔지요. 병사들은 그 여자를 환호로 맞았지. 이처럼 역경에 빠진 불행한 인간을 위해 봉사하는 그 여자의 희생적인 정신은 싸움터의 모든 사람들에게 한 줄기 희망을 주었습니다. 그러면……
하고 선생은 갑자기 얘기를 뚝 그치고 엄숙한 표정으로 일동을 바라보았다.……그 희망이란 어떤 희망이었을까요, 여러분. 잠깐 생각한 다음 대답해보아요.

교실 안은 물을 끼얹은 듯이 조용했고, 담임의 무서우리만큼 어둡게 가라앉은 시선이 우리들을 뚫어지게 지켜보고 있었다. 이 교사는 칠십 명에 가까운 떠들썩한 아이들을 한 마리 온순한 가축을 다루듯이 잘 다루었다. 그가 움직이지 않고 서 있는 동안에는 아이들도 꼼짝할 수 없었다.

거짓말하지 말라구.

이때 갑자기 내 옆에 앉은 수사계장 아들이 무거운 침묵을 깨뜨리고 재빠르게 지껄였다. 아니, 차라리 그놈은 그 단조로운 한마디를 침묵이 깔린 교실의 복판으로 내뱉었다. 녀석은 그런 뒤에 의족인 오른쪽 다리로 나의 허벅지를 건드렸다. 견고한 석회질의 물체가 내 다리에 와서 닿자, 나는 잔뜩 겁먹은 눈초리로 수사계장 아들을 돌아다보았다.

거짓말이야.

나와 눈이 마주치자, 녀석이 서슴지 않고 다시 이렇게 말했다. 이번에는 그놈의 목소리가 한층 커다랗게 들렸다. 나는 두려워서 그놈을 더 쳐다볼 수가 없었다. 얼핏 교단 쪽을 보았을 때 선생은 창백한 얼굴에 괴로운 표정을 띠고 이쪽을 똑바로 지켜보는 것이었다.

떠드는 사람이 누구야?

돌연 담임은 위엄이 넘친 목소리로 이쪽을 향해 물었다. 아이들도 모두 이쪽을 바라보았다. 그렇지만 수사계장 아들은 담임을 전혀 개의치 않는다는 듯이 태연한 표정으로 도리어 선생과 아이들을 휘둘러보았다. 담임은 녀석의 대담한 태도에 도리어 짓눌린 듯 좀처럼 다시 입을 열지 못했다.

저치는 K당 프락치야. 프락치가 뭔 줄 알아?

그놈이 이번에는 내게만 들리도록 소리를 죽여 이렇게 말했다. 담임은 어느덧 운동장 쪽으로 열린 창을 향해 돌아서 있었다. 그가 돌아선 채 얼어붙은 듯 꼼짝도 하지 않기 때문에 아이들도 숨을 죽이고 그의 옆모습만을 지켜보았다.

아버지가 말했어. 저치가 K당 프락치라고. 저치는 불갑면 지서 습격 사건에 가담했단 말야.

녀석은 흑판을 향해 앉아 있는 나를 향해 집요하게 지껄였다.

프락치가 뭔 줄 알아?

내가 대꾸하지 않자, 녀석이 의족으로 다시 내 허벅지를 건드리며 대답을 재촉했다. 나는 들어오지 않겠다는 녀석을 억지로 끌고 들어온 나의 경솔한 행동을 후회했다. 수업을 깨뜨린 잘못은 나에게 있다고 나는 생각했다. 그 순간 나는 녀석의 지껄임보다도 방금 선생이 답변을 준비하도록 지시한 그 희망, 나이팅게일이 전쟁터의 모든 사람들에게 안겨준 희망에 더욱 생각을 기울이려고 애썼다. 나는 우등생이었고 이처럼 자의대로 대답하는 기회는 자기가 우등생임을 확인하는 가장 좋은 기회였던 것이다. 그런데 그 녀석은 내가 해답을 생각하도록 나를 버려두지 않았다. 그 녀석은 자기에게 대꾸하라고 의족으로 자꾸 내 허벅지를 건드렸다. 내가 그놈을 쳐다보기만 하면 그놈은 프락치에 관해서 넉살 좋게 한바탕 설명을 해줄 참이었다. 그놈은 이 시간의 수업을 훼방 놓으려고 처음부터 작정하고 있었음에 틀림없었다. 나는 무엇보다 그 사실이 두려웠으며 게다가 프락치가 무엇이라는 것은 나도 이미 알고 있었으므로 끝까지 나는 그놈을 상대하지 않았다.

나는 아버지가 이따금 거의 밤이 지샐 때까지 잠을 이루지 못하고 어머니와 주고받던 얘기를 들었던 것이다. 안방에서 지껄이는 말소리는 자정 이후의 정적에 힘입어 건넌방에까지 매우 또렷하게 들려왔다.

그들은 확증을 가지고 있다고 나를 공박한단 말야.

군청의 장학사인 아버지는 관내의 학교에서 일어나는 모든 일에 책임을 지게 마련이었다. 불갑면 지서 습격 사건에 몇 명의 교사들이 가담했다는 혐의가 어느 정도 드러나자, 난생 처음으로 아버지의 경찰서 출입이 시작되었다. 경찰에서는 교사의 인사권을 가진 장학사에게 혐의를 받은 교사들의 파면을 요구하고 있었고 몇 차례나 아버지는 그것을 거부했다. 그들이 교사의 신분으로 남아 있는 동안에는 손을 대기가 곤란하다. 손을 대는 데 지장이 없도록 그들로부터 교사의 신분을 빨리 박탈해 달라. 경찰에서 아버지에게 요구하는 것은 대충 이런 것이었다.

그렇다면, 그 사람들이 가담하지 않은 건 확실하우?

난들 그걸 어떻게 알 수가 있나. 설마 학교에까지 프락치가 생기리라고는 믿을 수가 없지.

평생을 교실과 운동장에서만 지낸 고지식한 훈장답게 아버지가 말했다.

당신은 무얼 믿고 보증을 선다고 하우?

이윽고 어머니가 짜증난 목소리로 다그쳐 물었다. 그렇지만, 어머닌들 아버지의 입장을 이해하지 못하는 건 아니었다. 무고한 교사가 있다면 그 교사를 보호해주는 것은 장학사의 의무인 것이다. 하지만 훗날 그들의 혐의가 확실히 드러나면 범죄자를 비호한 아버지도 책임을 면하지는 못한다. 당시 사태는 그만큼 각박하게 쪼들려 있었다. 아버지가 그 교사들을 비호한 근거는 그들이 K당의 프락치라는 확증을 자기 스스로 갖지 못했다는 데에 있을 뿐, 그들이 분명히 프락치가 아니라는 확증을 가진 데에 있지는 않았다.

몇 번이나 불러다가 다그쳐봤거던. 본인들이 울면서 결백을 호소하는데 차마 외면할 수가 있나.

그래도 그렇지요. 임자가 언제까지 혼자 버티고만 있을 셈이오.

새벽이 다가올수록 어머니의 목소리는 초조해지는 것이었다. 아버지는 대답을 못하고 방이 꺼지는 한숨만 연거푸 토해냈다.

여전히 수업에는 나오지 않는 수사계장 아들이 학교가 끝나고 내가 집으로 돌아가는 시간이면 매일처럼 우리 집으로 나를 찾아왔다. 녀석은 올 때마다 나에게 보여주려고 자기 아버지의 무기를 훔쳐가지고 왔으므로 나는 그 녀석이 오기를 몹시 기다리곤 했다.

우리 집 마당의 감나무 밑에서 둘이서만 마주 섰을 때 그놈은 외투 속에서 군용 나이프나 진짜 권총을 꺼내 나에게 보여주었다. 무기라곤 아직까지 장난감 밖에는 만져보지 않았던 나에게 녀석이 진짜 나이프와 권총을 보여줄 때마다 나는 호기심으로 가슴을 설레며 그것들을 움켜잡아 보는 것이었다.

그 아이는 흉기를 가지고 다니던데.

멀리서 그런 장면을 지켜본 어머니가 녀석이 돌아간 다음에 새파랗게 질린 얼굴로 말했다.

그 아이하고 너무 가깝게 지내는 건 좋지 않다. 다음부턴 그 애가 찾아오거던 집에서 공부하겠다고 말해.

어머니는 아이들이 무기를 가지고 있으면 금방 무슨 일이 일어날 줄만 알았고 수사계장 아들에게 겁을 먹고 있었다. 그렇지만, 나는 그놈이 무기를 가지고 다니는 것이 조금도 두렵거나 이상하게 생각되지 않았다. 녀석이 품속에 감춰두었다가 불쑥 꺼내 보이는 그 무기는 도리어 불구인 녀석의 신체적 결함을 잘 메워주는 것이라고 나는 생각했다. 반짝이는 금속으로 만들어진 진짜 무기를 몸에 감추고 있을 때 그놈은 한층 믿음직스럽고 강하게 보였다. 나는 어머니의 만류도 아랑곳하지 않고 녀석의 어른스런 말씨나 당돌한 몸짓에 끌려 학교가 끝나면 오후 한나절을 줄곧 녀석과 함께 돌아다녔다.

게릴라들의 습격 사건은 방비가 약한 촌락에서 잇달아 일어났다. 아직 읍에까지 화는 미치지 않았지만 사건이 있을 때마다 겉으로는 평온해 보이는 읍의 거리에도 불길한 풍문과 거기에 따른 불안감이 가득 차오르는 것이었다. 우리들은 행인이 별로 눈에 뜨이지 않는 호젓한 읍내거리를 아무런 거리낌도 없이 의기양양하게 걸어다녔다.

가자. 네게 보여줄 게 있어.

어느 날 오후 집으로 찾아온 수사계장 아들이 갑자기 나를 바깥으로 불러냈다.

시체를 본 일이 있어?

행길을 걸어가면서 녀석이 나에게 물었을 때 나는 그놈이 나에게 보여주려고 하는 것이 무엇인가를 어렴풋이 깨달았다. 나는 아직 죽은 사람의 얼굴을 본 일이 없었다. 나는 죽은 사람은 얼굴이 없거나 얼굴이 있다고 하더라도 살아 있는 사람의 얼굴과는 사뭇 다른, 아주 기괴한 형태일 것이라고 막연히 추측하고 있었다.

우리들은 좁다란 행길을 지나 경찰서 앞 광장에 이르렀다. 경찰서 앞길은 읍내에서 가장 넓은 길이었으므로 읍민들은 이곳을 광장이라고 불렀다. 등기소는 이 광장을 사이에 두고 경찰서 맞은편에 있었다.

저쪽이야.

수사계장 아들이 가리키는 곳은 등기소의 높다란 담벽이었다. 나는 그놈에게 이끌려 그쪽으로 천천히 다가갔다. 등기소 담벽 밑에는 한 사람의 시체가 아무것도 가리지 않은 채 땅바닥에 뒹굴고 있었다.

이놈도 K당의 프락치였어.

시체 가까이 다가선 수사계장 아들이 발길로 그 머리를 가리키며 나에게 설명했다. 어떤 이유인지 경찰관들은 시체를 처리하지 않고 그것을 읍민들에게 공개하고 있었다. 막상 시체에 가깝게 다가서자, 야릇하게도 죽은 사람의 얼굴에 대한 두려움 따위를 나는 느끼지 않았다. 그 얼굴은 산 사람의 얼굴과 조금도 다르지 않았으며 더구나 그다지 무서운 표정을 짓고 있지도 않았다. 시체는 땅을 향해 옆으로 비스듬히 엎드려 있었는데 그 모양은 마치 위로부터 비쳐내리는 햇빛이나 사람들의 시선을 완강히 거부하고 있는 것만 같았다.

가자. 시체는 구역질이 나.

수사계장 아들이 옆에서 내 팔을 잡아끌었다.

난 이런 건 많이 보았다구.

그놈은 약간 뻐기는 듯한 말투로 시체에 정신을 빼앗겼던 나를 쳐다보았다. 우리들은 등기소 담벽 밑에서 길 복판으로 걸어나왔다. 나는 그 놈의 느린 걸음에 보조를 맞추느라고 몇 차례나 걷다가 멈추곤 했다. 녀석은 빨리 쫓아오려고 몹시 허덕였다. 나는 그놈이 넘어질까 봐 뛰어가서 녀석의 어깨를 부축했다.

이거 말야, 왜 병신이 된 줄 알아?

녀석이 숨을 몰아쉬며 자기의 의족을 가리켰다. 그놈이 그 얘기를 꺼내는 것은 처음이었다.

저 새끼들이야. 저 K당 놈들.

녀석은 갑자기 상반신을 부들부들 떨며 등기소 담벽 쪽을 손으로 가리켰다.

아버지가 시골에 있을 때 놈들이 밤에 습격해 왔어. 그때 이 다리에 총을 맞았다구. 총 맞기 전에는 멀쩡했었지.

녀석이 말하는 사이에 그의 새로운 다리가 내 옆에서 몹시 덜커덕거렸다.

수사계장의 관사는 경찰서 바로 옆에 붙어 있었다. 그것은 낡은 일본식 목조 가옥이었는데 관사 안의 분위기는 언제나 사람이 살지 않는 빈집처럼 을씨년스러웠다. 우리들은 녀석이 공부방으로 쓰고 있던 널따란 다다미방으로 들어갔다.

심심하구나, 뭐 가지고 놀 게 없나?

방 안에 들어서자, 녀석은 이렇게 중얼거리며 주위를 두리번거렸다. 그놈이 그러는 동안에 나는 맞은편 벽에 걸려 있는 커다란 장군의 초상을 바라보았다. 그것은 먼 시대의 한 페이지를 승전으로 장식한 추앙받는 인물의 초상이었다. 몇 차례 그 사진을 볼 때마다 나는 금박으로 채색된 아담한 액자 속에서 유난히 광채를 뿜어내는 듯한 그의 눈빛에 매혹되곤 했다. 그것은 필경 범인의 우둔과 무기력을 꾸짖는 위대한 인물의 눈빛이 아닌가. 혹은 공포나 위협 따위에 도전하는 용기의 빛이 아닌가.

저것을 그려봤으면, 하고 나는 순간 생각했다. 휴일이면 우리들은 흔히 학교로 찾아가 복도의 벽에 걸려 있는 인물들의 초상을 그린 일이 있었다.

저 투구와 갑옷 위에 능숙하게 배색된 잿빛 음영은 붓을 쥐고 있는 나의 손끝을 즐겁게 자극할 것이다. 비늘무늬처럼 마디진 선마다 드리운 잿빛의 음영과 희미한 부분과의 알맞은 조화는 나에게는 한층 강인하고 비밀스런 힘의 표정처럼 보였다.

저걸 그려보자.

얼빠진 듯 앉아 있는 수사계장 아들에게 나는 맞은편 벽에 걸려 있는 장군의 초상을 가리켰다. 녀석은 잠시 나와 액자를 번갈아 바라보다가 피식 웃고 말았다.

그림은 재미없어. 더구나 저런 것은 모두 가짜란 말야.

그는 그 초상이 가짜라는 것 그리고 가짜를 걸어놓고 있었다는 게 이제는 생각났다는 듯이 갑자기 책상 쪽으로 다가서더니 벽에 걸린 액자를 거칠게 낚아챘다. 뭐가 가짜냐고 나는 물으려고 했으나 녀석은 틈을 주지 않고 저쪽 벽을 향해 액자를 내던졌다. 액자는 벽에 부딪쳐 부서지고 깨진 유리 조각들이 다다미 바닥 위에 무수히 흩어졌다.

그는 어떻게 액자 속의 초상이 실재했던 인물과는 전혀 상관 없는 단순한 상상의 조작임을 알아냈을까. 그렇지 않으면 녀석은 우리 담임이 그 장군의 이야기를 가르쳤기 때문에 그것을 믿지 않는 것일까. 그 개새끼 얘기는 거짓말이라구, 녀석이 옆에서 이렇게 말하는 것만 같았다. 수사계장 아들은 그 사나이가 우리 담임이라는 것을 거부해왔으며 그놈이 수업을 까먹는 것도 그 때문이었다.

다다미 바닥 위에 흩어진 유리 조각들은 거들떠보지도 않고 수사계장 아들은 벽장 쪽으로 성큼성큼 걸어갔다. 녀석은 벽장에서 그가 한때 즐겨 모아두었던 한 아름의 인형들을 꺼내더니 다짜고짜 나에게 하나씩 던지기 시작했다.

자, 받아봐라.

녀석은 이렇게 소리치며 별안간 신바람이 난 듯 한층 손을 빨리 놀렸다. 한 팔로는 갖가지 면적으로 만들어진 인형들을 안고 한 손으로는 그것을 차례로 내게 던진다. 그놈은 그것들을 지니고 있기가 이제 귀찮은 듯한 표정이었다. 그의 품을 떠난 크고 작은 인형들은 허공에서 짧은 팔과 다리로 난장이의 춤을 추면서 내게 건너왔고 내가 미처 받지 못한 것은 방바닥 위로 떨어져 데굴데굴 굴러갔다.

가지고 싶은 게 있으면 가져가도 좋아.

화가 난 듯한 어조로 녀석이 말했다. 내가 대꾸를 하지 않고 우두커니 서 있자, 녀석은 갑자기 호주머니 속에서 번쩍이는 손칼을 꺼내 들었다.

네가 가지고 있는 그 큰 놈을 이쪽으로 던져봐.

그는 눈을 휘둥그렇게 뜨고 있는 아라비아 상인을 가리켰다. 내가 그것을 던지려고 번쩍 치켜들었을 때 녀석은 날이 선 손칼을 꽉 움켜쥐고 마치 진짜로 어떤 인간을 해치려고 대들 듯이 이쪽을 노려보았다.

그놈의 배를 따 보여줄게.

별로 쓰지 않은 듯한 손칼의 번쩍이는 칼날을 보고 내가 주춤하자, 그는 변명하듯 나지막이 중얼거렸다.

녀석이 치켜든 칼끝은 공교롭게도 내가 던진 인형의 복부를 꿰어 챘다. 녀석은 칼끝에 걸린 아라비아 상인의 뱃속을 난폭하게 후벼대기 시작했다. 터진 상인의 뱃속에서 가득 꾸겨넣었던 헝겊 조각들이 쏟아져 나왔다.

이것도 가짜란 말야.

녀석은 그 헝겊 나부랭이를 내 앞에 들춰 보이면서 말했다. 마치 어떤 인간이든 뱃속에는 그처럼 너절한 헝겊 조각들로 가득 차 있을지도 모른다는 것을 은연중에 암시하려는 듯이.

가짜, 가짜라고 되풀이 말하는 녀석의 말투에는 확실히 그런 뜻이 숨겨져 있었다. 그놈이 성숙하고 기능 있는 육체에 대해 혐오감을 품고 있다는 것을 나는 어렴풋이 느꼈다. 복부가 터진 아라비아 상인의 얼굴이며 팔다리에 수없이 칼자국을 만들어 놓고 수사계장 아들은 그것을 방구석으로 던져버렸다.

나는 그 새끼도 곧 저렇게 된다는 걸 알고 있지.

흡사 타살된 시체처럼 방구석에 버려진 아라비아 상인을 가리키며 그가 어두운 표정으로 말했다.

넓은 실내가 더욱 어두워져 저녁이 다가온 것을 알려주었다. 나는 집으로 돌아가려고 현관 쪽으로 천천히 걸어나갔다. 녀석은 미처 말하지 못한 것이 있다는 듯이 절름거리며 성급하게 내 뒤를 따라 나왔다.

너희 아버지가 그 프락치를 두둔하다며? 내 꼰장은 주정뱅이니까 아무 것도 모른단 말야.

외출을 하려고 넥타이를 매다 말고 아버지는 이맛살을 찌푸리며 말했다.

정말 나로서는 그걸 모르겠단 말야.

그러면…….

하고 어머니는 아버지의 둘레를 초조하게 돌면서 말했다.

……섣불리 나섰다가 이번에는 당신마저 화를 당해요.

그것은 나도 알고 있다구.

아버지는 퉁명스럽게 대꾸하고는 간밤의 취기가 아직도 덜 가신 몽롱한 눈길로 앞뜰의 잎을 버린 감나무를 바라보았다. 목에 감긴 넥타이가 자꾸만 비뚤게 매어져 아버지의 손은 몇 번이고 같은 짓을 되풀이하고 있었다.

너의 선생은 요즘 수업을 빼먹지 않니?

내가 옆으로 다가서자 무심코 생각났다는 듯 아버지가 물어왔다.

나는 고개를 끄덕거렸고 아버지는 무슨 묻지 못할 것이라도 물었다는 듯 얼른 얼굴을 돌리고 말았다. 밖으로 나갈 때 마루께에서 아버지는 갑자기 헬쑥해진 얼굴로 어머니를 돌아다보며 말했다.

내가 사표를 내든지 어쩌든지 해야겠어.

그날이 휴일이었으므로 나는 아버지가 가는 곳이 그의 직장인 군청이 아닌 다른 곳임을 쉽게 알 수 있었다.

요즈음 갑자기 허약해진 아버지의 뒷덜미가 문 밖으로 사라지고 나자 불현듯 나는 선생을 찾아가야겠다고 생각했다.

우리 담임은 늘 학교의 숙직실에서 기거하고 있었고 그가 학교 언저리에서 떠나는 것을 나는 별로 본 일이 없었다.

따라서 휴일에도 그는 학교에 머물고 있을 것이었다.

그는 지금 무얼 하고 있을까.

아니 그보다도 그가 과연 프락치일까, 하는 의심이 방금 헬쑥하게 보였던 아버지의 얼굴과 겹쳐진 채 자꾸만 연기처럼 내 머릿속에 피어올랐다.

학교 후문을 지나 뒤뜰로 들어선 나는 먼저 숙직실 쪽으로 달려갔다.

거기에는 선생이 없었다. 내가 다시 교무실이 있는 교사의 가운데께로 다가섰을 때 앞뜰로 난 교무실의 창 앞에 혼자 우두커니 서 있는 선생의 낯익은 뒷모습이 겹친 유리창을 통해 희미하게 바라보였다. 막상 그의 모습을 발견하자, 가슴이 두근거려 복도의 창문을 열려던 손이 자꾸 주춤거려졌다. 가까스로 나는 마음을 가라앉히고 도어의 손잡이를 붙잡고 몇 번 흔들어보았다. 문은 잠겨 있었는지 끄떡도 하지 않았다. 나는 문께에서 몇 걸음 물러서서 겹겹이 막고 있는 유리창의 벽에 대고 목청껏 선생을 불렀다. 담임은 내가 부르는 소리를 못 들었는지 꼼짝도 하지 않고 여전히 등을 보이고 서 있었다. 응달의 냉기 때문에 나는 몸을 부들부들 떨면서 다시금 문께로 다가서서 잠겨 있는 도어의 유리창을 깨져라 손바닥으로 두드렸다. 초겨울 아침의 찬바람이 인적 없는 학교 뒤란을 한차례 휩쓸고 지나갔다. 멀리까지 복도의 창들이 우울하게 흔들리는 소리가 들려온다. 담임은 깜짝 놀라 이쪽으로 돌아섰다. 그러나 몇 겹의 유리창 건너편에 어렴풋이 나타난 얼굴을 얼른 알아보지 못해 잠시 이쪽을 물끄러미 지켜보더니 이윽고 담임의 커다란 키가 이쪽으로 뚜벅뚜벅 걸어오기 시작했다.

웬일이냐?

그는 약간 쉰 목소리로 덤덤하게 물었다.

놀러왔어요.

나는 미리 생각한 대로 빨리 대답했다.

그래?

바람에 상기된 내 얼굴의 살갗을 들여다보며 선생은 그제야 가느다란 미소를 보여주었다.

들어오렴.

담임은 갑자기 활기를 띤 몸짓으로 나의 어깨를 우람하게 붙잡고 교무실로 나를 데리고 갔다. 우리들은 교무실 가운데서 빨갛게 달아오르고 있는 연통난로 옆으로 다가갔다.

마침 잘 왔다. 아주 적적했지.

의자를 끌어다가 내게 권하며 선생이 말했다.

이따금 소총 소리가 교사의 창문을 뒤흔들며 실내에까지 울려온다. 달아오른 연통난로 옆에 조으는 듯 앉아 있는 우리는 총소리가 들릴 때마다 자리를 고쳐 앉거나 머리를 다른 쪽으로 돌리곤 했다. 창백하리만큼 투명한 겨울 오정의 드리운 유리창에 와 부딪치는 소총 소리는 날카로웠다.

저건 무슨 총소리지?

선생은 갑자기 생각난 듯 나를 바라보았다. 창백한 선생의 얼굴에는 그가 언제나 총소리에 놀라고 있다는 듯한 기색이 역연했다. 우리의 눈이 서로 마주쳤을 때 나는 그가 짐짓 놀라는 척하고 있다는 느낌을 얼핏 느꼈다.

모르겠어요.

이렇게 가볍게 대꾸하며 나는 저 얼굴이야말로 가짜일는지도 모른다고 속으로 중얼거렸다. 저것은 가짜 얼굴이야. 이 중얼거림은 일찍이 수사계장 아들로부터 여러 차례 들었기 때문에 어느덧 나의 입에서도 저절로 튀어나올 뻔했다. 나는 벌떡 일어나 조그만 부삽을 들고 타버린 톱밥의 재를 난로의 통풍구로부터 꺼내기 시작했다. 부삽으로 꺼낸 잿더미를 네모난 쓰레기통에 옮기느라고 내가 담임의 옆을 지나갈 때 그는 무엇에 놀란 듯 감고 있던 눈을 퍼뜩 뜨더니 잠꼬대처럼 중얼거렸다.

총소리가 자꾸 들리는군.

그래요. 시끄러워 죽겠어요.

나는 세 번째 퍼낸 잿더미를 쓰레기통에 부어버리고 난로의 통풍구를 아주 닫아버렸다.

너무 뜨거워 죽겠어요.

난로가 달아올라 실내에 가득 차 오른 열기로 숨이 헉헉 막히는 것만 같았다. 그러나 나는 약간 엄살을 떨고 있었다. 왜 그때 담임 앞에서 엄살을 부릴 충동이 일어났는지, 그것은 확실히 알 수 없다. 좌우간 두 번째로 내가 엄살을 떨었을 때 선생은 히죽이 웃어보였다.

난로에서 조금 떨어져 앉으렴.

담임도 그가 앉았던 의자를 뒤로 약간 밀쳤다.

정말 심심하구나.

밖으로 나가지 않으셔요?

의자를 뒤로 끌어당기면서 나는 천연하게 물었다.

나는 여기 있는 게 좋지.

그는 약간 어색한 말투로 그러나 서둘러 빨리 대답했다. 나는 담임이 휴일에도 좀처럼 읍내 거리에 나가지 않는 것을 알고 있었다. 부임 이래 담임은 줄곧 숙직실에서 기거하면서 학교 울타리 안에서 갇혀 지냈다. 그는 왜 거리로 나가지 않는 것일까? 거기에 나가면 이 어른의 무료를 달래 줄 메뉴는 얼마든지 있었다. 이를테면 많은 종류의 완제품이 가득 쌓여 있는 다복상회의 진열대라든지 향그러운 냄새로 자욱한 진주집의 아늑한 내실, 그리고 장터로 나가는 삼거리 어귀에는 질이 좋은 밀주를 파는 싸구려 술집도 여럿 있었다. 어른들은 누구나 그곳에 가서 하루 저녁나절을 즐겁게 지내는 걸 나는 자주 보았다.

바깥으로 나가요, 선생님.

나는 당돌하게 몸을 반쯤 일으키며 손으로 창밖을 가리켰다.

밖은 추워서 안 돼. 그렇지 않아?

담임이 가볍게 반문했을 때 마치 거기에 대답하듯 소총 소리가 유리창의 울림과 함께 날카롭게 들려왔다. 그 소리가 너무 돌발적이었으므로 나는 깜짝 놀라 자리에 털썩 주저앉고 말았다. 담임의 얼굴에도 순간 어떤 긴장이 나타났으나 그는 곧 그 특유하게 침착한 얼굴로 되돌아갔다.

내가 참새 잡는 법을 가르쳐주지. 자, 하고 말하며 그가 벌떡 일어서서 복도 쪽으로 걸어갔다. 그렇지만 나는 그를 뒤따르지 않고 멍하니 그의 뒷모습만을 지켜보았다. 복도로 나가는 도어를 열고 선생은 교무실에서 빠져나갔다. 그는 유난히 키가 커 보이고 수척해보였다. 그는 뒤따라 나오지 않는 나를 깜박 잊어먹은 듯, 나를 부르지는 않았다.

나는 혼자 앉아서 참새 잡는 방법은 어떤 것일까, 하고 생각했다. 그는 참새를 잡는 특별한 방법을 알고 있을는지도 모른다. 나는 그가 때에 따라서는 그만큼 남다른 능력을 발휘할 수 있는 사람이라고 믿고 있었다. 불현듯 나는 그가 사라진 복도 쪽으로 달려가고 싶었으나 때마침 유리창을 뒤흔들며 소총 소리가 연거푸 세 번 들려와 내 발을 그 자리에 묶어놓았다.

텅 빈 교사의 복도 한쪽에서 유리창 여닫는 소리와 마치 매끄러운 바닥을 잽싸게 뛰어다니는 듯한 발소리가 들려 왔다. 뛰어다니는 발소리는 잠시 그쳤다간 또다시 들려오곤 했다.

불과 몇 분도 지나지 않았을 때 선생은 벽에 부딪혀 즉사한 참새의 작은 몸을 손아귀에 움켜쥐고 의기양양한 표정으로 내 앞에 나타났다.

복도의 창을 열어 놓으면 새가 들어오지.

그는 아직 헐떡이는 숨결을 가누면서 천천히 말했다.

이놈이 들어오면 빨리 문을 닫고 다음부턴 이놈보다 더 빨리 뛰어 이놈이 지칠 때까지 쫓아다니거든. 새라는 건 사람보다는 빨리 지치니까.

그는 쥐고 있던 손아귀를 벌려 즉사한 참새의 몸을 드러내 보였다. 담임은 가느다란 새의 몸을 비틀어 머리를 떼어내고 꽤 익숙한 솜씨로 털을 지닌 새의 겉가죽을 끊어진 목으로부터 홀랑 벗겨내렸다. 마치 사산된 영아처럼 사지를 안으로 웅크린 새빨간 살덩어리를 톱밥이 이글대며 타고 있는 연통난로의 불더미 속에 던졌다.

난로의 뚜껑을 닫고 우리들은 한참 동안 새의 고기가 익기를 기다렸다. 도중에도 선생은 그것이 아주 거슬려 버릴까 봐 난로의 뚜껑을 열고 불집게로 몇 차례 그것을 뒤집어 놓았다.

참새고기는 맛이 그만이지.

부러 침을 삼키는 시늉을 해보이며 선생이 말했다. 그가 어거지로 웃어보이려고 했을 때 나는 그것이 꾸밈임을 알았기 때문에 도리어 내 쪽에서 꾸미려던 미소를 잃어버렸다. 나는 살덩어리가 그을어지는 농밀한 냄새를 맡으며 난로의 뚜껑을 묵묵히 내려다보고 있었다.

잠시 후에 선생은 난로의 뚜껑을 열고 새까맣게 그을린 고깃덩이를 불집게로 꺼내 두 쪽으로 찢은 다음 한쪽을 내게 권했다. 나는 구운 고기 맛을 몰랐으므로 불빛에 빨갛게 비추어 보이는 그 고깃덩이로 얼른 손이 가지지 않았다.

빨리 받아, 응.

선생은 참새고기를 내 앞으로 한층 가까이 디밀며 다정하게 말했다. 나는 가까스로 그것을 받았지만 차마 입에 넣지는 못했다. 그는 망설이는 나의 거동을 묵묵히 지켜보고만 있었다. 마치 내가 먹지 않으면 자기도 먹지 않으리라는 듯이 그렇게 기다리는 얼굴에는 그답지 않게 얼간이 같은 표정마저 엿보였다. 그는 시커먼 어둠살이 덮인 얼굴로 자꾸만 나에게 가까이 다가왔다. 타닥타닥 소릴 내며 톱밥이 타고 있는 난로 속에서 솟구치는 화염을 나는 물끄러미 바라보고 있었다. 이때 나를 사로잡았던 비릿한 생각이 나를 식상하게 만든 그 역겨운 냄새가 화염 가운데에서 흐물흐물 피어올랐다.

불빛에 비추어 보인 참새의 그을리고 오그라든 사지, 그 잔해 위에는 저 등기소 담벽 밑에서 내가 최초에 보았던 주검이 겹쳤고 그리고 그 죽은 자의 얼굴은 다시 고기를 삼키라고 지금 재촉하고 있는 선생의 어둠살이 덮인 얼굴로 변하여 내게 다가오는 것이다.

이 사람은 프락치구나. 이 사람에게서는 프락치의 냄새가 난다. 나는 프락치의 냄새가 어떤 것인지도 모르면서 이렇게 마음속으로 중얼거렸다. 나는 들고 있던 참새고기를 선생에게 도로 내밀었다. 그는 쓰디쓰게 웃고는 그것을 받아 한 입에 넣어버렸다.

먹을 줄 모르는군. 바보 같으니라구.

소총 소리는 이제 좀처럼 들리지 않았다. 주위가 차츰 조용해지자, 그와 비례해서 선생의 표정은 점점 활기를 띠기 시작했다.

넌 장래에 뭣이 될 참이지?

그는 웃음 띤 얼굴을 내게 가까이 디밀며 갑자기 이렇게 물었다.

뭐가 될 거야, 응?

나를 지켜보는 그의 얼굴은 분명히 엄격한 스승의 얼굴로 돌아와 있었다. 그러나 나는 그의 얼굴을 두 학기 가까이 우리에게 충실한 수업을 베풀어주었고 적어도 그때까지는 보다 두터운 믿음을 쏟아왔던 그 얼굴을 단순한 스승의 얼굴이라고만 생각하지는 않았다. 그는 프락치다. 그에게서는 프락치의 비릿한 냄새가 난다. 그 얼굴은 단순히 거죽에만 위장하고 있는 가짜에 불과한 것이며 그 거죽을 들추어보면 교활한 속임수로 호인인 나의 아버지를 곤경에 몰아넣고, 변두리의 촌락에서 매일처럼 일어나는 살육과 방화를 교사하는 프락치의 얼굴이 도사리고 있을 게다.

나의 입은 쉽사리 열리지 않았다. 나는 무엇이 되려고 했을까. 그제야 나는 그것을 생각하고 있었으며, 잠시 후에 내가 무관이 되고자 했다는 기억이 떠오르자, 내 입은 더욱 굳어지고 말았다.

전쟁 초기에 우리학교 교사 한 사람이 군(郡)에서 선출하는 구국의 용사를 자원한 일이 있었다. 그는 단기 사관훈련을 마치고 임관이 되자, 출전하기 전에 잠시 고향을 다녀갔다. 읍에서 그에게 환송식을 베풀던 날 우리들은 교문 앞의 좁은 길 양쪽에 나란히 대오를 지어 늘어섰다. 이윽고 정오가 다가올 무렵 학교에서 옛 동료들과 간단한 작별을 나눈 그가 환송식이 벌어지는 경찰서 앞 광장으로 나가느라고 교문의 계단 위에 나타났다. 우리들은 손뼉을 치면서 소리 높여 환호성을 질렀고 그는 얼굴에 미소를 띠며 높은 계단을 천천히 내려왔다.

아아, 우리들의 교사, 아니 이제는 군에서 최초로 선발된 구국의 용사가 된 그의 모습을 보려고 거기 서서 내가 얼마나 초조하게 기다렸던가. 계단 위에 그의 모습이 나타났을 때 나는 손뼉 소리와 환호성의 소용돌이에 묻힌 채 숨을 헐떡이며 그의 단정한 감색 제복과 햇빛에 반짝이는 금빛의 견장을 눈여겨보고 있었다. 그는 정말 그 제복과 견장의 우아한 빛깔에 어울리게 조금도 겁을 내거나 비굴하지 않은, 아주 만족하고 건강한 웃음을 머금고 있었다. 나중에 환송식에서 군민의 대표가 그에게 희생을 요구하는 환송사를 읽고 있을 때에도 그는 줄곧 그 만족하고 건강에 넘친 웃음을 잃지 않았다. 나는 가슴을 설레며 이 사나이의 가슴과 어깨에 매달린 금빛의 견장을 부러워했고, 그의 건강한 미소와 용기를 부러워했다. 저 단정한 감색 제복에서 빛나는 금빛의 견장은 바로 이 미소와 용기에 대한 보상일 게다. 완전한 성인의 육체는 잠시 동안 우리들이 우러르는 희생과 용기의 표징을 매달고 뽐내고 있었다. 그리고 그것을 뽐낼수록 더욱 빛을 발하는 것이었다.

나는 무어라고 대답해야 할지 몰라 눈을 꿈벅거리며 담임의 눈치를 자꾸 살폈다. 선생은 엉거주춤 일어서서 불집게를 들고 난로 속에 타버린 톱밥의 재를 아래의 통풍구로 밀어내리고 있었다.

무엇이 되었으면 좋을까요?

나는 갑자기 그에게 역습했다. 부삽으로 잿더미를 퍼서 옮기던 선생은 흠칫 놀라 몸을 일으키고 나를 물끄러미 내려다보았다. 나의 질문이 전혀 뜻밖이었던지 그는 한동안 일손을 멈추고 묵묵히 생각에 잠긴 채 입을 열지 못했다.

글쎄, 그것은 말이다. 그것은 훗날 말해주마.

그는 굳어진 얼굴을 돌리고 다시 부삽을 움직이기 시작했다.

크리스마스를 이삼 일 앞 둔 어느 눈오는 날이라고 생각된다. 아이들은 평소에는 잘 가지도 않던 읍내 교회당의 빨간 함석지붕을 넘겨다보면서 그날이 되면 우루루 떼 지어 몰려가 빨갛게 염색한 한 조각의 떡과 두 알의 사탕을 배당받을 생각으로 군침을 삼키고 있을 때였다.

그날 아버지는 선생의 보증 서는 것을 포기하고 만취한 몸으로 눈을 맞으며 터벅터벅 집으로 돌아왔다. 그리고 바로 다음 날 오랜만에 학급에 출석한 수사계장 아들로부터 선생이 처형된 사실을 전해 들었는데 그것은 이미 예상하고 있었던 일이었지만 막상 그가 죽었다는 것이 사실로 밝혀지자, 그로 인해 내가 받은 충격은 컸다. 그날 이후 나는 그가 죽음의 길을 걸어간 수수께끼에 두고두고 시달려야만 했던 것이다.

미끼

　승강기에서 내린 덕수는 잠깐 복도에 서서 주위를 살펴보았다. 그러나 이십층의 복도는 어쩐지 눈에 익지 않았다. 그는 그 사무실이 십층에 있으리라고 짐작하고 십층에 승강기를 내렸는데 곧 그가 착각했다는 것을 깨달았다. 그 사무실은 십일층에 있었다. 그런데 몇 번이나 찾아왔던 사무실 위치를 왜 자꾸만 까먹을까. 그는 스스로 짜증이 났다. 덕수는 이번에는 승강기를 사용하지 않고 복도의 왼쪽에 있는 계단으로 천천히 올라갔다.

　기장이 넓은 헐렁한 바지에 역시 그의 상체보다 훨씬 커 보이는 외투를 입고 있는 덕수의 옷차림은 흡사 어떤 광대가 무대에 나서려고 일부러 그렇게 차려입은 것 같았다. 그 양복은 아주 낡았으며 아직 서른다섯 살의 남자가 입은 옷치고는 그만큼 유행과는 거리가 먼 옷이었다. 거기에 비하면 그가 입고 있는 와이셔츠는 아주 새것이었고 특히 덕수가 목에 매고 있는 넥타이는 바야흐로 한참 유행하고 있는 체크 무늬의 웸블리 타이였다. 이 두 가지는 그가 오랫동안 결코 놓아본 적이 없었던 드라이버와 드릴을 이

308

윽고 손에서 놓고 자기의 고안을 등록하려고 처음 나섰을 때 산 것이었다.

십일층에 올라서자, 맞은편 벽에 붙어 있는 커다란 포스터가 첫눈에 띄었다. 그 포스터는 그가 이 건물에 처음 나타났을 때부터 거기에 붙어 있었으므로 아주 눈에 익었다. 덕수는 잠깐 동안 복도 가운데에 서서 그 포스터를 다시 쳐다보았다. 거기에는 두 개의 톱니바퀴를 맞추고 있는 중학생의 모습이 그려져 있고 그 그림의 주변에는 굵다란 고딕체로 다음과 같은 표어들이 쓰여 있었다. '국민 창의력 개발', '발명자·고안자의 적극 보호 육성', '수출입국은 새로운 아이디어 개발로!'

이미 몇 차례나 보아왔던 이 포스터를 덕수가 새삼스럽게 쳐다보는 것은 그가 이 표어들과 마주칠 때마다 한 가닥의 위안을 받았기 때문이었다. 사실 그는 요즘 와서 별다른 까닭도 없이 관리들이나 혹은 고안의 등록을 대리하는 업자가 그의 고안을 휴지로 만들어버리지나 않을까 하는 불안에 사로잡혀 쩔쩔매는 때가 자주 있었는데, 변리사 사무실이 있는 이 특허국 건물에 들어올 때는 불안감은 더욱 심해졌던 것이다. 하지만 지금 그의 눈앞에 보이는 포스터는 발명자와 고안자의 창의력을 적극 육성 보호한다는 것이 이 정부의 확고한 방침임을 웅변으로 말해주고 있었다. 그것은 마치 덕수 한 사람을 위해 거기에 붙어 있는 것처럼 덕수에게는 느껴졌다.

이주호 변리사의 사무실 문 앞에서 덕수는 성큼 문을 열지 못하고 한동안 망설였다. 관청이건 개인의 회사건 사무실 출입이라면 그는 무턱대고 겁을 집어먹는 사람이었다. 한참만에 덕수는 심호흡을 하고 나서야 문을 열고 사무실 안으로 들어갔다.

아하, 오셨군요.

변리사의 조수로 있는 김 씨가 무척 기다리고 있었다는 듯이 반색을 하며 의자에서 벌떡 일어섰다. 그는 스물대여섯 살 되는 사람으로 점잖은 변리사를 대신해서 고객과 특허국 관계의 섭외를 주로 맡고 있었다.

저희가 연락을 드렸는데, 연락을 받고 오셨습니까?

김 씨가 손님 접대용 소파가 놓여 있는 자리로 나오며 덕수에게 물었다.

네. 연락을 받았습니다.

덕수는 엉거주춤 서서 가까이 다가오는 김 씨의 표정을 유심히 살펴보았다. 그는 오늘 어떤 용건으로 자기더러 출두해달라고 요청해왔는지, 그것이 무엇보다 궁금했다.

아주 일이 순조롭게 되어가고 있습니다.

눈치가 빠른 김 씨가 소파에 앉자마자 덕수에게 말했다. 이럴 때 김 씨의 말씨는 은근하고 그의 표정은 매끄럽고 부드러웠다.

그러면 틀림없겠습니까?

덕수가 김 씨에게 조급하게 물었다.

틀림없고 말구요. 우리가 일을 서툴게는 하지 않습니다. 지난번 가져다주신 샘플에 대한 저쪽의 반응이 아주 좋아요. 그리고 우리 이 선생님께서도 직접 저쪽에다 부탁을 하고 있으니까요. 이 선생님은 이 일에 특별히 관심을 갖고 계십니다.

이주호 씨는 전력이 화려한 사람으로 이를테면 거물 변리사였다. 그는 다년간 특허국의 심사관과 심판관으로 봉직하였으며 상공부의 모모한 국장 자리를 두루 거쳤고 공직에서 물러나기 직전에는 바로 특허국 국장의 직위에 있었던 사람이었다. 이렇게 경력이 다채로운 이 씨를 덕수가 자기의 출원 대리인으로 지정한 것은 이 방면에 백지나 다름없는 덕수로서는 그의 경력에 따르는 공신력에 일단 의지하는 것이 가장 손쉬운 길이라는 속셈에서였다.

언제쯤 공고가 될 것 같습니까?

덕수는 움푹 들어간 눈으로 젊은 조수를 쳐다보며 물었다. 그는 자기가 궁금하게 여기는 문제에 대해서는 참을 줄을 몰랐다. 자기를 뚫어지게 쳐다보는 덕수의 뜨거운 눈길을 느끼자, 김 씨는 얼른 미소를 지어보였다.

공고가 언제쯤 되리라는 것은 딱 잘라서 말씀드리기 어렵고 일단 심사가 끝나야 공고가 될 터인데 아직 심사도 시작하지 않았으니까요. 그러나 그것이 나오리라는 것만은 틀림없습니다. 그건 저희가 보장하지요.

그러면 샘플에 대해 반응이 좋다는 건 무슨 얘깁니까? 제가 샘플을 가져다 드린 게 한 달 전이었고, 그 당시에 심사가 시작되니까 그걸 가져오라고 하지 않았습니까?

덕수의 목소리는 자기도 모르는 사이에 높아졌다. 그렇지 않아도 그는 사무실 안에 들어오기만 하면 어쩐지 혈압이 높아지는 것 같았는데 이 조수와 얘기를 하다 보니까 자꾸 호흡이 가빠지고 관자놀이가 뜨거워졌다. 한 달 전에 그는 김 씨의 요청에 따라 자기의 손으로 제작한 마차를 이 사무실로 가져다주었다. 이 마차는 물론 특허국에 제출된 도면과 일치하는 시제품이었다.

만약에 직접 제작하신 견본이라도 있으시다면 가져오십시오. 견본이 있다면 한결 유리하죠. 도면만으로는 납득이 가지 않을 때가 있으니까요.

김 씨가 그때 이렇게 말하였다. 그러나 그때 김 씨가 요구했던 것은 제품의 모형만은 아니었다. 그는 그 모형의 우수성을 더욱 인정받기 위해서는 약간의 현금도 필요하다고 넌지시 말해왔다.

이것도 사람이 하는 일인데요.

김 씨가 이렇게 모호한 말을 덧붙이며 빙그레 웃었다. 덕수는 이미 특허국에 납부할 수수료까지 포함된 착수금을 이 사무실에 지불하였기 때문에 처음에는 김 씨의 제의에 응해줄 생각이 전혀 없었다. 그러나 곰곰이 생각해보니까 김 씨의 말에도 일리가 있어 보였다. 무엇보다 덕수 자신은 서른다섯 살이 된 오늘까지 사회라는 것이 어떻게 돌아가고 있는지에 대해서 전혀 깜깜하다고 자인해오는 처지여서 무턱대고 원칙만 내세우다가는 자칫 일을 그르칠지도 모르겠다는 걱정이 앞섰다. 이 조수의 말마따나 심사를 맡은 관리들도 사람인지라 그들도 술도 마시고 싶을 것이고 때로는 담뱃값에 궁하기도 할 것이다. 그렇다면 빈손으로 일을 부탁하는 이 김 씨의 입장이 도리어 난처할 게 아니냐. 이렇게 단순하게 결론을 내린 덕수는 시제품과 함께 일금 이만 원을 하얀 봉투 속에 넣어 김 씨에게 전달하였다. 그 봉투 속에 현금이 얼마쯤 들었는지 몰랐던 김 씨는 봉투를 받으면서 내일 모레 사이에 심사가 시작될 터인데 그때에는 자기가 일을 틀림없이 마무리짓겠다고 다짐을 주었다. 그런데 아직도 심사가 시작되지 않았다고 지금 김 씨는 말하고 있었다.

덕수는 목이 바짝 말라붙어 갑자기 갈증을 느꼈으며 지금 무슨 말을 먼저 해야 될지 갈피를 잡을 수가 없었다. 그가 이 사무실에 처음 나타나서 출원 수속을 밟은 때는 지난 삼월 초순이었다. 그 이후 벌써 삼 개월이 지나 계절은 여름으로 접어들고 있었는데 그 기간은 특허국에서 발행한 특허 안내서에 명시되어 있는 특허 수속기간, 즉 출원에서 공고가 될 때까지의 기간을 이미 초과하고 있었다.

아하. 샘플은 이미 제출했으니까 제가 그에 대한 반응을 알지요. 반응은 아주 좋습니다. 제가 왜 쓸데없이 꾸며서 얘기를 합니까? 그걸 본 사람들

말이 선생의 고안이 자기들이 여태 취급해보지 못했던 아주 획기적인 것이라고 해요. 그것은 제가 보기에도 완구 종류로서는 아주 획기적인…….

그걸 본 사람들이 누굽니까?

조수의 말이 끝나기도 전에 덕수가 성급하게 물었다.

그야 물론 앞으로 그 마차의 심사를 맡을 분들이죠.

김 씨는 지난달에 심사가 있으리라고 자기가 말했던 사실에 대해서는 일부러 언급을 피하고 있었다. 그러나 이 젊은 남자의 얼굴 표정은 그가 맡고 있는 일이 일인지라 부드럽고 매끄러웠다. 심사를 하기도 전에 시제품을 구경할 겨를이 있었다면 어째서 그 관리들은 당장 심사를 해치우지 않는 것일까. 이런 의아심이 덕수의 머리에 퍼뜩 떠올랐으나 덕수는 그 말을 입 밖에 꺼내지 못했다.

오늘 제가 오시라고 한 것은…….

말을 꺼내며 김 씨는 사무실 주변을 힐끗 둘러보았다.

따로 말씀드릴 게 있어서지요.

무슨 일입니까?

덕수가 바짝 긴장한 표정으로 조수에게 물었다. 김 씨는 잠시 뜸을 들이면서 다시 한 번 사무실 주변을 힐끗 둘러보았다. 거물 변리사 이주호 씨는 방금 자리에 없었고 도면을 그리는 남자직원 한 사람과 타이프를 치는 여자 직원 하나가 일을 하면서 자주 소파가 놓여 있는 쪽을 힐끔힐끔 쳐다보았다.

좀 더 조용한 데루 가셨으면 싶은데요.

김 씨가 이렇게 말하며 먼저 자리에서 벌떡 일어났으므로 덕수는 도리 없이 그를 따르지 않을 수 없었다. 그들은 승강기를 타고 지상으로 내려와서 근처의 다방으로 들어갔는데 마침 점심때라 한창 붐비는 그 다방은 변리사의 사무실보다 결코 좀 더 조용한 장소는 아니었다.

오늘 나오시라고 한 것은 근일중으로 그게 심사에 붙게 되기 때문이죠.

다방으로 나오자, 주변의 소음과 침침한 조명에 힘을 얻은 탓인지 조수 김 씨의 목소리는 한층 활기를 띠었다.

그러나 심사는 벌써 몇 번이나 시작하지 않았습니까?

그렇지 않아요. 이번에는 어김없는 사실입니다. 제가 이름 석 자를 걸고 맹세하죠. 정말 근일 중으로 심사가 있을 겁니다.

심사할 때 본인이 입회해야 합니까?

그거는 심사관들이 본인의 설명이 필요하겠다고 판단하면 요구하죠. 요구가 있다면 물론 제가 즉각 연락을 드리죠. 그거는 그렇고, 이번이 정작 중요한 고비인데 말씀입니다. 막상 심사가 시작될 때만 우두커니 기다리고 있을 게 아니라 만일을 위해서 사전에 술자리라도 마련해서 담당한 양반들에게 잘 얘기를 해둬야 하는데요.

김 씨는 눈을 자꾸 깜빡거리며 덕수의 표정을 열심히 살폈다. 덕수는 한동안 멍청해진 표정으로 잠자코 있다가 불현듯 김 씨에게 말했다.

제가 지난번에 술값 정도는 드렸지 않습니까?

그거 말인가요? 아하, 그것도 물론 매우 유용하게 사용했습니다마는, 그러나 그거 가지고 술값이 된다고는 말할 수가 없죠. 그 양반들이 어디 대폿집에 가서 막걸리나 마시는 줄 아십니까?

그러나 그 돈은 나로서는 최선을 다한 것입니다. 정말 나로서는 최선을……

아하, 그러지 마시고. 이번이 고비인데 정작 중요한 때에 이러시면 되겠습니까? 선생의 고안이 너무 아깝지 않습니까?

여전히 싱글싱글 웃으며 부드러운 어조로 말하고 있는 김 씨의 얼굴이 덕수의 앞으로 가깝게 다가왔다.

딱 십만 원만 마련해주십쇼. 이건 정말 최소한도의 금액이올시다. 다른 경우라면 이 정도로는 어림도 없겠지만, 선생의 처지를 제가 잘 알고 있는 이상 그 정도로 어떻게든 마무리를 짓도록 해야죠.

그 돈이 마련되지 않는다면 특허가 나올 수가 없다, 이런 얘기입니까?

아니죠. 절대로 그런 것은 아닙니다. 그러니까 제가 방금 만일을 위해서라고 말씀드리지 않았습니까?

덕수는 목이 바짝바짝 타올라 엽차를 몇 모금 들여 마시고는 건너편 벽 옆에 놓여 있는 커다란 수족관을 묵묵히 바라보았다. 그러나 지금 그 수족관의 풍경이 그의 눈에 잡히지는 않았다. 그는 다만 잠깐 동안이라도 김 씨의 얼굴에서 시선을 피하기 위해서 그쪽을 보았을 뿐이었다. 어째서 이렇게 목이 타오르고 답답할까? 그는 만 삼 년 동안이나 망치와 드릴과 드라이버를 손에서 놓아본 적이 없었다. 덕수의 오른손 엄지손가락과 검지 손가락에는 동전만 한 굵은 매듭이 새로 돋아나 있었다. 그러나 그 매듭이 돋아난 사실을 일손을 놓은 다음에야 발견했을 정도로 그는 마차의 고안에 열중하였다. 톱니바퀴의 회전에 따라 크랭크로 톱니바퀴와 연결된 말의 다리가 살아 있는 말의 그것처럼 활기 있게 움직이도록 하기 위해서 그는 끊임없이 관절의 모형을 변형시켰으며 톱니바퀴의 회전속도를 조절하였다. 말의 다리에 자연스러운 활력을 넣어주기 위해서는 관절의 작동이 원을 그리게 만들어야 한다. 그것을 가능하게 하는 관건은 관절의 모형이었다. 다음의 문제는 앞쪽 다리와 뒤쪽 다리가 일원화된 작동을 하도록 만드는 일이었다. 그런데 끝판에 가서 그는 그만 암초에 걸리고 말았다. 앞쪽 다리와 뒤쪽 다리의 형태가 서로 너무 틀리고 작동의 폭이 틀리기 때문에 양쪽 다리의 일원화된 작동과 관절의 원형회전이 동시에 가능할 수 있는 일치점이 좀처럼 찾아지지 않았다. 이 일치점만 찾아낸다면 그는 약간의 함석 조각과 헝겊 조각을 재료로 한 마리의 살아 움직이는 말을 제작할 수 있으련만 백여 개의 모형이 때려 부서질 때까지도 그것은 좀처럼 찾아지지 않았다. 하지만 그때에도 덕수는 지금처럼 가슴이 답답하고 목이 타오르지는 않았던 것이다. 난관이 다가오면 그는 더욱더 흥미와 의욕이 솟구쳤으며 결국에는 그것을 자기 힘으로 극복할 수 있으리라는 확신이 있었다. 이쪽에서 정직하게 노력을 기울여준다면 기계와 도구는 어김없이 그만큼의 보상을 돌려준다는 사실을 그는 삼 년 동안의 작업을 통해서 체득했던 것이다. 그런데 지금은 그때와는 사정이 달랐다. 지금 덕수의 앞에는 비싼 술을 마신 뒤에라야 출원된 고안의 우수성을 인정하게 된다는 관리들이 버티고 있었고 관리들의 그런 생리를 빙자하는 변리사의 조수가 버티고 있었고, 그리고 그의 힘으로는 도무지 마련할 방도가 없는 현금 십만 원이 버티고 있었다.

김 씨와 헤어지고 돌아오는 덕수는 그가 방금 김 씨의 요구를 거부한 일이 아무래도 마음에 걸렸다. 자기의 고안은 남의 것의 요점을 따고 형태만 슬쩍 바꾸거나 외국의 제품을 그대로 모방한 사이비 고안과는 전혀 성질이 다르다. 만약에 술자리가 필요하다면 필경 그런 경우일 것이다. 따라서 자기는 정당한 고안을 두고 구태여 술자리까지 마련할 필요성을 느끼지 않는다. 덕수가 김 씨에게 대충 이렇게 말했을 때 이 젊은 조수는 상대방의 애기 따위는 별로 귀담아듣지 않고 다른 곳에 시선을 던지고 있다가 끝판에는 어처구니없다는 듯 헛웃음을 웃고 말았다. 그가 마음속으로 덕수의 말을 시인하고 있는지 어떤지는 알 수 없었다.

부당한 고안으로 떳떳하게 특허권을 취득하는 사례는 얼마든지 귀로 들을 수가 있었고 또 덕수 자신이 출원하기 전 참고삼아 일본과 한국의 특허 사례집을 열람했을 때 자기 육안으로 그런 사실을 확인한 일도 있었다. 강아지의 목 속에 간단한 스프링을 장치하여 강아지로 하여금 가벼운 목운동을 할 수 있게 만든 완구는 일본 특허 사례집에 수록되어 있었다. 그런데 그것과 하나도 다르지 않은 도면을 이쪽의 사례집에서도 발견했을 때 덕수는 자기 눈이 의심될 지경이었다. 이 충격은 그가 말로만 듣던 때와는 달랐던 것이다. 기왕에 모방을 하기로 든다면 하필 이렇게 치졸한 고안에 손을 댈 게 뭐람. 그는 그때 그것을 고안해낸, 별로 장할 것도 없는 일본인이 몹시 경멸하는 눈초리로 바로 덕수 자신을 쏘아보고 있는 것만 같아 얼굴이 화끈 달아올랐다. 어쨌든 그 제이의 고안자는 목하 여기에서 성업 중이었다. 하기야 자원도 풍부하지 못하고 자본조차 빈약한 이 땅의 기업인들은 그런 노릇이라도 하지 않으면 기업을 끌고 나갈 재간이 없을 법도 했다.

누가 보아도 새로운 고안이라고 인정할 수 없는 것도 관리들은 특허권을 부여하는 아량을 베풀고 있었고 그것이 사실임을 전제했을 때 반대로 정당한 고안을 묵살해버리는 횡포가 없으리라는 보장이 없는 것이었다. 그렇다면 이 사회에서 발명이나 고안을 위해 노력한다는 것은 아무런 의미도 없는 것일까? 새로운 고안을 위해 피와 땀을 쏟느니보다는 외국의 산업관계 간행물이나 뒤적이며 관리들의 아량을 구하기 위해 힘쓰는 편이 한층 빠르고 유익한 길일까? 자원이 풍족하지 못하고 자본도 빈약한 이 나라에서 수출입국의 유일한 타개책은 국민의 창의력을 개발하는 길 뿐이라던 정부의 주장은 그렇다면 무슨 잠꼬대란 말이냐? 행길을 걸어오면서 덕수는 혼자서 속으로 끊임없이 이런 질문을 던져보았으나 그러나 당장 그 어떤 질문에 대해서도 속 시원한 해답이 떠오르지 않았다.

변리사 사무실로부터는 한동안 별다른 연락이 오지 않았다. 며칠 사이에 시작된다던 심사는 과연 시작되었는지 그리고 그 마차의 결말이 어떻게 되었는지 덕수는 몹시 궁금하였으나 그로서는 연락이 올 때를 기다리는 수밖에 도리가 없었다. 그동안에 그는 다시 가위와 드릴을 손에 잡고 마차의 개량에 힘을 기울였다. 그 작업은 역시 덕수에게는 즐겁고 싫증이 나지 않았다. 그는 지금 완성된 말이 거의 살아 있는 말처럼 활기 있게 달리고는 있었지만, 관절 부분으로 오는 압박을 더욱 줄이기 위해서 봉재의 자료를 바꿔보기도 하고 말의 형태를 개선하기 위해서 치차와 소형 모타의 위치를 바꾸어보는 실험도 해보았다. 그러다가 시간이 나면 그는 고물을 수집하는 리어카들이 모여드는 왕십리 시장으로 나가서 샘플 제작에 필요한 재료를 구해왔고 이따금 시내의 완구가게를 찾아가서 국산 완구와 외국 제품의 품질을 비교도 해보고 그 상품성을 제 나름으로 따져보기도 했다.

그런데 어느 날 덕수는 완구를 둘러보려고 시내에 나갔다가 하마터면 행길 바닥에서 졸도할 뻔했던 일이 있었다. 그가 무교동의 큰길에 있는 어느 가게 앞을 지날 때였다. 그 가게는 본래 낚시도구만을 전문으로 취급하던 곳이었는데 이제는 낚시도구들은 한쪽 좁은 구석으로 밀려나고 완구가 새로 그 가게의 주된 상품이 되어 있었다. 덕수의 시선이 그 가게의 진열대 쪽으로 쏠렸음은 물론이었다. 이때 뜻밖에도 그는 거기서 한 대의 마차를 발견했다. 그것은 두 마리의 말이 끌고 있는 서부 개척시대의 우편마차였는데 흡사 거기 있는 모든 완구들 중의 황자처럼 진열대의 한가운데에 떠억 버티고 있었다. 덕수는 이 마차가 단순히 눈요기를 위해 만들어진게 아니고 스스로 굴러갈 수 있도록 고안되어 있다는 것을 직감으로 알았다. 순간 그는 눈앞이 캄캄했다. 스스로 굴러가는 마차. 자기가 고안한 마차를 빼놓고 그런 것이 어디에 또 있다는 말을 그는 들은 적이 없다. 그가 세밀하게 뒤져본 일본의 특허 사례집에도 그런 것은 없지 않았던가. 마치 도깨비에 홀린 사람처럼 길바닥에 우두커니 서서 그쪽만 쏘아보던 덕수는 한참 만에 그 가게 안으로 들어갔다.

이 마차가 스스로 움직일 수 있습니까?

진열대 앞에 서 있던 여점원에게 덕수는 대뜸 이렇게 물었다.

그럼요. 버튼만 눌러주면 저 혼자서 잘 굴러가죠.

이게 어디서 온 물건입니까? 국산품입니까?

여점원이 어처구니없다는 표정으로 덕수의 얼굴을 빤히 쳐다보았다.

국산품이 이런 게 어딨어요. 이건 일제란 말이에요.

그녀의 말은 옳았다. 국산품에는 저절로 굴러가는 마차는커녕 아직 제대로 사용할 수 있는 소형 모터 하나도 없는 것이다.

저걸 한번 굴려 봐도 좋을까요?

덕수가 마차가 놓여 있는 진열대 쪽으로 다가서자, 여점원이 황급하게 그의 앞을 가로 막았다.

안 돼요. 그건 팔려고 내놓은 게 아니니까. 우리 가게에도 그건 하나밖에 없는 물건이고 서울에도 이 마차는 이거 하나밖에 없을 거예요.

여점원이 무척 뽐내는 듯한 어조로 말했다. 이때 낚시도구들이 쌓여 있는 구석 쪽에서 이 가게의 주인으로 보이는 남자가 두 사람의 옆으로 다가왔다.

무슨 일로 그러십니까?

그 남자가 덕수에게 물었다.

이 손님이 마차를 한번 굴려봤음 좋겠다고 말하지 않아요.

여점원이 덕수를 앞질러 주인 남자에게 말했다.

그건 안 됩니다. 그건 팔 물건이 아니에요.

그 남자도 역시 첫마디에 거절했다.

그거는 말이죠, 내가 낚시협회 회원 자격으로 일본에 갔을 적에 그쪽에서 하두 잘 팔리는 물건이었기 때문에 값이 비싼 것도 무릅쓰고 특별히 하나 사왔던 거요.

주인 남자는 묻지도 않는 구입 경위까지 지껄이며 진열대의 마차를 퍽 대견한 듯이 바라보았다.

하두 여러 손님들이 마차에 관해 묻고 가니까 귀찮아서 죽겠어요.

여점원이 덕수더러 들으라는 듯이 이렇게 엄살을 떨었다. 그렇지만 덕수는 그대로 물러날 수 없었다. 그는 주인남자에게 두 번 세 번 간청했다.

그러자, 그 남자가 사뭇 불평하는 투로 말했다.

이건 내놓지를 말아야지. 내놓은 죄로 할 수가 없군.

주인은 자기가 손수 진열대로 다가가서 황금빛의 그 우편마차를 마치 보물 다루듯이 조심스럽게 들고 이쪽으로 돌아왔다. 주인이 마차를 마룻바닥 위에 내려놓고 마차의 옆구리에 달려 있는 버튼을 누르자 마차는 곧 구르기 시작했는데 이때 덕수는 다시 한 번 자기의 눈을 의심했다. 그것은 말 자체에서 동력이 나오지 않고 마차의 밑에 감추어진 모터와 연결된 뒷바퀴에 의해 움직이고 있었던 것이다. 멋들어진 다리운동을 보여주리라고 그가 지레 짐작했던 두 마리의 말은 완전히 굳어 있는 플라스틱 덩어리였다. 덕수는 비로소 혼수 상태에서 깨어난 것 같았다. 이런 구조라면 새로울 게 하나도 없다. 이 마차는 다분히 일본인다운 고안이었다. 다리의 관절을 미처 해결하지 못한 채, 아니 해결할 수 없었기 때문에 죽은 말과 모터를 장치한 마차를 어거지로 뚜드려 맞추어 상품을 만들어 놓은 그 우직성, 그것은 토끼라기보다는 거북이에 견주는 편이 더 옳을 성싶었다. 그러나 그 우직성은 하찮은 착상이나 치졸한 고안까지도 하나도 놓치지 않고 그것을 갈고 닦아서 거기에 비싼 가격을 매길 줄 아는 미덕을 가지고 있다.

어떻습니까? 구경하신 소감이.

주인이 다시 마차를 손수 들고 진열대로 가져가며 덕수에게 물었다.

아주 훌륭한데요. 그러나 나는 그것보다 훨씬 뛰어난 국산품을 보았습니다.

덕수가 이렇게 말하자 주인 남자와 여점원이 깜짝 놀란 표정으로 덕수를 쳐다보았다.

그것이 마차란 말입니까?

주인이 얼떨결에 큰 소리로 물었다.

물론 이 마차와 형태가 비슷한 마차지요.

그런데 그게 어떻게 이것보다 뛰어나다는 말이요?

그 마차는 바퀴에 전혀 동력을 주지 않고 스스로 마차를 끌고 갑니다.

말하자면 말이 진짜 말처럼 움직이는 거지요.

주인과 여점원은 덕수의 얘기가 전혀 믿어지지 않는다는 눈치였다. 하기야 그것은 당연한 반응일 수밖에 없었다. 국내의 완구 산업은 아직 유치기에서 허덕이고 있었고 완구 시장도 손바닥처럼 좁은지라 일단 완구를 취급해본 사람이면 누구나 여기서 생산되는 품목과 그 품질의 한계점을 빤히 알고 있었다. 수출해서 재미를 보았다고 가뜩이나 소문이 자자한 봉제완구라는 것을 보면 대부분 일본의 디자인을 어설프게 흉내 낸 몹시도 투박한 제품으로 그것은 같은 디자인으로 만든 일본 상품의 십분의 일에도 못 미치는 가격으로 팔려나간다. 한마디로 터무니없이 가격이 싸니까 팔려나가는 것이다. 금속완구의 처지는 이보다도 더욱 딱하였다. 몇 해 전부터 정부의 융자까지 받은 몇 개의 기업들이 시설을 확장하고 비행기와 기차와 승용차 따위를 대량으로 생산하기 시작했다. 이렇게 생산된 상품들은 제법 뿌듯한 기대 속에 해외의 지사로 대규모 원정을 나갔는데 불행히도 그것들은 바깥의 먼지만 잔뜩 뒤집어 쓴 채 일 년 혹은 이 년 만에 모조리 다시 회수되었다. 아무런 특징도 없고 품질마저 조악스런 이 후진국의 상품을 불란서나 미국의 아이들이 결코 거들떠보지 않았던 것이다. 값이 싸다는 데에만 의지한다는 것이 적어도 금속완구 분야에서만은 통하지 않는다는 사실을 그들은 뒤늦게 깨달았고 그래서 그 공장들은 곧 문을 닫았다.

이런 판국에 이 가게 주인과 여점원이 덕수의 얘기를 쉽게 받아들일 까닭이 없었다. 그들은 낡은 구식 양복을 입었고 그 양복과는 전혀 걸맞지도 않게 최신 유행의 널따란 웸블리 타이를 목에 매고 있는 이 깡마른 남자의 몰골을 무슨 미치광이 보듯이 매우 의혹이 짙은 눈초리로 바라보았다. 그렇지만 가게에서 나왔을 때 덕수의 기분은 어느 때보다도 유쾌했다. 방금 그를 졸도까지 시킬 뻔했던 그 일본 상품이 거꾸로 자기 고안의 탁월성을 입증해주었고 게다가 그 상품적 가치마저 확인시켜 주었던 것이다.

변리사 사무실로부터 덕수가 통지서를 받은 것은 구월 초순 어느 날이었다. 그러니까 그가 처음 출원한 이후 이미 육 개월이 지나버린 셈이었다. 집배원에게서 봉투를 받아든 덕수는 다급하게 그것을 뜯고 통지서의 내용을 훑어보았다. 거기에는 마차의 고안이 기각되었다는 것. 그리고 기각의 이유에 대해서 출원인이 알고 싶으면 사무실에 기각이유서가 있으니까 다시 사무실로 나와 달라는 내용이 타이프로 찍혀 있었다. 덕수는 그 종이를 순식간에 갈기갈기 찢어버리고 문간의 기둥에 맥없이 머리를 기대었다. 그가 은근히 겁을 먹었던 일이 이윽고 사실로 나타나버린 것이었다. 기각 이유라는 게 대체 뭣일까? 누가 나보다 하루 먼저 같은 도면을 출원한 것일까? 아니면 미국이나 독일 같은 나라에 그와 같은 상품이 이미 나와 있다는 말인가. 그러나 적어도 덕수의 판단으로는 그런 경우는 가정할 수도 없었다. 그는 구라파 쪽에서 생산되는 완구의 목록도 조사한 일이 있었고 미국에서 간행되는 완구 전문잡지도 수십 권 뒤져보았지만 그와 같은 상품은 찾아볼 수 없었다. 그런데 기각이 되었다면 본인에게 기각이유서까지 함께 보내줄 일이지, 그것은 보내주지 않고 다시 사무실로 나와야지만 그걸 보여주겠다는 것은 또 무슨 뜻일까? 덕수는 도무지 그 속셈을 추측할 수가 없었다.

그러니까 제가 방금 만일을 위해서라고 말씀드리지 않았습니까?

이때 조수 김 씨가 끝판에 하던 말이 덕수의 머리에 퍼뜩 떠올랐다. 그는 특허가 나오는 것은 틀림이 없다고 거의 단언하면서도 만일의 경우라는 말을 덧붙이기를 결코 잊지 않았었다. 덕수는 그때 김 씨가 말하는 그 만일의 경우라는 것이 어떤 경우를 두고 하는 말인지 전혀 이해하지 못했으나 이제야 그는 어렴풋이 그것을 알 수 있을 것 같았다.

이주호 변리사 사무실은 덕수가 삼 개월 전에 들렀을 때에 비해 그 내부가 훨씬 화려하게 꾸며져 있었다. 직원들이 사용하는 책상과 접객용 소파는 품질이 더욱 좋은 것으로 바뀌었고 바닥에는 푸른 양탄자가 깔려 있으며 값이 비싼 완상목도 두어 그루 새로 눈에 띄었다. 직원도 한두 명은 늘어난 것 같았다. 이렇게 사뭇 달라진 사무실에 들어 선 덕수는 흡사 잘못 찾아온 손님처럼 여전히 머뭇거리고 어찌할 줄을 몰랐다. 사무실 직원들의 눈길을 느꼈을 때 덕수는 얼굴이 화끈 달아올랐다. 이 엉터리 고안자야! 그는 이때 누가 자기의 뒤통수에다 대고 이렇게 조소하는 것만 같았다. 그는 수치감과 거기에 비례해서 누구를 겨냥하고 있는지 자기도 알 수 없는 분노가 솟구쳐 쩔쩔매었다.

이쪽으로 와서 앉으십시오.

조수 김 씨가 먼저 접객용 소파에 자리 잡고 앉아서 멍청하게 서 있는 덕수를 향해 말했다. 덕수는 그제야 소파 쪽으로 걸어갔다.

일이 참 묘하게 되었습니다. 이런 경우는 어디까지나 미리 막았어야 하는 건데.

김 씨가 계면쩍게 웃으며 말했다.

그 기각이유서라는 걸 좀 봅시다.

덕수는 김 씨의 얼굴은 쳐다보지도 않고 다짜고짜 이렇게 말했다.

아, 그거는 저기 있습니다.

김 씨가 벌떡 일어나서 자기 책상으로 가더니 꼬깃꼬깃 구겨진 복사지 한 장을 들고 왔다.

이것은 일본에서 특허가 나온 것이라는데 선생의 고안이 이것과 유사하다는 게 기각의 이유지요.

김 씨가 그 종이를 건네주며 말했다.

복사지에 나타난 도면을 본 순간 덕수는 깜짝 놀랐다. 그는 이 간단한 도면을 이미 본 일이 있었기 때문이었다. 아니, 단순히 보기만 하지 않고 한동안 매우 세밀하게 그 도면을 검토했으며 결국 그것이 몇 가지의 치명적인 결함 때문에 실용화되거나 상품으로 만들어질 수는 없다는 결론까지 내린 일이 있었다. 그 고안은 가까스로 다리의 상단과 하단을 분리시켜 관절의 형태만은 갖추었으나 추진력의 관건이 되는 관절의 원형회전이 전혀 해결되어 있지 않았고 거기다 앞쪽과 연결이 되지 않은 뒤쪽다리는 완전히 죽어 있기 때문에 이 구조만으로는 한 발자국도 움직일 수 없는 문자 그대로 도면에 불과했다. 일본의 특허 사례집에는 그 밖에도 이와 비슷한 미완성의 도면들이 얼마든지 있었다. 대부분 원리가 비슷비슷하고 그리고 결코 실용화될 수 없다는 공통성을 지닌 이 고안들이 어떻게 특허권을 얻었는지 덕수로서는 사뭇 의문스러웠지만 하여튼 그 도면들을 보노라면 그들이 다리의 완벽한 작동을 해결하기 위해 얼마나 고투해왔는지 그 흔적만은 역력하게 읽을 수 있었다.

두 가지 고안의 원리와 기능의 차이는 특별히 전문가가 아니라도 누구나 첫눈에 구분할 수 있었다. 국민학교 학생의 눈으로도 그것은 금방 판정이 내려질 수 있을 정도였다. 그런데 그것을 유사하게 보는 심사관이나 심판관이란 사람의 눈은 대개 어떻게 생긴 눈일까. 그들은 이 치졸한 일본의 도면 한 장을 찾아내느라고 반년이 넘는 시간을 소모했다는 말일까. 그들은 내국인의 고안이란 우수하면 우수할수록 그만큼 신용이 가지 않기 때문에 그걸 깔아뭉개기 위해 반년이나 걸려 이 엉터리 도면 한 장을 찾아낸 것일까.

이 도면이 당신의 눈에는 내 것과 유사하게 보입니까?

복사지를 김 씨의 코앞으로 불쑥 내어밀며 덕수가 퉁명스럽게 물었다

그런 기술적인 문제에 대해 저는 깜깜하니까…….

김 씨가 어물어물 말끝을 맺지 못했다.

그렇다면 당신하고는 얘기가 안 되겠군.

덕수는 도면을 손에 든 채 소파에서 벌떡 일어섰다. 마침 안쪽에 변리사 이주호 씨가 자리에 앉아서 신문을 보고 있었다. 그는 이쪽에서 일어나는 소리 따위에는 별로 흥미가 없다는 듯이 유리창 쪽으로 돌아앉아 잠자코 신문만 읽고 있었다. 이 씨는 거물 변리사였다. 그는 특허국의 심사관과 심판관을 십 년이나 역임했고 마지막에는 특허국장까지 지낸 사람이었다. 따라서 이 씨에게서는 어떤 해답을 들을 수 있으리라고 덕수는 생각했다.

이 도면이 어떻게 유사한지 그걸 좀 설명해주십시오.

이 씨에게 다가선 덕수는 그의 뒤통수에 대고 다짜고짜 이렇게 소리쳤다. 이 씨가 퍼뜩 놀라 이쪽으로 돌아앉더니 보던 신문을 책상 위에 내려놓고 금시초문이라는 표정으로 덕수의 얼굴을 말끔히 쳐다봤다.

뭡니까? 그게.

이 다리의 모형이…….

아하, 그건 나도 보았소.

이 씨가 도면은 볼 필요도 없다는 듯이 손을 내저었다.

정말 억울하게 처리가 된 거요. 나도 그건 인정해요. 그놈들이 미친놈들이라니깐. 미친놈들이여.

변리사가 마치 덕수더러 들으라는 듯이 큰 소리로 떠들었다.

누가 미쳤다는 것입니까?

글쎄, 그 심사를 맡았던 놈들이 미쳤지 누군 누구겠소.

그러나 나는 삼 년 동안 때로는 굶주려가며 이걸 고안했고 거의 완벽한 모형까지 만들어 놓았어요. 내일이라도 이건 당장 제품을 만들 수가 있습니다. 이게 수출품목으로 매우 유망하다는 것은 선생도 언젠가 말한 일이 있죠? 이걸 이 따위 휴지 한 장으로 짓밟아버릴 수 있습니까?

글쎄 그러니까 내가 방금 억울하게 되었다고 말하지 않았소. 그놈들이 무얼 봤는지 나도 모르겠단 말이오.

이 씨의 과장된 말투에 덕수는 더욱 어리둥절했다. 그는 지금 이 씨가 자기 앞에서 순간적인 연기를 하고 있다고 밖에는 생각되지 않았다. 이 씨의 말이 그의 진심이라면 그는 기각이 결정되기 전에 이 도면이 전혀 근거 없는 엉터리 조작임을 지적할 수도 있었을 것이다. 그의 입장이라면 그 일은 그다지 어려운 게 아니다. 그리고 그렇게 하는 것이 출원 대리인인 변리사의 책임이기도 하다. 그러나 이 거물은 지금 반증으로 제시된 도면에 대해서나 심사 경위에 대해서는 한 마디도 해명하지 않고 있었다.

그러면 이것으로 포기해야 합니까?

포기라니, 그건 안 되죠. 왜 포기해요? 항고를 하시오. 그나마 시효가 지나버리기 전에 항고나 해둬야지.

이 씨가 크게 생색이나 내는 듯 이렇게 말했다.

지금 항고를 해두면 처음 출원했던 그 날짜가 그대로 효력을 가져요. 내버려두면 그건 소멸해요. 빨리 항고하쇼.

그 항고의 심사도 역시 같은 사람들이 맡게 되면 결과는 뻔하지 않습니까?

그렇지 않아요. 이번에는 틀림없이 이길 거요. 그거는 이기도록 되어 있는 것 아뇨? 내 이번에는 직접 나서서 한번 해보리다. 아이들이 일을 서툴게 해놓아서 이리 된 거요.

제법 듣기에 시원스럽게 다짐을 주며 이 씨가 건너편 김 씨 쪽을 마땅치 않은 표정으로 흘겨보았다. 그러나 그의 직원들이 어떻게 서툴게 일을 했다는 것인지 그리고 그가 미쳤다는 사람들을 상대로 어떻게 이길 수 있다는 것인지 덕수는 전혀 납득이 가지 않았다.

처음 출원했던 날짜를 고수하는 일이 무엇보다 중요하다는 것은 덕수도 알고 있었다. 덕수는 비록 이 씨의 장담을 액면대로 받아들이지는 않았지만 그렇다고 자기의 출원이 소멸되는 것을 지켜보고만 있을 수는 없었다. 그는 결국 이 씨의 권유를 따르지 않을 수 없었고 처음 출원했던 때보다도 곱절이나 더 드는 항고 비용을 마련하기 위해 며칠 동안 흡사 미친 사람처럼 쏘다녔다.

가까스로 항고를 마친 뒤로 덕수는 몇 달 동안 다시 통지가 오기만을 기다렸다. 물론 그는 반드시 기쁜 소식만 오리라고는 기대하지 않았다. 그러나 그해 연말이 다가올 때까지도 변리사 사무실로부터는 아무런 통지가 없었다. 이따금 그가 갑갑증을 이기지 못하고 직접 사무실로 찾아가면 이주호 씨는 여전히 과장된 목소리로 곧 이기게 될 거라고 호언하면서 그를 다시 돌려 세웠다. 덕수가 처음으로 다른 변리사 사무실에 들러본 것은 이 씨의 그 장담을 한 차례 다시 듣고 돌아오는 길에서였다. 덕수는 거기서 항고가 아무런 쓸모도 없다는 사실을 알았다.

생각해보십시오. 설사 그 고안 속에 천금의 진리가 있기로서니 어떤 바보가 하루 이틀 뒤에 자기가 오판했다는 것을 인정하려 들겠소.

갓 마흔 살쯤 되어 보이고 이주호 씨보다는 약간 더 솔직해 보이는 풋내기 변리사가 별로 주저하지도 않고 말했다.

그렇다면 항고에서 이길 가망은 없다는 얘긴가요?

병자처럼 금방 얼굴빛이 창백해진 덕수가 초면의 변리사에게 물었다.

그렇게 정면으로 나가서 일이 되었다는 얘기는 못 들었소. 그보다 그렇게 시킨 놈이 미친놈이죠. 남 시간과 돈 낭비하는 건 생각지도 않고서 말이지. 나 같으면 차라리 이렇게 말하겠소. 항고 따위는 집어치우고 그걸 다시 출원하는 거요. 역시 그 길이 제일 빠르고 또 선생이 취할 방법은 그 길 하나뿐이다 이거요.

일단 기각된 것을 가지고 다시 출원하라니요?

하하, 이 답답한 양반 보게. 그 사람들에게 구실은 줘야죠. 빠져나갈 구멍 말요. 그러니깐 선생이 처음에 제출했던 그 도면을, 그 도면이 어떻게된 건지 내가 보질 않아서 잘 모르겠지만, 하여튼 그걸 조금만 슬쩍 고쳐서 내는 거요. 물론 기본 원리를 다치지 않고 고칠 수만 있다면 더욱 좋지요.

덕수는 얼이 빠진 사람처럼 아무 말도 못하고 맞은편의 변리사를 멍청하게 바라볼 뿐이었다. 그 변리사가 다시 말했다.

내가 듣건대 선생은 처음에 일을 아주 잘못 시작했소. 써야 할 때는 쓰는 겁니다. 엎질러진 물이 된 다음에야 써보았자 헛일이고, 요컨대 써야 할 때를 놓치지 않는 것 이게 뭣보다 중요하죠.

　덕수는 말투가 어쩐지 이주호 씨의 조수 김 씨의 그것과 비슷하다고 생각했다. 그는 이 사람의 말을 믿을 수가 있는 것인지, 이 사람은 과연 그 거물 변리사보다는 더 정직한 편인지 그것조차 알 도리가 없었다. 다만 거기서 덕수가 한 가지 분명하게 깨달은 것은 그가 고안을 등록하기 위해 처음 출발했던 그 지점으로 지금 어김없이 다시 돌아와 있다는 사실이었다.

당신에게 축복을

그 늙은 하사관이 우리 방으로 인도된 것은 오월 어느 날 오전이었다. 우리들은 조반을 마치고 각자 벽에 기대고 쉬는 참인데 갑자기 간수가 그를 끌고 하사관 감방 앞으로 왔다. 철창 건너편에 그의 모습이 처음 나타났을 땐 저런 체구로 어떻게 소총을 메고 다녔을까 의아스러울 만큼 그는 단구에다 비쩍 말라서 그야말로 한 주먹이면 날아버릴 것 같아 보였다. 게다가 누르틱틱하게 떠 있는 얼굴빛이며 구부정한 어깨 밑으로 두 팔을 추욱 내려뜨린 꼴이라니 흡사 몇 달 동안 구정물 통 속에 처박혀 있다가 갓 꺼내진 사람 같았다.

단지 그가 멀쩡한 사람이라는 것을, 그것도 군 형무소의 당당한 죄수라는 것을 입증해주는 것은 누르끼리한 얼굴에서 유난히 번뜩이며 바쁘게 주의를 살펴보는 그의 눈빛이었다.

들어가! 이 새꺄.

철창문의 쇠통을 따고 문이 열리자, 간수가 주먹으로 늙은 하사의 등을 힘껏 쳤다. 하사의 작은 몸은 주먹의 충격으로 앞으로 엎어질 듯이 감방 안으로 들어왔다. 그리고 철창문의 무거운 쇠통이 잠겼다.

우리 방에 들어온 하사는 잠시 입구에서 어쩔 줄 모르고 서 있었다. 불과 두 평가량 되는 방에 여남은 명의 장정들이 기거하고 있으니까 그의 자리가 미리 마련되어 있을 까닭은 없었다. 그는 앉을자리를 찾지 못한데다 여남은 명의 고참들이 일제히 자기를 지켜보고 있으니까 더욱 당황한 꼴이었다.

우리보다 지나치게 늙어 보이고 지나치게 체구가 빈약한 이 신참의 몰골을 우리들은 흥미 있게 바라보았다. 나중에 감방장 앞에서 치러진 신고식을 통해 그의 나이가 마흔셋인 것을 알았을 때 우리들은 더욱 놀라고 더욱 이 하사에게 흥미를 느꼈다. 그는 마치 어린애처럼 천진스런 표정으로 자기가 체포된 과정을 가만가만 얘기했다.

저는요, 낮잠 자다가 붙잡혔지요. 마누라에게 속은걸요. 이웃 마을에 숨어 있었는데, 하루는 마누라가 애를 들쳐 업고 헐레벌떡 찾아와서 하는 말이 이제는 늙은이는 잡아가도 필요 없다고 그 녀석들이 말하고 갔다는 거지요. 저는요, 그 말에 그만 속아 넘어가 집에 와서 마음 푸욱 놓고 마누라 끼고 낮잠 자는데 벌컥 문이 열리더니 그놈들이 날 끌어내데요. 이겁니다. 제가 붙잡힌 얘기는.

거짓말 마, 이 새꺄. 그따우 말에 그래 정말 속았단 말야?

감방장이 늙은 하사의 옆구리를 발로 쿡 내지르며 역정을 냈다.

정말예요, 중사님. 제가 왜 중사님께 거짓말을 합니까요? 정말입니다. 중사님.

감방장 앞에 꿇어앉아 이렇게 애걸하는 늙은 하사의 눈자위에 이때 물빛이 반짝이었다. 그는 어린애처럼 곧 울음보를 터뜨릴 듯이 오만상을 찌푸리고 있었다.

이 새끼, 왜 우는 거야? 고게 아파서 그래? 그렇담 이만큼 더 다가와 봐. 내 이번엔 진짜 주먹맛을 보여줄 거니깐.

아니에요. 아니에요. 중사님. 그게 생각나서 그래요. 그게…….

두 눈자위에 여전히 물빛이 반짝이면서 늙은 하사는 맞지 않으려고 조급하게 부르짖었다.

그게 뭐야? 이 새꺄. 그게 니 에미 뭣이라도 된단 말이냐?

아니에요. 그게, 제 마누라가 생각나서 그래요. 그년이 절 속여놓고도 그래도 한 가닥 양심이 있어선지 어린애를 들쳐 업고 절 따라오면서 울던 게 생각나서 그래요. 그년이 울던 게 생각나서요.

아직 누구에게 본격적으로 구타당한 일이 없건만 그는 제물에 겁을 먹고 지쳐 떨어져 시멘트 바닥에 엎드려져서 가만히 숨을 죽이고 있었다.

그 꼬락서니를 보는 감방장이나 우리 모두가 웃지 않을 수가 없었다. 그의 얘기도 쉽게 납득이 가지 않는 어수룩한 데가 있지마는 그의 제물에 가지러지는 꼬락서니며 아이처럼 가느다란 목소리와 표정에는 장소가 장소인 만큼 웃지 않을 수 없는 것이었다. 도무지 이 늙은이는 죄수의 자격도 없고 죄수다운 뚝심이나 좌절의 어두움도 지니기에는 너무나 연약한 몰골인 것이다. 이 감방에 이렇게 적합하지 않은 죄수란 난생 처음 보는 것이다. 그는 말하자면 어떤 음산한 비극의 와중에 코미디언의 외양과 연기를 갖추고 갑자기 뛰어든 그런 존재였다. 이렇게 희극 배우다운 요소로 말미암아 하사는 그래도 처음에는 비교적 좋은 대우를 받았다. 고참 중에서 그 누구도 하사를 본격적으로 구타하지 않았으며 잠자리도 나이를 참작하여 신참이면 으레 감수해야 하는 철창 바로 옆자리를 그에게 배당하지도 않았다. 철창 바로 옆자리는 새벽의 냉기가 스며들고 불침번을 서는 간수의 발길을 이따금 받을 가능성도 있는 고약한 잠자리이다.

감방장은 고참 중의 고참들만이 나누어 즐기는 흡연의 기회도 이따금 하사에게 배당하였다. 담배는 기껏해야 하루에 한 대 정도, 재수가 좋을 때라야 두세 대가 수입되는 형편이어서 우리들 중에 서열이 다섯 손가락 안에 드는 고참들도 고작 한두어 모금을 빠는 것으로 만족했는데 이 한 모금의 권리를 새까만 신참인 하사에게 배당했으니 대단한 대우라 하지 않을 수 없다.

그 늙은 하사가 이렇게 우대를 받은 것도 불과 며칠뿐이었다. 어느 날 늙은 하사와 마주 앉아 얘기를 나누던 어떤 고참 하사가 별안간 감방장에게 보고를 해버렸던 것이다. 보고의 내용이란 이 늙은 하사의 입에서 참을 수 없는 악취가 흘러나온다는 것이었다. 고참 하사는 갑자기 질식이라도 당하는 것처럼 오만상을 찌푸리며 늙은이의 곁에서 도망쳐나왔다.

저 새낀, 저거, 이이구. 중사님 맡아보쇼. 도무지 미칠 것 같은데요. 중사님, 지금 당장 맡아보시라구요.

고참 하사의 호들갑에 덩달아 감방장이 엉금엉금 늙은이의 곁으로 기어갔다. 늙은 하사는 자기는 무고한 인간이라는 듯이, 따라서 방금 고참 하사가 호들갑을 떨었던 영문을 모르겠다는 듯이 주위를 멀뚱멀뚱 바라보고만 있었다.

이 새꺄, 입 벌려봐. 더 크게.

감방장이 소리치자 늙은이는 깜짝 놀란 얼굴로 다시 입을 크게 벌렸다.

아이쿠! 이런 씨팔. 이 새끼 잔뜩 썩었구나.

자기 코를 손바닥으로 막아 쥐며 감방장도 얼른 그 자리를 피해 물러났다. 이렇게 해서 차례로 고참들이 늙은 하사의 구강에서 흘러나오는 냄새를 감상하고 확인해갔다. 많은 고참들이 그의 곁을 지나가는 동안 늙은 하사는 어김없이 지시대로 입을 벌려주었고 그리고 입을 벌리고 있는 동안에도 그의 표정은 여전히 자기는 무고한 인간이라는 듯이, 따라서 그 냄새의 영문을 모르겠다는 듯이 멀뚱멀뚱 주위를 바라보고만 있었다.

그렇지만 잠시 후에 악취에 격분한 감방장의 엄중한 심문에서 그는 자기가 폐결핵 삼기에 접어들었다는 사실을 시인했다. 이 사실을 시인하면서 늙은 하사의 두 눈자위에는 다시 물빛이 번쩍였다. 그는 마누라가 자기를 속였던 것은 사실은 그년이 그놈들에게 속아 넘어갔기 때문이라고 스스로 말하였다. 그놈들이 자기 마누라에게 찾아와서 당신의 남편을 찾는 이유는 다른 데 있지 않고 당신 남편의 병을 고쳐주려는 것이라고 속였다는 것이다. 아주 시설이 잘 되어 있고 고명한 의사들이 많은 병원에 완치될 때까지 무료로 입원시켜 준다고 약속했다는 것이다.

그 새끼들이 마누랄 속였어요. 그년은 그렇게 속아가지구서 내가 끌려오니까 애를 들쳐 없고 내 뒤를…….

하사는 제물에 지쳐 감방장 앞에서 엎으러졌다.

어쨌든 그 뒤부터 늙은 하사에 대한 대우는 판이하게 달라졌다. 무엇보다 우리 감방에서 그의 악취를 감수하려고 하는 사람은 하나도 없었으므로 그는 나이에 관계없이 철창 바로 옆 자리에 혼자 떨어져서 새벽의 냉기를 견디지 않으면 안 되었고, 한 모금을 베풀던 호의도 불가불 중단하지 않을 수 없었다. 무엇보다 하사가 견딜 수 없는 일은 하루 종일 아무도 그에게는 말을 건네려고 하지 않는다는 사실이었다. 그는 종일토록 철창 옆에 혼자 쭈그리고 앉아서 침묵을 강요당했다. 자리를 마음대로 옮기는 일도 물론 금지되었다.

이때부터 우리들의 눈에는 그가 죽어가는 인간으로 보이기 시작했다. 실상 하사의 폐는 썩어간 지 오래인 것이고 그의 누르께하다 못해 거무스레해지는 강파른 살빛은 확실히 사신(死神)이 이제 하사에게 가까이 왔다는 표징이었다. 그의 구강에서는 참아내기 힘든 악취가 흘러나오기 때문에 우리들 가운데서는 아무도 그가 앉아 있는 쪽으로 다가서지 않았고 아무도 그에게 말을 건네지 않았다. 그는 침묵 속에서, 좁다란 철창 옆 자리에서 제물에 꺼져버릴 것이라고 모두들 생각했다.

그렇지만 늙은 하사에게 말벗이 되어주는 사람이 전혀 없는 것은 아니었다. 일요일 아침나절이면 꼬박꼬박 감방을 찾아 주는 복음교회의 전도사들이 바로 하사의 유일한 말벗이었다. 그들이 교도소 안으로 들어오는 게 보이면 하사는 마치 먹이에 오래 굶주렸다가 이제 그것을 배당받게 된 사람처럼 안절부절 기뻐서 어쩔 줄 몰랐다. 누르께한 그의 얼굴에도 즐거운 기색이 역연하였다. 전도사들은 죄수라면 상대가 아무리 흉악하게 생겨먹은 사람일지라도 예외 없이 친절하게 말 상대를 해주었고 그에게 하나님의 축복을 빌어주었다. 비록 하사의 구강에서 견딜 수 없는 악취가 흘러나오기는 하지만 철창을 사이에 두고 서로 약간 떨어져서 얘기를 하므로 그들이 이 악취를 알아차리지는 못했으리라. 아니 전도사들은 그것을 알아차렸다. 하사가 두 손을 마주 잡고 자기는 폐결핵 삼기에 접어든 사람이라는 걸 그들에게 알렸던 것이다. 그러자, 전도사들의 각별한 관심과 동정이 하사에게 기울어졌다. 그들은 다른 감방을 제쳐놓고 한꺼번에 서너 명씩이나 우리 하사관 감방으로 몰려와 늙은 하사의 주위에 몰려서서 그를 위해 찬송을 부르고 기도하고 그에게 가까이 다가와 그의 머리를 어루만지며 당신에게 주님의 축복을, 이런 말을 수없이 되풀이하였다. 어떤 전도사는 눈물까지 흘려가며 방언으로 주님에게 하사의 쾌유를 빌어주는 것이었다.

하사 역시 잠자코 있지는 않았다. 그는 잘 들리지도 않을 만큼 꺼져가는 목소리로 무슨 얘긴가를 끊임없이 그들에게 지껄였다. 이때 우리들은 한주일 동안 그가 하지 못했던 얘기를 한꺼번에 쏟아놓는 것이라고 생각했다.

한바탕 법석을 떨고 전도사들이 물러가면 교도소 안은 조용해진다. 하사는 다시 말벗을 잃고 철창 옆 자리에 쭈그리고 앉아서 죽은 듯이 침묵을 견디고 있었다.

하사의 병원 입원이 결정된 것은 그가 우리 방에 온 뒤로 두 달이 지났을 때였다. 우리 감방장이 여러 차례 병자와 함께 지낼 수 없으니 조처를 해달라고 간수들에게 부탁했고 전도사들이 밖에서 그와 비슷한 건의를 하였겠지만 사경에 빠진 환자의 입원이 두 달이나 미루어지다가 갑자기 실현된 것은 그따위 간청에 힘입었다기보다 다른 데 이유가 있음이 분명했다. 하사가 나간 바로 며칠 뒤에 사령부 감찰실의 교도소 검열이 있었기 때문이다. 늙은 하사가 병원으로 떠나는 날, 그는 늙고 병약한 얼굴에 즐거움을 감추지 못했다. 이미 삼기에 들어섰으니까 입원해서 치료를 받아도 그의 몸이 회복될는지, 사신이 그로부터 떠나게 될는지는 누가 보더라도 지극히 의문스러웠지만 하사는 그러나 천진스런 희망에 가득 차 있었다.

바깥에서 간수가 하사를 부르자, 그는 일어나서 일단 감방장 앞으로 와서 고별인사를 했다. 모든 고참들이 어느덧 하사의 주위로 모여들었는데,

그의 구강에서 끊임없이 나오는 악취에도 불구하고 이때 우리들이 서슴없이 하사의 옆으로 다가섰다는 것은 정말 희한한 일이었다. 이제 고별한다는 생각 이외에도 우리들 가슴에는 일말의 죄책감이 평소에 죄수로서, 군형무소의 당당한 죄수로서도 별로 느껴보지 못했던 일말의 죄책감이 이 늙은 사나이에 대하여 솟아올랐다. 동시에 철창 옆 자리에서 두 달 동안이나 용케도 침묵을 견디어냈던 하사의 연약한 체구가 대견스럽기도 하였다. 감방장은 그의 등을 가볍게 두드리며 제법 진지한 표정으로 말했다.

우리들이 나쁜 놈들이지? 우리들이 악질이라고 생각할 거야.

아니오. 아닙니다. 모두 좋은 분들이지요.

늙은 하사는 천만의 말씀이라는 듯 감방장의 말을 성급하게 부인했다.

제가 가기는 하지만요. 또 찾아올게요. 여러분이 보고 싶을 때.

여보. 허튼소리 작작하라고. 여길 뭘 하러 또 온다구그래. 다시는 올 생각 말라구. 잘 가요.

감방장이 하사의 등을 철창의 문 쪽으로 밀었다. 그러자 하사는 갑자기 우리 쪽으로 다시 돌아서더니 우리 모든 사람 하나하나를 차례로 쳐다보면서

당신에게 하나님의 축복을…….

하고 되풀이해서 말했다. 이것은 물론 전도사에게서 그가 배운 말이겠지만 그에게서 뜻하지 않게 이 축복의 말을 들었을 때 우리 고참들은 모두 어찌된 영문인지 그를 똑바로 쳐다보지도 못했다.

우리 감방장은 내가 그 사병에게 지나친 관심을 기울인다고 때때로 비웃고 핀잔도 주었지만 나는 기회 있을 적마다 옆 사람에게 그 사병에 관해

338

서 꼬치꼬치 캐묻는 버릇을 잊지 않고 있었다. 감방장이나 옆의 동료들이 나의 행동을 비웃고 핀잔을 주는 이유는 아주 지당하고도 명백했다. 첫째는 그 병사에게 기울이는 내 관심을 전혀 이해하지 못하기 때문이고 둘째는 내가 옆 자리의 동료에게 그 사병의 신상에 관해서 집요하게 묻는 사이에 감방 안에 두런거리는 말소리가 차오르고 거기에 따라 감방 질서가 심히 어지러워지기 때문이다. 감방 질서가 어지러워지면 감방장을 필두로 나의 동료들은 물론 근무자의 문책을 받게 된다.

내가 그 병사를 주목하게 된 까닭을 나는 아무래도 한두어 마디로 밝힐 재간이 없다. 나는 언제부터 내가 그 사병을 눈여겨보기 시작했는지 그 정확한 날짜도 기억하지 못한다. 그와 나는 같은 감방에 있어본 일도 없었고 얘기를 나눠본 일도 없었다. 따라서 서로 격리 수용되어 있는 일개 병사에 관해서, 밤낮으로 개처럼 두들겨 맞고 노끈에 매달린 목각의 오뚝이처럼 시달림을 받는 일개 사병 죄수에 관해서 엄연히 장교출신인 내가 집요한 관심을 기울인다는 것은 얼핏 보면 매우 우스꽝스런 노릇이었다.

그토록 열심히 굴었지만 그 병사의 신상에 관해서 내가 알게 된 것은 불과 몇 가지 사실뿐이었다. 그는 아직 미결수이고 그리고 그가 이 교도소에 들어온 시기를 정확히는 알 수 없지만 적어도 그가 육 개월 가까이 이 교도소의 소금국을 마셔온 것은 틀림없었다. 육 개월이라면 사병 감방의 관례로는 꽤 고참에 속하는 편인데 어찌된 영문인지 그는 언제나 가장 고되고 가장 감시자의 눈에 잘 드러나는 신참의 바늘방석에 앉아 있고 그리고 늘 말이 없다는 것이다. 그에 관해서 내가 알게 된 것은 기껏 이 정도였다. 나는 그의 이름도 나이도 죄명도 그리고 그의 목소리도 걸어가는 모습도 전혀 모르고 있었다.

나의 눈앞에서 그 병사는 늘 앉아 있었다. 무릎을 꿇는 정좌의 자세로 혹은 평좌의 자세로 그는 늘 앉아 있었다. 우리 장교 감방의 철창 앞에 앉아 있노라면 반원형으로 펼치어진 여남은 개 감방들의 맨 저쪽 일반 사병 감방의 철창 앞에 허리를 똑바로 세우고 단정히 앉아 있는 그의 모습이 보인다.

내가 그를 발견했을 때는 그쪽 사병 감방은 흔히 기압을 받는 참이었다. 눈두덩이 보이지 않을 정도로 파이버를 깊이 눌러 쓴 근무자가 1호 앞에 버티고 서서 지옥의 사자처럼 음침하게 들릴 듯 말 듯한 소리로 1호의 사병 죄수들에게 신호를 보내고 있었다.

정좌! 평좌! 열중쉬엇!

차리엇!

근무자가 입버릇처럼 빨리 뇌까리려대는 이 신호들은 실상 일반에서 쓰이는 구령의 내용과는 매우 판이한 동작을 가리키는 것으로 죄수들은 그 갖가지 동작들을 신호가 떨어질 때마다 지체 없이 이해하느라고 숨 돌릴 겨를도 없었다. 그들은 신호를 보내오는 그토록 조용한 목소리가 짐짓 감추고 있는 협박을 알았고 그리고 거기에 익숙해져서 잘 길들여진 짐승들처럼 동작이 민첩하고 완전했다.

이십여 명이나 되는 사병 죄수들의 재빠르고 일사불란한 동작 중에서도 내가 주목하는 그 병사의 동작은 유난히 눈에 드러났다. 동작이 되풀이됨에 따라 그의 옆이나 뒤에 있는 자들은 가중되는 공포심과 자기 모멸감을 감당해내지 못해서 자연히 얼굴빛이 빨갛게 상기되고 호흡이 몹시 거칠어지면서 동작도 처음의 절도와 민활성을 점점 잃어가기 마련이지만 맨 앞에 앉아 있는 이 병사만은 도무지 그따위 변화를 끝까지 보여주지 않았다. 그의 얼굴빛은 본래부터 창백했고 그의 눈빛은 본래부터 번쩍번쩍 뚜렷하게 빛났으며 그의 표정은 본래부터 무표정한 것이어서 그는 공포감이나 자기 모멸감 따위의 감정에 쉽게 붙들리지 않는 듯이 보였고 비록 겉으로는 연약하고 강파르게 보이는 체구였으나 놀랍게도 그는 숨을 헐떡이거나 동작을 흩트리지도 않았다.

바로 그 시간에 휴식을 취하고 있는 우리 장교 출신 죄수 패거리들은 선택받은 자의 오만과 만족에 뿌듯하게 상반신을 기대고 두 다리를 마음껏 뻗은 채 건너편 1호에서 벌어지는 사태를 느긋하게 음미하고 있었다. 물론 우리들도 같은 죄수임에는 틀림없었지만 법 앞에 아직 만인이 평등하지 못하듯이 철창 앞에 아직 모든 죄수들이 평등하지 못했으므로 우리의 휴식은 일견 당연하였다. 무엇보다 우리에게는 은밀히 차입되는 물품이 많아서 그 물품으로 근무자들을 잘 다루었고 근무자들은 우리들의 그 물질적 배경에 감복하여 장교 출신들을 함부로 대하지 못했다.

사병 출신들이 기합을 받고 있을 때면 나는 으레 우리 감방 7호의 철창앞에 나가 앉아 숨을 죽이고 그 병사의 일거일동을 열심히 지켜보곤 했다. 왜냐하면 바로 이때가 그의 모습을 가장 확실하게 살펴볼 수 있는 시간이기 때문이다. 무릎을 꿇고 부동의 자세로 앉아 있는 그 병사의 얼굴 표정은 주변의 험악한 분위기에도 불구하고 조금도 긴장해 있거나 찌푸려 있지 않았다. 그 평온하고 차분하게 가라앉은 표정은 그의 창백한 피부와 검푸르게 번쩍거리는 눈빛과 잘 어울려 마치 하나의 생명 없는 흉상을 연상시켰다. 그는 정말 만들어진 석고상처럼 웃을 줄도 모르고 말할 줄도 몰랐다. 그런데 그의 얼굴을 보고 있노라면 갑자기 끔찍한 상념에 사로잡힐 때가 있었다. 그 병사의 얼굴이 나의 눈앞에서 천성으로 타고난 죄수의 얼굴로 둔갑하였기 때문이었다. 그의 무감동하고 무표정한 얼굴이야말로 이처럼 견고한 감방의 벽과 단말마의 비명과 코를 찌르는 악취에 가장 잘 어울리는 얼굴인지도 모른다. 그는 위협이나 학대를 천성으로 잘 받아들이고 소화하는 체질을 지니고 있는지도 모른다. 나는 아직까지 그의 죄명을 모르고 있었으나 그 병사가 필경 극형에 해당하는 죄명을 걸머지고 있으리라는 예감을 떨쳐버리지 못했다.

언제부터인가 나는 이 병사의 얼굴이 매우 아름답다고 생각하기 시작했다. 그의 피부는 투명하고 눈빛은 매우 번쩍였으며 이목구비의 윤곽이 흡사 여자처럼 섬세했는데 그가 어떤 경우에나 의젓하고 평온한 표정을 흐트리지 않았기 때문에 그의 용모는 더욱 돋보였다. 내가 남자의 얼굴을 두고 아름답다고 느낀 것은 이때가 처음이었다.

그런데 어떻게 해서 천성으로 타고난 죄수의 얼굴 위에 난생 처음 보는 아름다운 남자의 얼굴을 겹치어 보게 되었을까. 얼핏 풀리지 않는 이 의문은 한동안 나의 머리를 번거롭게 하였으며 이 의문으로 연유해서 나는 무작정 그 병사에게 감동하고 그리고 그에게 온통 정신을 빼앗기다시피 하였던 것이다. 그에게 가까이 접근하거나 그와 말을 나눌 만한 기회가 나에게 도무지 있을 수 없기 때문에 나의 관심은 조금도 꺼질 줄 몰랐다.

특별한 허가 없이는 우리들은 철창 바깥으로 한 발자국도 벗어져 날 수 없었다. 그 병사와 나는 언제나 일정한 거리를 두고 격리 수용된 채, 그 위치는 조금도 변동이 없었다. 이런 상황에도 불구하고 나는 그 병사에게 접근하는 기회가 오기를 열심히 기다렸다. 그 기회가 막상 나에게 주어진다면 어떻게 하겠다는 계획이 있었던 것은 아니다. 설혹 어떤 계획이 있다손 치더라도 그것을 실천할 만큼의 자유가 역시 죄수에 불과한 내게 있을 턱이 없었다. 따라서 우리들이 서로 가깝게 접근했을 때 그 병사가 장기 십년 단기 오 년의 형량을 예측하고 있는 미결수인 나의 존재를, 그리고 역시 미결수인 그의 존재에 관해서 기울이는 나의 열렬한 관심을 깨닫는다고 해도 우리 사이에 별다른 도리는 없는 것이다. 이런 사실을 확실히 이해하고 있으면서도 나는 무작정 그 병사와 마주치는 기회가 나에게 주어지기를 기대하고 있었다.

어느 날 내가 기다리던 그 기회는 우연히 찾아왔다. 아침 식사가 끝나고 사병 감방이거나 장교 감방이거나 예외 없이 한바탕 오전 기합을 치르고 겨우 편히쉬어로 들어가 있을 때에 근무자가 시멘트 바닥 위에 워커 소리를 울리면서 관망대 아래 나타나더니 그날 법무감실에 심문을 받으러 가는 죄수들을 호명하기 시작했다. 호명을 받은 다섯 명의 죄수 가운데는 열흘 전에 겨우 초심을 받았던 나의 이름도 끼어 있어서 나는 무슨 구제라도 받은 사람처럼 근무자가 따주는 철창문을 열고 복도로 뛰어 나갔다. 교도소 현관에 이르자 우리들은 모두 신발장에서 뒤축을 깎아내린 죄수용 검정 고무신을 신고서 일렬종대로 늘어섰다. 그런데 이때 다섯 명의 일행 가운데 뜻밖에도 1호의 그 병사가 섞여 있었던 것이다. 그는 한 마리 순진한 양처럼 맨 뒤에 서서 사뭇 머뭇거리며 사람의 얼굴을 마주 보기도 퍽 미안쩍다는 듯이 그 크고 서글서글한 눈을 반쯤 내리감고 고무신 속에 파묻힌 새하얀 자기의 발을 물끄러미 내려다보고 있었다.

그가 나의 옆에 와 있다는 것을 발견한 순간 나는 마치 오래 그리던 연인과 이윽고 대면했을 때처럼 몹시 흥분했고 가슴이 두근거렸다. 보통 우리들은 법무감실에 출두한다는 그 사실만으로도 꽤나 흥분하기 마련이다. 그러나 나는 그런 기대 따위는 까마득히 잊어먹고 오직 그 병사가 오늘 우리 일행 속에 끼어 있다는 그 사실에만 넋을 빼앗겼다.

　나는 일부러 몇 걸음 뒤로 처져서 맨 뒤에 서 있는 그 병사 옆으로 갔다. 그의 몸에서도 어김없이 노리끼한 죄수의 냄새가 났다. 내가 바짝 다가서자, 그는 불현듯 눈을 들어 나를 한 차례 힐끗 쳐다보았으나 그것뿐 곧 눈길을 떨어뜨리고 말았다. 나는 일행이 현관에서 출발 준비를 하느라고 머물러 있는 동안에 그 병사에게 말을 건네어보려고 작정했다. 근무자 두 사람이 일행의 좌우에 버티고 서 눈을 부릅뜨고 우리를 노려보았지만 우리가 현관에 머물러 있는 동안에는 그들의 눈을 속일 수도 있었다. 그러나 나에게는 미리 작정해둔 말이 없었다. 막상 그와 마주치자, 나는 무슨 말을 꺼내야 할지 도무지 알 수가 없었다. 나는 마치 혓바닥이 빳빳하게 굳어버린 사람처럼 한마디도 말할 수가 없었다. 결국 나는 오래 별러왔던 그 절호의 기회를 그만 놓쳐버리고 말았다.

　우리들은 일렬종대로 늘어선 채 밧줄로 두 손목을 묶이고 발목도 줄지어 묶이었다. 야외로 나갔을 때 개인적인 도주를 미연에 방지하자는 수단이었다. 어찌된 영문인지 그 병사는 우리의 행렬에 함께 묶이지 않았다. 그의 손목에는 따로 수갑이 채워졌고 발목에는 무거워 보이는 족쇄가 칭칭 감기었다. 나는 놀라 흘깃 그쪽을 돌아다보았는데 그 병사는 여전히 한마리 온순한 양처럼 그 모든 처사를 순순히 받아들였고 그 표정은 여전히 무표정 그대로였다. 그는 이른바 단독호송의 처분을 받고 있었다.

　교도소 현관을 벗어나 바깥으로 나오자, 우리들은 일시에 눈이 부시어 얼굴을 바로 들지 못했다. 유월 한낮의 눈부신 햇빛이 사방에 가득 넘치어 오랫동안 어두컴컴한 감방 구석의 어둠에 길들여진 우리 시신경은 그 천연의 밝음을 감당하기 힘들었다. 그 작열하는 햇빛은 밤낮없이 감방의 천정에서 번쩍이는 삼백 촉짜리 전구의 빛과도 견줄 수 없었다. 우리들은 햇빛의 위력을 비로소 깨달은 기분이었다. 교도소 주변의 나뭇가지와 길가의 잡목 잎사귀들이 마치 수채화의 풍경처럼 유난히 투명하게 보이는 것도 모두 햇빛의 지나친 밝음 때문이었다. 우리들은 마치 그 빛의 위력에 말라 비틀어진 양서류들처럼 사뭇 몸을 움츠리며 가까스로 행렬을 지어 천천히 걸어갔다.

교도소에서 법무감실까지의 거리는 오백여 미터나 되는 먼 길이었다. 아스팔트로 포장된 이 언덕길을 걸어 올라갈 때 우리는 비록 네 명이나마 서로 걸음을 맞춰 걷지 않으면 안 되었다. 호송하는 헌병이 가만가만 구령을 불렀고 잘 맞춰지지 않는 발이 발견되면 가차 없이 워커로 발목이나 정강이를 걷어찼다. 그런데도 밧줄에 일제히 묶여 있는 발들은 그다지 맞춰지지 않아 우리들은 자연히 느리게 걸어갔다. 걸으면서도 나는 이따금 뒤에서 따라오는 그 병사 쪽을 재빨리 훔쳐보곤 했다. 무거운 족쇄를 차고 있으면서도 그는 용케 구령에 맞추어 걸었다. 그렇지만 아무래도 그는 족쇄 때문에 자꾸 뒤로 처졌고 그때마다 헌병이 이 새끼 터져봐야 알겠어? 하고 그에게 윽박질렀다. 그러자, 그는 아무렇지도 않다는 표정으로 몇 걸음 뛰듯이 걸어와서 우리 행렬의 뒤에 바짝 붙었다. 그의 팔목에 채워진 수갑은 흡사 백금처럼 햇빛을 받고 유난히 번쩍거렸다.

법무감실로 향하는 이 아스팔트길을 걷고 있노라면 우리들이 갈데없는 죄수라는 자각이 감방 속에 있을 때보다 더욱 확실하게 느껴졌다. 동시에 우리들이 컴컴한 감방 속에서 막연히 그려보던 어떤 행운이 전혀 터무니없는 공상이었다는 자각도 명료하게 느껴졌다. 그야말로 갈데없이 바늘구멍밖에 없는 함정에 빠져버린 것이다.

나는 맨 먼저 심문을 마치고 검찰관실 한쪽 구석에 놓여 있는 긴 의자에 앉아서 일행이 모두 심문을 마칠 때까지 기다렸다. 일행이 다 끝난 뒤에야 우리는 올 때와 마찬가지로 다시 행렬을 지어 함께 교도소로 돌아가는 것이다. 강파르고 몰인정하게 생긴 검찰관은 나에게 비교적 호의로 대해주었다. 그 까닭은 아마도 자기가 대위 계급장을 뽐내는 장교이듯이 나역시 장교 출신이라는 이른바 엘리트의 동류의식에서 기인하는 것인지도 몰랐다. 어쨌든 검찰관은 나의 진술에 두 번 다시 이의를 달지 않았고 고함을 지르거나 구타를 하지도 않았다.

높은 지대에 자리 잡은 검찰관실의 전망은 아주 훌륭했다. 의자에 앉아 있으면 현대식 건물의 커다란 유리창을 통해 일대의 주택지대와 넓은 도로들이 저절로 바라보인다. 자동차가 굴러가고 많은 민간인들이 인도 위로 바쁘게 오락가락하는 모습까지 환히 보였다. 그런 풍경들은 감방 속에 갇혀 있는 동안에는 꿈을 꾸어도 보기 힘든 풍경들이었다. 그렇지만 나는 이날 따라 전망이 좋은 그 유리창 쪽마저 외면하고 있었다. 나는 그 병사가 심문받는 장면을 놓치지 않기 위해서 줄곧 검찰관 쪽만 지켜보았던 것이다.

1호의 그 병사는 맨 마지막 차례였다. 번쩍이는 수갑을 찬 손목을 엉거주춤 내어 밀고 발목의 족쇄를 질질 끌면서 그가 검찰관 앞으로 천천히 다가서고 있을 때 나는 이 아름다운 죄수의 얼굴을 뚫어지게 지켜보았다. 그는 대위의 지시에 따라 대위의 앞에 놓인 딱딱한 나무 의자 위에 조용히 앉았다. 그의 표정은 역시 무표정 그대로였다. 대위는 담배를 꺼내 물고 라이터를 켜 불을 붙인 다음 성급하게 한 모금을 빨아마셨다. 그러고는 몹시 역겹고 화나는 기분을 감출 때 흔히 그러듯이 다소 자조적으로 씨익 웃었다. 매서운 눈초리는 웃으면서도 그 병사의 창백한 얼굴을 쏘아보고 있었다.

네가 장교 두 사람을 먼저 쓰러뜨리고 나중에 달아나는 하사의 등에 대고 쏘았지?

검찰관이 나직한 소리로 병사에게 물었다.

아닙니다. 그는 달아난 게 아니고 나에게 총을 겨누고서……

닥쳐! 이 새끼, 그는 달아났다고 말하지 못했?

대위는 갑자기 벌떡 일어서서 주먹으로 병사의 정강이를 힘껏 걷어찼다. 의자에서 시멘트 바닥으로 나동그라졌던 병사는 재빨리 일어나 의자에 다시 정좌하고는 아무렇지도 않다는 듯이 대위를 멀뚱멀뚱 바라보았다.

네가 둘을 쏘아 죽이고 나중에 하사가 달아나는데 그의 등을 향해 쏘았지?

대위가 다시 물었다.

아닙니다. 그는 달아나지 않고 내게 총을……

병사는 같은 대답을 나직이 되풀이 하다 다시 대위의 주먹세례에 시멘트바닥으로 나동그라졌다. 병사는 이번에도 흡사 오뚝이처럼 재빨리 일어섰다. 그는 카키빛 죄수복에 묻은 먼지를 훌훌 털고는 역시 아무 일도 없었다는 듯이 조용한 눈길로 주위를 둘러보았다.

삼층집 이야기

이제 서른을 갓 넘은 나이에 벌써 몸집이 비대해진 오 여사는 하숙집의 안주인치고는 꽤나 거만스럽고 당돌한 여자라고 할 수 있었다. 그녀의 말솜씨 또한 특별한 손님을 상대한 때를 제외하면 꽤나 거친 편이었다. 여사의 이런 점은 그녀의 타고난 성격에도 이유가 있겠지만 특히 미국에서 건축설계소를 차려놓고 한 재산 톡톡히 모았다는 그녀의 친정 오빠에게도 약간의 죄가 있는 모양이었다. 이 장한 오라버니는 지금 고국의 연로하신 양친을 그쪽으로 모셔다놓고 한창 미주유람을 시켜드리는 중이었다. 그러니 그녀가 신바람을 내고 자기 집의 식객들 앞에서 다소 으스대는 것도 무리는 아니었다.

오 여사는 비싼 통화료에도 아랑곳하지 않고 미국에 있는 오빠의 가족들과 자주 얘기를 나누었다. 통화의 내용이란 기껏해야 안부를 묻는 일, 이쪽의 날씨 얘기, 새로 채용한 식모에 대한 평가, 이런 따위였으나 손에 수화기를 쥐고 있는 그녀의 목소리는 언제나 몹시도 고조되어 흡사 아우성처럼 집 안에 찌렁찌렁 울린다. 따라서 그녀의 국제통화는 이 집안의 마음 약한 식객들에게 일종의 시위의 효과마저 내고 있는 샘이었다.

오 여사의 말솜씨가 약간 거칠다고는 했지만 그녀가 자기 집의 식객 한 사람을 가리켜 '그놈' 혹은 '그 새끼'라고 말하는 걸 막상 들었을 때 나는 도무지 당황할 수밖에 없었다. 더구나 그때는 내가 대현동의 그 집으로 숙소를 옮기고서 겨우 사흘이 지났을 때여서 나는 새 안주인의 언동에 별로 익숙하지 못했었다.

그날 내가 회사에서 갓 돌아와서 삼층에 있는 내 방으로 가느라고 막 층계를 오르려고 했을 때 뒤에서 오 여사가 나를 불러 세웠다.

이봐요, 장 씨, 장 씨는 그놈하고 대화를 나눠봤수?

계단에서 내가 돌아서자 그녀는 다짜고짜 이렇게 말했던 것이다.

그놈이라니요? 누굴 말씀인가요?

나는 오 여사의 두텁게 살찐 얼굴을 마주보며 이렇게 반문했다. 그녀의 몸매나 얼굴의 틀은 영락없이 여장부 감인데 그 얼굴에 유독 오기가 잔뜩 서려 있는 게 나로서는 영문을 알 수가 없었다.

아니, 장 씨 방 맞은편 방에 있는 그 양키 녀석을 몰라요?

그제야 나는 오 여사가 말하는 '그놈'이 누군가를 얼핏 알아차렸다. 바로 그 전날 저녁때 나는 이층에서 삼층으로 오르는 계단의 중간에서 그 이방인과 처음으로 얼굴을 마주친 일이 있었던 것이다. 그러니까 나는 아직 그 친구와 대화를 나눠 보기는커녕 서로 인사조차 미처 나누지 못한 사이였다. 그의 방이 내 방이 있는 삼층에 있다는 사실도 오 여사를 통해 겨우 알았을 정도로 나는 아직 그 친구에 관해서 모르고 있었다.

층계에서 처음 나와 마주쳤을 때 그 친구는 나에게 씨익 웃어보였다.

그렇게 가볍게 웃어보이는 것이 그의 예법인지도 몰랐다. 그가 그렇게 웃어보였지만 하얀 금속 테의 안경을 낀 그의 얼굴 표정에는 그가 이방인임을 감안하더라도 쉽게 가까워지기 어려운 차가움이 엿보였다.

그는 서양 사람치고는 키가 매우 작아 보였고 얼굴 생김새도 별로 말쑥한 편은 아니었다.

그런데 그 친구가 이 집에 와서 무슨 잘못을 저지른 것일까? 오 여사의 말씨와 표정에서는 우선 그런 느낌을 받지 않을 수 없었다. 내가 그 친구하고는 단지 한 번 마주친 일이 있을 뿐이라고 말하자 그녀는 여전히 오기가 잔뜩 서린 표정으로 약간 실망한 듯 가느다란 실눈을 몇 번 깜짝거렸다.

장 씨 보기에는 대관절 그놈의 직업이 무엇인 것 같아요?

오 여사가 내게 다시 물었다.

아니, 아주머니도 그 사람 직업을 모르고 계셨던가요?

흥, 뭐 본인이 말해주지 않는데 내가 알 게 뭐예요. 그 새끼 아무래도 수상쩍은 게 무슨 첩자나 정보원 끄나풀인지도 모르죠.

여사의 지나친 억측에 나는 다시 한번 놀라는 수밖에 없었다.

그렇게 궁금하시다면 직접 한 번 물어보시면 되지 않습니까?

여사에게 약간 핀잔을 주듯 내가 말하자, 그녀는 그가 이 집에 들어오던 날 이미 그것을 물었노라고 대답했다. 그런데 이 친구는 자기 이름이 윌슨이라는 것을 밝혔을 뿐, 그 밖에는 모른다고 말하면서 무작정 고개만 절레절레 내젓더라는 것이다. 아마도 이 친구의 이렇게 애매한 태도가 여사의 의심을 더욱 부채질한 듯이 보였다.

그런데 오 여사가 이 정도로 그냥 주저앉은 것은 아니었다. 그녀는 이미 이층에 투숙하고 있는 고창석 씨로 하여금 삼층에 있는 윌슨의 방문을 직접 두드려보도록 시킨 일이 있었다. 고 씨는 세탁제 제조회사에 나가는 사람으로 이 집의 식객들 중에서 아직 서른 살 고비를 넘지 않은 유일한 축이었다. 그는 방금 제대를 하고 새로 직장을 얻은 신입사원인데다 중위 계급장을 달고 월남전에도 참가한 경력이 있는지라 지금 한창 패기가 만만한 친구였다. 그러니까 고 씨가 월슨의 방문을 불시에 두드리게 된 것은 고 씨의 젊은 패기와 오 여사의 참지 못할 궁금증이 서로 잘 합치되어 이뤄진 셈이라고 할 수 있었다.

그러나 고 씨 역시 월슨의 직업을 알아내는 데 실패했던 것이다. 오 여사를 비롯한 집안 식구들에게 자기의 패기를 한껏 뽐내면서 삼층으로 올라간 고 씨는 월슨의 방 안에는 들어가보지도 못하고 그냥 돌아왔다. 고 씨가 문을 두드리자, 거의 일 분가량이나 지난 뒤에야 문이 열리고 월슨이 겨우 얼굴만 문 바깥으로 나타냈다.

무슨 용건이지요?

월슨은 제법 능숙한 한국말 솜씨로 이렇게 물었다. 그 순간 고창석 씨는 얼굴이 화끈 달아올랐다. 그는 월슨이 질문을 던진 그때에야 자기가 삼층까지 올라올 용건이 무엇인가를 처음으로 음미했던 것이다. 하지만 고 씨는 역시 패기가 만만한 사람이었다.

당신의 직업이 뭡니까?

고 씨는 군대에 있을 때 흡사 부하를 다루던 말버릇으로 대뜸 이렇게 물었다.

그런 것 알 필요 없어요.

월슨도 역시 퉁명스럽게 대꾸했다.

그는 잠깐 차가운 눈초리로 고 씨를 바라본 다음 이내 문을 닫아버렸다.

오 여사는 전날 있었던 이야기까지 들려주고는 이번에는 나에게 고 씨의 대역을 슬며시 청해왔다.

그놈이 무엇 하는 놈인지 장 씨가 좀 알아봐요. 장 씨는 방이 가까우니까 쉬울 거란 말예요.

아무튼 오 여사와 월슨에 관해서 처음 얘기를 나눴던 날, 저녁 식사를 마친 다음 집안의 식구들이 한자리에 모일 기회가 있었다. 이 집에서는 모든 투숙자들이 같은 시간에 모여서 함께 식사를 하는 풍습이 불문율처럼 되어 있었다.

그러니까 그 시간에 맞춰오지 못하는 사람에게는 식사가 제공되지 않는 것이다. 이런 규율도 물론 오 여사의 약간 고압적인 평소의 태도와 별로 무관한 것은 아니었다.

오 여사와 그녀의 남편 김 주사를 비롯해서 거의 모든 식구들이 일층의 넓은 마루에 모여 앉아 잡담을 시작했다. 법원의 행정서기로 근무하는 김 주사는 비교적 성미가 너그러운 편이고 잡담을 퍽 즐기는 호인이지만 별로 실권이 없는 가장이었다. 마루에 앉은 사람들은 처음에는 며칠 전에 정부가 공포했던 대학의 휴업령에 관해서 각자 짧은 견해들을 피력했다. 그러나 곧 그들의 화제는 그 자리에 없는 월슨에게로 옮아갔다.

그 친구 아직 들어오지 않았습니까?

비누회사 사원인 고창석 씨가 오 여사에게 의미 있는 눈짓을 보내며 물었다.

흥, 그치는 항상 제일 늦게 들어온다우.

오 여사는 대뜸 빈정거리는 투로 말했다.

뭘 하는지는 몰라도 종일토록 쏘다니나 보죠. 그치 들어올 때 보면 늘

땀에 흠뻑 젖어 있다구요.

아아, 이제 그 친구가 뭘 하는 놈인지 알겠습니다.

이번에는 역시 이층에 있는 재단사 김만경 씨가 거들고 나섰다. 그는 나이를 서른일곱 살이나 먹은 노총각이지만 늘 여성 고객만을 상대하는 탓인지 그의 언동에는 바보스러울 만큼 단순한 일면이 있었다.

땀에 흠뻑 젖어가지고 들어온다면 그 친구 틀림없이 그겁니다.

뭐란 말예요?

잔뜩 달아오른 오 여사가 조급하게 물었다.

모른몬인가 하는 별난 교파가 있어요. 그 교파의 전도사들이 길거리를 돌아다니며 아무나 붙잡고 전도하는 걸 여러 차례 봤으니까요. 그 친구 틀림없이 그 교파 전도사라구요.

하긴 나도 그 비슷한 걸로 생각은 했습니다만.

고 씨가 김만경 씨에게 동조했다.

내가 삼층에 올라갔을 때 윌슨은 책상 위에 성경책을 펴놓고 있었소.

내가 문을 두드렸을 때 그놈은 그걸 읽고 있었던 게 분명해요.

그러구 보니까 내게도 떠오르는 생각이 있었다. 자정을 전후해서 윌슨의 방 쪽에서 찬송가를 부르는 소리가 가느다랗게 들려오곤 했었다. 윌슨이 흔히 부르는 노래는 찬송가 중에서도 비교적 널리 알려진 〈내 주는 강한 성〉 혹은 〈시온의 영광〉, 이런 따위들인데 그가 유독 서투른 한국말 가사로 노래를 하기 때문인지 한껏 소리를 낮추어 부르는 윌슨의 노랫소리는 흡사 영악한 밤 짐승의 비명처럼 괴이쩍게 들렸던 것이다.

그 친구 자기 방에서 혼자 찬송가 부르는 걸 나도 들은 일이 있어요.

나는 이렇게 말하기는 했지만 재단사 김만경 씨의 속단에 선뜻 동조할 생각은 전혀 없었다. 성격을 읽고 찬송가를 부르는 행위는 반드시 선교사가 아니라도 할 수 있는 일이기 때문이었다. 이때 좌중에서 비교적 성품이 침착한 김 주사가 전혀 다른 각도에서 재단사의 주장을 부인하고 나섰다.

그거는 그렇지 않아요. 선교사라면 떠돌이 하숙생활을 하지는 않습니다. 그들은 어디를 가거나 확고한 재단의 지원을 받는단 말예요.

하기야 그렇겠군요.

이층의 고 씨가 이번에도 김 주사의 의견에 빨리 동조했다. 단순한 김만경 씨는 주인 남자의 한마디에 금방 움츠러들고 말았는데 김 주사의 의견에는 확실히 일리가 있었다. 우리에게 얼핏 연상되는 서양 선교사라는 것은 내국인의 출입이 통제되는 특별한 구역에 별장과 같은 집을 가지고 있고 고급 승용차를 손수 몰고 가는 그런 모습인 것이다.

그 새끼 알고 봤더니 지독한 가난뱅이라오. 하숙비도 아직 절반밖에 내놓지 않았어요.

이때 오 여사가 불쑥 이렇게 말했다.

그녀의 말을 빌면 윌슨은 처음 들어올 때도 하숙비를 깎자고 졸라 댄 사실이 있고 점심과 저녁 식사는 매식을 하고 있는 윌슨이 근처에는 양식집도 많이 있는데 그런 곳엔 별로 출입하는 것 같지 않고 싸구려 분식센터에만 자주 드나드는 것 같다는 것이다.

그 친구 돈이 없기는 확실히 없는 것 같애.

여사의 허수아비 남편이 여사의 말에 맞장구를 쳤다.

그런 새끼는 본국에 가면 영락없이 거지일 거야.

오 여사의 표정에는 가뜩이나 윌슨을 경멸하는 기색이 역연했다. 동시에 그녀는 윌슨이 가난뱅이라는 사실에서 어떤 불쾌감마저 느끼는 모양이었다. 거기에 앉아 있던 다른 투숙자들도 막상 윌슨의 현금 사정을 처음 듣고는 약간의 충격을 받았다. 그들은 싸구려 분식센터에서 저녁 식사를 때우고 하숙비를 깎자고 졸라대는 미국인의 모습이 어쩐지 빨리 수긍이 가지 않았고, 마치 오 여사의 경우처럼 그 사실에서 약간의 불쾌감을 맛보았다. 그런데 아마도 이 불쾌감이란 어쩌면 가짜일지도 모르는 인간에게 속고 있다는 느낌 때문인지도 몰랐다.

그렇다면 십중팔구는 군인이 아닐까요? 지아이들이 봉급이 많다지만 영외거주를 하자면 그렇게 여유 있는 생활은 못할 거요.

김만경 씨가 두 번째로 의견을 꺼내놓았다.

지아이라고? 그가 군복 입은 걸 본 일이 있소? 아무나 영외거주가 허용되는 줄 아오?

이번에는 고창석 씨가 재단사의 견해에 반론을 제기했다.

아니, 군속들 중에는 사복을 입고 다니는 사람도 있을 거 아니오?

이봐요, 김 형. 군속은 더구나 수입이 일반 사병보다 훨씬 많아요. 본국의 일반 봉급쟁이들과 같은 수준으로 지급되니까요. 이런 하숙생활 구태여 할 필요가 없다구요.

이렇게 되자 윌슨의 정체는 더욱 궁금한 사실이 될 수밖에 없었다. 그가 종교단체의 선교사도 군인도 아니라면 대체 무엇일까? 그렇다고 윌슨을 외교관이라거나 상사(商社)의 주재원이라고 보아주기도 역시 어려운 일이었다. 집안 식구들의 머리에 쉽게 떠오르는 미국인이란 선교사와 군인밖에 없었다. 그들은 윌슨을 거기에 맞춰보았으나 윌슨은 어느 것에도 맞지 않았다.

이때 정작 장본인이 현관문을 열고 나타났다. 키가 유난히 작은 윌슨은 정말 어디를 그렇게 뛰어다녔는지 땀으로 흠뻑 젖어 있었다. 현관에 들어서자 그는 손수건을 꺼내들고 이마의 땀을 연방 닦아냈다.

그는 마루에 모여 있는 사람들의 시선이 한꺼번에 그에게 쏠리자 매우 당황한 듯이 보였다. 하지만 그는 말없이 식구들의 옆을 지나쳐서 그냥 삼층으로 올라가려고 했다.

윌슨 씨!

그때 집주인 김 주사가 일행을 대표해서 나직한 소리로 그를 불렀다. 계단 입구에서 돌아선 윌슨은 마치 다수의 힘에 억눌린 듯 그 자리에 엉거주춤 서 있었다. 그의 헬쑥하게 여윈 얼굴에는 상대방을 다소 경계하는 기색이 얼핏 스치고 지나갔다.

저녁 식사는 했소?

김 주사가 제법 친절한 말씨로 물었다.

네. 먹었습니다.

저녁에는 무얼 먹었소?

별안간 고창석 씨가 윌슨에게 엉뚱한 질문을 던졌다.

짜장면 먹었어요.

윌슨의 대답은 뜻밖에도 아주 솔직했다. 그의 이런 솔직성 때문에 그리고 윌슨의 태도와는 무관한 다른 또 하나의 이유 때문에 좌중에서는 한바탕 폭소가 터졌다.

윌슨 씨. 이리 와서 좀 앉아요. 여기 있는 사람들은 모두 이 집의 가족들입니다.

김 주사가 자기 옆자리를 가리키며 윌슨에게 말했다. 윌슨은 의사 선생의 가방처럼 크고 무거워 보이는 가방을 계단 위에 내려놓고 김 주사의 옆

자리에 와서 앉았다.

　장 씨, 장 씨가 한번 물어봐요. 장 씨는 저치하고 이웃사촌이니까 장 씨에게는 말해주겠죠.

　오 여사가 더 참지 못하고 내 어깨를 툭 치면서 작은 소리로 말했다. 막상 여사의 청이 들어오자 나는 입장이 사뭇 난처했다. 윌슨과 이웃사촌이라지만 나는 그때까지 이 친구와는 한마디도 얘기를 나눠본 일이 없었으며 윌슨이 내가 자기 방의 맞은편 방에 들어 있는 사람이라는 것을 알고 있는지 어떤지조차 알 수 없었다. 윌슨이 매일처럼 너무 일찍 밖으로 나가고 너무 늦게 귀가하기 때문에 윌슨과 나는 아직 삼층의 복도에서 한 번도 서로 얼굴을 마주친 일이 없었다. 따라서 여러 사람 앞에서 나 역시 고 씨의 전철을 밟게 될 확률이 많았다. 한참 동안 망설이고 있던 나는 결국 내 방에서 급하게 찾아야 할 게 있다는 구실로 삼층으로 올라와버리고 말았다.

　이렇게 그 자리를 피하기는 하였지만 나는 늘 오 여사에게 어떤 채무를 지고 있는 듯한 기분을 떨쳐버릴 수가 없었다. 말하자면 윌슨의 직업은 반드시 내가 밝혀내지 않으면 안 된다는 그런 느낌이었다. 오 여사가 일단 내게 그런 청을 해온 이상, 그날부터 나는 그 책임을 떠맡은 셈이나 마찬가지였다. 이 집안에서 오 여사의 요청을 간단하게 뿌리칠 수 있는 작자는 한 사람도 없었으며 나 역시 예외일 수는 없었다. 나는 어떻게 해서라도 이 오만한 하숙집 안주인을 만족시켜주려고 매우 조바심을 쳤다. 그렇지만 한사코 자기 직업의 공개를 거부하는 이 이방인에게 그것을 알아낼 뾰족한 방법은 좀처럼 찾아지지 않았다.

　그런데 전혀 생각지도 않았던 방식으로 저절로 기회가 나에게 다가왔다. 윌슨이 뜻밖에도 내 방의 문을 노크했던 것이다. 어느 날 자정이 가까위겼을 때에 복도에서 누가 내 방의 문을 세 번 노크하는 소리가 들렸다. 그것은 지극히 조심스럽게 문을 두드리는 소리였다. 평소에 김 주사나 고창석 씨가 나를 찾아올 때에도 물론 노크를 하였으나 그들이 함부로 문을 두드리던 소리와 이날 밤의 노크 소리는 어딘지 달랐다. 그렇지만 설마 윌슨이 내 방의 문을 두드리고 있으리라고는 상상조차 하지 않았다. 이미 잠자리에 들어 신문을 보고 있던 나는 벌떡 일어나서 문을 열었다. 윌슨이 노트 한 권을 들고 거기 서 있었다. 그는 내가 잠자리에서 일어난 사실을 알게 되자 몹시 당황한 표정으로,

미안합니다, 미안합니다.

하고 되풀이해서 말했다. 윌슨의 한국말 솜씨는 아주 능숙했다. 나는 이 뜻밖의 손님을 방으로 안내한 다음 그에게 의자를 권했다.

자리에 앉자마자 윌슨은 처음에 그렇게 미안해하던 태도와는 달리 한마디 인사말도 없이 다짜고짜 자기의 용건부터 꺼냈다. 그는 책상 위에 그가 가지고 왔던 노트를 펼쳐놓고 노트 위를 손가락으로 가리키며 나에게 물었다.

이 둘 중에서 어느 것이 옳습니까?

그가 가리키는 곳에는 한글로 두 줄의 문장이 쓰여 있었다.

그가 그렇게 하실 것입니다.

그가 그렇게 할 것입니다.

윌슨이 물어온 것은 우리말의 경어사용법에 관한 문제였다. 그는 밤늦게까지 우리말을 혼자서 공부하다가 문득 이 애매한 문제에 부딪쳐 하는 수 없이 가장 가까운 이웃의 방문을 노크했던 것이다. 나는 주어의 변화에 따른 경어 사용의 여부를 몇 가지 다른 예문까지 곁들여서 되도록 성의 있

게 그에게 설명해주었다. 윌슨은 아주 열심히 나의 설명을 귀담아들었다. 그러나 내 설명이 일단 끝나는 듯하자, 그는 볼 일을 이제 다 끝마쳤다는 듯이 의자에서 엉거주춤 일어서려고 하였다. 그는 특별한 용건이 없다면 더 이상 내 방에서 머물러 있고 싶지 않다는 듯한 그런 표정으로 나를 멀뚱멀뚱 쳐다보았다. 그 순간 나는 이때를 놓쳐서는 안 되겠다고 퍼뜩 생각했다.

이자가 제 발로 내 방에 굴러 들어온 이때를 놓쳐버린다면 다시는 마땅한 기회를 얻기 힘들지도 모른다. 나는 엉겁결에 마침 엉거주춤 자리에서 몸을 일으키려는 윌슨의 어깨를 두 손으로 꽉 붙잡고 도로 제자리에 앉히면서 지극히 자연스러운 어조로 그에게 물었다.

한국말을 공부하십니까?

타의로 의자에 다시 주저앉게 된 윌슨은 한동안 상대방의 저의를 몰라 겁먹은 듯한 눈초리로 나를 쳐다보았으나 내가 계속해서 미소를 지어 보이자, 가까스로 나의 물음에 고개를 끄덕여 보였다.

그것을 배워서 어디에 쓰려고요?

나는 윌슨에게 생각할 틈을 주지 않으려고 잇달아서 이렇게 물었다. 나의 계산은 그대로 적중했다. 이 단단하고 경계심이 많은 서양인이 드디어 자기 신상에 관해서 자기도 의식하지 못하는 겨를에 입을 열기 시작한 것이다.

한국말을 모르면 여기서 훌륭한 회화 선생이 될 수 없습니다.

윌슨은 아주 뚜렷한 억양으로 이렇게 대답했다.

당신은 그러면 영어회화를 가르치고 있소? 윌슨 씨.

아닙니다. 지금은 아무 일도 안 합니다. 한국말을 잘 못하면 보수도 적을뿐더러 직업 얻기도 힘이 듭니다.

이렇게 말하는 윌슨의 눈초리에는 어쩐지 피로에 지친 기색이 엿보였다. 그의 얼굴은 마를 대로 메말라 광대뼈가 드러나 보였고 살갗도 아주 거칠었다. 오 여사의 집에서 제공되는 음식이 윌슨의 식성에 맞을 까닭도 없었고 윌슨 자신이 바깥에서 충분한 양식을 취하고 다니지 않는 것도 분명했다. 윌슨은 현금에 매우 궁한 사람이었다.

당신의 한국말은 훌륭한데요. 게다가 한국말을 하나도 못하는 미국인도 얼마든지 회화를 가르치고 있어요.

웬일인지 윌슨은 나의 말을 믿으려고 하지 않았다.

아닙니다, 아닙니다. 그렇지 않아요.

윌슨은 고개를 절레절레 옆으로 흔들었다. 나에게는 이 미국인이 바보거나 아니면 터무니없는 고집쟁이라고 여겨질 정도였다.

그러면 당신은 하루 종일 밖에 나가서 무얼 합니까?

한국말을 배웁니다. 연세대학 한국어학당에 나가고 교회에서 우리 형제님에게 한국말 성경을 배우고 있어요.

이제 나는 윌슨에게 더 물어볼 말이 없었다. 오 여사를 비롯해서 이 집 안의 식구들이 그다지도 궁금해하고 그다지도 구구한 억측을 해오던 윌슨의 정체가 이 정도로 아주 싱겁게 밝혀져버린 것이다. 어쨌든 나는 내심으로 쾌재를 불렀다. 나는 오 여사로부터 요청받은 책임을 마친 것이다. 다음 날 날이 밝자마자 나는 내실로 달려가 오 여사에게 이 사실을 알렸다.

막상 윌슨이 무직의 사나이라는 사실이 집 안에 알려지자 이 삼층집 사람들은 누구나 몹시 놀라고 한편 실망을 감추지 못하는 것 같았다. 직업이 없는 미국인 이것은 확실히 아직까지 그들이 들어보지도 상상해보지도 못했던 사실이었다. 이쪽에 건너와 있는 서양인 중에서 이렇게 아무런 명색도 없는 사람을 그들은 본 일이 없었던 것이다.

오 여사는 이제 한층 노골적으로 윌슨을 경멸하고 모욕하는 태도로 나왔다.

어쩐지 거지새끼라고 생각했더니 내 눈이 틀림이 없군그래. 아니, 직업도 없는 양키는 나는 또 처음인데.

그녀는 사람들 앞에서 얼굴을 실룩거리며 이렇게 떠들었다. 윌슨이 무직이라는 사실에 오 여사가 그토록 분개하는 까닭을 나로서는 얼핏 알도리가 없었다. 따지고 보면 그녀는 윌슨에게서 하숙비만 꼬박꼬박 받아내면 그뿐인 것이다. 윌슨이 하숙비가 밀려 있는 것 같지는 않았다. 그런데도 오 여사는 틈만 있으면 윌슨을 욕하고 심지어는 윌슨의 체구가 서양인치고는 사뭇 왜소하다는 것, 그의 얼굴에서 도무지 위엄이라곤 찾아볼 수없다는 사실까지 들추어내며 윌슨을 조소하였다.

윌슨을 조소하고 경멸하는 사람은 이 집 안에서 오 여사 한 사람만은 아니었다.

소심하고 비교적 말조심을 하는 그녀의 남편 김 주사까지도 자기 아내에 덩달아서 이제는 윌슨을 숫제 그 새끼라고 불렀다. 비누회사 사원 고창석 같은 사람은 윌슨의 얘기만 나오면 덮어놓고 집이 떠나갈 듯이 폭소를 터뜨렸다. 그가 무엇이 그렇게 우스워서 그러는지 그 영문도 역시 알 수가 없었다. 윌슨이 무직이라는 사실이 밝혀진 뒤로 윌슨을 대하는 고 씨의 태도는 완연히 달라졌다. 그는 흡사 군대에 있을 때 자기 부하를 다뤘음 직한 아주 거칠고 고압적인 태도로 윌슨을 대하였는데 이때마다 윌슨은 몹시 고통스러운지 얼굴을 찌푸리곤 하였다.

어느 날 윌슨이 저녁 늦게 현관문을 열고 집 안으로 들어왔을 때 마침 마루에서 주인 아내와 잡담을 하고 있던 고창석 씨가 들어오는 윌슨을 보자 벌떡 일어서더니 윌슨에게 뚜벅뚜벅 걸어갔다.

당신 오늘 저녁에는 무얼 먹었지?

고 씨는 윌슨의 코앞에서 다짜고짜 이렇게 물었다. 그러자 윌슨의 안색이 금방 창백해졌으며 그의 약간 노기가 서린 눈초리가 고 씨를 정면으로 쳐다보았다. 윌슨은 고 씨에게 자기의 저녁 식사 메뉴에 관해 결코 대답하지 않고 묵묵히 고 씨를 쳐다보고만 있었다. 그는 고 씨의 언사가 반말지거리라는 것까지도 알고 있었던 것이다.

보기는 뭘 보냐구? 이 쪼다 양반아.

고 씨가 심술궂게 웃으며 이렇게 말했다. 윌슨은 그 순간 신발도 벗지 않은 채 마루로 성큼 올라서더니 고 씨와 똑바로 마주서며 여태껏 그에게서는 처음 들어보는 아주 커다란 목소리로 고 씨에게 다그쳐 물었다.

무엇이라구? 쪼다라구? 쪼다가 뭐야? 고 씨, 그것을 지금 당장 설명하십시오.

윌슨의 서슬이 어찌나 시퍼렇던지 마루에 앉아 있던 사람들이나 고 씨까지도 한동안 어안이 벙벙하였다.

고 씨, 쪼다가 무엇인지 그것을 지금 설명하십시오.

침묵을 깨뜨리고 윌슨이 다시 큰 소리로 말하였다. 그렇지만 윌슨의 기세에 눌린 고 씨가 윌슨에게 그것을 고분고분 설명해줄 까닭이 없었다. 한참 동안 숨을 씨근거리며 고 씨와 그렇게 마주 서 있던 윌슨은 잠시 후에 신발을 벗어놓고 아무런 말도 없이 삼층의 자기 방으로 올라가버렸다. 그가 올라가고 나자, 마루에서는 윌슨이 방금 취했던 우스꽝스러운 언동을 두고 또다시 한바탕 폭소가 일어났다.

그날 밤 윌슨은 갑자기 짐을 꾸리기 시작했다. 막상 윌슨이 이 집에서 떠나기로 작정했다는 사실을 알게 되자, 나는 이 집 안에서 누구보다 나 자신이 윌슨에게 큰 죄를 저질렀다는 것을 깨닫지 않을 수 없었다. 그렇지만 이제 그가 다른 집으로 숙소를 옮기는 걸 만류할 도리는 없었다. 내가 짐을 꾸리고 있는 윌슨에게 달려가서 그를 이 집에 붙잡아 두는 데 성공한다고 해도 그것은 윌슨에게 아무런 도움이 못 되기 때문이다.

시골 우체부

    그날은 하루 내내 먹구름이 잔뜩 덮여 날씨가 퍽 음산했다. 게다가 바닷바람이 해안에서 마을 쪽으로 쉴 새 없이 불어와 으스스 춥기까지 하는 게 도무지 여름날 같지 않았다. 해안에서 간석지를 건너뛰어 양일 부락으로 불어오는 이 해풍은 일단 불기 시작하면 기어코 하루나 이틀 밤을 넘기고야 누그러진다는 걸 나는 알고 있었다.

    한낮이 가까워지자, 나는 그만 불안해지기 시작했다. 나는 관사(官舍)의 넓은 건넌방에서 혼자 안절부절 마음을 가누지 못하고 앉았다간 일어서고 다시 앉았다가 일어서서는 방 이쪽저쪽을 공연히 오락가락하였다. 왜냐하면 그날 편지 배달부가 오지 않을지도 모른다는 근심에 사로잡혀 있었기 때문이었다. 어제도 배달부는 오지 않았다. 그제도 그는 오지 않았다. 어제와 그제는 오늘 날씨와는 달리 햇빛도 밝았고 서해의 바람도 불어오지 않았다. 그렇게 화창한 날씨였는데도 기다리던 배달부는 오지 않았다. 그러니까 하물며 오늘처럼 여름날답지 않게 빛이 없고 우중충한데다 으스스 춥기까지 한 날씨에 그가 와줄 것 같지 않았다.

　평소에 배달부는 삼 일 혹은 사 일 만에 한 차례씩 양일 부락으로 걸어 갔다. 염산(鹽山)에는 우체국이 있는 군남에서 염산까지 사십 리가 넘는 길을 걸어다녔다. 그가 매일 와줄 수 없는 사정은 이해하고도 남았다.

　염산의 빈약한 선창이 있는 설도를 향해 기역 자형으로 주욱 몇 킬로 가량 뻗어나간 저수지의 둑길을 따라 나는 바쁘게 걸어갔다. 비가 온 뒤라 서 둑길은 짐마차의 바퀴자국으로 굴곡이 심했고 군데군데 빗물이 괸 진 창까지 있었건만 이렇게 둑길을 걸어갈 때면 나는 공연히 걸음이 바빴다. 그리고 여태까지 머리를 꽉 채우며 관자놀이를 뜨겁게 달아오르게 했던 온갖 잡념조차 거짓말처럼 사라져버리는 것이다. 나는 만사를 잊어먹고 만사를 제쳐놓고 오직 설도로 향하는 둑길의 중간쯤에 있는 저수지의 기 관고만을 향해 부리나케 걸어가는 것이다. 이렇게 걸어가면서 아직 쉰도 되지 않았으나 벌써 환갑이 지난 노인처럼 늙어버린 배달부의 얼굴을 그 려보는 때가 하루 가운데 제일 즐거운 때였다.

　둑길이 꺾어지는 곳에 있는 기관고에 다다르면 설도가 환히 바라다보 였다. 따라서 그 겉늙은 배달부가 설도에 나타나기만 하면 기관고 근처에 서도 나는 이내 그의 출현을 알아낼 수 있었다. 그는 십 년이 넘도록 메고 다녔음 직한 때가 긴 불그레한 가죽부대를 아직도 어깨에 메고 다닌다. 그 가죽부대는 일 킬로쯤 떨어진 곳에서도 금방 알아볼 수 있었다.

　기관고의 콘크리트 난간에 앉아서 나는 들 빛에 부대끼며 이틀 동안이 나 꼼짝없이 앉아 있었다. 배달부는 오지 않았다. 저녁나절, 넓으나 넓은 간사지에 땅거미가 짙어지자 나는 하는 수 없이 일어서서 마을로 터벅터 벅 돌아왔다. 그를 만나지 못한 채 양일 부락의 관사로 돌아올 때 인가가 겨우 스무 채 남짓한 양일 부락은 내 눈에는 흡사 버려진 묘지와 같아 보였다. 야산인 봉남산 처마 밑에 옹기종기 모여 있는 그 무덤들은 지금 죽은 듯이 잠자고 있으며 그 죽은 듯한 수면 상태는 몇 년이나 변함없이 계속되어 온 상태였다. 그 무덤들 사이에 유독 빨갛게 드러나 보이는 함석지붕의 관사는 무덤 중에서도 가장 황폐해버린 무덤 같았다 어째설까.

명칭이 염산 어업조합 이사대리의 관사라고 하는 이 가옥은 지은 지가 퍽 오래된 건물임에 틀림없었다. 들은 바에 의하며 이 빨간 함석지붕의 건물은 일정(日政) 때 개간지의 수확물을 저장하던 창고로 쓰여지다가 해방 후에 주택으로 개조되었다고 한다. 그러니까 거주하기에 별로 적당하지 않은 엉성한 구조이다. 그나마 기둥이나 문짝들이 낡고 썩어서 지금도 사람이 살고 있다는 것, 더구나 이사대리의 관사라는 명칭이 붙어 있다는 사실이 도무지 신통할 지경이었다. 기둥들은 밑둥우리가 잔뜩 썩어서 그걸 붙잡고 조금만 흔들어도 덜렁거리는 품이 어느 때쯤 잠자는 사람을 놓아둔 채 깡그리 쓰러질는지 모를 정도다. 양일 부락 유일의 함석지붕이라고는 하지만 못들이 죄다 빠진데다 함석 조각마저 오랜 볕에 녹슬고 삭아서 바닷바람이 불어오면 밤이거나 낮이거나 몹쓸 짐승의 울부짖음처럼 그칠 줄 모르고 아우성을 쳐댄다. 그 아우성이 시작되는 밤이면 우리 가족들은 밤새 잠을 설쳐대기 마련이었다.

어업조합 대리라고는 하지만 아버지는 요사이 와서 거의 아무런 일도 하지 않았다. 그는 사무를 처리한다거나 가족들의 생계에 관해서 대책을 세운다는 일 따위로부터는 스스로 해방이 되어버린 지 오래인 사람이었다. 인근의 부락사람들은 대리님이 이제 그의 건강 때문에 자기 직책을 그만두신 거나 아닌가고 묻는 사람도 있었다. 겨우 갓 쉰이 넘은 나이였으나 칠순의 영감님처럼 거동이 사뭇 자유스럽지 못하고 그리고 무엇보다도 자기의 마음으로부터 기력을 죄다 소모해버린 아버지는 요즈음 와서 설도의 조합에는 출근도 하시지 않고 그리고 조합의 운영실태에 관해서도 아무런 관심도 흥미도 없으신 모양이었다. 이따금 부하 직원들이 결재를 맡아야 할 서류를 가지고 설도로부터 관사로 찾아와서 형식적으로 대리의 도장을 받아갔는데 이것도 최근에는 부하 직원에게 도장을 아주 맡겨버리는 방식으로 바뀌어버렸고 그 직원들은 다시는 나타나지도 않았다. 아버지는 대낮에도 집에서 낮잠을 자거나 술을 마시는 일로 소일했다. 그가 마시는 술은 주로 부락 입구의 객줏집에서 두 홉짜리 병으로 받아오는 것인데 소문에 따르면 이 객줏집의 소주는 질도 나쁠뿐더러 사람의 간을 해치는 독소마저 섞였을는지 모른다는 것이었다. 그 풍문은 아버지도 알고 있었다. 그렇지만 그 풍문에 아랑곳없이 아버지는 그 객줏집의 소주를 몹시도 아끼고 사랑하였다. 그는 아침에도 마시고 저녁에도 마시고 오밤중에도 마시고 마시고 또 마셨다.

한꺼번에 많은 양을 마시는 게 아니라 한 홉 혹은 두 홉, 이렇게 조금씩 아껴가며 끊임없이 마시고 그러고는 종일토록 버얼겋게 홍조된 얼굴로 방 아랫목에서 잠을 자거나 알아듣지 못할 소리를 혼자서 흥얼거리고 있었다. 무슨 소린지 알 수 없는 소리를 흥얼거리고 있을 때 아버지의 동공은 완전히 초점을 잃어버리고 있었으므로 나는 마주 쳐다보기가 몹시도 역겨웠던 것이다. 그 초점 잃은 아버지의 동공과 마주쳤을 때 시초에는 당황했고 다음에는 괴로웠고 끝에 가선 역겨워진 것이다.

본래 염산에는 어업조합이라는 게 없었다. 설도의 선창은 말이 선창이지 고작해야 여남은 척의 똑딱선이 드나들 뿐이었다. 그래서 군남에 있는 조합에서 설도를 관리하고 있었는데 수삼 년 사이에 설도의 선주들이 설도의 발전을 도모한답시고 들고일어나 겨우 어업조합 출장소를 설치하게 된 것이다. 이렇게 간이 출장소에 부임한 아버지는 전력이 있는지라 처음부터 몇 군데 제법 기선이 드나드는 항구의 조합장을 줄곧 거쳐왔기 때문이었다. 하지만 음주벽이 심해지면서, 그리고 거기에 따라 당신의 의식이나 건강이 약화되면서, 아버지는 빠른 속도로 미끄럼을 타기 시작했다. 결국 자동차 구경도 하기가 힘든 염산의 간이 출장소까지 미끄러지셨는데 그래도 아버지의 주벽은 고쳐지기는커녕 요사이는 더욱 심해졌을 뿐이다.

우리 가족은 삼 년 남짓 양일 부락의 관사에서 살아왔다. 이 부락은 자동차는커녕 자전거마저 구경하기 힘든 곳이었다. 길이 험해서 배달부도 자전거를 타고 오지는 못했다. 그는 지겹게도 늘 먼 길을 터덜터덜 걸어다녔다. 양일 부락의 밤은 특히 어둡고 지루하다. 환등 시설이 거의 없는데다 사람들의 내왕도 뜸하기 때문이다. 양일 부락의 한낮은 더욱 지루했다. 멀리 단조로운 바다와 간사지의 시뻘건 야산의 허리밖에는 아무것도 보이지 않기 때문이다.

갓 열아홉 살이 되었던 내가 기다릴 것은 하나도 없었다. 이따금 폐허처럼 적적한 관사의 벽 저편에서 아버지의 주정 소리가 들려오지만 그 소리는 내가 이 벽지에서 기다려야 할 것은 하나도 없다는 것을 그리고 아무것도 기다려서는 안 된다는 것을 가르쳐주는 소리였다. 내가 편지 배달부를 기다리는 것은 순전히 아버지의 전근발령 때문이었다. 이곳 염산에서 삼 년을 넘겼으니까 관례로 따진다면 이맘때쯤 이동발령이 있을 법도 하였다. 만의 하나라도 아버지의 이동발령이 떨어질 경우 그것은 틀림없이 기쁜 소식이라고 나는 지레 짐작하고 있었다. 왜냐하면 염산에서는 더는 미끄러지려야 미끄러질 곳이 없었기 때문이다. 염산서 다시 미끄러진다면 그곳은 필경 지옥밖에는 없을 것이었다. 자동차나 자전거는커녕 햇빛도 물도 단조로운 바다도 시뻘건 야산도 없는 지옥일 것이었다.

그러므로 지옥이 아니라면 이동발령의 통지서는 틀림없이 기쁜 소식을 전해줄 것이라고 생각했던 것이다.

게다가 언젠가 아버지가 걱정하는 소리 가운데서 나는 그의 음주벽이 더욱 악화되는 원인이 자꾸 미끄러지는 데에도 있다는 얘기를 얼핏 들은 적이 있다. 그것이 설혹 취중에 당신이 뱉아 놓은 구실에 불과할지라도 나는 그것을 믿지 않을 수 없었다. 왜냐하면 그 구실이 우리 가족들의 희망의 근거였던 것이다. 그 구실마저 없다면 정말 우리가 기다릴 것은 없었다. 그러니까 미끄러지는 것이 되풀이되지만 않는다면, 만에 하나라도 아버지의 영전이 실현된다면 당신의 주벽은 고쳐질 것이고 그리고 우린 희망을 가져볼 수도 있을 것이다. 나는 군남서 오는 배달부를 기다리고 또 기다렸다. 이때쯤 이동발령이 있을 만도 한 때였다. 배달부가 가져다주는 이동발령 통지서는 우리를 이 벽지에서 건져줄 것이다. 그 종이 한 장이 우리들을 이 부락의 지루한 밤과 묘지처럼 적적한 대낮에서 구해줄 것이다. 우리를 이토록 길고 지루한 수면에서 깨어나게 해줄 것이다. 하고 나는 몇 번이고 그것이 곧 실현이나 되는 것처럼 되새겨보는 것이다.

그날은 날씨가 우중충한데다 바람마저 몹시 불어와 나는 안절부절못했다. 아까도 말했지만 군남에서 날씨를 핑계로 역시 그 배달원이 오지 않는 것 같았기 때문이다. 그는 어제도 그제도 오지 않았으니까 벌써 닷새 동안이나 염산에 나타나지 않은 셈이었다.

최근에 와서 겉늙은 이 배달부는 자꾸 차례를 걸렀다. 오랫동안 먼 길을 걷느라고 지친데다 그나마 박봉에 허덕이다 보니 몸이 쇠약해질 만큼 쇠약해져 이제는 가죽부대를 메고 길을 걷기가 힘들다고 그가 나에게 말한 일이 있었다. 아닌게아니라 멀리 동쪽에서 그가 걸어오는 모습을 보노라면 그의 몸은 마치 휘어지는 연체동물처럼 꾸물거리며 걸어오고 있었다. 기관고의 난간에 앉아서 그가 기관고까지 다가오기를 기다리는 것 또한 몹시 지루하고 초조한 노릇이었다.

자네가 기다리는 건 알지만 몸이 말을 듣지 않는다네.

그는 자기의 걸음걸이가 늦는 것을 사과하듯 이렇게 말한 일도 있었다. 그렇지만 배달부는 쭈그러진 살갗에 늘 구수한 웃음을 띠고 있었다. 기쁜 소식을 가져다주지 못할 바에야 미소라도 보여주려고 그러는지도 몰랐다. 아무튼 그날도 배달원이 오지 않을까 봐 나는 몹시 걱정이었다.

오후가 되자 나는 더는 참을 수가 없었다. 넓으나 넓은 관사 건넌방도 나의 불안과 초조감을 감싸주기에는 비좁았다. 방의 사방벽은 마치 심술궂은 사나이의 얼굴 표정처럼 빈정거리면서 아무런 대꾸도 위안도 주지 않는 것이다. 나는 마당으로 부리나케 뛰쳐나왔다. 싸늘한 해풍이 내 살갗을 몹시 놀라게 만들었다. 앞으로 몰아오는 바람을 헤치고 나는 객줏집을 지나 기관고를 향해 저수지의 둑길을 바쁘게 걸어나갔다. 둑길은 굴곡이 심한데다가 군데군데 빗물이 고여 있는 진창이 있었지만 나는 거기에 개의치 않고 바쁘게 걸었다. 나는 단지 그 배달부가 이처럼 험한 날씨에도 불구하고 군남에서 염산까지 먼 길을 걸어서 와줄 것인지 그것만을 생각하였다. 기관고에 나가 앉아 있다고 하여서 배달부가 금방 나타나는 것은 아니었다. 그는 저녁나절 가까워서야 어슬렁어슬렁 걸어오기 일쑤였다. 그의 배달구역이 염산뿐만이 아니고 군남의 일부도 포함되어 있었기 때문이었다.

　나는 바람이 거센 둑길을 걸으면서 첫째 배달부가 와주는 일 그리고 빈손으로 오지 않고 발령통지서를 가져다주는 일을 한꺼번에 그려보며 즐거운 기대에 젖어 있었다. 잠시 동안 그런 기대를 해보노라면 곧 그 기대는 수포로 돌아가버리는 것이다. 그는 이 궂은 날씨에 와줄 것 같지는 않았고 와준다고 하더라도 이동통지서를 가지고 올는지는 더욱 의문이었다. 그것을 가지고 오지 않는다면 그래도 배달부의 얼굴만을 보는 것으로 어떤 위로가 될까, 이렇게 자문해보니까 정말 그럴 것 같기도 하였다. 그 겉늙은 사나이는 나를 보면 으레껏 기쁜 소식을 가져오지 못한 게 마치 자기 과실이나 되는 것처럼 몹시도 민망하고 계면쩍은, 그러나 구수하고 따뜻한 미소를 지어 보이는 것이다. 통지서가 오지 않더라도 그의 얼굴이나마 만나고 싶었다. 배달부의 쭈글쭈글 늙어버린 얼굴에 나타나는 미소는 그게 아무리 따뜻하고 동정어린 것일망정 저 한 장의 종이, 발령통지서가 내려오는 가능성과는 아무런 관련도 없으련만, 마치 그 미소가 그 한 장의 종이가 배달되는 가능성과 어떤 관련이라도 있는 듯이 나는 그 얼굴이나마 만나고 싶었다.

　하지만 이내 나는 나의 그 허망한 기대에 소스라치게 놀란다. 왜냐하면 이 기대의 이면에는 이동발령통지서를 체념해버린 어두운 좌절감이 도사리고 있음을 알아차렸기 때문이다. 그 순간의 섬뜩한 느낌은 스스로도 겁이 날 정도였다. 아무런 기대도 없이 양일부락의 모든 것을 감수하고 허허벌판 가운데에 주저앉아 버린다는 것은 생각만 해도 끔찍하고 무서웠다. 동시에 아버지의 조으는 듯한 마치 지옥의 누군가를 부르는 듯한 주정 소리가 귓전에서 자지러지며 맴을 돈다. 이때 나는 보이지 않는 어떤 사람

의 손을 생각하였다. 그 손이란 도시의 책상 위에서 서류를 꾸미고 결재를
하고 그것을 발송하는 손이었다. 그들을 나는 모른다. 그들은 보이지도 않
는 먼 곳에서 마치 숨어 있는 사람처럼 결코 나타나지는 않으면서도 끊임
없이 서류를 꾸미고 도장을 찍고 그 서류를 발송하는 것이다. 그들은 하나
님과 다를 바가 없었다. 적어도 그때에 내가 보기에는 그들은 하나님과 조
금도 다를 바가 없었다. 그들이 발송하는 그 서류는 실상 우리 가족의 생
활을 송두리째 뒤집어버릴 수도 있고 우리를 천 길 절벽의 낭떠러지로 미
끄러뜨릴 수도 있다. 반대로 그것은 우리에게 한 가닥 희망을 되돌려줄 힘
도 가지고 있었다.

하지만 그 손과 서류는 내 시야가 미치지 못하는 전혀 불가사의한 곳에
있었다. 그만한 나이 때의 내가 어업조합의 행정체계에 대해서 알고 있을
까닭이 없었다. 군남에서 오는 배달부도 그것에 관해서는 아무런 능력도
없고 나와 마찬가지로 무지했다.

나는 당국자들의 그 손을 향해 빌고 싶기도 하였고 그 손을 한없이 저
주하기도 하였다. 나는 또 그들이 건망증이 매우 심한 사람들이 아닐까 하
는 의구심에 사로잡히기도 하였다. 그들이 벌써 우리를 잊어먹지 않았다
면 우리를 여태까지 이곳에 방치해둘 까닭이 없으리라고 나는 생각했던
것이다. 나는 기관고의 딴딴한 콘크리트 난간에 앉아서 설도로 뻗은 둑길
을 지켜보고 있었다. 바다에서 불어오는 억센 바람이 내 몸을 널따란 간척
지의 어느 구석에 곤두박질시킬 듯이 줄기차게 불어왔다. 그 바람에 나는
두 손으로 난간을 꼭 붙들고 약간 허리를 구부렸다. 바닷바람은 흡사 잔인
한 이리 떼처럼 지칠 줄 모르고 마을을 두드렸다. 아버지는 특히 해풍에
약하셨다. 그 바람이 아버지를 몇 차례나 쓰러뜨린 일이 있었던 것이다.

당신이 몸소 마을 어귀의 객줏집으로 나가서 술을 마시고 집으로 돌아오다가 아버지는 몇 차례나 그 바람을 두들겨 맞고 행길 바닥에 넘어진 일이 있었다. 몸을 제대로 가눌 수 없을 정도로 만취해버린 까닭도 있었겠지만 아버지의 몸은 어지간한 강풍에는 견뎌내지 못할 만큼 허약하고 가벼웠다. 아버지를 발견한 행인의 연락을 받고 뒤늦게 달려가보면 아버지는 행길 바닥에 편한 자세로 드러누워서 역시 무슨 소린지 알아들을 수 없는 소리를 혼자서 중얼거리고 있었다.

이런 일이 벌어진 다음 날에는 인근부락에 대리님이 간밤에 길바닥에 누워서 잠꼬대를 하였다는 소문이 자자하게 퍼졌다. 소문에 궁한 부락 사람들은 부락에 거주하는 유일한 관리가 저지른 추태를 두고 아주 신기하고 재미있는 이야깃거리로 삼았다. 어떤 사람들은 아버지를 몹시 비웃었고 어떤 사람은 대리님의 건강을 염려하며 아버지를 동정하였다. 아무튼 부락 사람들의 결론은 아버지가 아직도 당신의 직책을 포기하지 않고 있다는 사실이 이상하다는 점이었다. 그들은 대리님이 언제쯤 그 직책에서 물러나느냐고 끊임없이 우리에게 물어왔다.

오랫동안 설도의 삼거리에는 아무것도 나타나지 않았다. 나는 두어 시간 기다리다 지쳐서 이윽고는 배달부가 오지 않는 것이라고 단념했다. 날씨가 좋던 날도 와주지 않던 배달부가 이렇게 험한 날씨에 군남에서 염산까지 사십 리가 넘는 길을 걸어와줄 까닭이 없다. 더구나 그는 요즈음 와서 갑자기 쇠약해진 몸 때문에 차례를 자주 거르지 않았던가. 이렇게 생각하고 그만 자리를 털고 일어서려던 참이었는데 그가 시야에 나타났다. 커다란 가죽부대를 어깨에 맨 겉늙은 배달부가 거짓말처럼 설도에서 이쪽으로 느릿느릿 꾸물대며 걸어오고 있지 않은가. 불과 닷새 만이건만 나는 너무나 놀랍고 반가운 나머지 벌떡 일어서서 설도 쪽으로 뛰어갔다.

몸살로 며칠 쉬었다네.

둑길 중간쯤에서 나와 마주치자마자, 배달부는 먼저 묻지도 않은 말부터 하였다. 그는 얼굴빛이 더욱 파리해졌는데 그러나 역시 구수한 미소를 보여주는 걸 잊지 않고 있었다. 막상 배달부와 마주쳤으나 나는 여태 내가 기다리던 일을 꼭 묻지 않으면 안 되는 일을 묻기를 까맣게 잊어먹고 있었다.

오늘은 밀린 편지가 많아서 양일 부락을 빨리 돌아야지. 그렇지 않으면 집에도 못 가겠는걸.

배달부가 걸음을 서두르는 척 한쪽 팔을 유난히 흔들면서 이렇게 말했을 때에야 나는 비로소 그 통지서를 생각하였다. 나는 겉늙은 배달부의 얼굴 표정을 재빨리 살폈으며 동시에 그가 어깨에 메고 있는 커다란 가죽부대를 유심히 쳐다보았다. 그의 말마따나 밀린 편지가 많은 탓인지 불그레한 가죽 부대는 오늘따라 유난히 무거워 보였다. 그렇지만 배달부의 얼굴 표정에서 나는 아무런 징조도 발견하지 못했다. 길을 걷고 있는 그의 표정은 언제나 그렇듯이 피곤하고 우울한 기색으로 굳어 있었다.

내가 묻지 않으면 그도 나에게 아무것도 말해주지 않았다. 그 이동발령 통지서에 관해서 말이다. 내가 묻지 않으면 배달부도 결코 그것에 관해서 입을 열려고 하지 않는 버릇이 있었다. 대답해보았자, 늘 같은 말을 되풀이하는 수밖에는 없겠지만. 그는 바쁜 듯이 걸음을 재촉하였다. 나는 그의 옆에서 나란히 걸으면서 그 통지서가 왔느냐고 물을까 어쩔까 하고 망설였으나 끝까지 그 말이 입 밖으로 나와지지 않았다. 배달부의 거동으로 보아 물어봐도 결과는 빤할 것 같았고 그렇게 느껴지는 날은 나는 결코 그것을 묻지 않았다. 그러니까 배달부와 나는 통지서가 오지 않았다는 사실을 말없는 사이에 서로 주고받았으며 피차에 묵계나 한 것처럼 거기에 관해서는 한마디도 얘기하지 않았다.

그런데 늘 벙어리처럼 말이 없었던 그 사나이가 그날따라 먼저 입을 열었다.

통지서가 내 손에 들어오기만 하면, 비록 내가 몸이 불편하긴 해도 단숨에 자네에게 달려와서 전해주겠네마는 그게 영 손에 들어오지 않는단 말야. 자네가 이렇게 나와서 기다리지 않아도 내가 단숨에 뛰어와서 전해주고 말고. 말을 마친 그는 나를 돌아다보며 마치 인자스런 부형님처럼 따뜻하게 웃어 보였다.

고맙습니다, 아저씨.

나는 그가 방금 진짜로 통지서를 배달해주기라도 한 것처럼 배달부에게 말했다. 한참 동안 서로 말 없이 걷다가 배달부가 다시 입을 열었다.

기다리는 사람에게 기다리는 편지를 전해주지 못하면 나는 영락없이 그 사람에게 빚을 지고 있는 기분이란 말씀이야. 그 빚을 갚을 때까지는 잠자리가 뒤숭숭해서 두 다리를 쭈욱 펴고 편안히 잘 수도 없다네. 설도에 와서 자네가 여기 나와서 서 있는 것을 보면 무섭다네. 저기 무서운 빚쟁이가 빚을 받으려고 나왔구나 하는 생각부터 들기 때문이야.

배달부의 이 말을 들은 다음부터 나는 저수지의 기관고 쪽으로 다시는 나가지 않았다. 그가 비록 무심코 지껄인 말이었지만 나는 그 말이 공연한 농담만은 아니라는 것을 알았기 때문에 이번에는 도리어 내 쪽에서 그 사나이와 마주치는 것이 두려워졌다. 기관고까지 그를 마중하는 것은 물론 마을 앞 행길에 이따금 그가 나타났을 때 그의 모습을 집 안에서 바라보는 일까지 차츰 나는 꺼리기 시작하였다. 나는 정말 차츰 다른 이유 때문에 배달부의 모습을 보는 일마저 두려워졌다. 그 이유란 배달부의 모습과 마주치는 횟수가 거듭될 때마다 아버지의 전출통지서가 배달되는 가능성은 더욱 희박해진다는 생각, 어쩌면 그것은 전혀 불가능하리라는 확신이 점점 굳어지고 있다는 사실이었다. 나는 되도록 외출을 삼가고 대낮에도 방안에서만 처박혀 지냈는데 덕분에 나는 그 이후로 커다란 가죽부대를 어깨에 메고 연체동물처럼 꾸물대며 걷고 있는 그 겉늙은 배달부의 모습과 그럭저럭 몇 달 동안이나 마주치지 않을 수 있었다.

그 해 여름이 다 끝날 무렵에 오래 독한 소주만을 벗 삼아왔던 아버지는 그예 숨을 거두시었다. 의사가 없는 지역이라서 당시에 아버지의 정확한 사인은 밝혀지지 않았지만 대충 나는 그것이 심장마비가 아닌가 하고 생각하고 있다. 놀라운 일이었지만 이런 사태를 나는 미리 예기하고 있었기나 했던 사람처럼 졸 시간에 일어나 부친의 죽음을 아주 조용하게 받아들였다. 내가 당시의 이 갑작스런 사망을 예기하고 있었다는 것은 사실이었다. 양일 부락으로 거주를 옮겨온 이후로 우리의 생활, 특히 아버지의 하루의 뒤안에는 늘 죽음이 도사리고 있었던 것이다, 아니 아버지는 그렇게 되기를 원하셨고 그리고 면밀히 일과를 짜놓고 그쪽을 향해서 한 걸음씩 한 걸음씩 착실하게 걸어가셨다는 표현이 옳을 것이다. 삼 년 동안 내가 초조와 불안으로 허덕여왔던 것도 실상 부친이 지향하는 그 사신의 그림자를 어렴풋이나마 느끼고 있었기 때문이다.

부락사람들이 이사대리의 장례를 치르기 위해 관사로 모여들기 시작했다. 작은 부락이라 소문은 삽시간에 온 마을에 퍼져 저녁나절이 되자, 관사 뜨락에는 흡사 양일 부락의 모든 가족들이 죄다 모인 듯이 관사의 뜨락은 법석을 이루었다. 부락 사람들은 흡사 전문적인 장의사들처럼 조금도 지체하지 않았고 조금도 머뭇거리지 않았다. 그들은 잔칫날 돼지를 잡을 때나 놀음에 뛰어들 때처럼 팔을 걷어붙이고 다짜고짜 집 안으로 뛰어 들어와 입관절차를 밟기 시작했고 순식간에 그럴듯한 빈소를 차려놓았다.

마당 가운데는 차일이 쳐지고 난생 처음 상주가 된 나는 이웃 아낙이 황급하게 마련해 준 망건을 쓰고 차일의 복판에 앉아서 부락의 문상객들을 맞느라고 퍽 분주하였다. 부락의 연로한 문상객들은 익숙한 표정과 어조로 나에게 하나같이 말을 들려주었다.

얼마나 애통하시겠습니까?

얼마나 놀라셨겠습니까?

그들은 이런 투의 문상에 익숙했으므로 천연덕스럽게 한 어조로 이렇게 말했으나 나는 이따위 분위기가 전혀 설었으며 자신이 이 초상난 집의 상주가 되었다는 실감이 조금도 우러나지 않았다. 나는 우선 상주로서 어떻게 대답해야 하는지조차 전혀 몰랐고 그걸 귀띔해주는 사람도 없었으므로 그렇게 엄숙하게 위로의 말을 해오는 문상객들을 그냥 멀뚱멀뚱 쳐다보고만 있었다. 이따위 상주의 모양은 상상만 해보아도 퍽 우스꽝스런 광경이 아닐 수 없다. 하지만 상주의 예절을 모르는 나는 벙어리가 될 수밖에 달리 도리가 없었다.

게다가 영정을 모신 앞에 꿇어 앉아 있을 때 나는 부친의 영정에 눈이 팔려서 주위에서 떠들어대는 말소리는 하나도 귀담아듣지 못했다. 아버지는 마치 생전의 초점을 잃은 눈빛 그대로 나를 내려다보고 있었는데 상주로서 망건을 쓰고 앉아 있으면서도 나는 아직도 그 눈빛이 생전에 당신과 마주 앉았을 때 나를 바라보시던 그 눈빛이라는 착각에서 헤어나지 못하고 있었다. 불안스럽던 한나절, 잠을 설치던 해변의 긴 밤과 초조한 마음으로 기관고까지 배달부를 마중 나가던 그 질척질척하고 열기에 달아오르는 시간이 아직도 내 머리에는 그대로 머물러 있었다. 이렇게 넋을 잃고 앉아 있을 때 뒤편에 떼 지어 서 있는 부락 사람들 틈새에서 아주 낯이 익은 그러면서도 퍽 오래 보지 못한 듯한 얼굴이 눈에 띄었다. 겉늙은 그 남자도 나를 금방 알아보았는지 사람을 비집고 이쪽으로 나오려고 버둥거렸다. 이미 사위가 어두웠으므로 나는 군남의 배달부가 거기에 나타났으리라고는 상상도 못했던 것이다. 그도 역시 문상을 와준 것일까. 하나 이때 내 머리를 스쳐간 한 가닥의 번갯불이 있었는가 하는 순간 거의 동시에 배달부가 사람 틈을 비집고 나와 한 개의 봉투를 내 코앞에 디밀면서 멍석 위에 엎으러졌다.

　이동발령장이 왔네. 자네 부친의…….

　거의 숨이 넘어갈 듯한 목소리로 배달부가 외치지 않았더라도 나는 모든 것을 알 수 있었다. 나는 정신없이 봉투를 뜯어 제치고 한 장의 꼬장꼬장한 종이를 꺼내어 영정 앞에 켜 있는 제단의 촛불에 그것을 비쳐보았다. 거기에는 그 달 말일자로 부친을 M항구의 정식 조합장으로 임명한다는 발령 내용이 뚜렷하게 씌어 있었다. M항구라면 전남에서도 굴지의 항구이다. 항구의 조합장이라니, 나는 놀라서 글자들을 또 비추어 보고 또 보았다. 부친의 영전을 확인하는 일이 마치 상주로서 내가 무엇보다 먼저 해야 하는 중요한 일이나 되는 것처럼.

378

저녁 공원에서

내가 거들떠보지도 않았건만 그 남자는 자기와 술을 같이 나누자고 끈덕지게 내게 청해왔다.

"형씨, 이쪽으로 와서 한 잔만 같이 나누자구요. 딱 한 잔만 같이 듭시다 글쎄."

그의 말투가 이번에는 거의 애원하듯이 들렸기 때문에 부득불 나는 그 남자의 청에 응하지 않을 도리가 없었다. 대체 이런 장소에서 전혀 알지도 못하는 상대방에게 저토록 끈덕지게 술을 권하는 사람이란 어떤 사람일까. 나는 무엇보다 이 사실이 궁금했다. 장충단 공원의 숲은 석양녘의 어스름이 시작할 때여서 주위에는 사람의 흔적이 별로 보이지 않았다. 숲에서 약간 떨어진 널따란 공원의 공지에서는 공원 주변의 아이들이 늦게까지 공을 가지고 뛰어놀고 있었고, 공지 변두리의 긴 의자에는 몇 쌍의 젊은 연인들이 다정하게 붙어 앉아 있는 모습이 보였으나 이 숲 쪽으로 다가오는 사람은 하나도 없었다. 이렇게 한적하고 어둑어둑한 숲속의 잔디밭

위에 그 남자는 혼자 덩그렇게 앉아서 연거푸 술잔을 들이키며 이따금 내가 앉아 있는 쪽을 흘끔흘끔 쳐다보았다.

나는 벌떡 일어나서 그 남자의 앞으로 뚜벅뚜벅 걸어갔다. 그는 기다리고 있었다는 듯이 종이컵에 소주를 가득 따르더니 대뜸 그 잔을 내 앞으로 불쑥 내밀며 말하였다.

"잘 오셨소. 정말로 잘 오셨다구! 형씨께서 날 구해주시는구먼. 자, 인사는 뒤로 미루고 우선 한 잔 드신 다음 잔을 돌리시구려."

그가 건네준 술잔을 단숨에 들이킨 다음에야 나는 그 남자의 맞은편 자리에서 엉거주춤 주저앉았다. 그 남자가 땅콩과 구운 오징어 조각들이 놓여 있는 신문지를 내 앞으로 바짝 끌어 당겼다. 나는 잔을 다시 채워서 그 남자에게 돌려주고 그가 그 잔을 마시는 사이에 얼핏 그 남자의 행색을 살펴보았다. 그는 검정색 새 양복을 말쑥하게 차려입었고 머리도 단정하게 빗질이 되어 있으며, 그 남자의 옆에는 꽤나 커다란 트렁크가 한 개 놓여 있었다. 얼핏 보아 그의 행색은 이렇게 한적한 저녁나절 공원에서 혼자 술이나 마시고 있기에는 아무래도 어울리지 않는 그런 차림이었다. 내가 이런 생각을 하고 있을 때 그 남자가 불쑥 나에게 물어왔다.

"여기 장충단 쪽에는 자주 나오시오?"

"아니오. 어쩌다가 오늘 들렀지요. 신촌에 집이 있기 때문에 신촌을 가느라고 버스를 탔는데 그게 약수동으로 와버렸소. 내가 버스의 행방을 착각한 탓이죠. 그래 이왕 여기까지 왔으니 공원이나 들러보자 하구 찾아왔지요. 정말 서울에서 십수 년을 살아왔지만 공원에 오는 건 처음이죠. 매일 쫓기면서 살다 보니 이 도시에 공원이 어디 붙어 있는지, 그것도 모를 지경이죠."

380

"그래 어쩐지 낯이 익지 않은 사람 같다고 생각했지요. 여기 자주 나오는 사람들 얼굴은 서로 잘들 알고 있으니까."

"형씨는 그럼 이 공원의 단골이시오? 그렇게 보이지 않는데."

"나야 단골이구 말구요. 비 오는 날만 빼놓으면 거의 매일 나와서 이 공원에다 엉덩이를 붙이고 여기서 살다시피 한다구요. 우리야 어디 갈 데가 따루 없으니까요. 실작자, 무직자, 늙어서 아무도 상대해주지 않는 사람, 그런 사람들이 여기 단골이죠. 시민의 공원이 무직자들의 소굴 아니 천국이 되어버린 거죠. 허허허허."

그 남자는 벌써 취하기 시작한 탓인지 초면의 상대 앞에서 실례가 될 만큼 실성한 사람처럼 큰 소리로 마구 웃어젖혔다.

"그렇다면 저 트렁크는 뭡니까? 그리고 형씨는 매일처럼 이렇게 정장을 하고 다니시오?"

나는 이윽고 줄곧 혼자서 궁금하게 여기던 문제를 그 남자에게 물었다.

"하하, 난데없이 형씨에게 술을 권했던 이유가 바루 거기에 있다구요. 이 트렁크와 이 말쑥한 새 양복과 이 와이셔츠와 이 고급 넥타이 말이죠? 형씨. 어떻습니까? 멋이 있습니까? 멋이 있으면 있다고 말하시오."

"정말 멋있고 말고요. 아까부터 줄곧 참 멋이 있으시다고 내심 감탄하고 있던 참이었죠."

"그것뿐이었소? 그냥 멋이 있다고 생각하고 그밖에 다른 생각은 못했나요?"

"다른 생각이라뇨? 무슨 생각을."

"내가 신랑처럼 보이지는 않았냐, 그 말이오."

그 남자는 사뭇 답답하다는 듯이 얼른 이렇게 쏘아붙였다.

"하하, 이제야 나도 알겠소. 어쩐지 그 비슷하다고 보았지요."

나는 그러나 그 남자에 대한 약간의 의혹을 떨쳐버릴 수가 없었다. 저녁나절 을씨년스러운 공원의 숲속에 앉아서 혼자 술을 마시는 신랑, 그것은 더욱 어울리지 않는 풍경이기 때문이었다. 나는 그런 기색에는 아랑곳없이 그 남자가 다시 의기양양한 목소리로 말하였다.

"그러면 어떤 놈이 장가들면서 그 누구에게도 술 한 잔 사지 않고 쓱싹 넘어가는 놈을 보았소? 나도 한 가닥 양심은 있다 이거요. 그렇기 때문에 내 초면임에도 불구하고 형씨를 청한 거요."

"그게 사실이라면 이 술은 고맙게 받아 마시겠소. 그리고 두 분의 행복을 빌어드리지요."

나는 이 자칭 신랑이 세 번째 건네주는 술잔을 받아 들면서 이렇게 말했다.

"마음을 푸욱 놓고 술을 드시오. 더 마시고 싶다면 이까짓 소주나 오징어쯤이야 얼마든지 더 살 테니깐. 시방 나는 신혼여행을 왔으니까 말요. 현금이 좀 있다 이거요."

"이곳으로 신혼여행을 왔다구요? 하필이면 이렇게 쓸쓸하고 볼품없는 공원으로?"

"그렇소. 내가 매일 나와서 아침부터 저녁때까지 비비고 살던 이곳으로 신혼여행을 온 거요. 저기 저 밑동아리가 문드러진 소나무만 봐도 여기가 지긋지긋하지만, 다른 데 어디 갈 곳이 없으니까 결국 여기로 오고 말았죠."

"그렇담 신부는 어디 있습니까? 근처의 호텔에라도 남아 있습니까?"

"호텔?"

그 남자는 이렇게 반문하더니 한바탕 껄껄대고 웃어젖혔다. 주위에 아무도 없는지라 그는 마음을 터억 놓고 요란한 소리로 웃었지만 이번에도 그 웃음소리에는 어쩐지 실성한 사람의 웃음처럼 허전한 여운이 스며 있었다.

"형씨가 그렇게 궁금하게 생각하니까, 그렇다면 내 신부가 시방 어디 있는지 얘기할까요?"

갑자기 웃음을 뚝 그리고 그 남자가 약간 침울해진 어조로 물어왔다.

나는 물론 고개를 끄덕여 보였다. 그 남자는 다시 술을 한 잔 쭈욱 들이킨 다음 벌써 가까이 서 있는 나무들의 윤곽도 희미하게 보일 정도로 캄캄해진 주변의 숲속을 한동안 물끄러미 쳐다보고 있더니 이윽고 내게 눈길을 돌리고 말하기를 시작했다.

"최초에 내가 결혼해야겠다고 생각했던 곳도 바로 이 공원의 숲에서였죠. 그때 나는 여기 풀밭 위에 누워서 하늘만 쳐다보고 있었는데, 갑자기 배가 몹시 고파왔다구요. 물론 오후만 되면 늘 배가 고파왔지마는 그날은 유달리 허기증이 심했다구요. 아 참, 내 소개부터 간단하게 해야겠군. 나는 말입니다. 나는 금년 서른일곱 살이고, 저기 약수동 산비탈 중턱에 삼만 원에 월 삼천 원짜리 사글셋방을 빌려 혼자서 자취 생활을 해왔죠. 내가 중학교 일학년 때에 사변이 났는데 그때 경관이었던 우리 부친께서 빨치산에게 맞아 죽는 바람에 나는 학교를 작파하게 되었고 그러니까 내 학력은 중학 일년으로 그치고 만 거죠. 사회 경력이라야 내게는 군대 경력밖에는 없다구요. 몇 차례 집짓는 데에서, 지하철 공사장에서, 학교 건물 짓는 데에서 일당으로 몇 푼씩 받고 날품팔이 노릇을 했던 경력을 빼놓으면 이날 이때까지 직업다운 직업을 가져본 일이 없다구요. 그러니, 나 같은 놈에게 어떤 년이 시집이나 올려구 하겠소? 형씨. 학력도 재산도 직업도 에미애비도, 밥 벌어먹을 뾰족한 재간 하나조차도 깡그리 없는 나 같은 놈에게 말요. 아니 이건 여담이고요. 서울에는 두 명의 형네 가족과 역시 두 명의 누님네 가족들이 있지마는 아무도 나를 거들떠보지는 않지요. 그 이유야 뻔하지요. 내가 학력도 직업도 없는, 그야말로 아무짝에도 소용이 되지 않을 놈이기 때문이겠죠. 형제지간의 의리? 그런 것이야 가지고 있는 사람이나 가지고 있지, 사실 요즘 세상이야 피차에 쓸모가 없다고 생각되면 남이나 매한가지죠. 하여튼 그따위 골치 아픈 얘기는 집어치우고 말요. 그날 아침에 공원으로 나올 적에 간밤에 남았던 식은 밥 한 덩어리로 조반을 때웠고 점심은 거른 판국이었으니 허기증이 나지 않으려야 않을 도리가 없었지요. 그런데 이때 허기증에 덩달아서 진짜로 큰 걱정이 생겼다구요. 그것은 당장 배가 고프다는 그 사실보다도 다가오는 겨울을 어떻게 지내느냐, 아시다시피 겨울철에는 날품팔이 일자리로 구할 수 없는데 이 겨울 동안에 어떻게 굶지 않고 견디어 배기느냐, 하는 걱정이었죠. 나는 시방 내년 봄에는 부산의 배 만드는 공장으로 내려가서 일할 희망에 부풀어 있죠. 어떤 사람이 봄만 되면 거기에 집어넣어 주겠다고 약속했다구요. 거기서 삼 년만 기술을 배우면 다음부터는 제법 대우도 받을 수 있다고 그 사람이 말하더군요. 시방 나는 그 꿈에 부풀어 있다구요. 그러니까 어떻게든 금년 겨울만 굶지 않고 견디어 배기는 게 나의 지상목표였죠. 하지만 암만 궁리해보아도 뾰족한 생각이 떠오르질 않는다, 이 말씀입니다. 하다 못해 당장 다음 날 끼니거리도 없었다니까요. 그러니 어떻게 합니까? 그냥 막막하기만 하지요. 그렇다고 형네나 누님네에게 찾아가보았자, 결과는 뻔할 거다 이거요. 왜 그러느냐 하면, 이미 그들은 내가 뭐라고 말해도 그 말은 듣지 않고 믿지 않기로 작정들을 했거든요. 가령 내가 그네들을 찾아가서 내년 봄에는 틀림없이 부산 배 만드는 공장에 취직이 되어 내려간다, 그러니깐 그 때에는 무직에서 오는 문제, 가난에서 오는 문제, 형제 지간의 의리를 앞세우고 줄창 괴롭히려고 드는 놈에 대한 복잡한 감정 문제, 그놈을 무지막지하게 외면해버리기로 작정한 사람의 심리적 갈등 따위, 이런 문제들이 눈이 녹듯 없어져버린다, 그러니까 이번에 딱 한 번만 도와다오. 진짜 마지막으로 딱 한 번만 도와다오. 이렇게 극구 얘기하여도 그들은 전혀 믿으려고 들지 않는다구요. 하기야 몇 년 동안 살아오면서 곧 취직이 되노라고 거짓말을 하고서 푼돈을 뜯어낸 일이 한두 번은 아니깐, 이제는 나에게 두 번 다시 속지 않으려고 귀를 솜으로 틀어막을 만도 하지요.

이렇게 눈앞이 캄캄했을 때 문득 묘안이 떠오른 거요. 정말 그 생각을 왜 일찍 하지 못했을까, 후회막급일 지경이었다구요. 그렇다, 결혼을 하자. 이 기회에 결혼을 하면 되겠다고 나는 생각했죠. 결혼은 누구나 일생에 한 번 하는 것이고, 그 한 번의 결혼에는 제아무리 박정하고 의심이 많은 형네나 누님네라 할지라도 그냥 외면할 수만은 없을 거다, 이겁니다. 어느 때든 내가 결혼을 한다면 그들은 내게 비록 약소한 금액이나마 부조금을 내어 놓지 않을 수는 없을 터이니까 나는 그 부조금을 가장 곤란을 겪고 있는 이때에, 가장 허기증이 심하고 가장 돈이 아쉬운 이때에 미리 앞당겨서 받아쓰겠다, 이런 얘기죠.

그런데 여기에도 한 가지 문제는 내가 진짜로 결혼한다는 사실을 그들이 믿지 않을 수 없도록 그들을 설득하는 일이었죠. 나는 우선 제일 어수룩한 큰 누님을 찾아갔다구요. 내가 첫마디에 결혼을 하게 되었노라고 말하자 큰누님은 다짜고짜 그따위 거짓말은 집어치우라고 툭 쏘아붙이며 고개를 옆으로 돌렸어요. 나는 물론 어수룩한 큰누님일지라도 그다지 호락호락 넘어가지 않으리라는 것쯤 미리 예상했지요. 큰누님이 그렇게 나오자 내가 도리어 화를 벌컥 냈다구요. 아마 어떤 명배우도 그때 나처럼 해내지는 못했을 거요. 사실 나는 진짜로 화를 내고 있었으니깐 연기치고는 최고 연기였죠. 내가 누님에게 말했죠. 어차피 결혼을 하면서 치사하게 형제의 도움 따위는 받지 않기로 작정했던 아무개요. 나이 서른일곱 먹은 동생이 가까스로 결혼한다는 게 그게 그렇게 불쾌하게 들린다면 누님에겐 이 문제는 다시는 꺼내지도 않겠소. 이렇게 사뭇 단호하게 말하고서 비장한 마음으로 자리를 털고 일어서자, 큰 누님이 획 돌아앉으며 내 바짓자락을 붙잡았지 뭐요. 대관절 그렇다면 상대는 누구냐? 큰누님이 약간 당황한 표정으로 나를 쳐다보며 물었죠. 상대요? 남이나 다름없는 동생의 결혼상대는 알아서 무얼 하우? 내가 여전히 화가 풀리지 않은 목소리로 이렇게 쏘아붙였다구요. 이 녀석 봐, 상대방이 쓸 만한 처녀인가 아닌가 그걸 내가 알아보려고 묻는데 저렇게 화만 내고 있어. 누님의 태도는 벌써 완연히 돌변했지 뭐요. 그걸 일단 확인하고 나는 이윽고 나와 결혼하기로 서로 약속했다는 처녀를 가르쳐 주었지요. 그 처녀는 약수동 로터리에 있는 마틴 양장점의 재단사죠. 물론 그녀와 나는 결혼 약속은커녕 피차 말한 마디 나눈 일도 없는 막막한 사이지만 큰누님 앞에서 제일 먼저 내 머리에 떠오른 여자가 하필 그 여자였기 때문에 그 처녀가 그만 나의 결혼상대자로 되어버린 거죠. 하기야 매일처럼 그 가게 앞으로 지나다니며 나는 그 색시를 자주 보아왔고, 그리고 어느 때는 색시를 아내로 맞을 수만 있다면 나는 만족하겠다고 제멋대로 상상해본 일도 있기도 있었지요.

큰누님은 당장 일어섰어요. 자기 눈으로 색시를 자상하게 살펴보겠다 이거요. 어머니가 안 계시니까 큰누님이 그렇게 나오는 것은 너무도 당연한 일이어서 나는 거기에 반대할 도리는 없었죠. 이렇게 되어 나는 불안한 마음을 억누르며 큰누님과 함께 약수동 로터리로 나와 가게 안에는 누님만 들여보내놓고 나는 마틴 양장점 앞에서 서성거리며 누님이 나오는 때만 기다렸지요. 고비라면 이때가 고비였다구요. 가게로 누님이 들어가기 전에 절대로 아무개와 인척이 된다거나 아무개 때문에 왔다는 사실을 밝히지 말아 달라, 그 색시는 나에게는 누님도 형제도 없는 줄로만 알고 있으니까, 이렇게 누님에게 단단히 주의를 주긴 하였으나 누님이 행여나 그 주의를 까먹고 거기서 내 이름을 대거나 자기가 가게 들른 용건을 밝히게 될까 봐 나는 전전긍긍했죠. 누님이 그렇게 하는 날이면 만사는 깨져버리니까 말요. 나는 그때 정말 그 가게 앞에서 달아나버리고 싶어서 혼이 났수다. 하지만 참을성 있게 꾸욱 견디었죠.

한참만에 누님이 가게 문을 열고 나오는데 보니까 상당히 흡족한 표정이었다구요. 그 까닭은 색시 될 사람이 뜻밖에도 썩 훌륭했더라 이거요. 누님은 가게 안에서 내가 걱정했던 실수 따위는 저지르지 않았던 게 분명해요. 그렇지 않다면 누님의 표정이 그렇게 밝아 보일 턱이 없는 거지요.

저렇게 좋은 색시가 왜 너 같은 남자하고 결혼하겠다는 거지?

집으로 돌아오는 길에서, 큰누님이 그 점이 이상하다는 듯 이렇게 물었죠. 나는 얼른 대답했지요.

그거야 누님이 몰라서 그렇지. 그 여자 다리가 이상해 뵈지 않습디까?

잘 모르겠던데.

그 여자 사실은 약간 다리를 절고 있다구요. 얼른 봐서는 모를 정도로 약간. 그러니까 나 같은 사람을 택했지. 그렇지 않으면 어림이나 있는 얘 긴가요?

내가 이렇게 능청을 떠니까 누님도 그제야 납득이 간다는 듯이 피식 웃 으며 머리를 끄덕였지요. 누님이 다시 말했어요.

그 색시가 너를 착실한 남자로는 본 게로구나. 재산은 좀 있는 편이고 자기 몸이 불구이고 그러니까 잘난 척하는 남자보다는 무능해도 착실해 뵈는 남자를 택했다 이 말이지?

그렇지요. 바루 그거죠.

일이 생각보다는 쉽게 진행된다는 데에 신바람이 나서 나는 연거푸 누 님에게 맞장구를 쳤다구요.

결혼 날짜는 아주 빠르게 잡았지요. 처녀나 총각이나 피차 과년한 사람 들이고, 그리고 떠들썩하게 소문을 낼 만한 결혼이 아닌 바에야 쥐도 새도 모르게 빨리 해치운다는 것이 날짜를 빨리 잡은 이유라구요. 하여튼 그날 부터 큰누님이 앞장을 서서 내 결혼준비를 서둘렀죠. 나는 누님에게 이렇 게 말했어요. 우리는 공연히 돈을 들여 번다하게 식을 올릴 생각도 없다, 다만 두 사람이 새 옷 한 벌씩 입고 사진관으로 가서 사진 한 장 찍는 것으 로 결혼식을 대신 삼겠다, 요즘에는 더구나 국가에서도 허례허식은 말리는 형편이 아니냐, 아내가 될 여자의 생각이 그러한데 뭐 잘났다고 내가 거기 에 반대할 수 있느냐, 나는 옷이나 몇 벌 싸들고 신부의 집으로 들어가면 그뿐이다. 그렇지만 이쪽 체면도 있고 성의 문제도 있으니깐 신부에게 한 두어 가지 예물만은 사주어야겠다. 그 예물 값만 형제들이 마련해 달라고.

큰누님은 대뜸 그거 참 잘 생각했다고 말했지요. 물가도 비싼데 신부의 머리가 참 실리적으로 돌아간다구 말이죠. 이윽고 큰누님이 형네와 작은 누님에게 이 사실을 대충 전달하고 부조를 요청하였을 때 그들은 단번에 의심부터 하였죠. 무슨놈의 혼인이 소문도 없다가 그리 갑자기 이뤄지느냐고 말요. 그렇지만 큰누님이 직접 자기 눈으로 상대방 색시를 확인했다는 내역을 자세히 얘기하고, 일이 그렇게 된 것은 사실이라고 보증을 하고 나서자, 제아무리 의심이 많고 박정했던 그네들도 더 의심할 도리가 없게 됐죠.

결국 큰형은 신부의 반지 값을 마련하기로 하였고 작은형은 신부의 시계 값을 맡았으며, 작은 누님은 신부와 신랑이 당장 입을 의복 값을 맡았다구요. 마지막으로 큰누님은 우리들의 신혼여행 비용을 자청하고 나섰어요. 내가 그것만은 너무 미안해서 한사코 거절했는데도 누님은 결혼식마저 생략하는 판에 신혼여행까지 생략해버린다면 신부가 너무나도 가엾다고 말하면서 한사코 자기가 그 돈을 마련하겠다고 우기는 것이었소.

하여튼 어제 저녁때 큰 형수께서 반지 값을 들고 몸소 나의 셋방까지 찾아왔더군요. 형수는 돈이 넉넉지 못해 좋은 반지를 살 수는 없겠다고 말하며 겉으로나마 미안해서 쩔쩔매더군요. 돌아가며 형수가 마지막으로 말했어요. 너무 여자만 믿지 말고 도련님도 이제부턴 새 사람이 되어보라구 말요. 잠시 후에는 둘째 형수가 신부의 시계 값을 들고 허겁지겁 찾아왔더군요. 늦어서 어떻게 하나? 도련님. 내일 아침에 시계를 사도 늦지는 않겠수? 둘째 형수는 시계 값 삼만 원을 마련하느라고 이틀 동안 동네 골목길에서 살다시피 하다가 겨우 이제야 마련했다는 거요. 둘째 형수도 나에게 충고하기를 잊지는 않더군요. 도련님, 부부라는 건 그저 남과 남이 만나서 사는 거니까 아무리 사이가 가깝고 허물없다고 하여도 늘 남자 체신 잃는 짓은 삼가도록 조심해요. 그리고 여자를 위해 주어야 한다구.

댁의 형님처럼 그렇게 쌀쌀맞게 굴어서는 못써요. 나는 형수들로부터 난생 처음 들어보는 도련님이라는 호칭이 그저 황송스럽기만 하고 한편 형수들의 말이 백 번이나 옳은 것만 같아서 무조건 머리를 끄덕이며 명심하겠노라고 대답했지요.

둘째 형수를 보내놓고 나는 곧장 목욕탕으로 가서 말끔히 몸을 닦았지요. 실로 몇 달 만에 목욕탕엘 갔었는지 기억이 나지 않을 정도라구요. 그러나 내일이면 아내를 맞아들일 놈이 목욕이야 안할 수 있겠소? 이미 작은 누님이 속옷과 비누, 수건 등속을 죄다 사왔기 때문에 목욕을 마치고 나는 내의부터 말끔히 갈아입었죠. 그러구 나니까 몸과 마음이 정말 날아갈 것처럼 시원합디다. 내일이면 나도 결혼하는구나, 저녁때 혼자 내 방에 앉아 있을 때는 이 생각이 내 머리에 꽉 차서 나는 퍽 흥분했다구요. 사실 서른일곱 살이 되는 오늘까지 결혼이야 꿈에도 생각 못하고 살아왔죠. 어떤 여자가 나 같은 놈에게 시집을 올 턱도 없었고 또 그런 여자가 있다고 하더라도 동전 한 푼 없는 놈이 뻔뻔스럽게 장가를 들겠다고 나설 수도 없는 노릇이 아니겠소? 그런데 그렇게 멀리만 보이던 결혼이 막상 내일로 박두했다고 생각하니까 도무지 실감이 안날뿐더러 공연히 흥분 상태에 빠지게 된 거죠. 오늘 아침에는 큰누님과 작은누님이 함께 내 방으로 찾아와서 트렁크에 내가 가져가야 할 물건들을 챙겨 넣기 시작했고 한편으로는 나의 옷차림과 몸단장을 거들어 주었어요. 그런데 큰누님이 이때 느닷없이 눈물바람을 하는 겨를에 나는 혼이 났다 이거요. 글쎄 양친을 여의고서 고생만 지독하게 해오던 놈을 그놈이 아무리 무직이라고는 하지만 이렇게 날림 엉터리로 장가를 보내는 법이 어디 있겠느냐고 큰누님이 새삼스럽게 푸념을 늘어놓으며 눈물을 펑펑 쏟는 거요. 그러자 작은누님도 거기에 덩달아 눈물이 그렁그렁해진 눈으로 나를 쳐다보면서, 나를 이따위로 대우하는 형들을 원망한다 이거요. 내 입장이 참 난처했죠. 사태가 거기까지 발전할 줄은 미처 몰랐거든요. 누님들이 그러니까 공연히 나도 슬퍼지고 금방 눈물이 나올 듯해서 정말 혼이 났수다. 그래서 내가 일부러 냉정한 말투로 쏘아붙였지요.

누님들은 뭐요? 하필이면 오늘 같은 날 눈물을 보일 건 뭐냐 말이요.

내 말이 떨어지자, 누님들은 그만 당황하여 허겁지겁 눈물을 훔치고는 금방 어거지로 웃는 척하더군요. 애야. 이 속옷은 어디로 가던지 거기서 숙소를 정하는 즉시 갈아입으라고. 신부에게 신랑이 첫날부터 더럽게 보인다면 큰 수치니까 말이지. 큰누님이 새하얀 고급 내의를 트렁크에 넣으며 말했지요. 그러니깐 누님들은 우리가 사진관에 들러서 사진만 찍고는 즉시 신혼여행을 떠날 걸로 믿고 있었던 거죠. 누님들은 약수동 로터리까지 내려와서 나를 전송하였어요. 사진관까지 따라와서 신부 몰래라도 두 사람이 사진을 찍는 장면도 구경하고 신혼여행을 떠나는 걸 먼발치에서나마 전송하고 싶다고 누님들이 우겼지만 내가 그걸 극력 사양했지요. 누님들이 보는 앞에서 나는 택시를 잡아타고 신부가 기다리고 있는 곳을 향해 출발했습니다. 누님들이 택시의 덜미에 대고 손을 흔들었고, 나도 뒤를 돌아보며 마주 손을 흔들었지요, 그러나 내가 갈 데가 어디 있습니까? 거기까지 일은 무사하게 끌어는 왔지만 막상 신혼여행을 어디로 가야겠다는 것은 미처 생각해두지 못했다, 이거요. 결국 나는 별다른 도리 없이 매일 찾아오던 이 공원으로 다시 돌아온 거요. 자, 이쯤 해두면 나의 신부가 시방 어디에 있는지 아시겠소?"

투계(鬪鷄)

 뒤란 우물가에 서 있을 때 저편 야산을 등진 골짜기로부터 바스락 바스락 소리가 들려왔다. 잡초가 우거진 골짜기의 숲은 지금 한창 무성한데다 어두워서 가까운 곳이지만 아무것도 보이지 않는다. 집 근처도 조용했지만 뒤란 쪽은 불빛이라곤 비추이지 않아 더욱 암울한 정적에 잠겨 있었다. 일인(日人)의 농장감독 숙사였던 구관사의 근처에는 인가가 하나도 없었다.

 우물가에서 귀를 기울이고 있는 동안 맞은편 골짜기로부터 누군가가 요란하게 바스락 소리를 내면서 눈앞으로 다가왔다.

 넌 왜 여기 나와 있어?

 깜짝 놀랄 만큼 빠르게 곁에 와 선 종형이 퉁명스럽게 물었다.

 여긴 공기가 상쾌해요.

 나는 종형의 덜덜 떨리는 상체를 불안하게 눈여겨보고 있었다. 그의 호흡은 골짜기를 바쁘게 걸어나온 걸음이라 아직 거칠었다.

 무얼 하러 가긴 갑니까?

밤 산보야.

종형은 귀찮다는 듯 단조롭게 대꾸했다.

거긴 캄캄할 텐데요.

나는 이때 죽은 듯한 침묵을 밤새 안고 있을 골짜기 쪽을 힐끗 보고 있었으며 여름밤으로는 가장 어둡다고 말하는 이 같은 초저녁에 혼자서 거길 들어 다닌다는 건 꽤 용기가 필요하리라고 생각하고 있었다.

내가 무얼 무서워하는 줄 아니?

대뜸 종형은 화난 듯이 투덜거렸다. 나는 그때서야 그가 거의 매일 밤 거길 들어 다닌다는 걸 깨달았다. 아마 밤 이맘때쯤 집 안에 그의 모습이 보이지 않은 때는 그는 필경 그곳으로 들어갔을 것이었다. 그러니까 종형으로서는 혼자서 저길 들어 다닌다는 게 이제는 용기 문제가 아니라 하나의 습관일는지도 몰랐다. 일견 대단한 그 습관을 뽐내 보이려고 그는 방금 투덜거린 것만 같았다. 그렇지만 종형은 어두운 골짜기 속으로 들어가 무얼 하는 것일까. 아마도 가장 무섭다는 것이라든가 가장 끔찍스럽다는 것에 대하여 스스로의 견인력(堅忍力)을 시험해보고 그걸 확인하고 싶고 그리고 그걸 더욱 다져보고 싶은 욕망 때문일는지도 몰랐다.

저쪽 관사의 앞뜰 쪽에서는 숙모님과 어떤 아낙이 도란도란 애기를 하는 소리가 조그맣게 들려왔다.

또 누가 왔어?

종형은 앞뜰 쪽으로 귀를 바싹 기울이는 시늉을 해보였으나 도란거리는 소리는 거의 무슨 말인지 알 수 없을 만큼 작았다.

아마 그 여자일 거요.

흐흥 하고 종형은 가볍게 코웃음 쳤다.

들어가자.

그는 앞장서서 성큼성큼 뒷마루의 뒤란으로 통하는 문 앞으로 걸어갔다. 우리들은 컴컴한 뒷마루를 지나 관사의 오른쪽에 자리 잡은 큰 부엌방으로 들어갔다. 커다란 램프가 한쪽 벽 밑에서 널따란 방 안을 겨우 침침하게 밝혀주고 있었다.

심지를 조금 돋워.

너무 어두웠으므로 종형은 갑자기 밝아진 곳에 있고 싶은 모양이었다.

나는 램프의 심지를 아주 커다랗게 돋워버렸다. 갑자기 부풀어오른 불빛이 눈부시도록 방 안을 가득 채우는 것 같았다. 그 돌연한 변화가 종형을 만족시키리라는 걸 내 손가락은 알고 있었다.

앞마루에서 얘기하는 건너 마을 구장 며느리의 목소리는 조금 크게 들렸지만, 그 여자가 매우 조심스럽게 소리를 낮추어 말하므로 또렷하게 들리지는 않았다.

그 재래종도 졌어.

방 아랫목에 벽을 등지고 앉아 있는 종형이 문득 신음처럼 말했다.

저녁때 그 싸움은 끝났지. 그놈은 허세뿐이란 말야.

그는 맥이 풀리는 듯 두 다리를 길게 내 앞으로 뻗고 움푹 들어간 희멀건 눈빛으로 나를 바라보았다. 나는 그 재래종을 어제 구입해왔을 때 잠깐 보았을 뿐이었다. 그놈은 몸집이 커다랗고 빨간 벼슬이 화려할 만큼 치솟아 있어 수탉으로서의 기상은 그만이었다. 그 기상마저 종형의 말마따나 허세에 불과했다니 조금 기대에 어긋난 것도 같았지만 상대가 뿌라마라면 그다지 놀라운 일은 아니었다.

벌써 뿌라마는 몇 마리째 해치웠는지 몰랐다. 그놈은 며칠 전에도 자기

보다 훨씬 체구가 커 보이는 푸리마쓰의 잡종을 해치운 일이 있었다. 푸리마쓰 잡종의 거대한 체구를 처음 보았을 때 이번만은 뿌라마도 꽤 힘들 것이라고 생각했던 것인데 놈은 순식간에 그 거대한 푸리마쓰 잡종의 고깃덩어리를 보기 좋게 짓이겨버렸던 것이다.

처음 대어주니까 그놈은 제법 상대를 암탉으로나 여기는 듯 두 다리를 옆으로 재가면서 뿌라마에게 유유히 접근해 가드군.

종형은 그때 싸움 광경을 나에게 될수록 자세하게 알려주려고 몇 번이나 머리를 갸우뚱거리며 그때 모습을 돌이켜보고 있었다. 나는 그 싸움에 입회하지 않았었다.

뿌라마는 놈이 바로 눈앞에 올 때까지 꼼짝도 않고 있었어. 그러다가 눈앞에 그놈이 다가오자, 별안간 덤벼들어 그만…….

허허 하고 종형은 말끝에 빈 웃음을 웃었다. 그 웃음소리 속에는 얼마간의 감추어진 고통이 담겨 있다는 걸 알 수 있었다. 뿌라마의 강점을 얘기할 때 종형은 고통스러운 것이다. 다음 얘기는 듣지 않아도 빤했다. 아마도 그 재래종은 질겁을 하고 도망치고 말았을 것이다. 종형의 빈 웃음소리가 그때의 우스꽝스러운 장면을 말해주고 있었다.

나는 종형의 너무나 희멀건 눈빛을 바로 대하지 못하고 나의 그림자가 비스듬히 드리운 바른편 벽을 멍하니 보고 있었다. 불만으로 다시 거칠어진 종형의 숨결이 곁에서 들렸다.

거의 한 달가량이나 승리만을 계속해온 뿌라마를 쓰러뜨리려는 그의 노력은 번번이 낭패로 돌아갔다. 그럴수록 종형의 뿌라마에 대한 적대의식은 비례해서 가중되는 모양이었다.

그놈을 미워하게 된 처음 동기는 무엇이었는지 확실치 않다. 다만 미움

증이 들기 시작하면서부터는 그놈의 모든 거동이 밉살스러운 것이다. 이를테면 뿌라마의 균형 잡힌 탄탄한 체구도 그렇고 놈의 유난히 타는 듯한 눈빛도 그러했다. 놈은 또 꼬꼬 꼬 하고 우짖는 소리도 다른 종계와 달라 아주 드문 베이스였다. 어떤 때 문득 그놈의 꼬꼬 꼬 하고 우짖는 소리를 들이면 아주 저조하고 음흉스런 느낌마저 든다고 종형은 말했었다. 그놈의 짙은 주황빛 털이 꼬깃꼬깃 엉겨 있는 모양은 마치 부패한 핏빛과 같아 결코 유쾌한 빛깔은 아니었다. 그 모든 것을 종형은 미워하고 있는 것이다.

임마, 넌 왜 못 들은 척하고 있어?

갑자기 귓전에서 종형의 고함 소리가 멍멍 울려왔다. 나는 퍼뜩 정신이 들어 종형의 화난 듯한 얼굴을 바라보았다.

저 심지를 조금 낮추어.

종형은 나지막이 말하고 나의 얼굴을 쏘아보고 있었다. 나의 얼굴의 표정이 조금 달라지나 보려고 하는 것이다. 내 표정이 달라지면 거기에 맞추어 더욱 나를 골려보려고 그러는 것만 같았다. 나는 겁이 잔뜩 난 사람모양 숨결조차 죽이고 램프께로 기어가 심지를 훨씬 낮추어버렸다. 갑자기 밝음은 침침하게 흐려져버렸고, 종형의 모습도 희미해 보였다.

넌 내가 하는 일에 부러 모른 척하지? 아까도 넌 구경하지 않았어.

그의 목소리는 조그맣게 들렸지만 그 어조 속에는 나에 대한 대단한 분노가 스며 있었다. 며칠 전 큰 부엌에서 그가 나를 구타할 때 나는 앞으로는 꼬박꼬박 투계 장면에 참석하기로 약속했던 것이다. 그런데 이번에도 나는 그 약속을 어기고 말았다.

이 새끼야. 맞아야 알겠어? 하고 금방 종형이 내게 주먹을 불끈 쥐고 덤벼들 것만 같아 나는 몸을 부들부들 떨었다. 이 새끼야. 넌 여기서 쫓겨

나면 알거지가 되는 거야. 하고 그가 또다시 욕지거릴 섞어가며 말할는지
도 몰랐다. 숙모님과 종형 둘이서 사는 단출한 생활 위에 나는 젖먹이 때
부터 얹혀 살아왔다.

댁의 아드님들께 제가 직접 말씀을 드리고 싶어요.

이때 앞마루에서 그 여자의 말소리가 크게 들려왔다.

그건 안 됩니다.

숙모님은 간신히 목소리를 억제하면서 당황하는 듯한 어조로 말했다.
그리고 잠시 앞마루 쪽은 조용했다. 종형은 앞마루 쪽의 장지문 가까이로
어느새 옮겨 앉아 꼼짝 않고 바깥에서 하는 소리를 들으려고 귀를 기울이
고 있었다. 그 여자가 우리에게 직접 다가온다. 그건 대단한 열성이었다.
하지만 천주님의 곁으로 오시오. 라고 백 번 말해도 아무런 성과도 없을
것이다. 숙모님은 그걸 알고 계신다. 잠시 침묵이 흐른 다음 그 천주교의
마을 회장은 다음에 또 오지요. 라고 말하고 행길로 걸어나갔다.

어머니가 저 여잘 끌어오는 거지?

그 여자가 매일 와요.

어머니가 상대하니까 오는 거야.

오는 건 할 수 없죠.

임마, 상대하니까 오는 거야.

어머니도 미쳤어.

종형은 투덜거리면서 벌떡 일어섰다.

내게 온다구? 흥.

내게 왔다만 봐라 따귀를 때려 줄테다. 사람을 어떻게 알고…….

그는 방 안의 이쪽저쪽을 성급하게 왔다갔다하면서 거칠게 콧숨을 몰

아쉬었다. 지금의 그로서는 외부의 인간이 접근해오는 일이 제일 싫은 일이었다. 누구든지 이쪽 낡은 구관사의 뜨락으로 들어서서 폐가와 같은 이 집 안의 생활을 기웃거리려고 하는 자는 그에게는 주제넘은 침범자나 다름없었다.

마을 사람들이 우릴 미친놈들이라고 말한다지?

등을 보이고 벽을 향해 서 있다가 그는 나를 돌아다봤다. 그가 우리라고 말했으므로 나는 얼떨떨했다. 남이 뭐라고 하든 그따위는 두려울 거 없다라고 말해온 그가 언제 그 말을 귀담아듣고 있었는지는 알 수 없었다. 나는 머뭇거리면서 종형의 눈치만을 살폈다. 그렇게 말하는 걸 나도 들은 거 같아요. 라고 말하려고 했으나 쉽사리 나오지 않았다. 종형은 나를 여전히 뒤돌아보고 있었다. 하지만 꼭 그렇게 말하지는 않았던 것이다. 종형이 우리라고 예사롭게 말했을 때 나는 얼떨떨했다. 마을 사람들은 종형에 대해서만 수군거리곤 했다. 아예 나 따위는 처음부터 문제도 되지 않는 것이다. 그편이 나에게도 좋았다. 마을 사람들도 나의 고통스런 피동의 입장쯤은 바라들보고 있는 모양이었다.

내편에서 대답을 머뭇거리는 속셈을 종형도 알아차린 듯했다. 그 질문은 새삼스런 것도 아니었던 것이다. 종형은 불쾌한 얼굴빛으로 돌아가더니 그 모든 잡음을 털어버리듯 머리를 좌우로 함부로 흔들어댔다. 그리고 머리를 다시금 똑바로 세웠을 때 그의 눈은 새로운 희망으로 빛나고 있었다.

내일은 새 종계를 구입해서 기어코 그놈을 해치우겠어.

무슨 대단한 내기라도 걸어놓은 듯 그는 신이 나서 말했다. 새로 종계를 구입하자면 비용이 또 들었다. 그 돈을 종형은 번번이 숙모로부터 강제로 받아냈다. 최근 뿌라마를 쓰러뜨리려는 기도 때문에 비용은 훨씬 늘어나게 되었다.

이번에는 정말 신중하게 골라잡아야 되겠어.

오랫동안 투계를 시켜온 탓으로 종형은 사나운 놈의 특징을 잘 알고 있었다. 하지만 낮에 외출을 하지 않는 그는 자신이 직접 읍내 장으로 나갈 수는 없다. 그게 제일 종형으로서는 안타까운 일이었다. 하는 수 없이 아무나 마을의 장꾼을 붙들고 종계의 구입을 부탁하기 일쑤였다.

투계에 쓰일 종계로는 부리가 짧고 두터워야 하고 눈은 광채가 있을수록 좋았다. 광채라 해도 검은 빛의 광채가 아니고 약간 싯누런 빛을 띠고 있으면 그놈은 틀림없이 잔인하고 대담한 놈이었다. 그리고 벼슬은 될 수록 커다랗고 두터워야 했다. 그건 싸움닭의 첫째로 꼽히는 순종 샤모의 벼슬이 그와 같은 데서 연유했다.

그밖에도 발가락이 짧다든가 모이를 먹을 때의 쪼는 모습 같은 것도 특징의 하나가 되었지만 부탁을 받는 장꾼이 이 같은 조건을 모조리 기억해 두리라곤 기대하기 힘들었다.

내일은 볼 만할 거다. 기억해둬. 넌 내일은 꼭 곁에 있어야 돼.

가벼운 졸음이 와서 나는 벽에 기대고 눈을 반쯤 감고 있었다.

임마, 대답해봐!

하고 종형은 불끈 쥔 주먹으로 아래로 처진 내 턱을 윽박질렀다.

보겠어요.

나는 간신히 대답하고 금방 여운처럼 귓전에 남아 울리는 나의 자지러드는 듯한 말소리에 놀라고 있었다. 그것은 내가 한 대답이라기보다 종형의 불끈 쥔 주먹이 쥐어짜낸 대답과 같았다. 나는 졸음에 지쳐 그만 벽에 머리를 기대고 힘없이 앉아 있었다. 종형은 무슨 급한 일이나 있는 사람처럼 부리나케 미닫이를 열고 뒷마루로 나가버렸다.

　야, 임마. 이쪽으로 나와봐. 이건 정말 근사하다.

　뒤란에서 새로 구입된 종계를 가지고 종형이 나를 부르고 있었다. 뒤란으로 나가자 새 손님은 벌써 우물가의 아카시아 나무에 매여 있었는데 뜻밖에도 몸집이 작았다.

　이놈은 정말 샤모의 순종일지도 모른다. 저 부리를 봐!

　놈의 갈색 부리는 짧고 아주 튼튼해 보였다. 체구는 작아도 나무 아래서 끈에 한쪽 발을 묶인 채로 이곳저곳을 깡충거리는 활기라든지, 약간 싯누렇게 타오르듯 빛을 뿜는 눈의 모양은 종형이 샤모의 순정이라고 허풍을 떨 만도 했다. 놈의 벼슬은 짧았지만 끝머리가 두텁고도 뭉툭하게 맺혀져 있어 어쩌면 샤모의 피가 조금쯤은 섞였을지도 모른다는 억측을 불러일으켰다. 놈은 새하얀 털로 감싼 조그만 몸을 우리들의 발을 피해 이리저리 잽싸게 깡충거렸다. 놈의 참말 작은 몸집이 도리어 어떤 기대를 자아내게 했다.

　어때, 근사하지?

　나의 대답이 무슨 보증이나 되듯 종형은 정색을 하고 나를 보았다.

　네. 조금.

　임마, 조금이 뭐야? 이놈은 이긴다.

　이놈을 조금만 더 쉬게 하고 곧 시작할 테야.

　아직 저녁 무렵이라 여느 때의 시간보다는 훨씬 이른 셈이었다. 보통은 밤 자정 무렵에 싸움을 시키곤 했는데 종형은 결과에 대한 초조감 때문에 오랫동안 참아낼 수 없는 것 같았다. 그는 나에게 샤모를 맡겨놓고 뿌라마가 있는 큰 부엌의 뒷문으로 뛰어 들어갔다.

지금 쓰지 않는 큰 부엌은 종형의 투계장으로는 알맞은 넓이와 폐쇄성을 지니고 있었다. 무엇이 흥겨운지 큰 부엌 안을 뛰어다니는 종형의 발소리가 유난히 크게 들려왔다.

조금만 있으면 뿌라마와 샤모의 싸움을 시작할 셈이었다.

나는 큰 부엌의 뒷문을 힐끗 바라다보았다. 반쯤 열린 채 아직 종형은 나타나지 않고 있었다.

피하려면 이때였다. 나는 슬금슬금 발소리를 죽여 가며 우물가를 떠나 뒷산 골짜기 쪽으로 걸어가기 시작했다. 가면서도 뒤편의 부엌문에서 눈을 뗄 수는 없었다. 골짜기의 숲속에 들어가면 몸을 숨길 수 있을 게다. 형이 알아챌까 봐 나는 빨리 걷질 못해 걸음이 아주 느렸다.

이윽고 골짜기 응달진 속으로 깊숙이 들어서자, 큰 부엌의 뒷문은 보이지 않았다. 종형의 발소리도 아무것도 들리지 않고 숲은 조용하기만 했다.

밤이 깊어서야 나는 골짜기 속에서 나왔다. 뿌라마와 샤모의 싸움은 벌써 끝나버렸을 시간이었다. 종형이 잠들고 있기를 바라면서 큰 부엌방의 뒷 미닫이를 열자, 종형은 침침한 램프불 곁에 비스듬히 누운 채 눈을 빤히 뜨고 있었다.

어데 갔다와?

벌떡 일어서며 그가 퉁명스럽게 묻자 나는 문설주 위에서 뒤로 주춤 물러서느라고 하마터면 넘어질 뻔했다.

종형은 대뜸 나에게 다가와 내 팔목을 덥썩 잡았다.

이 새끼야.

샤모가 진 것이 나의 과실이나 되는 듯이 그는 내 이마 위에서 숨을 씩씩거리며 나를 노려보았다.

그놈은 빨랐지만 힘이 모자랐어.

그건 우리들의 예상과 맞아 들어간 결과였다. 그런데 종형은 무언가 억울한 듯 천장의 한 지점을 잠시 뚫어지게 쏘아보고 있었다.

샤모는 테크닉이 참 좋았는데…….

아쉬운 어조로 다시 덧붙이는 종형은 아주 맥이 풀린 듯이 보였다. 내 팔목을 힘껏 잡은 그의 바른손이 부르르 떨린다. 이제 다시 뿌라마를 쓰러뜨리기 위한 일전을 마련하는 건 그에게도 매우 어려운 일이다.

새로운 종계를 구입한다. 매번 세밀하게 부탁하고 부탁해도 장꾼들은 그다지 충실한 심부름꾼은 못 되었다. 뿌라마를 상대로 제법 싸움다운 싸움이라도 벌일 만한 종계조차 구하기 힘들었다. 게다가 요즘 비용을 대어 온 숙모조차 그걸 완강하게 거부하기 시작한 것이다. 무엇보다 살림이 쪼들리기 시작할 무렵이었다. 커다란 성계(成鷄)의 가격은 결코 소액이라고는 할 수 없었다.

샤모는 테크닉이 참 좋았는데 하고 아쉬운 듯 종형이 말할 때 그는 이제 새로운 종계를 구입하는 게 당분간 힘들다는 걸 느끼고 있는 것 같았다.

이 새끼야 넌 어데 갔었지?

별안간 실망이 분노로 변질되어 종형은 꽥 소리치고 뒷마루에서 큰 부엌으로 나가는 문 앞에 나를 떠다밀었다.

그 문을 열고 거기 들어가.

나는 떨리는 손으로 조그만 미닫이를 가까스로 열고 컴컴한 큰 부엌으로 내려섰다.

오래 쓰지 않아 버려둔 구석구석의 썩은 지푸라기에서 악취가 흘러나왔다. 종형은 마루에서 구두를 신고 맨발로 떨고 서 있는 내 앞으로 홀쩍 뛰어내렸다. 어둠 속에서 돌연 커다란 주먹이 얼굴로 날아 들어왔다. 연거푸 두 번, 힘을 다 한 종형의 주먹에 나는 무릎을 세운 채 앞으로 주저앉았다. 이번에는 구둣발이 내 등어리와 어깻죽지를 힘껏 걷어찼다. 나는 연거푸 발길로 쓰러져 부엌 바닥을 데굴데굴 뒹굴었다.

어두컴컴한 부엌 구석으로 밀려나 나는 엎드린 채 비명을 감추려고 숨을 헐떡거렸다. 주위는 너무나 조용해 내가 힘껏 소리를 억제해도 헐떡이는 내 가쁜 숨결이 큰 부엌 안의 정적을 깨뜨리고 있었다.

종형은 다시금 뚜벅뚜벅 내게 걸어와서 구둣발로 내 뒤통수와 잔등을 함부로 짓밟았다. 짓밟을 때마다 퍽퍽 무언가 맞부딪는 둔탁한 음향이 내 귀에도 들렸고 나는 그 소리를 들으면서 점점 멍멍해지는 정신을 가누려고 안간힘을 썼다.

잠시 발길이 멈추고 종형은 우두커니 서서 쉬고 있었다. 나는 죽은 듯이 엎드린 채 숨결을 고르면서 컴컴한 부엌 구석을 응시하고 있었다. 거기에 어둠과 정적이 한꺼번에 쌓여지는 것만 같았다. 마치 모든 것을 폐쇄하고 차단해버리고 만 조그만 세계의 암울한 색깔이 금방 내 눈에는 보이는 것 같았는데 이윽고 조그만 것이, 얼른 눈에 뜨일 수 없으리만큼 아주 조그만 것이 거기에 번뜩이고 있었다. 나는 그것을 가만히 꽤 오랫동안 지켜보고 있었다.

뿌라마의 눈빛은 좀처럼 움직일 줄 모르고 의연히 부엌 구석에서 조그맣게 빛을 내뿜고 있었다. 놈은 아마도 종형으로부터 미움 받은 탓으로 모이조차 제대로 먹질 못하고 거기 갇혀 있으리라.

이 새끼야, 넌 내가 하는 일을 부러 피하는 거냐?

종형은 성난 사람 같지 않게 가라앉은 목소리로 가만히 말했다. 그편이 더 두렵게 들렸다. 나는 여전히 꼼짝도 하지 않고 벽가에 쓰러진 채 부엌 구석의 어둠 속에 반짝이는 뿌라마의 눈빛을 보고 있었다.

이 새끼야, 넌 여기서 쫓겨나면 알거지 신세야.

나에게 한차례 퍼부어대고 그는 뒷마루를 지나 큰 부엌방으로 들어가 버렸다. 어떻게 된 건지 나는 벙어리와 같았다. 그게 종형을 대하는 제일 안전한 방법이라는 걸 언젠가부터 스스로 체득한 것이다.

별안간 주위는 다시금 평온해졌다. 이제 투계는 다시 없을까. 제발 그래주었으면 좋겠다. 하고 나는 속으로 생각하고 있었다. 그걸 나는 구석의 뿌라마에게도 말하고 싶었다. 놈은 강자니까 싸우고 난 뒤의 이긴 놈의 거만을 잘 알리라. 허지만 이긴 놈의 벼슬도 결코 성하지는 못한 것이다. 부딪치고 쪼아리고 물어뜯고 지쳐서 쓰러질 만큼 싸우고 난 뒤에 단지 상대방의 우위에 섰다는 관념만이 남는 것이다. 패한 놈의 고통에 겨운 비명으로 그 관념은 더욱 살찐다. 그걸 나는 뿌라마의 사나운 투혼에 호소하고 싶었다. 놈은 그걸 알고나 있는 듯이 평소의 용맹스러움에 어울리지 않게 아주 죽은 듯이 잠자코 있다. 숙모님이 종계 구입의 비용을 끝내 거부해주신다면 그러나 그것도 문제는 아니다. 종형은 또다시 새로운 방법을 모색하고 있을 게다.

오늘도 안 될까요?

앞마루께에서 그 여자가 말하고 있었다.

저는 할 수 있어요.

그 여자는 왜 우리에게 특히 종형에게 다가온다는 걸까. 숙모님이 말해줄 수 없는 것이라면 그녀가 직접 우리를 상대하겠다는 거다. 숙모님의 전 언보다는 그편이 한층 효과적이라고 생각하는 모양이다. 하지만 숙모님은 난처한 듯 거의 아무 말도 하지 않고 있었다.

마음의 기둥을 세우지 않으면, ……그러니까 댁의 아드님은……인도 하는 건……아무래도 사람이란…….

그 여자는 시골 아낙답지 않게 매우 능숙한 어조로 말하고 있었다.

사람을 어떻게 알고? 험악하게 이지러진 표정으로 뇌까리는 종형의 말소리가 들리는 것 같다. 숙모님은 좀처럼 그 여자가 우리에게 접근하는 걸 허락하지 않고 있다. 종형을 누구보다 잘 알고 있는 탓이리라. 그 여자는 하는 수 없이 밤이 이슥해 타박타박 고적한 발소리를 울리면서 뜨락 저편으로 걸어갔다. 다시 주위는 죽은 듯이 조용해졌다.

어디서 구했는지 기다란 몽나무 몸둥이를 들고 대낮부터 종형은 큰 부엌으로 달려갔다. 뒤란의 우물가를 지나면서 따라와! 하고 그가 말했으므로 나는 성급한 그의 뒷모습을 겁먹은 시선으로 쫓아갔다. 그의 허둥대는 어수선한 발걸음이 불안감을 떠안겨 주었다. 간밤에 안방에서 숙모님과 격렬하게 다투어대는 소리를 나는 들었던 것이다. 그 격렬한 다툼 끝에 무언가 좌절되고 종형은 숨을 씨근덕거리며 안방 미닫이를 요란하게 닫고 나와버렸다.

큰 부엌 안은 삼면의 판자벽 틈새로 빛이 새어 들어와 다소 밝았다.

낮에 그곳에 서게 되면 천정의 그을음과 오래된 거미줄, 벽 구석의 지푸라기 썩은 무더기들이 죄다 드러나 밤보다 한층 살벌했다.

한쪽 기둥에 새끼줄로 발이 매어진 채 뿌라마는 부엌 안에 방치되어 있었다. 샤모 편이 밝은 바깥 나무 그늘 밑에서 풍부한 좁쌀을 쪼고 있는 것과는 대단한 차별대우였다.

종형은 기다란 몽둥이의 한쪽 끝을 두 손으로 꼭 부르쥐고 벽가에 우두커니 서서 뿌라마를 내려다보고 서 있었다. 불면으로 눈이 다소 충혈되어 있는데다 흥분되어 얼굴이 빨갛게 부어올라 있었다.

내가 이놈을 몽둥이로 때려죽일 테니 두고 봐.

그는 성큼성큼 뿌라마가 매어 있는 벽기둥께로 다가갔다. 그의 허약하나 완강하게 보이는 등바닥이 저편으로 구부정하게 숙여졌다. 새로운 대전을 마련할 수 없을 바에야 뿌라마를 그대로 둘 수는 없어. 이놈을 내 손으로라도 해치우는 거지. 라고 종형의 완경한 등바닥에서 나는 읽었다.

이윽고 몽둥이가 허공으로 번쩍 솟아올랐다. 벽 구석 기둥에 매인 채부엌 바닥에 웅크리고 앉은 뿌라마를 겨누고 기다란 몽둥이는 허공에서 잠시 멈춘 채 덜덜 떨렸다. 몽둥이의 한쪽 끝을 힘껏 부르쥔 종형의 팔목에 힘줄이 서고 그 팔은 뜻밖에도 올려진 채 부들부들 떨고 있었다. 이놈을 나는 단숨에 때려죽일 수 있다라고 뽐내 보이고 싶은 그 팔이 돌연 아래로 힘껏 내려쳤다. 쿵 하고 벽 구석의 기둥을 두들기는 소리가 들렸고 낡은 가옥의 기둥들이 연쇄 반응으로 덜렁덜렁 울림소리를 냈다. 종형은 맥 빠진 사람처럼 몽둥이를 내려뜨리고 꼼짝도 않고 있었다. 파드득 날개를 털면서 뿌라마는 기둥 곁에서 한 발자국 앞으로 나섰다. 놈은 그다지 놀라지도 않은 듯 여전히 생기 있는 눈을 번쩍이며 몇 차례 깡충거렸다.

그 모양을 본 종형의 팔이 두 번째 허공으로 올라갔다. 대뜸 맹렬하게 아래로 내리쳐진 몽둥이는 그러나 벽구석의 기둥도 뿌라마도 맞추지 않고 뿌라마의 머리 위를 아슬아슬하게 스쳐갔다. 뿌라마는 또다시 그다지 놀라지도 않은 듯한 생기 있는 눈알을 굴리며 몇 번 깡충거렸다. 꼬꼬 하고 놈은 비명인지 탄성인지 알 수 없는 울음소리를 가볍게 우짖었다.

으음.

신음 소릴 내며 종형은 통나무 몽둥이를 힘없이 떨어뜨리고 뒤로 몇 발자국 물러섰다.

이놈을 기어코 쓰러뜨릴 테다.

방금 낭패한 헛손질을 버무리듯 그는 혼잣말처럼 중얼거렸다. 몽둥이로 놈을 때려죽이는 건 놈을 쓰러뜨리는 바른 방법은 못 된다. 종형은 차마 그렇게는 못 한 것일까, 아니면 그의 잔인성이 패한 것일까. 뿌라마를 쓰러뜨리려면 투계를 통해서만 가능한 일이다. 종형은 퍼뜩 무얼 생각했는지 부리나케 큰 부엌으로 빠져나갔다.

잠시 후 종형은 죽은 쥐를 새끼줄로 단단히 매달은 막대기를 들고 큰 부엌으로 들어왔다.

저놈은 방해만 되니 뒤란으로 내어다 놓고 샤모를 가져와.

그는 나에게 히죽이 웃어 보였다.

샤모를 트레이닝 시킬 참이야.

나는 구석으로 다가가 기둥에서 뿌라마를 풀어가지고 밖으로 들고 나갔다. 샤모가 매여 있는 뒤란의 아카시아 나무에 놈을 매어 놓고 샤모를 안고 돌아왔다.

놈을 줄을 풀어버린 채 땅에 내려놓자, 종형은 죽은 쥐를 대롱거리며 샤모 앞으로 나갔다. 나는 피고의 입회인처럼 부엌 안에 갇혀 그 모양을 물끄러미 지켜보고 있었다.

눈앞에 죽은 쥐를 보자, 샤모는 갑자기 꼬꼬 하고 놀라운 듯 우짖었다.

다음 순간 놈의 샛노란 눈빛이 괴물스런 물체를 향해 이글이글 타는 듯이 빛났다. 놈은 쉽사리 가볍게 훌쩍 뛰어올라 보기 흉한 죽은 쥐의 배때기를 부리로 찍어댔다. 한 번, 두 번, 몸집이 가벼운 샤모는 연거푸 훌쩍훌쩍 몸을 날리며 죽은 쥐를 공격했다. 놈이 허공으로 죽은 쥐를 겨누고 치솟을 때마다 종형은 쥐고 있는 막대기를 조금씩 들어 올렸다. 죽은 쥐는 샤모의 부리가 미치는 지점에서 아슬아슬하게 벗어져 나갔다. 그럴수록 놈은 점점 약이 올라 맹렬하게 죽은 쥐를 겨누고 솟아올랐다.

이따금 샤모의 날카로운 부리가 배때기를 정확하게 쪼아댔다.

이놈이 얼마큼 높이 뛰나 잘 봐둬.

막대기의 조종을 계속하면서 종형이 신이 나서 말했다.

이놈은 뿌라마에게 힘으로 덤볐기에 참패했어. 이놈의 점프력을 이용하면 다음에 이길 수 있다.

샤모가 지칠 때까지 트레이닝은 계속되었다. 죽은 쥐의 희멀건 배떼기는 샤모의 부리 자욱으로 얼마큼 헤어져 있었다. 샤모는 숨을 헐떡이며 부엌 바닥 위에 서서 아쉬운 듯 막대기에 매달린 죽은 쥐를 노려보았다.

여기 너무 미련을 갖지 마.

종형은 샤모의 시선에서 얼른 죽은 쥐를 감추어버렸다.

이놈에게 모이를 더 갖다주고 발을 묶지 말고 내버려둬.

죽은 쥐를 버리려고 그는 밖으로 나갔다. 나는 샤모에게 좁쌀 한 움큼을 가져다주고 놈을 기둥에 묶지 않은 채 부엌 안을 마음대로 돌아다니게 했다. 발을 묶어 놓으면 대전할 때 행여 동작이 불편할까 종형이 염려하기 때문이다.

한 번 패배한 놈을 같은 상대에게 두 번씩이나 대전시키는 일은 일찍이 없었던 일이다. 종계들은 힘의 서열이 분명해서 일단 우열이 결정되면 거기에 반드시 순응하기 때문이다.

그런데도 종형은 샤모에게 매우 기대를 걸고 있었다. 샤모가 꼭 이기고 말 거다. 라고 그가 말했지만 그건 확신이라기보다 집념에 더 가까웠다. 그놈이 이기지 않으면 그로서는 무언가 좌절되는 것이다. 여전히 강자로서 군림하는 뿌라마의 앞에서 그는 후속수단을 얻지 못하고 쩔쩔매게 될지도 모른다. 반대로 뿌라마가 패하게만 된다면 종형은 당분간 일거리를 얻게 된다. 패한 놈은 식용으로 처분해버린다는 관례에 따라 거만한 뿌라마 놈에게 조금 더 잔혹하게 굴어볼 수 있을 것이기 때문이다.

큰 부엌방의 아랫목 벽에 등을 기대고 앉아서 종형은 초조하게 시간을 기다리고 있었다. 그걸 기다리는 대낮의 허구한 시간은 그에게는 단지 무료한 부담일 뿐이었다. 그놈이 이길 수 있을지 몰라. 하고 이따금 그는 스스로도 의아스러운 듯 중얼거렸다. 단 한 번의 트레이닝으로 얼마만큼 투력이 강화되었을지, 혹은 약아빠진 샤모 놈이 처음과는 다른 전법으로 나올지도 모른다는 등 모두가 지금으로서는 의문이었다. 그러한 가능성은 실상 별다른 근거도 없는 것이었지만 부푼 기대 때문에 한층 그럴듯하게만 여겨졌다. 어두워질 때까지 종형은 끊임없이 뿌라마와 샤모의 승부에 관해 중얼거리고 있었다.

자정을 넘어 모든 것이 잠든 시간에 우리들은 뒷마루를 지나 밖으로 나왔다. 종형은 커다랗게 심지를 돋운 대형 램프를 내게 건네주고 뿌라마가 매여 있는 뒤란의 아카시아 나무께로 갔다. 요게 속도 편히 자고 있구나. 종일 모이조차 주지 않은 종형이 발길로 걷어차는 게 보였다.

그는 뿌라마의 다리에서 새끼줄을 풀어낸 다음, 놈을 안고 돌아왔다. 우리들은 잘 길들여진 짐승처럼 소리 없이 어둡고 습기진 처마 밑을 지나 큰 부엌의 뒷문 앞에 섰다.

이건 대단한 구경거리야, 임마.

새까만 괴물처럼 보이는 커다란 판자문의 손잡이를 잡고 종형이 말했다.

큰 부엌으로 들어가 나는 시렁을 떠받치고 있는 한쪽 기둥에 램프를 걸어놓았다. 부엌의 구석구석까지 차츰 여린 불빛으로 밝혀지고 아궁이 곁에서 잠들었던 샤모가 놀라 몸을 털고 일어서는 게 보였다.

램프가 너무 높아 바닥이 잘 보이지 않아.

투정을 부리는 마술사처럼 종형은 쉽사리 뿌라마를 내려놓지 못하고 투덜거렸다.

바닥이 어슴푸레 어두우면 종계들이 싸울 때 눈앞이 어릿어릿해 물러서고 다시 나아가고 잠시 뛰었다간 휴식하는 조그만 발들의 움직임을 정확히 포착할 수가 없는 것이다. 벼슬의 상처만으로 우세를 판정하기는 곤란했다.

나는 시렁의 기둥에서 내 키보다 높이 걸린 대형 램프를 내려서 손에 들었다.

벌써 종형의 손에 들린 뿌라마를 알아차리고 샤모는 긴장하여 맞은편 아궁이께에서 잽싸게 왔다갔다했다. 이럴 때 섣불리 뿌라마를 내려놓았다가는 아예 샤모의 전의가 꺾여버릴 염려가 있다. 될수록 뿌라마의 기세를 감추고 놈을 보잘것없는 초면의 종계처럼 느끼도록 할 필요가 있었다.

종형은 불그레한 뿌라마의 깃털만 보이도록 한 손으로 놈의 머리를 가리고 샤모의 눈치만 살피면서 새로 출발하기 위해 조심스레 뒷걸음질쳐

갔다.

　너도 조금 물러나 있어.

하고 종형은 숨을 죽이고 가만히 말했다. 보다 넓은 투계장을 마련해주기 위해 나는 벽가로 몇 발자국 물러섰다.

　꼬꼬 꼬 하고 샤모는 형의 손바닥에 가려진 상대를 조심스레 살피면서 조금씩 기세를 돋구기 시작했다. 놈이 마치 무엇인가를 소리 없는 허공에서 찾아낼 듯 뿌라마가 아닌 허공의 어떤 지점을 응시하면서 천천히 이쪽으로 다가오고 있을 때 뿌라마도 가만 있지는 않았다. 종형의 품 안에서 놈은 뛰어내리고 싶어 바둥거렸다. 거친 발가락으로 종형의 팔목을 할퀴면서 놈은 적수를 보려고 머리를 자꾸만 내밀었다.

　제발 이놈의 기를 좀 꺾어봐, 요것아.

　벌써 가까이 다가선 샤모에게 종형은 애원하듯 말했다. 하지만 여전히 뿌라마를 내려놓지는 못했다. 놈을 내려놓기만 하면 놈의 억센 부리가 당장 샤모를 짓이기고 말 것만 같은 모양이다.

　이윽고 뿌라마의 머리를 가리고 있던 종형의 손이 걷혔다. 우리들은 숨을 죽이고 샤모의 거동만을 지켜보고 있었다. 놈은 그다지 놀라지는 않았다. 도리어 조금 더 머리를 높이 치켜들고 종형의 앞으로 한발 한발 다가섰다. 거기에 힘입어 종형은 두 손으로 감싼 뿌라마를 먹이처럼 샤모 앞에 내밀었다. 그리고 능숙한 솜씨로 뿌라마의 육중한 몸을 이리저리 흔들어댔다. 뿌라마의 머리는 허공에서 기분 좋게 맴을 돌고 그 모양은 일견 높은 곳에서 상대를 거만하게 조롱하는 꼴이 되었다.

　이미 적의로 타오른 누르스름한 눈알을 굴리며 샤모는 호시탐탐 뿌라마를 겨누고 다가들었다. 바로 놈의 머리 위에서 뿌라마의 머리가 한바탕

원을 그리자 서슴지 않고 샤모는 가볍게 뛰어올랐다. 종형의 손은 샤모의 부리를 피해 잽싸게 뿌라마를 들어올렸다.

히히 성공이다.

잔뜩 신경을 곤두세웠던 종형이 한고비를 넘긴 듯 겨우 소리를 냈다.

헛쪼임을 할 때마다 꼬꼬 하고 샤모는 분노에 겨운 듯 우짖었다. 놈은 다시금 연거푸 뛰어올랐고 그때마다 방금 뿌라마의 머리가 스쳐간 허공의 한 지점을 헛쪼았다. 놈이 땅에 떨어질 때면 갈퀴로 땅을 후비는 것 같은 발소리가 들렸다.

저놈의 사기를 돋워줄 참야.

공중에서 강한 놈을 감싸들고 먹이처럼 흔들어주는 방법은 전의를 잃은 약자를 위해 언젠가 종형이 고안한 것으로 아주 효과가 좋았다.

샤모의 사기가 한창 타오를 때 종형은 돌연 샤모의 머리 위로 뿌라마를 내던졌다. 그는 얼른 벽가로 비켜섰다.

샤모는 한 걸음 물러섰고 그 사이 뿌라마는 벌써 돌격 자세를 취하고 있었다. 목털을 잔뜩 치켜세워 서로 험상스런 모습을 보이며 두 마리의 계공은 반 자도 안 되는 거리에서 맞섰다. 앞발을 앞으로 내밀고 땅에 찰싹 달라붙어 금방 뛰어오를 자세로 두 마리는 잠깐 상대를 맹렬하게 노려보았다. 서로가 이기리라고 생각하고 있었다. 얼마쯤의 대가를 치를 각오를 하고 두 놈은 상대를 꺾으려는 욕망으로 눈을 번뜩였다. 거기다 샤모에게는 형의 욕망조차 곁들여 있었다. 놈의 부담은 한층 무거운 것이다.

이윽고 파드득 아래로 처진 깃털을 뿌리치며 두 마리는 서로 부딪쳤다. 그러자 역시 힘이 약한 샤모는 뒤로 약간 밀려났다. 밀려나면서 키가 작은 놈의 머리는 조금씩 밑으로 처졌고 노련한 뿌라마는 그 기회를 놓치지 않았다. 놈의 날카로운 부리가 힘차게 샤모의 벼슬을 찍어댔다. 꼬꼬 하고 샤모는 아픈 듯 우짖었다. 놈은 뒤로 몇 걸음 물러섰다가 다시 앞으로 맹렬하게 돌진해왔다. 그랬으나 뿌라마는 조금도 밀려나지 않았다. 두 마리가 밀착되어 서로 끌 듯이 떨어지지 않는 사이 우위에 선 뿌라마는 연거푸 샤모의 벼슬을 찍어댔다. 놈의 쪼아림은 힘차고 기계처럼 정확했다. 밀려나지 않으려고 샤모는 벼슬을 찍히면서도 버둥거렸다. 뿌라마의 벼슬을 겨누려고 집요하게 머리를 허우적거렸지만 놈의 부리는 뿌라마의 벼슬에 미치지 못했다. 놈은 미친 듯이 아무데나 헛쪼임을 되풀이했다.

표피가 헤쳐진 샤모의 벼슬에서 피가 보이기 시작했다. 뿌라마의 부리는 그 피의 자욱에 빨려들 듯 해진 자리를 연거푸 찍어댔다. 피가 송글송글 벼슬에서 맺혀나고 있었다. 꼬꼬 신음 소릴 내면서 샤모는 뒷걸음질 쳤다.

모든 게 허사가 돼버린 듯한 순간에 종형은 아아 하고 꺼져가는 소리를 토하면서 벽으로 돌아섰다. 두 손으로 그을음이 잔뜩 덮인 벽을 부르짚고 바들바들 몸을 떨었다.

이때 아궁이까지 밀려났던 샤모는 부리까지 흘러내린 피를 뿌리치느라 머리를 요란하게 흔들어댔다. 그리고 한바탕 엉켜 있는 피를 떨어내고 난 놈의 싯누런 눈빛은 증오로 맹렬히 불탔다. 꼬꼬 분노에 겨운 소리로 우짖으며 놀랍게도 놈은 뿌라마에게 다시금 다가서고 있었다. 놈은 전법을 바꾸어 이번에는 저 트레이닝에서 보여주었듯이 허공으로 치솟기 시작했다. 서로 부딪치는 순간에 가벼운 몸을 허공으로 날린 샤모의 부리가 이윽고 뿌라마의 벼슬에 명중했다. 몸이 둔한 뿌라마는 힘으로 다시금 밀고 나왔으나 놈의 부리는 이제 샤모의 벼슬에 미치지 못했다. 샤모는 연달아 뛰어올라 뿌라마의 탐스런 벼슬을 마구 찍어댔다. 놈의 쪼아림은 복수와 고통으로 한층 잔혹하게 보였다. 뜻밖에 낭패한 뿌라마는 샤모를 본떠 허공으로 뛰어올랐지만 놈이 뛰어오를 때 샤모의 가벼운 몸은 벌써 놈보다 한 치 위에 있었다. 뿌라마의 벼슬에서도 피가 보이기 시작했다. 깃털을 퍼득이며 샤모는 쉽사리 뛰어올라 찍은 자리를 끈질기게 되풀이 찍어댔다. 두 마리는 피로 젖은 머리로 잠시 헐떡이며 서로 몸을 비벼댔다.

다시 서로 떨어졌을 때 지쳐버린 뿌라마는 비실비실 뒷걸음질쳐 달아났다. 꼬꼬 꼬 하고 놈은 저조한 베이스로 고통에 겨운 듯 우짖었다.

흐흐흐흐.

갑자기 야릇하게 웃어대며 종형은 벽가에서 나왔다.

그놈의 트레이닝이 멋들어지게 맞아들었다.

피로 범벅이 된 두 마리의 투계를 내려다보면서 그는 신이 나서 떠벌렸다. 샤모는 일단 승리한 것 같았다. 두 놈 모두가 이미 지칠 만큼 지쳤고 출혈의 고통으로 기운을 잃고는 있었지만 샤모에게는 아직 투력이 남아 있다. 놈은 비틀거리며 뿌라마에게 다가들어 이미 돌아선 뿌라마의 옆구리에 닥치는 대로 헛쪼임을 되풀이하고 있었다.

부엌 가운데로 나선 종형은 기쁨을 감추지 못해 거리낌 없이 웃고 또 웃었다. 흐흐흐흐 그 웃음소리는 흡사 신음 소리와도 같이 들렸다.

그놈을 나는 안락사를 시킬 참이야.

석양 무렵 종형은 새끼줄을 들고 큰 부엌에서 서성거렸다. 패한 놈은 식용으로 처분한다는 관례에 따라 뿌라마를 처분하려는 것이다. 그는 새끼줄로 올가미를 만들어 그걸 부엌 구석에 웅크리고 앉아 있는 뿌라마의 목에 걸었다.

이놈을 빨리 죽도록 하는 방법이 있어. 죽는 시간이 오래 걸리면 고통스런 법이다.

한 번쯤 죽어본 사람처럼 그가 말했다.

너하고 나하고 양쪽에서 이걸 잡아당기면 돼.

그는 올가미의 한 끝을 내게 내밀었다.

나는 못해요.

겁먹은 얼굴로 말하고 나는 뒤로 주춤주춤 물러섰다.

눈 딱 감고 한 번만 잡아당기면 돼. 일 초도 안 걸려.

난 못해요.

임마, 이걸 못해?

이맛살을 찌푸리며 경멸조로 종형이 말했다. 나는 아직도 그가 내 쪽으로 내밀고 있는 올가미의 한 끝을 두려운 듯 바라보며 자꾸만 뒷걸음질 쳤다. 구석에서 올가미에 목을 감기운 뿌라마가 영문도 모르고 내 쪽을 바라보았다. 놈의 눈에 물기가 유난히 돋아나 반짝반짝 이슬처럼 빛나고 있었다.

나는 못해요.

뒷마루 문설주에 엉덩이를 부딪쳐 뒤로 넘어지며 나는 말했다.

이 새끼가——.

종형은 올가미를 획 뿌리쳐버리고 나를 때리려고 한 발짝 한 발짝 내게로 다가왔다. 커다랗게 부르쥔 주먹이 노여움으로 덜덜 떨리는 게 보였다. 나는 몸을 일으켜 세워 뒷마루로 기어올라 갔다.

이 새끼가——.

주먹을 휘두르며 나를 쫓아 마루 위로 단숨에 뛰어오르려다 종형은 문득 문설주 위에 한 발을 얹어놓은 채 멈추어버렸다.

앞마루에서 그 여자의 들뜬 듯한 목소리가 가만가만 얘기하는 게 들렸다.

그분과 함께 지나가던 길인데요. 마침 생각이 났지요.

그거는 참 고마운 일인데요.

하고 숙모님이 맞받았다.

차라리 그편이 좋겠어요.

그럼 그렇게 해보겠어요.

그 여자는 공손하게 말하고 뜨락 저편으로 걸어나갔다.

이 새끼, 나 혼자서도 할 수 있어.

갑자기 생각을 바꾼 종형은 나를 한바탕 노려보고 나서 부엌으로 다시 돌아섰다.

앞뜰로 향한 큰 부엌방의 유리창 밖을 나는 내다보고 있었다. 큰 부엌에서는 종형의 부산한 발소리가 들려왔다. 그는 무엇이 뜻대로 안되는지 초조하게 부엌바닥을 왔다갔다했다. 뿌라마는 아직 살아 있는 것일까, 그 안락사를 시키는 방법은 혼자서도 가능한 일일까, 어쩌면 그건 한 사람의 힘으로는 손쉽게 되지 않을지도 모른다. 그 때문에 종형이 저토록 애를 먹고 있을 게다. 이러한 생각을 하고 있을 때 돌연 행길로부터 커다란 사나이가 구관사의 뜨락을 향해 걸어오는 게 보였다. 그는 여느 사람보다 훨씬 키가 커보였고 얼굴빛도 새하얗게 보였다.

형, 누가 와요.

얼떨결에 나는 큰 부엌을 향해 소리쳤다.

누구야? 손님이야?

종형의 신경질 섞인 목소리가 큰 부엌에서 들렸다.

난 지금 이놈의 목을 조를 참이야.

형, 이리 좀 와봐요.

하고 나는 다시금 성급하게 소리쳤다. 나의 떨리는 목소리에 놀란 종형이 큰 부엌으로부터 부리나케 방으로 뛰어들어왔다.

무어야 임마?

그는 내 곁에 바싹 붙어 앉아 유리창 밖을 내다봤다. 노을이 붉게 타오른 황혼을 등지고 검은 법의를 걸친 그 사나이는 성큼성큼 구관사의 뜨락으로 들어오고 있었다. 널따란 법의의 소맷자락이 비껴오는 황혼의 햇살 속에서 유난히 펄럭거렸다. 그의 모습은 점점 커다랗게 되었다.

서양 신부야.

얼굴빛이 창백해진 종형은 별안간 내 어깨를 붙들고 덜덜 떨기 시작했다. 나는 종형의, 병을 앓는 듯한 얼굴을 바라보았다. 그는 내 시선에도 아랑곳하지 않고 처음으로 연약한 모습을 보이며 부들부들 떨고만 있었다. 오기만 해봐라. 따귀를 때려줄 테다. 라고 말하던 그는 이제 그렇게는 말하지 못했다.

작가 후기(1974)

    그동안 발표했던 작품들 가운데서 너무 부실하게 보이는 몇 편을 제외하고는 거의 전부를 여기에 묶은 셈이다. 몇 해 동안 게으름만 피워왔던 당연한 결과겠지만 이렇게 빈약한 작품들로 지금 책을 묶는다는 일이 우선 송구스럽다.

    그러나 정작 이제부터라고 생각한다면 미흡했던 과거도 한낱 좋은 경험이었다고 자위할 수 있으며 그런 의미에서 이 책은 나에게 두고두고 거울이 되리라고 믿는다.

    그동안 빈약한 작업에 격려를 해주신 분들과 어려운 여건에서 책을 마련해주신 분들께 감사를 드린다.

1974년 10월

어떻게 '비'인간적인 상황을 벗어날 것인가 | 정은경(2007)

송영은 1967년에 〈투계〉로 등단해 지금까지 수많은 단편과 장편을 발표했지만, 작가적 역량을 유감없이 보여준 것은 첫 창작집인 《선생과 황태자》에서다. 《선생과 황태자》에 실린 작품은 대개 '닫힌 공간'을 배경으로 하고 있다. '감방'을 배경으로 한 몇몇 소설이 그렇거니와 감방을 배경으로 하지 않는 다른 작품들에서도 그의 소설은 흔히 닫힌 공간에서 출발해 이 폐쇄된 상황이 주는 억압과 부자유를 그리는 데 바쳐진다. 따라서 《선생과 황태자》의 단편들은 감방이라는 특수한 상황에 대한 변주라고 보아도 무방할 것이다. 감방은 대체로 인간의 기본적인 권리와 자유가 유린되고 박탈된 곳이며, 육체적·정신적 폭력이 횡행하고 온갖 비인간적인 행태가 난무하는 곳이다. 송영이 《선생과 황태자》에서 집요하게 응시하고 줄기차게 질문을 던지는 것은 바로 이렇듯 '당대적' 인간에게 던져진 '비'인간적 상황이다. 앞선 평론가들이 '갇힌 상황'* 혹은 '유폐된 땅, 갇혀진 질

---

* 김주연, 〈창 속의 이상주의〉, 《변동사회와 작가》(문학과지성사, 1979), 144쪽.

곡'*이라고 적절히 지적한 바대로, 닫힌 공간에서 출발하는 송영의 작품세계는 이 밀폐된 공간에서의 '인간들의 상황 반응'에 주목함으로써 당대 현실은 물론 보편적인 인간 조건에 대한 중요한 문제를 제기하고 있다.

〈중앙선 기차〉는 폐쇄된 공간에서 인간의 상황 반응을 가장 밀도 있게 보여주는 작품 중 하나다. 이 작품의 배경이 되는 기차는 목적지에 도착할 때까지는 벗어날 수 없다는 점에서 감방과 흡사하다. 특히 이 작품에서 보여주는 중앙선 기차의 열악한 환경은 1970년대 사회 현실에 대한 하나의 비유로, 미친 듯 질주하는 근대화·산업화의 흐름에 휩쓸린 당대 현실의 축도를 의미한다. 청량리에서 출발해 원주를 거쳐 안동까지 가는 중앙선 기차는 국내 열차 노선 중 가장 외지고 험난한 지형을 운행하는 열차다. 그러니만큼 이 작품에서 중앙선 기차에 몸을 실은 사람들 또한 소외되고 험난한 인생 여정을 살아가는 인간 군상들로 가득 차 있다. 더구나 그들을 실은 이 1970년대식 중앙선 기차란 당대 철도의 열악함을 핍진하게 드러내고 있는바, 유리창은 뜯겨나가고 한 치 발 디딜 틈도 없는 이 악다구니의 공간은 그 자체로 인간의 한계 상황에 대한 비유로서 기능한다.

두 손을 높이 쳐들고 빽빽이 들어찬 사람들 틈을 비집고 다녀야 하는 객차 안, 한두 시간의 연착이 상식이 되어버린 제멋대로인 열차 시간, 유리가 깡그리 빠져 있는 난간, 코빼기도 보이지 않는 승무원, 안내 방송이 없어 눈치와 짐작으로만 알 수 있는 정류장, 비상구는커녕 출구조차 사람들로 막혀 있기 때문에 창문으로 빠져나가는 승객들, 비좁은 틈을 뚫고 요리조리 밀대를 밀고 나가는 열차 판매원, 남들이 뭐라 하든 화투판을 벌이고 음주가무에 취한 여인들, 온갖 소음과 땀 냄새, 악취, 자리를 차지하기 위해 최소한의 인간적인 존엄조차 내팽개친 뻔뻔스러

---

* 박동규, 〈자유와 삶의 복합적 양태〉, 송영, 《제3세대 한국문학 5》(삼성출판사, 1983), 419쪽.

운 사람들, 거들먹거리는 중산층 사냥꾼과 가난한 서민들, 이 모든 것을 안고 "늙어빠진 개처럼 쉭쉭거리고 헐떡"거리며 어두운 밤길을 달리는 중앙선 기차는 그야말로 하나의 거대한 폐선, 혹은 묵시록적인 공간으로 형상화되고 있다.

그렇다면 이 다 낡고 엉성하기 그지없는 객차에 몸을 실은 이들은 '도대체 어디를 향해 가는 것일까?' 혹은 '이 지옥도와 같은 밀폐된 공간에서 인간의 존재란 무엇인가?' 작가 송영이 이 작품을 통해 실감 있게 그리고 있는 객차 풍경은 바로 이러한 질문과 맞닿아 있는 것으로 인간의 실존과 인간 조건이라는 보다 근원적인 문제를 환기하고 있다.

수많은 간이역을 거쳐 이 삼등 열차에 몸을 실은 사람들은 지평, 평창, 만종, 동화 등, 저마다의 구체적인 목적지를 갖고 있으며 해당 정류장에서 떠나가고 또다시 열차에 오른다. 그러나 작업복 청년의 말을 통해 암시되는 것처럼 이 구체적인 지명이 그들의 구체적인 삶의 지향성을 지시하고 그 지향성의 가치를 입증해 주는 것은 아니다. 요컨대 이들의 삶의 행로는 행선지의 명시성에도 불구하고 중앙선 기차로 비유되는 하나의 총체적인 '맹목성' 위에 있는 것이다. 안내 방송도, 승무원도 없는 이 삼등 열차에서 "지금 어디쯤 가고 있나요?"라고 묻는 주인공의 질문에 책임 있게 대답해줄 사람은 아무도 없다. "글쎄요, 나도 넋 없이 앉았다 보니까 잘 모르겠군요"라는 작업복 청년의 답변처럼, 승객들 각자는 행선지를 품고 있지만 그들이 몸담고 있는 이 1970년대적 상황이 그들을 어디로 이끌고 있으며, 더 나아가 그들 삶이 어디를 향해 가는지 명확히 인식하지 못한다. 비유적으로 볼 때 어느 시대, 어느 곳에서의 생이 이 근원적인 '맹목성'에서 예외가 될 수 있겠는가만, 특히 무질서와 이기심의 각축장으로 드러나는 이 삼등 열차에 함축된 시대적 의미는 더욱 각별하다. 가령 주인공과 자리다툼을 벌이는 술집 마담은 한 승객이 그녀의 뻔뻔스러움을 지적하자 다음과 같이 항변한다. "흥, 별꼴이군. 점잖은 것 꽤 좋아하시는 모양인데, 너무 좋아하시지 말라구. 지금이 어느 땐데." '지금이 어느 땐데'라는 그녀의 말에는 '증기 기관차'와 '깨진 유리'로 상징되는 절름발이식 근대화에 따른 경제 불안과 이촌향도, 군부 독재로 상징되는 정치 질서의 혼란과 월남전 파병, 몰개성과 불합리, 무질서로 점철된 1970년대적 사회 현실이 고스란히 함의되어 있다. 전쟁과는 또 다른 의미에서 생존의 불안과 소외를 불러오는 이러한 현실에서 인간 군상의 상황 반응은 객차 안의 승객들의 면면으로 드러난다. 한 극단에는 술집 마담처럼 자기 보존과 안위를 위해 인간적인 가치를 헌신짝처럼 내팽개친 파렴치한이 있지만 대부분의 승객 또한 자신의 목적지와 자리 이외에는 관심을 두지 않는다는 점에서 그녀와 별반 다름없는 이기주의자다. "서로 이마를 부딪치거나 팔로 남의 가슴패기를 치"고 밟고 밟히는 상황 속에서 그들은 다만 "꿀 먹은 벙어리처럼 숨을 씩씩거리며 상대를 노려"본다. 즉 모두가 피해자이자 가해자인 극한 상황 속에서 이들이 취할 수 있는 유일한 태도는 합리적 사유가 아니라 '나'라는 존재의 자리 보존을 위한 투쟁밖에 없는 것이다. 이 와중에 어떤 이들은 수다로, 술로, 노름으로 이 극한 상황을 견뎌내기도 한다. 한 무리의 아낙네들이 일제히 일어나 타인의 시선에도 아랑곳하지 않고 "노세 노세 젊어서 노세"를 목청껏 부르며 춤을 추듯, 답답한 삶의 맹목적인 질주 위에서 한 무리는 순간에 도취해버리고, 또 몇몇은 약삭빠르게 거래를 하고, 또 어떤 이들은 아예 눈을 질끈 감아버리기도 한다.

이 불안한 질주에 그대로 몸을 맡긴 승객들을 배경으로 두 명의 문제적 인물이 등장한다. 하나는 주인공 환오이고 또 하나는 작업복 청년이다. 작업복 청년은 환오가 뚱보 여자에게 자리를 빼앗기자 그의 편을 들어주면서 친근감을 표시하는데, 이들이 주고받는 대화는 객차 바깥에서 이 한계 상황을 바라보는 작가의 시각을 반영하고 있다. 작업복 청년은 과수원 일로 한 달에 한두 번 청량리역과 동화역을 오가는 젊은이다. 그는 환오에게 자신의 고민을 털어놓는다. 지루한 시골 생활을 벗어나 도시로 나가보지만 매번 실망하고 다시 돌아오게 되는데, 그러나 그래봤자 또 시골에는 무의미한 삶만이 기다리고 있다는 것, 결국 자신의 삶이란 중앙선 기차에서의 그것처럼 "지긋지긋해도 하는 수 없이 이렇게 앉아 기다리는" 수밖에 없으며, 그래서 차라리 "기차가 영 멈추지 않고 계속 달려"서 "가는 데까지 가보면 끝장이 나는 때가" 있을 것이라고 토로한다. 어디서든 삶이 무의미하다고 느끼는 이 허무주의자에 대해 환오는 다음과 같이 답하는데, 환오의 이 짤막한 말은 《선생과 황태자》의 저변에 흐르고 있는 작가 의식을 드러낸다는 점에서 의미심장하다.

> "엉뚱한 얘기겠지만 난 이 기차가 만종까지 무사히 가줬으면 해요"(《중앙선 기차》, 123쪽)

이 말에 작업복 청년은 그렇더라도 결국 환멸에 이를 것이라고 충고한다. 환오는 다시 이에 대해 "그럼 어떻게 합니까? 그렇다고 나더러 이 기차 속에서 살라는 겁니까?"라고 응수한다. 짐작할 수 있듯, 이를 통해 작가가 말하고자 하는 것은 '이곳'이 아닌 '저곳'을 향한 질주가 결국 환멸의 끝이라 하더라도 '이곳'에 있을 수는 없다는 것, 즉 중앙선 기차로 상징되는 비인간적인 지금의 현실을 어떻게든 벗어나야 한다는 것이다.

그러나 과연 환오는 이곳을 벗어날 수 있을까? 환오로 대변되는 작가의 이상주의는 자신의 몸조차 주체할 수 없는 이 현실의 암담함에도 불구하고 실현될 수 있는 것일까? 작업복 청년이 고백하듯 이미 이들의 현실은 출구가 차단된 기차, 그 이상이 아닐지도 모른다. 이미 결딴난 현실, 그 비극성과 암담함은 또 한 명의 방외인에 의해 지옥도로 조감된다. 어떤 소란에도 아랑곳하지 않고 시종일관 눈을 감고 초연한 자세로 침묵하고 있던 한 여인은 열차가 칠흑같이 어두운 곳에서 급정거하고 승객들이 극도의 불안과 혼란에 빠지자 마침내 벌떡 일어나 "내 갈 길 멀고 밤은 깊은데 / 빛 되신 주 저 본향 집을 향해 / 가는 길 비추소서"로 시작되는 찬송가를 부른다. 느닷없이 찬송가가 울려 퍼지자 사람들은 눈살을 찌푸리며 "이게 뭐 예배당이요?"라며 지청구를 주지만 여인은 손뼉을 치고 전신을 흔들어대며 삼 절까지 목이 터져라 부른다. 찬송이 아니라 거의 울부짖음에 가까운 이 여인의 절규는 이제껏 아무렇지도 않게 서로의 멱살을 잡고 눈을 흘기고 술을 마시고 춤을 추던 이 밀폐된 공간의 사람들의 모습이 결국 무엇을 의미하는지를 환기한다.

거기다 노래의 옥타브가 높아졌을 때 객차 속의 분위기는 꼭 피난민을 만재한 객차처럼 유독 살벌하고 각박하게 느껴졌고, 그 분위기에 억눌린 승객들의 기분은 그 노래의 가사처럼 자기들이 마치 죄를 짓고 어디엔가 유형지로 호송되어가는 죄수 같았던 것이다.(〈중앙선 기차〉, 129쪽)

앞의 묘사에서 진술되어 있듯 중앙선 기차의 승객이란 피난민이나 죄수와 다를 바 없다. 광신도를 연상케 하지만, 이 현장의 끔찍함과 고통을 고백하고 구원을 외치는 여인에 의해서 이 닫힌 공간은 비로소 지옥임이 밝혀지고 진정한 사람다움이 부재하는 공간으로 드러난다. 승객들은 이 기묘한 광경에 잠시 눈길을 주고 말지만, 이들이 잠깐이나마 그 모든 것을 중지하고 경악하는, 움찔하는 바로 그 순간, 이 현장은 '그 순간의 집단의식' 즉 일종의 '빛'에 의해 어둠으로 드러나게 되는 것이다. 자유를 향해 나아가기 전 우선 전제되어야 할 것은 그 자유에의 몸짓이 무엇을 향한 것이고 무엇에 대한 것인지에 대한 명확한 규정이다. 그리고 그 무엇에 대한 지향은 바로 지금의 현재가 마땅하지 않음, 부조리와 비인간적인 상황이라는 의식 뒤에 오는 것이다. 이 작품 결말에서 기차가 다시 움직이자 사람들은 다시 옥신각신하고, 주저하고 망설이던 환오조차 그 무리 속에 섞이게 되면서 상황은 다시 아수라장으로 복귀하고 만다. 그러나 보다 중요한 것은 '환오, 작업복 청년, 그리고 광신도 여인'에 의해서 열리는 바로 그 의식이다. '평균적 일상성durchschnittliche Alltäglichkeit'으로 은폐된 중앙선 기차칸의 사람살이는 이 세 사람의 시선에 의해 존재의 본래적인 상태가 아니라 차라리 존재의 부재였음이 폭로된다. 이러한 상황 '이해Verstehen'는 바로 이 작품이 궁극적으로 의도하는 것인바, 이를 통해 작가는 '개시적 존재가능성erschließendes Seinkönnen'으로서 실존 범주로서의 '가능성'을 위한 현상적 지반을 제공*하고 있다.

다시 하이데거의 말을 빌리자면, '이해'는 단순히 개념적 이해가 아니라 문제의 현장에 선다는 실천을 의미하며 "자기 자신의 가능성 속으로 자기 자신을 내던진다는 기투Entwurf의 실존론적 구조"**를 지닌 것이다. 송영의 《선생과 황태자》는 이렇듯 일상성으로 간주되는 당대의 비인간적 상황을 '진정한 문제성' Fragwrüdigkeit으로 설정함으로써 닫힌 공간을 열린 공간으로 바꾸어놓는다. 즉 비록 부정의 방식이긴 하지만 '지금-현실'에 대해 작가 송영은 그 누구보다도 진지한 물음을 던지고, 그 물음을 통해 다른 지평에서 상황을 이해함으로써 새로운 존재 가능성을 열어놓는 것이다.

---

* 이수정 · 박찬국, 《하이데거》(서울대출판부, 1999), 100쪽.
** 이수정 · 박찬국, 《하이데거》, 101쪽.

현실에 대한 부정 의식, 혹은 자유를 향한 열망이라고 할 수 있는 이러한 작가 의식은 중편 〈선생과 황태자〉에서 더욱 뚜렷하게 드러난다. 그러나 이 작품은 〈중앙선 기차〉에 비해 훨씬 더 강렬한 비극적 파토스를 내장하고 있는데, 그 이유는 감방이라는 보다 억압적인 조건 탓은 아니다. 비유하자면, 주인공 박순열은 만종에 도착한 이후의 환오라고 할 수 있다. 앞서 언급한 대로 환오는 작업복 청년에 대비해 이상 혹은 더 나은 세계를 희구하는 인물로 등장한다. 그가 그리는 다른 세계가 비록 구체적인 유토피아의 모습을 갖추고 있지는 않지만 소박한 대로 그는 유토피아를 지향하는 이상주의자로 형상화된다. 그러나 낭만적 이상 끝에 환멸이 놓이더라도 반드시 '이곳'을 벗어나겠다는 신념, 그 실천 뒤에 오는 또 다른 좌절을 보여주는 것이 바로 〈선생과 황태자〉의 박순열이다.

주인공 박순열은 군법을 어긴 자들로 이루어진 2호 감방에서 '선생'이라고 불리며 특별대우를 받는다. 그가 특별대우를 받는 것은 다른 죄수들과 달리 지식인이자 인격자이기 때문이다. 그러나 선생이라는 호칭과 무관하게 박순열은 2호 감방의 죄수들, 특히 그와 대립하고 있는 정 하사와 근본적으로 다른 차이점을 지니고 있다. 즉 박순열은 군무이탈과 항명죄라는 특별한 죄명을 지녔는데, 이는 다른 죄수들이 군에서 발생한 돌발적 사건에 이러저러하게 연루되어 죄를 짓게 된데 반해, 그는 의식적으로 '선택'한 행동에 의해 수감되었다는 것이다. 이 둘의 차이에 대해 선생은 정 하사와 다음과 같이 논쟁을 벌인다.

그러니까 나는 다른 사람들이 그것은 가질 수가 없다. 그것은 여기에 없다고 믿고 있는 고정관념을 깨뜨리고 그것을 가지려고 욕심을 낸 거죠. 말하자면 나는 선택을 해보려다 실패했다, 아니 그게 아니라 선택의 결과가 이거였다 이겁니다.

......

이때 갑자기 정철훈이 거들고 나섰다. 나는 죄가 없다. 억울하다 이거지. 너희들은 다 죄가 있지만 나만은 죄가 없다 이거지. 하지만 그 따위 좆같은 수작은 귀가 시리도록 들었다 이거야. 사령부 교도소에 억울하지 않은 놈 하나 있는 줄 알어?

개기름이 흐르는 정철훈의 커다란 얼굴은 능글맞은 웃음을 흘리고 있었다.

난 죄가 없다고 하지 않았어요. 난 죄가 있으니까 지금 여기 있는 거요.

그럼 그렇게 말하면 됐지 왜 선택이니 고정관념이니 어려운 얘기로 개수작 떠느냐 이거야. 난 하려고 했는데 안 되더라 이거지? 그거 쪼다들이 하는 얘기라구. 난 내 맘 꼴리는 대로 했는데 뭘, 당신이 말하는 그 선택을 했다 이거야.

......

당신이 선택했다고?

순열 씨는 자기도 모르게 언성을 높이고 있었다.

그래, 십사 년도 당신이 선택한 거요? 그렇지는 않겠지. 한마디로 당신은 쫓겨다녔을 뿐이오. 당신은 마치 옛날 왕십리에서 동대문까지, 동대문에서 청량리까지 구루마를 끌고 쫓겨다녔듯이 그 이후로도 계속 쫓겨다녔단 말요. 당신은 흡사 궁지에 몰린 쥐새끼처럼 이리저리 쫓겨다니다가 이윽고는 함정에 빠졌다 이거요. 당신이 선택한 건 하나도 없다구. 당신은 이렇게 말했지? 나는 그 여자를 미워하지 않았는데 그 여자가 나를 증오하는 눈초리로 쏘아보길래 한 방 더 갈겼다구, 그것 봐요, 그건 충동에서 나온 행동이지 선택이 아니다 이거요. 당신은 실컷 쫓겨다니다가 함정에

빠진 거 아니오?(〈선생과황태자〉, 79~80쪽)

2호의 수장이자 곧 출감할 중사의 뒤를 이을 '황태자' 정철훈은 월남전에서
무수히 많은 사람을 죽인 사실을 훈장처럼 자랑하는 잔인한 인물이다. 그런 그는
꽁생원 같은 선생을 줄곧 못마땅해하는데 이 둘의 이러한 근본적인 차이점에도
불구하고 그들이 공유하는 것이 있다. 양민학살 죄목으로 무기징역에서 14년으
로 감형된 정 하사나 최소 2년 이상 감옥에 있어야 하는 선생이나 '시간'을 두려
워하지 않는다는 것이다. "내가 두려워하는 것은 시간이 아니야. 그 점에서 보면
정철훈의 경우와 마찬가지였다. 그는 중사의 말마따나 얼마든지 먹어줄 수 있다.
길고 긴 세월을 먹어줄 수 있으리라고 생각했다." 그런데 이 둘은 모두 시간을 두
려워하지 않는다고 하지만, 각각의 내용은 다르다. 정 하사가 시간을 두려워하지
않는 것은 그것이 그에게 주어진 유일한 삶의 내용이기 때문이다. 사형을 예상했
던 그는 무기징역을 선고받고 만세를 부른다. 죽음을 면한 대가로 '무의미한 시
간의 다발'을 얻은 것이다. 그러나 선생의 경우, 그가 원하는 것은 무한한 시간의
다발이 아니다. 그에게 문제가 되는 것은 죽느냐 사느냐가 아니라 '어떻게 사느
냐'이고, 자신이 원하는 삶을 어떻게든 살아낼 수 없을 때의 바로 그 닫힌 상황이
다. 인용문에서 진술하고 있듯 선생이 군을 이탈한 것은 기존의 고정관념을 깬 적
극적인 선택이고 자유를 향한 도전이었다. 그러나 그 결과는 군보다 더 나을 것이
없는 감옥이었다. 닫힌 상황에서의 목숨을 건 탈출, 그러나 그것의 참담한 실패.
자유를 향해 나아갔으나 결국 다시 갇혀버리고 말았다는 이 무시무시한 모순. 그
렇다면 이제 무엇을 할 것인가. 이것이야말로 그에게는 공포이자 절망의 내용이
었던 것이다.

〈중앙선 기차〉에서와 마찬가지로 〈선생과 황태자〉의 죄수들은 그 폐쇄된 공간

에도 불구하고 나름대로의 일상을 이어간다. 그곳에도 감방 간의 내밀한 소통이 있고, 몰래 숨어 피우는 끽연의 기쁨이 있으며 선생의 삼삼한 구라가 있고 통풍구 너머 바깥을 바라보는 외출이 있다. 그럼에도 감옥의 일상은 군대와 하등 다를 바 없는 철저한 권력 관계에 기초한 것이다. '네로'로 지칭되는 중사의 군림 아래 서열화된 계급 질서는 죄수들을 더욱 옥죄고 이들을 인간 이하의 존재로 추락시키지만, 누구도 이러한 상황에 대해 문제를 제기하지 않는다. 감방이란 이미 인간의 존엄이나 인권에 대한 질문 자체가 금기된 곳이기 때문이다. 질문이 폐기된 곳, 그곳에서 문제적 개인인 선생은 의문의 눈길을 던진다. 그리고 이러한 시선은 앞서 언급한 대로 이미 한 번의 좌절이 중첩되어 있기 때문에 더 암울할 수밖에 없다. 또한 박 선생의 우울은 저항의 길이든 적극적인 순응의 길이든, 결국은 같은 자리로 돌아오게 되는 현실의 구조에 대한 인식에서 비롯된 것이기도 하다. 앞서 인용문에서 순열은 정 하사의 행동이 자유로운 선택에 의한 것이 아니라 쫓김의 연속이었을 뿐이라고 맹렬히 비난한다. 그러나 순열은 결과적으로 이 둘이 차이가 없다는 것을 알고 있다. 가장 대립되는 두 사람은 그 각각의 극단적인 행동을 통해 결국 감옥에서 하나가 된다. 어떻게 이 원환적인 구조가 가능한지 순열은 도무지 이해할 수 없을뿐더러 "난 내가 갖고 싶은 것을 가지려고 한 것뿐이요. 이게 항명이라는 거요"라고 고백하는 데서 드러나는 것처럼 자신의 현실 또한 불가해한 것이다. 요컨대 그가 파악하는 '현실'이란 개인의 자유의지를 말살하는 폐쇄형 회로로, 어떻게든 벗어날 수도 없는 갇힌 상황인 것이다. 이 닫힌 상황에서의 동질성은 또 하나의 뛰어난 단편 〈계절〉에서 헌병과 피체포자가 "수갑을 서로 나누어 차고 있는" 풍경으로 형상화되기도 한다.

순열의 느닷없는 오열은 관조적 태도로 일관하며 감옥의 부조리한 상황에 순응하는 것처럼 보이는 순열이 내밀한 자유의지를 개시한다는 점에서 상징적이다.

그의 오열은 그와 줄곧 대립하던 정 하사가 담배 한 대를 통째로 주며 상고이유서를 부탁하고 난 뒤에 발생한다. 선생은 평소 그토록 폭력적이고 비정한 정 하사에게서 "병약한 사내처럼 어두운 그늘"과 "고통스런 신음 소리"를 읽는다. 살인, 광기 혹은 무의미한 시간의 다발이든, 죽음이 아니라면 어떻든 상관없는 것처럼 보이는 정 하사의 내면에서 자신과 같은 똑같은 열망과 고통을 발견한 것이다. 선생은 정 하사의 연약한 모습에서 자신의 좌절된 욕망, 통풍구의 파란 하늘처럼 부정하려야 부정할 수 없는 자유에의 열망을 확인한다. 그는 이를 통해 정 하사와 동질감을 느낄 뿐 아니라, 어떤 경우에든 이 열망이 인간 존재에게서 빼앗을 수 없는 근원적인 것임을 깨닫게 된다. 그렇다면 무엇이 가능할 것인가. 또 한 번의 탈출, 혹은 더욱 투철한 신념? 순열의 오열은 이렇듯 여전한 열망과 절망의 공존에서 발생한다. 그의 긴 오열은 갇힌 상황에서 벗어나고자 하는 열망과 그것이 불가능한 현실의 간극에서 빚어지는 절망과 혼란, 그것에 대한 오롯한 간증을 의미하는 것이다. 감방의 죄수나 간수들이 "어깨를 들먹이며 거리낌없이 마구 울고 있는" 모습을 어처구니없는 표정으로 물끄러미 내려다보는 것은 순열의 이 천진한 울음에서 그들이 은폐하고 있는 순수 열망과 좌절을 보았기 때문이다. 따라서 순열의 오열은 곧 그들 자신의 울음이기도 한 것이다.

송영의 이상주의는 이렇듯 현실에 대한 '부정'의 시선에 의해서 출발한다. 앞서 두 작품에서 살펴보았듯《선생과 황태자》에서 송영이 일관되게 보여주는 것은 평균적 일상성으로 치부되는 '지금-현실'의 비인간적인 실상이다. 무허가 건축물을 짓다가 결국 철거당하고 만다는 소박한 해프닝을 담고 있는 〈미화작업〉에도 이러한 작가 의식이 일관되게 표출되고 있다. 주인공 '나'는 고참 인부 '김 씨'의 만류에도 불구하고 두 자짜리 창틀을 고집한다. 비록 방 한 칸이지만 그것은 자신의 방, 자신의 집이기 때문이다. 그러나 그는 창을 블록으로 막으라는 동사무소

서기의 권고에 반항하다가 결국 철거를 당하고 만다. "창고에서 사람이 사는 것은 무방하다는 얘긴가요?"라는 항변에서 알 수 있듯, 주인공이 맞서 싸우는 것은 서기가 아니라 인간을 비인간적 상황으로 강제하는 부조리한 '법질서'다. 이를 통해 작가는 실정법으로 표상되는 현실이라는 것이 얼마나 비인간적인 메커니즘으로 구조화되어 있는지를 폭로하고 있다.

부조리한 현실에 대한 소묘는 종종 〈미화작업〉에서처럼 블랙 유머의 형태로 형상화되는데, 이 단편은 소재의 단순함과 소품적인 성격에도 불구하고 현실에 대한 풍자와 알레고리로서 예리한 통찰을 드러내고 있다. 예를 들어 〈생사확인〉은 형을 장사지낸 뒤 23년이 흐른 뒤에도 여전히 형의 죽음을 믿지 않는 나와 가족들의 거짓말 같은 이야기를 담고 있다. 그러나 이를 단순히 허황된 얘기라고 치부할 수 없는 것은, 이 해프닝에 어두운 역사적 현실이 배음으로 깔려 있기 때문이다. 형의 사망은 전쟁 후 무장 공비들과 경찰의 대치 속에서 발생한다. 갓 열일곱 살 난 형은 어느 날 책을 사기 위해 집을 나섰다가 공비에 의해 살해된다. 그의 시체를 매장하고 난 뒤에도 가족들이 그 진위의 여부를 두고 논쟁을 벌이는 것은, 사실상 그의 죽음을 '받아들일 수 없기' 때문이다.

그렇지만 이 정도의 이야기로 셋째 형이 타살된 것을 곧 납득하기는 어려웠다. 가령 그들이 평소에 살기등등해 있고 누군가에 대한 원한으로 이지러진 무리라고는 해도 무고한 젊은이들을 십여 명이나 죽일 수 있었을까? 그렇게는 믿어지지 않았다.(〈생사확인〉, 165쪽)

앞의 인용문에서 단적으로 언급되는바, 형의 죽음은 어떠한 이유로도 납득될 수 없는 성질의 것이다. 어떠한 필연성도 논리도 없는 형의 죽음, 따라서 그들 가족에게 그것은 사실이 아니다. 그들이 보기에 한 인간의 목숨이 이렇듯 어떠한 합당한 이유도 없이 사라질 수는 없는 것이다. 형의 죽음을 받아들이지 않는 이 비극적인 가족 이야기는 결국 좌우 이데올로기 대립 속에 이뤄진 동족상잔의 불가해한 비극성을 겨냥하고 있다. 형의 죽음이 사실일 수 없다는 것은 결국 그 비극적 사건이 도저히 현실일 수 없다는 것, 즉 광기의 그것이라는 폭로다.

〈삼층집 이야기〉의 하숙집의 일상 또한 작가의 시선에 의해 '마땅하지 않은' 현실로 그려진다. 작가의 비판의 시선은 주로 하숙집 여주인인 오 여사를 향한 것이지만, 주인공을 비롯한 다른 이들도 여기에서 열외가 아니다. 자기 집 식객들을 '그놈', '그 새끼'라고 함부로 말하는 오 여사, 윌슨에게 다짜고짜 "당신의 직업이 뭡니까?"라며 천박한 호기심을 들이대는 고창석, 이들은 모두 최소한의 예의는커녕 자신의 인간적 존엄마저 상실한 채 살아간다. 이렇듯 작가 송영이 《선생과 황태자》에서 일관되게 보여주는 것은 평균적인 일상성 속에서 최소한의 인간적 가치와 자유의지를 잃고 살아가는 이들의 비인간적인 상황이다. 〈투계〉에서 외부와 철저히 단절하고 닭싸움에 몰두하는 위악적인 사촌형이 전도사의 내방을 그토록 완강하게 거부하는 것은 외부의 시선에 의해 그 자신의 실상이 폭로되기를 두려워하기 때문이다.

《선생과 황태자》에서 송영은 1970년대 당대 현실과 사회를 갇힌 상황으로 묘파함으로써 부정적인 현실 인식을 보여준다. 앞서 언급했듯, 송영이 이를 통해 '개시적 존재 가능성'을 열어 보일 수 있었던 것은 이 현실을 바라보는 작가의 집요한 응시 속에 자유에 대한 갈망이 깃들어 있기 때문이다. 그것은 대체로 상황을 바깥에서 바라보는 외부자의 시선으로 구체화되는데, 이 문제적 개인들에 의해 '지금-현실'은 본래적 인간다움을 상실한 문제적인 상황으로 제시된다. 문제적 개인들의 '저곳'에 대한 열망이 유토피아의 구체적인 모습을 보여주고 있지 않다는 점에서 송영의 이상주의는 막연한 동경과 낭만의 성격을 띤다. 그럼에도 이러한 문제 제출은 아무도 문제 삼지 않는 당대의 폭압적 현실, 질주하는 '중앙선 기차'에 대한 제동을 의미한다는 점에서 강인한 저항의 힘을 내장하고 있는 것이다. 탈출이 불가능한 현실과 그럼에도 불구하고 끊임없이 벗어나고자하는 불굴의 신념, 송영의 이러한 저항적 태도는 그의 실존적 생의 부침과 더불어《선생과 황태자》를 추동하는 가장 강력한 엔진이었다고 할 수 있다. 자유와 이상에 비춰 지금의 현실을 닫힌 상황으로 규정하고 새로운 가능성을 열어 보이는 송영의《선생과 황태자》는 "개인적 정열을 이야기하든가, 사회 제도를 공격한다 하더라도, 자유인들에게 호소하는 '자유인 작가'에게는 오직 하나의 주제가 있을 뿐인데, 그것은 '자유이다'"*라고 한 사르트르의 말의 진정한 실천인 것이다.

---

* 장 폴 사르트르,《문학이란 무엇인가》, 김붕구 옮김(문예출판사, 1999), 85쪽.

송영 소설집

선생과 황태자

초판 1쇄 펴낸날 | 2007년 6월 15일

지은이 | 송영
펴낸이 | 김직승
펴낸곳 | 책세상

주소 | 서울시 마포구 신수동 68-7 대영빌딩
전화 | 704-1251(영업부) 3273-1221(편집부)
팩스 | 719-1258
이메일 | world8@chol.com
홈페이지 | www.bkworld.co.kr
등록 1975. 5. 21 제1-517호

ISBN 978-89-7013-639-4 04810
      978-89-7013-633-2 (세트)